诗词研究书坊

积极心理诗学

JI JI XIN LI SHI XUE

罗辉 著

中国书籍出版社
China Book Press

图书在版编目（CIP）数据

积极心理诗学 / 罗辉著 . -- 北京：中国书籍出版社，2021.11
ISBN 978-7-5068-8840-0

Ⅰ.①积… Ⅱ.①罗… Ⅲ.①诗学－研究 Ⅳ.①I052

中国版本图书馆 CIP 数据核字 (2021) 第 242968 号

积极心理诗学

罗辉　著

责任编辑	吴化强　彭宏艳
责任印刷	孙马飞　马　芝
封面设计	东方美迪
出版发行	中国书籍出版社
地　　址	北京市丰台区三路居路 97 号（邮编：100073）
电　　话	（010）52257143（总编室）　（010）52257140（发行部）
电子邮箱	eo@chinabp.com.cn
经　　销	全国新华书店
印　　刷	北京九州迅驰传媒文化有限公司
开　　本	710 毫米 × 1000 毫米　1/16
字　　数	502 千字
印　　张	34
版　　次	2021 年 11 月第 1 版　2021 年 12 月第 1 次印刷
书　　号	ISBN 978-7-5068-8840-0
定　　价	88.00 元

版权所有，翻印必究

前　言

　　著名学者司马光把《诗大序》关于"在心为志，发言为诗"的经典说法，稍加改动而变成："在心为志，发口为言。言之美者为文，文之美者为诗。"（《赵朝议文稿集序》）著名诗人元好问则说："诗与文，特言语之别称耳。有所记述之谓文，吟咏情性之谓诗，其为言语则一也。"（《元好问诗话·辑录》）这些论述充分表明，传统诗学与心理学、美学和修辞学紧密相关，形影不离。基于历代的诗词创作与鉴赏实践，古往今来的许多诗学理论或理念都融合了心理学、美学和修辞学等方面的认知。就心理学而言，中国有关心理学家认为，"形神、心物、天人、人禽、知虑、情欲、志意、智能、性习、知行"等十个方面，是中国古代心理学思想的基本范畴。[1] 显然，在中国传统的诗学理论中，这十个基本范畴都融入了相应的诗学理念。只不过是中国古代没有"心理学"这一学科名称，且中国的心理学也不是由中国古代的心理学思想直接演化过来的，而是由西方心理学传入后逐步形成和发展起来的。他山之石，可以攻玉。随着西方心理学的传入，一门新的交叉学科——文艺心理学便沐浴着中华文风应运而生了。朱光潜在其《文艺心理学》一书的"作者自白"中写道："这是一部研究文艺理论的书籍。我对于它的名称，曾费一番踌躇。它可以叫做《美学》，因为它所讨论的问题通常都属于美学范围。……它的对象是文艺的创造和欣赏，它的观点大致是心理学的，所以我不用《美学》的名目，把它叫做《文艺心理学》。"[2] 这也就

---

[1] 高觉敷主编：《中国心理学史》，人民教育出版社2009年版，第3页。

[2] 朱光潜：《文艺心理学》，漓江出版社2012年版，第1页。

是说明，包括传统诗词在内的文艺创作与鉴赏，其价值取向始终是追求真善美的统一，其学术源流始终与心理学、美学和修辞学等学科相关联。正因为如此，以传统诗词的创作与鉴赏为研究对象，无论是诗学心理学，还是心理诗学，都需要将心理学、美学和修辞学的相关认知融入其中，才能建构自身的理论框架。

笔者的这本《积极心理诗学》，也就是将积极心理学、美学与修辞学的相关理论融入传统诗学的一种探索，其创作动机源于相关理论的自学经历与传统诗词的创作实践。笔者崇尚学习型人生，主张人生如梦尤须学。作为学习型人生，大体可分为三个阶段或者说三个三十年：第一个阶段主要是学校生活，当是"好好学习，天天向上"的三十年；第二个阶段主要是职业生涯，当是"好好学习，天天阳光"的三十年；第三个阶段主要是退休生活，当是"好好学习，天天健康"的三十年。笔者的学习型人生也可以用两句话来概括：其一是"大学学工，研究生学理，半路出家自学财经与管理"；其二是"少时学艺，老来学文，一路前行浴风唐宋学清吟"。也许是一种缘分，2010年10月，正当笔者刚好跨入花甲之年，准备拥抱学习型人生第三个阶段的时候，湖北省老领导徐晓春让我接替他担任湖北省中华诗词学会会长，进而促使我由一名诗词爱好者向一名诗词研究者转变。纵观当代诗坛，笔者结合自身的诗词创作实践，深感诗词创作需要诗学理论作指导，于是就带着问题广泛地学习了传统诗学、心理学、美学和修辞学等方面的知识，进而不断地积累心得体会，深化相关思考。尤其是世纪之交国际心理学界兴起的新思潮——积极心理学，更像是一块强磁铁，深深地吸引着笔者的心灵。积极心理学主张人类要用一种积极的心态对人生心理现象做出新的解读，并以此激发出个人自身现有的或潜在的积极特质，从而使每个人都能提高自己的幸福感。借鉴积极心理学理念来观照古往今来的诗人与诗词爱好者，很多著名诗人的人生经历充分表明，传统诗坛上的广大诗人就是最具积极心态的特殊群体。于是，我就萌生了应用积极心理学理论来探讨传统诗学的念头，并于2014年10月的首届海峡两岸中华诗词论坛上，就以"关于创建积极心理诗学的思考"为论文题目，发表了自己的初步构思。

自此以后，笔者的主要精力一方面是在运用统计分析方法，以"表"述词谱或曲谱的方式重修《康熙词谱》与《康熙曲谱》，另一方面就是在围绕创建积极心理诗学，加强对相关理论的学习，且从学科融合的角度进行深入思考，并反复修改编写题纲。2020年初，武汉突如其来的新冠肺炎疫情，要求市民必须居家防疫，笔者就趁机放下手中的其他工作，全身心地投入《积极心理诗学》初稿的撰写。全书立足于从"在心为志"到"发言为诗"的诗词创作过程，以"积极"二字的深刻意蕴为经，以诗学心理、诗学思维与诗学修辞三方面的内容为纬，以服务传统诗词的创作与鉴赏为目标，对诗学活动中的相关问题进行了较为系统的论述。本书融合了传统诗学、积极心理学、美学与修辞学理论，将诗学心理定义为以主言情志为特色的积极审美心理，将诗学思维定义为以审美意象为特色的积极形象思维，将诗学修辞定义为是以赋比兴为特色的积极修辞手法，提出了"诗言志的原始动力源于积极审美心理"、"诗言志的审美特征出于积极形象思维"、"诗言志的文本形态成于积极修辞手法"以及"'三位一体'的诗词创作与鉴赏过程"等新的诗学理念。本书所说的"诗词"是指以诗词曲为代表的传统诗词。但是，由于众所周知的原因，这个概念并未统一。有的文献将"传统诗词"或称之为"诗词"，或称之为"传统诗歌"，或称之为"诗歌"。有鉴于此，本书主要是采用"传统诗词"与"诗词"之称谓，有时出于与引文衔接的需要，亦称"诗歌"或"传统诗歌"。在本书的编写过程中，笔者的初衷是希望提供一张新的蓝图，用古今中外有关文献中的现有"砖瓦"建造出一栋新"宅"。然而，当本书的初稿出来后，笔者的心情不是一种轻松，而是一种不安，是一种忧心忡忡的忐忑不安，因为这种学术尝试是否如愿，还有待广大读者的评价。正因为如此，当再一次品味朱庆馀的《闺意献张水部》："洞房昨夜停红烛，待晓堂前拜舅姑。妆罢低声问夫婿，画眉深浅入时无？"则更是别有一番滋味在心头。这里，笔者尤其是要对诸多引文的作者致以衷心的谢意与崇高的敬意！可以说，这些文献的作者就是带领笔者走进诗学殿堂的引路人，他们也是笔者的一书之师。尤其是书中的一些经典引文，笔者还是转引自相关作者的著作，是这些文献开阔了笔者的学术视野。

吴思敬教授在《心理诗学》的"代跋·用心理学的方法追踪诗的精灵"中写道："美国诗人艾略特认为：'有其他的各种知识（至少是科学的知识），是凡欲作文学批评的人都必须熟知的。自然特别是心理学，尤其是分析的心理学。'（《批评中的试验》）瑞士心理学家荣格也指出：'心理学作为研究心理过程的一门学问，很明显，是能用于文学研究的，因为人类心理是孕育一切科学与艺术的母胎。我们一方面可以指望心理学研究来解释一件艺术作品的形成，另一方面又可以要求心理学揭示促使人们进行艺术创作的各种因素。'（《心理学与文学》）这两个人，一位是诗人，一位是心理学家，他们的出发点不同，考虑问题的角度也不同，但却不约而同地肯定了心理学对文学研究的意义，这不是偶然的。实际上，自从19世纪以来，心理学对人类思想的每个领域都产生过重大的影响。现代心理学已渗入到人类的各项实践活动中去，并日益显示出它的重要价值。对诗歌研究来说，引入心理学的方法，必然会产生良好的效应。"[①]笔者结合自身的传统诗词创作实践，完全赞成吴思敬教授的上述观点。笔者之所以要尝试编写这本《积极心理诗学》，主要是希望拙作能起到抛砖引玉的作用，唤起更多的研究者应用积极心理学理论来传承与发展传统诗学，进而为传统诗词的创作与鉴赏提供新的理论指导。

中国书籍出版社王平社长对本书的出版发行给予了热情关心与大力支持，赵安民副总编、吴化强责任编辑对本书的编辑出版付出了很多心血，借此机会笔者谨向他们致以衷心的感谢！如果本书对当代诗词创作与鉴赏能够发挥一点参考作用的话，那就是对中国书籍出版社领导与编辑朋友最好的报答，也是笔者最大的安慰。与此同时，笔者也深知，由于自身的学术功底浅薄，对相关理论的理解与认知亦全部源于自学，所以本书中的不妥乃至错误之处在所难免，真诚地恳请广大读者，尤其是各位行家不吝赐教！

罗 辉

2021年4月28日

[①] 吴思敬：《心理诗学》，首都师范大学出版社1996年版，第356至357页。

目 录

前 言 ··· 1
绪 论 ··· 1

第一章 积极心理学相关概念及其诗学观照

一、积极情绪与积极体验的基本涵义及其诗学观照 ············ 28
 （一）几个相关概念 ··· 28
  1.幸福观与幸福感 ··· 28
  2.情绪与体验 ·· 31
 （二）积极情绪与积极体验的基本涵义 ························ 33
  1.积极情绪及其基本涵义 ··· 33
  2.积极体验及其基本涵义 ··· 42
 （三）积极情绪与积极体验的诗学观照 ························ 48
  1.积极情绪的诗学观照 ··· 48
  2.积极体验的诗学观照 ··· 52

二、积极人格与积极特质的基本涵义及其诗学观照 ············ 57
 （一）几个相关概念 ··· 58
  1.人格 ·· 58
  2.特质 ·· 61
  3.人格特质 ·· 63

（二）积极人格与积极特质的基本涵义……63
　　1.中国传统文化中的积极人格思想……64
　　2.积极人格理论中的人格优势……66
　　3.人格特质理论的"大五"人格模型……67
（三）积极人格与积极特质的诗学观照……69
　　1.传统诗学中的积极人格……70
　　2.传统诗学中的积极特质……71
　　3.积极人格特质的诗学心理状态……73

三、积极需要与积极动机的基本涵义及其诗学观照……76
（一）几个相关概念……77
　　1.需要……77
　　2.动机……78
（二）积极需要与积极动机的基本涵义……79
　　1.自我决定理论简介……79
　　2.内在动机与外在动机……82
　　3.逆转理论简介……86
（三）积极需要与积极动机的诗学观照……87
　　1.诗学审美始于心物感应……88
　　2.诗学审美成于意境创造……89

第二章　诗学心理活动的积极审美感应

一、灵感与妙悟……94
（一）灵感……95
　　1.与灵感相关的论述……95
　　2.灵感的主要特性……101
　　3.孕育灵感的积极心态……105

（二）妙悟·· 107
　　1.关于"悟"的启示··· 107
　　2.妙悟的主要特征··· 108
　　3.妙悟中的渐悟与顿悟·· 110
　　4.妙悟与活参··· 112
（三）灵感与妙悟的联系与区别·· 113
　　1.从佛教心理学视角认知灵感与妙悟······························· 114
　　2.从积极心理学视角认知灵感与妙悟······························· 115
　　3.从审美视角认知灵感与妙悟··· 116

二、联想与神思·· 117

（一）联想·· 119
　　1.与联想相关的几个概念··· 120
　　2.审美透视中的联想效应··· 124
（二）神思·· 127
　　1.神思的基本涵义··· 127
　　2.神思的主要特征··· 130
　　3.神思的典型诗例··· 132

三、移情与通感·· 134

（一）移情·· 135
　　1.关于移情的相关论述·· 135
　　2.移情的主要类型··· 138
　　3.移情与心理距离··· 144
（二）通感·· 146
　　1.与通感相关的内外感应概念·· 147
　　2.通感的主要类型··· 148
　　3.通感的艺术功用··· 150

第三章　积极审美心理引领下的诗学思维

一、思维与语言 ·· 154
　（一）语言与"诗家语" ······································ 155
　　　1.词汇及其语言的功能 ···································· 155
　　　2."家常话"与"诗家语" ································ 157
　（二）思维与语言的联系与区别 ································ 160
　　　1.思维与语言的联系 ······································ 160
　　　2.思维与语言的区别 ······································ 162
　（三）汉字及其对诗学思维的影响 ······························ 164
　　　1.汉字与大脑机能 ·· 164
　　　2.汉字心理对诗学思维的影响 ······························ 165

二、诗学心理与禅定心理 ·· 167
　（一）关于诗心与禅心的相关论述 ······························ 167
　　　1.关于诗心的相关论述 ···································· 167
　　　2.关于禅心的相关论述 ···································· 170
　（二）诗心与禅心的具体表现 ·································· 173
　　　1.诗心的具体表现 ·· 173
　　　2.禅心的具体表现 ·· 176
　（三）诗心与禅心的区别与联系 ································ 179
　　　1.诗心与禅心的区别 ······································ 179
　　　2.诗心与禅心的联系 ······································ 181

三、诗学思维及其相关问题 ······································ 189
　（一）形象思维与逻辑思维 ···································· 190
　　　1.形象思维 ·· 190
　　　2.逻辑思维 ·· 194
　　　3.形象思维与逻辑思维的关系 ······························ 198

（二）诗学思维的审美观照 ... 202
1. 诗学思维的审美特质 ... 202
2. 传统诗词的本质特征及其审美内涵 ... 205
3. 传统诗词本质特征的审美表达 ... 208

（三）诗学思维的审美意象及其主要特征 ... 212
1. 直觉性审美意象 ... 213
2. 想象性审美意象 ... 216
3. 审美意象的主要特征 ... 218

第四章　积极审美心理引领下的诗学修辞（一）

一、诗词语言与诗学修辞 ... 221

（一）诗词语言及其主要特征 ... 222
1. 诗词语言与日常语言 ... 222
2. 诗词语言的主要特征 ... 223

（二）诗学修辞及其主要特征 ... 227
1. 关于诗学修辞的几个概念 ... 227
2. 诗学修辞的主要特征 ... 232

二、诗学修辞与"赋比兴"法 ... 238

（一）修辞的两大分野 ... 239
1. 消极修辞 ... 240
2. 积极修辞 ... 241
3. 消极修辞与积极修辞的比较 ... 243

（二）"赋比兴"的由来与发展 ... 246
1. 从"六诗""六义"到"三体""三用" ... 246
2. 从"六义"到"三义" ... 247
3. 物象视角下的"赋比兴" ... 248

第五章 积极审美心理引领下的诗学修辞（二）

一、诗学修辞是以"比兴"为主的"赋比兴"法 ·················· 251
  （一）作为诗之法的"赋比兴" ·································· 252
    1.关于"赋"法 ·· 252
    2.关于"比"法 ·· 255
    3.关于"兴"法 ·· 259
  （二）"赋比兴"的多维观照 ······································ 262
    1.从心理视角看"赋比兴" ······································ 263
    2.从审美视角看"赋比兴" ······································ 265
    3.从修辞视角看"赋比兴" ······································ 267
二、诗学修辞的主要辞格 ··· 268
  （一）比喻 ·· 269
    1.明喻 ·· 270
    2.隐喻 ·· 270
    3.借喻 ·· 271
    4.博喻与曲喻 ·· 271
  （二）比拟 ·· 272
    1.拟人 ·· 272
    2.拟物 ·· 272
  （三）象征 ·· 273
  （四）用典 ·· 274
    1.用典的作用 ·· 275
    2.用典的形式 ·· 277
    3.用典的要领 ·· 282
  （五）对偶 ·· 284
    1.诗词注重对仗的三大因素 ···································· 285

2.诗词对仗的审美价值 ………………………………… 288
　　3.诗词对仗方法 ………………………………………… 292
（六）夸张与其他辞格 ……………………………………… 299
　　1.夸张 …………………………………………………… 300
　　2.借代与双关、转品 …………………………………… 302
　　3.映衬 …………………………………………………… 304
　　4.设问 …………………………………………………… 305
　　5.摹状 …………………………………………………… 306
　　6.示现 …………………………………………………… 306

第六章　积极审美心理引领下的诗词创作（一）

一、诗学"三命题"与叶燮的"理事情" ……………………… 309
（一）关于诗学"三命题" …………………………………… 309
　　1.关于"志"与"情" ………………………………… 309
　　2.关于"诗缘情"与"诗缘政" ……………………… 311
　　3.诗词题材与"缘情""缘政" ……………………… 313
（二）关于叶燮的"理事情" ………………………………… 319
　　1."诗言志"与叶燮的"理事情" …………………… 319
　　2.诗学"三缘"与叶燮的"理事情" ………………… 326
二、创作心态与诗词题材 ……………………………………… 328
（一）诗词创作心态 ………………………………………… 329
　　1.内觉体验与虚静心态 ………………………………… 329
　　2.虚静心态的生成机制 ………………………………… 333
（二）创作心态与诗词题材 ………………………………… 338
　　1.渐静心态写"小我"题材 …………………………… 338
　　2.渐静心态写"大我"题材 …………………………… 339
　　3.顿静心态写"小我"题材 …………………………… 339

4.顿静心态写"大我"题材 ·················· 340
 （三）创作心态与诗词意境 ···················· 341
  1.渐静心态多写无我之境 ·················· 342
  2.顿静心态多造有我之境 ·················· 344

第七章 积极审美心理引领下的诗词创作（二）

一、积极审美心理引领下的诗词构思 ·················· 346
 （一）诗词构思阶段的审美知觉与审美体验 ·········· 346
  1.诗词构思阶段的审美知觉 ················ 347
  2.诗词构思阶段的审美体验 ················ 349
 （二）诗词意象的审美价值及其审美特征 ············ 352
  1.诗词意象的审美价值 ···················· 353
  2.诗词意象的审美特征 ···················· 360
二、诗词意象的生成途径与基本类型 ················ 364
 （一）诗词意象的基本涵义与生成途径 ·············· 364
  1.诗词意象的基本涵义 ···················· 365
  2.诗词意象的生成途径 ···················· 366
 （二）诗词意象的基本类型 ······················ 369
  1.依取象时空划分 ························ 369
  2.依用象职能划分 ························ 373
  3.依成象机制划分 ························ 376
三、诗词意象组合的基本类型及其点"眼"艺术 ········ 381
 （一）诗词意象组合的基本类型 ·················· 382
  1.列锦式 ······························ 382
  2.对比式 ······························ 383
  3.叠加式 ······························ 383
  4.绾合式 ······························ 384

（二）诗词意象组合的点"眼"艺术 ·············· 384
　　1.诗眼的"位置说" ························ 386
　　2.诗眼的"词性说" ························ 389
　　3.诗眼的"字数说" ························ 390

第八章　积极审美心理引领下的诗词创作（三）

一、审美情感与诗词意境 ···························· 392
　（一）审美情感及其生成机制 ···················· 392
　　1.关于审美情感 ···························· 393
　　2.审美情感的生成机制 ······················ 396
　（二）诗词意境的审美特质 ······················ 399
　　1.诗词意境概念的"变"与"不变" ·············· 399
　　2.诗词意境内涵的"虚"与"实" ················ 402
　　3.诗词意境审美意识的"形而下"与"形而上" ····· 404
二、诗词意境的审美传统及其多维观照 ················ 406
　（一）诗词意境的审美传统 ······················ 406
　　1.从古代审美思想看诗词意境 ················ 407
　　2.从古代审美经验看诗词意境 ················ 408
　　3.从古代审美意识看诗词意境 ················ 409
　（二）诗词意境的多维观照 ······················ 412
　　1.从"比较"视角理解诗词意境 ················ 412
　　2.从"系统"视角理解诗词意境 ················ 417
　　3.从"有无"视角理解诗词意境 ················ 420
三、诗词意境的审美特征与审美风格 ·················· 425
　（一）诗词意境的审美特征 ······················ 425
　　1.时代性 ·································· 425
　　2.指向性 ·································· 429

3.独特性 ·· 431

　　4.超越性 ·· 433

（二）诗词意境的审美风格 ······························ 437

　　1.诗词意境审美风格的历史回顾 ················· 437

　　2.诗词意境审美风格的异同 ························ 439

　　3.诗词意境的典型审美风格 ························ 443

第九章　积极审美心理引领下的诗词鉴赏

一、与诗词鉴赏相关的几个问题 ························ 458

（一）不同心理下的诗词阅读方式 ··················· 458

　　1.休闲心理与消遣性阅读 ··························· 459

　　2.审美心理与鉴赏性阅读 ··························· 461

（二）诗词鉴赏的不同方式 ····························· 465

　　1."自赏"式诗词鉴赏 ································ 466

　　2."他赏"式诗词鉴赏 ································ 468

　　3."观诗"与"赋诗"的启示 ······················ 471

（三）诗词鉴赏的经典接受方式 ······················ 472

　　1."以意逆志" ··· 472

　　2."诗无达诂" ··· 476

二、诗词鉴赏的审美效应及其基本条件 ··············· 479

（一）诗词鉴赏的审美效应 ····························· 479

　　1.诗词文本的召唤性 ································· 480

　　2.诗词鉴赏"当观其意" ···························· 482

（二）诗词鉴赏的客观条件 ····························· 483

　　1.多义性 ··· 485

　　2.深层意蕴 ··· 488

（三）诗词鉴赏的主观条件 ························· 490
    1.审美同构 ································· 490
    2.审美偏好 ································· 493
三、诗词鉴赏的思维方式及其心理特征 ················· 496
  （一）诗词鉴赏的思维方式 ························· 496
    1.诗词语符的指向功能 ························· 497
    2.诗词语符的造象功能 ························· 500
    3.诗词语符的创意功能 ························· 502
  （二）诗词鉴赏的心理特征 ························· 504
    1.直觉性 ··································· 504
    2.体验性 ··································· 507
    3.整体性 ··································· 510
    4.创造性 ··································· 512

参考文献 ····································· 516

绪　论

世纪之交，国际心理学界兴起了一个新的思潮——积极心理学，其特别之处在于"积极"二字。积极心理学不仅是一门有关幸福的科学，而且是一门有关人格优势的科学。人格优势是一种蕴含积极意味的人格特质。从哲学的角度看，人生有三种追求：谋生、荣生、乐生，所对应的生活方式，即自然人生、道德人生与审美人生。审美人生发挥人格优势，所追求的"快乐"就是快乐本身，其实质就是所谓幸福感。积极心理学最基本的假设就是，人们对美好的追求，与困顿的难免同样都是真实存在的。这也如同中国作为一个诗的国度，每一位中国人的血液中都流淌着诗意基因是一样的。其实，积极心理学中关于积极情绪与积极体验、积极人格与积极特质、积极需要与积极动机等概念，在中国传统诗学中的体现尤为突出，正如著名学者朱光潜所言："诗人所以异于常人者在感觉锐敏。常人的心灵好比顽石，受强烈震撼才生颤动；诗人的心灵好比蛛丝，微嘘轻息就可以引起全体的波动。"（朱光潜《诗人的孤寂》）所以，笔者倡导运用积极心理学理论来研究传统诗学问题，探索与构建《积极心理诗学》。当然，《积极心理诗学》本质上属于诗学范畴，而不是心理学范畴，是以传统诗词（包括诗、词、曲三种诗体，又简称"诗词"，有的学者也称之为"诗歌"。为区别于新诗即新体自由诗，亦称之为"传统诗歌"）的创作与鉴赏为研究对象，又与积极心理学相关理论紧密联系，其侧重点不是从诗词创作与鉴赏的角度去探寻积极心理学原理，而在于运用积极心理学的理论与方法，去考察与认知传统诗学中的相关理论与实践问题，其落脚点在于不断传承与发展传统诗学。

基于"诗学就是讨论诗歌文体的写作和欣赏的种种问题的一门学问",①本书将诗词创作与鉴赏心理、思维与修辞,分别称之为诗学心理、诗学思维与诗学修辞。遵循积极心理学理论与诗学实践,诗学心理是一种以主言情志为特色的积极审美心理;诗学思维不是一般意义上的形象思维,而是一种以审美意象为特色的积极形象思维;诗学修辞也不是一般意义上的修辞手法,而是一种以"赋比兴"法为特色的积极修辞手法。传统诗学常说的"在心为志,发言为诗",其实就是心中之"志",在积极审美心理的引领下,通过积极形象思维生成审美意象,进入诗词构思的意象经营阶段,再运用"赋比兴"修辞手法,生成情景交融的诗词语言,最终形成诗词的文本形态。于是,基于积极心理诗学,可以让神奇的"积极"二字将诗学心理、诗学思维与诗学修辞三者联成一个有机的整体。其中,诗言志的原始动力源于诗人积极的审美心理,诗言志的审美特征出于积极审美心理引领下的积极形象思维,诗言志的文本形态成于积极形象思维支配下的"赋比兴"法。而这三者又是以"三位一体"的方式,贯穿于诗学活动从创作到鉴赏的整个过程。

当然,运用积极心理学的诸多"积极"概念来研究诗学问题,还有必要深化对"积极"与"消极"两个概念的理解。根据现代汉语词典中的释义,所谓积极,与消极相对,是指肯定的、正面的;进取的、热心的。所谓消极,是指否定的、反面的、阻碍发展的;或是不求进取的、消沉的。显然,从一般意义上讲,"积极"与"消极"代表着正反两个方面的价值判断。但是,借鉴陈望道《修辞学发凡》对"积极修辞"与"消极修辞"的定义,在积极心理诗学中,"积极"与"消极"两词,其内涵则无"正面"或"负面"的价值区分了。

一、诗言志的原始动力源于积极审美心理

朱自清说过:传统诗学的"开山纲领"是"诗言志"(《尚书·舜典》)。这个"志",就是内心的情志。闻一多经过考证,认为"志"有"记忆、记录、怀抱"三个意义,但到了"诗言志"和"诗以言志"这两句话,"志"已

---

① 王先霈:《中国古代诗学十五讲》,北京大学出版社2007年版,第1页。

经指"怀抱"了。①一部中华诗史就是"诗言志"的历史。它不但生动地再现了中华民族的心灵,寄托了中国人美好的生活理想,而且还以艺术的方式记录了中华民族的历史,展现了中华文化的独特魅力。传统诗词以主言情志为审美追求,构成了传统诗学鲜明的民族特色。因为它是言志抒情的艺术,情志生发于诗人的心中,"哀乐之心感,而歌咏之声发"(班固《汉书·艺文志》),所以它有顽强的生命力,一万年也打不倒。同时,它又具有多种实用功能,历来就与现实生活紧密相联,"饥者歌其食,劳者歌其事"(《春秋公羊传·宣公十五年》何休注),所以它有广泛的社会基础。纵观千百年的历史语境,在诗言志的基础上,无论是"作诗言志",还是"献诗陈志""赋诗言志""教诗明志",大抵都关乎所谓"诗缘情"(陆机《文赋》)、"诗缘政"(孔颖达疏《毛诗正义》)与"诗缘事"(班固《汉书·艺文志》)。但是,这些"缘故"或"缘由"的原始动力,无不彰显诗学心理的强大魅力,特别是积极心理学所说的积极情绪或积极情感、积极特质与积极体验、积极需要与积极动机的力量。

情绪心理学研究表明,情绪与情感都是心理活动的表现,后者是对性情过程的实际体验与具体感受;前者则是这一体验与感受状态的活动过程。②显然,积极情绪与积极情感是积极审美心理活动的产物,关乎审美态度、审美情感、审美认识等诸多方面的审美问题。以积极审美心理为特色的诗学心理,作为诗词创作与鉴赏的原始动力,以其独特的方式在诗词创作与鉴赏中发挥着不可或缺的作用。19世纪俄罗斯文艺理论家别林斯基说过:"感情是诗情天性的最主要的动力之一;没有感情,就没有诗人,也没有诗歌。"遵循《毛诗序》的经典论述:"诗者,志之所之也。在心为志,发言为诗,情动于中而形于言。言之不足,故嗟叹之,嗟叹之不足,故咏歌之,咏歌之不足,不知手之舞之足之蹈之也。"其中,"在心为志"包含了诗人内心所想的一切,说明传统诗词是诗人积极审美情感的表现,从内心的激动到发言为诗,就是一个由内向外的过程。如果言诗不足以表达情志的话,就慷慨感叹;

---

① 朱自清:《诗言志辨》,安徽大学出版社2016年版,第3页。
② 孟昭兰主编:《情绪心理学》,北京大学出版社2005年版,第250页。

如果仍不足以表达情感，便引吭高歌；若还是不足以表达情感，便可手舞足蹈起来。这段话也说明了情感强度与艺术种类的关系，说明在激情的表达方面，音乐胜过诗歌，舞蹈又胜过音乐。这里，更耐人寻味的是，从情绪强度上看，"发言"较之"嗟叹""咏歌""舞蹈"相对较次，但从积极心理诗学的角度看，"发言为诗"却是积极审美心理的艺术结晶，因为它要求表现审美主体内心情感的艺术形式，不是外部的动作或表情，而是要通过积极的形象思维，运用以"赋比兴"为特色的积极修辞手法，用洋溢着审美意象、彰显着审美意境的"诗家语"来表现。这也是积极心理诗学之所以要在"审美"一词之前加上"积极"二字的要义所在。

众所周知，传统诗词的本质属性是言志抒情。然而，审美情感又与心理情感不尽相同。"心理学上一般把人的心理机制粗略分为智力、意志和情感三部分，分别行使认识、行为和感受的功能，并分别对应真、善和美三种观念。从这种对应关系中可以看出，美感主要是人行使感受功能的情感活动。当然，人类的心理活动是一个有机整体，任何心理过程都是人的智力、意志和情感在实践活动中不可割裂地协同进行着的过程。美感也是如此。"①在美学家看来，"艺术活动中的情感是一种形式化的、有距离的审美情感或幻觉情感"②。尤其是传统诗词的创作，更是通过积极形象思维放飞想象，用以"赋比兴"为特色的积极修辞手法来组织语言，形象地描述六大感官，即视觉、听觉、嗅觉、味觉、触觉和感觉的感受和感知。例如，唐代一位比丘尼的《寻春》："尽日寻春不见春，芒鞋踏破陇头云。归来笑拈梅花嗅，春在枝头已十分。"这首诗把所谓"道不离身""道不远人"这样本来就非常抽象的道理，却用十分形象的诗家语来表现，正是由于其源头是以主言情志为特色的积极审美心理。

当然，积极审美心理引领下的诗词创作，是基于积极的审美体验与审美需要，其情感机制和美感活动，更是借助于想象力的一种创造性活动。"主体先是把审美客体和情感结合，形成审美意象，继而通过对审美意象的凝神观

---

① 董学文主编：《美学概论（第二版）》，北京大学出版社2013年版，第63页。
② 周宪：《美学是什么》，北京大学出版社2015年版，第201页。

照，在'神与物游'的审美想象和'情溢于物'的审美情感的交融之中，把自己的情感、气质、性格和情操等等投射到对象上，于是达到物我同一、物我两忘的自由境界。这是一种创造的自由感和愉悦感，在这一刻，你觉得自己的生命扩大了，提高了，净化了，这才是审美感受的最高境界。"[1]传统诗词创作所追求的审美境界，就是这种"审美感受的最高境界"。例如，陶渊明著名诗篇之一的《饮酒》其五："结庐在人境，而无车马喧。问君何能尔，心远地自偏。采菊东篱下，悠然见南山。山气日夕佳，飞鸟相与还。此中有真意，欲辨已忘言。"董学文在《美学概论》中，用图示的方式揭示了陶渊明创作该诗的审美心理结构，并认为"将人的审美心理机制（即知情意）和审美意识系统分开，只是一种逻辑上的需要，为的是更清晰地理解美感结构，其实，人的审美意识系统是融于知情意之中的"[2]。从图中可以看出，对于一般的审美心理而言，黄昏时分，夕阳西下，山间烟岚变幻；飞鸟啾啾，成群结伴而归。这种自然和谐、风物宁静的景色，首先作用于视觉与听觉，生成悦耳、悦目、悦心的感官愉悦，这也是一般审美心理的审美效应及其所能达到的水平。但是，对于积极审美心理引领下的诗人，其积极的审美体验却远不止此。因为陶潜的身世与经历，让他辞官退隐，归居田园，与读书耕作和自然为伴，以自然的真淳为精神归宿。他有着对自然事物"俯仰终宇宙，不乐复如何"的审美经验，有着以本真、淳朴为美的审美观念，有着"心远地自偏"的审美情趣，进而由这些无功利的审美态度，于"知情意"的融合之中，汇集成诗人的审美意识系统。诗中"采菊东篱下，悠然见南山"几句，之所以脍炙人口，这与诗人在积极审美心理的引领下，以物观物，物我两忘的观物方式是分不开的。宋人陈后山称"渊明不为诗，写其胸中之妙耳"（《后山诗话》）。可以想象，若是与陶渊明一同观景，此种"悠然心会，妙处难与君说"的感觉，可能不止渊明一人。但是，只有陶渊明能"写其胸中之妙"，这里的实质就是积极审美心理与一般审美心理的区别。或许类似陶渊明"此中有真意，欲辨已忘言"的审美境界和精神超越，若是遇到类似的此

---

[1] 董学文主编：《美学概论》，北京大学出版社2013年版，第66页。
[2] 同上，第67页。

情此景，很多人也可能会有类似的审美感受，但是，有感者未必能言，能言散文语、论文语，亦未必能言诗家语，只有具有以主言情志为特色的积极审美心理，并具有与之相匹配的诗学修养，才有可能创造出各具特色的审美意境来。例如，苏轼的《和陶饮酒》其八："我坐华堂上，不改麋鹿姿。时来蜀冈头，喜见霜松枝。心知百尺底，已结千岁奇。煌煌凌霄花，缠绕复何为。举觞酹其根，无事莫相羁。"就不同于陶渊明的"以物观物，故不知何者为我，何者为物"，而是"以我观物，故物皆着我之色彩"。如果说陶诗体现了"人的自然化"的话，那么，苏诗则是体现了"自然的人化"，但两者的共同点，却是作为审美主体都怀揣着一种以主言情志为特色的积极审美心理以及丰厚的诗学修养。

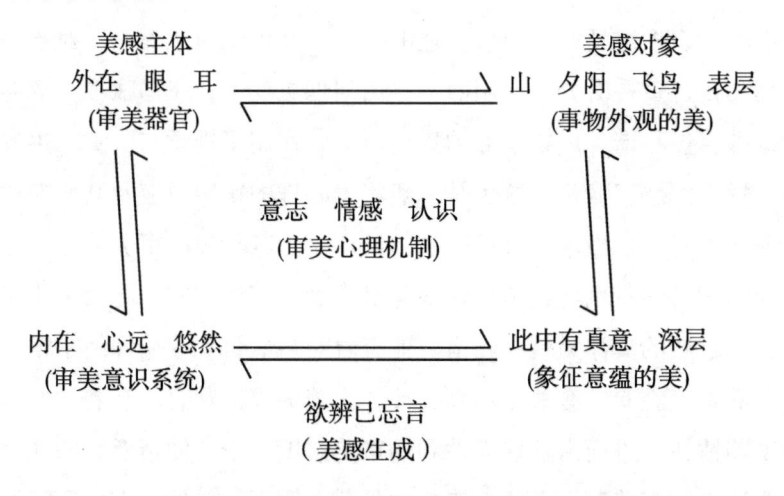

```
   美感主体                              美感对象
外在  眼 耳 ─────────→ 山  夕阳  飞鸟    表层
    (审美器官)                         (事物外观的美)
      │      意志 情感 认识                │
      │       (审美心理机制)              │
      ↓                                  ↓
内在  心远  悠然 ─────────→ 此中有真意    深层
    (审美意识系统)                      (象征意蕴的美)
              欲辨已忘言
              （美感生成）
```

陶渊明《饮酒》诗创作的审美心理结构

纵观传统诗学，"诗言志"这个"志"，既包括"大我"之"志"，即群体的思想感情，表现为社会性的思想与情绪；又包括"小我"之"志"，即体现个体喜、怒、哀、乐、爱、恨、惧等感性情感。《毛诗序》云："风，风也，教也；风以动之，教以化之。"说明传统诗歌最早作为一种比较成熟的艺术，表达了群体的思想与感情，所以才有风化、风教的功能。原始的诗、乐、舞相结合，也说明"诗"存在于群体性的艺术活动中。孔颖达用"诗言人之志意"来注解"诗言志"，既是以"志意"释"志"，又是说明"人之志意"乃

"大我"之"志"。孔颖达还云:"总包万虑谓之心。"(《礼记·大学·注》)朱熹曰:"心者,身之主也。"①"心之所之谓之志。"②《管子》曰:"心也者,智之舍也。"③《毛诗序》把"志之所之"解释为"情动于中";孔颖达疏《毛诗正义》:"在己为情,情动为志,情、志一也。"董仲舒曰:"心之所之为意。"④诸多论述表明,"志"代表着一切精神活动的综合,包括知、情、意三个方面,可概括为理与情两大系统,均发自于心。正如荀子云:"心者,形之君也,而神明之主也。"⑤其中,《管子》之语即取"知"的一面;《毛诗序》之语取"情"的一面,而孔颖达之语取"情、志一也";董仲舒之语取"意"的一面。也就是说,"古人把包括'知''情''意'的一切精神活动都称之为'志'了"。审美理论与实践表明,"知的价值是真,意的价值是善,情的价值是美",⑥追求真善美是诗学艺术的永恒价值。所以说,所谓"大多数诗人作者已基本上建立了'诗言志'即是'诗缘情'的共识"说,⑦还有待商榷。这是因为,"诗言志"与"诗缘情"(陆机《文赋》)、"诗缘政"(孔颖达疏《毛诗正义》)三大诗学命题的关系,不是同一层面的关系,而是两个层面,即表现为两个动词"言"与"缘"的关系。"言"字阐明了诗是"写什么"的,也内涵着诗与文的区别,即诗主言情志,文主发议论;而"缘"字则说明"为什么"写诗,也就是写诗的缘由。从"诗缘情"与"诗缘政"的历史语境来看,"诗缘情"强调诗所"言"之"志",是偏重感性的"小我"或个体的情志;而"诗缘政"则强调诗所"言"之"志",是偏重理性的"大我"或群体的情志。传统诗学理论与实践表明,作为心灵活动的"诗言志",这个"志"的"言"法,不是以"知"与"意"为中心的理性活动,而是以"情"为核心的感性活动,是一种具有鲜明特色的积极审美心理活动。

---

① 朱熹:《大学章句集注》(《四书五经》本),第1页。
② 朱熹:《论语章句集句》(《四书五经》本),第5页。
③ 《管子·心术上》(《二十二子》本),卷十五。
④ 董仲舒:《春秋繁露·循天之道》(《二十二子》本),卷十三。
⑤ 《荀子·解蔽》(《二十二子》本),卷十五。
⑥ 王文生:《中国文学思想体系》,上海古籍出版社2017年版,第247页、第243页。
⑦ 同上,第255页。

孔子提出著名的"兴观群怨"说，揭示了《诗经》的现实主义创作传统，高度概括了传统诗词的社会功能。按照李泽厚《论语今读》的解释，所谓"兴"，是说"诗可以启发思想"；所谓"观"，是说"诗可以观察事物"；所谓"群"，是说"诗可以会合群体"；所谓"怨"，是说"诗可以表达哀怨"。①那么，为什么只有"诗"具有"兴观群怨"功能呢？根据积极心理学的理论，这是因为诗人具有积极情绪与积极情感，在"物"与"心"的相互作用下产生"物感"，让诗人的心理感觉、感知、感受、感情等诸多心理因素产生积极体验，进而呈现出刘勰《文心雕龙·物色》所说的积极心理现象："是以诗人感物，联类无穷。流连万象之际，沉吟视听之区；写气图貌，既随物以宛转；属采附声，亦与心而徘徊。"与刘勰同时代的诗论家钟嵘在《诗品》序言中亦写道："气之动物，物之感人，故摇荡性情，形诸舞咏。"其诗学理念亦与刘勰相同。而其中"气"之所以"动物"，"物"之所以感人，是因为诗人的积极审美心理不同于常人的一般审美心理，而是在积极审美心理引领下激起积极情绪，继而激活积极审美体验使然。

所谓积极情绪，有的学者从积极情感的角度认为，既可以被视为一种状态，又可以被视为一种特质，它反映了个体融入环境的愉悦水平；亦有学者认为，积极情绪与某种需要的满足相联系，它通常伴随愉悦的主观体验并提高人的积极性和活动能力。若是结合美学理论来理解诗人的积极情绪，积极审美心理状态下的积极情绪，是典型的积极审美情感。通常，积极情感包括热情、活力、精力充沛、兴趣、快乐和决心。②有的积极心理学专著还用二维坐标系构建了一个反映积极情绪与消极情绪的环形模型（参见第一章图1.1），其中，横坐标称之为愉快度或积极度，纵坐标称之为激活度或唤醒度。③与此同时，还建立了关于积极特质的分类体系。积极心理学研究表明，积极的心理特质表现为诸多优势，包括智慧（含创造力、好奇心、思维开阔、热爱学习、洞察力）、勇气（含本真、无畏、毅力、热忱）、仁慈（含

---

① 李泽厚：《论语今读》，生活·读书·新知三联书店2004年版，第477页。
② 郑雪主编：《积极心理学》，北京师范大学出版社2014年版，第5页。
③ ［爱尔兰］阿伦·卡尔：《积极心理学》，中国轻工业出版社2013年版，第4页。

善良、勇敢、爱、社会智力）、正义（含公平、领导力、团队合作）、节制（含宽容、谦虚、谨慎、自我调节）、超然（含欣赏、感恩、希望、幽默、虔诚）等。传统诗学理论与实践表明，正是积极心理学所描述的这些积极情绪与积极特质，诸如创造力、好奇心、洞察力、本真、热忱、幽默等等，往往是诗人"物感"的内在力量，激起诗人的积极审美体验，引领诗人的积极形象思维。

需要指出的是，一般而言，积极情感是令人愉悦的，消极情感是令人不愉悦的。例如，悲伤、羞耻、恐惧和悔恨等，是令人不愉悦的的情感；而欢喜、骄傲、满意和尊敬等，是令人愉悦的情感。但是，积极情感并非永远和愉悦相联，消极情感也并非永远与不愉悦相联。积极情感如果过分强烈，超过一定的"度"，也可转化为不愉悦的情感；反之，消极情感，如果能保持一定的"度"，也可以是愉悦的情感。这里所说的"度"，从情绪的环形模型（参见第一章图1.1）来看，当处于适度的环形之内，用孔子论诗的话来说，就是"乐而不淫，哀而不伤"（《论语·八佾》），这也是积极诗学心理所激发出来的积极审美体验的最佳区间。明代学者李东阳《怀麓堂诗话》云："诗有三义，赋止居一，而比兴居其二。所谓比与兴者，皆托物寓情而为之者也。盖正言直述，则易于穷尽，而难于感发。唯有所寓托，形容摹写，反复讽咏，以俟人之自得，言有尽而意无穷，则神爽飞动，手舞足蹈，而不自觉。此诗之所以贵情思而轻事实也。"[①]李氏的诗学主张，不但代表了历代诗论家重"比兴"而轻"赋"的一般倾向，而且也蕴含着深层次的诗学心理缘由，即是由于"正言直述"是一般心理引领下的一般思维与消极修辞所常用的表达方式，而"唯有所寓托"，则是积极审美心理引领下的积极形象思维与积极修辞手法所崇尚的表现方式，采取"以言去言""得意忘言""立象尽意"等话语方式，让"主言情志，大美无邪"的传统诗词，始终追求"言有尽而意无穷"的审美意象与审美意境。

---

① 张葆全、周满江选注：《历代诗话选注》，广西师范大学出版社2020年版，第161页。

二、诗言志的审美特征出于积极形象思维

众所周知,思维是在人脑中进行的、没有外在表现的各种心理活动。心理学则把思维作为一种认知活动和反映活动,与感知、记忆等认知活动具有本质的区别,是人脑对客观事物间接的、概括的反映。① 人们运用头脑中已有的知识经验去间接、概括地认识事物,揭示事物的本质及其内在联系与规律,这就是思维。思维有形象思维与抽象思维之分。诗主达性情,要用形象思维;文主发议论,要用抽象思维。形象思维与抽象思维相比有着明显的区别:"首先,思维工具不同。抽象思维的思维工具是概念,即抽象的词;形象思维的思维工具是表象。表象是客观事物形象的反映,既有直观性又有一定的概括性,是头脑中最简单的形象。因此,它最适宜于作为形象思维的工具。其次,思维过程及结果不同。抽象思维舍弃感性现象和各种非本质的特征,只选取抽象的本质特征,思维的结果是抽象的概念,不带有任何具体可感的现象。形象思维始终不舍弃感性现象,它将同类事物中相同的本质特征连皮带肉地集中概括,形成更富有一般性的形象。这个形象既有较高的概括性,也有具体的可感性。"② 显然,心理活动与思维活动是不可分割的,不同的心理状态对应着不同的思维状态。尽管文艺创作与鉴赏都要用形象思维,但是,由于文艺的类型很多,所以,不同类型的文艺创作,作为创作主体的心理特质及其形象思维特征亦不尽相同。尤其是对以主言情志为特色的传统诗词的创作与鉴赏而言,由于汉字的结构体现为"六书"之法(即象形、指事、会意、形声、转注、假借),所以汉语又是形象化的语言。用形象化的诗家语来言志抒情,这就决定了诗学思维不是一般的形象思维,而是一种"象思维",也就是一种以审美意象为特色的积极形象思维。美学理论认为,美感是于主客体的审美关系中以形象思维为媒介和展现方式,情绪反应为显著特征和最终旨归的积极审美体验。美感中的认识活动不同于一般的认识活动,审美认识始终离不开形象,在美感活动中的思维,主要是对意象的描述,而不像逻辑思维那样进行概念的演绎。从诗词创作的角度看,积极形

---

① 梁宁建:《当代认知心理学》,上海教育出版社2014年版,第259页。
② 陆一帆:《文艺心理学》,江苏人民出版社1985年版,第96页。

象思维体现为以"赋比兴"为特色的"意象—语符"思维;从诗词鉴赏的角度看,积极形象思维体现为以审美想象为特色的"语符—意象"思维。这种思维方式不重逻辑推论,不重演绎、归纳,不重文法句法(语言),而重直觉、联想、类比等关系。借鉴积极心理学的理论与实践,这种思维方式源于诗人的积极审美心理,并通过诸多"积极"心态,如积极情绪与积极体验、积极人格与积极特质、积极需要与积极动机等,激发出以"象思维"为特色的积极审美效应。

积极形象思维是一种典型的美感思维。"美感思维是一种审美统觉活动,是由思维因素激活着情绪因素,情绪因素又浸染着思维因素的活动,它蕴含着联想和想象,是由社会历史实践(包括审美实践)的结晶转换积淀而形成的暂时神经联系。通过联想而产生的想象是在联想基础上的形象的再创造。人们在审美过程中由于意识的积淀而产生的丰富的联想和自由驰骋的想象,往往会突破时间和空间的局限,在另一个艺术形象之中捕捉到比它所直接呈现的内容要多得多的东西。这一联想和想象用于修辞,就是描写领域的形象创造,它往往通过比喻、比拟、借代、夸张、通感、示现、呼告、映衬、双关等辞格来完成。"①纵观中华诗史,几千年的农业社会孕育了中华民族"天人合一"的宇宙观与人生观,贯穿于中国哲学、政治、宗教和艺术思维之中,深刻地影响着中华民族传统的审美心理结构,进而培育了中国人的美感思维。尤其是对诗人而言,自然界中的万事万物最易触动诗人的心灵,进而透过"物感"引领美感思维,激活审美体验。例如苏轼的《念奴娇·赤壁怀古》:"大江东去,浪淘尽、千古风流人物。"词人把"大江东去"和"千古风流人物"两个在空间和时间上有心理联系的审美意象,以他的积极审美体验,通过触景生情、心物感应的方式,将两者形象地联结在一起,因而创造了具有时空整体意识的审美意象。《周易·系辞》云:"圣人有以见天下之赜,而拟诸其形容,象其物宜,是故谓之象。"②自古以来,传统诗学从

---

① 姚仲明、陈书龙:《修辞美学》,长江出版社1991年版,第8—9页。
② 韩康伯注,孔颖达正义:《周易正义》,《十三经注疏》,中华书局1980年版,第79页。

"心"为性情的认识出发,已经把"心"看作诗词创作的起点与归宿,认为诗学艺术世界乃是诗人心灵世界的创造,是诗人精神世界的客观化。对诗学心理而言,"诗"本源于"自然",已经成为一种诗学思维模式与审美理想。刘勰在《文心雕龙》中就多次提到"自然"这一概念。如《原道》篇云:"心生而言立,言立而文明,自然之道也。"《明诗》篇云:"人禀七情,应物斯感,感物吟志,莫非自然。"对诗人而言,以审美意象为特色的积极形象思维,往往是通过形象来把握世界,由自然到社会到人生,再从人生到社会到自然。传统诗学理论与实践表明,积极形象思维最为典型地体现了中国人的诗性思维特征。感物而动,物感成言的创作模式,彰显了中国人"天人合一"的宇宙观与认识论,体现了诗人以"人化自然"为特征的审美体验与艺术追求。

传统诗学的物感说还表明,外物是否在诗人内心产生感应,关键在于诗人的"心"。外在的物象只有与"心"同构,并成为表现诗人之"心"的需要,才能进入诗的领地。所谓"寓情于物"或"托物抒情",大概就是这种"天人感应"。然而,这种催生天人感应现象的心理学缘由,则是基于诗人的积极审美心理所引领的积极形象思维在起支配作用,其真正目的不在于"物象",而在于托物言志,即在传统诗词的创作中,通过营造审美意象来创造审美意境。在传统诗学理论中,意境是指诗人的主观情意与客观物境互相交融而形成的艺术境界。而在"意境"美学中,自然意象从来都是"人"的思想、感情和意志的象征,是"人"的文化符号和艺术符号。所以,"意境"本质的完整表述,应该是人与自然的审美关系的表层结构,与隐含于其中的人与人的审美关系的深层结构的审美统一。[①]唐代诗人王昌龄提出,作诗要"处心于境,视境于心",认为:"诗思有三:搜求于象,心入于境,神会于物,因心而得,曰取思。久用精思,未契意象,力疲智竭,放安神思,心偶照境,率然而生,曰生思。寻味前言,吟讽古制,感而生思,曰感思。"[②]这里,王氏讲了诗思产生的三种过程,其实都涉及积极审美心理与积极形象思维活动。其中,"取思"的动力源于积极审美心理,是以主观精神积极地搜求客

[①] 古风:《意境探微》,百花洲文艺出版社2017年版,第284页。

[②] 参见《唐音癸签》卷二,古典文学出版社1957年版,第6页。

观物象，以达到"心入于境"；"生思"是不期然而然地达到心与境会，其实质就是另一种积极的心理状态——"顿悟"，即是一种以灵感为特色的积极形象思维，而灵感的源泉还是来源于积极情绪与积极情感。"感思"则是在"取思"与"生思"的基础上，沿着既有的积极形象思维方向，借鉴前人作品中的意象与意境而产生的诗思。现代著名诗人王国维，更是大力标举意境（或称境界），他在《人间词话》中强调："言气质，言神韵，不如言境界。有境界，本也；气质、神韵，末也。有境界而二者随之矣。"他还认为："能写真景物，真感情者，谓之有境界，否则谓之无境界。""有造境，有写境，此理想与写实二派之所由分。然二者颇难分别，因大诗人所造之境必合乎自然，所写之境亦必邻于理想故也。"王氏关于境界是由真景物与真感情融合而成、造境与写境都要理想与现实相互融通等诗学观点，都是强调主客观之间的相互交融，是诗人积极的审美心理活动，运用积极形象思维，通过审美意象的选择与组合，进而让诗作生成审美意境这样一个物化过程。从诗学、美学与心理学三结合的意义上讲，传统诗词的审美意境是积极审美心理、积极形象思维与积极修辞手法综合运用的艺术结晶。

传统诗词的创作实践表明，在诗人积极审美需要的推动下，尽管审美意境的实现方式有多种，或曰情随景生，或曰移情入境，或曰体贴物情、物我情融，且每一种情境交融方式，都离不开诗人积极形象思维及其伴生的积极审美体验。对于"情随景生"而言，看起来好像是诗人事先并没有主动的情思意念，只是由于在生活中遇到某种物境而激发灵感，生成顿悟，出现"物色之动，心亦摇焉"（《文心雕龙·物色》）现象。然而，为什么只有诗人之"心"被"摇荡"呢？其原因还是由于"随景"而生之"情"，仍然是诗学心理中那一份积极情绪而生成的积极审美体验。正如王国维所言："山谷云：'天下清景，不择贤愚而与之，然吾特疑端为我辈设。'诚哉是言！抑岂独清景而已，一切境界，无不为诗人设。世无诗人，即无此种境界。夫境界之呈于吾心而见于外物者，皆须臾之物。惟诗人能以此须臾之物，镌诸不朽之文字，使读者自得之。"①对于"移情入境"而言，作为"移情"的主体，当然只能是诗人的积极审美体验。只有诗人带着强烈的主观情绪接触外界物境时，才能把自己的情感注入其中，又借着对物境的描述将它抒发出来，让客观物境带上诗人主观的情意。可以说，"修辞手段，也往往是建立在美感中的移情这一心理基础上的。"正如里普斯所言："移情作用所指的不是一种身体感觉，而是把自己'感'到审美对象里面去。"②（《移情作用，内摹仿和器官感觉》）对于"体贴物情、物我情融"而言，是说自然之"物"亦有情感，不妨将它们当成物境本身固有的性格和感情来看待。正如宋郭熙《林泉高致》所说："身即山水而取之，则山水之意见矣。春山淡冶而如笑，夏山苍翠而如滴，秋山明净而如妆，冬山惨澹而如睡。"③然而，若是再深入一问，为什么能如此"体贴"山川草木与日月星辰，进而出现"物物情融"呢？其原因就在于诗人主观心理上的积极情绪，引领积极形象思维，进而激活积极审美体验，并为下一阶段运用积极修辞手法，将积极审美体验通过意象选择与组合物化为诗词语言，并创造出诗词意境来。

在传统诗学中，"心物感应"与"情景交融"是两个互相关联的重要命题，都涉及审美主体与客体之间的关系。从"景"的角度看，其涵义有三：一是从狭义上讲，是指诗词作品中的自然景物，即所谓景语。如皎然《诗式》云："彼清景当中，天地秋色，诗之量也；庆云从风，舒卷万状，诗之变也。"又如《文镜秘府论·十七势》云："凡景语入理语，皆须相惬，当收意紧，不可正言。"所对应的"情景交融"，涉及情感抒发与景物描写的关系问题。二是从广义上讲，是指诗词作品中的艺术图景或形象，包括自然景物与一切社会人事，即所谓广义的"景象"。在王夫之看来，不但景色描写，一切社会人事、性情、器物的具体描写，都可称之为"景"。他认为："于景得景易，于事得景难，于情得景尤难。"（《古诗评选》卷一）王国维亦云："文学中有二原质焉：曰景，曰情。前者以描写自然及人生之事实为主，后者则吾

---

① 王国维：《人间词话》，吉林文史出版社2007年版，第123页。
② 姚仲明、陈书龙：《修辞美学》，长江文艺出版社1991年版，第10页。
③ 袁行霈：《中国诗歌艺术研究》，北京大学出版社2009年版，第30页。

人对此种事实之精神的态度也。"①所对应的"情景交融",涉及如何用具体生动的艺术形象来表达抽象的思维感情的问题,也就是如何构成"意象"和"意境"的问题。三是进一步泛指一切自然与社会的客观存在物。如何景明《与李空同论诗书》云:"空同子刻意古苑,铸形宿模,而独守尺寸。仆则欲富于材积,领会神情,临景构结,不仿形迹。"其中"临景构结"之"景",并非仅指所面对的自然景物,而是泛指客观存在于生活中的一切事物。所对应的"情景交融",涉及审美体验过程中主体之"情"与客体之"物"相互作用、渗透融合的问题,也就是主客体合二为一的"心物感应"问题。然而,这三个层次的意蕴是相互关联、前后紧扣的。其中最基本的层次是主体之"情"或"心",与客体之"景"或"物"的感应与融合。从"心物"感应的审美心理层次,到审美意象与审美意境的营造层次,其关键是在积极审美体验的过程中,诗人积极的审美心理将激活积极的形象思维,进而运用以"赋比兴"为特色的积极修辞手法,去呼唤与寻求"诗家语",将"在心为志"物化成诗词文本。

三、诗言志的文本形态成于积极修辞手法

诗是语言的艺术,更是语言艺术的精华。语言与思维紧密联系,用来"言志"的"诗家语",是诗人积极形象思维的物化成果,且这种思维是源于积极审美心理所激发的诸多积极心理状态,如积极情绪与积极体验、积极人格与积极特质、积极需要与积极动机等。而作为这种特定思维工具的"诗家语",则是通过运用积极修辞手法生成的。显然,修辞离不开人的审美意识,诗学修辞更是如此。有人说"诗是形象化的修辞学,是魔幻的修辞学,它以令人感到娱乐的方式提出许多典范来促使人趋善离恶"②。陈望道在《修辞学发凡》中将语辞的使用分为三种境界,进而又提出修辞的两大分野,即将修辞分为"积极修辞"与"消极修辞"两大类。积极修辞积极地随情应景地运用各种表现手法,极尽语言文字的一切可能性,使所说所写呈现出形象性、

---

① 王国维:《文学小言》,《王国维文集》,北京燕山出版社1997年版,第231页。
② 姚仲明、陈书龙:《修辞美学》,长江文艺出版社1991年版,第6页。

具体性和体验性。积极修辞手法的目标取向全在于诗词意境的高下，只要能够体现生活的真理，反映生活的趋向，哪怕是现实生活所不曾出现的现象也可以出现，逻辑律所未能推定的意境也可以存在，其轨道是意趣的连贯，虽与事实不无关系，但不一定有直接关系。消极修辞也称"规范修辞""一般修辞"，大体是抽象的、概念的，要求处处同事理符合。即说事实必须合乎事情的实际，即以自然的、社会的关系为常轨；说理论又须合乎理论的联系，即以因明、逻辑的关系为常轨。陈望道在《修辞学发凡》中写道：[①]"我们从修辞的观点来观察使用语辞的实际情况，觉得无论口头或书面，尽可分作下列的三个境界：

（甲）记述的境界——以记述事物的条理为目的，在书面如一切法令的文字、科学的记载，在口头如一切实务的说明谈商，便是这一境界的典型。

（乙）表现的境界——以表现生活的体验为目的，在书面如诗歌，在口头如歌谣，便是这一境界的典型。

（丙）糅合的境界——这是以上两界糅合所成的一种语辞，在书面如一切的杂文，在口头如一切的闲谈，便是这一境界的常例。

内中（甲）（乙）两个境界对于语辞运用的法式，可说截然不同。用修辞学的术语来说，便是（甲）所用的常常只是消极的手法，（乙）所用的常常兼有积极的手法。"

例如郑奠氏所举的《论语》中的"君子疾没世而名不称焉"和《古诗十九首》中的"回车驾言迈，悠悠涉长道。四顾何茫茫，东风摇百草。所遇无故物，焉得不速老。盛衰各有时，立身苦不早。人生非金石，岂能长寿考？奄忽随物化，荣名以为宝"便是绝好比照的两个例。两例的主要意思可说完全相同，而一只"直写胸臆，家常谈话"，单求概念明白地表出，一却"托物起兴，触景生情，而以嗟叹出之"，除却表出概念之外，还用了些积极手法。所谓积极手法，约略含有两种要素：（1）内容是富有体验性的、具体的；（2）形式是在利用字义之外，还利用字音、字形的。如这首古诗的整整齐齐每句五言，便是一种利用字形所成的现象。这种形式方面的字义、字音、字

[①] 陈望道：《修辞学发凡》，复旦大学出版社2011年版，第3页。

绪 论

形的利用，同那内容方面的体验性、具体性相结合，把语辞运用的可能性发扬张大了，往往可以造成超脱寻常文字、寻常文法以至寻常逻辑的新形式，而使语辞呈现出一种动人的魅力。在修辞上有这魅力的有两种：一种是比较同内容贴切的，其魅力比较地深厚的，叫做辞格，也称辞藻；一种是比较同内容疏远的，其魅力也比较地淡浅的，叫做辞趣。两种之中，辞藻尤为讲究修辞手法的所注重。[①]显然，传统诗学推崇积极修辞手法，这也是诗学心理与诗学思维基于"诗言志"的客观要求。可以说，诗言志的文本形态就是成于积极修辞手法。诗人的积极审美心理引领以审美意象为特色的积极形象思维，产生"兴发感动"，而善于诉说"感受"的修辞手法，则是积极修辞手法。陈望道在《修辞学发凡》中论述积极修辞纲领时还说："积极的修辞和消极的修辞不同。消极的修辞只在使人'理会'。使人理会只须将意思的轮廓，平实装成语言的定形，便可了事。积极的修辞，却要使人'感受'。……而要使人感受，却必须积极地利用中介上一切所有的感性因素，如语言的声音，语言的形体等等，同时又使语言的意义，带有体验性、具体性。每个说及的事物，都像写说者经历过似地，带有写说者的体验性，而能在看读者的心里唤起了一定的具体的影像。"[②]陈望道认为，这种积极的手法也如消极的手法一样，可以分做内容和形式两方面。内容方面大体都是基于经验的融合。对于题旨、情境、遗产等方面的综合运用，尤以情境的适应为主要条项，所以有人用所谓联想作为这方面的各样手法分类的根据。形式方面大体是对于语言文字的一切感性因素的利用，简单说，就是语感的利用。前面已经说过积极修辞可以分为辞格和辞趣两类，辞格便是这两方面综合的利用，辞趣便是形式一方面单独的利用。

陈望道在《修辞学在中国之使命》一文中提出："修辞是研究文章上美地发表思想感情的学问。"又在《文章底美质》一文中指出："第一要人家看了就明白，第二要人家看了会感动，第三要人家看着有兴趣。第一是关于知识的……叫做'知识的美质'；第二是关于感情的……叫做'感情的美质'；

---

① 陈望道：《修辞学发凡》，复旦大学出版社2011年版，第3至4页。

② 同上，第57页。

第三是关于人底嗜好的……叫做'审美的美质'。知识的美质是'明晰',感情的美质是'遒劲',审美的美质是'流利'。"①可以说,消极修辞所追求的是"知识的美质"——"明晰";而积极修辞所追求的则是"感情的美质"——"遒劲"与"审美的美质"——"流利"。当然,实现"遒劲"与"流利"的途径,需要通过多种辞格来实现。根据修辞学理论,辞格涉及语辞与意旨,而辞趣大体只是语言文字本身的情趣的利用。根据传统诗学理论,积极修辞手法所涉及的诸多辞格与辞趣,其实就是传统诗学理论"六义"中所说的"赋比兴"。《毛诗·大序》云:"《诗》有六义焉:一曰风,二曰赋,三曰比,四曰兴,五曰雅,六曰颂。"为什么把"赋比兴"与风雅颂夹在一起,而称之为六义呢?唐代孔颖达疏《毛诗正义》云:"风、雅、颂者,诗篇之异体;赋、比、兴者,诗文之异辞耳。大小不同而得并为六义者,赋、比、兴是诗之所用,风、雅、颂是诗之成形。用彼三事,成此三事,是故同称为义,非别有篇卷也。"②这就是说,风雅颂是就诗的体裁而言的,而"赋比兴"则是就诗的文辞而言的。用赋、比、兴"三义"作诗,体现为"诗之法";按风、雅、颂的形式成篇,体现为"诗之体",进而将它们并称为六义。显然,"六义"不是一类问题,而是涉及"体"与"法"这样不同的两类问题。所以,梁钟嵘《诗品序》云:"故诗有三义焉:一曰兴、二曰比,三曰赋。"钟嵘所发前人未曾发过的精辟见解,不是用来讲诗经三百篇,而是用来讲汉代以来的五言诗,主张:"弘斯三义,酌而用之,干之以风力,润之以丹彩,使味之者无极,闻之者动心,是诗之至也。"③钟嵘第一个提出这样的诗学主张,与基于积极心理诗学,认为作诗需要在积极形象思维的引领下生成"诗家语"是一脉相承的。而积极形象思维的工具就是积极修辞手法,尽管这种修辞手法涉及的辞格与辞趣类型很多,但均可用"三义"来概括之。诗人运用积极修

---

① 姚仲明、陈书龙:《修辞美学》,长江文艺出版社1991年版,第3页。
② (汉)毛亨传、郑玄笺;(唐)孔颖达疏:《毛诗正义》,(清)阮元校刻《十三经注疏》,中华书局1980年版,第271页。
③ 郭绍虞主编:《中国历代文论选(一卷本)》,上海古籍出版社1979年版,第107页。

辞手法，就是要用好赋、比、兴"三义"，尤其是要突出"比兴"二义，是诗人积极审美心理引领积极形象思维，用生动鲜活的形象来言志抒情的实现途径。

那么，又如何理解作为"诗之用"的赋、比、兴呢？从东汉郑玄起，历代诗经学者都对此作过不尽相同的阐释。具体而言，"赋"是直接的"即物""即心"，"陈事""布义"之法，无论是写物还是写心，都直奔对象，不绕弯子。"比"是委婉、含蓄的比喻方法。"兴"则是委婉的开头、起兴的方法。不过，当"体物写志""叙物言情"融为一体，通过"即物"来就"即心"时，"赋"就与委婉的"比"相交叉了。当"赋"直接"即物"时，"赋"便成了文学形象塑造的重要途径。①这里需要注意的是，"赋"有时体现为积极修辞手法，有时又体现为消极修辞手法。当然，"赋"的特点是"直露"，古人以同声相训的方法，解作"铺""敷""布"。因"陈"的词义与之相通，故又叫"陈"，用作双音词，则叫做"铺陈""敷布"。"赋"作为"即心""即物"的方法，它与"比""兴"方法不同的特点，是表情达意、写物叙事时不绕弯子，不顾及委婉含蓄，比较直接明白。由于传统诗学推崇"诗贵含蓄"，所以有抑"赋"而扬"比兴"的倾向。这就需要将"赋"这种方法的直露特点，放到一个合适的位置上来理解。"一方面，我们得承认，正是状物达意的直接明白，使得'赋'能够与'比兴'区分开来；另一方面，我们又要看到，'赋'与'比'的区分是相对的，当'体物写志'相结合，通过'赋物'来'赋心'时，'赋'就同时是'比'了，其心灵的表现也就不那么直接了。"②这也就说明，"赋"只有在单纯地'即心'时才表现为抽象的议论与说理，是抽象思维引领下的消极修辞；而当它"即物"时，对事物的直接描写叙述，恰恰可以创造出形象来，而且按照今人对文学形象的定义（艺术形象是对现实的直接反映），"赋"同样也能是积极修辞手法，是诗人运用积极形象思维来言志抒情，使之物化成诗词文本不可或缺的一种修辞手法。

---

① 祁志祥主编：《中国古代文学理论》，华东师范大学出版社2018年版，第103至104页。

② 同上，第106页。

显然，诗词风格的形成离不开诗词语言，进而与诗词修辞的关系密切。它是诗人在题材选择、主题提炼、创作方法运用等多方面表现出来的独特的审美风格。传统诗词推崇"诗贵含蓄"，正如宋代司马光所云："古人为诗，贵于意在言外，使人思而得之，故言之者无罪，闻之者足戒也。"①于是，在诗词创作过程中运用的、以赋、比、兴"三义"为特色诗学修辞，更加突出比、兴"二义"。正如伟人诗人毛泽东在《致陈毅》这封论诗信中所言："诗要用形象思维，不能如散文那样直说，所以比、兴两法是不能不用的。赋也可以用，如杜甫之《北征》，可谓'敷陈其事而直言之也'，然其中亦有比、兴。"②这就说明，以审美意象为特色的积极修辞手法，在诗词创作过程中将更加推崇比、兴"二法"，即有关学者所说的"委婉修辞"，凡是表情达意有委婉效果的各种言语表达都属于这个范畴。所谓委婉修辞，"实际上是言语交际者在言语表达时故意在自己的思想情感表达与受交际者对交际者的思想情感接受之间制造一种'距离'，从而获得一种'含不尽之意，见于言外''不著一字，尽得风流'的美的表达效果。"③以"比兴"为特色的委婉修辞之所以在诗词创作中被广泛运用，这与传统诗学的大力推崇不无关系。在《诗经》中，运用托物起兴手法所构建的委婉修辞的篇章比比皆是。《古诗十九首》之所以为历代传诵，也与这些诗篇继承了《诗经》的委婉修辞传统是分不开的。可以说，包括诗词曲在内的传统诗词创作，之所以始终坚持以"比兴"为主的诗学修辞方法，与中华文化传统对"诗贵含蓄"的大力推崇密切相关。

早在战国时代，孟子就指出："言近而旨远者，善言也；守约而施博者，善道也。君子之言也，不下带而道存焉。"④认为叙事浅近而喻意深远的言辞才是"善言"。这之后，历代诗学更是对委婉修辞手法倍加推崇。刘勰在《文

---

① 张葆全、周满江选注：《历代诗话选注》，广西师范大学出版社2020年版，第14页。

② 付建舟编：《毛泽东诗词全集详注》，山西高校联合出版社1996年版，第413页。

③ 童山东、吴礼权：《阐释修辞论》，首都师范大学出版社1998年版，第199页。

④ 《孟子·尽心下》。

心雕龙·隐秀》中提出:"隐也者,文外之重旨也。……隐以复意为工……夫隐之为体,义生文外,秘响旁通,伏采潜发,譬爻象之变互体,川渎之韫珠玉也。故互体变爻,而化成四象;珠玉潜水,而澜表方圆。始正而末奇,内明而外润,使玩之者无穷,味之者不厌矣。"①对委婉修辞的价值与作用进行了深刻的阐述,说明只能通过以"比兴"为主的积极修辞手法,才能让诗学修辞文本显现出"始正而末奇,内明而外润"的艺术风格。这种有别于其他文学创作的诗学修辞手法,用唐代著名诗人白居易《金针诗格》中的话说就是:说见不得言见,说闻不得言闻,说远不得言远,说静不得言静,说苦不得言苦,说乐不得言乐,说恨不得言恨。如诗曰:"孤舟行一日,万水与千山。"是说远,但却未出现"远"字,等等。南宋著名诗人杨万里在《诚斋诗话》中提出的"句中无其辞,而句外有其意",同样是对传统诗词创作须运用诗学修辞的强调。这也是由于传统诗学心理较之西方诗学心理,更加明显地表现为崇尚含蓄、深沉这种人格特质的缘故。究其深层原因,则是中国人特别是汉民族人"由于实践理性对情感展露经常采取克制、引导、自我调节的方针,所谓以理节情,'发乎情止乎礼义',这也就使生活中和艺术中的情感经常处在自我压抑的状态中,不能充分地痛快地倾泄出来"②。正是由于这种特定的诗学心理,所以才孕育出与之对应的诗学思维方式与诗学修辞手法,从而造就了中国传统诗词有别于西方诗歌的"玩之者无穷,味之者不厌"的审美意境。

四、"三位一体"的诗词创作与鉴赏过程

"诗者,志之所之也"的经典论述说明,对传统诗词的创作而言,作品的诗学性主要表现为诗人的艺术创造活动,其实质是在积极审美心理的引领下,诗人诸多的"积极"心态,促使他沉浸于积极的审美体验之中,并通过审美意象将自身的内在心灵对象化、语符化,使传统诗词作品中的意象或意

---

① 刘勰:《文心雕龙》,中国社会科学出版社2005年版,第270—271页。
② 李泽厚:《中国古代思想史论》,人民出版社1986年版,第37—38页。

象组合充满情感、性灵与张力。"诗学是作为一种活动而存在的,存在于从创作活动到阅读活动的全过程,存在于从诗人——作品——读者这个动态流程之中。这三个环节构成的全部活动过程,就是诗歌的存在方式。"① 与这三个环节相对应的审美意境,根据袁行霈在《中国诗歌艺术研究》中的说法,就是"诗人之意境""诗歌之意境"与"读者之意境"。

著名学者朱光潜在其英文论文《思想就是使用语言》中提出:"思想与使用语言乃是同时发生的同一件事情"的观点,可以说,"思想感情与语言是一个完整联贯的心理反应中的三个方面",是同时发生的"三位一体"。包括传统诗词创作在内,"诗歌的问题主要是运用语言的问题,而运用语言并不完全是形式技巧的问题,它基本上是思想情感具体化或形象化的问题"②。这就是说,作为提供诗言志原始动力的积极审美心理、彰显诗言志审美特征的积极形象思维与成就诗言志文本形态的积极修辞手法这三个方面,也是同时发生的"三位一体",乃至还是反复发生的"三位一体"。传统诗词创作实践表明,诗学心理(即以主言情志为特色的积极审美心理)引领诗学思维(即以审美意象为特色的积极形象思维),诗学思维推崇诗学修辞(即以"赋比兴"为特色的积极修辞手法),进而用具体化或形象化的语言来表达思想感情,也就是永远的"诗言志"。

清代郑板桥说过:"江馆清秋,晨起看竹。烟光、日影、露气,皆浮动于疏枝密叶之间。胸中勃勃,遂有画意。其实胸中之竹,并不是眼中之竹也。因而磨墨展纸,落笔倏作变相,手中之竹又不是胸中之竹也。"(《郑板桥集·题画》)这就是郑板桥的"三竹说":"眼中之竹""胸中之竹"与"手中之竹"。唐代王昌龄关于"生思""感思"与"取思"的"三思说",以"思"为中心,描述了从"生"到"感"、再到"取"这一连贯过程。综合考虑郑板桥的"三竹说"与王昌龄的"三思说",可看出两者之间的对应关系:即"生思"源于"眼中之竹";"感思"系于"胸中之竹";"取思"成于"手中之竹"。

---

① 周圣弘:《接受诗学》,中国传媒大学出版社2011年版,第26页。
② 肖学周:《朱光潜诗歌美学引论》,中国社会科学出版社2013年版,第46至47页。

绪 论

这里，结合郑板桥的"三竹说"与王昌龄的"三思说"，正好可以用来比着诗学活动的三个环节：诗人心中的情志犹如"胸中之竹"，诗人眼中的审美意象犹如"眼中之竹"，诗人手中的作品（语言符号）犹如"手中之竹"；而诗人则借助"眼中之竹"而不断"生思"，经过"胸中之竹"而不断"感思"，为了"手中之竹"而不断"取思"。在这三个方面，尽管最终的诗词作品是独立于诗人而客观存在的，但诗词作品中的语言符号，作为思维表达的工具，却从来不是脱离诗人的积极形象思维而从天而降的。凡有诗词创作经验者自会懂得，"诗家语"与"象思维"的不可分离性，恰恰是创作过程中的诗学思维，即"意象—语符"思维的主要特征。即便是诗词作品完成以后，蕴涵在语言符号中的审美意象与审美意境，同样浸透着诗人的情感，依然闪耀着诗人的性灵。西方著名诗人歌德同爱克曼谈及《浮士德》创作时说："我在内心接受印象，并且是那类感官的、活生生的、媚人的、丰富多彩的印象，正如同一种活泼的想象力所呈现的那样。我作为一个诗人，是要把这些景象和印象艺术地加以琢磨和发挥，并通过一种生动的再现，把它们展露出来。"[①]这就表明，以"积极"为主线的诗学心理、诗学思维与诗学修辞三种活动往往是熔于一炉的。正是由于这个"三位一体"，才让诗人将内心的诸多"内觉"，即创作主体的感情色彩渗透于诗词作品的字里行间。"诗人之意境"让作者也能够感觉到自己的心律在诗词语符中跳动。

刘勰《文心雕龙》云："原夫'登高'之旨，盖睹物兴情。情以物兴，故义必明雅；物以情观，故词必巧丽。"（《诠赋》）"诗人感物，联类不穷；流连万象之际，沉吟视听之区。写气图貌，既随物以宛转，属采附声，亦与心而徘徊。"（《物色》）这里，刘勰提出了"诗人感物"与"睹物兴情"的命题，即诗人的诗兴，是通过观察外界事物而迸发出内心的情感。也就是诗词创作中主体与客体，即"心"与"物"的关系，即心理学中"心理场"与"物理场"的关系问题。著名心理学家考夫卡认为，世界是心物的，经验世界与物理世界不一样。观察者知觉现实的观念称为"心理场"，被知觉的现实称为"物理场"。"心理场"与"物理场"之间并不存在一一对应关系，但

---

① 伍蠡甫主编：《西方文论选》上卷，上海译文出版社1979年版，第477页。

是人类的心理活动却是两者结合而成的"心物场"。显然，由于不同人的"心理场"是不同的，所以，在相同的"物理场"面前，必定产生不同的"心物场"。这就是说，即使是同样的"眼中之竹"，因为观者不同，必然会出现不同的"胸中之竹"与"手中之竹"，即萌发不同的"生思""感思"与"取思"；甚至是同一观者，由于不同时间自身的心态不同，也有可能产生前后不一样的"竹"与"思"。

周代尹喜提出了心、性、情一致的学说。①他在《关尹子》中写道："情生于心，心生于性。情，波也；心，流也；性，水也。""性水说"表明，人的性灵如水，无色无味，无"静"无"动"，可融会贯通；"心流说"明喻人的心理、意识像大江大河的水，不舍昼夜地流淌；"情波说"表明人的情绪、情感像水的波浪，有时会"惊涛拍岸，卷起千堆雪"。那么，为什么"心之流"会产生"情之波"呢？《关尹子》中的《五鉴篇》云："心感物，不生心生情；物交心，不生物生识。"这就是说，无论是"情"，还是"识"，都不能自生，而必须与外物打交道，接受外界事物的影响。但"情"是由外界事物感动所致，而"识"则是心物相交所生。"情"与"物"与外界事物的关系大致为：情是感，感则动，故有波浪；识是交，交不动，故乃平静。两者既有区别，又有联系，这就是《五鉴篇》所说的"因识生情，因情着物"。

《关尹子》关于"性""心""情""识"的形象描述与理论建树，与现代心理学的研究成果大体一致。例如，完形心理学（即所谓"格式塔"心理学）主张：学习的实质是知觉重组或认知重组（即构建完形），是通过顿悟实现的，顿悟是完形的组织构造过程。②又如，积极心理学认为，"心境是一种无明确目标、具有弥散性的情感状态，也可以把心境视为持续的、低强度的情绪状态。"而"情绪都是对刺激的反应"，"积极情绪既可以被视为一种状态，又可以被视为一种特质，它反映了个体参与环境的愉悦水平"。"积极情绪分为三大类：与过去有关的积极情绪、与现在有关的积极情绪和与将来有

---

① 兰茂景：《心诗美理——从认知心理、审美、数论角度剖析唐诗》，阳光出版社2013年版，第37-42页。

② 燕君编著：《一本书读完心理学名著》，第27页，电子工业出版社，2013年。

绪　论

关的积极情绪。"①，从传统诗学的角度看，尽管"诗人感物"源于"情以物兴"，但"心感物生情"离不开"物交心生识"，而"生识"的过程就是一个学习的过程，也是"生思"与"感思"的过程，更是一种"悟"的过程；反过来，又可以引发"物以情观"，即由于"因识生情"后，发生"因情着物"现象。然而，上述关于"物""心""识""情"诸方面的相互关系，都源于诗人的积极情绪与积极体验、积极人格与积极特质、积极需要与积极动机。在外界事物的刺激下，诗人产生顿悟或灵感，"物交心生识"，又"因识生情"，于是，"心之流"便应运生成"情之波"。

尤其是汉字是一种象形文字，用汉字来描绘的语言符号，作为意象思维的工具，往往追求"立象尽意"以及"以少总多""虚实相生"等审美效应。特别是审美意境作为传统诗歌的独特范畴，更是具有"意与境会"和"境生象外"两大特征。诗学思维作为"情之波"的表现形式，其核心是以"物交心"后的积极审美体验为认识的出发点，进而展开一系列的"感思"活动——积极形象思维，进而又借助以"比兴"为主积极修辞手法，为"取思"提供诗家语，也就是通过选择不同类型的"意象"，包括以"赋"为特色的"描述性意象"、以"比"为特色的"引类性意象"和以"兴"为特色的"感发性意象"，让"胸中之竹"外化为"手中之竹"，让"诗人之意境"物化为"诗歌之意境"，进而也让"胸中之竹"与"手中之竹"实现"两竹"分离。至此，诗人在诗词创作过程中，借助审美意象而生成的"意境"独立于身外，以修辞文本的形态外化成"诗歌之意境"，并为"隐匿的读者"（或"隐含的读者"）进行鉴赏性阅读创造了接受条件。接受诗学认为，"作者创作活动完成后，作品就脱离作者而独立了；但独立并不是诗歌作品的真实存在，唯有通过读者的阅读活动，并在阅读的时间流程中，诗歌作品方获得现实的生命。"②当然，这里所说的"读者"，首先是"隐含的读者"。这类读者既非现实的读者，也非理想的读者，而只是一种可能出现的读者，一种根植于文本结构中与本文结构暗示的方向吻合的读者。用西方学者伊瑟尔的话说就

---

① 郑雪主编：《积极心理学》，北京师范大学出版社2014年版，第3页。

② 周圣弘：《接受诗学》，中国传媒大学出版社2011年版，第27页。

是，这类读者"既体现了本文潜在意义的预告构成作用，又体现了读者通过阅读过程对这种潜在性的实现。"①从审美的角度看，这类读者在积极审美心理的引领下，可以说是最容易接受阅读文本"诗歌之意境"的读者。

诗词鉴赏是一种积极的接受诗学活动。对于那些"隐匿的读者"而言，一旦在积极心理的引领下投身诗词鉴赏活动，同样会像诗词创作那样呈现出"三位一体"的诗学心理特征。这是因为与文本结构"暗示的方向吻合"，就说明作为鉴赏对象的"诗歌之意境"与读者的审美心理谐振共鸣，并让读者"沉浸"于审美体验之中，通过以"语符——意象思维"为特色的积极形象思维，将诗词语符中蕴含的意象激活，形成新的审美意象与审美意境。这里，由于思维与语言的特殊关系，尤其汉字更是国人思维与语言之间的诗意"链接"，所以作为成就"诗言志"文本形态的积极修辞手法，仍然在诗词鉴赏过程发挥着不可或缺的作用。尽管诗词语言本身不提供任何感性经验，只能是刺激心理学所谓"第一信号系统"，唤起同诗词语言所指群落相关的感性经验并使之加以重组，但读者在鉴赏性阅读中，由语符——意象思维建立起来的审美对象——意境，其本身就使用了积极修辞的工具——诗词语言。只有较好地理解与掌握了积极修辞的读者，才能让自身的感性经验在修辞文本的"暗示"下，不断地被唤醒、复现与重组，把修辞文本中的抽象语符转化为生动鲜活的审美意象，进而创造出"读者的意境"。

在积极审美心理引领下的诗词鉴赏活动，同样是一种艺术创造活动。清代学者谭献在《复堂日记》中提出了"作者之用心未必然，而读者之用心何必不然"的著名论述。遵循谭氏的诗学主张，在积极的接受诗学活动中，"读者之用心"没有必要与"作者之用心"完全保持一致，强调了读者作为审美主体的创造性，与董仲舒提出的"诗无达诂"说、王夫之进一步提出的"诗无达志"说是一致的。这就说明，在积极的接受诗学活动中，读者的阅读不应是一种消极的心理适应，追求对作者创作意图与作品原意的简单复原，而应是一种极富创造力的积极审美体验，读者完全可以"触类以感，充类以尽"，充分发挥自己的积极审美想象，从而升华出"读者之意境"。西方接受美

---

① ［德］伊瑟尔：《隐含的读者·前言》，霍普金斯大学出版社1975年版。

学家弗朗科·梅雷加利亦有类似的说法:"不存在对某文本的难以更改的绝对性阅读,也不存在独一无二的意义。……一切的解释,只要在文本中找到相应的理由,便或多或少是合理的;因此,一切的解释都是相互补充的,即便它与最初的解释相对立。"①在积极的接受诗学活动中,以"积极"二字贯穿的诗学心理、诗学思维与诗学修辞,其"三位一体"的交互方式,将会更加促使读者通过诗词鉴赏活动,去实践"作者未必然,读者何必不然"的积极审美效应。

---

① [意大利]弗朗科·梅雷加利:《论文学接受》,《比较文学论文集》,上海译文出版社1985年版,第415页。

第一章 积极心理学相关概念及其诗学观照

积极心理学的英文为"Positive Psychology",是世纪之交国际心理学领域崛起的一门新兴学科。根据《现代汉语词典》的释义,心理学是"研究心理现象规律的科学。心理现象指认识、情感、意志等心理过程和能力、性格等心理特征"。与传统心理学相比,积极心理学是用一种更加开放的、欣赏性的眼光去看待人类的潜能、动机和能力,致力于研究人的发展潜力和美德的科学。积极心理学中的"积极"二字非常重要,包含"积极"二字的诸多概念,诸如积极情绪与积极体验、积极人格与积极特质、积极需要与积极动机等等,正成为"研究人的发展潜力和美德"的钥匙呈现在读者面前。鉴于诗人的特殊性,运用积极心理学理论来研究当代诗学心理与心理诗学,对促进中华诗词的创造性转化与创新性发展无疑是有益的。

一、积极情绪与积极体验的基本涵义及其诗学观照

积极心理学研究的第一大内容就是积极情绪与幸福感,审美体验又在诗学心理中占有特别重要的地位,诗人的幸福感是在审美体验中获得的。诗学活动中的审美体验,可以说是以"志之所之"为特质的积极审美体验。在诗学心理即积极审美心理的引领下,积极审美体验源于积极情绪,积极情绪催生积极审美体验,并在积极审美体验中升华诗意幸福感。

(一)几个相关概念

1.幸福观与幸福感

积极心理学主张人们要用一种积极的心态对待人的心理现象,以此激发

每个人自身所现有的或潜在的积极品质和积极力量,从而使每个人都能走向成功的彼岸并获得属于自己的幸福。"幸福"一词有时指幸福感(受),有时指幸福观(念)。一般而言,哲学主要关注幸福观,而心理学更侧重幸福感。"从哲学的角度来说,人生有三种追求:谋生、荣生、乐生。谋生是为个体或其家庭生存而奋斗的生活方式,这种生活方式我们将它称之为自然人生。荣生是为个体在精神上获得社会上的尊重与荣誉而奋斗的生活方式,我们将这种生活方式称之为道德人生。乐生是为个体的精神愉快而奋斗的生活方式,我们将这种生活方式称之为审美人生。""审美人生说的'愉快'或者说'乐',不能作简单的理解,它的实质是幸福感。"①这就是说,审美人生的幸福观,它所追求与感受的"愉快"或"快乐",其实质就是心理学意义上的幸福感。快乐是一种幸福的表达。在中国的诗学心理中,幸福与快乐可以建立在物质贫乏与个人困苦的基础上,"多藏厚亡,故知富不如贫之无虑;高步疾颠,故知贵不如贱之常安"(洪应明《菜根谭》)。显然,这样的幸福与快乐是与一种文化理想相联系的,为追求文化理想,个人可以忽略物质匮乏而达到忘我的境界。乐在本质上是一种心理上的满足,积极心理引领下的审美体验,所产生的满足感足以让人获得幸福的快乐。

　　心理学家对于幸福的研究通常是从被研究者的立场和主观感受进行的,幸福不是别人所认定的,而是每一个人自己的主观评价,在心理学领域中称之为"主观幸福感"(或简称"幸福感")。尽管幸福感在某种程度上是幸福观的产物,个体也是在自己的幸福观的指导下追求与感受幸福,但幸福观毕竟不等同于主观体验上的幸福感受。幸福感是一种主观体验,是个体依据自己设定的标准对其生活质量所作的整体评价。它是衡量个人和社会生活质量的一种重要的综合性心理指标,是人们对他们生活的情感性和认知性评价,主要包括生活满意度、积极情感体验与消极情感体验三个心理学参数。其中,生活满意度是个体对生活总体质量的满意度评价;积极情感体验是指在生活中个体体验到的愉悦、快乐等正面情绪;消极情感体验则是个体体验

---

① 陈望衡:《美在境界》,武汉大学出版社2014年版,第300页。

到的抑郁、焦虑等负面情绪。也就是说，若是评价个体对总体生活的满意度愈高，体验到的积极情感愈多，消极情感愈少，则个体的主观幸福感也就越强。古往今来的诗学实践表明，历代诗人以主言情志为特色的积极审美心理，较之一般心理更加崇尚主观体验上的幸福感受，"发奋忘食，乐以忘忧，不知老之将至"（《论语·述而》）正是诗人积极审美心理的真实写照。

积极心理学领域的中外学者对"幸福"一词的阐释很多。其中，邢占军从体验论的角度认为，"幸福是人们对现实生活的主观反映，它既同人们生活的客观条件密切相关，又体现了人们的需求和价值。而主观幸福感正是由这些因素共同作用而产生的个体对自身存在与发展状况的一种积极的心理体验。他进而将主观幸福感分为身体健康体验与享有发展体验两大部分。"高良则认为，"幸福感是一个复杂的、具有一定终极目的性的心理现象，它同时涉及快乐和意义两种体验，这里的'意义'至少包括三个层面：个体的心理健康、个体的心理发展和个人的社会价值。"[1]积极心理学与传统心理学的区别在于：后者的幸福感是从"自下而上"或"自外而内"的视角来解释的，即个体外在的生活条件决定着自身的幸福感；而前者的幸福感则是从"自上而下"或"自内而外"的视角来解释的，即个体内在的人格或气质决定着自身的幸福感。根据积极心理学理论，幸福感更是指在人的一生中表现出相对较高的积极情感和相对较低的消极情感。在积极心理学中，还有所谓幸福智力概念。与幸福相比，幸福智力指的是一种获取幸福的能力。它强调的是获取幸福的原因和过程，包括感知、体验、评价、调控等各种方式，而幸福只是其可能的一种结果。这就是说，幸福智力既与幸福体验、幸福状态等概念不同，同时又区别于非智力因素如动机、人格、兴趣、爱好、需要等。同时，幸福智力是一种能力，所以它不只是表现为感知、体验、表达、评价或调控等单一方式，而是由这多种因素相互联系而形成的有着一定组织和层次结构的统一体，即既包括认知，也包括情感（如激动体验）和行为（如调控）。[2]通常，以积极审美心理为特质的诗学心理，让诗人气质与诗意人生结伴而

---

[1] 郑雪主编：《积极心理学》，北京师范大学出版社2014年版，第23页。

[2] 同上，第196页。

行，进而孕育出较之一般心理更强的幸福智力。

2.情绪与体验

所谓情绪，是指人从事某种活动时产生的兴奋心理状态，如战斗情绪、急躁情绪等；或指不愉快的情感，如闹情绪等。所谓体验，是指通过实践来认识周围的事物，如作家到群众中去体验生活；或指亲身经历，如他深深体验到了这种工作的艰辛。心理学家认为，人的大脑被兴奋整体唤醒所引起的感受带有特殊的色调，可统称感情，也就是情绪。情绪感受把环境信息与生命活动联系起来，达到了意识的水平，影响主体的目标定向与行为选择，称之为体验。人类的情绪体验在心理上有着多水平的整合，它可以发生在感觉水平，也可以发生在认识水平；可以发生在意识下水平，也可以发生在意识上水平；可以发生在非语词意识水平，也可以发生在语词意识水平。换言之，人类的情绪体验可以在意识水平上出现，也可以在意识水平下出现。但是，有特定含义的体验，不是指语词意识本身，而是指在语词中出现的情绪的感受的色调。这就是说，情绪之所以成为与认识过程不同的心理形式，其可感受的特定色调及其外显表现是情绪的根本特征。如果说表情是情绪的外显行为，体验则是情绪的心理实体。①有些学者从人的社会性角度研究情绪，赋予情绪无可非议的社会含义，把它看作认知社会的构成物，并认为体验和表情都是后天习得的，而且体验和表情之间的联系也是后天习得的。然而，无论从性质上或从适应的含义上，情绪体验与外显表情行为均具有确定无误的先天一致性。②

心理学家认为，情绪与认识不同，它似乎与个体的切身需要和主观态度联系着。从这种联系中可以引伸出情绪的两种特殊存在形式，其一为内在状态或体验，其二是外显表情。这是认识过程所不具有的特征。因此，情绪与认识是带有因果性质和互相伴随而产生的。情绪可以发动、干涉、组织或破坏认知过程和行为；认识对事物的评价则可以发动、转移或改变情绪反应和

---

① 孟昭兰主编：《情绪心理学》，北京大学出版社2005年版，第59至60页。
② 同上，第72页。

体验。①情绪作为基本的心理过程之一，在人的心理结构中占有重要位置。首先，情绪作为一种状态，存在于人脑的活动过程中，并作为适应的手段，成为支配有机体行为的重要心理能力；其次，情绪作为一种特质，让个体呈现出主动或被动、内向或外向、敏捷或迟钝、易感或沉静等个性特征；再次，情绪作为一种主观体验，为产生可感体验提供刺激来源，并成为意识成分。与情绪直接相关的概念是情感。情感的基本内涵是感情性反应方面的"觉知"，它集中表达了感情的体验和感受方面，可以把情感视为"情绪的主观反映，它代表了一种私人化、个体化的情绪体验"。②正因为如此，积极心理学高度重视积极情绪与积极体验问题。在积极心理学中，还有情绪智力这个概念。所谓情绪智力，是指个体成功地完成情绪活动所具备的个性心理特征，是个体感知和体验、表达和评价并调节和控制自身、他人及环境中各种情绪信息的能力。幸福智力与情绪智力之间有着非常紧密的内在相似性。可以说，幸福智力是情绪智力的重要补充，是情绪智力概念的一种突破和革新。或者还可以说，情绪智力是培养幸福智力的基础，而幸福智力反过来又促进情绪智力的发展。只有当幸福智力与情绪智力同步发展，处于动态平衡时，才是真正意义上的全面的情绪智力。③

与情绪密切相关的概念是情感。日常生活中被广泛使用的"感情"这一术语，不妨看作"情绪"与"情感"的统称。"情绪"与"情感"这两个词常可通用，即使是心理学家，有的也对它们不作区分。有的虽然加以区分，规定也较模糊，"常把短暂而强烈的具有情景性的感情反应看作是情绪，如愤怒、恐惧、狂喜等；而把稳定而持久的、具有深层体验的感情反应看作是情感，如自尊心、责任感、热情、亲人之间的爱等"。④其实，"绪"有连绵不断的条绪之意，"情绪"宜指人所具有的"主观体验形式"，即表现为一种情

---

① 孟昭兰主编：《情绪心理学》，北京大学出版社2005年版，第4页。
② 郑雪主编：《积极心理学》，北京师范大学出版社2014年版，第2页。
③ 同上，第176页、196页。
④ 《中国大百科全书·心理学》"情绪与情感"条，中国大百科全书出版社1991年版。

绪体验的稳定状态，并与"心境"相关。而"感"有感觉、感受之意，"情感"还应包括特定时境中主体对某一对象的感受，包含着具体的内容。有鉴于此，人们通常将不可名状的感情性体验称作"情绪"，将包含有特定思想内容的感情性体验称作"情感"。[①]心理学意义上的"心境"，代表着一个人的心理特质，而情绪则更多的是某种状态的倾向性。"心境"可能往往没有一个特定的与之相关的客观事物或含义，也并不常处于意识状态的核心地位。但心境比情绪持续的时间要长，它们为我们的所思所想蒙上了不同的色彩，并影响着我们的所思所想。相对稳定的积极情绪，显示为积极情感；相对稳定的消极情绪，显示为消极情感。心理学可能在形容不好心境时用的词，要比形容良好心境的词多得多，但也会有诸如狂热、有活力、有激情和快乐这样的词语。这些词语描绘了我们的最佳心境。积极心理学可以对积极情感和消极情感进行测量与统计。[②]然而，当人们用情绪与情感这类术语来表示这一心理现象时，人们心目中所反映的内涵常常是不同的。例如，有时人们把同生物需要相联系而产生的感情反应称为情绪，而把受社会规范制约的感情状态称为情感；另一时候人们又在标示感情形式时采用情绪，而在标示感情内容时采用情感。综鉴有关情绪文献，可以发现，把区别于认识活动、有特定主观体验和外显表现，并同人的特定需要相联系的感性反应统称为感情；感情是标示这一感情性状态和反应的普遍概念。它一般包容着情绪和情感的综合过程，既有情绪的含义，也有情感的含义。[③]根据这一学术观点，鉴于"在心为志，发言为诗"的诗学特征，积极心理诗学中的"情志"二字，当然是"包容着情绪和情感的综合过程"。

（二）积极情绪与积极体验的基本涵义

1.积极情绪及其基本涵义

（1）积极情绪的概念。目前还没有公认的定义，只是不同研究者从不同

---

① 胡家祥：《志情理：艺术的基元》，百花洲文艺出版社2017年版，第154页。
② 郑雪主编：《积极心理学》，北京师范大学出版社2014年版，第44页。
③ 孟昭兰主编：《情绪心理学》，北京大学出版社2005年版，第7页。

的角度对其进行了各自的描述。积极心理学对积极情绪的兴趣始于该领域的领军人物芭芭拉·弗雷德里克森教授的研究，但她并未直接给出积极情绪的定义，也不是将积极情绪设定在消极情绪的研究模式里，而是提出积极情绪的"扩展和建构"理论，将积极情绪的十大重要概念（包括喜悦、感激、宁静、兴趣、希望、自豪、逗趣、激励、敬佩和爱）整合其中，冶于一炉。① 她认为积极情绪所激发和扩展的心理定向，开启我们的心灵和头脑，使我们更善于接受和更富有创造性。"与消极情绪限制人们的思想和创造性不同，积极情绪扩展人们关于可采取行动的想法，打开我们对于常规之外更广泛的思想和行为的意识。例如喜悦，它会激发出我们探索和发挥创造性的冲动；而宁静激发出我们品味当前情境、把自己融入周围世界的冲动。"②

现代积极心理学创始人Martin Seligman教授（2002）则把积极情绪分成三类：与过去有关的、与现在有关的和与未来有关的。与未来有关的积极情绪包括乐观、希望、信心、信仰和信任；与过去有关的积极情绪主要包括满意、满足、充实、骄傲和安详；与现在有关的积极情绪可以分成两类：即时的快感和长久的欣慰。快感包括生理上的快感和精神上的快感。对比之下，精神上的快感来自更复杂的活动，包括飘飘欲仙、欢欣鼓舞、心满意足、心醉神迷、热情洋溢等感受。欣慰和快感的区别在于，欣慰要有沉浸，而沉浸来自全神贯注地从事那些令人沉浸其中的活动（比如赛船、授课和助人），这些活动通常需要动用个人独有的特征优势。特征优势指最突出的优势。③ 中国学者孟昭兰（1989）认为，积极情绪与某种需要的满足相联系，它通常伴随愉悦的主观体验并能提高人的积极性和活动能力。拉扎鲁斯（1991）从情绪的认知理论出发，认为积极情绪就是在目标实现过程中取得进步或得到他人积极评价时产生的感受。Clark等（1989）认为，积极情感（positive affect）

---

① ［美］芭芭拉·弗雷德里克森著，王珺译：《积极情绪的力量》，中国人民大学出版社2010年版，第4页。

② 同上，第21页。

③ ［爱尔兰］Alan Carr著，丁丹等译：《积极心理学》，中国轻工业出版社2013年版，第3页。

既可以被视为一种状态，又可以被视为一种特质，它反映了个体参与环境的愉悦水平。高水平的积极情感，包括热情、有活力、精力充沛、兴趣、快乐和决心。①

积极情绪概念的这些论述说明，与消极情绪相比，积极情绪不仅是感觉上的不同，其机制也是不同的。消极情绪提醒我们注意环境的危险。当我们感受到消极情绪时，我们的反应选择会变得狭窄，我们会匆忙地去躲避危险。相反，积极情绪能够消除消极情绪所导致的生理学反应。积极情绪代表着安全，我们对积极情绪采取的内在反应不是去限制我们的选择范围，而是去扩大选择的范围。积极情绪所起的进化性决定作用，不是表现在当前，而是表现在未来。或许体验积极的情绪，其作用在于它们能够指引我们参加与增强我们行为和认知能力的活动中。②积极心理学之所以将积极情绪作为首要问题来研究，是因为普通心理的研究以问题为取向，往往把重点放在消极情绪上，而忽略积极情绪。经典定义就认为情绪具有特定的行为倾向性，用专业的术语来讲就是特殊行为倾向。然而，情绪的这种倾向性，则主要是表现在消极情绪上。例如，恐惧会使人想要逃跑，愤怒使人想要进行攻击，厌恶则使人想要呕吐。相反，积极情绪并不与特殊的行为倾向相关。诸如高兴的情绪可能使人们充满活力，但这种关联性往往含糊不清，方向性也不太精确。③

郑雪的《积极心理学》，根据相关学者的研究，论述了积极情绪与消极情绪的区别。有的学者借鉴零和游戏与非零和游戏（或称输—赢交易与双赢交易）概念，认为消极情绪（如恐惧或愤怒）让人们为零和游戏做好准备。在这种游戏中，只有胜方和败方，胜方所赢的收益正好是败方的损失，因此这种游戏没有产生纯收益，可称之为零和游戏。相反，积极情绪（如愉快或满意）告诉人们好事即将发生。积极情绪能够扩大我们的视野，使我们对更广

---

① 郑雪：《积极心理学》，北京师范大学出版社2014年版，第5页。

② ［美］克里斯托弗·彼得森著，徐红译：《积极心理学》，群言出版社2010年版，第41页。

③ 同上，第40页。

泛的物理环境和社会环境保持清晰的意识。这种开阔的意识范围使人们对新思想和新活动保持开放的心态,并且比平常更具有创造性。积极情绪让人们为非零和游戏做好准备。在这类游戏中,双方都能在游戏结束时获得比先前更多的收益。①

积极情绪的突出表现。在积极心理学诞生之前,人们一直把乐观视为心理缺陷、性格弱势或不成熟的标志,而把既不乐观也不悲观视作心理健康、性格优势和成熟的标志。②然而,积极心理学关于情绪的环形模型表明(参见图1.1),积极情绪处于积极度(或愉快度)与高唤醒度(或高激活度)之间,而消极情绪则处于消极度(或不愉快度)与高唤醒度(或高激活度)之间。积极情绪具有扩展效应,能够扩展思维,使我们能够考虑到在其他情况下看不见的可能性。③在积极情绪的引领下,积极度(或愉快度)与高唤醒度(或高激活度)的相互作用,突出地表现为乐观与希望两大心理特征。

---

① 郑雪主编:《积极心理学》,北京师范大学出版社2014年版,第11页。
② [爱尔兰] Alan Carr:《积极心理学》,中国轻工业出版社2013年版,第88页。
③ [美]芭芭拉·弗雷德里克森著,王珺译:《积极情绪的力量》,中国人民大学出版社2010年版,第59页。

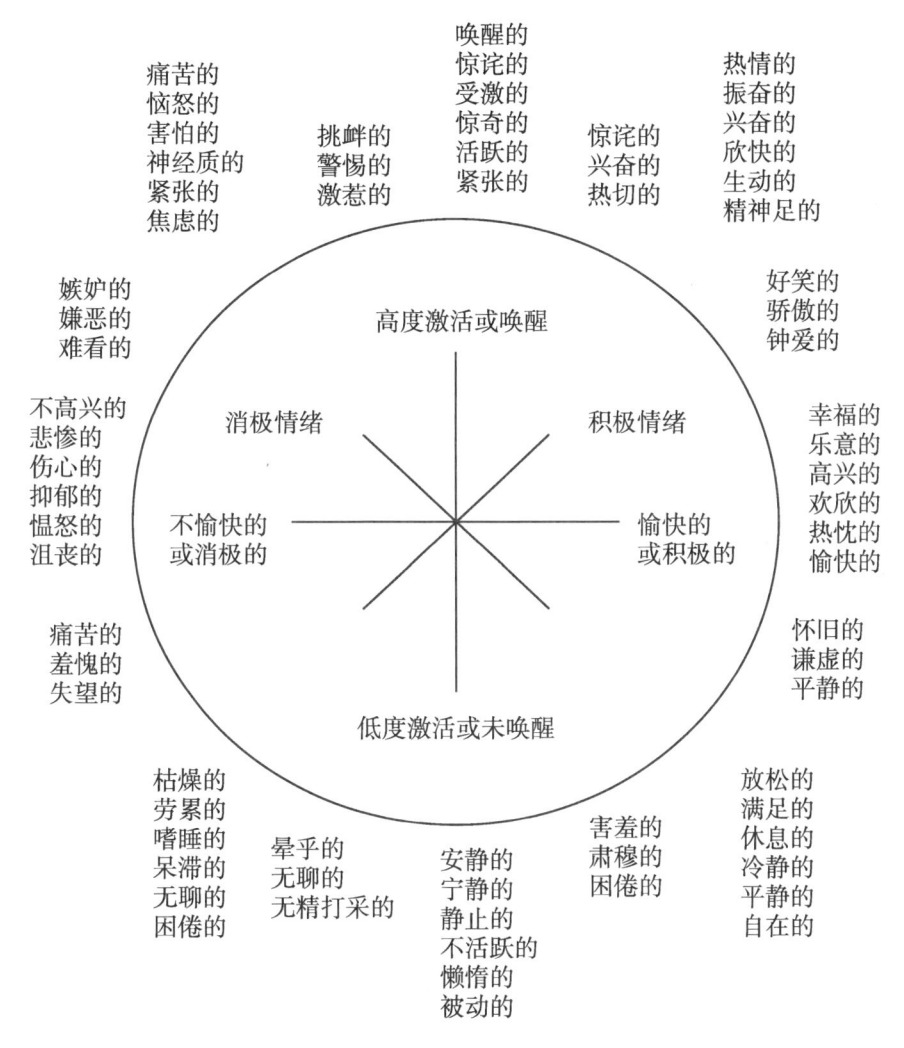

第一章 积极心理学相关概念及其诗学观照

图 1.1 情绪的环形模型

注释：横轴代表愉快度或积极度，纵轴代表激活度或唤醒度；细斜线代表Watson和Telegen(1985)建议把坐标系旋转45°后得到的两个新维度，分别为消极情感和积极情感。

乐观，这是所谓"乐生"的应有之义。人类学家林耐尔泰格认为，乐观是"一种情绪或态度，与对未来的社会或物质生活的期望相关——一种对自己有益或者能够带给自己愉悦的社会期望的评价"。①这个定义说明，之所以称之为乐观，往往取决于个体有什么样的期望。乐观可以看成是一种评价——对既定效应和情绪的评价。乐观不是简单、生硬的认知，只有考虑情绪因素对乐观的影响，才能理解到被乐观鼓舞或正在被乐观鼓舞的东西。人们可能很需要对事情有乐观的感觉，但是，我们不应该感到奇怪的是，乐观和悲观二者，既能够自我增强，又可以自我防御。所谓乐天派，往往是一种自我呈现的方式，或许部分反映出乐观态度中的情绪和动力成分，而并非认知成分，也许外向型性格或者积极情绪跟乐观中的认知成分相关联。对于乐观的研究存在两种截然不同的理论，一种认为，乐观是一种人格特质，以普遍的乐观期望为特征；另一种认为，乐观是一种解释风格。

所谓气质性乐观，它是基于传统的期望——价值理论，认为乐观不仅指特定情境中的抱有希望的期望，而且指相似情境中一种类化的具有跨时间和跨情境一致性的期望，一般强调个体总体上的感受。显然，气质性乐观侧重于将乐观看作一种稳定的人格特质，并与积极幻想相呼应，对未来的期望总是认为好事情比坏事情更有可能发生。所谓乐观解释风格，是认为乐观是一种解释风格，而不是普遍的人格特质。乐观的人把消极的事件或体验归因于外部的、暂时的和特殊的因素，如当前的环境等；悲观的人则把消极事件或体验归因于内部的、稳定的普遍的因素，如个人失败。与此同时，还有所谓大小两种乐观理论。所谓小乐观，往往包含了对积极结果的特定预期；所谓大乐观，往往包括比较显著的、更大的以及不太特定的预期。大小乐观的区别提醒我们认识到，乐观也可以分为不同的水平，同时因为这些水平的不同，其作用方式也会不同。大乐观可能具有天生的倾向，同时受到文化的影响，而具有能够被社会所接受的内容；大乐观能够导致预期的结果，因为大乐观会带来充满激情和韧劲的普遍状态。相反，小乐观可能是由一种特殊的学习历史导致的；小乐观能够导致预期的结果，是因为它可能提前设置特定的行为来适应既定的环境条件。当然，乐观不仅仅是一种认知上的特点，还有内在的情绪和动机性因素。积极心理学家认为，积极情绪能够增强一个人

---

① [美]克里斯托弗·彼得森：《积极心理学》，群言出版社2010年版，第82页。

的认知和行为能力。①需要说明的是，乐观与盲目乐观还是有区别的。其关键问题是要注意乐观的现实基础，也就是处理好乐观与现实的关系，乐观如果太不现实的话，即"不切实际的乐观"就会付出代价。

显然，浪漫主义诗人就具有气质性乐观的人格特质。众所周知，毛泽东诗词是革命现实主义和革命浪漫主义双结合的伟大史诗，作为伟人诗人毛泽东的乐观特质，在很多诗篇中都淋漓尽致地突显了出来。例如，写于1928年秋的毛泽东词《西江月·井冈山》："山下旌旗在望，山头鼓角相闻。敌军围困万千重，我自岿然不动。早已森严壁垒，更加众志成城。黄洋界上炮声隆，报道敌军宵遁。"全词八句，不尚藻绘，不务雕饰，而以朴素的笔调和精练的语言描写当时战争的实况，用毛泽东自己的话说就是"在马背上哼成的"，即是在战斗中创作的，因此通过这些犹如"湖海荡波澜，全无斧凿痕"的词句，更加体现了诗人无比坚定的革命信念和高度的革命乐观主义精神，笔健情豪，堪称"格古调高，句平意远，不尚难字，而自然过人矣"（谢榛《四溟诗话》）。与此同时，积极情绪引领下的乐观心态，往往可以激发积极思考。艺术创作中的审美想象，即是在积极情绪引领下的一种积极思考，正如陆机《文赋》所云"精骛八极，心游万仞"之际，就会出现"晴曈昽而弥鲜，物昭晰而互进"的情况，说明积极思考中的审美想象，内在情感与外在景物总是交织在一起的。

希望。所谓希望，是一个与乐观密切相关的概念，都指向未来、与期望相关，但它们又有各自的特点。希望是意愿动力和路径思维的总和，其核心是目标。有学者从希望的本质和辞源学的角度，将希望定义为："一系列对美好状态或事物的预期和描绘，一种可以自我提升或者从困境中释放的感觉。这种美好预期不一定要建立在某个具体的事物和现实的目标之上。因此，希望是一种对未来相互关系（主要是与他人相关）为基础的美好预期，是一种自己可以胜任和应对某事的能力感，一种心理和精神上的满意度，一种对生活

---

① ［美］克里斯托弗·彼得森：《积极心理学》，群言出版社2010年版，第89至92页。

的目的感、意义感的体验,以及对生活中充满无限的'可能性'的感觉。"[①] 也有学者认为希望既包含了情绪成分,又包含了认知成分。在情绪上,希望被定义为"预期达到目标后的积极情绪和预期没有达到目标后的消极情绪之间的差异"。在认识上,希望是个体的预期和预期背后隐藏愿望之间的关系,且这种关系是建立在认知基础之上的。[②] 还有学者从预期与中介两个视角来研究希望,将希望定义为目标能够实现的预期。据此,目标导向的预期由两种独立的因素构成,一种是中介,反映人们对目标能够实现的决心,如充满激情地去追求理想;另一种因素就是途径,即个人有关成功的计划能够导致目标达成的信念,如相信每一种问题都会有很多解决的方法。[③] 当代心理学家所提出的希望理论则认为,希望是"一种基于内在的成功感的积极的动机状态,它包括意愿动力的路径思维"。Snyder的希望理论如图1.2所示,[④] 表示了在具体的情境中体验希望的过程。面对任何一个有价值的目标,充满希望的目标定向行为由下面三个因素决定:一是对结果和目标等级的价值评定;二是对达到目标的所有可能路径的思考及相应的期望;三是对个人动机的思考,以及对这些目标路径的功效评价。以上三个因素的确定,又是以两个与情境相关领域的以往经验为基础的:其一,以相关和因果关系的经验为基础,对目标路径所进行的思考;其二,以作为事件因果链主角和推动者的自我经验为基础,对动因所进行的思考。

---

① 张青方、郑日昌:《希望理论:一个新的心理发展视角》,《中国心理卫生杂志》2002,16(6),第430至433页。

② 陈海贤、陈洁:希望疗法:一种积极的心理疗法,桂林师范高等专科学校学报,2008,22(1),第121至125页。

③ [美]克里斯托弗·彼得森:《积极心理学》,群言出版社2010年版,第88页。

④ 郑雪主编:《积极心理学》,北京师范大学出版社2014年版,第73至76页。

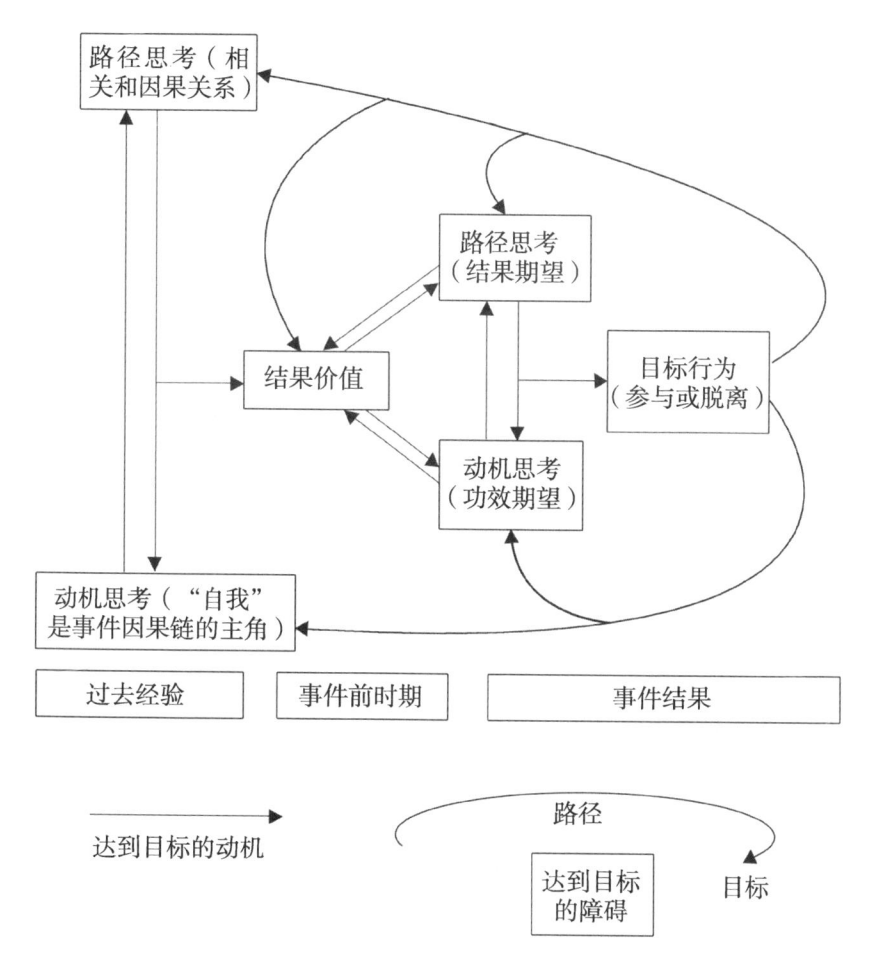

第一章 积极心理学相关概念及其诗学观照

图 1.2 Snyder 的希望理论

从图1.2可以看出，希望是目标、意愿动力和路径思维的有机结合。意愿动力提供目标追寻需要的心理能量，路径思维寻找实现目标的合适方法。对于希望的获得，三者缺一不可。但从实践层面上讲，希望主要包括两个部分：一个是能力，一个是动力。能力是指能够规划出克服困难、实现目标的路径；动力是指愿意沿着这条路径前进。这两个部分加起来就是希望。如果追求的是一个有价值的目标，且遇到可以克服的巨大障碍，那么希望是最强烈的。如果目标肯定可以实现，那么希望就没有必要。如果目标肯定不能实现，就无所谓希望，即无望了。因此，积极或消极情绪不过是在追求目标的过程中产生希望或无望想法时顺带产生的东西。①就诗学心理而言，希望理论所揭示的诸多特征，都显著地体现在古今诗人身上。所谓"诗穷而后工"的创作动力说，可以说就是希望理论在诗学中的典型范例。

显然，宋代欧阳修所说的"诗穷而后工"，它所针对的人并非指所有的人，而是指具有某种人格特质与特殊才华的人，是具有相应的动力与能力去实现特定希望目标的人。正如司马迁所言："古者富贵而名摩天，不可胜计，惟倜傥非常之人称焉。"（司马迁《报任安书》）这里，"倜傥非常"，既指其人格特质，又指其具有某种特殊才质。与此同时，"穷而后工"的另一前提就是作家本身须有一种执着的志向。正如清代刘熙载所言："《汉书·艺文志》曰：'学诗之士，逸在布衣，而贤人失志之赋作矣。'余案：所谓失志者，在境不在己也。屈子《怀沙》赋云：'离闵而不迁兮，愿志之有像。'如此虽谓失志之赋即励志之赋可矣。"（《艺概·赋概》）著名诗人陆游则道："天恐文人未尽才，常使零落在蒿莱"（《续唐人愁诗对作》）、"清愁自是诗中料，向使无愁可得诗"（《读唐人愁诗戏作》），说明颠沛流离的生活是诗歌创作的有利条件，只有在"怨愁"这种特定的审美体验的作用下，主体才能把自己难于施展的抱负熔铸于诗中，从而收到感人的艺术效果。可以说，"倜傥非常"与"励志"就是诗人在"希望"的田野里耕耘的动力与能力，而"诗穷而后工"就是他所收获的成果。其中，包括"兴于怨刺"在内的"兴、观、群、怨"犹如希望之"目标"，"倜傥非常"犹如"意愿动力提供目标追寻需要的心理能量"，而"励志"犹如"路径思维寻找实现目标的合适方法"。它们三者之间的有机结合，就让"希望理论"成"工"了诗歌，成就了诗人。

2.积极体验及其基本涵义

（1）积极体验的概念。所谓积极体验，是一种包含着多种情绪成分的积极的情绪体验，是比那些一瞬间的快乐感更持久和复杂的体验。在有的积极心理学著作中，也称之为沉浸体验。积极体验往往给人带来幸福与愉悦，

---

① ［爱尔兰］Alan Carr：《积极心理学》，中国轻工业出版社2013年版，第104页。

催生出沉浸感与酣畅感。所谓沉浸，是指在内在动机驱动下从事具有挑战性和可控性的需要大量技能的活动时，体验到的一种主观状态。沉浸体验的本质性特征，是对某一活动或事物表现出浓厚兴趣并能失去自我，个体完全投入某项活动或事务的一种情绪体验。这是一种包含愉快、兴趣等多种情绪成分的综合情绪，而且这种情绪体验是由活动本身而不是任何外在其他目的引起的。

对诗人来说，其工作既不是像画家那样，以具体的感性媒介手段直接诉诸人的直觉感官，也不是像小说家那样，直接地利用实用性语言来展示人的命运和生活，而是以独特的情感和表象的语言系统表征内心的情思意绪。所以，诗人的体验必定是在积极审美心理引领下的积极体验，恰似美国人本主义心理学家马斯洛提出的"高峰体验"。马斯洛认为，高峰体验"不仅是最幸福、最激动人心的时刻，而且是人们最高程度的成熟、个性化和实现的时刻"。在这个时刻，他更加整合，更加超越自我。"他更真实地成为他自己，更完全地实现了他的潜能，更接近于他的存在的核心，更完全地具有人性。"随着他更接近他的存在与完美性，他也就更容易感知世界的存在价值。①当然，由于审美心理不尽相同，作为审美体验的"积极性"亦有差异，进而让沉浸体验或高峰体验彰显出不同的艺术风格。正如李贽《焚书·读律肤说》："性格清彻者音调自然宣畅，性格舒徐者音调自然疏缓，旷达者自然浩荡，雄迈者自然壮烈，沉郁者自然悲酸，古怪者自然奇绝。有是格，便有是调，皆性情自然之谓也。莫不有情，莫不有性，而可以一律求之哉！然则所谓自然者，非有意为自然而遂以为自然也。若有意为自然，则与矫强何异。"王国维《人间词话》亦有言："词人之忠实，不独对人事宜然，即对一草一木，亦须有忠实之意"，因此诗人才能够"以奴仆命风月，与花鸟共忧乐"。

积极心理学家将产生沉浸体验的活动称作"自主活动"，这种体验来自活动本身，而不是为了得到某种预期利益。这是因为自主活动本身可以激发其动机，其本质特征即所谓活动本身就是目的。人们从事自身即目的性活动

---

① 叶朗：《美学原理》，北京大学出版社2009年版，第122页。

时，主要不是为了外在奖励，只是活动本身就是一种奖励。作家经常说，自己写作不是为了"钱途"，也不是为了前途，写作本身就是一种快乐。积极心理学家研究表明，尽管大多数人都有过沉浸体验，但是沉浸体验的频度和强度存在很大的差异。只有具备"本身即目的性人格"的人，由于他们拥有一些"元技能"，进而让他们相对容易进入并维持沉浸体验状态。这些"元技能"包括：好奇、毅力、不以自我为中心。持久特质（好奇）与暂时状态（兴趣）构成了人们从事新活动直至完全掌握的内在动机。内在动机对人们获得新知识、培养新技能，以及在运用这些知识和技能的过程中体验到沉浸非常关键。[1]显然，诗人最基本的素质是具有敏锐的易感性与强烈的心灵意识，所以他们更是最具沉浸体验"元技能"的人群之一。

（2）沉浸体验的主要特征。积极心理学家提出，沉浸体验具有九个主要特征：一是发自内心地喜欢所从事的工作；二是活动难度与个人技能相匹配；三是行为自动化；四是目标清晰；五是反馈即时；六是注意力集中在活动上；七是有控制感；八是有忘我感；九是时间知觉扭曲。这里，根据该书的论述，摘其要而述之。[2]

①难度与技能匹配。要获得沉浸体验，活动必须具有挑战性，只有发挥最佳水平才能完成活动。所谓挑战性，是指活动难度与个人技能要水平相当，且两者都高于一般水平。沉浸体验与技能和难度的关系如图1.3所示，只有高难度—高技能会带来沉浸体验；低技能—低难度导致麻木；高难度—低技能导致焦虑，因为这时会让人们缺乏控制感；难度低、技能至少为中等水平时，人们会觉得无聊。随着技能越来越娴熟，则需要越来越难的活动才能获得沉浸体验，如果不转向难度较大的活动，就会觉得无聊。相比之下，如果技能不够娴熟就转向难度较大的活动，就会觉得焦虑。

---

[1] ［爱尔兰］Alan Carr：《积极心理学》，中国轻工业出版社2013年版，第121至148页。

[2] 同上，第122页。

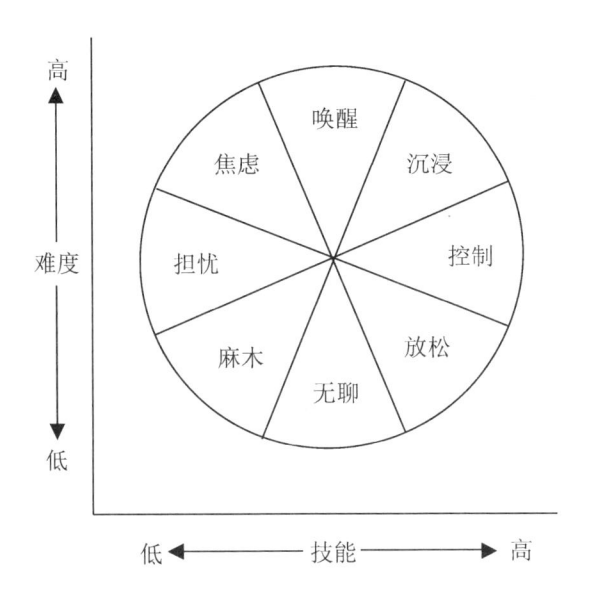

图 1.3 技能水平、难度水平共同决定沉浸等状态

②目标与反馈。引发沉浸体验的自主活动,必会有明确的目标。与此同时,在活动进行中还要有即时反馈。例如,诗词创作过程中的不断推敲、反复修改,就体现为目标明确、反馈及时,让诗人持续处在沉浸体验的积极状态。

③全神贯注与忘我。鉴于引发沉浸体验的自主活动有明确的目标与即时反馈,所以,活动主体必然是全神贯注地投入,进而进入忘我的状态。沉浸体验过后,自我感增强。

④时间知觉扭曲。所谓时间知觉扭曲,是指在沉浸体验中,时间知觉或者变慢了,即时间流逝体验浓缩了;或者变快了,即时间流逝体验膨胀了。对有诗词创作经验的人来说,时间在不知不觉流逝则是一种经常性的体验。

(3)沉浸体验的心理表现。如前所述,沉浸体验是一种积极的情绪体验。所谓沉浸,字面上的意思是"浸入水中"。《现代汉语词典》将其释义为:"多比喻处于某种境界或思想活动中。"积极心理学则将"沉浸"定义为是指对某一活动或事物表现出浓厚兴趣并能失去自我,个体完全投入某项活动或事务的一种情绪体验,是包含愉快、兴趣等多种情绪成分的综合情绪,而且这种情绪体验是由活动本身而不是任何外在其他目的所引起的。① 与之相关的心理表现，如愉悦感、酣畅感、积极幻想等，在诗学心理状态中表现得尤为突出。

①愉悦感。积极心理学研究表明，愉悦不仅是生物学的事情。我们的躯体在不断演变进化，同样我们创造文化的能力也在不断进化，人类的本质就是其社会性，是整个大文化的参与者，这种人类文化随着社会化的过程一代一代往下传。积极心理学还认为，愉悦包含了一些主观的积极心理状态，它可以是强烈的、兴奋的和集中的——这种情况下我们称之为欣喜或狂喜，或者它也可以是安静的、成熟的和弥漫的，我们把它叫做满足或者平静。在语义上，愉悦的反义词是痛苦，但心理学家反对说愉悦包含了一系列包括愉悦感在内的正性情感，所以愉悦的反义词也不仅仅只是痛苦，还要包括焦虑、内疚、羞愧和无聊等感觉。积极心理学理论认为，愉悦的产生并不简单是因为没有负面情绪，就是没有这些负面情绪，也不一定会产生愉悦感。因此，当积极心理学家们研究愉悦感时，他们针对的是愉悦的词义本身以及它所代表的情绪。同时，愉悦感既是感性的，也是多维的。即使人们能在愉悦的状态下可以很快地做出总结判断，同样我们也会同时感受到积极的和消极的情绪。事实上，这些积极和消极的情绪之间相互影响，并导致更高级别体验的出现，即特别积极或者特别消极的体验。这也就是为什么会被忧伤的歌曲所深深吸引或者为什么"品尝蜜糖"却带有悲剧色彩。②

②酣畅感，即沉浸感。这是一种精神高度集中于某项活动时所伴随的心理状态。例如，积极心理学家观察和研究一些具有很高天赋和创造力的画家工作时，他们的工作进行得非常顺利，似乎都忘记了饥饿、疲惫和不适。一旦作品完成之后，他们就对它不再感兴趣，而是投入另一个新的作品的创作中。例如，诗词鉴赏作为一种积极的接受诗学活动，就是一种典型的"自主活动"。袁行霈《中国诗歌艺术研究》在论述读者于诗词鉴赏过程中的"感

---

① 任俊：《积极心理学》，上海教育出版社2006年版，第153页。
② [美]克里斯托弗·彼得森：《积极心理学》，群言出版社2010年版，第35至36页。

受"时就认为:"这种感受,如果笼统地说,可称之为沉浸感。暂时忽略了周围的一切,视而不见,听而不闻,整个心灵沉浸在一个想象的世界之中,得到美的满足。"①这也说明,沉浸体验源于审美心理,由此激发的沉浸感或酣畅感,都不是感官的愉悦,而是一种非情绪和非意识的状态。积极心理学家把沉浸与酣畅形容成一种内在固有的乐趣,但这种乐趣并不是在活动的过程中立即出现,而是在事后的总结中才体验到的。沉浸或酣畅代表着物我两忘,是一种全神贯注的审美体验。当然,人们能够体验到沉浸感或酣畅感的频率是不尽相同的,但引领这种体验的积极情绪却已成为积极心理学大厦的一块重要基石。

③积极幻想。积极幻想也可以说是一种积极的思考。积极心理学家研究表明,积极幻想与健康、幸福相关。它可以带来更强的主观幸福感、更高的关系满意度和更强的逆境适应能力。研究表明,正是由于积极幻想这种良性的积极偏好,才让人类的思维有别于其他物种的思维。也就是说,人类大脑天生就偏好积极而非现实或消极的思考方式。在工作中,积极幻想还让人执行任务时坚持得更久,而且只要任务不过难,积极幻想还让人高产。可以说,积极幻想在诗学心理中表现突出,尤其是浪漫主义风格的传统诗词创作更是经常彰显出积极幻想。例如,李白的诗句"岑夫子,丹丘生,将进酒,杯莫停。与君歌一曲,请君为我倾耳听""五花马,千金裘,呼儿将出换美酒,与尔同销万古愁"(《将进酒》)"举杯邀明月,对影成三人"(《月下独酌》)等著名诗句,不都是积极幻想的产物吗!朱光潜《文艺心理学》在阐述美感的态度时就明确指出:审美者"唯其偏重形象,所以不管事物是否实在,美感的境界往往是梦境,是幻境。把流云看成白衣苍狗,就科学的态度说,为错觉;就实用的态度说,为妄诞荒唐;而就美感的态度说,则不失为形象的直觉"②。这就是说,诗人的积极幻想,其实质属于审美体验,"不失为形象的直觉"。

---

① 袁行霈:《中国诗歌艺术研究》,北京大学出版社2009年版,第43页。
② 朱光潜:《文艺心理学》,漓江出版社2012年版,第8页。

（三）积极情绪与积极体验的诗学观照

1.积极情绪的诗学观照

古今中外的诗学理论与实践表明，在诗词创作与鉴赏中，诗人的情绪表现尤为积极。关于积极情绪对人类的意义，创立积极情绪"扩展和建构理论"的西方学者芭芭拉·弗雷德里森教授说过："把你自己想象成春天的一朵花，你的花瓣聚拢，紧紧围绕着你的脸。即使你还可以看到外面，也只有一点点光线。你无法欣赏发生在你身边的事情。然而，一旦你感受到阳光的温暖，情况就变了。你开始变得柔软。你的花瓣放松，并开始向外伸展，让你的脸露了出来，并拿掉了厚实的眼罩。你看见的事物越来越多。你的世界相当明确地扩展着。可能性不断增加。"[1]这段诗意语言描述了作者的积极情绪的扩展和建构理论最核心的内容，说明积极情绪如同那成形的花朵与灿烂的阳光，给人生带来更多的幸福感。刘勰《文心雕龙·神思》亦云："登山则情满于山，观海则意溢于海，我才之多少，将与风云而并驱矣。"这就说明，充满积极情绪的诗人，他们的登山观海与科学家的山海考察有着截然不同的心理状态。积极情绪是艺术想象的动力，传统诗词的创作与鉴赏，诗人既有与艺术想象的内容相关的积极情绪，亦有由于艺术想象的效率与质量所派生出来的其他积极情绪，还有与主体对艺术形式的琢磨相关的积极情绪。

（1）积极情绪是诗学心理的外在表现。在众多群体中，诗人既是普通人群中的一部分，又是有其自身特质的特别人群。褒奖者认为，诗人是神奇、美妙诗境的开拓者，是人类精神情感意境之中的缪斯，是世界上最富于创造性的人；嘲讽者认为，诗人是睁着一只眼睛做梦的人，甚至认为诗人近似于疯子；论诗者认为，诗人是"不失其赤子之心者"（袁枚语），是"矫矫不群"者（司空图语）。李白的堂弟李令问赞李白说："兄心肝五脏，皆锦绣耶？不然，何开口成文，挥翰雾散？"（《李太白全集》卷二十七《冬日于龙门送从弟京兆参军令问之淮南觐省序》）古代不少文论家就认为诗人有着超过

---

[1] ［美］芭芭拉·弗雷德里克森著，王珺译：《积极情绪的力量》，中国人民大学出版社2010年版，第56页。

常人的一副"锦绣肝肠"。若是仔细体味这些称呼诗人的声音，无论是褒奖或是嘲讽，都说明诗人更是一群有"积极"个性的人，积极情绪往往是诗学心理的外在表现。当然，诗学心理中的"积极"与"消极"，有时还有其不同寻常的特定内涵。如文艺心理学中的"心理距离"概念就认为："'距离'含有消极的和积极的两方面。就消极的方面说，它抛开实际的目的和需要；就积极的方面说，它着重形象的观赏。它把我和物的关系由实用的变为欣赏的。就我说，距离是'超脱'；就物说，距离是'孤立'。"①诗词创作实践表明，当作者的文思受阻时，他会焦急、烦躁，这种近似"消极"的情绪却迫使作者竭尽全力去寻求新的表达方式，进而转化为积极的情绪。例如，苏辙的孙子苏籀《栾城遗言》记载："（苏轼）尝谓刘景文与先子（指苏籀的父亲苏迟）曰：'某生平无快意事，唯作文章，意之所到，则笔力曲折无不尽意，自谓世间乐事，无逾此者。'"苏轼本人在《自评文》中说："吾文如万斛泉源，不择地皆可出，在平地滔滔汩汩，虽一日千里无难；及其与山石曲折，随物赋形而不可知也。所可知者，常行于所当行，常止于不可不止，如是而已矣。其他，虽吾亦不能知也。"②从苏轼的这段话，我们也可以体会到他于创作过程中那淋漓尽致的积极情绪。

自古以来，传统诗学就有所谓"穷而后工"的著名论断，说明积极情绪能让诗人充满着希望去看待挫折和失败，并从困难中奋发出前行的力量，乃至变得更加坚忍不拔。通常，人们面对困难时有两个基本反应，即绝望或希望。在绝望中，人们会增加消极情绪，恐惧与不确定性所带来的压力，又可能转变为绝望的悲伤，进一步抑制和扼杀一切形式的积极情绪。而希望则不同，尽管它不是绝望的反面镜像，但它带着通透的眼光承认消极情绪。"更重要的是，希望在你身上点燃了进一步的积极情绪。即使是最细微的希望，也能成为一个跳板，让你感受到爱、感恩和激励等。这些温暖而柔和的感情开启了你的思维和你的心灵，并将你与他人联系起来。因此，希望敞开了通向良性循环的大门，给予你从困难中恢复的力量，使

---

① 朱光潜：《文艺心理学》，漓江出版社2012年版，第14页。
② 王先霈：《中国古代诗学十五讲》，北京大学出版社2007年版，第52页。

你进入更为强壮的状态。"①可以说,在传统诗学的视野中,"穷而后工"之"穷",就是充满"希望"的"跳板",其中就饱含着包括积极情绪在内的诸多"积极"因素,体现为"穷"则"发愤",把"消极"化为"积极","惜诵以致愍兮,发愤以抒情"(屈原《九章·惜诵》)。遵循文艺心理学理论,就创作个体而言,艺术活动大多源自心灵意欲弥补现实生活的缺失。西方学者瓦格纳甚至说过:"生活能如意时,艺术可以不要,艺术是到生路将穷处出来的。到了无论如何都不能生活的时候,人才借艺术以鸣,以鸣其所欲。"②弗洛伊德用"替代性满足"来阐释这种现象。他认为,幻想的动力是未被满足的愿望。人人都有幻想,但由于各自的处境不尽相同,所以幻想的动力强度亦因之而异。幸福美满的人用不着幻想,而只有那些愿望得不到满足又不甘现状的人才崇尚幻想。诗人就是这样的人,可以说他们在梦境中创作,并获得一种"替代性满足"。

(2)诗学活动中的情绪转化。在诗词创作与鉴赏活动中,关于作者或读者的情绪转化,中国传统诗学早就有过许多精辟的论述。明人王慎中认为:"不得志于时,而寄于诗,以宣泄怨忿而道其不平之思,盖多有人矣。所谓不得志者,岂以贫贱之故也?材不足以用于世,而沮于贫贱,宜也,又何怨焉?材足以用于世,贱且贫焉,其怨也,宜也。言之所寄,必出于不平。"(《碧梧轩诗集序》)宋代欧阳修同样明确指出:"予闻世谓诗人少达而多穷,夫岂然哉?盖世所传诗者,多出于古穷人之辞也。凡士之蕴斯所有,而不得施于世者,多喜自放于山巅水涯,外见虫鱼草木风云鸟兽之状类,往往探其奇怪;内有忧思感愤之郁积,其兴于怨刺,以道羁臣寡妇之所叹,而穷人情之难言;盖愈穷则愈工。然则非诗之能穷人,殆穷者而后工也。"(《欧阳文忠公文集》卷四十二《梅圣俞诗集序》)在中国文学批评史上,最初看到文学家的痛苦遭遇与其创作活动之特殊关系的是汉代的司马迁。《太史公自序》写道,屈原《离骚》与《诗》三百篇等,"大抵贤圣发愤之所作也。此人皆意

---

① [美]芭芭拉·弗雷德里克森著,王珺译:《积极情绪的力量》,中国人民大学出版社2010年版,第96页。

② 郭沫若:《文艺论集》,人民文学出版社1979年版,第194-195页。

有所郁结,不得通其道也"。在《屈原贾生列传》中,他还强调指出:"人穷则反本,故劳苦倦极,未尝不呼天也;疾痛惨怛,未尝不呼父母也。屈平正道直行,竭忠尽志以事其君,谗人间之,可谓穷矣。信而见疑,忠而被谤,能无怨乎?屈平之作《离骚》,盖自怨生也。"以上论述中所谓"穷"之概念,绝不只是指物质上的穷困,而是理想与现实的落差,甚至是这种落差越大,内心的郁结就越累积,与之相关的幻想强度就越强烈,进而表达的愿望就越炽烈与真诚。从"穷"的角度讲,诗人于坎坷的生活际遇中所激发出来的感愤不平之情,当然引起的是"消极情绪"。但是,在积极审美心理引领下,志屈则蓄愤,因而获得深切的生命体验,非达者所能及。同时,穷者由于在现实生活中难能遂志,只好借诗词创作来真切地表达,这又为达者所难及。宋濂在评论杨维桢时写道:"使君志遂情安,稍起就勋绩,未必专攻于文;纵攻矣,未必磨砺之能精;藉曰既精矣,亦未必岁积月累发越如斯之夥也。"(《元杨廉夫墓志铭》)这一连串的假设,其实是在说明"消极"与"积极"之间可转化性,且"在心志之屈伸"越大时,必然"消极"愈甚,进而激发出"替代性满足"的强烈动力,转化为更加炽热的"积极"因素,催生出将"消极情绪"转化为"积极情绪"的心理飞跃。

传统诗学还主张"乐而不淫,哀而不伤"(《论语·八佾》)。朱熹在《诗集传序》中对此作了如下解释:"淫者,乐之过而失其正者也;伤者,哀之过而害于和者也。"这里,从积极心理学的角度看,涉及一个艺术情感的"快适度"命题。情绪与体验都有所谓积极与消极之分,且情感经验还有强度高低的区别。例如,快乐可以从适意到欣狂,愤怒可以从微愠到暴怒,哀伤可以从惋惜到悲怆。孔子认为"淫"是"乐"的极度;"伤"是"哀"的极度。"乐而不淫,哀而不伤"则是要求将情绪与体验保持在"快适度"的范围。因为乐极生悲,积极的情绪过了头就可能走向反面,成为消极的情绪了。反之,如果让消极情绪保持在一定的"度",并通过相应的"宣泄",亦可以转化为愉悦的积极体验。芭芭拉·弗雷德里克森教授在《积极情绪的力量》中所提出的"临界点"理念,为我们体会"乐而不淫,哀而不伤"的诗学主张提供了新的视角。他认为:"积极情绪受到一个临界点的调控。"所谓"临界点",即是积极情绪与消极情绪的最佳配比。按照芭芭拉·弗雷德里克森教授的说法,"把积极情绪与消极情绪的比率看做是浮力与重力间不可思议的平衡。浮力是一种把你举向天空的无形的力量,而重力则是把你拉向地面的力量。不加抑制的浮力让你轻狂、不踏实和不现实;而不加抑制的重力,则让你在大堆的痛苦中坍塌。但是一旦这两者适当地结合起来,它们会让你振作、灵活、现实,并为一切做好准备。适当的消极情绪传递着重力的承诺,让你脚踏实地。相比之下,由衷的积极情绪提供了让你振作和欣欣向荣的旋梯。"①可以说,"乐"代表积极情绪,"哀"代表消极情绪,遵循"临界点"理念,保持两者之间的适当平衡,是良好诗学心理的历史与现实的呼唤。

2. 积极体验的诗学观照

美学原理表明,美感不是认识,而是体验,审美活动是美与美感的同一。②关于审美体验的实践体会,恩格斯在其散文《风景》中有过这样的生动记述:"你攀上船头桅杆的大缆,望一望被船的龙骨划破的波浪,怎样溅起白色的泡沫,从你头顶高高地飞过;你再望一望那遥远的绿色海面,那里,波涛汹涌,永不停息,那里,阳光从千千万万舞动着的小明镜中反射到你的眼里,那里,海水的碧绿同天空明镜般的蔚蓝以及阳光的金黄色交融成一片奇妙的色彩;——那时候,你的一切无谓的烦恼、对俗世的敌人和他们的阴谋诡计的一切回忆都会消失,并且你会融合在自由的无限精神的自豪意识之中!"③可以说,这种融合着"自由的无限精神"的海上奇妙体验,即是"意兴所至",它代表着一种积极情绪的体验,也就是审美体验。

(1)诗学心理引领下的积极体验,是一种积极的审美体验。按照文艺心理学的说法,审美体验首先表现为审美,即与如下审美特征相连:无功利、直觉、想象、意象等,而非审美体验则常常涉及功利、实用、理智认识等特

---

① [美]芭芭拉·弗雷德里克森著,王珺译:《积极情绪的力量》,中国人民大学出版社2010年版,第136页。

② 叶朗:《美学原理》,北京大学出版社2009年版,第85页。

③ 恩格斯:《风景》,里夫希茨编:《马克思恩格斯论艺术》第四卷,中国社会科学出版社1985年版,第333页。

征；其次表现为一种体验，即不同于一般经验。因为经验属于表层的、日常消息性的，可以为普通心理学把握的感官印象，而体验则是深层的、高强度的或难以言说的瞬间性生命直觉。朱光潜说过："在观赏的一刹那中，观赏者的意识只被一个完整而单纯的意象占住，微尘对于他便是大千；他忘记时光的飞驰，刹那对于他便是终古。"①这也就是说，积极审美体验是一种既不同于非审美体验，又不同于一般审美经验的特殊的东西，它可以看成是一种对美的观赏与享受，是一种深层的、鲜活的、令人陶醉而又难以言说的审美直觉。

美学与心理学理论与实践都表明，美感经验是"形象的直觉"，通常包含两层意思：一是形象直觉性，即对美的感受必须由审美主体去切身体验；二是瞬间生成性，即审美既无须抽象的思考，也不必运用逻辑的推演，就能得到美的享受。与此同时，诗学心理引领下的积极审美体验，还需要将这种"切身体验"与"美的享受"描述为审美意象，物化为诗词文本的语言符号。例如马致远的散曲［越调·天净沙］《秋思》："枯藤老树昏鸦，小桥流水人家，古道西风瘦马。夕阳西下，断肠人在天涯。"这首小令仅五句，二十八字，就是作者积极审美体验的真实写照。然而，诗人的积极审美体验，与身临其境的其他人的审美体验不同，它不只是审美主体自身的一种审美直觉，更是必须通过诗词意象来表达，既可供自己日后回顾，也可供他人来阅读与鉴赏。正如王国维《人间词话》评曰："寥寥数语，深得唐人绝句妙境，有元一代词家，皆不能办此也。"该曲前三句写景，每句三个意象，一共九个意象，都是为后面写人服务的，即可谓"以我观物，故物皆着我之色彩"（王国维《人间词话》）。"一切景语皆情语"，这首小令的意象组合，让诗人的积极审美体验通过美的感性，直接表达了一种萧瑟悲凉的情境。藤之枯、树之老、鸦之昏、桥之小、道之古等等，都不是独立于诗人之外的物象，而是作为一种审美意象组合，个中饱含着游子的漂泊之感与思乡之情。这也说明，诗词创作与鉴赏作为一种审美活动，需要通过积极审美体验来把握鲜活

---

① 朱光潜：《文艺心理学》，漓江出版社2012年版，第9页。

的审美对象。从诗学心理的角度看，催生酣畅感或沉浸感的积极体验，其实就是积极审美体验。这种体验正是诗词创作与鉴赏过程中不可或缺的心理状态。

美国人本主义心理学家马斯洛提出过"高峰体验"概念，认为："高峰体验一词是对人的最美好的时刻，生活中最幸福的时刻，是对心醉神迷、销魂、狂喜以及极乐体验的概括。"①从诗学心理的角度看，高峰体验与积极心理学所说的沉浸体验或积极体验一样，都具有积极审美体验的性质。马斯洛通过心理学的调查和统计，对高峰体验的特征做了详细的描述，其中有一些特征其实就是积极审美体验的特征，或者是与积极审美体验相类似的特征。例如，处于高峰体验中的人有一种比其他任何时候都更加整合（统一、完整、浑然一体）的自我感觉；高峰体验中的认知是不同于普通认知的存在认知，如果不断重复，感知会越来越丰富；在高峰体验中，体验主体往往会有超越时空、超越历史和地域的感觉，其表达和交流常常富有诗意，带有一种神秘与狂喜的色彩；高峰体验是一种终极体验，而不再是手段体验；高峰体验的欢悦是一种"属于存在价值的欢悦"，体验主体经常有惊讶和意外之感，以及豁然开朗的心灵震动。马斯洛认为，高峰体验"不仅是最幸福，最激动人心的时刻，而是人们最高程度的成熟、个性化和实现的时刻"。在这个时刻，作为体验主体，他更加整合，更具有创造力，更加超越自我。②清人有所谓"以诗为性命"的说法，可谓是对马斯洛"高峰体验"最好的诠释，也正如清代"性灵派"领军人物袁枚所云："诗，性情也，性情得而形骸可忘。"③可以说，诗仙李白的酒仙形态是最具典型性的"高峰体验"。他超越魏晋，创造了一种以醉态狂幻为基本特征的诗学思维，不仅把醉态当作一种生命形态来体验，而且把醉态当作一种诗学形态来体验。"醉态高潮所产生的巅峰体验，在李白手中创造出一种新生命旋律和时空结构，其旋律结构的清俊豪

---

① 马斯洛：《自我实现的人》，三联书店1987年版，第9页。
② 叶朗：《美学原理》，北京大学出版社2009年版，第120—122页。
③ 袁枚：《童二树诗序》，《小仓山房文集》卷二十八，上海古籍出版社1988年版，第1761页。

放、奇丽弘远为诗史上所罕见。"①

诗词创作与鉴赏作为一种审美活动，既是诗人的一种精神需求，也是诗意人生的必然体现。西方学者杜夫海纳说："审美经验揭示了人类与世界的最深刻和最亲密的关系，他需要美，是因为他需要感到他自己存在于世界。"②在诗人的心目中，人与世界是融合在一起的，这就是西方学者海德格尔所说的"人诗意地栖居着"，也是中国古代学者王夫之所说的"两间之固有"的"乐"的境界。朱光潜在《文艺心理学》中有这么几段话，一是"美感经验是一种极端的聚精会神的心理状态"。二是"'用志不纷，乃凝于神。'美感经验就是凝神的境界。在凝神的境界中，我们不但忘去欣赏对象以外的世界，并且忘记我们自己的存在。纯粹的直觉中没有自觉，自觉起于物与我的区分，忘记这种区分才能达到凝神的境界"③。可以说，从心理诗学的视角来看，朱光潜所说的"美感经验"与"凝神的境界"，其实就是积极审美体验状态。通常，传统诗词的创作过程，就是一种特色鲜明的沉浸体验或高峰体验。请看李清照词《声声慢》："寻寻觅觅，冷冷清清，凄凄惨惨戚戚。乍暖还寒时候，最难将息。三杯两盏淡酒，怎敌他、晚来风急。雁过也，正伤心，却是旧时相识。满地黄花堆积，憔悴损，如今有谁堪摘？守着窗儿，独自怎生得黑！梧桐更兼细雨，到黄昏点点滴滴。这次第，怎一个愁字了得。"作者寓情于景，用境道情，可以说境为情的外化，情为景的内涵。若不是处于沉浸体验，又怎能触景生情，缘情布景，妙合无垠呢？若是用马斯洛描述高峰体验的话来说，那就是"他更真实地成为他自己，更完全地实现了他的潜能，更接近于他的存在的核心，更完全地具有人性"④。

（2）诗人积极审美体验中的"入"与"出"。朱光潜在《文艺心理学》中，从不同方面对美感经验，即人们在欣赏自然美或艺术美时的心理活动进行了分析，如"形象的直觉""心理的距离""物我同一""美感与生理"等，

---

① 杨义：《李杜诗学》，北京出版社2011年版，第103页。
② 杜夫海纳：《美学与哲学》，中国社会科学出版社1985年版，第3页。
③ 朱光潜：《文艺心理学》，漓江出版社2012年版，第9页。
④ 马斯洛：《自我实现的人》，三联书店1987年版，第315-316页。

而每个方面都少不了积极情绪与积极体验。例如,从"心理距离"而言,也就是作为积极审美体验的必要条件,要求审美主体与审美对象之间保持一定的距离,它指的不是时间与空间相隔的长度,而是心理的距离。最早把"心理距离"作为一种美学原理提出来的英国美学家、心理学家爱德华·布洛,他的长篇论文《作为艺术中的因素和一种美学原理的心理距离》举过一个"雾海航行"的例子,说明若是在"航行者"(审美主体)与"海雾"(审美对象)之间插入一段"距离",关键是切断审美主体与审美对象之间的"利益攸关",就可以换另一种不同寻常的眼光去看海雾,所以能够看到海雾客观上形成的美景。这种距离的插入,是靠主体的心理调整来实现的,而之所以能够适时调整心理,若不是积极情绪与积极体验,那是不可能实现的。正因为如此,在积极情绪引领下,沉浸于积极审美体验中的诗人,当他看到竹子的时候,就完全不同于常人对竹子的观察(如盖房子、做竹器、造纸、当柴火等),而是从中发现一个又一个鲜活、动人、美丽、清新的世界。如李白的诗句"绿竹入幽径,青萝拂行衣"、杜甫的诗句"绿垂风折笋,红绽雨肥梅"、钱起的诗句"始怜幽竹山窗下,不改清阴待我归"等,就让普通的竹子在诗人"心理距离"的作用下,呈现出生命的颤动与美好的性格。

其实,诗人在积极情绪的支配下,由积极审美体验所生成的"心理距离",充分体现了中国古代文艺心理学关于"入"与"出"的理念。"入"与"出"是一对颇具中国特色的心理学概念,自宋代以来就开始形成,并不断有一些精彩的论述。例如,南宋陈善认为:"读书须知出入法。始当求所以入,终当求所以出。见得亲切,此是入书法;用得透脱,此是出书法。盖不能入得书,则不知古人用心处;不能出得书,则又死于言下。惟知出知入,乃尽读书之法。"(《扪虱新话》上卷四集,《读书须知出入法》条)这里,陈善谈的是读书方法,即开始要"入",只有"入",才能"见得亲切",才能"知古人用心处";但是,"入"是为了"出",只有"出",才能"用得透脱",才能不至于"死于言下"。又如,近代学者王国维在前人的基础上,其《人间词话》亦对"入"与"出"作出了精彩的论述,即"诗人对宇宙人生,须入乎其内,又须出乎其外。入乎其内,故能写之。出乎其外,故能观之。入乎其内,故有生气。出乎其外,故有高致"。王国维认为诗人认识宇宙人生,必须又入又出,只有"入"才能有"生气",才能写;然而,只有"出",才能"观之",才能有"高致",即创造出诗词的意境。王国维还提出,"赤子之心"有两种表现形态:一是主观的赤子之心,即"主观诗人之心",这是描写"真感情"的主体心理基础;二是客观的赤子之心,即"客观的诗人之心",这是描写"真景物"的主体心理基础。"主观之诗人,不必多阅世。阅世愈浅,则性情愈真。"主观诗人观物时,能"出乎其外","有轻视外物之意,故能以奴仆命风月",所造之境"以意胜",是"有我之境"。而客观诗人观物要"多阅世,阅世愈深,则材料愈丰富,愈变化"。这样,客观诗人观物时,就能"入乎其内",观物则物真,"故能与花鸟共忧乐",描写"真景物";观事则事真,故能"述事则如其口出",所写之境"以境胜",是"无我之境"。①那么,在何种心理状态下才能实现"入""出"自如呢?当然只有在积极审美心理的引领下,通过保持合适的心理距离进入积极审美体验,实现利害关系的角度转换,真正做到"把我和物的关系由实用的变为欣赏的"(朱光潜语),切实体现"潇洒出尘"与"超然物表",真正做到"脱尽人间烟火气"而获得积极审美感受。与之相应的美感生成,既需要有"入",又需要有"出";既需要"随物以宛转",又需要"与心而徘徊"。它既不只属于主体的某种态度,也不只是属于对象的某种结构,而是两者的契合与统一,是"入"和"出"或"随物宛转"和"与心徘徊"的不断融合。

二、积极人格与积极特质的基本涵义及其诗学观照

积极心理学高度重视积极人格与积极特质的研究。有学者认为,这是对传统人格研究过于关注消极人格因素的一种反思。在积极心理学中,尤其强调需要关注人格中的积极特质,对积极特质加以发掘、培养与发展,并通过这种方式使人格中的消极因素得到抑制或被消除。在中国传统的诗学心理中,人格与特质也都是长期受到关注的问题。如《筱园诗话》云:"诗人以培根柢为第一义。根柢之学,首重积理养气。"《文子·守弱篇》亦云:"形者,

---

① 古风:《意境探微》,百花洲文艺出版社2017年版,第122—123页。

生之舍也；气者，生之元也。"①古今中外的诸多论述都说明，借鉴与运用积极心理学关于积极人格与积极特质的研究成果，会有助于诠释积极审美心理，促进积极心理诗学的研究与发展。

（一）几个相关概念

1.人格

所谓人格，《现代汉语词典》的释义是指人的性格、气质、能力等特征的总和；或指个人的道德品质，如人格高尚；或指人的能作为权利、义务主体的资格，如不得侵犯公民的人格。心理学家对人格问题进行过大量探讨，西方学者阿尔波特曾综述过五十个关于人格的定义。最为简明的说法就是，人格是人的特点的一种组织。人格也是一种心理现象，人有表现于外的、给人印象的特点，也有外部未必显露的、可以间接测得的和验证的特点。这些稳定而异于他人的特质模式，给人行为以一定的倾向性，它表现了一个由表及里的、包括心身在内的真实的个人——即人格。②阿尔波特根据相关文献，将多种人格定义归纳为六类：集合式定义、整合式和完形式定义、层次性定义、适应性定义、个别性定义、代表性定义。其中，"个别性定义"强调个人的独特性，一个人与其他人的不同之处。如"个人心理特征的统一，这些特征决定人的外显行为和内隐行为，并使它们与别人的行为有稳定的差异"。"代表性定义"强调人格是个人的代表性行为范式，他不是与别人不同，而是具有自己的特质。如"一个人区别于另一个人并保持恒定的具有特征性的思想、情感和行为模式"。阿尔波特综合了诸多定义的特点，提出了自己对人格的定义："人格是一个人的内在心理生理系统的动态组织，它决定了此人对其环境的独特适应。"这个定义也反映了近代心理学对"人格"一词的描述。总之，人格是个体在社会生活的适应过程中，对己、对人、对事、对物做出反应时，其自身所显示出来的有异于别人的独特心理品质。

由于历史、习惯或翻译等多种原因，气质、性格、个性等概念与人格经

---

① 万事慎、万士志编著：《古体诗苑》，黄山书社2009年版，第575-576页。
② 陈仲庚、张雨新编著：《人格心理学》，辽宁人民出版社1986年版，第3页。

常混淆，不易分清。其中，所谓气质，通常被看作与人的脾气有关的心理现象，它是依赖于身体素质的，或与身体特点相联系的心理特征。有人把气质看作人格发展的"内部气候"，由先天生理和动力的禀赋所供给。没有可以离开人格的气质，也没有缺乏气质的人格。气质表现了人格倾向，这些倾向性贯穿了一种稳定的情绪性。当然，人格也不等同气质。一方面气质使人格发展受到一定程度的限制；另一方面人格发展又总是超越于生理素质，由社会因素来主导。所谓性格，常常被用作人格的同义词，特别是中国人有一种习惯用法，是将人身上的人格现象称为性格，但学科领域上的人格与性格是有区别的两个概念。心理学常把性格看作是人格的某一特别方面，如有一种较为大家所接受的说法，即性格是与意志相联系的。按照这一说法，性格是依循一种调节原理，在抵制冲动时所具有的心理倾向。它是使人在困难面前坚持下去的人格方面；还可以说，人为了较远（不是眼前）的目的、高尚的理想（不是较小价值的目标）而去做出努力的心理特征。可以说，性格是个人品行与具有道德评价含义的心理品质，是人格的下位概念。在探讨人格问题时不要混淆心理学和伦理学各自的重点，因此有学者认为可以这样区分：性格是对人格的评价，而人格是对性格的再评价。若是结合气质与性格来看，人格包含气质与性格，气质反映人的生理层面与情绪层面的成分较多，性格强调人社会层面和价值观的成分较多。所谓个性，即个体性，是表示一个人的独特性和分开性。但心理学家所关心的人的个性，它包括人的思想、态度、兴趣、气质、潜能、人生哲学以及体格和生理特点等。这种心理物理个性的多面综合称为人格。这就是说，人格是对人的总的描述，它既能代表这个人，又解释和说明个人的行为。个性是对共性而言的，指的是人的差别，给人以特色。从这个意义上说，宇宙之间万事万物都有这个特性，人当然也不例外。从这一角度上讲，人格比个性更广泛。可以说个性对事物而言，是共性的对立面；人格对人而言，是个人的社会化。人格比个性有更多的内涵和外延。作品的个性反映了作者的人格特征，作者的人格特征表现了心理生理的、社会生活的多面综合。①

根据对人格概念的不同界定，既可看出人格含义的多重性，又可认识人格的基本特征。许燕的《人格心理学》就认为人格具有独特性、稳定性、统合性与功能性等基本特征。②

（1）独特性，即体现了人的心理差异，正如俗语所说："人心不同，各如其面。"例如，诗仙李白与诗圣杜甫，一位清狂，一位沉郁，就具有各自不同的人格特征。但是，强调人格的独特性，并非排斥人格的共同性。人格共同性是指某一文化、某一民族、某一阶层、某一群体的人们所具有的相似人格特征。例如，在中华传统文化的熏陶下，"天下兴亡，匹夫有责"的家国情怀，已经成为古往今来中华儿女的群体人格特征，在千百年来的传统诗词中表现得尤为突出。与此同时，人类文化学者把同一文化所陶冶出来的共同人格特征称为群体人格，或公众人格。例如，传统诗学有所谓诗词流派的说法，同一流派中的诗人，就具有某些相同或相似的群体人格特征。

（2）稳定性，即一个人的某种人格特征一旦形成，就在心理与行为方面相对稳定下来，并在不同时空下呈现出一致性的特点。正如俗语所说："江山易改，禀性难移。"当然，强调人格的稳定性，并不会忽视人格的可变性。但是，人格的改变与行为的变化不同：行为的变化是一种外在的、表层的变化；人格的改变是内在的、深层的变化。所谓诗歌疗法，就是在心理咨询师的引导下，通过有针对性的诗歌阅读，让治疗对象在人格上发生一定程度的改变。

（3）统合性，或称综合性或系统性，即人格是由多种成分构成的一个有机整体，或者说是一个系统，具有内在的一致性，受自我意识的调控。当一个人的人格结构的组合和谐一致时，人们就会呈现出健康的人格特征。否则，就会使人发生心理冲突，甚至出现人格分裂。鲁迅曾说："横眉冷对千夫指，俯首甘为孺子牛。"这就说明，人格结构的组合千变万化，人格功能的表现千姿百态，往往呈现出多元化、多层面特征。在每个人的人格世界里，可

---

① 陈仲庚、张雨新编著：《人格心理学》，辽宁人民出版社1986年版，第64—37页。
② 许燕主编：《人格心理学》，北京师范大学出版社2009年版，第36—44页。

以依照某一机制实现人格结构的不同组合,进而呈现出不同的人格特征。例如,在北宋词坛上,有"自是一家"的著名词人苏轼,其词作的审美风格可分为"刚中带柔""柔中带刚"与"刚柔相济"三类,也许每一种类型的创作心态,就大体对应着一种人格结构的不同组合。

(4)功能性,正所谓"性格决定命运",人格是一个人生活成败、喜怒哀乐的根源,可以用人格特征来解释某个人的言行及事件的原因。当人格处于积极状态时,表现为健康有力、积极向上,哪怕是面对挫折与失败,亦会发奋拼搏,化悲痛为力量;当人格处于消极状态时,则表现为消沉无力,甚至失控变态,一蹶不振。积极心理学主张通过积极情绪,提高人格的功能性,使人在生活中,特别是在逆境中,获得积极的行为结果。自《诗经》以来,"诗人少达多穷"(袁枚《随园诗话》)的现象表明,在诗学心理的引领下,积极审美意识是提高人格功能的强大动力。

2.特质

所谓特质,《现代汉语词典》的释义,是指特有的性质或品质。但是,心理学家对特质的理解,却有不同的说法。西方学者奥尔波特认为,特质是人格的结构单元。它是一种概括化的神经生理系统(是个体所特有的),具有使许多刺激在机能上等值的能力,能诱发和指导相等形式的适应性和表现性的行为。[①]一般认为特质组织一个人的完整的人格结构,由此引发人的行为和思想,它除了反应刺激而产生行为外,也能主动地引导行为。特质被看作为一种神经心理的结构,它虽然不是具体可见的,但可由个体的外显行为推知其存在。通过它使许多刺激在机能上等值起来,而且反应也有了一致性。通常,人以特质来迎接外部世界,人以特质来组织经验。因为没有两个人会有完全相同的特质,所以每个人对待环境的经验和反应是不同的。奥尔波特有句名言:"同样的火候使黄油融化,使鸡蛋变硬。"由于各人的特质不同,虽然情况相同而反应各异,正像火候一样而结果不同。[②]

[①] 许燕主编:《人格心理学》,北京师范大学出版社2009年版,第383页。
[②] 陈仲庚、张雨新编著:《人格心理学》,辽宁人民出版社1986年版,第53页。

奥尔波特首先认为特质有两种，即个人特质和共同特质。后来他修改了原先的术语，并仍将共同特质称为特质，而将个人特质改称为个人倾向，并依据特质表现的优势和普遍性将个人倾向区分为三种：即首要倾向、中心倾向与次要倾向。首要倾向，也叫做显著特质，表现为一种占绝对优势的行为倾向。这种倾向的渗透性极强，几乎所有的行动均可受此倾向的影响。中心倾向也叫中心特质，是指普遍性与渗透性略弱于首要倾向的重要人格特征。奥尔波特认为一般人所具备的中心特质在5—10项之间，且中心特质所包括的情境范围要比首要特质狭隘有限。次要倾向，则代表那些最不显著、最不具概括性与一致性、渗透性最弱的特征。综合西方学者阿尔波特和奥尔波特的归纳，特质的主要内涵包括：

（1）特质不是有名无实，而是一种潜在的反应倾向，能使个体对各种不同的刺激以相同的方式进行反应。特质比习惯更具有一般性，是在适应功能中对多数特殊习惯进行整合的结果。许多反应（知觉、情感、行动、理解）从特质的术语上来说是等值的，其意义是相等的。

（2）特质具有可推测性，即可以从实际中得到证明，尤其是可以从观察一个人不断重复的行动证实特质的存在。奥尔波特关于推测特质的三个标准分别是：个体采取某一行为模式的频率、个体采取同样行为模式的情感范围、个体在保持这种行为模式中的反应强度。

（3）特质是动力的，不需要外界刺激来激活它们。特质驱动人去寻求刺激情境。因此特质引导与支撑行为，使得一个人的行为有指向，而不是一个人的行动指向特质。从这一点看来，特质可以看作是"动机的衍生物"。

（4）"特质不是孤岛"，而是彼此重叠，一种特质对另一些特质仅是相对独立的。人格是一种网状的、相互牵连的、重叠的特质结构，这些结构彼此仅仅是相对的独立。虽然不少特质与传统社会意义相联系，但特质与道德或社会判断不是同义的。

（5）特质具有独特性，没有两个人有相同的特质，所以每个人对环境的经验和反应是不同的。即使两人都有相同的某一项特质，但这项特质各自的强度及其表现形式也会有所不同。所以虽然面临相同的情境，人的反应也是不同的，正如火候一样而结果却不尽相同。当行动或习惯与特质不一致时，并不证明特质不存在。按照阿尔波特的理论框架，可能有三种阐释：一是某种特质在每个人身上不是都具有相同程度的整合；二是同一个人也可能具有相反的特质；三是在某些情况下，人的行动只是短暂地不符合特质，因为刺激情境及一时的态度左右了他。

（6）特质之间可能是关联的、重叠的，即使在表现为不同特征的特质之间，也会出现不同特质的伴随性出现在同一个人身上。任何特质都有两个方面：独特的方面及普遍的方面。所以特质既可以作为个人的人格（物质包含于其中的）来对待，也可以作为它在大量人群的分配来对待。若是从独特的方面来探讨，就是研究此特质在某一个人的人格结构中的作用和意义；若是从普遍的方面来探讨，则是确定人们之间的差别。

3.人格特质

从上述介绍可知，人格与特质两个概念关系密切，在积极心理学中往往将两者连用，称之为人格特质。所谓人格特质，指的是在不同时间、不同情境中保持相对一致的行为方式的倾向。①心理学研究表明，特质不同于状态，特质是持久的，在很多场合起作用；相比之下，状态是暂时的，与具体场合有关。例如，责任心是个特质，"忙碌"是种状态。有的心理学家还把特质看做内在的（或隐藏的）属性，是行为的原因。人格特质理论的首要假设是，用有限几个维度就可以描绘一个人的人格。其中隐含的理论是，一种人格特质也许与好几项个性特点存在关联。例如，在宜人性上得高分的人可能既信任他人又乐于助人，其中，个性特点信任他人和乐于助人是构成宜人性这一人格特质的两个维度。

（二）积极人格与积极特质的基本涵义

二十世纪末的积极心理学普遍认为，积极人格与积极情感、积极社会组

---

① ［爱尔兰］Alan Carr著，丁丹等译：《积极心理学》，中国轻工业出版社2013年版，第54页。

织系统被共同确定为积极心理学研究的三大支柱。①积极心理学对积极人格与积极特质的研究，是对于传统人格研究过于关注消极人格因素的一种反思。积极心理学强调人们应该关注人格中的积极特质，对积极特质加以培养和发展，并通过各种方式让人格中的消极因素受到抑制，乃至被逐渐消除。

1.中国传统文化中的积极人格思想

中国传统文化中的积极人格思想，对理解与运用积极心理学中的人格特质理论很有意义。在中国传统文化中，积极人格思想往往表现为对理想人格的描述，其思想十分丰富，主要包括：

（1）《周易》中的理想人格思想：根据中国心理史学家燕国才概括，有十八项心理特质，即天人合一的主客观念、奋发有为的积极态度、自强不息的进取精神、仁义礼智的完整道德、谦虚逊让的美好德行、诚信不欺的正直精神、不怕困难的坚强意志、自我节制的调控能力、持之以恒的坚持精神、与人和乐的积极情感、与人和同的待人态度、光明磊落的宽广胸怀、认真负责的工作态度、刚柔并济的处事方法、对待成败的正确态度、趋时守中的处事原则、革新创造的变革精神、特立独行的完美人格。②

（2）儒家的理想人格理论："圣人"与"君子"一直被视为儒家理想人格的代称。儒家推崇的理想人格，关键在于积极进取，通过积极的自我修养，培养良好的道德品质。通过积极向外拓展，为社会做出贡献，达到所谓"内圣外王"的境界。其中，所谓"明并日月，化行若神"的圣人，即为理想人格的典范，是与天地合德，与大道同行，与仁义融合，与礼德统一，与兼爱同施的理想人格。而所谓君子，则是指有理想、有道德、有境界的人，是儒家具有现实性的理想人格符号。孔子在《论语》中多有论述，诸如"君子喻于义，小人喻于利"（《论语·里仁》）；"君子谋道不谋食"（《论语·卫灵公》）；"君子义以为质，礼以行之，孙以出之，信以成之，君子哉"（《论语·卫灵公》）；"君子必慎其独也"（《论语》）；"君子不可以不修

---

① 郑雪主编：《积极心理学》，北京师范大学出版社2014年版，第207页。

② 同上，第208-210页。

身"(《中庸》);"君子周而不比,小人比而不周"(《论语·为政》);"君子成人之美,不成人之恶,小人反是"(《论语·里仁》);"君子敬而不失,与人恭而有礼,四海之内皆兄弟也"(《论语·里仁》);"不知命,无以为君子也"(《论语·尧曰》);等等。儒家理想的人格特质,主要包括"仁、知、勇、进取、中庸、天人合一"六点。除"天人合一"外,其他五点都可纳入"内圣外王"的范畴。①比较"圣人""君子","君子所忧之道,既有形而上的特征,又有形而下的特征,但相对于'圣人'而言,它更多地关注形而下的层面,在具体措施上,给出了许多操作性的建议。"②

(3)道家的理想人格思想:道家的理想人格范型是进入到审美境界的艺术人格,即"真人、至人、神人"。这一境界的人格,以淡泊、清净、高洁、雅致为特征,其精神能够超越包括生死在内的一切。"神人正是道家庄子人生的最高境界,是完美的理想人格写照。'乘云气''游乎四海之外'虽是理想,却也正是庄子在精神境界的翱游,是他在那种超功利性的,精神上与现实的距离感的完美体现,而这正是审美的重要特征。'神人'就是道家庄子审美层次的理想人格。这一理想人格并不只是单一层次的审美艺术人格,它还包含着两个最基本的特质,是达到理想人格的前提和基础。"③这里,道家关于理想人格的两个最基本的特质,一是推崇自然,始终持有一颗天真烂漫的童心,保持自然天性,达到一种"精之至"与"和之至"的人生境界;二是自然无为,返朴归真,保持纯洁天真的自然天性和心境的虚静淡泊。现代学者李泽厚认为,"以庄子为代表的道家,实际上是对儒家的补充,补充了儒家当时还没有充分发展的人格——心灵哲学,从而也在后世帮助儒家抵抗和消化外来的文化,如佛教,构成中国传统的文化——心理结构中的一个很重要

---

① 曾红:《儒道佛理想人格的融合 中国文化心理结构》,山东教育出版社2012年版,第72页。

② 吴根友:《孔子的君子人格理想及其现代意义》,载《新东方》1998年第5期。

③ 曾红:《儒道佛理想价格的融合 中国文化心理结构》,山东教育出版社2012年版,第72页。

的方面。"①

（4）佛家的理想人格思想：印度佛教传入中国后，经过与中国本土文化的碰撞、调和与融合，特别是不断吸收儒道两家关于心性问题的观念，进而形成自身的理想人格设计，即"万法皆空的超人"，其人格特质主要有二：一是超尘绝俗，泯灭七情六欲。所谓"佛"，即佛学中的"超人"，亦即其所要努力实现的理想人格，成佛就是成就理想人格。这样的人格境界，表现在人生态度上，就是身处尘世之中，而又心超尘世之外，宠辱不惊，进退从容，随遇而安，随缘自适。这一切既是原始佛教忍辱度的具体化、现实化，同时又是对儒家知天乐命、安贫乐道与道家无为不争、安时处顺人生态度的吸纳融合的结果。二是梵我合一的精神。这也是与儒与道相通的一种人格特质。"'梵'是宇宙中普遍的生命，然后向下贯通一切；'我'是个人的中心生命，'我'的生命来自于'梵'，归向于'梵'，人的小生命与梵所包孕的大生命，在人心中的小世界与包含宇宙有关的梵同一不二，尤如人副天数，二者息息相关，也如天人合一，彼此感应。天即梵，梵即天，我即人，人即我，儒、道、佛三家在这天与人的关系中，在理想人格所要求达到的境界中，逐渐地走到一起了。"②

2.积极人格理论中的人格优势

西方学者基于文献综述提出了六种广泛存在的美德，又为各种美德提出了相关的人格优势，从而构建了完整的积极人格理论。其中，六种被各种文化共同接受的美德，分别是智慧、勇气、仁慈、正义、节制与卓越。③

（1）与"智慧"相关的人格优势。智慧属于认知的力量，包含通过获得和应用知识而创造美好生活的积极特质。心理学家研究发现，与智慧相关的五种人格优势具有显著的认知特征，它们分别是创造力、好奇心、思维开阔、好学与洞察力。

---

① 李泽厚：《中国古代思想史史论》，安徽文艺出版社1994年版，第190页。
② 曾红：《儒道佛理想人格的融合 中国文化心理结构》，山东教育出版社2012年版，第76至77页。
③ 郑雪主编：《积极心理学》，北京师范大学出版社2014年版，第216-239页。

（2）与"勇气"相关的人格优势。勇气是指不畏内外压力，决心实现目标的积极特质，属于情绪优势。研究表明，有四种人格优势具有矫正消极情绪的明显特性，它们分别是勇敢、恒心、正直与热情。

（3）与"仁慈"相关的人格优势。仁慈是指关心与他人的关系，乐于助人的积极特质，属于人际优势。与之相关的人格优势，分别是爱、友善与社会智力。所谓社会智力，指的是能体察自己与他人的动机与情绪，能觉察自己和别人的动机和情感，知道在什么场合做什么事，知道怎么激发他人。

（4）与"正义"相关的人格优势。正义具有广泛的社会性，与个人和群体或社区之间的最优互动有关，是文明社会的重要标志。与之相关的人格优势，主要有团队合作、公正与领导力。所谓领导力，指的是一个人认知和情绪能力的整合，能够去影响和帮助他人，指导和激发他们获得集体成功。

（5）与"节制"相关的人格优势。节制是抵制过度的积极特质。宽容和怜悯可以抵制过度的仇恨，谦虚可以抵制过度的自大，审慎可以抵制带来长期负面效果的短期愉悦，自我节制能够抵制各种使人动摇的极端情绪。与之相关的人格优势包括宽恕、谦虚、审慎与自我节制。

（6）与"卓越"相关的人格优势。卓越是指使自己与宇宙相联系，从而为生命提供意义的积极特质，与之相关的人格优势包括审美能力、感激、希望、幽默。

3.人格特质理论的"大五"人格模型

现代心理学中的人格特质理论，以词汇学与特质论作为理论依据，建立了受到学界一致公认的五因素模型或称"大五"人格模型。从词汇学的角度看，人格语言是现象型，而不是基因型。语言是探究人格最主要的媒介，在人格描述中，形容词起着主导作用，包含了人的品质或特性。从特质论的角度看，现象型是可以观察到的表面特征，基因型是人格内部的因果属性。特质没有睡眠，不用等待外界刺激来激活它们。人格特质自会主动地寻找刺激情境，使之有所表现。"大五"人格模型的五个因素的字母缩写为"OCEAN"（英文是海洋），"人格的海洋"也意味着"大五"人格模型的广泛代表性。

其中,"E"(Extraversion)代表外向性;"A"(Agreeableness)代表宜人性;"C"(Conscientiousness)代表尽责性;"N"(Neuroticism)代表情绪稳定性;"O"(Openness to experience)代表开放性。随着人格特质理论研究的不断深入,"大五"人格模型亦逐渐趋同,一般是五大人格特质又分别包含六个子项,每个子项都可以看成是一种美德或人格优势,还可以进一步分为与六种美德相对应的二十四种具体的人格优势。如表1-1所示,"大五"人格模型包括五大因素(或称五个维度),每个因素又包含六个子项(或称子维度)。①

表1-1 "大五"人格模型及其相应的人格优势

因　素	成　分	表现相关积极特质的形容词
情绪稳定性（神经质）	勇气/焦虑,冷静/愤怒、敌意,幸福/抑郁,积极的自我关注/自我意识,自制/冲动,韧性/脆弱	不紧张的、不易怒的、满足的、不害羞的、不情绪化的、自信的
外倾性（外向性）	热情,合群,果敢,活跃,寻求刺激,积极情绪	开朗的,好交际的,强势的,精力充沛的,爱冒险的,充满激情的
开放性（想象力）	幻想,审美,感受,尝新,思辨,价值观	富于想象力的,有美感的,易兴奋的,兴趣广泛的,好奇的,非传统的
随和性（宜人性）	信任,坦诚,助人,顺从,谦虚,温和	宽容的,不苛刻的,热心的,不固执的,不炫耀的,富有同情心的
尽责性（责任心）	胜任,秩序,尽责,进取,自律,审慎	效率高的,有条理的,不粗心的,周密的,不懒惰的,不冲动的

关于人格特质的研究表明,人格特质与情境之间交互作用产生行为。这一点在诗学心理中的表现尤为突出,大体有三种形式:②一是情境选择,即人们倾向于自己选择所处的情境。正如有研究者所说:"一个人会选择严肃的、矜持的和理智的生活情境,正因为他(她)是一个严肃、矜持、爱思考

---

① [爱尔兰]Alan Carr著,丁丹等译:《积极心理学》,中国轻工业出版社2013年版,第54页。

② [美]兰迪·拉森、戴维·巴斯著,郭永玉、陈继文译:《人格特质》,人民邮电出版社2012年版,第96—103页。

的人。"古代著名诗人王维之所以择地辋川营建别业,可以说就是佐证,可谓"终南之秀钟蓝田,茁其英者为辋川"。二是唤起,即特定人格特质会唤起环境中的特定反应,与所谓移情观点类似。特别是接受诗学关于"文本的召唤结构"概念,可以说就是这种特质的诗学实践。三是操控,是指人们影响他人行为的不同方式。操控与选择不同,选择涉及对现存环境的认可与挑选,而操控则要改变现有的环境。个体使用的操控策略各不相同,但稳定的人格特质与他们操控社会环境的策略之间存在着有趣的联系。例如李白与杜甫的人格特质差异,就可以根据各自的诗歌风格来分析其中的心理原因。

(三)积极人格与积极特质的诗学观照

古今中外,诗人的积极人格与积极特质几乎是公认的。莎士比亚的名剧《仲夏夜之梦》中,雅典公爵就把诗人、疯子和情侣三者相提并论,认为他们都是幻想的产儿。借鉴积极心理学理论,有利于认识诗学心理积极的人格特质,进而深刻理解诗词艺术的审美特质。当代学者庄伟杰在《文心与诗学》中写道:"诗为何物?诗人何为?如此话题,看似简单,实乃玄奥。环顾中外古今,历代诗家评家皆有论说,然各有千秋,堪称莫衷一是。中国文化重情,西方文化主知。前者以感性体悟为思维方式,以审美情趣和人生实践为真实内容,通过细微的洞察与艺术的灵动交相辉映燃就'片断'形态的光亮。后者以理性逻辑思维方式,以想象性活动为实在内容,从而以构建形而上的体系作为终极目标。""诗歌,让我们走近心灵,了解心灵,温暖心灵,是心与心的约会,是心与心的对话,是心与心的交响……"[①]对中外诗歌而言,尽管各自的文化与思维方式不尽相同,但作为诗歌本身,却都是心声的表达,其审美属性是相同的。所以,在中国传统诗学关于人格特质的思想中,融入西方积极心理学的研究成果,对发展传统诗学,构建积极心理诗学当是有益的探索。

---

① 庄伟杰:《文心与诗学》,国际华文出版社2010年版,第229页。

1.传统诗学中的积极人格

在传统诗学中,诗主言情志、大美无邪的本质特征,让中国传统文化中的理想人格,尤其是儒道佛相融合的理想人格得到了充分的体现。其中,"胸襟"或"襟袍"就是其中很有代表性的理想人格概念,其内涵就包括有"天人合一""穷则独善其身,达则兼济天下"以及追求真善美相统一等人格特质。叶燮在《原诗》中以建宅为喻,强调诗歌创作必须以"胸襟"为心理基础。《原诗·内篇》云:"我谓作诗者,亦必先有诗之基焉。诗之基,其人之胸襟是也。有胸襟,然后能载其性情、智慧、聪明、才辨以出,随遇发生,随生即盛。"《说诗晬语》亦云:"有第一等襟袍,第一等学识,斯有第一等真诗。如太空之中,不着一点;如星宿之海,万源涌出;如土膏既厚,春雷一动,万物发生。"这就是说,只有以高尚的人格、博大的胸襟为依托,才能创作好诗文,否则,虽然每天诵读万言,吟咏千首,都只是一些虚浮肤浅的文辞和音韵,不是从内心喷发出的心灵火花,缺乏根底也就缺乏生气。

一般而言,传统诗学中的积极人格主要体现在以下几个方面:一是要有高远的志向,正如范开在《稼轩词序》中所云:"器大者声必宏,志高者意必远。"二是要有高尚的品格,正如方回所云:"《大序》曰:在心为志,发言为诗。彼尘污俗染者,荤膻满肠胃,嗜欲浸骨髓,虽竭力文饰乎外,自以为近,而相去愈远。……以哗世取宠,以矜己耀能。愈欲深而愈浅,愈欲工而愈拙。此其何故也?青霄之鸢非不高也,而志在腐鼠,虽欲为凤鸣,得乎?"(《桐江集》卷一《赵宾旸诗集》)三是要有阔大的胸怀,淡泊名利,献身艺术,体悟"功夫在诗外"(陆游)。四是要有真挚的情感,正如黄庭坚所云:"诗者,人之情性也,非强谏争于廷,怨忿诟于道,怒邻骂座之为也。其人忠信笃敬,抱道而居,与时乖逢,遇物悲喜,同床而不察,并世而不闻;情之所不能堪,因发于呻吟调笑之声,胸次释然,而闻者亦有所劝勉。比律吕而可歌,列干羽而可舞,是诗之美也。"(《书王知载朐山杂咏后》)中国古代学者的诸多论述表明,中国传统诗学高度重视诗学心理中的人格特质,主张"诗者,不失其赤子之心者也"(袁牧《随园诗话》),认为赤子之心(或称童心、初心)才是传统诗词创作的心理基因。与之相匹配,也只有积极人格与积极特质才代表着诗人的胸襟或襟袍。

2.传统诗学中的积极特质

从积极心理学的视角看,积极特质的诸多要素必然是源于诗人的"心理场"。清代叶燮立足于创作主体与客体的有机统一,从客体的角度提出了"在物者三",即"理、事、情";从主体的角度提出了"在我者四",即"才、胆、识、力"四个要素。他在《原诗·内篇》中明确指出:"曰理、曰事、曰情,此三言者足以穷尽万有之变态。凡形形色色,音声状貌,举不能越乎此。此举在物者而为言,而无一物之或能去此者也。曰才、曰胆、曰识、曰力,此四言者所以穷尽此心之神明。凡形形色色,音声状貌,无不待于此而为之发宣昭著。此举在我者而为言,而无一不如此心以出之者也。以在我之四,衡在物之三,合而为作者之文章。大之经纬天地,细而一动一植,咏叹讴吟,俱不能离是而为言者矣。"叶燮特别强调用"理、事、情"三者,可以"穷尽"客体"万有之变态";而凭"才、胆、识、力"四者,可以"穷尽"主体"此心之神明"。创作主体只有凭借"在我之四",才能吟咏"在物之三"的"形形色色、音声状貌"。从积极心理诗学上讲,"在我之四"的"才、胆、识、力",就是传统诗学心理中所蕴含的积极特质,且缺一不可。正如叶燮所云:"大约才、胆、识、力,四者交相为济,苟一有所欠,则不可登作者之坛。"对于各自的作用,他又说:"大凡人无才,则心思不出;无胆,则笔墨畏缩;无识,则不能取舍;无力,则不能自成一家。"(《原诗·内篇》)系统地认识叶燮关于"以在我之四"(即"才、胆、识、力"),来"衡在物之三"(即"理、事、情")的诗学理论,对我们系统地认识诗人的积极特质是很有意义的。

(1)关于"才"。叶燮特别重视诗人之"才",他认为:"夫于人之所以不能知,而惟我有才能知之;于人之所不能言,而惟我有才能言之,纵其心思之氤氲磅礴,上下纵横,凡六合以内外,皆不得而囿之;以是措而为文辞,而至理存焉,万事准焉,深情托焉,是之谓其才。"《原诗·内篇》当然,古人觉得"才"大多与先天有关。刘勰就认为:"才有天资"(《文心雕龙·体性》)、"才自内发"(《文心雕龙·事类》)。性灵派诗人袁牧更是强调才性的天赋特征,其《小仓山房文集》卷二十八云:"诗不成于人,而成于其人之天。其人之天有诗,脱口能吟;其人之天无诗,虽吟而不如其无吟。"这就是说,"才"作为一种天赋的积极特质,是成就诗人的必要条件,没有这种主要得之于先天的审美能力,就不可能成为诗人。

(2) 关于"胆"。指的是诗人的艺术魄力与胆略,尤其是诗人敢于独立思考,打破传统偏见束缚的创造能力。古人云:"昔贤有言:成事在胆。……唯胆能生才",说明诗人的才华,需要"胆"去让它们得到充分施展。叶燮《原诗·内篇》亦明确提出:"'文章千古事',苟无胆,何以能千古乎?吾故曰:无胆则笔墨畏缩。但既诎矣,才何由而得伸乎?"由此可以看出,叶燮十分看重"胆"这种特质,认为"胆"的有无强弱,对诗人的成就高低有着直接的影响。只有具备了不拘俗套,敢于创新的文胆,诗人的才华及其创作激情才能更充分地发挥出来,才能创作出思想性与艺术性俱佳的精品力作来。相反,纵有卓尔不群的才情,若是缺乏非凡的胆识,必然会影响乃至阻碍诗人创造性的发挥,也很难写出好的诗作来,即使是写出作品来,也不可能脍炙人口。

(3) 关于"识"。"识"作为主体心理结构的重要因素,历来受到文论家的高度重视。叶燮认为"识"为体而"才"为用,"识"是根本,"才"是"识"的外观,只有"识"在"才、胆、识、力"四者中处于统帅地位,在诗人的心理结构中起主导作用。他在《原诗·内篇》中指出:"其歉乎天者,才见不足,人皆曰才之歉也,不能勉强也。不知有识以居乎才之先,识为体而才为用,若不足于才,当先研精推求乎其识。人惟中藏无识,则理、事、情错陈于前,而浑然茫然,是非可否,妍媸黑白,悉眩惑而不能辨,安望其敷而出之为才乎?文章之能事,实始乎此。"这就说明,对一个诗人来说,"识"是一个关键因素,若"中藏无识",那么就不可能分辨是非、可否、黑白、美丑,就无力反映生活,抒写性情,也就谈不到什么"才"了。与此同时,叶燮还将诗学之"识"与科学之"识"明显地区别开来,认为:"可言之理,人人能言之,又安在诗人之言之!可征之事,人人能述之,又安在诗人之述之!必有不可言之理,不可述之事,遇之于默会意象之表,而理与事无不灿然于前者也。"(《原诗·内篇》)主张"论诗如论禅"的严羽,在《沧浪诗话·诗辨》也是开宗明义,认为"夫学诗者以识为主"。叶燮与严羽之"识",也许都关乎佛家所说的"识",即是一种"实证实悟",具有直观性、体验性,它不仅仅包括着一般的辨别能力以及对一般客观事物规律性的认识,更重要的是对于积极形象思维规律的认识。

(4)关于"力"。所谓力,叶燮认为:"立言者,无力则不能自成一家。"古今之才人,之所以能笼万物于笔端,就因为"有其力载之"。这就说明,"力"是指创作主体运用审美想象去创造审美意境的功力和笔力,是诗人独树一帜、独辟蹊径、自成一家的魄力。在叶燮看来,尽管"才"受之于天,又充之以"识",扩之以"胆",但它作为主观的"在我之物",必须有所依托方能进入艺术创作之中,成为艺术作品,这个依托就是诗人的"力"。这就是说,"力"是"才"的载体,"才"靠"力"来负荷,"力"越大,"才"越坚,驾驭诗情画意的能力就越强,即所谓"惟力大而才能坚,故至坚而不可摧也"(《原诗·内篇》)。当然,叶燮认为诗人所具有的艺术功力,应当源于长期的艺术实践,并力劝诗人要加强艺术修养,不断锤炼自己的艺术功力和笔力,切实做到"欲成一家言,断宜奋其力矣"(《原诗·内篇》)。

3.积极人格特质的诗学心理状态

伟人诗人毛泽东于新中国成立之初,曾对苏联汉学家尼·费德林说:"现在连我自己也搞不明白,当一个人处于极度考验,身心交瘁之时,当他不知道自己还能活几个小时甚至几分钟的时候,居然还有诗兴来表达这一种严峻的现实。恐怕谁也无法解释这种现象……当时处在生死存亡的关头,我倒写了几首歪诗,尽管写得不好,却是一片真诚。现在条件好了,反倒一行也写不出来。"他还说:"现在改写文件体了,什么决议啦,宣言啦……只有政治口号,没有诗意啰。"[①]如此伟大的诗人在论及诗学心理时,都说"恐怕谁也无法解释这种现象",其深刻内涵发人深省。明代诗论家谢榛认为:"诗有天机,待时而发,触物而成,虽幽思苦索不得也。"(《四溟诗话》)它说明"气

---

① [苏]尼·费德林:《毛泽东谈文学》,《光明日报》1996年2月11日。

之动物，物之感人"，无论是顺势感应还是逆势感应，都是在积极心态下的自然生成与天籁式耦合。

传统诗学理论与实践表明，"人禀七情，应物斯感"（《文心雕龙》），其内在动力往往是源于诗学心理中的诸多"积极"状态。其中，"虚静"这种心理状态，看似"虚无""平静"，但它其实更是一种积极的诗学心理状态，诸如"灵感"与"妙悟"等积极特质，大多还是在"虚静"这种心理状态下产生的。王先霈有言："鲁迅说过，诗人的感情太烈，会杀掉诗美；又说长歌当哭，要在痛定之后——这些都是他的经验之谈。一个人在盛怒之中，或者在大悲之际，难以进行正常的文艺创作。为了进行文艺创作，文艺家有必要从激动的心情中沉静下来。中国古代诗学一方面讲发愤以抒情，另一方面讲虚静而作文，这两者并不对立、并不冲突，而是互为补充。"[①]积极心理学研究表明，人们在内在动机驱使下从事具有挑战性和可控性的活动时，会体验到一种独特的心理状态——沉浸。如何带来沉浸体验？则可以通过"逆转理论"（参见后述）来诠释。其实，人类有个比较奇怪的特点，即可能对同一事物既爱又恨、既向往又害怕。而且，人们做某件事情，有时是为了实现某个目的，有时是因为做这件事情是快乐的，这两种情况有可能在短时间相互转化。也就是说，内在动机和外在动机可以相互转化。带来沉浸体验的挑战性任务，有时就与这样的转化有关。"逆转理论"为人们理解这两种表面上相互对立的动机的相互转化提供了路径。这个理论假定：在任何一个时刻，人们的动机都可以用处在一对元动机状态之间的那个位置来定义。比如，定义内在动机和沉浸体验，就可以用与"手段——目的"有关的元动机状态：有目的状态和无目的状态。所谓有目的状态，是指在外在动机驱使下认真做一件事情，按照计划实现一个目标。所谓无目的状态，是指在内在动机的驱使下做一件事情，因为做这件事情是快乐的而自发地去做，几乎不考虑做这件事情要达到什么目的。根据逆转理论，情绪（积极的和消极的）可解释为元动机状态的结果。如图1.4所示，在有目的状态下，如果生理唤醒水平低且情

[①] 王先霈：《中国古代诗学十五讲》，北京大学出版社2007年版，第85页。

感色彩是积极的，那么主要情绪就是放松；随着唤醒水平上升、情感色彩变得消极，放松就转化为焦虑。相比之下，在无目的状态下，生理唤醒水平低且情感色彩是消极的，那么主要情绪就是无聊；随着唤醒水平上升，情感色彩变得积极，无聊就转化成兴奋。[①]运用积极心理学理论，可以说"发愤以抒情"与"虚静而作文"各自都是一种元动机状态，而通过"逆转"以实现"抒情"或"作文"的状态，不是发生在"发愤"这种亢奋状态，而是发生在"虚静"这种沉浸状态。

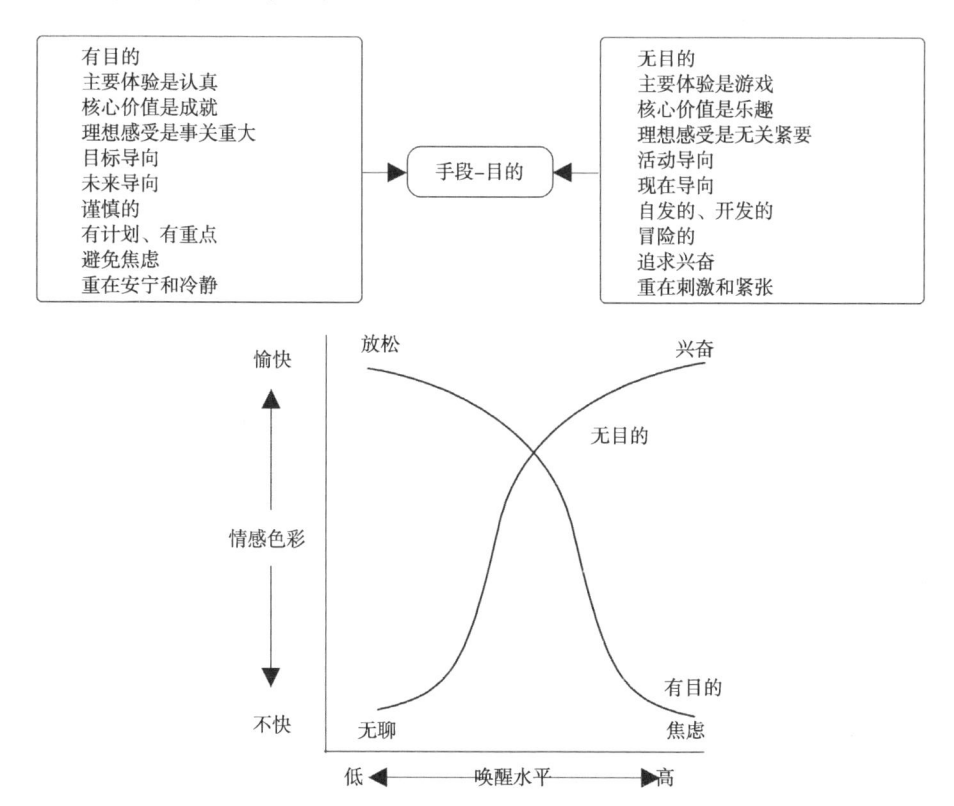

图 1.4 逆转理论中的有目的和无目的元动机状态

南宋葛立方《韵语阳秋》卷二转载了这么一件趣事：谢无逸问潘大临云："近日曾作诗否？"潘云："秋来日日是诗思。昨日提笔得'满城风雨近重

---

① ［爱尔兰］阿伦·卡尔著，丁丹等译，《积极心理学》，中国轻工业出版社2013年版，第140页。

阳'之句,忽催租人至,令人意败,辄以此一句奉寄。"这个例子形象地说明,"诗思多生于杳冥寂寞之境"。①刘勰《文心雕龙·神思》云:"陶钧文思,贵在虚静。"②苏轼也说过:"欲令诗语妙,无厌空且静。"③作为诗学中的"虚静"说,主要是用来说明一种构思心态,即构思主体常以"虚"观"有",以"静"观"动",并主张"有"与"无"、"动"与"静"的对立统一,要在"有限"中表现"无限","有形"中表现"无形","刹那"中表现"永恒","客体"中表现"主体",追求"遗物"(空)是为了"观物"和"纳物"(有),"绝虑"(静)是为了"运思"和"遐想"(动),也就是说,"虚"通向"有","静"通向"动",并体现为物我两忘的积极心理状态,而导致诸多积极"状态"的"内在动机",其深层因素都离不开积极的人格特质。

三、积极需要与积极动机的基本涵义及其诗学观照

在积极心理学中,自我决定理论相当重要。它是关于人类的动机、人格、发展和幸福的理论体系,涉及人们的积极需要与积极动机。所谓自我决定,是指个人根据自身需要和环境信息做出自由选择。自我决定既是一种潜能,也是一种积极需要。如果说人本身就是积极的有机体,天生具有心理成长和发展的潜能,往往倾向于以自我决定的方式与环境发生交互作用,进而从事他们感兴趣的事情或活动的话,那么,对于特别追求个性自主的诗人而言,这种积极性的强烈程度更是不言而喻的。所以,我们特地将"积极需要与积极动机"这样一组既各有特征,又相互关联的两个概念,作为诗学心理的重要表现来进行讨论。

---

① 葛立方:《韵语阳秋》卷二,《历代诗话》下册,中华书局1981年版,第500至501页。
② 刘勰:《文心雕龙》,中国社会科学出版社2005年版,第175页。
③ 苏轼:《送参寥师》,《苏东坡集》前集卷十,商务印书馆1958年版。

（一）几个相关概念

1.需要

所谓需要，《现代汉语词典》的释义是指应该有或必须有；对事物的欲望或要求。心理学关于需要的理论很多，其中，马斯洛的需要层次论是比较有代表性的理论之一。马斯洛认为，人的基本需要可以归纳为五类，从低级到高级的层次分为：一是生理需要，即人类最原始的最基本的需要，如食品、医疗等；二是安全需要，即要求生活稳定，免于灾难等；三是社交需要，即希望得到信任与友谊；四是尊重需要，即自我尊重、自我评价以及尊重别人；五是自我实现的需要，即如马斯洛所言："音乐家必须演奏音乐，画家必须绘画，诗人必须写诗，这样才能使他们感到最大的快乐。是什么样的角色就应该干什么样的事。我们把这种需要叫做自我实现。"① 在马斯洛看来，人类价值体系中存在两类不同的需要，一类是沿生物上升方向逐渐变弱的本能或冲动，称为低级需要和生理需要；一类是随生物进化而逐渐显现的潜能或需要，称为高级需要。千百年来的诗学实践表明，广大诗人在基本满足了低层次的需要后，更加注重高层次的需要，尤其是自我实现的需要。马斯洛将自我实现的内容归纳为十二个方面：一是对现实的客观知觉，能明确地把已知与未知区别开来，能分辨事实和提出对这些事实的意见，并能区别本质现象与可见的表面现象；二是能把自己、别人和世界看成应有的样子；三是非功利主义、指向于解决外部问题、集中于客体；四是能忍受孤单和需要独居；五是创造能力；六是行为自然，但不打算由于矛盾精神而简单地破坏常规；七是对于有优良性格的人抱友爱态度，但不受他的教养、地位和其他"形式"特征的影响；八是经常对少数人有深情的依恋，但不会经常无条件地敌视任何人；九是道德上是明确的，能清楚地辨别善恶，道德意识和行为上没有混杂、混乱和首尾不一贯；十是相对地脱离物理和社会环境，而具有独立性；十一是意识到目的和手段之间的区别，不会忘记目的，但同时在情绪上也感受到手段本身；十二是心理内容与活动的广阔范围（"这些

---

① 俞文钊编著：《管理心理学》，甘肃人民出版社1985年版，第148至150页。

人超然于琐碎事情之上,有广阔的视野与远见。他们以广阔普遍的价值为指南")。当然,马斯洛并不认为自我实现化的人是尽善尽美的"完人"。这种人亦存在缺点。但这种自我实现化的人的形象,体现了他所认识的人的本性的最高价值。①

自我决定理论认为,个体的健康成长及最佳机能的实现,都有赖于自主需要、能力需要和归属需要这三种基本心理需要的满足。显然,这三种基本心理需要,都属于马斯洛所说的自我实现的需要。所谓自主需要,即自我决定的需要,是个体体验到的对行为的选择感和自主感;所谓能力需要,是指个体对自己的行为或行动能够达到某个水平的信念,相信自己能够胜任该活动,并且在完成之后有内在满足感。所谓归属需要,是指个体与某人相联系或属于某个团体,从而获得来自周围环境或其他人的关爱、理解和支持的需要,它的满足让人们体会到归属感。②自我决定理论认为,这三种基本心理需要本质上是先天的、心理性的。它们的满足不仅与人们的内在动机有关,而且与人们对幸福的体验有关,让个体形成内在动机,并以自我决定的方式,根据其自发兴趣进行探索,并尝试新的体验。

2.动机

所谓动机,《现代汉语词典》的释义是指:推动人从事某种行为的念头。心理学中的激励理论认为,激励指的是激发人的动机的心理过程。通过激励,在某种内部或外部刺激的影响下,使人始终维持在一个兴奋状态中。激发人的动机的心理过程的模式可以表示为:需要引起动机,动机引起行为,行为又指向一定的目标。它说明人的行为都是由动机支配的,而动机则是由需要所引起的,人的行为都是在某种动机的策动下为了达到某个目标的有目的的活动。人类行为的激励模式如图1.5所示,从中可以看出,人的意志行为开始于需要以及由需要而引起动机。具体说来,人受到刺激产生了需要,需要不满足时,引起心理紧张,成为寻找目标以满足需要的驱动力,由此而

---

① 俞文钊编著:《管理心理学》,甘肃人民出版社1985年版,第150至151页。
② 郑雪主编:《积极心理学》,北京师范大学出版社2014年版,第85页。

激发了动机。当然，支配行为的动机除需要外，还有愿望、意志、情感、兴趣、价值观等。人们在生活实践的过程中，在某种需要的基础上，还产生了各种各样的社会情感、兴趣、信仰和理想，最后形成世界观。由世界观而决定崇高的理想、坚定的信念，这些都将成为人的行为的动机，驱使人们去完成各种义务，甚至明知有危险甚至牺牲也在所不惜。①

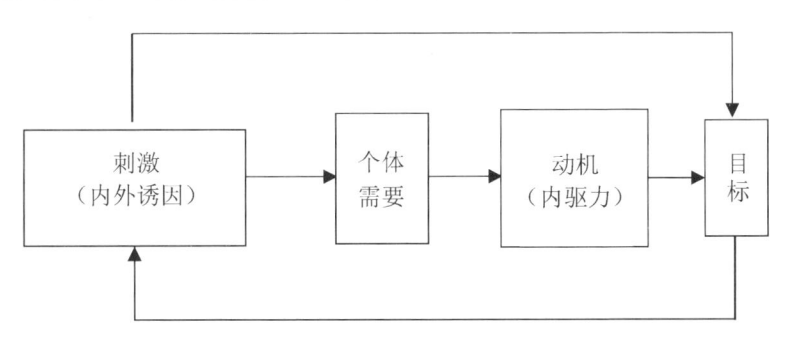

刺激（内外诱因） → 个体需要 → 动机（内驱力） → 目标

图1.5 人类行为的激励模式

（二）积极需要与积极动机的基本涵义

1.自我决定理论简介

积极需要与积极动机是自我决定理论的重要内容。该理论以人先天内在的倾向为基础，也强调外在环境对这些先天内在倾向的影响作用。它认为人是积极的有机体，具有心理成长和发展的潜能，倾向于以自我决定的方式与环境发生交叉作用，从事他们感兴趣的、有益于其成长和发展的活动。该理论可以具体形象地用"自主决定连续体"模型来描述，将人的所有行为的动机类型描述成一个由"自我决定到非自我决定"的不同自主性程度的连续体上，由高到低分别为内在动机、外在动机与无动机。这种对自我决定的追求构成了人类行为的内在动机。此外，该理论还认为，人虽然有心理成长和发展的先天倾向，但这种倾向的自然表现仍有赖于一定的环境因素，有赖于人们的基本心理需要的满足。这是积极动机形成的前提条件。②自我决定理论认

---

① 郑雪主编：《积极心理学》，北京师范大学出版社2014年版，第115至117页。

② 同上，第84页。

为，人的所有行为的动机类型都处在一个自主性程度的连续体上，由高到低分别为内在动机、外在动机与无动机。

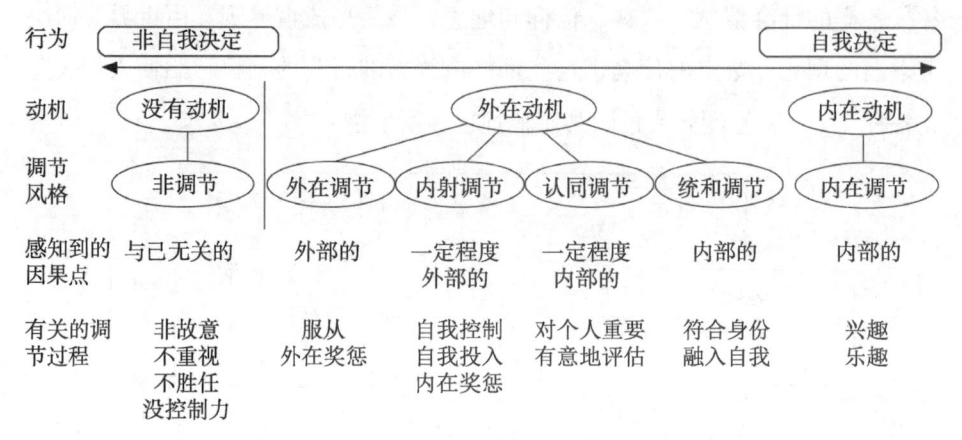

行为	非自我决定					自我决定
动机	没有动机	外在动机				内在动机
调节风格	非调节	外在调节	内射调节	认同调节	统和调节	内在调节
感知到的因果点	与己无关的	外部的	一定程度外部的	一定程度内部的	内部的	内部的
有关的调节过程	非故意 不重视 不胜任 没控制力	服从 外在奖惩	自我控制 自我投入 内在奖惩	对个人重要 有意地评估	符合身份 融入自我	兴趣 乐趣

图1.6　Ryan和Deci提出的自我决定连续体

从图1.6可以看出，在内在动机与没有动机这两端之间，就是外在动机。外在动机可以区分为多个等级，每个等级对应一个调节风格。这些风格的不同之处在于，有的偏向于内在激励一些，有的偏向于外在激励一些，具体将在后续外在动机部分进行讨论。需要说明的是，当代心理学中还有一个重要概念，即"自我"，在积极心理学中则称之为"积极自我"，它与诗人的积极需要与积极动机似乎相当契合。随着积极心理学的兴起，以自我意识为前提和基础的自尊、自我效能感、自信等问题日益得到心理学者的关注。[①]所谓自尊，是自我积极心理的表现。不同学者对自尊给予了不同的定义：或"将自尊定义为成功与抱负之比"；或将自尊定义为"是现实自我与理想自我之间的差异"；或将自尊定义为不是"取决于个人对各个组成品质的评价，而是对那些有价值品质的评价"。基于认知取向与情感取向的整合，自尊的基本含义包括：一是自尊基于对自身的整体评价；二是每个人都在自己看重的领域建构起自尊，即个人所持价值标准的过滤性和收敛性是自尊建构的前提；三是自尊源于价值体验也引发价值体验，即自尊通过自我价值感建构，而自我价值体验本身具有终极性意义。所谓自我效能感，是指"人们对自身能否利用

---

① 郑雪主编：《积极心理学》，北京师范大学出版社2014年版，第117至134页。

所拥有的技能去完成某项工作行为的自信程度",包括三层含义:一是自我效能感是对能否达到某一表现水平的预期,产生于活动发生之前;二是自我效能感是针对某一具体活动的能力知觉,与能力的自我概念不同;三是自我效能感是对自己能否达到某个目标或特定表现水平的主观判断。当人确信自己有能力进行某一活动时,他就会产生高强度的自我效能感,并会去进行那一种活动。所谓自信,迄今尚无一个大体认可的定义,只是认为是一种重要的心理品质,是健全人格的重要组成部分。车丽萍从健全人格、心理健康的角度认为,①自信是一个具有复杂层次结构的心理构成物,是个体对自己的积极肯定和确认程度,是对自己能力、价值等做出正向认知与评价的一种相对稳定的人格特征。其相对性是指自信既是一种稳定的人格特质,又受具体情境的影响,可以说有多少种情境就有多少种自信,其中有些情境不断作用于个体,而有些则是偶然的、暂时的、状态性的。此外,自信的形成与发展既受个体自身内部因素的影响,也受个体外部环境因素的制约,是个体与环境交互作用的结果。作为一个系统,它与其他人格系统是密切联系、相互作用的,对人类认知、情绪、意志和行为诸方面都产生一种弥漫性的影响。

鉴于积极审美心理的特殊性,让诗人的审美意识呈现出强烈的"积极自我"性。李黎在《诗是什么》一书中写道:"诗人利用语言的言情功能与表象功能,将情思意绪化作表面上错落纷纭,内在却是有序组合着的生动、新奇的审美意象,在这些心象与意境所构成的超现实的直观世界之中,实现主体的审美表现。就其进行审美创造的具体过程来说,诗人实质上并不是用眼睛、用耳朵、用一般逻辑关系与生活形态从事审美创造,而是用自己的心灵去观察、去谛听、去感知和创造的。"②这就说明,正因为诗人是"用自己的心灵去观察、去谛听、去感知和创造"诗歌,所以"自尊、自我效能感与自信"必然成为他们的积极自我的显著特征。如李白咏月,杜甫咏马,就各显神韵,各尽其变。这是因为他们以各自对时代和人生的个性感受,分别给

---

① 车丽萍:《自信的概念、心理机制与功能研究》,西南大学学报(人文社会科学版)2002,第86至89页。

② 李黎:《诗是什么》,中国青年出版社2013年版,第37页。

"月"与"马"等特定对象以鲜活的灵性与光彩的智慧。尽管他们的人生经历与个性特征不尽相同,但是却都表现出"积极自我"的共性。李白选择明月意象作为人与天对话的极妙搭档,把酒问月,与月同影共舞,望月思乡,欲上青天览月,无不清奇新颖地表达了盛唐的风流、豪放、忧郁与幻想。杜甫诗中诸多咏马咏鹰的形象,除去艺术上的"惟精乃佳""虽写生者不能到"(清人贺裳《载酒园诗话》)外,更重要彰显出他一生的积极体验。用宋人黄彻的话说:"盖其致远壮心,未甘伏枥;嫌恶刚肠,尤思排击。《语》曰:'骥不称其力,称其德也。'《左氏》曰:'见无礼于其君者,如鹰鹯之逐鸟雀也。'少陵有焉。"[①]随着杜甫的仕途蹭蹬,阅世日深,他对马意象的关注逐渐由骏马而病马、瘦马,虽然其志未甘伏枥,却已渗入许多无可奈何的命运体验,从而使意象内蕴的意义趋于复杂。

2.内在动机与外在动机

动机有内在与外在之分,与内在激励对应的是内在动机,与外在召唤对应的是外在动机。对内在动机而言,内在激励是活动的属性,内在动机是人的属性。

(1)内在动机。自我决定理论将内在定义为一种追求新奇和挑战、发展和锻炼自身能力、勇于探索和学习的内在倾向。这个理论观测:胜任需要、交往需要、自主需要得到满足后,内在动机才有可能出现。若是这些需要没有得到满足,自我激励就不大可能发生。通常,在内在动机的驱动下做事,涉及沿着图1.6所示的自我决定连续体向右跨过几个外在激励阶段,也就是渐渐从外在调节过渡到内射调节,再过渡到认同调节,最终过渡到统和调节。内在动机在一定程度上受到自我效能感的影响。也就是说,只有相信自己能够在活动中取得成功,我们才在内在动机的驱动下活动。内在激励性活动给个人带来满足感,这种满足感往往与实现个人设置的绩效目标进而催生出积极情绪有关。积极心理学家的研究表明,内在动机的活动具有以下特点:一是活动具有挑战性;二是参与者觉得自己能够做好;三是参与活动能够给主

[①] 黄彻:《碧溪诗话》卷二,知不足斋丛书本。

体带来满足感。①杜甫"为人性僻耽佳句,语不惊人死不休"的著名诗句,就充分说明诗词创作就是一项充满挑战性的活动,是诗人积极需要与积极动机激励下的艺术创造。

传统诗词的创作实践表明,创作动机主要体现为内在动机。从宏观角度看,参与这类活动,让参与者体验到活动本身所带来的快乐和满足,它也是人类固有的一种追求新奇和挑战、发展和锻炼自身能力、勇于探索和学习的先天倾向,表达并代表了个体内部的"机体成长过程"。它与个体的内部因素和兴趣、满足感等密切相关,是高度自主的动机类型,代表了自我决定的原型。通常,内在激励性是活动的属性,而内在动机则是人的属性。若是人们自愿参加某个活动,则肯定是因为喜欢这个活动。显然,内在动机可以提高绩效、毅力和创造力,进而提高自尊和主观幸福感。从微观上讲,诗词创作活动的内在动机与其他表现为内在动机的活动相比,更具有积极需要与积极动机所蕴涵的内在激励的个性特征,大体可概括为"三性",即创造性、意象性与情感性。

有的积极心理学家将内在动机分为三种类型:一是了解刺激型,是指个体为了获得新知识,了解周围的事物,探索世界,满足个人好奇心或兴趣的动机类型。二是成就刺激型(即取得成就型),是与个体试图达到某一目标或完成某项任务相关的动机类型,在这种动机的调节下,个体遵循内在需要迎接挑战,超越自我。与了解刺激型动机相比,它具有更多的自我决定的成分。三是体验刺激型,是指最具自主性的内在动机形式,个体把行为完全接纳为自我的一部分。在这种情况下,个体从事某种活动是为了行为本身内在的快乐。显然,诗词创作活动体现出来的"三性"(即"创造性""意象性"与"情感性")特征,也充分体现了"了解""成就"与"体验"三种刺激的内涵。例如,情感在创造性活动(如诗词创作)中起着很重要的动机作用。唐朝宰相郑綮擅长作诗,有一次别人问他有什么新作,他回答说:"诗思在灞桥风雪中驴子背上,这里怎么能够得到!"这是因为灞桥在唐朝京城的东

---

① [爱尔兰]阿伦·卡尔著,丁丹等译:《积极心理学》,中国轻工出版社2013年版,第139页。

面，它和西面的渭城，是当时送别亲朋好友的地方。生死离别之际，自然是诗如泉涌。这里，所谓"诗思在灞桥风雪中驴子背上"，个中就包含了"了解刺激"（因为是为亲朋好友送别）、"体验刺激"（因为风雪等自然景象、驴子等出行方式更加激起送别双方之间的离情别绪）与"成就刺激"（用诗词来向对方表达情感）等不同的内在动机类型。

根据内在动机的概念与分类，可以看出内在动机具有如下特征：一是内在指向性，即内在动机看重活动过程而非最终结果，个体主要对活动过程本身感兴趣而不是仅仅对最终结果感兴趣。活动过程本身就能满足他们的需要，而不是外在的物质报酬。即使是在没有外在奖励和物质刺激的情况下，他们也会自愿学习工作。二是内在动机往往伴随着积极情绪体验，主体往往陶醉于活动过程，将其视为人生享受，感觉其乐无穷。三是内在动机往往具有个体内源性精神需要的引导，如兴趣、好奇心、自我实现的需要、成长的需要等，这也是内在动机出现所必要的内部条件。四是内在动机往往具有较强的自主性，即自由选择性，无须外部约束与监督。

（2）外在动机。自我决定实践表明，人们之所以参加某个活动，是因为这个活动能够带来他们想要的结果，可以说是由于外在召唤的缘故才参与这个活动。在自我决定连续体上，在内在动机与没有动机这两个极端状态之间，根据自我决定程度上的差别或个体对外部价值的内化程度，这些调节方式由低到高可分为四个等级，且每个外在动机对应一个调节风格，分别是：外在调节（或译作"外部调节"）、内射调节（或译作"卷入调节"）、认同调节、统和调节（或译作"整合调节"）。当然，外因通过内因起作用，即便是外在动机调节的行为，处于自我决定的连续体上，也会有着不同程度的自主性而形成四种不同的行为调节方式。

①所谓外在调节型，是指个体的行为完全遵循外部规则，自主程度最小的一种调节方式。如果从事某项活动是因为服从就得奖赏，不服从就受到处罚，那就属于外在调节。这是行为主义心理学家感兴趣的那一类外在激励。如所谓柏梁诗（亦称"柏梁体"，即"联句"作诗），即元封三年，作柏梁台。诏群臣二千石，有能为七言诗乃得上坐，可以说就是"外在调节"。当

时，帝王起兴："日月星辰和四时"，清人沈德潜《古诗源》评曰："武帝句，帝王气象，以下难追后尘矣。"其后，参与联句者，相继有梁孝王刘武的"骖驾驷马从梁来"、大司马的"郡国士马羽林材"等等。

②所谓内射调节型，是指个体吸收了外在规则，但还没有完全融入成自我的一部分，是相对受到控制的一种调节方式。如果以自我控制、自我投入的方式从事活动，以获得内在奖励（比如自尊提高）或避免内在惩罚（比如自我价值降低）为目的，那就属于内射调节。此时，人们之所以从事该活动是为了符合从他人那里内射而来的标准。具体而言，人们对从事活动怀有矛盾情感，但是仍然去从事；之所以从事，是因为应得应该，是因为不从事该活动自尊就会下降。例如，所谓三应诗（即应制、应酬、应景）创作，个中就不乏有这种调节方式。其中，所谓应制，旧指奉皇帝的命令而写作诗文，现可理解为受命写作诗文，即往往是不得不作的诗文。

③所谓认同调节型，是指个体对行为目标或规则赋予了价值，并接纳为自我的一部分，进而能体会到自己是行为的主人，含有较多的自主或自我决定成分的一种调节方式。如果人们有意地评估活动并且认为活动对自己而言是重要的，那就属于认同调节。认同与内射的相同点是，标准都来自他人。认同与内射的不同点是：认同是在心理上认可标准、在行为上遵守标准；而内射却是虽然心理上不认同标准，但在行为上遵守标准。就认同调节而言，每年新春降临，诗人之间多用诗词作品互致新春祝福就是最为典型的实例。

④所谓统和调节型，是指个体产生了与自我价值观和需要相一致的行为，是认同性调节与自我充分同化后的一种调节方式。如果人们从事活动是认为活动符合自身的价值观和需要，是自我的一部分，那就属于统和调节。然而，统和调节仍然具有外在激励性，因为在此情况下，人们从事活动是为了获得某种结果，而不是因为觉得活动本身是有趣的、快乐的。沿着自我决定连续体向右，人们在调节过程中体验到的自主水平越来越高；自主水平越高，在活动上就坚持得越久，表现就越好，主观幸福感就越强。就诗词创作而言，统和调节的实例也是很多的，譬如一些诗词参赛活动，尽管诗人写的是真情实感，但还是有一定的外在激励在起作用。当然，那种"不吐不快"

式的诗词创作，追求的是所谓"纯粹美"，其调节模式就属于内在调节了。

3.逆转理论简介

积极心理学中的"逆转理论"认为："内在动机和外在动机可以相互转化。带来沉浸体验的挑战性任务，有时就与这样的转化有关。"①外在动机的内化主要受个人的因果定向和环境条件的满足两个方面的影响。个人的因果定向是指个人对自己行为归因的倾向，这种倾向具有人格特质性，主要包括自主定向和控制定向两个维度。影响外在动机内化的环境因素分别是能力支持、归属感支持和自主支持，它们与满足对应的基本心理需要相对应。②运用逆转理论来分析诗学心理，似可深化刘勰《文心雕龙·诠赋》关于"情以物兴"与"物以情观"的理解。通常，"情以物兴"说明内心的情感是由于受到外物的触发而兴起，即是外在动机激励下的积极审美体验，而"物以情观"说明人是带着感情来观察事物的，即是内在动机激励下的审美体验。然而，由于外在动机与内在动机可以相互转化，所以，"情以物兴"与"物以情观"又是一个双向过程，相互促进，相得益彰。另外，由于传统诗词创作特别强调"兴寄"，即需要有"动机激励"来托物寓情构成兴象，以表达有现实意义的思想内容，所以，很多诗家都诋毁和韵，特别是次韵。很多诗家认为，对于诗词创作，大抵上是"兴上也，赋次之，赓和，不得已也。"之所以说赋诗与和诗都次于兴诗，其原因在于诗人不是对物的直接感受，进而让情感很难因物兴而通达。但是，基于积极心理学中的逆转理论，也基于和韵的创作实践，由于外在动机与内在动机可以相互转化，所以，当诗人准备和诗时，开始可能是源于外在动机，但随后则可能转入内在动机，从而进入"兴寄"状态，也是有可能写出优秀作品。苏轼的词作《水龙吟·次韵章质夫杨花词》，既是优秀和韵的实例，也可以说是诗学心理由"外在动机"转化为"内在动机"的典范。

---

① ［爱尔兰］Alan Carr著，丁丹等译：《积极心理学》，中国轻工业出版社2013年版，第138至145页。

② 同上，第88至100页。

(三)积极需要与积极动机的诗学观照

诗词创作与鉴赏活动,实质上都是审美活动,其动机的产生不外乎内部需要与外部刺激两种途径。无论是诗词创作的意象——语符思维,还是诗词鉴赏的语符——意象思维,都是审美对象在发挥作用,且审美对象又只能存在于审美活动之中。王国维在《清真先生遗事》中写道:"山谷云:'天下清景,不择贤愚而与之,然吾特疑端为我辈设。'诚哉是言!抑岂独清景而已,一切境界,无不为诗人设。世无诗人,即无此种境界。夫境界之呈于吾心而见于外物者,皆须臾之物。惟诗人能以此须臾之物,镌诸不朽之文字,使读者自得之。"① 这里,王国维说的"境界",就是审美意象。当"天下清景"成为审美对象时,由于诗学心理中的积极需要与积极动机,这些实在之物就融入了审美主体之"情",并通过情景交融而升华为非实在的审美意象。辛弃疾《浣溪沙》词云:"自有渊明方有菊,若无和靖便无梅。"陶潜心目中的菊,林逋心目中的梅,由于各自的诗学心理,它们都不是实在之物,而是非实在的意象世界,即所谓"境界之生于吾心而见于外物者,皆须臾之物"。当然,"惟诗人能以此须臾之物,镌诸不朽之文字",则是作者的诗学心理使然。同样,实现"使读者自得之"的目标,亦是读者的诗学心理使然。唐代著名诗人王维有诗曰:"行到水穷处,坐看云起时。"被人称之为"宋代之李白"的苏庠,就特别赞赏王维的这首诗,他说:"此诗造意之妙,至与造物相表里,岂直诗中有画哉?观其诗,知其蝉蜕尘埃之中,浮游万物之表者也。"诗人之所以能"蝉蜕尘埃之中,浮游万物之表",说明诗人已经超脱于纷扰的物质世界,心灵沉浸于飘渺的玄思,其内在原因是诗学心理的积极审美效应,是诗人对人生"道"的探寻,对审美"趣"的追求。在审美过程中,诗学心理中的积极需要与积极动机,往往构筑了审美活动的起点与终点,即诗学审美始于心物感应,成于意境创造。

---

① (清)王国维著,滕咸惠译评:《人间词话》,吉林文史出版社2007年版,第122—123页。

1.诗学审美始于心物感应

　　传统诗学理论与实践表明，以诗词创作与鉴赏为代表的诗学审美活动，其根本原因既不单纯在审美主体，也不单纯在审美客体，而在于两者之间的相互作用。面对意象世界（即审美对象），具有积极需要与积极动机的审美主体，使其意识不断激活各种感觉材料和情感要素，从而显现出一个充满意蕴的审美意象，发生心物感应，引领审美活动。意象世界是世人共同的世界，但是，只有诗学心理具有特别的积极需要，即在积极的审美心理引领下，通过审美意象来描述审美体验，创造审美意境。这也说明，诗学审美意象只属于诗人而非所有的世人，即王国维所谓"世无诗人，即无此种境界"。

　　在心物感应问题上，钟嵘《诗品序》提出了"气之动物，物之感人，故摇荡性情，形诸舞咏"的观点，并将"物"的概念从纯粹的自然事物，扩大到社会现实内容。刘勰《文心雕龙》更是全面地论述了心物感应，诸如"岁有其物，物有其容；情以物迁，辞以情发"（《物色》篇）等。尤其是刘勰指出了心物感应作用的双向性，亦体现了积极心理学关于"内在动机"与"外在动机"相互转化的理念。《诠赋》云："原夫'登高'之旨，盖睹物兴情。情以物兴，故义必明雅；物以情观，故词必巧丽。丽词雅义，符采相胜。"其中，"情以物兴"与"物以情观"，都离不开审美这种积极需要。只不过"随物宛转"，是以物为主，以心服从于物；"与心徘徊"，是以心为主，用心去驾驭物。但不论是哪一种感物方式，都属于审美范畴。这也就说明，"意象世界是不能脱离审美活动而存在的，美只能存在于美感活动中"[①]。当然，需要决定动机，动机催生行为。在审美活动或美感活动中，审美主体的积极需要与积极动机，往往通过"感兴"让外界的万事万物实现"心有灵犀一点通"。这也如王夫之所说："天地之际，新故之迹，荣落之观，流止之几，欣厌之色，形于吾身以外者，化也；生于吾身以内者，心也；相值而相取，一俯一仰之际，几与为通，而浡然兴矣。"[②]这里，"相值"就是相触，"相取"就是交

[①] 叶朗：《美学原理》，北京大学出版社2009年版，第73页。
[②] 《诗广传》卷二《豳风》三，《船山全书》第三册。

流,之所以能够"几与为通,而浡然兴矣",正是由于积极需要与积极动机,进而不断地将心物感应引向深入。

2.诗学审美成于意境创造

如前所述,由诗学心理引领的积极审美体验,是一种别具一格的积极体验。侯敏在《现代新儒家美学论衡》中认为:"体验是理解者向理解对象的一种移情。诗是生命的表现和传达,它表达了体验,而且表现了生命的真实。体验是一种完全个人的、独特的、内在化的亲历;体验不是一般认知、感觉、印象、经验,而是对生命瞬间的反思式直觉。当然,体验不同于经验。无论是创作体验,还是理解体验,都不同于经验。'体验是经验中之一种特殊形态,体验是经验中见出深意、诗意与个性色彩的那一种形态。……更进一步说,经验一般是一种前科学的认识,它指向的是真理的世界(当然这还是常识、知识,即前科学的真理);而体验则是一种价值性的认识和领悟,它要求'以身体之,以心验之',它指向的是价值世界。'换言之,体验与深刻的意义相连,'它是自己置于价值世界中,去寻求、体味、创造生活的意义和诗意'。"①为此说明,进行积极审美体验的心态不同寻常,必然是积极审美心理引领下的积极需要与积极动机。

对传统诗词创作而言,诗人通过从社会生活中所获取的素材与意象,在外在刺激下得到灵感或妙悟,并在意象——语符思维的引领下,经过意象化与语符化这两个特别的审美阶段,将心底的意象系统转化为语言文字符号,进而实现"诗的表现的美就在于天然(本性)在语言桎梏中自由的行动"(德国作家和美学家席勒语),并最终形成"诗人之意境",凝成"诗歌之意境"。对诗词鉴赏而言,读者在语符——意象思维的引领下,把从诗词作品中阅读到的诗词语言、文字符号转化为意象、意义与意境,即审美对象,并最终再造出"读者之意境"。张君劢摘录并品鉴了宋儒陈白沙的诗作《次韵顾通守》:"到处能开观物眼,生平不欠洗愁怀。窗前草色烟凝绿,门外波光月荡开。歌放霓裳仙李白,酵空世界酒如来。春山几幅无人画,紫翠重重叠晚台。"张

---

① 侯敏:《现代新儒家美学论衡》,齐鲁书社2010年版,第340至341页。

君劢认为诗中充盈着美学哲理,"仙李白""酒如来"这些诗句,"不似道学家所言,而是由自由胸襟吐出,这种逍遥自得之态,言之似乎容易,但是世人心中若充塞书本知识,世俗名利,决不足以语此。只有逍遥自得者,乃能自由自在而合乎宇宙之无量无边之妙境也。"[①]又如,对诗作语言艺术的体验。杜甫晚年所作的七律《登高》:"风急天高猿啸哀,渚清沙白鸟飞回。无边落木萧萧下,不尽长江滚滚来。万里悲秋常作客,百年多病独登台。艰难苦恨繁霜鬓,潦倒新停浊酒杯。"该诗是杜甫大历年(767)秋在夔州所写。全诗通过登高所见秋江景色,倾诉了诗人长年漂泊、老病孤愁的复杂情感,慷慨激越,扣人心弦。清杨伦称赞此诗为"杜集七言律诗第一"(《杜诗镜铨》),明胡应麟《诗薮》更推重此诗"精光万丈",是"古今七言律第一"。全诗情景相融,诗人把久客最易悲愁、多病独爱登台的情感,概括在颈联"雄阔高浑,实大声弘"的对句之中,使人深深感到了他那沉重地跳动着的感情脉搏。颈联的"万里""百年"和颔联的"无边""不尽",还有上下呼应的作用,说明诗人的羁旅愁与孤独感,就像那落叶与江水一样,推排不尽,驱赶不绝。尾联又从白发日多,抱病断炊,归结到时世艰难是潦倒不堪的根源。这样,杜甫忧国伤时的情操,便跃然纸上。诗作艺术的高度精妙,是作者的积极需要与积极动机,通过登高而放飞审美想象,进而创造出深邃的意境来。

自《诗经》以来,传统诗学的审美心理,创造了别具一格的审美现象——感悟美学。正如张岱年在《中国哲学大纲》中所言,"重了悟而不重论证"是中国哲学的六大特点之一。"体验久久,忽有所悟,以前许多疑难涣然消释,日常的经验乃得到贯通,如此即是有所得"。[②]杜维明认为,体验是"直接证会天地万物的最后真实,也就是对本体自身的体会",这种体知不能成为一般所谓的科学知识,"但却和人文学有不可分割的关系。的确,道德实践、宗教体验和艺术鉴赏之知都和自知之明的体结上了血缘。"[③]在诗学心

---

① 张君劢:《义理学十讲纲要》,中国人民大学出版社2006年版,第119页。
② 张岱年:《中国哲学大纲》,中国社会科学出版社1982年版,第200页。
③ 杜维明:《魏晋玄学中的体验思想》,见《燕园论学集》,北京大学出版社1984年版,第200、209页。

理中，审美体验往往源于诸多积极的心理状态。在审美活动中，体验与观察相关，但又不完全等同于观察。遵循老子的哲学思想，体验不是人们直接面对的，不是凭借眼、耳、鼻、舌、身等感觉器官可以直接感知的具体事物，而是道。所谓道，犹如《老子》所云："有物混成，先天地生；寂兮寥兮，独立不改，周行而不殆，可以为天下母。吾不知其名，强字之曰道。"又说："道之为物，惟恍惟惚。"王弼《老子道德经注》"其出弥远，其知弥少"曰："道，视之不可见，听之不可闻，搏之不可得。如其知之，不须出户；若其不知，出愈远愈迷也。"[①]这就是说，道是玄奥超然的，是恍惚混融的，是形而上的，是不能靠观察去直接把握的，而只能依靠体验的方式去把握，可谓之"体道"。按照侯敏《现代新儒家美学论衡》的说法："与西方的'方以智'文化品格不同，中国文化品格属于'圆而神'，充满感悟性。中国传统思想，不论是儒家的'天''理''气'，还是道家的'道'，佛家的'佛'，都不能用语言概念来确指和表现，也不能靠纯粹理性思辨来把握，而只能靠主体依其价值取向在经验范围内体悟。所以中国美学话语，重比喻式的人物品藻，重神思和风骨，而不作理性分析。在诗学表达策略上，重意境、境界和神韵，不作具体范畴和概念区分，念念不忘'得鱼忘筌''得意忘象'，由'言不尽意'进而追求'言外之意'。中国传统艺术往往追求蕴藉，讲究含蓄，其中深藏的意蕴不是一眼便能把握的，只有反复咀嚼、品赏，才能悟出。"[②]中国传统诗学理念与实践表明，积极心理学所推崇的诸多积极状态，更加契合这种悟性思维。朱光潜《文艺心理学》在对"美感经验"进行分析之后，得出了五个结论：一是美感经验是一种聚精会神的观照；二是在达到这种境界，我们须在观赏的对象和实际人生之中辟出一种适当的距离；三是在聚精会神地观赏一个孤立绝缘的意象时，我们常由物我两忘走到物我同一，由物我同一走到物我交注，于无意之中以我的情趣移注于物，以物的姿态移注于我；四是在美感经验中，我们常模仿在想象中所见到的动作姿态，并且发出适应运动，使知觉愈加明了；五是形象并非固定的，同一事物对于千万种形象，物

[①] 楼宇烈：《王弼集校释》，中华书局1980年8月版，第126页。

[②] 侯敏：《现代儒家美学论衡》，齐鲁书社2010年版，第159至160页。

的意蕴深浅以观赏者的性格分深浅为准。仔细体会这五个结论，可以说无论是哪一个方面的结论，都青睐积极心理学中的诸多"积极"状态，也有利于我们去理解积极需要与积极动机在传统诗学中的地位与作用。

从诗心与禅心而言，宋代吴可的《学诗诗》写道："学诗浑似学参禅，竹榻蒲团不计年。直待自家都了得，等闲拈出便超然。"这就说明，从诗人的角度看，"诗道"类似"禅道"，"一味妙悟而已"，所以，持有积极需要与积极动机的诗人，其"体道"的关键不在于具体的物质对象，而是追求飘忽不定、幽微深远的诗意，是"味外味""形而上"的审美意境。当然，诗学中的"体验"，需要与"观察"结合起来，相互补充。处于积极审美体验中的诗人，其观察往往不同于一般之"看"，而是一种透视。尽管在他们眼前的各种景物，其距离有远有近，体量有大有小，向度有高有矮或有长有短，形状有圆有扁，时间有早有晚，但是，在诗人的观察或透视之下，这些差别都可以消失，文字跟着感觉走，完全凭借感觉来反映外界景物的大小高低，各事物之间的实际距离不论有多远，均可如实地进入诗作之中，诸多诗词名句就是处于积极审美体验中的诗人，通过"透视"而创作出来的成果。如"黄河之水天上来"（李白）、"惟见长江天际流"（李白）、"山从人面起，云傍马头生"（李白）、"画栋朝飞南浦云，珠帘暮卷西山雨"（王勃）、"山月临窗近，天河入户低"（沈佺期）、"真珠帘卷玉楼空，天淡银河垂地"（范仲淹）、"碧松梢外挂青天"（杜牧）等等。朱光潜《文艺心理学》还指出："在凝神观照时，我们心中除开所观照的对象，别无所有，于是在不知不觉之中，由物我两忘进到物我同一的境界。"[①]那么，是什么原因让诗人从"物我两忘"的境界进入"物我同一"的境界呢？若是遵循积极心理诗学，其主要途径就是通过积极需要与积极动机来激活积极的形象思维，从而进入积极审美体验状态，并运用以"赋比兴"为特色的积极修辞手法，最终用"诗家语"创造出诗词作品的审美意象与审美意境来。

---

① 朱光潜：《文艺心理学》，漓江出版社2012年版，第30页。

第二章　诗学心理活动的积极审美感应

文学是人学。诗作为文学皇冠上的明珠，说明诗学不但是人学，更是心学。"在心为志，发口为言。言之美者为文，文之美者为诗"（宋司马迁《赵朝议文稿集序》）等传统诗学的经典论述，集中体现了"文，心学也"（刘熙载《游艺约言》）、"诗原乎心者也"（《诗人玉屑》卷十）等诗学理念。诗学心理是以主言情志为特色的积极审美心理，其核心是以诗词创作代表的诗学心理活动的审美感应。自《诗经》以来，"诗"与"心"就结下了不解之缘，尤其是在多种思维方式中，诗学格外看重审美感应这种思维方式，因为它与审美活动和诗学艺术，较之观察与推理等有着更为密切的关系。《文心雕龙·神思》云："文之思也，其神远矣，故寂然凝虑，思接千载，悄焉动容，视通万里。吟咏之间，吐纳珠玉之声；眉睫之前，卷舒风云之色，其思理之致乎！"①其中的"思"与"视"，"声"与"色"，都涉及诗学、心理学与美学著作中的诸多概念，其核心就是审美感应所指的"心"与"物"、主体与客体之间的感应关系。这一章，笔者立足于积极心理诗学，从中选取了有代表性的三组概念，即灵感与妙悟、联想与神思、移情与通感来予以讨论。显然，这些概念并非互相独立，但都体现了"思"和"想"与"心"的牵连，特别是由于各自所蕴含的"积极"性与"审美"性，所以说这三组概念的本质，就是诗学心理活动中的积极审美感应，即是在诗词创作与鉴赏过程中，审美主体与审美对象（客体），即心与物，在以主言情志为特色的积极审美心理的引领下，通过以审美意象为特色的积极形象思维，让"心"与外在实

---

① 刘勰著：《文心雕龙》，中国社会科学出版社2005年版，第175页。

体之"物"的外感应到"心"与内在表象之"物"的内感应,从分离到融合的双向运动过程,并由此催生出积极审美感应的艺术结晶——审美意境。

一、灵感与妙悟

"灵感"与"妙悟"属于审美直觉的范畴。"审美直觉是人们在长期的社会实践活动中逐渐形成的、建立在审美观察和审美体验之上的高级的审美感知能力,是一种以主观的情感体验去观照自然和现实,让审美对象激发主体的情感,又将主体的情感融入审美对象之中的表象运动。"[1]中国传统诗学对此有过丰富的论述,如主张"不以力构"的"兴会"说(即"不思而至"的"灵感")、钟嵘的"直寻"说、严羽的"妙悟"说、王夫之的"即景会心"说等等。西方学者克罗齐将认识活动分为"直觉"与"概念"两种,认为"直觉即表现"。朱光潜注释"直觉的知识"一词时说:"见到一个事物,心中只领会那事物的形相或意象,不假思索,不生分别,不审意义,不立名言,这是'知'的最初阶段的活动,叫做直觉。"[2]也就是说,直觉可以脱离概念,它对艺术的作用可以归结到艺术是对外界事物的形象感知,是不含任何功利目的的艺术心理活动。朱光潜也曾举例说明:"在凝神注视梅花时,你可以把全副精神专注在它本身形象,如像注视一幅梅花画似的,无暇思索它的意义或是它与其他事物的关系。这时你仍有所觉,就是梅花本身形象在你心中所现的'意象'。这种'觉'就是克罗齐所说的'直觉'。"[3]从理论上讲,对于同一事物,可以用三种不同的"知"的方式去知它。其中,最简单最原始的"知"是"直觉",其次是"知觉",最后是"概念"。但是,由于在实际经验中它们常不易分开,因此,常常否认知觉和概念可以分割开来,而将其合二为一,即"知的方式根本只有两种:直觉的和名理的",而所谓名理的知识,就兼指知觉和概念。

---

[1] 董学文主编:《美学概论》,北京大学出版社2013年版,第45页。
[2] [意大利]克罗齐著,朱光潜译:《美学原理》,上海人民出版社2007年版,第6页。
[3] 朱光潜:《诗论》,漓江出版社2011年版,第44页。

一般而言，审美直觉有如下几个特点：一是审美极具个性化，没有统一的审美标准；二是由直觉感知的意象，往往与理性逻辑，即抽象概念无关；三是审美起于形象的直觉，不带实用目的，没有功利性。①对诗人而言，其审美心理是一种典型的积极心理，即积极审美心理，而审美直觉则常体现为"感"与"悟"。朱光潜《诗论》认为：无论是欣赏或是创造，都必须见到一种诗的境界。这里"见"字最紧要。凡所见皆成境界，但不必全是诗的境界。一种境界是否能成为诗的境界，全靠"见"的作用如何。要产生诗的境界，"见"必须具备两个重要条件：一是诗的"见"必为"直觉"。诗的境界是用"直觉"见出来的，它是"直觉的知"的内容，而不是"名理的知"的内容。"读一首诗和做一首诗都常须经过艰苦思索，思索之后，一旦豁然贯通，全诗的境界于是像灵光一现似地突然现在眼前，使人心旷神怡，忘怀一切，这种现象通常人称为'灵感'。诗的境界的突现都起于灵感。灵感亦并无若何神秘，它就是直觉，就是'想像'，也就是禅家所谓'悟'"。二是诗的"见"，是所见意象必恰能"表现一种情趣，'见'为'见者'的主动，不纯粹是被动的接受。所见对象本为生糙零乱的材料，经'见'才具有它的特殊形象，所以'见'都含有创造性。"从积极审美心理的角度讲，"见"的创造性首先是体现为"以人情衡物理"的"移情作用"，然后再体现为"以物理移人情"的"内模仿作用"。②这里，将通过"灵感"与"妙悟"来讨论积极诗学心理中的"直觉"问题。当然，"灵感"与"妙悟"并非相互独立，犹似"同体异名"，但鉴于不同的诗学论著中，经常出现这两个概念，且两者的生成机理也不尽相同，所以本书还是予以单列讨论。

（一）灵感

1.与灵感相关的论述

灵感这一概念源于古希腊，原是指神的灵气，表示一种神性的着魔。英语中灵感（inspiration）的意思与希腊语基本相同，不过它是被直接用来

---

① 黄志浩、陈平：《诗歌审美论》，凤凰出版社2012年版，第33页。
② 朱光潜：《诗论》，漓江出版社2011年版，第42至46页。

说明诗人或其他艺术家进行创作时，似乎产生了神的灵气，而使作品具有一种超凡的魅力。从心理学的视角来看，灵感的外部特征是诗人积极的审美心理，在外界事物的感召下，于刹那间偶然而又自然地产生的一种不自觉的思维畅通状态。当代著名诗人艾青说过："灵感是诗人对于外界事物的一种无比调谐、无比欢快的遇合；是诗人对于事物的禁闭的门的开启。灵感是诗的受孕。"(《诗论》)中国传统诗学关于灵感的论述亦很多，最有代表性的即是"兴会"说。这里，基于诗学心理，择其要而述之。

（1）即景会心，不思而至。王夫之在谈到贾岛的"推敲"故事时亦说："'僧敲月下门'，只是妄想揣摩，如说他人梦，纵令形容酷似，何尝毫发关心？知然者，以其沉吟'推敲'二字，就他作想也。若即景即心，则或推或敲，必居其一，因景因情，自然灵妙，何劳拟议哉？'长河落日圆'，初无定景；'隔水问樵夫'，初非想得；则禅家所谓现量也。"（《姜斋诗话》卷二）童庆炳在《中国古代心理诗学与美学》中对这段话的解读是："王夫之把'妄想揣摩'与'即景会心'看成是两种不同的心理活动。'妄想揣摩'或'拟议'所依靠的是逻辑推理，把直观与思维分离开来，其结果只能是景与情的分立，即景中之情不是从景中直接获得、直接呈现的，而是由诗人通过'揣摩'外加上去的，这就难达到'自然灵妙'的境界。所以王夫之既不同意贾岛的那种'妄想揣摩'，更反对韩愈对别人的构思横加'拟议'，他认为这样做诗'如说他人梦'，是很荒唐的。他提倡王维的'即景会心'的创作心路。'即景'就是直观景物，是指诗人对事物外在形态的观照，是感性的把握；'会心'，是心领神会，是指诗人对事物内在意蕴的领悟，是理性的把握，'即景会心'就是在直观景物的一瞬间，景（外在的）生情（内在的），情寓景，实现了形态与意味、形与神、感性与理性的完整的同时的统一，很明显，这就是前述艺术直觉的心理过程。"[①]王夫之的"即景会心"说，与"诗六义"中的"兴"密切相关，一脉相承，都是对诗人审美直觉的形象描述。"兴"即是"感兴""情兴"。"兴者，情也。"（贾岛《二南密旨》）"兴会"也就是"情兴

---

① 童庆炳：《中国古代心理诗学与美学》，中华书局2013年版，第76页。

所会"，指的就是在积极审美心理的引领下思如泉涌的灵感现象。刘勰在《文心雕龙·神思》中，认为在诗词创作过程中，审美主体与客体之间的交互感应表现为"神与物游"，达到"心"与"物"的统一，最终产生"意象"。"意象"一方面来自"物以貌求"的客观因素，另一方面来自"心以理应"的主观因素。其中，在很多情况下，都有灵感的作用。

西晋文学家陆机《文赋》所说的"应感之会"，或称之为"感会"，就是指主体受客体感发，主客体彼此契合而引发的灵感。《文赋》云："若夫应感之会，通塞之纪，来不可遏，去不可止。藏若景灭，行犹响起。方天机之骏利，夫何纷而不理。思风发于胸臆，言泉流于唇；纷葳蕤以馺遝，唯毫素之所拟；文徽徽以溢目，音泠泠而盈耳。及其六情底滞，志往神留，兀若枯木，豁若涸流；览营魂以探赜，顿精爽而自求；理翳翳而愈伏，思轧轧其若抽。是以或竭情而多悔，或率意而寡尤。虽兹物之在我，非余力之所勠。故时抚空怀而自惋，吾未识夫开塞之所由也。"[①]陆机的精彩描述，让我们对灵感乃至对积极心理诗学中诸多"积极"状态有一个初步认识。在积极审美心理的引领下，感兴袭来，天机骏利，诗人的积极情绪让其处于积极体验之中，正是创作的最佳时机。"思风发于胸臆"，说明诗人积极的审美特质得以激活，思维极其敏捷活泼；"言泉流于唇齿"，说明诗人的积极目标得以实现，即把灵感物化成充满形象的语言，进而"文徽徽以溢目，音泠泠而盈耳"，达到积极的愉悦状态。

传统诗学理论与实践表明，灵感不但表现为"即景会心"，还如"自然灵气，惚恍而来，不思而至"（李德裕《文章论》），它与正常有意识的活动有着显著区别。诗词创作过程中的积极审美感应，说明灵感往往表现为飘忽不定，来去无踪，"神而不知其迹"的状态，有时看似"思若有神"或"思与神合"，犹如"神思""妙想"，但有时又是"惚恍而来，不思而至"。沈约曾说："至于高言妙句，音韵天成，皆暗与理合，匪由思至。"（《宋书·谢灵运传论》）西方学者尼采曾描述灵感的这一时特征说："它给人的感觉是；它不得

---

① 郭绍虞主编：《中国古代文论选（四卷本）》，上海古籍出版社2001年版，第174至175页。

不来，我自己连一点选择的余地都没有……完全不由自己……"反过来说，"不思而至"的灵感不能靠意识的努力去获取。戴复古在《论诗十绝》中说："诗本无形在窈冥，网罗天地运吟情。有时忽得惊人句，费尽心机做不成。"王夫之的诗学主张更是强调诗是源于"即景会心"的瞬间直觉，不是思想先行（即"拟议"）与预设定景的产物，而应该是在直接的审美观照中情景相生、自然灵妙的体现。对此，王夫之用"禅家所谓现量"来阐释。"现量"本是古代印度因明学中的术语，王夫之在研究佛教相宗义理的专著《相宗络索》中把"三量"（现量、比量和非量）列为一章。他认为"现量"与诗性相通，进而把它引进诗学领域，用来说明审美观照、艺术直觉（包括兴会）和诗歌创作的特征。他说："现量，'现'者，有'现在'义，有现成义，有显现真实义。现在，不缘过去作影。现成，一触即觉，不假思量计较。显现真实，乃彼之体性本自如此，显现无疑，不参虚妄。"（《相宗络索·三量》）由此看来，"现量"有三层含义：一是"现在"义，即现量是由目前的直接感知而得，不依赖回忆；二是"现成"义，即现量是由瞬间的直觉而得，不需要概念、判断、推理等抽象思维方式的介入；三是"显现真实"，即现量是对人情物理（或宇宙人生之道）的体悟。上述论述说明，积极审美心理引领下的积极审美体验，所催生的美感是当下直接的感兴，"艺术灵感实质上是通过长期的有意识追求'思积而满'的主体在与对应的客体的触发下自然、意外地产生的一种顿悟心理状态"。[①]因而，诗人只有热爱自然，深入生活，不断提高艺术修养，才有可能产生灵感。如果闭目塞听，对现实生活熟视无睹，只是一味的冥思苦想，那是难以获得真正的灵感的。

（2）诗人感物，摇荡性情。凡有诗词创作经验的诗人都懂得，灵感是摇荡性情的表现，尽管是不思而至，但决非空穴来风。对诗人来说，"气之动物，物之感人，故摇荡性情，形诸舞咏"（钟嵘《诗品序》），也就是说，诗人只有在感物的过程中，才能"联类不穷，流连万象之际，沉吟视听之区。写气图貌，既随物以宛转；属采附声，亦与心而徘徊。"（刘勰《文心雕龙·物

[①] 祁志祥主编：《中国古代文学理论》，华东师范大学出版社2018年版，第65页。

色》)这也说明灵感是积极审美感应的产物,离不开审美直觉,离不开对审美对象的观察。古往今来,历代学者都高度重视观察的重要性。文学艺术要描述物质世界,描绘自然世界,体现人对自然的眼光,更要反映人的生活、表现人的精神。中国古代学者也屡屡论述过观察的重要性。古代著名诗人刘禹锡认为:"以目而视,得形之粗者也;以智而视,得形之微者也。"王夫之亦云:"内心合外物以启觉,心乃生焉。"①这就说明观察"以目而视",进而实现"内心合外物以启觉"的重要性。《文心雕龙·原道》更是精辟地言道:"仰观吐曜,俯察含章";又曰:"观天文以极变,察人文以成化,然后能经纬区宇,弥纶彝宪,发挥事业,彪炳辞义。"其中,"天文"指的是日月星辰等自然景象;"人文"指的是人类社会生活现象;"彝宪"指的是经久不变的大经大法。这里,刘勰借用了《周易》中的语句。《易·系辞上》曰:"仰以观于天文,俯以察于地理",《易·贲》象辞曰:"观乎天文以察时变,观乎人文以化成天下"。孔子与孟子还特别注意对人的观察,《论语·为政》写道:"视其所以,观其所由,察其所安,人焉廋哉!"《孟子》亦说:"听其言也,观其眸子,人焉廋哉!"这些论述都说明,"观察"或曰"见",对于不同人类都特别重要。当然,不同职业、不同身份、不同类型的人,其"见"的角度与方式是迥然不同的。诗学心理或积极审美心理之"见"涉及诗的本源与生成,认为诗的生成,是由于在审美过程中,"物触"而"感动"的心物共振,即"物感"让主体心灵与客体对象相互碰撞而生成火花。众所周知,诗乐同源,说明诗与乐均是为了表达人的情感而产生的。然而,"诗"又不同于"乐",在诗词创作过程中,"见"的重要性格外重要,这是因为诗人的情感生成离不开一个"见"字,往往是"感物而动",是"物使之然"。

历代诗人结合自身的创作实践,用诗的语言彰显了"物感"的重要意义。诗人张协说:"感物多所怀,沈忧结心曲。"陆机说:"感物多怀念,慷慨怀古人。"(《吴王郎中时从梁陈作》)阮籍《咏怀诗》说:"感物怀殷忧,悄悄令人悲。"尤其是集诗人与诗论家于一身的陆机,更是对"感物"有其独

---

① 刘禹锡《天论中》,转引自高觉敷主编:《中国心理学史》,人民教育出版社2009年版,第12页、第6页。

到的见解。他在《文赋》中写道:"遵四时以叹逝,瞻万物而思纷,悲落叶于劲秋,喜柔条于芳春。心懔懔以怀霜,志眇眇而凌云……慨投篇而援笔,聊宣之乎斯文。"说明他明确地认识到,在积极的审美活动中,对客观世界的"物感"是诗词创作的直接源泉。但是,为什么只有诗人感物才会"摇荡性情"呢?其深层原因当然是诗学心理的诸多"积极"特质使然,使得他们的"物感"不只是一般之"感",而是于积极审美体验中所产生的"灵感"。这里需要说明的是,中国传统诗学所谓"物感"涉及"直觉"的相关论述,与柏格森、叔本华、克罗齐的非理性的直觉主义不尽相同。西方的直觉主义强调人的生命本能的作用,而中国包括王夫之"即景会心"在内的诸多诗学主张,还强调人的后天的实践作用对艺术直觉的作用。王夫之认为审美直觉的生成要有主、客观条件。他反对"妄想揣摩""强刮狂搜",主张"即景会心""体物而得神""寓目吟成"的审美直觉,但他又强调这种审美直觉的生成有赖于相关知识与生活经验的积累,需要发挥诗人的主观能动性,注意自觉主动地寻找刺激物,及时捕捉那可能稍纵即逝的灵感,尤其是要求"身之所历,目之所见,是铁门限"(《姜斋诗话》卷二)。此外,王夫之还认为,艺术直觉的生成还要有主体的条件,如他在《古诗评选》中写道:"'日落云傍开''风来望叶回',亦固然之景,道出得未曾有,所谓'眼前光景'者,此耳。所云'眼'者,亦问其何如眼。若俗子肉眼,大不出寻丈,粗欲如牛目,所取之景亦何堪向人道出?"[①]这就是说,在王夫之看来,以"即景会心"为标志的审美直觉,不仅客体之"景"是重要的,主体的"心""眼"也是重要的。王夫之认为,心乃性之灵天之则,耳目止于闻见,而心之神彻于六合,周于百世,无灵心即无妙悟,在他看来:"心理所诣,景自与逢,即目成吟,无非然者,正此以见深人之致"(《古诗评选》卷五),"真有关心,不忧其不能感物"(《古诗评选》卷六)。由此可见,心灵不仅影响诗意,而且决定着诗人感物、兴会、传神的能力。从这个意义上讲,似可仔细揣摸一下同是审美直觉中的"灵感"与"妙悟"的联系与区别。

---

① (清)王夫之评选,张国景点校:《古诗评选》,河北大学出版社2008年版,第356页。

2.灵感的主要特性

现代心理学认为，创造的想象是神秘的，又是可以分析的。通常，它含有三种成分：一是理智的，二是情感的，三是潜意识的。其中，只有潜意识才产生灵感。用朱光潜的话说就是："创造的想象还有意识所不能察觉的成分，这就是通常所谓'灵感'。"①从心理美学来说，灵感是一种审美冲动，是主体在审美体验的基础上，由内心意象而产生的一种审美心理诸功能的勃发状态。柏拉图在《斐德若篇》的对话里说："有一种迷狂症是诗神激动起来的。她凭附一个心灵纯朴的人，鼓动他的狂热，唤起诗的节奏，使他歌咏古英雄的丰功伟业来教导后人。无论是谁，如果没有这种诗人的狂热而去敲诗神的门，他尽管有极高明的艺术手腕，诗神也永远不让他升堂入室。"这就是说，灵感亦就是"诗人的狂热"。在柏拉图看来，灵感是神的启示，比艺术手腕还更重要。正因为如此，灵感的重要特征，往往体现为突如其来与不由自主。从积极心理诗学的角度看，灵感或称之为"诗人的狂热"，当是来自诗人的积极情绪与积极体验，尤其是情绪记忆的唤起。所谓情绪记忆是以体验过的情绪或情感为内容的记忆，是直觉的产物。朱光潜《文艺心理学》认为，"美感经验就是形象的直觉。""'直觉属于我，形象属于物'，原是一种粗浅的说法。严格地说，直觉除形象之外别无所见，形象除直觉之外也别无其他心理活动可见出。有形象必有直觉，有直觉也必有形象。直觉是突然间心里见到一个形象或意象，其实就是创造，形象便是创造成的艺术。因此，我们说美感经验是形象的直觉，就无异于说它是艺术的创造。"②显然，着眼于艺术创作的诗学心理离不开体物、感兴、达情，而灵感或兴会与此息息相关。王夫之说过："含情而能达，会景而生心，体物而得神，则自有灵通之句，参化工之妙。"(《姜斋诗话·夕堂永日绪论内编》)这就是说，灵感生于直觉，而非技巧或字句的苦心经营。若仅仅以险韵、奇字、古句、方言求巧，即便能"巧"，也与"心情兴会一无所涉，适可为酒令而已"。从审美直觉的角度

---

① 朱光潜：《文艺心理学》，漓江出版社2012年版，第196页。

② 同上，第11页。

看，灵感具有如下主要特性：

（1）瞬时性与自然性。这是指灵感不是苦心思考的结果，而是漫不经心、倏忽而来、毫无意识的结果。凡有灵感经历的诗人都有体会，灵感的到来是一个自然而然的过程，人力是无法去左右的。正如古人所言："诗有天机，待时而发，触物而成，虽幽思苦索，不易得也。"（《四溟诗话》）南齐袁嘏说："诗有生气，须捉著，不尔便飞去。"方回说："佳句惊人，不以思得之也。"王士禛说；"当其触目兴怀，情来神会，机括跃如，如兔起鹘落，稍纵即逝矣。"（《带经堂诗话》卷二十九）如此等等，不一而足。

从积极心理诗学的角度看，在积极审美心理的引领下，处于积极体验中的诗人，当灵感降临的那一刹那，强烈的创作动机往往迫使诗人不得不提笔创作，显示出主观意识的一种不可抗拒性。也就是谢灵运所说："事出于外，兴不由己。"（《归途赋序》）这也表明，灵感的瞬时出现，其心理状态是不能由自我意识来决定的。苏轼在《江行唱和集序》中写道："夫昔之为文者，非能为之为工，乃不能不为之为工也。"可见，"不能不为"的心态正是艺术构思时灵感降临的一种积极审美心理特征。从生理上讲，灵感之所以不受意识支配，这是由于灵感来临之际，大脑的各个部分生物电位的空间同步水平提高，使大脑机能系统高度的可塑性得以实现，大脑处于高度的紧张状态，从而抑制了意识的正常运动。在诗境的构思过程中，灵感的无意识性表现为"心忘其手手忘笔，笔自落纸非我使"。此时，诗人积极的审美意象，在某种"契机"的作用下转化为诗词构思，这种"契机"就是灵感，尽管它总是"不请自来"（贝多芬语），却又是自然而来。

（2）形象性与独特性。这是指灵感须依赖于直觉，有待于某种外物（自然界或社会）的刺激才能产生，也就是说灵感状态下涌现出来的艺术形象、意象、意境、话语都是独一无二的。其中，大多或是与诗人独特的个性和生活体验有关，或是借助于富于色彩的、形象化的情绪记忆而呈现出来的。黑格尔说过："在艺术里，感兴的东西是经过心灵化了，而心灵的东西也借感性化而显示出来了。"[①]就其主观方面的心灵而言，"其异如画"；就其客观情

[①] 黑格尔：《美学》卷一，商务印书馆1979年版，第49页。

况来说，每个人所处的外在环境，所碰到的外界机遇，所经历的生活事件也不尽相同。因此，各个不同的心灵，各个不同的外物，各个不同的心灵交感条件，这三个方面的有机结合，就使得灵感产生的艺术形象，呈现出不可重复的独特性。社会生活实践表明，两个人可能在某一件工作上不谋而合，但在艺术创作上决不可能如此。这是因为一个灵感既不会在同一个人身上发生两次，更不会在两个人身上同时发生，这也是艺术创作总是绚烂缤纷、永不穷竭的原因之一。正如清代画论家沈宗骞所说："今日之为而如是，明日为之又是一样光景，如必欲若昨日之为，将反有不及昨日者矣。"（《芥舟学画编·山水·会意》）这些都说明，由灵感所产生的艺术形象必然是个别的，不可重复的。

传统诗学实践表明，诗词创作是最富创造性的艺术生产，而灵感又往往出现在效力最高的那一刹那。在积极审美心理的引领下，诗词的意象、意境、语句似乎瞬间生成，翻滚于诗人的"心理场"上。皎然说过："意静神王，佳句纵横，若不可遏，宛如神助。"（《诗式·取境》）古人所强调的"宛如神助"或"思若有神""倏与神会""还仗灵光助几分"等说法，都是结合各自的创作实际，从不同的视角强调一次灵感，就是一次独一无二的审美感应。例如，宋代词人王沂孙的《眉妩·新月》："渐新痕悬柳，淡彩穿花，依约破初暝。便有团圆意，深深拜，相逢谁在香径？画眉未稳，料素娥，犹带离恨。最堪爱，一曲银钩小，宝帘挂秋冷。千古盈亏休问，叹慢磨玉斧，难补金镜。太液池犹在，凄凉处、何人重赋清景？故山夜永，试待他、窥户端正。看云外山河，还老尽桂花影。"这是一首咏物词。全篇围绕"新月"这个意象，展开想象。上片侧重写新月的形状与色光，起句以"渐"字领起，描绘新月初上时的动态夜景，细腻工致。又以人间拜月期盼团圆，想到嫦娥的离恨，由"钩"蓦地突发灵感，终于写出"一曲银钩小，宝帘挂秋冷"之奇句。按理说"秋冷"又如何可挂呢？但这更彰显了"直觉"本色，亦是兴会使然。过片突出金瓯长缺的悲叹，将历史之痛与现实之悲紧密地编织在一起。太液池赋诗一典，感慨犹深，言"何人重赋"，其实纵有人赋，故土却已难复，也是徒然。"试待他窥户端正"一句虽寄予热望，但在无法"补镜"之时，纵有一腔热血，也只能是发出"还老尽桂花影"这样无奈的慨叹了。显然，无数咏月的诗词，是很难出现同样的意象与意境的。就是王沂孙本人，若是再咏一首，也许又有一种别样的灵感流出笔端。

（3）偶然性与短暂性。这是因为灵感的生成往往是一个无意的、突如其来的、自然而然的过程，人的意识对其一无所知，致使它的出现看上去完全是偶然的。同时，灵感的出现常常需要某一特定的情境刺激，而什么样的刺激情境能催生灵感，以及主体何时捕捉到它都是不确定的。清人吴雷发也说过："作诗固宜搜索枯肠，然着不得勉强。故有意作诗，不若诗来寻我，方觉下笔有神。"这就是说，偶然性有时表现为突发性，常见的一种情况是在诗词创作过程中，有时虽然冥思苦想而不得要领，但在不经意之中而偶然触发，突然间豁然开朗，茅塞顿开。郑板桥"忽然兴至风雨来，笔飞墨走精灵出"（《又赠牡山》）诗句，更是用形象的语言描述了灵感突然涌出时的积极心理状态。此外，古人所谓"文章本天成，妙手偶得之""尽日觅不得，有时还自来"，既是对灵感特征的描述，也含有对灵感偶然性的认识。

与此同时，灵感降临的时间十分短暂，稍纵即逝。正如苏轼所言"作诗火急追亡逋，清景一失永难摹。"明人许学夷说："诗在境会之偶谐，即作者亦不自知，先一刻迎之不来，后一刻追之已逝。"（《诗源辨体》）诗人之所以发出"有先一刻后一刻不能之妙"（郎廷槐《师友诗传录》），就是因为灵感停留的时间太短暂了。王夫之在《姜斋诗话》中也说："以神理相取，在远近之间，才着手便煞，一放手又飘忽去。"清代徐增说："好诗须在一刹那上揽取，迟则失之。"这些源于实践的切身体会，说明灵感出于积极的审美体验状态，由于神经过程的继时性"负诱寻"规律，大脑皮层的优势兴奋中心不久就转为强烈的抑制区域，致使以前的灵感立即丧失，而使灵感的出现既是一种偶然现象，又是一种暂时现象。

（4）爆发性与能动性。这是从更深层次来认识灵感的内部特征。文章之道，虽然"遭际兴会，摅发性灵，生于临文之顷者也，然须平日餐经馈史，霍然有怀"，方能"对景感物，旷然有会"，可见灵感"得之在俄顷，积之在平日"（袁守定《谈文》），它是长期的积累在刹那间的顿悟，是瞬间的爆发性与长期的累积性的辩证统一。若是说灵感来临时,思如泉涌,那么,源泉之水,却是"积之在平日"。又好比火山的爆发,骤然之间火炷万丈,蔚为壮观,但其能量亦是"积之在平日"。由于常常看不见"积之在平日",而是看得见"得之在俄顷",所以都说灵感是不思而至的产物,与之相随的现象则是不可捉摸的可变性。诗学理论与实践表明,"人禀七情,应物斯感。"但是,景同时同人不同,"应物斯感"很难相同。例如,本来"春山烟云连绵,人欣欣"(郭熙《山水训》),而南唐后主李煜的情绪记忆,或是一晌贪欢:"寻春须是先春早,看花莫待花枝老。"(《子夜歌》)或是感怀故国:"问君能有几多愁,恰似一江春水向东流。"(《虞美人》)两者的情绪记忆迥然不同,亦说明灵感的可变性。

3.孕育灵感的积极心态

灵感作为诗学心理活动中的一种积极审美感应,与之对应的心态当然是一种积极的审美心理状态。心理学家研究表明,积极心理之"迷狂"心态,就是一种典型的孕育灵感的积极心态。"迷狂"也是一种特别的积极情绪或积极情感,饱含着高度的审美注意、积极的审美体验与丰富的审美想象。

最早提出灵感的人是公元前约5世纪希腊唯物主义哲学家、思想家、美学家德谟克利特,他认为艺术创作不单是模仿自然,而且需要理性和灵感:"一位诗人以热情并在神圣的灵感之下所作成的一切诗句,当然是美的。""没有一种心灵的火焰,没有一种疯狂的灵感,就不能成为大诗人。"与德谟克利特同时代的柏拉图在其对话集里亦认为,诗人写出他们伟大的诗篇,凭借的是灵感,并提出了解释灵感的"迷狂"说。柏拉图作为西方灵感"迷狂"说的代表,他认为,灵感来自神灵的凭附,"神对于诗人们像对于占卜家和预言家一样,夺去他们的平常理智,用他们做代言人"。因此,诗人会因为神的凭附而陷入迷狂,呈现出一种神态昏迷、精神恍惚、类似疯狂的失常状态。它像磁石一般具有感召力,引发诗人"到兴高采烈神飞色舞的境界,流露出各种诗歌,颂赞古代英雄的丰功伟绩,垂为后世的教训。若是没有这种诗神的迷狂,无论谁去敲诗歌的门,他和他的作品永远站在诗歌的门外,尽管他自己妄想单凭诗的艺术可以成为一个诗人。他的神志清醒的诗遇到迷狂的诗就黯然无光了。"他还认为:"不得到灵感,不失去平常理智而陷入迷狂,就没有能力创造,就不能作诗或代神说话。"(《文艺对话集》)①

　　从积极心理学的角度来看,柏拉图的"迷狂"说可以理解为是一种"高情感强度",且西方学者认为:"对高情感强度者的访谈表明,他们没有改变自己情绪强度水平的愿望。他们似乎偏爱这种情绪卷入、起起落落的感觉及相伴随的高度的生理唤醒。"②中国古代文论也早就有类似的说法,如《萧伯玉制义题词》中说:"唐人有言,不颠不狂,其名不彰。世奉其言,以视士人文字。苟有委弃绳墨,纵心横意,力成一致之言。"诗人只有在"高情感强度"之下,才能进入出神入化的境地,"用志不分,乃凝于神",且还最怕被主观或客观的干扰打断,因为"有物败之则失之矣"。在灵感神来的状态下,诗人的感知十分敏感,与刺激外物一拍即合,触发起丰富的联想与想象,唤醒大脑深层的信息库。而个中的这个"信息库",就不可能是突如其来的恩赐。从某种意义上讲,灵感实质上当是"先积精思"在精神放松以后的产物,而这也是从一般意义上的"厚积薄发"到积极意义上的"累积爆发"的跨越。这就是说,尽管灵感是"天机自动""不以力构",不能"强索为之",但如果一味不费苦思,不作努力,则灵感永远不会自动降临。没有"尽日觅不得",哪有"有时还自来"?没有"踏破铁鞋无觅处",哪有"得来全不费功夫"?可见,灵感的诞生还有赖于长期专心于某物、"久用精思""霍然有怀"的主体的能动性。从积极心理诗学的角度看,发挥主体的主观能动性,有助于在某种特定的条件下接受刺激而激活灵感。这是因为:一是获得灵感的刺激情境多与主体具有某种审美心理的同构性,尤其是诗人主动寻求刺激外物的情况更是如此;二是灵感表面上看是"不思而至",但实际上,它需要深厚的艺术功底和长期的艺术实践作为根柢;三是个体的经历与性情对于灵感的出现有着较直接的影响。就拿"梦"与"酒"催生灵感来说,古往今来,得梦者、好

---

　　① 游光中、黄代鏊编著:《诗学大典》,陕西人民教育出版社2015年版,第418—419页。

　　② 郑雪主编:《积极心理学》,北京师范大学出版社2014年版,第15页。

酒者多矣,然而,能成其为诗人尤其是著名诗人却不多。究其原因,梦与酒招致灵感必须以诗人的艺术根柢与个体性灵作为基础,缺乏这个基础,缺少诗人的主观能动性,灵感也不会无缘无故地发生。

(二)妙悟

1.关于"悟"的启示

"悟"本为佛教术语,是指修行过程中对佛教真知本体即诸法实相和最高真理的领悟和把握。在佛教发展史上,长期存在着所谓"渐悟"与"顿悟"之争。所谓渐悟,是认为对佛教终极真理的把握是可以分阶段一步一步地进行的,因而成佛的过程就是一个刻苦修行、不断积累的过程。所谓顿悟,是认为佛性本体是完整圆满不可分割的实体,不可能逐渐地一步步地领悟它,而只能是一次性地把握它。按照佛教关于悟性思维的说法,顿悟与灵感、直觉既有联系,又有区别。从共同的特点来说,顿悟、灵感、直觉都具有突发性或闪现性。从不同点来说:顿悟属于主体领域,是观念模式的突破,包括观念模式、范畴、思维方法的转换。灵感属于对象领域,是尝试性思维的成功,其思维成果及其运用的思维形式,仍然在原有观察模式和思维水平之内,实质上是知识或智能应用的新拓展,或理解的成功。直觉属于认知模态,是思维纯熟达到后意识水平的预测性判断。①

尽管在心理学与美学中,顿悟与灵感都属于审美直觉的范畴,但佛教理论关于三者的联系与区别,有利于我们理解佛道之"悟"与诗道之"悟"的联系与区别。佛道之"悟",也许是像"拈花微笑"这则故事所描述的那样,佛祖以一种祥和、宁静、安闲的神态,手拈莲花面对众人,而其弟子迦叶却是通过虔诚而又自信的微笑,把那一种清明纯净的心境回应给佛祖,进而两心相通,完成了"最上大法"的宣示和传承过程。而诗道之"悟",其灵感是主体与对象(即客体)的瞬间碰撞,是在诗人积极情绪与积极体验、积极人格与积极特质、积极需要与积极动机等积极审美心理状态下产生的,并往往

---

① 惟海:《五蕴心理学》,宗教出版社2006年版,第473页。

伴随着喷发出富于意象的诗性语言来。

宋代论诗者常用"悟"或"悟入"等语来描述读诗与学诗。例如，范温《潜溪诗眼》云："识文章者，当如禅家有悟门。夫法门百千差别，要须自一转语悟入。如古人文章，直须先悟得一处，乃可通其他妙处。"曾季貍《艇斋诗话》云："后山论诗，说'换骨'；东湖论诗，说'中的'；东莱论诗，说'活法'；子苍论诗，说'饱参'。入处虽不同，然其实皆一关捩。要知非悟入不可。"吴可《藏海诗话》亦云："凡作诗如参禅，须有悟门。"到了严羽，则明确提出"妙悟"的诗歌解读方式，其《沧浪诗话·诗辨》写道："大抵禅道惟在妙悟，诗道亦在妙悟。且孟襄阳学力下韩退之远甚，而其诗独出退之之上者，一味妙悟而已。惟悟乃为当行，乃为本色。"① 当然，毕竟诗道不同于禅道。后者追求的是一种内在的心灵体验，往往是在修行者体悟之后就到此为止，更无须用语言去表现它；而前者则必须经由文字的表达才能诞生，仅仅存在于诗人心中，既永远成不了诗，更不成其为"道"了。所以说，诗道之"妙悟"虽与禅道类似，但仍不同于禅道之"妙悟"。

2.妙悟的主要特征

从积极心理诗学的角度看，诗道之"妙悟"是诗人的一种审美直觉，意味着诗人在直观景物的刹那间，同时把握了景物的形与神、景与情、形态与意味、外境与内境、外意与内意、味内味与味外味等审美特征。作为积极心理过程中的审美直觉，诗人获得了一种神奇的透视力，即把感知与领悟、观察与体验、目睹与心击、观看与发现等在瞬间同时实现。妙悟作为一种审美直觉，其艺术性表现为直接性、整体性与无意识性等艺术特征。

（1）直接性。妙悟的直接性艺术特征，是由诗人的积极特质及其瞬间的积极体验所引发的。正如宋人吕本中《童蒙诗训》所云："作文要悟入处，悟入必自功夫中来，非侥幸可得也，如老苏之于文，鲁直之于诗，盖尽此理也。"② 吴可《学诗诗》云："学诗浑似学参禅，竹榻蒲团不计年。直待自家

---

① 邓新华：《中国古代接受诗学史》，上海人民出版社2012年版，第190页。
② 吕本中：《童蒙诗训》，郭绍虞辑：《宋诗话辑佚》（下册），中华书局1980年版，第594页。

都了得，等闲拈出便超然。"①其《藏海诗话》又云："凡作诗如参禅，须有悟门。少从荣天和学，尝不解其诗云：'多谢喧喧雀，时来破寂寥。'一日于竹亭中坐，忽有群雀飞鸣而下，顿悟前语，自尔看诗，无不通者。"②宋人的诸多论述，尽管都来自佛教的"顿悟"，但却摒弃了禅宗的神秘色彩，说明这种"悟"的过程，无须经过分析和推论，是突如其来的积极审美体验，让自己通过积极的形象思维，获得审美意象，进而借助积极修辞手法生成诗家语。

（2）整体性。"妙悟"作为一种审美直觉的出现，离不开诗人的诸多积极心态，进而让"悟"达到"不假悟"的绝妙状态，呈现为整体性艺术特征。严羽在提出"惟悟乃为当行，乃为本色"之后，接着又论述了不同类型、不同程度之"悟"。《沧浪诗话·诗辨》云："然悟有浅深：有分限之悟，有透彻之悟，有但得一知半解之悟。汉魏尚矣，不假悟也。谢灵运至盛唐诸公，透彻之悟也。他虽有悟者，皆非第一义也。"③在严羽看来，"分限之悟""一知半解之悟"，是指其审美体验还未能达到酣畅淋漓的积极状态，对诗歌艺术的运思亦未能圆融通达，诗的境界也未能达到浑然天成的自然高度。而只有"汉魏天成，本不假悟"（明胡应麟《诗源辨体》卷十七），是诗人对描写对象进行整体性的审美观照的结果，进而达到"气象混沌，难以句摘"，丝毫看不到人为雕琢的斧凿痕迹。

（3）无意识性。妙悟作为一种审美直觉，还体现为无意识性艺术特征。例如，宋人方岳《深雪偶谈》就称苏轼阅读历代作家之诗的方法是"潜窥沉玩，实领悬悟"，张扩也说："说诗如说禅，妙处要悬解"。④他们所说的"悬悟""悬解"，与禅宗提出的"不立文字""妙悟于心"的直觉思维方式有异曲

---

① 魏庆之：《诗人玉屑》卷一，《景印文渊阁四库全书》1481册，上海古籍出版社1987年影印本，第41页。

② 吴可：《藏海诗话》，《景印文渊阁四库全书》1479册，上海古籍出版社1987年影印本，第10页。

③ （南宋）严羽：《沧浪诗话》，中华书局2014年版，第12至13页。

④ 张扩：《东窗集》卷一《括苍官舍夏日杂书》，《景印文渊阁四库全书》1129册，上海古籍出版社1987年影印本，第9页。

同工之妙，且从诗道上讲，还要将这种"妙悟"，通过积极的形象思维，托付于意象而物化为诗意语言。严羽《沧浪诗话·诗辨》所说的"透彻之悟"，实际上就是指诗人创造出来的一种高级别的审美境界，犹如"羚羊挂角，无迹可求。故其妙处，透彻玲珑，不可凑泊，如空中之音，相中之色，水中之月，镜中之象，言有尽而意无穷。"（《沧浪诗话》）显然，"透彻之悟"这种高层次的积极审美体验，以概念、判断、推理为特征的逻辑思维方式是无济于事的，只有以"妙悟"或"灵感"为特色的积极形象思维才能奏效，所以《沧浪诗话》十分推崇"诗有别材，非关书也，诗有别趣，非关理也。……所谓不涉理路，不落言筌者，上也。"这就是说，无论是读诗还是写诗，非逻辑的直觉较之逻辑的事理还要重要。但是，诗道之"妙悟"又不同于佛道之"妙悟"，作诗与读诗不但不排除理性，相反特别重视"非多读书，多穷理，则不能极其至"。严羽对待"读书"与"穷理"的这一思想，也充分体现了诗性"妙悟"与佛性"妙悟"的根本区别。也就是说，诗性"妙悟"的审美直觉，是以早已积累的与审美对象有关的感性经验与理性认识为前提的，所以它能在面对审美对象的瞬间激发出积极的审美感应。

3.妙悟中的渐悟与顿悟

"妙悟"这种审美直觉，其"悟"既包括"渐悟"，又包括"顿悟"。源于佛教理论的"渐悟"与"顿悟"，是对从修行到成佛这一过程的概括性描述。其中，"渐悟"认为修行当是阶段性逐步前进，最后达到觉悟；而"顿悟"则认为修行没有固定的阶段和次序，结果的出现是突然或刹那之间进入悟境。在晋代的佛学界，这两种主张争论激烈，诗人谢灵运加以调和，认为印度佛学主张的是渐悟说，中国儒学主张的是顿悟说，他主张连通两者，并写成"辨宗论"："释氏之论：圣道虽远，积学能至，累尽（积累的足够了）鉴生（洞见就会出现），方应渐悟；孔氏之论：圣道既妙，虽颜（颜回）殆庶（也只能接近），体无鉴周，理归一极（归于本体）。有新论道士（指竺道生），以为寂鉴微妙，不容阶级（一步步地推进），积学无限，何为自绝？今去释氏之渐悟，而取其能至；去孔氏之殆庶，而取其一极。一极异渐悟，能至非殆庶。故理之所去，虽合各取，然其离孔释矣。余谓二谈（指佛和儒两种学说）救物（拯救世人）之言，道家之唱（这里指佛家之说），得意之说（这里指儒家之说），敢以折中自许。"谢灵运认为，强调顿悟还是渐悟，要根据不同的对象，不能一概而论。理智胜于才气的人，需要开启灵性直觉；感性敏于理智的人，需要加强学习积累。①谢灵运作为一位著名诗人，其真知灼见，恐怕与自身的创作实践不无关系。

宋人吕本中《与曾吉甫诗第一帖》云："要之，此事须令有所悟入，则自然越度诸子，悟入之理，正在功夫勤惰间耳。如张长史见公孙大娘舞剑，顿悟笔法。"②这里所说的"悟入"，既有"顿悟"，如"见公孙大娘舞剑，顿悟笔法"；又有"渐悟"，如"悟入之理，正在功夫勤惰间耳"。后者意思是说对艺术的审美特质的把握，与日积月累的学习与锻炼是分不开的。严羽《沧浪诗话·诗辨》更是以辩证的观点看待"顿悟"与"渐悟"：一方面主张以"直截根源""单刀直入"的"顿悟"方式来领悟和把握对诗歌境界的"透彻之悟"，但另一方面，他又不忽视学力，反而极为重视为获得"透彻之悟"，需要长期加强诗学修养。如他反复告诫诗人要不断"熟读"那些上乘之作，甚至要"朝夕讽咏""枕藉观之"；"熟读"之外，还须"熟参"："试取汉、魏之诗而熟参之，次取晋、宋之诗而熟参之，次取南北朝之诗而熟参之，次取沈、宋、王、扬、卢、骆、陈拾遗之诗而熟参之，次取开元、天宝诸家之诗而熟参之，次独取李、杜二公之诗而熟参之，又取大历十才子之诗而熟参之，又尽取晚唐诸家之诗而熟参之，又取本朝苏、黄以下诸家之诗而熟参之，其真是非自有不能隐者。"③上述论述充分表明，提出"论诗如论禅"的严羽，其"妙悟"之法，既包括"顿悟"之说，又包括"渐悟"之说，两者不可偏颇。当代学者钱钟书有言："夫'悟'而曰'妙'，未必一蹴即至也；乃博采而有所通，力索而有所入也，火光中皆有悟，必工夫不断，悟头始出。

---

① 王先霈：《中国古代诗学十五讲》，北京大学出版社2007年版，第60页。
② 吕本中：《与曾吉甫论诗第一帖》，胡仔纂集，廖德明校点：《苕溪渔隐丛话》前集卷四十九，人民文学出版社1962年版，第333页。
③ （南宋）严羽：《沧浪诗话》，普慧等评注：中华书局2014年版，第13页。

如石中皆有火，必敲击不已，火光始现。然得火不难，得火之后，须承之以艾，继之以油，然后火可不灭。故悟亦必继之以躬行力学。"①钱钟书从"星火"至"燎原"的形象语言，说明"渐悟"与"顿悟"的同等重要性。"常是快吟催苦吟"的诗词创作实践，亦说明"妙悟"之道也是"渐悟向来生顿悟"。

4.妙悟与活参

诗道之妙悟，既适用于诗词创作，亦适用于诗词鉴赏。与诗词创作一样，诗词鉴赏同样是一种创造性的活动。在积极审美心理的引领下，进行鉴赏性阅读的读者，根据从诗中所获得的审美意象而催生出"读者之意境"，很可能与"诗人之意境"或"诗歌之意境"并非完全相同。"作者未必然，读者何必不然"，同样说明"妙悟"在诗词鉴赏中的特别作用。例如，王国维在《人间词话》中，借用三首宋词中的词句来界定"古今之成大事业、大学问者，必经过三种之境界"，并认为"此等语皆非大词人不能道。然遽此意解释诸词，恐为晏、欧诸公所不许也。"②这里，王国维之所以要说"遽此意解释诸词，恐为晏、欧诸公所不许"，就是说这样的解读是其"妙悟"使然，并非晏、欧诸公的原意。这里，王氏的"妙悟"，亦堪比禅宗"活参"之悟道方式。

所谓活参，是指禅宗主张"参活句，不参死句"这种把握真如佛性的一种悟道方式。例如，不少禅门大师有言，"但参活句，莫参死句。活句下荐得，永劫无滞。""有法授人，死语也，死语其能活人乎？"其核心思想是提醒人们，对真如佛性的把握不要执著于佛典教义字面的意思，而应该自由无羁，任凭本心对之作随机的体会和领悟。③宋代诗学界借鉴禅宗"参活句"的悟道方式，提出"参活"的诗歌解读方式。如江西诗派诗人曾几说："学诗如学禅，慎无参活句。纵横无不可，乃在欢喜处。又如学仙子，辛苦终不遇。

---

① 钱钟书：《谈艺录》（补订本），中华书局1984年版，第98至99页。
② 王国维：《人间词话》，安徽人民出版社2005年版，第35至36页。
③ 邓新华：《中国古代接受诗学史》，上海人民出版社2012年版，第194页。

忽然毛骨换，政用口诀故。"①曾几的学生陆游也说："我得茶山一转语，文章切忌参死句。"②上述论述充分表明，以"活参"的方式来鉴赏诗词，可以不拘泥于作品的原义，而充分发挥读者的主观能动性，对作品进行创造性解读与赏析。从积极心理诗学的角度讲，"活参"的心理因素，既是出于读者的积极情绪与积极体验，又是源于读者的积极人格与积极特质，更是由积极需要与积极动机激发出的必然结果。

古代学者罗大经在《鹤林玉露》中提出："杜少陵绝句云：'迟日江山丽，春风花草香。泥融飞燕子，沙暖睡鸳鸯。'或谓此与儿童之属对何异。余曰：不然。上二句见两间莫非生意，下二句见万物莫不适性。于此而涵咏之，体认之，岂不足以感发吾心之真乐乎！大抵古人好诗，在人如何看，在人把做什么用。如'水流心不竞，云在意俱迟'，'野色更无山隔断，天光直与水相通'，'乐意相关禽对语，生香不断树交花'等句，只把做景物看亦可，把做道理看，其中亦尽有玩索处。大抵看诗要胸次玲珑活络。"③罗氏关于"看诗要胸次玲珑活络"的诗学理念，与陆游关于"文章切忌参死句"的诗学观点一脉相承，说明诗词作品的意义并不完全就是作者所给定的，也并非只有一种唯一正确的解释。诗词文本应当是一个开放性的结构，本着"诗无达诂"的精神，诗词鉴赏者可以像王国维那样，从不同的角度来审视诗词作品，或"把做景物看"，或"把做道理看"均可。诗词鉴赏是一种积极的接受诗学活动，只要鉴赏者"胸次玲珑活络"，就有基于积极审美心理，对作品进行鉴赏性阅读的权利。

（三）灵感与妙悟的联系与区别

"灵感"与"妙悟"都属于审美直觉的范畴，具有很多相同的特征，但两者之间的差异却仍然存在，并值得积极心理诗学予以应有的关注。朱光潜

---

① 参见《南宋群贤小集·前贤小集拾遗》卷四《读吕居仁旧诗有怀其人》。
② 陆游：《赠应秀才》，《剑南诗稿》卷三十一，《景印文渊阁四库全书》162册，上海古籍出版社1987年影印本，第501页。
③ 罗大经：《鹤林玉露》卷八，《景印文渊阁四库全书》865册，上海古籍出版社1987年影印本，第325页。

《诗论》指出:"读一首诗和做一首诗都常须经过艰苦思索,思索之后,一旦豁然贯通,全诗的境界于是像灵光一现似地突然现在眼前,使人心旷神怡,忘怀一切,这种现象通常人称为'灵感'。诗的境界的突现都起于灵感。灵感亦并无若何神秘,它就是直觉,就是'想像'(imagination,原为意象的形成),也就是禅家所谓'悟'。"①从朱光潜的这一段话,我们看到了灵感与妙悟、直觉与想像在诗境创造的整个过程中呈现出同一性特征。这个过程包括从"艰苦思索"到"灵光一现",再至"豁然贯通"。然而,若是专注于"灵光一现"这一时刻,"灵感"与"妙悟"(其中,主要是"顿悟")似乎仍然有细微差别。

1.从佛教心理学视角认知灵感与妙悟

按照佛教《五蕴心理学》理论,灵感属于对象领域,顿悟属于主体领域。灵感是人对外界刺激物的一种心理反映。正如刘勰《文心雕龙·物色》所云:"物色相召,人谁获安!是以献岁发春,悦豫之情畅;滔滔孟夏,郁陶之心凝;天高气清,阴沉之志远;霰雪无垠,矜肃之虑深;岁有其物,物有其容;情以物迁,辞以情发。"这就是说,灵感的产生需要一定的刺激情境,是"情以物兴"型的心理活动,而且这一情境多与其引发的灵感内容具有某种相关性或同构性。而顿悟,特别是禅宗所谓的"顿悟"是一种不假外求,不立文字,只可意会,不可言传的整体性的直觉思维,它无所谓外在情境的刺激。

王夫之运用佛教中的"现量"理论来阐释"兴会",灵感具有"现在""现成"与"显现真实"三义。这就是说,生成"灵感"的沃土仍然是活生生的现实社会生活。而佛教提倡"内明的思维"或"悟性思维",其"悟"是所谓"内明顿悟",是指"心智领域自身的突破",用《五蕴心理学》中的话说就是:"佛道大顿悟,是破蕴断结的巨变,是突破心理自身结构性局限的标志。"②再说,禅宗是心的宗教,坚持梵我同一,主张人人皆有佛性,故求佛

---

① 朱光潜:《诗论》,漓江出版社2011年版,第45页。
② 惟海:《五蕴心理学》,宗教文化出版社2006年版,第474页。

不必向外求，只须向自己的内心"于自性顿现真如本性"，"即心即佛"，成就正果。《江西马祖道一禅师语录》说："一切法皆是心法，一切名皆是心名。万法皆从心生，心为万法之根本。"禅宗主张"顿悟"，反对"渐悟"，其本意是指一种心理体验，一种心领神会，认为世界即佛即我，外在的物不过是内在的心灵的幻化与外化，或者说是佛性"本心"的物质载体。佛教或禅宗的这些论述都表明，"顿悟"本质上属于"唯心"的范畴，是脱离现实社会生活的，当然也有别于格式塔学派所研究的"灵感"了。当然，如果剔除宗教的含义，禅宗所强调的"悟"道，却与审美观照与审美体验中的思维方式类似。在诗词创作过程中，诗人对审美对象从感知到整体把握，往往是刹那间完成的，其间没有明显的逻辑思维过程。这种思维方式，也就是王夫之所称的"现量"。其中，诗人的积极审美体验仅仅是一种感受，它不需用概念来表达，而只凭直觉来体悟，用意象来描述。这种以感性为主的思维方式，从生理上讲，是诉诸感官的事物表象；从心理上讲，则表现为积极的情感意绪，二者结合而构成直觉体悟的积极形象思维。

2.从积极心理学视角认知灵感与妙悟

借鉴积极心理学"自我决定理论"关于"外在动机"与"内在动机"来认知"灵感"与"顿悟"。参照第一章的图1.6，"灵感"似乎是在"自我决定连续体""外在动机"各种调节的支配下出现的审美直觉，而"顿悟"则似乎是在"内在动机""内在调节"的支配下出现的审美直觉。当然，若是将"自我决定连续体"左右两端用环形连接起来的话，"外在动机"与"内在动机"亦有可能伴随"没有动机"的情形。于是，当"外在动机"主导时，审美直觉主要体现为由"外在""内射""认同"与"统和"四种调节支配下的"灵感"为主，而以"内在调节"的"顿悟"为辅；相反，当"内在动机"主导时，审美直觉主要体现为"内在调节"支配下的"顿悟"为主，而以其他调节的"灵感"为辅。

此外，从总体而言，无论是"灵感"，还是"顿悟"，主要是出自"虚静"心态。正如王昌龄《诗格》云："久用精思，未契意象，力疲智竭，放安神思，心偶照境，率然面生。"纪昀亦曰："心虚静则腠理自解，兴象自生。"这些论述都说明"虚静"心态是激活"灵感"或"顿悟"的温床。人类心理活动的规律亦表明，人只有在神气旺盛、精力充沛的状态下，才有可能引发灵感或顿悟，否则，若是精神倦怠、气衰力竭，是不可能出现灵感或顿悟的。但是，就同一位主体而言，何种"虚静"心态易于出现"灵感"或"顿悟"呢？根据积极心理学的"自我决定连续体"理论与"逆转理论"，似乎是由"激动"趋向"虚静"时，可能有利于出现"灵感"；而由"虚静"趋向"激动"时，可能有利于出现"顿悟"。

3. 从审美视角认知灵感与妙悟

"灵感"与"妙悟"都关乎审美体验。王先霈认为："体验，有以本体为对象和目标的体验，有以自我为对象和目标的体验，有'静观'即解除束缚、呈露自然真心的体验，有'内讼'即道德省察的体验，前者是道家和佛家的体验，后者是儒家的体验。"① 据此，可以看出，由外部刺激所激活的"灵感"，其体验大多属于"以自我为对象和目标的体验"，是"儒家的体验"；而不需要外部刺激的"妙悟"，其体验大多属于"以本体为对象和目标的体验"，是"道家和佛家的体验"。此外，从诗境创造而言，尽管"妙悟"所言之"悟"，主要是指"顿悟"，但不排除"渐悟"。禅宗虽然反对渐悟，却不反对"渐修"，相反还主张以渐修为顿悟的基础，顿悟是渐修的结果。这也就说明，诗道之"妙悟"，与主体长期的审美体验与艺术创作实践是分不开的。正如王应奎《柳南续笔》云："夫妙悟非他，即儒家所谓左右逢源也，禅家所谓头头是道也。诗不到此，虽博极群书，终非自得之境，其能有句皆活乎？其能天机不灵乎？"又如胡应麟《诗薮》曰："一悟之后，万象冥会，呻吟咳唾，动触天真。"就是说，诗人"自得之境"或曰诗境中的"万象冥会"，尽管最终成于"顿悟"，但却是起于"渐悟"，是一个"渐修"过程。这也与朱光潜所说的"诗的境界的突现都起于灵感"类似，因为诗的境界突现之前也有一个"渐修"或"渐悟"过程，也就是"艰苦思索"的过程。由此可以看出，

---

① 王先霈：《中国古代诗学十五讲》，北京大学出版社2007年版，第29页。

"灵感"与"妙悟"都是创造诗境的积极审美体验，但各自所生成的诗词境界却似乎各有特色。若是深刻领悟"灵感"与"妙悟"的诸多论述，似乎由灵感生成的诗境，多是"有我之境，于由动之静时得之"。而由"妙悟"生成的诗境，多是"无我之境，人惟于静中得之"。

王国维关于"有我之境"与"无我之境"的论述，也许吸收了叔本华美学思想关于抒情诗的某些观点。叔本华说："表出人的理念，这是诗人的职责。不过他有两种方式来尽他的职责。一种方式是被描写的人同时也是进行描写的人。……赋诗者只是生动地观察、描写他自己的情况。""在歌咏诗和抒情状态中，……主观的心境、意志的感受，把自己的色彩反映在直观看到的环境上。""再一种方式是待描写的完全不同于进行描写的人，……进行描写的人是或多或少地隐藏在被写出的东西之后的，最后则完全看不见了。"（《作为意志和表象的世界》，石冲白译）"有我之境"乃是"以我观物"，诗人自我迷醉在整个情绪系统的激动亢奋状态之中，带着积极情绪与积极特质来观照外物，在积极审美体验之中，也许在那"由动之静时"得到灵感，进而让所描写的景物都浸染着诗人浓厚的情感；而"无我之境"则是"以物观物"，要求观照主体的心态趋于"虚静"，诗人带着宁静淡泊的情感观照外物，让自身沉浸在物我两忘的虚静境界，进而可能得到妙悟，让自身完全融入审美对象之中。但是，无论是多出于灵感的"有我之境"，还是多来自妙悟的"无我之境"，都是一种积极审美体验，同是心与物的契合或情与景的融汇。只不过前者是将"心与物"两者统一于情，情外化为景，即是浸染着强烈情感之"情境"；后者将"心与物"两者统一于景，景隐藏着情，即是蕴含于赏心悦目之景的"物境"。

二、联想与神思

在中国古代，"思想"作为一个词，其涵义与今天不同，而是与"想象"接近。把"思"与"想"分开，可能与文学或诗学有关。现代学者金岳霖二十世纪四十年代在《思想》一文里，从哲学上专门讨论"思"与"想"的区分，他说："思想者中间，有善思而不善想的，有善想而不善思的，有二者兼善或二者兼不善的。无论如何，它们有分别。而这分别在讨论知识论的问题上非常重要。我们虽不能把思与想分开来，然而仍须分别地讨论。"①他把思叫做"思议"，把想叫做"想象"。"想象的内容是象，即前此所说的意象。思议在内容是意念或概念。想象的内容是具体的、个体的、特殊的东西，思议的对象是普遍的、抽象的。"显然，特殊的、具体的个体可以觉，可以想象，但不能思议。普遍的、抽象的对象可以思议，但不能觉，不能想象。从诗学而言，推崇形象思维，当然是推崇"想象"而不是"思议"了。但是，加了一个"神"字之"思"，即"神思"，却又成了神来之思，呈现出"思理为妙，神与物游"的"心物"关系。现代心理学认为，想象是人类共有的一种能力，是人的本性，是人类创造性活动最重要的心理活动之一，而不是艺术家的"专利"。广义地说，想象是意象的自由组合运动，它是人心灵的一种能力，包括再现性想象（即记忆想象）与创造性想象（即创见想象）。而真正的想象，指的是创造性想象，它是指在记忆想象的基础上意象的自由组合，它把实际上并不在一起的事物从观念上合在一起，从而实现了新的形象和形象系统的创造。这些作为创造性想象成果的新形象，体现了创造性想象应具备的条件：一是这些形象并不是凭空产生的，它是以艺术家在现实生活中见过的形象作为基础的；二是它又超越了现实的形象，进行了自由的组合；三是这种自由的组合又是受一定的认识所规范的，不是人随意的、毫无目的地"创造"。②从积极心理诗学的角度看，创造性想象是基于诗人积极的审美心理、灌注了诗人情感的、注重塑造对象个性的审美想象，并突出地表现为两个相互关联而又不尽相同的概念——联想与神思。其中，"联想"的内容相当广泛，本章后面还要专门讨论的"移情"与"通感"也属于"联想"的范畴，所以这里说的"联想"只是从一般意义上予以讨论。

---

① 金岳霖：《金岳霖选集》，吉林人民出版社2005年版，第143页。
② 童庆炳：《艺术创作与审美心理》，百花文艺出版社1992年版，第237至238页。

（一）联想

联想是与想象密切相关的概念，是指不同的表象根据某种内在联系由此及彼的联结，在诗词创作中尤为常用。它不仅能唤起记忆，而且能拓展现实，展望未来，引起"情绪的推移，由这一事物到那一事物的飞翔"（艾青《诗论》）。现代心理学研究表明，联想是人的一种心理机制，主要是指人的头脑中表象的联系，即其中一个表象或一些表象一旦在意识中呈现，就会引起另一些相关的表象。在诗词创作中运用联想，能加大形象的密度，加深情感的深度，使原始形象更加鲜明生动。按照成因联想可分为四种，即接近联想、相似联想、对比联想和因果联想。接近联想是对时间或空间上接近事物的联想；相似联想是对性质、形态相似事物的联想；对比联想是指性质、特点相反事物的联想；因果联想是对具有因果关系事物的联想。[①]朱光潜《文艺心理学》则认为："联想是一种最普遍的作用，通常分为两种：一种是类似联想，一种是接近联想。"[②]姚文放《文学理论》则根据联想的内在联系的不同情况，将其分成接近联想、相似联想、对比联想三种。[③]其中，所谓接近联想，是对于在时间、空间上相互接近的事物产生的联想，如辛弃疾《水龙吟·登建康赏心亭》中的"休说鲈鱼堪脍，尽西风、季鹰归未"等句，就是从秋风想到鲈鱼再想到晋人张翰（季鹰）弃官归去的往事，便是时间上的接近联想；苏东坡《念奴娇·赤壁怀古》中的"遥想公瑾当年，小乔初嫁了，雄姿英发。羽扇纶巾，谈笑间，樯橹灰飞烟灭"等句，就是从赤壁想到在其地有过的人和事，便是空间上的接近联想。所谓相似联想，是对于在性质上相互类似的事物产生的联想，如岑参的《白雪歌送武判官归京》"忽如一夜春风来，千树万树梨花开"等句，就是由于雪花与梨花颜色上的相似而产生的联想。所谓对比联想，是对于性质截然相反、相互对立的事物产生的联想，如高适的《燕歌行》"战士军前半死生，美人帐下犹歌舞"等句，一

[①] 童庆炳：《中国古代心理诗学与美学》，中华书局2013年版，第129至130页。
[②] 朱光潜：《文艺心理学》，漓江出版社2012年版，第79页。
[③] 姚文放：《文学理论》，高等教育出版社2015年版，第141页。

是出生入死,一是纵情玩乐,鲜明的对比产生联想。从上述几位学者的论述可以看出,尽管各自对联想的分类不尽相同,但都说明联想是一种心理活动,是知觉、概念、记忆、思考、想象等心理活动的基础。凡是两个观念联在一起时都用联想,特别是发生审美联想的心理状态,都是积极的审美心理状态。

美国积极心理学家克里斯托弗·彼得森在《积极心理学》中,用专门章节论述"积极的思想"。他开门见山地提出:"是时候把话题从我们的所感,转移到所思上面了。希望和乐观从一开始就是积极心理学家的兴趣所在,他们开创了这些新主题的研究领域。多年来,我作为一名心理学家,自己的工作主要放在积极(和消极)思想的结果研究上。"[1]他还特别指出:"积极的选择思想称之为盲目乐观原理",并在"支持盲目乐观原理的证据"中列有"联想"事项。他认为:"在自由联想(某种暗示出现时,说出由于暗示而出现在脑子里的任何想象的东西)中,人们往往更容易说出含有积极意义的词语,而不是消极意义的词语。"[2]西方有学者把人的思想分为"联想的"和"有意旨"的两种。"联想的思想",其特征表现为自由起伏飘忽不定;而"有意旨的思想",其特征却是表现为由一个主旨控制、走向亦受该主旨支配,可看成是一个有定向、有必然联系的联想。对诗人而言,诗词创作与鉴赏过程中的联想,往往是在积极审美体验过程中所产生的审美联想。认识审美联想,需要注意它与相关概念之间的联系与区别。

1.与联想相关的几个概念

(1)联想与思想。这是两个既有联系,又有区别的概念。在孔子的言论中,就频繁出现过"思"这个概念。以《论语》为例,《为政》篇写道:"子曰:'诗三百,一言以蔽之,曰思无邪。'"此"思"即思想史之"思想",因为孔子此处所指的"思"具有普遍的属性,说明他所选编的《诗经》,是有思想

---

[1] [美]克里斯托弗·彼得森著,徐红译:《积极心理学》,群言出版社2010年版,第76页。

[2] 同上,第79至80页。

标准的，即"施于礼义"。当然，思想又是一个内涵丰富与外延宽阔的概念，古人亦多将"想象"含混于"思想"之中。作为与"想象"接近的联想，则是"联想的思想"，让诗境犹如梦境。朱光潜《文艺心理学》关于"美感与联想"的相关论述，一方面批驳了反对联想与美感有关的理由，另一方面，特别强调联想在诗歌创造与欣赏中的作用。他说："联想对于艺术的重要实在不能一概抹杀，因为知觉和想象都以联想为基础，无论是创造或是欣赏，知觉和想象都必须活动，尤其在诗的方面。"他又借用普列斯柯特《诗的心理》中的相关概念，认为："诗境往往是一种梦境，在这种梦境中，诗人愈能丢开日常'有意旨的思想'，愈信任联想，则想象愈自由，愈丰富。""诗人在做诗时，自己固然仿佛在梦境里过活，还要设法'催眠'读者，使读者也走到梦境里，欣赏他所创造的世界。'催眠'的方法不外两种，一种是以低回往复的音乐，一种是以迷离恍惚的意象。这个道理法国美学家苏里阿在《艺术中的暗示》里说得最清楚。如果丢开联想，不但诗人无从创造诗，读者也无从欣赏诗了。"①

传统诗学理论与实践表明，诗的微妙往往体现为联想的微妙，而联想的微妙又往往是"有意旨的思想"向"联想的思想"转化的结果。从文艺心理学可知，记忆意象源于知觉形象，这些都属于"有意旨的思想"，只有创见意象才属于"联想的思想"，它是记忆意象的自由组合与运动，或者说只有消化了记忆意象，才能在此基础上创造出新的形象或形象体系。例如，李商隐的著名诗篇《锦瑟》："锦瑟无端五十弦，一弦一柱思华年。庄生晓梦迷蝴蝶，望帝春心托杜鹃。沧海月明珠有泪，蓝田日暖玉生烟。此情可待成追忆，只是当时已惘然。"根据清人《唐诗鼓吹评注》之解评："此义山有托而咏也。首言锦瑟之制，其弦五十，其柱如之。以人之华年而移于其数，乐随时去，事与境迁，故于是乎可思耳。乃若华年所历，适如庄生之晓梦，怨如望帝之春心，清而为沧海之珠泪，和而为蓝田之玉烟，不特锦瑟之音有此四者之情已。夫以如此情绪，事往悲生，不堪回首，固不可待之他日而成追忆也。然

---

① 朱光潜：《文艺心理学》，漓江出版社2012年版，第86页。

而流光荏苒,韶华不再,遥溯当时则已惘然矣,此情终何极哉!"①尽管对李商隐此诗的解读,历来众说纷纭,这也从另一个方面说明联想或想象在诗词创作与鉴赏方面的重要性,主要表现为诗的意象的特别功用,既让诗的意象本身的美妙来打动心灵,更让意象组合所蕴涵的情感创造出诗的意境,生成"言外之意"或"韵外之味"。例如,后人解读李商隐《锦瑟》,从首句"锦瑟无端五十弦"的不同理解,进而对全诗的意境有不同的解读。如认为"五十"是"以人之年华而移于其数",故认为此诗是李商隐一生遭遇的概括,古人将其放在诗集之首决不是偶然的。也有人认为"瑟本二十五弦,断而为五十弦,取断弦之意",进而用来表达"丧偶",于是该诗就成了悼亡诗了。②

（2）联想与幻想或奇想。联想的极端表现形式,就成其为幻想。所谓极端表现,是说诗人在积极审美心理的支配下,其想象犹如天马行空,独往独来,超越现实,违背常理,只按照自身的积极需要与积极动机来选择与组合审美意象,谋划与创造审美意境。幻想乃至还可能是臆想,为处于积极体验中的诗人放飞审美想象提供了无限的时空。正如陆机《文赋》所云:"精骛八极,心游万仞","观古今于须臾,抚四海于一瞬。"古代学者的这些精彩论述,充分揭示了诗人在积极审美心理引领下的诸多积极审美体验,其中当然不乏联想、幻想乃至臆想。积极心理学理论亦"能够描述积极幻想,以及具体的自我欺骗、否认、压抑、选择性注意和良性遗忘等心理过程。"③诗词中借助梦想的诸多创作,其中不乏幻想的色彩。例如,著名诗人李白的代表作之一的《梦游天姥吟留别》,既是一首记梦诗,也是一首游仙诗。该诗意境雄伟,变化惝恍莫测,缤纷多彩的艺术形象,就不乏联想与幻想。该诗开头四句:"海客谈瀛洲,烟涛微茫信难求。越人语天姥,云霞明灭或可睹。"就以虚衬实,用海外仙境——瀛洲,对应现实中的天姥山,暗含着诗人对天姥山的神奇向往。当他从幻想回到现实时,一句"世间行乐亦如此,古来万事东

---

① （清）钱牧斋、何义门评注,韩成武等点校:《唐诗鼓吹评注》,河北大学出版社、贵州人民出版社2010年版,第335页。
② 叶葱奇疏注:《李商隐诗集疏注》,人民文学出版社2015年版,第2页。
③ ［爱尔兰］Alan Carr:《积极心理学》,中国轻工业出版社2013年版,第89页。

流水",代表着一种消极的人生观,一句"安能摧眉折腰事权贵,使我不得开心颜",代表着一种积极的人生观,诗人主观的真实想法如何,也只能让后人从古猜到今天了。怀揣着积极审美心理的诗仙李白,却不断凭借联想甚至幻想,永远地留下"仙宫两无从,人间久摧藏"(李白《留别曹南群官之江南》)之兴叹!

与幻想概念相近,还有所谓"奇想",可以说也是诗词创作中的一种艺术想象,系指奇特的、异于寻常的形象思维活动。恩格斯在评论德国诗人普拉顿时曾指出:"写诗必须有大胆的想象。"想象在本质上是现实的,而在形式上往往是浪漫的。因而它必然带着一些奇特的前尘往事,闪烁着理想的光芒。运用奇思妙想创作诗词,能够呈现出独特而奇妙的审美意象与意境。例如,唐代柳宗元的《与浩初上人同看山寄京华亲故》:"海畔千山似剑铓,秋来处处割愁肠。若为化作身千亿,散向峰头望故乡。"诗人奇想迭出,既把"千山"比作"剑铓",又把一个自我化作千千万万个自我,飞向万万千千个山峰去眺望京华亲故,可谓是奇中之奇了。正是由于有了这种奇特的想象,才让该诗创造出非同寻常的感染力。此外,与幻想与奇想相近,还有所谓"假想",即假设性想象。从性质上看,它属于幻想;从形式上看,它属于奇想范畴。具体是假设一个不可能实现的情景,把自己的思想感情寄寓进去,借以表达自己心中的情志。例如毛泽东的《念奴娇·昆仑》:"安得倚天抽宝剑,把汝裁为三截?一截遗欧,一截赠美,一截还东国。太平世界,环球同此凉热。"这也是革命领袖用艺术假想来表达自己的伟大理想。

(3)联想与迁想。陆一帆《文艺心理学》认为,"情化自然的能力是人类特有的一种能力,这种能力是人类共有的。不论什么人,只要带有审美的动机,有着审美的需要,他就会创造出情化自然来。"[①]但是,把"情化自然"物化为语言文字,则只有在积极的审美体验中具有积极动机与积极需要的诗人,在积极形象思维的牵引下,通过以"比兴"为特色的积极修辞手法来实现的,与此相对应的审美心理特征就是迁想。按照陆一帆《文艺心理学》的说法,"所谓迁想,就是文艺家在观察自然景物的时候,把人的思

---

① 陆一帆:《文艺心理学》,江苏人民出版社1985年版,第69页。

想、情感、意志、性格等迁移到自然景物上面去，使二者融合起来。迁想，实际上就是联想。人们常爱把这个过程称为情感'外射''灌注''投射'等，其实都是联想的作用。"①显然，联想与迁想的关系十分密切，但是否可以认为"迁想就是联想"呢？似乎还有深入研究的必要。例如，朱光潜《文艺心理学》就谈到，根据英国心理学家依布洛的试验，联想有两种，一种是"融化的"（fused）的联想，即可助美感的联想；另一种是"不融化的"（non-fused）的联想，即与美感无关的幻想。②朱光潜《文艺心理学》还论述了"移情"与"联想"的关系，"比如姜白石的'数峰清苦，商略黄昏雨'两句词是把山看成人，把人的情感移到山身上去，这实在还是一种类似联想，不过我们的意识不觉察到这种联想的进行而已。立普斯要说明移情作用不仅是类似联想，提出能'表现'和不能'表现'的分别。……立普斯所谓'表现'就是布洛所谓'融化'，甲物能'表现'乙物情感，就因为甲和乙能相'融化'成一整体，也就是因为由甲到乙的联想有必然关系，不仅出于幻想。"③基于上述论述，似可看到"联想"与"迁想"的总体联系与细微区别，可以说是联想催生迁想，迁想是迁移情感（即移情）的联想。

2.审美透视中的联想效应

朱光潜《文艺心理学》在论述"美感与联想"时指出："联想是知觉、概念、记忆、思考、想象等等心理活动的基础，意识在活动时就是联想在进行。"④借鉴这一理论，当诗人以积极的审美心理观察景物时，往往会产生与"有意旨的思想"与"联想的思想"相互关联的现象，并通过审美透视的方式，将这种联想效应形象地描述出来。所谓审美透视，可以说只有"心理距离"，而没有物理距离，诗人可以将远近不同的景物，同时描绘在眼前。参照陆一帆《文艺心理学》的归纳，审美透视中的联想大体有以下几种：⑤一是化

---

① 陆一帆：《文艺心理学》，江苏人民出版社1985年版，第73页。
② 朱光潜：《文艺心理学》，漓江出版社2012年版，第92页。
③ 同上。
④ 同上，第79页。
⑤ 陆一帆：《文艺心理学》，江苏人民出版社1985年版，第91至95页。

大为小，这是因为物体的距离越远，看起来的形象就越小。例如，岑参的诗句："槛外低秦岭，窗中小渭川。"诗人通过联想，把渭川与窗口的距离撤消，让它贴在窗口上，从窗内望去，似乎渭川比窗子还要小，这样就成为一幅图画，即窗子是画框，渭川是画中的河流。二是化高为低，这是因为凡在视线上的物体，距离愈远，它在画面上的位置愈低。例如，孟浩然的诗句："野旷天低树，江清月近人。"事实上，天怎么会比树低呢？只是因为树很近，天很远，所以诗人通过联想，伸展到远方的青天，从旷野看去就是覆盖下来的样子，显得比树还要低，犹如树叶底下衬着青天。三是化低为高，这是因为凡在视线以下，即比观察者眼睛低的事物，距离愈远，其位置愈高。例如，王之涣的诗句"黄河远上白云间"，正是由于黄河在诗人足下，若是往上游望去，联想起来当然是愈远愈高了。四是化远为近，这是因为若是将现实中事物之间的距离撤掉，无论距离远近，都可以在一个位置上。例如，杜甫的诗句："窗含西岭千秋雪，门泊东吴万里船。"尽管"西岭"之雪与"东吴"之船，离诗人的距离很远，但是他从窗口或门口望去，联想之中又让它们来到跟前了。五是化外为内，这是通过联想，把本来是在外面的事物移到内部来。例如，王勃的诗句："画栋朝飞南浦云，珠帘暮卷西山雨。"当然，上述"五化"还可以与其他表现手法（如拟人）结合起来，进而产生更加奇妙的效果。例如，王安石的诗句："一水护田将绿绕，两山排闼送青来。"又如，陆游的诗句："江山重复争供眼，风雨纵横乱入楼。"

传统诗学格外看重审美体验，而贯穿审美体验过程的积极形象思维，即是文学艺术的审美活动，较之观察、推理等科技活动，联想与审美的关系更为密切。处于积极审美体验中的诗人，其联想活动与审美活动是形影不离的。在审美活动中，人的脑海里会出现相关的纷呈意象，由甲想到乙，又由乙想到丙，而正是通过这种联想，人们暂时忘却了实际生活中的种种羁绊，进入一种心醉神迷的艺术世界，从而产生"沉浸体验"与审美愉悦。比如，可以想象李白从高高的白色瀑布想到长长的白色银河，吟咏出"飞流直下三千尺，疑是银河落九天"这样气势恢弘的诗句时，又是何等的愉悦啊！又如，李颀诗《听董大弹胡笳声兼寄语弄房给事》："胡人落泪沾边草，汉使断肠对归客。古戍苍苍烽火寒,大荒沉沉飞雪白。""空山百鸟散还合,万里浮云阴且晴。嘶酸雏雁失群夜,断绝胡儿恋母声。""幽音变调忽飘洒,长风吹林雨堕瓦。迸泉飒飒飞木末,野鹿呦呦走堂下。"可以说联想之丰富,实在令人吃惊。此诗写出了诗人听著名琴师董大弹胡笳的奇妙感受,热情赞扬了演奏技艺的高超。"川为静其波,鸟亦罢其鸣"两句,又是对胡笳感染力的想象,竟让大自然中川静其波,鸟罢其鸣。

然而,关于联想与审美的关系,也有西方学者有不同看法。"在这些人看来,审美体验不但与联想无关,而且联想还会妨碍审美体验。他们的理由主要是:第一,自然和艺术的美都在形式而不在内容,……都是一种'纯粹的美',这种美是在颜色、线条、声音等媒介的独特组合中见出的。……第二,在审美体验中,只有让我们的注意力专注于一个独立的意象上面,凝神于一,不左顾右盼,才能沉醉于审美的愉悦之中。而联想则使欣赏者精神涣散,从而导致意识由审美对象向非审美对象的转换。"[①]在持这种观点的西方学者看来,单纯审美产生"纯粹的美",而审美联想则是产生"有依赖的美"(即是由形象本身联想到它的价值效用所见到的美)。当然,如何看待上述两种观点的分歧,理论上的共识只能由心理学与美学界的学者们去解决。但是,从中国传统诗学理论与实践来说,审美联想与审美体验往往是一同"出入"的,这恐怕是不争的事实,究其原因,也许与中国传统诗学向来崇尚形象思维不无关系。这是因为诗学心理是以主言情志为特色的积极审美心理,诗人通过积极的形象思维,用审美意象来描述心中之"志",并运用积极修辞手法,用诗家语来"发言为诗",进而创造出审美意境来。所以说诗学活动中的审美联想,所追求的美,是一种别具一格的"美",即美在意境。

就拿修辞而言,语辞的多义性与意义的含混性,所带给诗词的联想功能就充满着不少积极的审美体验。如有学者将由语辞的含混所引发的联想分为三种:即抽象联想、谐音联想及上下文引起的联想。其中,抽象联想的意象往往有"柳与离别""鸿雁传书与两地相思"等,如王维诗《送元二使安

[①] 童庆炳:《中国古代心理诗学与美学》,中华书局2013年版,第132至133页。

西》:"渭城朝雨浥轻尘,客舍青青柳色新。劝君更尽一杯酒,西出阳关无故人。"即是以柳树为形象来暗示离别在即。谐音联想是指通用那些音同义不同的词,由此及彼,由物及人而展开联想。如刘禹锡《竹枝词》:"杨柳青青江水平,闻郎江上踏歌声。东边日出西边雨,道是无晴却有晴。"就是以"晴"与"情"的谐音,联想到人的情感难以捉摸。而上下文的联想则是依据上下文的语境而展开的虚象联想。如李白诗《敬亭山》:"众鸟高飞尽,孤云独去闲。相看两不厌,只有敬亭山。"在诗人李白的眼中,既无鸟又无云,只有敬亭山与自己相伴,但在读者眼中却是众鸟高飞、白云闲逸的景象,从而感受到李白宁静的心灵境界。由上述可知,不管是何种联想,都需要作者或读者进入审美空间,突破实象而生成虚象,进而达到"言有尽而意无穷"的积极审美效果。

(二)神思

刘勰《文心雕龙·神思》云:"古人云:'形在江海之上,心存魏阙之下。'神思之谓也。文之思也,其神远矣,故寂然凝虑,思接千载,悄焉动容,视通万里;吟咏之间,吐纳珠玉之声;眉睫之前,卷舒风云之色,其思理之致乎?"[①]萧子显《南齐书·文学传论》将"神思"一词用于表达文学之"道",该文写道:"属文之道,事出神思,感召无象,变化不穷。"显然,刘勰与萧子显所说的"神思",无论是"吐纳珠玉之声",还是"卷舒风云之色",都会"感召无象,变化不穷",表现为在积极的审美心理活动中,审美主体诸多的积极心态往往会自觉或不自觉地激起积极审美体验,放飞审美想象,催生审美感应。

1.神思的基本涵义

从字面上理解,作为主谓结构的"神思",指的是"精神的活动";作为偏正结构的"神思",指的是神妙之思,神化之思、神助之思、神来之思。……王先霈认为,"神思,就是神化之思、入神之思、神来之思。"当神思用来指

---

① 刘勰:《文心雕龙》,中国社会科学出版社2005年版,第175页。

称艺术创作中的心理动作时，其突出含义是创造性想象，其基本内容是围绕主体与对象即心与物的关系，神思的过程，就是处理心物关系的过程。神思作为心理动作有三重特性，即超时空性、虚构性及强烈的情绪性。当神思用来指称文学家艺术家的思维状态时，它的含义主要体现为兴会或灵感。①显然，"神思"所蕴涵的积极审美心理是诗词创作的起始，是"驭文之首术，谋篇之大端。"（刘勰《文心雕龙·神思》）与之伴随的则是以"感悟"为特色的积极形象思维，体现为"思理为妙，神与物游"（刘勰《文心雕龙·神思》），说明艺术想象活动不能脱离具体的物象，总是与具体的事物伴随在一起。关于"思"，《关尹子》云："思者，心也。所以思之者，是意非心。"说明真正的思维是意识的活动，没有意识的参与，则何思维之有？在《关尹子》里，还有所谓"思虑"与"想"之说，两者都属于思维范畴，但《关尹子》所说的"思虑"即抽象思维，"想"则属于形象思维。②而"神思"必然是以形象思维为主的思维活动。其中，"神韵"作为积极审美需要所追求的目标，是由诗人之"神思"转化而来的，故言词必不可少，即"辞令管其枢机。枢机方通，则物无隐貌。"（刘勰《文心雕龙·神思》）也就是说积极修辞手法是将"神思"转化为"神韵"的必要途径。在诗词创作实践中，孕育"神韵"与"灵感"的积极审美心态都有"迷狂"的特征，且两者的表现形式亦相互浸润，难于区别。但是，若仔细揣摩玩味，它们之间还是有不尽相同的一面。大体而言，"灵感"的产生更体现为瞬时性与偶然性，往往是于由动而静中得之；而"神韵"的产生则更体现为超越性与情绪性，往往是于由静于动中得之。尤其是"神韵"的取得，更关乎诗人的"才、识、胆、力"等积极特质。王先霈基于汉语中"神"这个词有多种义项，提出从三个方面来理解"神思"的基本涵义：③

（1）"神"是指神祇，神灵，是"引出万物者也"（《说文》）。于是，难于言状的诗歌创作，就有归功于"神"赐的说法了。如柏拉图就说："凡是

---

① 王先霈：《中国古代诗学十五讲》，北京大学出版社2007年版，第49至54页。
② 高觉敷主编：《中国心理学史》，人民教育出版社2009年版，第246—247页。
③ 王先霈：《中国古代诗学十五讲》，北京大学出版社2007年版，第46至48页。

高明的诗人，无论在史诗或抒情诗方面，都不是凭技艺来作成他们的优美的诗歌，而是因为他们得到灵感，有神力凭附着。"在柏拉图看来，诗歌创作不凭理智，而要如醉如狂。因此，诗人"不失去平常理智而陷入迷狂，就没有能力创造，就不能作诗或代神说话。"在《裴德若》篇里柏拉图列举了四种迷狂，第三种是由诗神凭附而来的，"若是没有这种诗神的迷狂，无论谁去敲诗歌的门，他和他的作品都永远站在诗歌的门外，尽管他自己妄想单凭诗的艺术就可以成为一个诗人。他的神志清醒的诗遇到迷狂的诗就黯然无光了。"① 当然，在积极审美心理的引领下进行诗词创作，诗人积极的形象思维往往激起"神思"，催生出诗词创作的艺术构思。这种突如其来的神妙之思，是诗人积极审美感应的艺术结晶，而不是柏拉图所说的"神赐之思"。

（2）"神"又是指通过修炼而获得的非同常人的、非常态的行动能力和思维能力。中国佛教与道教理念中的"神思"，就是超常的思维能力。宗教的神通需要修炼，诗词创作中的神思也需由修养积累而来，它由先天禀赋与后天修养相结合而产生。正如刘勰《文心雕龙·神思》云："若学浅而空迟，才疏而徒速，以斯成器，未之前闻。"传统诗学理论与实践表明，神思既不是天上神祇赏赐的妙思，也不是创作主体强求而可遇的妙思，而是可以培植、修炼，但其爆发却有很大偶然性的妙思。其中，似有一条硬道理，那就是激发神思的心理状态，必然是包括积极情绪、积极体验在内的诸多"积极"状态的积极审美心理及其与之相适应的、表现为"在我之四"（即才、胆、识、力）的积极特质。

（3）"神"是千变万化、不可预测的意思。"神思"之"神"，源于《易传》，具有多种含义，其中之一即变化疾速莫测。如《易·系辞上》释"神"："阴阳不测之谓神"；又"惟神也，故不疾而速，不行而至。"《论衡·卜筮》云："夫人用神思虑……一身之神，在胸中为思虑。"《抱朴子·尚博》云："用思有限者，不能得其神。"这些论述都说明神思激发的不可预测性。王昌龄《诗格》曾分析过创作发生过程中的这么一种现象："久用精思，

---

① ［希腊］柏拉图：《文艺对话集》，朱光潜译，人民文学出版社1963年版，第8页与第118页。

未契意象,力疲智竭,放安神思,心偶照境,率然而生。"①"神思"的这种偶然性,也就是"灵感"的率意性。不过,神思的"不思而至",往往是"先积精思"在精神放松后的产物,在无意识的背后,隐藏着有意识的追求。从某种意义上讲,神思是有意识在无意识中的表现。若是遵循积极心理学中的自我决定理论,神思往往发生在内在动机的内在调节,进入没有动机的非调节的那一瞬间。

2.神思的主要特征

自古以来,鉴于诗思的利钝通塞无规律可言,故有了所谓"神思"一说。这里,主要从"精神活动"或"心理动作"方面来阐述"神思"的主要特征,其突出含义是创造性想象。借鉴刘勰《文心雕龙》关于"神思"的系统论述,可以看出"神思"作为心理动作的三重特性,即超时空性、虚构性与强烈的情绪性。②在诗学心理活动中,由于积极审美心理的作用,"神思"的这三重特性表现得更为炽烈。

(1)超时空性,是指神思的特性呈现一个"远"字,既体现为空间距离之"远",也包括时间间隔之"远"。处于积极审美心理状态下的诗人,主体自身的驰神运思,包括视觉、听觉、触觉、味觉等所有感觉,都是漫无边际,不受拘束的。正如古代学者所云:"凡属文之人,常须作虑,凝心天海之外,用思元气之前。"(《文镜秘府论·论文章》)"思接千载,视通万里。"(《文心雕龙·神思》)"恢万里而无阂,通亿载而为津。"(《文赋》)例如,王昌龄《出塞》:"秦时明月汉时关,万里长征人未还。但使龙城飞将在,不教胡马度阴山。"不就是"思接千载,视通万里"吗?苏轼的《赤壁赋》亦并非纪实,而是学《庄》《骚》文法,"如乘云御风而立乎九霄之上"。"神思"之所以能够超越时空,就在于积极审美心理状态上,诗人能够运用创造性想象去召唤物象。正如英国学者李斯托威所说:"'创造性的想象',由于它把从前经

---

① 祁志祥主编:《中国古代文学理论》,华东师范大学出版社2018年版,第68页。

② 王先霈:《中国古代诗学十五讲》,北京大学出版社2007年版,第49至54页。

验中所获得的心灵意象彻底地加以修正、变化和重新组合,所以一般说来,它不同于'再现的想象',或者通常的记忆,虽然这种不同只不过是程度上的差别而已。创造性想象的活动,主要表现为三种形式:'理智的想象',为追求纯粹知识的没有利害感的愿望所决定;'实践的想象',为指导实践行为的自然的利害感所决定;最后,'审美的想象',为支配创造性艺术家的心灵的那种感情和情绪所决定。"①这就是说,"神思"属于审美想象范畴,源于积极情绪下的积极审美体验。历代诗人都崇尚凭借神思,放飞艺术想象的神奇翅膀,从现实生活出发,塑造出生动活泼的审美意象,创造出优美深邃的诗词意境。

(2)虚构性,是指神思之"神"能够"规矩虚位,刻镂无形",化虚为实,也就是《文赋》所说的"课虚无以责有,叩寂寞而求音"。虚构是艺术思维的品性与特长,是它的优势所在。包括诗词在内的任何文艺作品,其素材均是源于生活,但是,由于积极审美心理的引领,在诗人积极的形象思维中,这些原来直接或间接的生活经验,都是自然、社会生活或人的心理状态的映像。这类映像出现于主体的脑海里,就是再造性想象,进而成为他从事创作的原材料。但是,这些库存在诗人脑海里的"原材料",必须经过再加工,才能熔铸成艺术形象,进而作为意象进入诗作。也就是说需要在积极形象思维引领下,将原有的"再现的想象"转化为"创造性想象"。其中,用虚构的形象来概括原始映像,就是创造性想象的重要途径。这类创造性想象往往既是在意料之外,却又在情理之中。清代初期的著名画家、诗人方士庶《天慵随笔》写道:"山川草木,造化自然,此实境也。因心造境,以手运心,此虚境也。虚而为实,是在笔墨有无间。故古人笔墨具此山苍树秀,水活石润,于天地之外,别构一种灵奇。或率意挥洒,亦皆炼金成液,弃滓存精,曲尽蹈虚揖影之妙。"②诸多梦中诗作,就是虚构性"神思"的代表。例如,苏轼著名的悼亡词《江城子》,其小序写道"乙卯正月二十日夜记梦",全

---

① 《近代美学史评述》,第17页,上海译文出版社1980年版,第17页。
② 宗白华:《中国艺术意境之诞生》,见《美学与意境》,人民出版社1987年版,第209页。

词就是通过虚构的梦境来陈述作者真实的情愫,不假雕饰地表达了对亡妻的思念。

（3）强烈的情绪性,更是积极审美心理所呈现出来的"神思"特征,也是科学思维所不具有、且不容具有的心理特征。审美主体在积极情绪的引领下,"神思方运,万途竞萌","登山则情满于山,观海则意溢于海,我才之多少,将与风云而并驱矣。"(刘勰《文心雕龙·神思》)积极情绪是艺术想象的原动力,而诸如焦急、烦躁、焦虑等消极情绪则会导致文思受阻。就是所谓"穷而后工",亦是将与"穷"相关的消极情绪,转换为以"宣泄"为特征的积极情绪后,才让"工"得以实现。例如,当代著名诗人聂绀弩在北大荒劳动改造期间所写的诗作,可以说无一不具有强烈的情绪性。请看《清厕同枚子(二首)》,其一为:"君自舀来仆自挑,燕昭台畔雨潇潇。高低深浅两双手,香臭稠稀一把瓢。白雪阳春同掩鼻,苍蝇盛夏共弯腰。澄清天下吾曹事,污秽成坑便肯饶?"其二为:"何处肥源未共求,风来同冷汗同流。天涯二老连三月,茅厕千锹遭百愁。手散黄金成粪土,天将大任予曹刘。笑他遗臭桓司马,不解红旗是上游。"如果说苏轼屡遭贬谪,他的快乐就是情不自禁地驾驭语言文字的话,那么,聂绀弩的生活困窘艰苦,自不是当年的苏轼可与之相比的,但聂氏如此炉火纯青地运用传统诗词来抒发他的积极情绪,从当年的劳动改造中获得别具一格的酣畅感,恐怕苏聂二人相逢黄泉,亦会难分伯仲吧!

3.神思的典型诗例

李白与杜甫是闻名天下的两大杰出诗人,分别有诗仙与诗圣之美誉。严羽《沧浪诗话·诗评》云:"子美不能为太白之飘逸,太白不能为子美之沉郁。……论诗以李杜为准,挟天子以令诸侯也。"杜甫有两联家喻户晓的诗句,一联是自我表述:"读书破万卷,下笔如有神";一联是称赞李白:"笔落惊风雨,诗成泣鬼神";两联中均有一个"神"字。关于对"神"字的理解,清人贺贻孙《诗筏》认为:"神者,吾身之生气也。"《诗筏》还进一步解释道:"神者,灵变惝恍,妙万物而为言。读破万卷而胸无一字,则神来矣,一落滓秽，神已索然。""段落无迹，离合无端，单复无缝，此屈、宋之神也，惟古诗十九仿佛有之。"从这些论述可以体会到，《诗筏》所理解之"神"，即人身之生气，自固有之而现于外，惝恍迷离，无迹可寻，读破万卷而不为所累，心胸澄明，灵通变化，则神长存。关于对"神"的功能的阐述，《诗筏》亦认为："诗文有神，方可行远。……老杜之诗所以传者，其神传也。""五言古以不尽为妙，七言古则不嫌于尽。若夫尽而不尽，非天下之至神，孰能与于斯？""作诗文者，以气以神，一涉增减，神与气索然矣。"①这些论述表明了《诗筏》的诗学主张，即"神"与"气"为诗词创作不可或缺的内在要素，有"神"则可尽而不尽，行远传久。这里《诗筏》特别引用杜甫诗句来说明诗词创作的致"神"之道，其中不但强调了一个"学"字，而且还强调了一个"化"字，即需要融会贯通，消除遮蔽，让艺术创造充分自由，以实现"吾身之神，与神相通，吾神既来，如有神助，岂必湘灵鼓瑟，乃为神助乎？"要像杜诗那样，"其生处即其熟处，盖其熟境皆从生处得力。百物由生得熟，累丸斫垩，以生为熟，久之自能通神。"也就是说"读书破万卷"中的"破"字，既是"读破"，也是"破蔽"。只有"读破"，才能"生处即其熟处"；只有"破蔽"，才能"以生为熟，久之自能通神"。这也正如清人乔亿《剑溪说诗》所云："何谓'破'？涣然冰释也。如此则陈言之务去，精气入而粗秽除，是以'有神'。"②刘勰《文心雕龙·神思》有两处用到"神思"："古人云：'身在江海之上，心存魏阙之下。'神思之谓也。""神思方运，万涂竞萌，规矩虚位，刻镂无形。"开头一句中的"神思"是指一般生活中的想象活动，属于一般心理学的范畴；第二句中的"神思"是指文学创作中的想象活动，属于文艺心理学的范畴。传统诗学中的许多论述表明，无论是以"飘逸"著称的诗仙李白，还是以"沉郁"著称的诗圣杜甫，他们在积极审美心理引领下的积极需要与积极动机，其诗词创作都明显地彰显了那个"神"字，进而让他们的诗词创作充分体现出从"神思"到"神情"，再到"神韵"的致"神"之道。

---

① 龚显宗：《诗筏研究》，复文图书出版社1982年版，第53至54页。
② 乔亿：《剑溪说诗》，《清诗话续编》，上海古籍出版社1983年版，第1069页。

古今诗词创作实践反复表明,诗人进入创作状态,说明他的积极特质被激活,进入积极审美体验,进而产生积极需要,继而引发积极动机,不断地驱动"神思",酝酿"神情",追求"神韵",直至最后成篇。萧子显《南齐书·文学传论》认为:"属文之道,事出神思,感召无象,变化不穷。"萧氏所说的致"神"之道,是一种"感召无象"之道,实质上是用"神思"一词来定位诗学思维。其中,"感召"就是说把眼前所没有的意象招引过来,创造出来;"无象"就是说这种思维不像推理过程那样步骤清晰,而是飘忽不定,难以捉摸。这就是说积极审美心理引领积极形象思维,唤起诸多"积极"心态,促使诗人进入创作状态,进而"感召无象","思接千载","视通万里",在积极形象思维的统领下,运用以"赋比兴"为特色的积极修辞手法,最终通过审美意象的有机组合,生成诗词作品的审美意境。清人贺贻孙《诗筏》在论述"神思"时,除去经常提及"神情""神韵""丰神气韵"等诗学概念外,还多以幻、空幻、灵幻、妙、缥缈、绵邈等诗学概念来加以论述,亦说明作为诗学心理活动的积极审美感应——神思,当是"如风雨驰骤,鬼神出没,满眼空幻,满耳飘忽,突然而来,倏然而去,不得以字句诠,不可以迹相求"。一臻化境,则神韵、空幻、灵妙、缥缈自存乎其中。[①]传统诗学中围绕"神思"的诸多解读,都可以从李杜诗篇中得到有力的印证。

三、移情与通感

在中国传统诗学理论中,尽管没有"移情"与"通感"这两个概念,但涉及"移情"与"通感"的论述很多,尤其是丰富多彩的诗词创作实践,更是通过无数经典诗篇词作,彰显了"移情"与"通感"的魅力。从理论上讲,"移情"与"通感"都是西方心理学与美学学者提出的概念,但它与中国传统诗学心理关于"气之动物"和"物之感人","随物宛转"和"与心徘徊"等理念一脉相承。若是结合西方积极心理学理论,更可以看出"移情"与"通感"这两种特别的诗学概念的特质。作为积极心理学的领军人物之一,

---

[①] 龚显宗:《诗筏研究》,复文图书出版社1982年版,第55页。

美国学者芭芭拉·弗雷德里克森在她的著作《积极情绪的力量》中写道:"诗人通过寻求新颖的比喻来表达对人类情感的想法,而我是一名研究者,我寻找新的方法来量化它们。"那么,如何量化呢?用她自己的话说就是"被引用最多的是积极情绪的'扩展和建构理论'(broaden-and-build)","积极情绪能够以独特的方式,让你的世界观、你的心理能量、你的人际关系和你的潜力焕然一新。"①可以这样说,包括"移情"与"通感"在内的诸多诗学心理,都是以积极情绪为代表的诸多积极心理特质创造出来的奇迹。

(一)移情

古今中外,诗人都是多情善感的人,他们对于自然界中的花开花谢、鸟啼猿鸣,都会发生敏锐的感应,"在心为志"和"情动于中"(《毛诗·大序》)都是诗的源头,这就是说,诗既是内心意志的表达,也是内在感情的自然流露。其中,自然景象与主体情感之间的互动关系,西方学者将其称为"移情作用",或称之"审美移情",乃至简称为"移情"。其实,中国古人早就描述过审美移情现象。例如《庄子·秋水》写道:"庄子和惠子游于濠梁之上。庄子曰:'鯈鱼出游从容,是鱼之乐也。'惠子曰:'子非鱼,安知鱼之乐?'庄子曰:'子非我,安知我不知鱼之乐?'"庄子从自己"出游从容",体会到快乐之情,他看见鱼儿"出游从容",于是把自己在出游中体验到的快乐之情,移置到鱼的身上,觉得鱼在出游时是快乐的,这就是一种移情效应。

1.关于移情的相关论述

我国古代乃至近代,不少学者对"移情"现象都提出过许多可贵的理念,比如"物化""神与物游""神会与物""身与竹化""有我之境""无我之境"等,这些理论都涉及移情作用。因此朱光潜曾断言:"我国古代语文的生长和发展在很大程度上是按移情原则进行的,特别是文字的引申义。我国

---

① [美]芭芭拉·弗雷德里克森著,王珺译:《积极情绪的力量》,中国人民大学出版社2010年版,第11至13页。

古代诗歌的生长和发展也是如此,特别是'托物见志'的兴。"①但是,由于中西文化的差异,致使中西"移情"说还是存在一些差异。主要表现在,中国的"移情"理念受"天人合一"思想影响很大。孔子在《论语·雍也》中说:"知者乐水,仁者乐山。"他把自然视为人的主体道德精神的象征。孟子在《尽心》中则说"上下与天地同流"。这些都阐明人与自然的交融统一。而西方的"移情"理论,不太注重人与自然的这种亲合关系,而是关注主体对客体的改造关系,强调审美主体将情感投入到审美对象中去,审美对象就带有了主体的生命和活力,如此一来,美感不是来源于客观事物的美,而是人的主观精神,即主观情感或生命意志的"外射"结果。德国心理学家和美学家立普斯在他的著作《美学》中,将"移情说"作为其审美心理学的支柱理论,他在阐释"审美移情"时说:"充分的移情是自'我'不可区分地消融到视力所知觉的对象中,消融到对他的体验中。这种充分的移情是审美移情。"②这就是说,从审美心理的角度看,中西"移情"说的心理基础却是相同的,具体表现为:一是想象,即想象是移情的翅膀,情感是想象的动力,移情与想象结伴而行,形影不离;二是主客体之间,按照所谓格式塔心理学的说法,须存在着异质同构关系,即客体的形式和主体的心理之间具有相同的力的模式。

与此同时,从创作实践来看,大量诗词作品中所体现出来的"情化"的自然,就是移情作用的物体成果。"所谓情化的自然,就是人情化了的自然,是人的主观意识和客观自然融合在一起的复合体。在自然物身上具有自然物本身所固有的各种属性,又带有人的思想、情感、意志、兴趣、气质、性格。"③例如,吟咏"情化"的植物界的诗句:"帘卷西风,人比黄花瘦"(李清照)、"有情芍药含春泪"(秦观)、"丁香空结雨中愁"(李璟)、"红衣落尽渚莲愁"(赵嘏)、"桃花依旧笑春风"(崔护)等等;又如,吟咏"情化"的动物界的诗句:"鹦鹉嫌寒骂玉笼"(吴绮)、"隔花啼鸟唤行人"(欧

---

① 朱光潜:《西方美学史》下卷,人民文学出版社1979年版,第597至598页。
② 凌继尧:《西方美学史》,北京大学出版社2004年版,第393页。
③ 陆一帆:《文艺心理学》,江苏人民出版社1985年版,第64页。

阳修）、"蝶衣晒粉花枝舞"（张耒）等等；再如，吟咏"情化"的无机物的诗句："多情只有春庭月，犹为离人照落花"（张泌）、"举杯邀明月，对影成三人"（李白）、"寒日无言西下"（张升）、"水光山色与人亲"（李清照）、"蜡烛有心还惜别，替人垂泪到天明"（杜牧）等等。又还如，吟咏"情化"的其他方面的诗句："暝色入高楼，有人楼上愁"（李白）、"愁因薄暮起，兴是清秋发"（孟浩然）、"日暮乡关何处是，烟波江上使人愁"（崔颢）、"暝色无边际，茫茫尽眼愁"（白居易）、"晚景萧疏，堪动宋玉悲凉"（柳永）等等。

　　朱光潜《文艺心理学》系统论述了移情理论，认为"移情作用"是由"物我两忘"进入"物我同一"境界后所发生的现象。他认为："移情作用是外射作用（projection）的一种。外射作用就是把在我的知觉或情感外射到物的身上去，使它们变为在物的。"就知觉的外射而言，事物的许多属性"本来是人的知觉，因为外射作用便成为物的属性。"例如，"我们通常把红、香、甜等等都看成是苹果的属性，以为它本来就有这些属性"，其实，应该说："我觉得这个苹果是红的、香的、甜的，沉重的，圆滑的。通常我们把'我觉得'三字省略去，于是'我觉得它如此如此'就变成'它如此如此'了。"就情感、意志、动作等等心理活动的外射而言，"都因为有'设身处地'或'推己及物'一副本领"，"诗人和艺术家看世界，常把在我的外射为在物的，结果是死物的生命化，无情事物的有情化。"[①]但是，按照朱光潜的分析，移情作用只是外射作用的一种，并非一般的外射作用都是移情作用。与一般外射作用相比，移情作用有两个最重要的分别：一是在外射作用中物我不必同一，而在移情作用中物我必须同一；二是外射作用是由我及物，是单方面的；而移情作用不但由我及物，有时也由物及我，是双方面的。例如，看见花凝愁带恨，不免自己也陪着花愁恨起来；看见山耸然独立，不免自己也挺起腰杆来了。也就是说，知觉的外射大半是外射作用，而情感的外射大半容易变为移情作用。从积极心理诗学的角度看，也许情感的外射与知觉的外射相比，

---

①　朱光潜：《文艺心理学》，漓江出版社2012年版，第30至32页。

更源于某种积极情绪或积极体验。物移我情的时候，主体不是完全被动的，越是具有酣畅感的时候，越是审美感觉敏锐时候，越是会主动地去迎接"物质带着诗意的感性光辉对人的全身心发出的微笑"，越是要以自己与众不同的方式对这"微笑"作出反应。德国十九世纪美学家立普斯说："审美的欣赏并非对于一个对象的欣赏，而是对于一个自我的欣赏。它是一种位于人自己身上的直接的价值感觉。"但是，这时的自我已经不是日常实用的功利生活中那个自我，而是审美观照中的自我。"这个自我就其受到审美的欣赏来说，却不是我自己而是客观的自我。"①在积极审美体验中的自我，物我同一，主体与客体、主观与客观打成一片了。请看黄庭坚的《感秋》："旧不悲秋只爱秋，风中吹笛月中楼。如今秋色浑如旧，欲不悲愁不自由。"它充分说明同样的秋色，同样的人，只是由于观者的年龄不同，所以，情由景生，不同时期所移之情就大不相同了。

2.移情的主要类型

根据移情理论，它作为一种积极审美体验，其本质是一种对象化的审美享受，所欣赏并为之感到愉快的不是客观对象，而是自我的情感。在审美享受的瞬间，积极的审美体验，把自身的情感移入到一个与自我不同的对象中去，并且在对象中玩味自我本身。例如，郑板桥诗《竹石》："咬定青山不放松，立根原在破岩中。千磨万击还坚劲，任尔东西南北风。"移情作用的审美体验，或"由我及物"，或"由物及我"，具有双向性特点，亦如刘勰《文心雕龙》关于心物感应作用的双向性。"情以物兴"和"随物宛转"侧重"由物及我"，是以客观实在之物引发情兴，更多地呈现出外在感应；而"物以情观"和"与心徘徊"侧重"由我及物"，则更多地呈现出内在感应。如果遵循孔颖达《周易正义》所言："感者动也，应者报也。皆先者为感，后者为应。"那么，前者是"物感心应"，后者是"心感物应"，当然，这两者往往是同时并存的双向流程，只是从分析与理解上各有侧重罢了。有鉴于此，为了论述的

---

① 立普斯：《论移情作用、内模仿和器官感觉》，见伍蠡甫主编《现代西方文论选》，朱光潜译，上海译文出版社1983年版，第4至5页。

方便，移情作用大体上可分为两类：一是情以物兴，托情于物；二是物以情观，比德于物。

（1）情以物兴，托情于物。这是最为常见的移情现象，即情由景生，辞以情发，诗人的审美体验是由自然界的景物引起的。那么，为什么会激发"物感心应"现象呢？这是因为人与物都有许多相似的属性。就物的方面说，一有颜色，二有形状，三有气味，四有内容质地；而人也有肤色、形体、状貌、姿态、气味，还有各种情感、各种道德品格、气质等，只要物与人之间有某一点相似之处，就可以通过情感"外射""灌注""投射"等方式，把两者融合起来，而成为物我一体的情化的自然。例如，"衰桃一树近前池，似惜红颜镜中老"，衰败的桃花与年老色衰的人何其相似，光亮平静的池水类似一块明镜，对于处于积极审美体验的诗人来说，这些似曾相识的物象，不正好促使"以我观物"吗！

当然，由于每一种事物都有许多种属性，于是，它就可以和许多不同的人格或情感融合而成为各种不同的形象，就是一种属性也可以使人联想到好些不同的性格，造成不同人格化的自然形象。例如，梅花洁白美丽、早开，就可以造成好几种不同情化的梅花形象："疏影横斜水清浅，暗香浮动月黄昏。霜禽欲下先偷眼，粉蝶如知合断魂。"林和靖笔下的梅花，犹如一个端庄典雅的女性；"缟袂相逢半是仙，平生水竹有深缘。将疏尚密微经雨，似暗还明远在烟。"高启笔下的梅花，犹如一位飘逸、恬淡、清丽的仙者；"驿外断桥边，寂寞开无主。已是黄昏独自愁，更著风和雨。无意苦争春，一任群芳妒。零落成泥碾作尘，只有香如故。"陆游笔下的梅花，犹如一位备受打击、孤苦寂寞，但百折不挠的坚贞之士；"风雨送春归，飞雪迎春到。已是悬崖百丈冰，犹有花枝俏。俏也不争春，只把春来报。待到山花烂漫时，她在丛中笑。"毛泽东笔下的梅花，犹如一位久经考验、无私无畏、乐于奉献的革命者。

从生理学的角度看，移情作用的生理基础是条件反射。人的心理器官（脑）的一切工作都是以反射的方式进行的。反射分为两种：一是无条件反射，这是先天的不学而能的反射。例如食物放在嘴里，就会引起唾液分泌等。无条件反射是一种简单的反射,它的神经通路是与生俱来的固定神经系统。另一种是条件反射,这是后天学习得来的,是在一定条件下,无关刺激物成为无条件刺激物的信号所引起的反射。条件反射的形成,就是在脑中形成新的、过去所没有的暂时联系。无条件反射需要有关的刺激物刺激人的感觉器官才能产生,条件反射则不需要有关的刺激物,无关的刺激物作用于人的感觉器官也能产生。但是,根据积极心理诗学的理论与实践,条件反射与人的心理状态关系密切,特定的移情作用,源于特定的感物效应,取决于特定的精神状态。例如,秋天的景物常常让人产生阴沉之志,杜甫就有"万里悲秋常作客,百年多病独登台"这样的诗句。但是,毛泽东词《采桑子·重阳》:"人生易老天难老,岁岁重阳。今又重阳,战地黄花分外香。一年一度秋风劲,不似春光。胜似春光,寥廓江天万里霜。"却把深秋的战地风光,写得那么鲜明爽朗,毫无萧疏之气,而是乐观豪迈,对革命事业充满信心。

对于"托情于物"的移情作用,与修辞中的"拟人"作用有些相似。朱光潜《文艺心理学》认为:"拿我做测人的标准,拿人估测物的标准,一切知识经验都可以说是如此得来的。把人的生命移注于外物,于是本来只有物理的东西可具人情,本来无生气的东西可有生气,所以法国心理学家德拉库瓦教授把移情作用称为'宇宙的生命化'。从理智观点看,移情作用是一种错觉,是一种迷信。但是如果没有它,世界便是一块顽石,人也只是一套死板的机器,人生便无所谓情趣,不但艺术难产生,即宗教亦无由出现了。诗人、艺术家和狂热的宗教信徒大半都凭移情作用替宇宙造出一个灵魂,把人和自然的隔阂打破,把人和神的距离缩小。"英国诗人华兹华斯就说过:"一朵微小的花对于我可以唤起不能用眼泪表达出来的那么深的思想。"[1]为什么"一朵微小的花"有如此神奇的力量呢?其实还是审美主体的诸多积极"状态"在起作用。当然,严格说来,移情作用与拟人作用也有些差别:一是移情不但将物人性化,而且还有"物我同一"的内涵,故它不只是为了语言的生动形象,将抽象的东西人性化,而是要实现一种艺术境界。李白《独坐敬亭山》:"众鸟高飞尽,孤云独去闲。相看两不厌,只有敬亭山。"诗中的

---

[1] 朱光潜:《文艺心理学》,漓江出版社2012年版,第34至35页。

"众""孤""相看"句，都带有移情色彩，让"物"着上诗人的主观色彩，是情感的意象与意境化的过程。二是诗词中的移情作用，还体现为诗人的积极人格与生命关注，与其诗词的个性、风格、性灵等密切相关，这也可能是诗与文中"拟人"手法的出发点与立足点不尽相同之处。

另外，在谈及与"移情"相关的传统诗论时，我们自然会联想起王国维《人间词话》所说的"有我之境"与"无我之境"："有有我之境，有无我之境。'泪眼问花花不语，乱红飞过秋千去'，'可堪孤馆闭春寒，杜鹃声里斜阳暮'，有我之境也；'采菊东篱下，悠然见南山'，'寒波澹澹起，白鸟悠悠下'，无我之境也。有我之境，以我观物，故物皆着我之色彩；无我之境，以物观物，故不知何者为我，何者为物。"①对于王国维的说法，朱光潜有不同的看法。他说："所谓'以我观物，故物皆著我之色彩'，就是'移情作用'，'泪眼问花花不语'，一例可证。移情作用是凝神注视，物我两忘的结果，叔本华所谓'消失自我'。所以王氏所谓'有我之境'其实是'无我之境'（即忘我之境）。他的'无我之境'的实例为'采菊东篱下，悠然见南山'，'寒波澹澹起，白鸟悠悠下'，都是诗人在冷静中所回味出来的妙境（所谓'于静中得之'），没有经过移情作用，所以实是'有我之境'。"②这里，两位大家意见相左的现象发人深省。笔者却认为，"有我之境"，当然是在"移情"，是主体的显在之"情"；而"无我之境"，亦是在"移情"，是主体的潜在之"情"，这时看似"以物观物"，其实"物"是观不了"物"的，只不过是主体的一种超然物外的情感"折射"而已。事实上，传统诗词接受史表明，"人们接受王维诗歌，主要是享受一种超出世俗功利的纯粹的审美，很多情况下，王维的诗能够引导人们进入马斯洛所说的'高峰体验'。而这一超功利的审美意识主要是借助禅宗的影响才得以实现的。"③如王维诗《鸟鸣涧》："人闲桂花落，夜静春山空。月出惊山鸟，时鸣春涧中。"作者也是在"以物观物"，但

---

① 王国维：《人间词话》，吉林文史出版社2007年版，第4-5页。
② 朱光潜：《诗论》，漓江出版社2011年版，第52页。
③ 袁晓薇：《王维诗歌接受史研究》，北京师范大学出版社集团、安徽大学出版社2012年版，第242页。

意境却是静空至极的禅境，亦是诗人心境的显现。若是按照西方学者对移情的解释，说移情作用产生于一种称之为"内模仿"的内在运动感觉，这种感觉不显现为外部的躯体动作，而是表现为心理的过程。据此，是否可以认为，"以物观物"也是由于这样一种"内模仿"产生的移情作用呢？当然，这将有赖于有关学者对此作出进一步的深入研究。

（2）物以情观，比德于物。众所周知，原始人类多有自然崇拜，认为有些自然物具有神秘的力量，许多诗人都乐于把诗词创作和接受中情感的自然本性与社会连接起来，"比德"就是在这种思想的支配下提出来的。按照王先霈的定义，所谓"比德"，先是拿自然物的某一性质与人的某种德行相比拟，自然物的某种可爱的品质让诗人联想到人的某种可敬的德行，尔后，为了激发、培育某种道德情感，文艺家到自然物里去寻求启示的依托。例如，《礼记·聘义》记载了孔子与子贡的一段对话。子贡问于孔子曰："敢问君子贵玉而贱珉者何也？为玉之寡而珉之多与？"孔子曰："非为珉之多故贱之也，玉之寡故贵之也。夫昔者君子比德于玉焉：温润而泽，仁也；缜密以栗，知也；廉而不刿，义也；垂之如队，礼也；扣之，其声清越以长，其终诎然，乐也；瑕不掩瑜，瑜不掩瑕，忠也；孚尹旁达，信也；气如白虹，天也；精神见于山川，地也；珪璋特、达，德也；天下莫不贵者，道也。《诗》云：'言念君子，温其如玉。'故君子贵之也。"又如，《荀子·宥坐》记载了孔子比德于水的论述："孔子观于东流之水，子贡问于孔子曰：'君子之所以见大水必观焉者，是何？'孔子曰：'夫水，大遍与诸生而无为也，似德。其流也埤下，裾拘必循其理，似义。其洸洸乎不淈尽，似道。若有行之，其应佚若声响，其赴百仞谷不惧，似勇。主量必平，似法。盈不求概，似正。淖约微达，似察。以出以入，以就鲜洁，似善化。其万折也必东，似志。是故君子见大水必观焉。'"①从以上两段论述可知，孔子详尽地阐述了之所以"比德"于玉，或"比德"于水的道理。从积极心理诗学的角度看，"比德"可以说是一种带有伦理色彩的艺术想象和联想的理论，是由仁人君

---

① 朱恩彬、周波主编：《中国古代文艺心理学》，山东文艺出版社1997年版，第186页。

子的美德而联想到与之相似的某种事物的特性，从而将两者密切地联系起来，并基于这种相似性而引起审美联想和想象。

　　传统诗学中的"比德"最早见于《诗经》和楚辞，与《周易》的"取象"、《诗经》及楚辞的"比兴"有着较为密切的联系。例如，《周易》以乾天比喻君子刚健奋进的品格。"天行健，君子以自强不息"（《乾·象传》）；以坤地比喻君子的宽厚之德，"地势坤，君子以厚德载物"（《坤·象传》）；以徐徐轻风比拟君子的佳行懿德，"风行天上。小畜，君子以懿文德"（《小畜·象传》）；以鸣叫的水鸟的垂翼孤飞比拟君子的失意独行，"明夷于飞，垂其翼。君子于行，三日不食"（《明夷·卦爻辞》）。又如，《诗经》广泛采用比喻的手法，以自然界和各种事物作为情思兴发的对象，开创了艺术想象和艺术联想的先河。其中，比德于物的移情现象十分普遍：如"崧高维岳，峻极于天。维岳降神，生甫及申。维申及甫，维周之翰。四国于蕃，四方于宣。"（《大雅·崧高》）又如"皎皎白驹，在彼在谷。生刍一束，其人如玉。"（《小雅·白驹》）还如"瞻彼淇奥，绿竹猗猗。有匪君子，如切如磋，如琢如磨。"（《卫风·淇澳》）还如，屈原的《离骚》继承了《诗经》的"比兴"传统，为了表现自己高尚的人格和怨愤情怀，广为设喻，展开了丰富的想象。"扈江离与辟芷兮，纫秋兰以为佩""惟草木之零落兮，恐美人之迟暮"等诗句，均以佩饰香草比喻个人的美德和才艺，以草木凋零，美人迟暮比拟报国的衷情和焦虑。

　　格式塔心理学认为，"比德于物"这种类型的移情作用，源于自然景象和与它相应的人的心理过程有着形式结构的相似性。例如，一棵垂柳看上去是悲哀的，不是因为它像一个低垂着头的悲哀者，而是因为垂柳的形状、方向和柔软性传递出被动的、下垂的表现性。神庙里的大立柱，看上去挺拔，也是因为它的位置、比例和形状包含了这种表现性。"造成表现性的基础是一种力量的结构"，"像上升和下降、统治和服从、软弱和坚强、和谐与混乱、前进和退让等等基调，实际上乃是一切存在物的基本存在形式……那推动我们自己的情感活动起来的力，与那些作用于整个宇宙的普遍性的力，实际上是同一种力。"①现代实验心理学研究表明，人对声音、形状、色彩的感受经验与他的情感体验有联系，乃至有某种对应关系。自古以来，传统诗学对此作了理论概括和引导，《文心雕龙·物色》云："山林皋壤，实文思之奥府"，并认为屈原的创作乃得到"江山之助"。从一定意义上讲，"比德"可以理解为是"自然的人化"，但大多数情况下，"比德"并非创造"另一自然"，而是体现为"物以情观"和"与心徘徊"，用心去驾驭自然之物，借助想象力把人的某种道德观念直接投射到自然物上面，使自然之物在其固有特性的基础上进一步丰富其色彩，从而让人的人格品德因对于自然物的想象、联想而得到加强，并以积极形象思维的方式，更加具体、直观、生动地展现出来。

3.移情与心理距离

西方心理学与美学理论表明，论及"移情"还要注意保持适当的"心理距离"。这是因为在审美体验中，一味地"移情"，不但不能增强美感，反而会使美感消失，甚至还会产生痛苦感、不幸感，乃至绝望感。这也类似积极心理学家提出的"情绪的环形模型"，其中，积极情绪与消极情绪是两个相互独立的维度，而非一个维度的两极。②当移情过度的情况下，就类似于"高度激活或唤醒"，审美与对象之间的界限完全消失，他们眼中的艺术世界还原为实际生活本身，这种情况下的审美欣赏可能变成了自伤身世，审美主体也就可能陷入苦痛的深渊，甚至可能演变为一场悲剧。这就说明，积极审美体验需要移情，但又不能过度移情。在审美主体与审美对象之间保持一定的心理距离，是积极审美体验的必要条件。西方学者布洛所提出的"心理距离"概念，不同于一般的时空距离，而是距离的一种特殊形式，是指我们在观看事物时，在事物与我们自己的实际利害关系之间插入一段距离，使我们能够换一个角度看世界，其核心是强调审美体验的无关功利的性质。布洛认为："无论是在艺术欣赏的领域，还是在艺术生产中，最受欢迎的境界乃是把距离最

---

① 阿恩海姆：《艺术与视知觉》，滕守尧、朱疆源译，中国社会科学出版社1984年版，第622至625页。

② [爱尔兰] Alan Carr著，丁丹等译，《积极心理学》，中国轻工业出版社2013年版，第4页。

大限度地缩小，而又不至于使其消失的境界。"这也就是朱光潜所说的"不即不离"的境界，也犹如王国维所提倡的"入乎其内，故有生气；出乎其外，故有高致"的境界，这也就是积极心理学"情绪的环形模型"中所描述的"热情的、振奋的、兴奋的、欣快的、生动的、精神足的"境界。

尽管中国传统诗学很少以"距离说"的内涵来阐释诗学审美问题，但西方学者的"距离说"，却可以与中国传统诗学中的相关概念密切相关，并也可以共同来诠释诗词创作与鉴赏过程的审美心理。童庆炳在《艺术创作与审美心理》中认为："中国的'虚静说'与西方的'距离说'在揭示审美主体的基本特征上面表现出了很大的一致性。"[①]刘勰在《文心雕龙·神思》中提出："是以陶钧文思，贵在虚静，疏瀹五藏，澡雪精神。"强调虚静的心境，易于感受外物的审美特征，并提出了"入兴贵闲"的论点，即审美主体"入兴"而必须"贵闲"，也就是心境虚静。"静"有消极与积极之分。一般心理的消极之"静"，使人心闲意懒，失去主观能动性，进而不可能进入审美体验。而积极审美心理的积极之"静"则正好相反，它使诗人的心情沉浸下来，且心无旁骛地专注一个目标，让自身的积极特质被唤醒，继而进入积极审美体验状态，并迅速把握客体的审美属性。这也是苏轼《送参寥师》所云："欲令诗妙悟，无厌空且静。静故了群动，空故纳万境。"说明处于虚静的境界，可以掌握和了解各种动态的美；处于空灵的境界，可以容纳万般景致的美。实际上，"虚静说"内涵着中国传统诗学中关于审美主体与客体之间的"不即不离"概念。所谓"不即不离"，也可以说是最适宜的"心理距离"。正如朱光潜的说法："凡是艺术都要有几分近情理，却也都要有几分不近情理。它要有几分近情理，'距离'才不至于过远，才能使人了解欣赏；要有几分不近情理，'距离'才不至于过近，才不至使人由美感世界回到实用世界去。"[②]这就表明，"虚静说"与"不即不离"说要求在诗词创作与鉴赏过程，诗人应始终以积极心理状态自由翱翔在审美世界，而不得退回到实用世界。

---

① 童庆炳:《艺术创作与审美心理》,百花文艺出版社1992年版,第61页。
② 同上，第71页。

（二）通感

通感也称联觉或移觉，是诗人感觉系统中各种感官的联盟。在诗词创作与鉴赏过程中，积极的审美体验有时会出现一种感悟契合，可以让视、听、嗅、味、触觉互通，让感觉与第六感觉互通，使眼前的美感转换成全身心的审美体验，从而达到心灵艺术化的审美境界。通感与人的生理、心理、思想、经历、知识、情感等多种因素相联系，生理通感与艺术通感以及修辞学中的通感既相联系又有区别。这里所说的通感，作为一种审美感应，是指诗人借助多种感觉之间的相互沟通、联系、挪动、甚至取代的一种立体性的审美感受方式。中国古代诗论并无"通感"一词，当代学者钱钟书在二十世纪六十年代初写的《通感》一文中遍举中外有关文艺心理学现象，提出了艺术"通感"之说。然而，古代诗论或文论中关于通感的记述却很早就出现了。例如，《礼记·乐记》云："钟声铿，铿以立号，号以立横，横以立武。君子听钟声，则思武臣。石声磬，磬以立辨，辨以致死。君子听磬声，则思死封疆之臣。丝声哀，哀以立廉，廉以立志。君子听琴瑟之声，则思志义之臣。竹声滥，滥以立会，会以聚众。君子听竽笙箫管之声，则思畜聚之臣。鼓鼙之声欢讙，讙以立动，动以进众。君子听鼓鼙之声，则思将帅之臣。君子之听音，非听其铿锵而已也，彼亦有所合之也。"这里指出，由于不同乐器所发出的声音各有特点，所以能够引起特定的情感体验，进而使人联想到不同类型的人物形象。尽管这种说法也未免有些牵强附会，但却指出了音乐欣赏中审美主体由声音展开想象，再过渡到人物形象的心理特点。东汉马融在《长笛赋》中把由声音联想到形象的现象说成"听声类形"，并对笛声作了具体描绘。他说："尔乃听声类形，状似流水，又像飞鸿。泛滥溥漠，浩浩洋洋；长矕远引，旋复回皇。"把笛声比作浩浩荡荡的流水和远瞻高翔的飞鸿，由听觉感受的声音转换成视觉的形象。"听声类形"指的是感觉由听觉向视觉的挪移，其实也就是通感现象。[①]在传统诗词中，"通感"亦为很多名句或名篇

[①] 朱恩彬、周波主编：《中国古代文艺心理学》，山东文艺出版社1997年版，第197—198页。

添彩加色，如"绿杨烟外晓寒轻，红杏枝头春意闹"（宋祁《玉楼春》）、"天河夜转漂回星，银浦流云学水声"（李贺《天上谣》）等，都是视觉与听觉连通，进而生成更加耐人寻味的积极审美体验。显然，基于积极心理诗学，从心理学与美学层面深入理解通感，厘清传统诗学涉及通感问题的模糊认识，对提高诗学修养是很有必要的。

1. 与通感相关的内外感应概念

诗学心理活动的积极审美感应，其核心是"心""物"关系。"心"是审美主体，"物"是审美客体。"凡音之起，由人心生也。人心之动，物使之然也。"（《礼记·乐记》）根据审美主体在主体的头脑之外或之内来区分，审美感应可分为外感应与内感应两类，而通感的生成就离不开这两种审美感应。

所谓外感应，是指存在于人与外物之间的主客体感应；所谓内感应，是指存在于人的头脑之中的主客体感应。"物"有存在于心外与心内之分，最早作这样区分的是古代学者刘勰的诗学名著《文心雕龙》。他认为心物感应可以在两种不同情况下发生，一种是在心与外物之间；一种是在头脑中的"神"与"物象"之间。郁沅《心物感应与情景交融》认为："刘勰在论述'心''物'关系时，他所说的'物'在不同场合，其含义是有区别的。在较多的情况下，他所说的'物'是指独立于主体之外的外界客观存在，是'物'的实体，如上述的'情以物兴''物以情观'；还有如《文心雕龙·物色》中所说的'岁有其物，物有其容，情以物迁，辞以情发'等等。但是在某些场合下，比如在《文心雕龙·神思》中，他所说的'物'是指存在于人的头脑中的物象，是'物'的表象。比如他说：'故思理为妙，神与物游。'这里的'物'是指存在于想象之中的事物的表象，而非外境之实物。"[①] 这就说明，外感应之"物"，是独立于主体之"外"的物之实体；内感应之"物"，是贮存于主体大脑皮层中的物之表象。外感应是面对审美对象的主客体感应，发生在"心"与"物"的实体之间，是一种审美的社会实践；内感应则主要是发生在诗人的头脑之中，是将"在心为志"与通过积极的形象思维，在头

---

① 郁沅：《心物感应与情景交融》，百花洲文艺出版社2017年版，第113页。

脑中形成的客体之物象，感应融合为一，凝成审美意象。审美感应就是由外感应进入内感应，在内感应中达到心与物的统一，完成心物交融。通常，外感应是内感应的基础，内感应是外感应的深化。对于通感而言，往往是"感"于外感应，"通"于内感应，是内外感应的融会贯通。

2.通感的主要类型

如上所述，通感就是各种不同感觉的相互沟通或替代，犹如张冠李戴，这在常理上是不可思议的，可以说它就是积极心理学所说的"积极幻想"。正是由于这种"心理能量"，才让诗人可以用眼睛去看声音、轻重、冷暖和硬软；可以用耳朵去听出事物的形体、色彩和气味。总而言之，来自积极心理的审美能量，可以创造出与人类日常生活大相径庭的形象来。这些形象虽然奇特，但人们不但不指责它为荒谬，反而还特别觉得有审美韵味。人的认识从低级到高级有好些阶段，如感觉、知觉、表象、概念等，进而可将通感分为三种，即感觉通感、表象通感与双重通感。①

（1）感觉通感。感觉是人的认识的最低级阶段，所以感觉通感也是最简单的通感形式，是说所有的感觉都可以相互转换。例如，视觉转触觉："泉清入目凉"，让人"看见"泉水的清爽；"寺多红叶烧人眼"，让人感到叶红如火，看上去好像有热的感觉。又如，视觉转听觉："声喧乱石中"，让人看到乱石就感到一片喧哗，进而让眼睛也"看"到声音；"歌台暖响，春光融融"，让人从柔和的声乐中，既"听"到了暖和，又"看"到了声音。通常，感觉通感虽然是不同感觉的相互转换，但一般只是产生在同一事物上。然而，一个事物往往有多重属性，不同属性又要通过不同感官去把握。例如，流水有声音，需要用耳朵去感知；有冷暖，需要用触觉去感知；有形状与色彩，需要用眼睛去感知。感觉通感，就是在感知一个事物不同属性时发生的互通之感。

（2）表象通感。所谓表象，是经过感知的事物在脑中再现的形象。它在人的认知阶段，处于比感觉更高的一个阶段。所以，表象通感较之感觉通

---

① 陆一帆：《文艺心理学》，江苏人民出版社1985年版，第77页。

感，将会相对高级与复杂一些。显然，由于感觉对事物的认识是简单、片面的，常常只认识到事物的个别属性，而不能认识事物的全体，更无法认识事物与事物之间的关系和规律。因此，用感觉通感创造出来的形象虽然有新奇感，但形象却往往简单。而表象则是对事物完整、全面的反映，是人们所获得的完整形象，且任何一种感官所获得的事物表象，都可以转化为另一种感官的表象。所以，经过表象相互转化后的表象通感，它所创造出来的艺术境界和形象，往往更加绚丽多姿，引人入胜。当然，表象通感一般牵涉两个或两个以上的事物，要想造成两个事物之间的通感，必须具备一个客观条件，就是这两个事物之间要有相似之处。如果没有相似之处，就不能产生表象通感。例如，"累累乎端如贯珠"（《乐记》）、"尔乃听声类形，状似流水"（马融《长笛赋》）等，就是听觉表象转化为视觉表象。又如，"促织声尖尖似针""燕语明如剪"等，就是听觉表象转化为触觉表象。还如，"飞向幽芳闹处栖"等，就是嗅觉表象转化为听觉表象。

需要说明的是，表象通感虽然以两个相似的事物为条件，与比喻很像，甚至有些表象通感还采取比喻的形式，用"如""似""好像"等，但表象通感与比喻还是有差别的。比喻是在相同感觉的形象之间进行，视觉形象比喻视觉形象，听觉形像比喻听觉形象，触觉形象比喻触觉形象，而不是不同感官形像之间的相互转化。例如，白居易《琵琶行》这样描写琵琶声："大弦嘈嘈如急雨，小弦切切如私语。嘈嘈切切错杂弹，大珠小珠落玉盘。间关莺语花底滑，幽咽泉流冰下难。"显然，个中只是把各种事物的声音比喻琵琶声。而马融《长笛赋》把笛声写成"状似流水，又象飞鸿"，虽然用了"似"与"象"等比喻形式，但它却是用视觉形象比喻听觉形象，是从一个感官转换到另一个感官，故当属于表象通感。

（3）双重通感。所谓双重通感，是指在第一次通感之后，再追加一次通感，这种通感相当于生理学上的多级条件反射，让有些看起来相互之间没有共同之处的事物，通过一个过渡，把本来风马牛不相及的事物牵连起来了，进而让经过双重通感所得出来的形象十分奇特，乍看来，有时甚至觉得它离奇古怪，荒诞不经，但细细咀嚼，方得它的妙趣。例如，"红杏枝头春意闹"

这样为大家极为赞赏的诗句，其中就运用了双重通感。其中，"春意闹"是将非听觉形象转化为听觉形象，从春意中听到了喧闹声，这是一次通感，亦很耐人寻味。但是，"春意"与"闹"不是同一件事物的属性，二者也无什么共同之处，通常是很难从"春意"联想到喧闹的，因为它们之间没有什么联系。然而之所以"红杏枝头春意闹"又相当自然贴切，是因为在这个有形的通感之前，还有一个无形的通感，这就是"红杏枝头繁花闹"。"繁花"与"闹"有某些相似之处，繁花盛开时的争妍斗艳，就好像是在闹腾，听得见喧闹声，所以才有"春意闹"了。又如，"佳人抚琴瑟，纤手清且闲。芳气随风结，哀响馥若兰。"（陆机《拟西北有高楼》）由于哀伤的乐声带着兰花的香气，让听觉形象与嗅觉形象沟通起来了，让听到乐声时闻到了香气。然而，为什么能引起从"乐声"到"香气"的通感呢？这是因为在这次通感之前，还有一次潜在的通感，那就是佳人身上的芬芳"随风结"，随处散发的芬芳，当然也会沾到琴上。于是，有了这个通感，"哀响馥若兰"就好理解了。还如，"月凉梦破鸡声白"，第一次通感是由视觉形象——月光的白色，可能是联想到白雪等形象，进而转化为触觉形象——清凉。第二次通感是在第一次通感的基础上，由于鸡声也被染白了，所以由听觉形象——鸡声，转化为视觉形象——白色。

3.通感的艺术功用

通感在包括诗词在内的艺术创作与鉴赏中的作用相当广泛。有的学者称之为法则，有的称之为修辞。如陆一帆在《文艺心理学》中提出："通感是文艺家感受现实生活的一个法则，运用这个法则去认识现实，并把它表现出来，就会成为优美动人的形象。"[①]而周振甫《诗词例话全编（上）》则将"通感"作为一种修辞手法。这里，基于积极心理诗学，主要从诗词创作与鉴赏的视角来认识通感的作用。中国传统诗学尽管未出现"通感"一词，但在传统诗学领域的实际运用，还是由来已久，理解者有之，不理解者亦有之。比较两者，则更可以从比较视角看出"通感"说法的理论与实践意义。

---

① 陆一帆：《文艺心理学》，江苏人民出版社1985年版，第77页。

例如，《乐记》就生动、形象地描述了歌声联想到各种具体形象的情形，认为："故歌者，上如抗，下如对；曲如折，止如槁木；倨中矩，句中钩；累累乎端如贯珠。"意思是：歌声上行时昂扬有力，下行时沉着厚重，转折时好像折断，中止时如同枯树，回旋变化皆有规矩，接连不断如一串珍珠。这种比喻使歌声与形象相对应，闻其声如见其形，灿然呈现于目前。①这里，"上如抗"，说明声音感动人意，像把声音举起来，即与动觉联系起来；"下如对"即"下如坠"，说明声音从高变低，像声音从高处落下，即与视觉联系起来；"曲如折"说明声调变化，像声音可以转折，即与听众情绪联系起来；"止如槁木"说明声音止静，像枯木的止而不动。犹如白居易《琵琶行》所云："冰泉冷涩弦凝绝，凝绝不通声暂歇。别有幽愁暗恨生，此时无声胜有声。"所谓"无声胜有声"，说明声音从高到低，再到泉水因冷冻而凝结。这就从听觉引起视觉如槁木，引起触觉，如泉的冷涩。"倨中矩，句中钩"，指声音雅正，合乎规矩。"累累乎端如贯珠"，说明声音的圆润像珠子，一个接着一个连起来，这就是听觉通于视觉了。周振甫认为："从听觉引起人的视觉、触觉，也就是音乐不光使人感到悦耳，'声入心通'，引起人的感情，所以会通于视觉和触觉，这样写，不光写出音乐之美，也写出音乐感动人的力量"。周氏还认为，有些原来不理解的诗话，却可以用通感予以解释。

又如，《历代诗话》卷四十九《香》有载："《渔隐丛话》曰：'退之诗云：'香随翠笼擎初到，色照银盘写未停。'樱桃初无香，退之以香言，亦是一语病。'吴旦生曰：'竹初无香，杜甫有'雨洗娟娟静，风吹细细香'之句，雪初无香，李白有'瑶台雪花数千点，片片吹落春风香'之句，雨初无香，李贺有'依微香雨青氛氲'之句，云初无香，卢象有'云气香流水'之句。妙在不香说香，使本色之外，笔补造化。'"周振甫认为将樱桃、竹、雪、雨、云"不香说香"，吴景旭说"这是诗人笔补造化"，"补天生之不足，给它们加上香"。但这样说还不能使人信服，若用"通感"来解释，则迎刃而解。"鲜红的樱桃在诗人眼里好像花一样美，把樱桃看成是红花，于是就唤起一种花香的感

---

① 周振甫：《诗词例话全编（上）》，重庆大学出版社2011年版，第242页。

觉，视觉通于嗅觉，只有用'香'字才能写出这种通感来，才能写出诗人把樱桃看得像花一样美的喜爱感情来。经过雨洗的竹子显得更其高洁，说'雨洗娟娟静'，它是那样的洁静，唤起诗人说的'天寒翠袖薄，日暮倚修竹'，从修竹联想到佳人，所以用'娟娟'两字来形容它，娟娟不正是美好的佳人吗？佳人才有'风吹细细香'来。这个'香'正和'娟娟'联系，正和诗人把修竹比佳人的用意相联系吧。诗人把雪与春风联起来，在他眼里的雪花，已像春风中的'千树万树梨花开'了，把雪说成春风中的花，自然要说香了。把雨和云跟'氤氲'和'气'连起来，这就同氤氲的香气连起来了，这大概和春天的氤氲花香结合着，所以雨和云都香了。这样，视觉通于嗅觉，写出这些事物的'感动人意'来。用通感来解释，是不是可以体会得更深切些。"①周振甫的论述，可以说是对通感作用最好的实证分析。

　　同样，周振甫还通过举例说明历代诗话中那些"不知道通感"的说法，如林逋名篇《山园小梅》："众芳摇落独暄妍，占尽风情向小园。"《瀛奎律髓》卷二十纪昀批："冯（班）云'首句非梅'，不知次句'占尽风情'四字亦不似梅。"周氏认为"这样的批评也是不知道通感所产生的"。他说："梅花开放时天还很冷，怎么说'暄妍'呢？'暄妍'是和暖而美艳，似不合用。用'风情'来指梅，好像也不合适。其实，这是诗人写出对梅花的感情来，既然李白可以把雪花看成春风中的香花，那么林逋为什么不可以把梅花看成春风中的香花呢？作者忘记了寒冷，产生了'暄妍'之感，觉得它很有'风情'，这正是从视觉联系到温暖的触觉，正写出梅花的'感动人意'来。写诗不是写科学报导，冯、纪两位未免太拘泥于气候了。再像林逋的'梅花'诗：'小园烟景正凄迷，阵阵寒香压麝脐。''香'是嗅觉，'压'是触觉，是嗅觉通于触觉，用的也是通感手法。再像，'暗香浮动月黄昏'（《山园小梅》），'香'是嗅觉，'暗'是视觉，是嗅觉通于视觉，突出香的清淡。杨万里《怀古堂前小梅渐开》：'绝艳元非着粉团，真香亦不在须端。''真'是意觉，是嗅觉通于意觉。如韩愈《芍药歌》：'翠茎红蕊天力与'，'温馨熟美鲜香起'，

---

① 周振甫：《诗词例话全编（上）》，重庆大学出版社2011年版，第244页。

翠红是视觉,'温'是触觉,这是视觉通于触觉。韩愈的《南山诗》写南山石头的各种形象:'或妥若弭伏,或竦若惊雊(雉叫)','或背若相恶,或向若相佑','或如火熺焰'。这就把写石头的视觉与听觉(惊雊)、触觉(火熺)、意觉(相恶)相通,不光写出各种石头的形状,也写出诗人对各种石头的感情了。"[①]可见,周氏的深邃见解,正好说明通感在诗学活动中的重要作用。

---

① 周振甫:《诗词例话全编(上)》,重庆大学出版社2011年版,第245页。

第三章 积极审美心理引领下的诗学思维

人的心理现象被恩格斯喻为"地球上最美的花朵",而诗学心理是以主言情志为特色的积极审美心理,进而让这"最美的花朵"更加引人入胜,经久不衰。"诗是心声,不可违心而出,亦不能违心而出。"(叶燮《原诗·外篇》)由积极审美心理引领下的诗学思维,则是以审美意象为特色的积极形象思维,也可以说就是积极审美思维。而作为思维工具的语言,尤其是彰显积极形象思维的审美意象,更无愧于那"最美的花朵"的亮丽风姿。

一、思维与语言

思维与语言的关系密切。对此,《吕氏春秋》就早有阐述。如《吕氏春秋·离谓》云:"言者,以谕意也。""夫辞者,意之表也。鉴其表而弃其意,悖。故古之人,得其意则舍其言矣。听言者以言观意也。听言而意不可知,其与桥言无择。"《吕氏春秋·淫辞》云;"非辞无以相期,从辞则乱。乱辞之中又有辞焉,心之谓也。言不欺心,则近之矣。凡言者,以谕心也。"①这就是说,言辞是思想的外在表现,是人们用语言来交流思维活动的成果。不过,语言与思想并不是任何时候都是一致的。有时语言与思想相一致,有时则与思想相违背。这样,正确对待"言"与"意"的态度应是:一旦"意"已得,则"言"就可舍。因为在"言"与"意"之间,"意"才是最重要的。尤其是对传统诗词的创作与鉴赏而言,更是崇尚"得意而忘言"(《庄子·外物》)之审美境界。

---

① 高觉敷主编:《中国心理学史》,人民教育出版社2009年版,第146页。

（一）语言与"诗家语"

语言是人与人之间进行交际的工具，正常人的思想交流是用语言进行的。若是说得文雅一点的话，语言可以看成是由基本词汇和语法所构成的作为人类交际工具的一种社会现象。通常，语言有口头与书面之分。

1.词汇及其语言的功能

（1）词汇的功能。作为构成语言的词汇，一般具有以下四个方面的功能：一是符号功能。词汇是在人类使用的所有符号里最普遍最重要的符号，它之所以起到符号的作用，是因为它和一定事物建立了稳定的联系，从而获得了意义。二是概括功能。词汇不仅是个别事物的符号，也是一类事物的符号。正是因为词汇具有概括性，所以词汇不仅能成为人们认识同类事物的共性而形成的概念的标志、符号，而且也成为人们概括地去认识事物的工具。三是记载功能。即词汇能把人类的认识以简要的方式保留在头脑中或书写在文本上，这样就有利于人类积累经验，传承与发展知识，也方便记忆，便于检索。四是交往功能。词汇既是意义化了的刺激而且绝大部分词汇都有确定的意义，所以人们可以通过词汇把存于自己头脑里的经验、思想较准确地传达给别人，也可以通过词汇接受对方的经验、思想，从而达到交流思想，增进理解的目的。可以说，没有语言，就不会有知识的积累和传递，不会有复杂而协调的各种活动，就会给社会群体生活带来极大的不便。

（2）语言的功能。从现代心理学的角度看，语言作为一种心理实体，具有指称和表现两种功能，且这两种功能一般是重合在一起的。从指称方面说，语言本来是抽象的、概念化的一般交流工具，不需要表达具体的、特殊的、幽深微妙的心理活动。黑格尔在《哲学史讲演录》一书中指出："语言实质上只表达普遍的东西；但人们所想的却是特殊的东西、个别的东西。因此，不能用语言来表达人们所想的东西。"由此看来，语言作为一种符号，给思维提供工具，给交流提供媒介，但它的局限性也是相当明显的，它不能表达人们所想的一切。尤其是对于审美体验，就更难以为巧了。这恐怕是"指称"性语言与"表现"性语言的区别了。从表现方面说，正如瑞士著名语言学家索绪尔说:"语言符号连接的不是事物的名称,而是概念和音响形象,后者不是物质的声音,纯粹物理的东西,而是这声音的心理印迹,我们的感觉给我们证明的声音形象。它是属于感觉的。"(索绪尔《普通语言学教程》)在文学艺术的创作中,语言的表现功能被提到了主要的地位,因此诗人就可以用它真切地、生动地去写景状物,言志抒情。

传统诗学理论与实践表明,诗人对语言的感受可能是既熟悉又陌生。所谓"理想很丰满,现实很骨感",这也许就是诗人积极审美心理的一种反映。平时的生活语言注重表情达意的连贯性、准确性、明晰性,要尽量避免模糊语义的运用,进而让日常语言注重理性,意在实用,不在审美,所以缺乏诗意。而诗词创作的目的却是言志抒情,它不像日常生活语言那样,为了工具性的目的而尽量避免模糊,恰恰相反,它为了表现丰富深邃的心灵而必须追求带有深厚意味的感性表达,追求只可意会韵味绵长的审美意境。当诗人处于积极审美体验状态时,自己充满酣畅感而沉醉其中,心中想说的话很多很多,但实际上说出的却又很少很少,且往往不尽己意。实质上诗词创作心理,无论是王国维所说的"主观之诗人",还是"客观之诗人",都是一个从思维到语言的积极审美心理过程。借用现代信息论的说法,首先是将外界信息转化为诗人的心理信息;其次是以此心理信息为基础材料,进行排列组合、加工改造,变成蕴涵诗人性灵的新的心理信息;最后再借助语言工具变成诗作。从传统诗学心理的角度看,这个过程就是所谓"物感"或"感物"过程,用现代心理学的观点看,"感物"过程则是一个由"物理场"(或"物理境")进入"心理场",通向"审美场"的过程。而在这个过程中,语言所需要发挥的功能,主要不是指称功能,而是表现功能。

正因为如此,积极心理诗学关注的重点不是语言的指称功能,而是语言的表现功能。这样,语言就需要突破其履行"指称"功能时的一般化倾向,千方百计将语言感觉化、心理化,或是改变语言的运用节奏,增大语言的跳跃性,凭借拉开语词间的距离,从而获得陌生化的效果和更加广阔的表达空间;或是运用比喻与象征,增强语言的张力,让本来难以言传的诗心幻影得以若隐若现地出现与传达;或是通过暗示与联想,借助景物去表现那只可意会不可言传之情志，收到"含不尽之意见于言外"的效果。美国著名美学家苏珊·朗格说："那些只能粗略标示出某种情感的字眼，如'欢乐''悲哀''恐惧'等等，很少能够把人们的亲身感受到的生动经验传达出来。"(《艺术问题》)因为在这种情况下，只是运用了语言的指称功能，无法唤起人的感知和想象。然而，"当人们打算较为准确地把情感表现出来时，往往是通过对那些可以把某种感情暗示出来的情景描写出来，如秋夜的景象，节日的气氛等等。"(《艺术问题》)因为在这种情况下，语言的音响形象和表现功能这一面被突出地强调了，语言已经能够间接地却是强烈地唤起我们的感觉、想象以及其他心理机制。例如，李清照的著名长调《声声慢》："寻寻觅觅，冷冷清清，凄凄惨惨戚戚。乍暖还寒时候，最难将息。三杯两盏淡酒，怎敌他、晚来风急。雁过也，正伤心，却是旧时相识。满地黄花堆积，憔悴损，如今有谁堪摘。守着窗儿，独自怎生得黑？梧桐更兼细雨，到黄昏、点点滴滴。这次第，怎一个愁字了得？"就是在抒写作者历遭国破家亡、丧偶流离的愁苦悲惨。全词只有末句中的那个"愁"字，才是概念，是指称，但它并不能作用于我们的感官，而真正让读者感动的地方则是语言的表现功能，是通篇通过审美意象强烈地作用于我们的感知、想象和理解，让我们从这些超越语言的形象中领悟到了无法言说的"言外之意"。全词以突兀的开头，继而借一些典型的凄凉物象，用舒缓婉曲的絮语诉说愁情，一层层推进，将一个"愁"字推出，用"怎一个"反问，将"愁"情推向高峰，让千百年来的读者永不排解，感染力极强。

2."家常话"与"诗家语"

诗是语言的艺术。朱自清就曾说过："诗不过是一种语言，精粹的语言"，[①]并认为"诗先是口语"，即最初的诗歌是口头的，如先民的歌谣就是诗。例如，作为《诗经》"四始"之一的《国风·周南·关雎》："关关雎鸠，在河之洲。窈窕淑女，君子好逑。"也就是当年的采诗官采到的民间歌

[①] 朱自清等著：《诗词修养大师谈》，时代出版传媒股份有限公司，安徽人民出版社2012年版，第2页。

谣。当然，诗不是诗人的私语，而是公众的语言。例如，李白诗《静夜思》："床前明月光，疑是地上霜。举头望明月，低头思故乡。"简简单单的四句，因为所写的是"人"的情感，所以千百年来让读者共鸣。其中，耐人寻味的是传统诗论有所谓"家常话"与"诗家语"的说法。我们若是仔细体会其中的真谛，就可以从中体悟到发挥语言表现功能的特别魅力。

（1）关于"家常话"。明代学者谢榛《四溟诗话》云："《古诗十九首》，平平道出，且无用工字面，若秀才对朋友说家常话，略不作意。如'客从远方来，遗我双鲤鱼。呼儿烹鲤鱼，中有尺素书'是也。及登甲科，学说官话，便作腔子，昂然非复在家之时。若陈思王'游鱼潜绿水，翔鸟薄天飞……始出严霜结，今来白露晞'是也。此作平仄妥贴，声调铿锵，诵之不免腔子出焉。魏晋诗家常话与官话相半，迨齐梁开口俱是官话。官话使力，家常话省力，官话勉然，家常话自然。夫学古不及，则流于浅俗矣。今之工于近体者，唯恐官话不专，腔子不大，此所以泥乎盛唐，卒不能超越魏晋而追两汉也。嗟夫！"①尽管这段话引用的是汉乐府民歌《饮马长城窟行》（一说作者为蔡邕）中的诗句，并非如有的前人那样认为是《古诗十九首》中的诗句，但就'平平道出'这一点来看，两者特色确有其一致性，所以无损于谢榛用"家常话"来做比喻的恰当性。显然，在谢榛看来，"家常话"不带任何官腔，读起来让人感到自然亲切。若是一味讲究近体诗的工稳，那就永远追不上汉魏的高古了。当然，诗中的"家常话"关键在于"自然"，即所谓"清水出芙蓉，天然去雕饰"（李白），也就是钟嵘《诗品》所提出的诗歌创作要体现"自然英旨"，与日常生活中的说话还是截然不同的。英国艺术家克来夫·贝尔曾在《艺术》一书中提过一个概念，叫做"有意味的形式"。他以绘画为例，认为"线条色彩以某种特殊方式组成某种形式或形式间的关系，激发我们的审美感情"，而这种组合，就是"有意味的形式"。并认为"有意味的形式就是一切艺术的共同本质"。这里，若是借用贝尔的话来说，诗家的"家常话"可称之为"有意味的家常话"，所谓"有意味"，则是强调语言的表

---

① （明）谢榛《四溟诗话》，载于丁福保辑《历代诗话续编（下）》，中华书局2006年版，第1178页。

现功能，追求语言的"言外之旨"。这样的语言与其他实用性文字篇章相比，不但有形象性和抒发性的特点，而且还"以某种特殊方式"（包括声韵之美和积极修辞手法等）来"激发我们的审美感情"。传统诗学理论与实践表明，在积极情绪与积极体验的状态下，诗人"冲口而出"的"家常话"，很可能成为"有意味的家常话"，且达到"无意于佳乃佳"的艺术效果。所谓"有意味的家常话"与下面即将阐述的"诗家语"，可以说是异曲同工，都是强调要在积极审美体验中，充分发挥语言的表现功能。

（2）关于"诗家语"。宋人魏庆之编的《诗人玉屑》卷六载："王仲至召试馆中，试罢，作一绝题云：'古木森森白玉堂，长年来此试文章。日斜奏罢《长杨赋》，闲拂尘埃看画墙。'荆公见之，甚叹爱，为改作'奏赋《长杨》罢'，且云：'诗家语，如此乃健'。"①其中，所说的荆公即为宋代诗坛巨匠王安石，也可以说是宋代诗学的先驱人物。显然，他将诗歌中词语的某种特殊表现方式，称之为"诗家语"，代表着宋代诗人已经自觉地将诗歌创作的实践经验，通过归纳与总结，逐渐上升到了理性认识的层面。所谓"诗家语"，可以说是指诗词创作中的一种特殊语言，是诗人独具匠心，所独创独享的语言。这里，王安石对王仲至诗句之"改"，并没有改变其中任何一个字，仅仅是将"赋"与"罢"两字调换了一下位置。若是将改前改后的诗句作一比较，原句的词组为动宾结构，读起来似更顺畅一些。然而，立足语言功能的发挥，仔细推敲王安石的这一"小改"，可以看出其中不但道理深刻，而且耐人寻味，确是非巨匠而难能为之。首先，《长杨赋》本为汉朝著名赋家扬雄的名作，王仲至之所以要借此自喻，主要是为了表现他应试完毕后自得与自信的心情。但是，"奏罢《长杨赋》"，只是一个简单的、常规的动宾词组，"长杨赋"三字也过于直露，突出了语言的"指称"功能，降低了语言的"表现"功能。而改动之后，正好是突显了语言的"表现"功能。就"奏赋"一词来说，它既增加了动作的层次，又使后边的名词更加凝练与老到。其次，在名词后增加了一个"罢"字，让原句的动宾结构，变成了动宾加上

---

① 魏庆之编：《诗人玉屑》卷之六，中华书局1961年版，第143页。

一个补语的结构,使语言在精练的同时,又使语句的结构更加充实,进而使改动后的"日斜奏赋《长杨》罢"比原来的"日斜奏罢《长杨赋》"的表现力,即"言内"与"言外"之旨更加丰富了。

(二)思维与语言的联系与区别

所谓思维,是指"在表象、概念的基础上进行分析、综合、判断、推理等认识活动的过程。思维是人类特有的一种精神活动,是从社会实践中产生的。"(《现代汉语词典》)姜书阁《诗学广论》认为:"思维是人类认识世界的能力,是人脑反映客观事物的过程,是思想、意识和一切观念的东西所借以形成和从而产生的。一句话,思维是人类头脑对客观世界的有意识有目的的认识活动。马克思主义者在承认思维产生意识、产生观念的东西的同时,紧跟着就得补充一句话,说:自然界、物质和外部世界是第一性的,而意识则是第二性的,意识是客观世界在人的头脑中的反映。"[①]人的思维不仅与感性认识相联系,而且和语言的联系也十分密切。语言是人与人之间进行交际的工具。在正常情况下,人们是运用语言来交流思想与感情的。同时,语言也是正常人用来进行思维的工具,一切掌握了语言的人都是借助语言来进行思维的。

1.思维与语言的联系

众所周知,语言是思维的工具与物质外壳。思维的内容是观念的东西,它必须具有可感知的物质形态才能表达出来。一切想象,无论是浮想联翩,还是联翩浮想,既然是思维,就都要运用语言来进行,不可能是赤裸裸、空荡荡、看不见、摸不着的观念。如果说思维乃是语言的内容,那么语言便是思维的形式,而且也是思维的工具,正常人的思维总是凭借语言为中介的。虽然人可以用其他方式,如手势、面部表情、动作姿势来表达自己的思想,甚至于对音乐家、舞蹈家、美术家、雕塑家来说,还有所谓音乐语言、舞蹈语言、色调语言、线条语言等,但最方便、最完善表达内心世界的物质形态

---

① 姜书阁:《诗学广论》,浙江大学出版社2010年版,第177页。

第三章 积极审美心理引领下的诗学思维

还是一般的语言。特别是对诗人来说,"诗者,志之所之也。在心为志,发言为诗。情动于中而形于言"(《诗大序》),可以说是纯粹的语言艺术家,语言就自然更成为他们思维的主要工具了。尽管诗者、嗟者、歌者、舞者的艺术心理都是审美心理,且从情绪强度来看,还是"言之不足故嗟叹之,嗟叹之不足故咏歌之;咏歌之不足,不知手之舞之足之蹈之"(《诗大序》),说明后者的情绪表达往往较之前者更为强烈,即肢体语言较之文字语言更能表达强烈的情绪。然而,我们说诗学心理较之嗟叹心理、咏歌心理、舞蹈心理,更是积极的审美心理。这里,"积极"二字的核心意蕴,是指"志之所之者",必须是用文字语言而不是用肢体语言或其他形式来表现"情志",尤其是这里所说的表现"情志"的语言,还是以"诗家语"为特征的诗意语言,而不是一般语言。这就说明,文字语言作为思维的工具,其丰富的表现力不仅是表现情感,而且还表现着思想与意志;不仅能巩固与表达思维的结果,而且还是思维赖以进行的载体。从本质上讲,"话语是指在一定文化传统和社会历史中形成的思维、言说的基本范畴和基本法则,是一种文化对自身的意义建构方式的基本设定。"[1] 从心理机制上看,口头语言是由外界语音和发音器官的动觉刺激在人脑听觉区和动觉区构成的联觉,并和其他反映事物的区域形成特定联系的信号活动,而书面语言则是在原有的联觉中加上了文字形状,引起视觉区的视觉成分和书写动作引起动觉区的动觉成分的结果。

从语言方面看,任何语言都是由词汇和语法规则构成的符号系统,词汇和语法规则是思维的成果。词义正是概括的思维或概念,语言的语法结构则是人们思维逻辑的表现。从思维方面看,思维的进行也离不开语言,而大脑中的言语中枢,就是思维活动的物质基础。所谓言语中枢,是人类独有的高级心理活动中枢,是接受、处理和储存言语信息的中枢,是第二信号系统。人的思维正是依靠第二信号系统对来自现实的各种信息进行分析、综合的表现。与此同时,因为词汇具有概括性,所以人的思维活动总是借助词汇来实现的。词汇的概括性,使思维能够对现实进行间接、概括的反映。从中西诗

---

[1] 曹顺庆:《中外比较文论史》,山东教育出版社1998年版,第262页。

学比较的角度看,一方面由于语言是思维的外在表现形式,所以中西诗学语言的异质性与中西思维的差异性有关;另一方面,语言又不仅仅是一种表达思想的手段,也是人类认知世界的一种方式,这也就意味着人在运用语言表达思想的同时,语言从一开始就参与了思想的形成。甚至有西方学者认为,人只在语言中思维、感觉和生活,甚至说语言决定思维。

2.思维与语言的区别

语言是思维的必要的和主要的工具,但却不能据此把思维过程理解为语言表达,不能一说到思维,就意味着是说出声或未出声的话。"只可意会,不可言传"这句话,就说明思维与语言是不能划等号的。当然,语言有内部语言与外部语言之分,前者是指用来进行思维的语言,后者是指用来表现思维的语言。它们之间的区别,用公木的话就是:"还不仅在于内部语言是无声的,而且它的结构是另样的,一般说它是极缩短、极片段的,它只要自己'洞晓',并不要求别人'清楚',有时是一闪念,有时是跳跃式,而且也很难避免循环反复。"[①]这也就说明,以语言为工具进行思维,首先是酝酿内部语言,其后则是将内部语言过渡到外部语言。在中国的上古时代,那时没有"思维"这个概念,古人以"心"为思维器官,《孟子·告子上》云:"心之官则思,思则得之,不思则不得也。"所以把思维的器官、感情等都说作是"心"。从积极审美心理活动的角度看,"内部语言"乃是一种审美感应现象,包括外感应与内感应两种:所谓外感应,是人与物之间存在的主客体感应现象;所谓内感应,是存在于人的头脑之中的主客体感应现象。从"内部语言"过渡到"外部语言",也就是刘勰在《文心雕龙·物色》中所说的从"情以物迁"到"辞以情发"的过程。

在传统诗学领域,较早用到思维概念的则是清代学者叶燮,他在《原诗》中写道:"泯端倪而离形象,绝议论而穷思维。"[②]思维是动词,不是名词。从诗学心理的角度看,思维就是开动脑筋,就是联想与运思,也就是用

[①] 公木:《毛泽东诗词鉴赏》,长春出版社1994年版,第370。
[②] 田子馥:《中国诗学思维》,人民出版社2010年版,第1页。

思维器官,即用"心"进行思考。这里,又必然涉及到"意识"问题。所谓意识,《现代汉语词典》的释义是:"人的头脑对于客观物质世界的反映,是感觉、思维等心理过程的总和。其中的思维是人类特有的反映现实的高级形式。存在决定意识,意识又反作用于存在。"对审美思维而言,更是审美意识。审美意识产生于心与物之间的双向运动、双向交流、双向渗透的审美感应,是心与物相结合的产物。正如宋代诗人杨万里所言:"我初无意于作是诗,而是物是事适然触乎我,我之意亦适然感乎是物是事,触先焉,感随焉,而是诗出焉。我何与哉,天也。"(《答建康府大军库监门徐达书》)①这也说明,诗词语言作为积极审美思维的外在表现,是"我之意"与"是物是事"在相互"适然"的审美感应中产生,并需要用"诗家语"来表现。

熊开发《词学散论》在论述"词心"时,运用了西方学者柏格森提出的"绵延"概念对"意识"一词作了进一步的说明。所谓绵延,指的是意识的存在及活动状态,可称之为内在时间,也是意识区别于物质存在的内在特性。柏格森在《创化论》中又提出一种生命哲学,认为宇宙以及万物的本质、本体是生命,而生命就是意识或类似意识的东西,进而宇宙和万物也就具有绵延的性质了。他说:"宇宙是绵延的,每个分离的意识是绵延的,同样,活生生的有机体也是绵延的。"熊开发在《词学散论》中指出:"绵延性是一切意识区别于物质性存在的普遍性特征的话,那么,词人创作中显现的心理特征——感发和运思的'绵延性',则尤为突出。"其中,"落木千山天远大,澄江一道月分明""愁一箭风快,半篙波暖,回头迢递便数驿。望人在天北""当时相候赤栏桥,今日独寻黄叶路"等诗词语言,既是诗(词)心诗(词)境的体现,也充分体现了情意的绵延性特征。"所谓词心的绵延性,其一是落在情上——一种时间性的内在体验,而不是空间性的物理认识;其二是落在体验的连续性上,不是认知的跳跃式的活动(联想、想象等),而是感发式的连绵体验,物只是情的载体,甚至完全化为情物,其物理特征其实只是情意融化的表征或隐喻。"②而将"意识的存在及活动状态"显现出来,

---

① 郁沅:《心物感应与情景交融》,百花洲文艺出版社2017年版,第121页。
② 熊开发:《词学散论》,中国社会出版社2010年版,第31至40页。

就需要运用"诗家语"。从中也可以看出思维与语言的区别：一是思维属于观念范畴，其基本单位是概念；而语言属于物质范畴，其基本单位是词汇。二是思维是人对客观现实的间接的、概括的反映；而语言则是交际与思维的工具。三是思维同客观事物的关系是反映与被反映的关系，二者之间有直接的必然的联系；而语言同客观事物的关系是标志与被标志的关系，二者之间无直接的必然的联系。四是思维规律是全人类共同的规律，而不同民族的语言又各有特点，进而让使用不同语言的人，其思维方式又各具特色。

（三）汉字及其对诗学思维的影响

1.汉字与大脑机能

汉字是众多先民在长期的生产与生活过程中，逐渐地创造、积累，达到彼此承认、共同使用的程度，才得以正式形成的。可以说，在中国人的思维与语言之间，是由汉字建立起来的一种诗意"链接"。以汉字为载体的诗词语言，既是思维的载体，又是诗词的载体，即是表达的载体。许多学者对汉语的诗性气质，都有过精彩论述，例如，辜鸿铭认为："汉语是一种心灵的语言，一种诗的语言，它具有诗意和韵味，这便是为什么即使是古代的中国人的一封散文体短信，读起来也像一首诗的缘故。"[①]林语堂进一步分析了汉语与诗歌之间的内在关联，他说："诗歌需要清新、活跃、利落，汉语恰好清新、活跃、利落。诗歌需要运用暗示，而汉语里充满意在言外的缩略语。诗歌需要用具体形象来表达意思，而汉语中表达形象的词则多得数不胜数。最后，汉语具有分明的四声，且缺乏末尾辅音，读起来声调铿锵，洪亮可唱，殊非那些缺乏四声的语言之可比拟。"[②]

根据解剖学的研究发现，人的大脑由左右两半球组成。1981年诺贝尔奖获得者斯佩里研究认为，正常人大脑左半球主管言语和抽象思维的功能系统，故称言语优势半球。大脑右半球是主管形象知觉、形象思维和调节情感的功能系统，故称非言语优势半球。语词、逻辑推理等在左半球；音乐、美

[①] 辜鸿铭：《中国人的精神》，海南出版社1996年版，第106页。

[②] 林语堂：《中国人》，学林出版社1994年版，第242页。

术和人的创造活动等主要是在右半球进行。大脑左右半球间通过胼胝体连接把各自信息传递到对方,从而使人有一个统一的思维与意识,有完整的精神生活。现代心理学研究表明,言语中枢是人类独有的高级心理活动中枢,是接受、处理和依存言语信息的中枢。日本学者以日本汉字和假名为材料,半视野呈现,发现日本汉字是左视野右半球优势,假名是右视野左半球优势。中国学者发现,不管采用什么视野呈现,对单个汉字和双字词的认读,中国人都表现为左半球优势。中国学者还发现汉字是复脑文字,汉字的形、音、义的认知与两半球有关,在汉字的处理上是左右脑并用,而且不是单用"语音编码"或"形态编码"中的一种方式,而是两种方式兼用,所以中国人学习汉字总要将形、音、义结合在一起来学。[1]了解和掌握这些知识,对于深入体悟汉字心理与诗学思维是有好处的。

2.汉字心理对诗学思维的影响

当然,探究汉字心理及其对诗学思维的影响,需要了解和认知汉字的造字方法。尽管中国古代有关于仓颉造字的传说,但根据迄今为止的考古材料,汉字的起源可能是多元的,很早就有人注意研究和总结汉字结构的规律,并总结归纳成所谓"六书"理论。东汉文字学家许慎著有我国第一部系统介绍汉字字形、字义的书,叫做《说文解字》。其《叙》文里对"六书"理论作了比较具体的说明:[2]一曰象形。象形者,画成其物,随体诘诎(大意是依样画出物体的形状),日、月是也。二曰指事。指事者,视而可识,察而见意(大意是在象形字上加记号,通过观察,判断新字的意义),上、下是也。三曰会意。会意者,比类合谊,以见指㧑(大意是用部件的意义合起来表示一个新的字义),武、信是也。四曰形声。形声者,以事为名,取譬相成(大意是用表示意义的形符和表示读音的声符合成来组字),江、河是也。五曰假借。假借者,本无其字,依声托事(大意是借用同音字表示原来

---

[1] 兰茂景:《心诗美理——从认知心理、审美、数论角度剖析唐诗》,阳光出版社2013年版,第83-84页。

[2] 参照全国干部学习读本《汉语语言文字基本知识读本》,人民出版社2002年版,第73页。

所设有的字），令、长是也。六曰转注。转注者，建类一首，同意相受（大意是同一部首的同义字，可以互相注解），考、老是也。其中，象形、指事、会意、形声，是传统汉字四种基本造字方法。假借，则是来不及造字的时候，先借用已有的同音字，是一种使用汉字的方法。至于"转注"，众说纷纭，对于一般人来说可不必深究。应该说，象形字是原始汉字的最初形式，其他各类字都是在象形字的基础上产生的。

显然，中国人的心理与使用汉字不无关系。中国汉字造字的总则是"以形藏理，以音通意"。古汉语有所谓"四声"，即"平上去入"之说。而这四声变化均由发声人的情感变化、五脏气机的变化而引起的。其中，平声平调属肝怒之象，心中忿极，语音极沉重；上声高呼属心气激动之象，表现为兴高采烈、大喊大叫；去声哀悼属肺气之象，表示愁绪万千的感情；入声短促属肾气收缩之象，用于紧张气氛的渲染。[①]中国古人把与人的"心理"有关的词语均加上"心（或'竖心旁'）"，其蕴涵深刻，例如志、意、情、感、爱、恨、恐、悲等。可以说，汉字在中国人的思维与语言之间，建立起一种天才和智慧的"链接"。

中国人的原始思维起于汉字的构造，汉字的产生即文明的开端。这时正是人类从原始思维向哲学思维过渡之际，所以在古汉字形体结构中保存有原始人类的思维模式并非偶然。汉字是一种象形文字。正如前所述，"六书"之法以"象形"为中心，其余五书皆由"象形"生发而来。其中，"含意"一法是造字的灵魂，如人言为"信"，有形象有理念，这是形与理的结合，象与意的结合。汉语又是一种形象化的语言，这就决定了这种思维是一种"象思维"。《周易·系辞》说："圣人立象以尽意。"这里的"象"即指卦象，"圣人"所以要"立象"，是为了"尽意"。因此，"意"即指"象"所具有和包含的"意"，而《易经》正是据"象"对这种"意"的阐释和表达。这充分说明中国思维理念不是不要理性，只是不直接说理，而是将理性蕴涵在"象"里边。"夫象者，出意也"，意在象外，故可"得意而忘象"，这就确定了中国固

[①] 兰茂景：《心诗美理——从认知心理、审美、数论角度剖析唐诗》，黄河出版传媒集团阳光出版社2013年版，第81页。

有的思维模式。语言作为思维的工具，所以对使用汉字的中国人而言，这些以"象形"与"会意"等法而来的汉字，让"象思维"在诗学思维中更具有独特且不可替代的作用。

二、诗学心理与禅定心理

古往今来，南宋诗论家严羽《沧浪诗话》关于"论诗如论禅"的说法，一直受到广泛的推崇，并在理论与实践两个层面不断得到传承与发展。明末高僧憨山德清《憨山老人梦游集》云："昔人论诗，皆以禅比之，殊不知诗乃真禅也。"清代王士禛亦云："舍筏登岸，禅家以为悟境，诗家以为化境，诗禅一致，等无差别。"[①]在传统诗学的发展史上，以禅入诗、以诗入禅都是相当普遍的现象，其源头则是由于诗学心理（或简称"诗心"）与禅定心理（或简称"禅心"）所决定的。这也就说明，深入探究诗学思维，不可不知晓诗学心理与禅定心理。

（一）关于诗心与禅心的相关论述

1.关于诗心的相关论述

所谓心理，按照《现代汉语词典》的释义，是指人的头脑反映客观现实的过程，如感觉、知觉、思维、情绪等；或泛指人的思想、感情等内心活动。基于传统的诗学理论，诗学心理可理解为是诗歌创作与鉴赏过程中，其主体所呈现出来的内心活动，如感觉、知觉、思维、情绪等。传统诗学就高度重视"心"的作用，认为诗歌创作是一种复杂的心理活动，是心物感应的双向交流，"心"是主导，是一切心理活动的总汇。《乐记·乐本篇》云："凡音之起，由人心生也。"汉魏六朝认为诗歌源于心物交感，并不认为诗歌只是对外物的简单模仿，而更倾向于将诗歌创作视为一种深层次的复杂的心理活动，即将"诗"视为与"心"或"胸臆""性情"同质的东西。清代袁枚《随园诗话》就认为："诗人者，不失其赤子之心者也。"这也就道出了诗词创作与鉴赏的心理基础。与此同时，传统诗论家亦有许多关心"诗心"的

[①] 马奔腾：《禅境与诗境》，中华书局2010年版，第38页。

真知灼见。

例如，李贽提出的"童心"说，就是在吸收老庄、孟子的"赤子之心"说、禅宗的"我心即佛"说、陆象山等人的"心学"说基础上而提出的。在中国哲学与诗学中，赤子之心也称初心、本心、童心、真心。儒家思想的宗旨就是不失其本心；"圣贤之书大要，教人不迷失其本心也。"（张栻《南轩集》卷九）孟子主张："大人者，不失其赤子之心也。"（孟子·离娄下）"初心者，赤子之心也。"（真德秀《西山读书记》卷十一）"此赤子之心也，本心最初无如赤子……此最初心也，故又曰本心。"（刘岳申《申斋集》卷三《初心说》）明代晚期的思想家李贽在《焚书》中有一篇专文《童心说》。他说："夫童心者，真心也。若以童心为不可，是以真心为不可也。夫童心者，绝假纯真，最初一念之本心也。若失却童心，便失却真心；失却真心，便失却真人，人而非真，全不复有初矣。"而所谓"童心"，就是"最初一念之本心"；所谓"真心"，也就是人人所本有的、天然存在的"赤子之心"。通俗地讲，"诗心"需要像小孩子那样，没有任何功利目的，对人、对事，心里最初怎么想的就怎么说、怎么做，不说假话，自己的言行不违背本来的初心。"诗难其真也，有性情而后真"（清袁枚《随园诗话》），诗写真情实感是千百年来的诗学传统，而真情实感的心理之源当是"童心"与"真心"。这也正如明代徐祯卿《谈艺录》云："情者，心之精也。情无定位，触感而兴，既动于中，必形于声。故喜则为笑哑，忧则为吁戏，怒则为叱咤。然引而成音，气实为佐；引音成词，文实与功。盖因情以发气，因声而绘词，因词而定韵，此诗之源也。"①这里，徐祯卿关于"心之精"乃"诗之源"的观点，与李贽后来提出的"童心"说相当契合，可以说是诗歌创作的关键。也正如李贽所言："天下之至文，未有不出于童心焉者也。苟童心常存，则道理不行，闻见不立，无时不文，无一样创制体格文字而非文者。诗何必古选，文何必先秦。"这就是说，"童心"的有无，决定着诗人或文艺家能否创作出"天下之至文"，也就是天下最美的、能传之后世的作品。此外，李贽还注意到童心也是决定

---

① 陈一琴选辑，孙绍振评说：《聚讼　诗话词话》，上海三联书店2012年版，第20页。

文艺家独特艺术风格的根本原因。他认为，人人具有童心，这是共同的。但人各有个性，发展这种个性，叫做"任物情"。然而，"夫天下之至大也，万民至众也，物之不齐，又物之情也"（李贽《明灯古道录》），圣人只能任自然之不齐，而不能"齐人之所不齐以归于齐"，而反乎自然。在李贽看来，人人具有童心，是本性，但本性中又包含着不同的个性。就是童心也不可能是千人一心，也会有所不同。因此，在诗词创作时，就要求自秉其童心而不必整齐划一，千篇一律，诗人只要顺着自己的童心去进行创作，就会彰显出自身独特的风格。

从现代审美理论的视域看，诗学心理是一种以主言情志为特色的积极审美心理。所谓审美，包括创造美与感受美两方面，是指在艺术活动产生的愉悦、感动、联想、想象和回味等感知活动的总和。黑格尔《美学》云："因为艺术美是诉之于感觉、感情、知觉和想象的，它就不属于思考的范围，对于艺术活动和艺术产品的了解就需要不同于科学思考的一种功能。"[①]这里，黑格尔所说的"不同于科学思考的一种功能"，对诗学心理来说，就是诗学思维，或从艺术层面称之为积极形象思维，它与科学心理中的概念、判断与推理的逻辑思维是完全不同的，甚至亦有别于其他文学创作与鉴赏过程中的一般形象思维。人有六大感官，即视觉、听觉、嗅觉、味觉、触觉和感觉。传统诗词正是通过积极形象思维，诉之于人的感官对外在之物的积极审美感应，以人的情感作为想象的积极动机，用蕴涵着审美意象的诗家语来描述这六种感官的感受和感知，进而以感性的形式来创造和展示艺术美，且还须遵循"言外之意"与"象外之象"的理念，将心中之"情志"升华为诗词作品的审美意境。从积极审美心理的角度看，审美其实是审美主体之"我"与审美对象之"物"之间所建立的"感应"关系，是人与自然、心与物、主观与客观交互感应、融合统一的产物。而积极的审美，则更需要将这种心物感应、情景交融的"产物"，通过诉诸语言符号的审美意象来表达。正如《管子·五行》所说："人与天调，然后天地之美生。"钟嵘《诗品序》亦云："凡

[①] 黑格尔《美学》第一卷，朱光潜译，商务印书馆1996年版，第8页。

斯种种，感荡心灵，非陈诗何以展其义？非长歌何以骋其情？"

2.关于禅心的相关论述

"禅"为佛教用语，是"禅那"的略称，"静思"的意思，音意合译作"禅定"。所谓禅心，即为禅定心理。《顿悟入道要门论》卷上："问：云何为禅，云何为定？答：妄念不生为禅，坐见本性为定。"①惟海《五蕴心理学》指出："禅宗是中国人对根本佛教的创造性继承和发展。无论在印度还是中国，没有其他任何一个派别比禅宗更接近根本佛教的风格——简洁质朴、真参实悟。禅宗以两大特点为世人瞩目：其一，破除结使的特殊技术——参禅。其二，禅宗本无神秘，但由于实悟后的境界能至者稀，反而成为一大神秘，竟被视为东方神秘主义的代表。后者属于心理境界问题，也与缺乏佛道心理知识有关。"②禅宗六祖慧能的《坛经》中，有三句话概括了禅宗根本理论与实践的话："无念为宗，无相为体，无住为本。"《坛经》所云："我此法门从上已来，顿渐皆立无念为宗，无相为体，无住为本。何名无相？于相而离相。无念者，于念而不念。无住者，为人本性，念念不住，前念、今念、后念，念念相续。若一念断绝，法身即离色身。念念时中，于一切法上无住。一念若住，念念即住，名系缚。于一切法上念念不住，即无缚也。此是以无住为本。善知识，外离一切相。但能离相，性体清净，是以无相为体。于一切境上不染，名为无念。于自念上离境，不于法上生念。若百物不思，念尽除却。一念断即死，……是以立无念为宗。即缘是人于境上有念，念上便起邪见，一切尘劳妄念从此而生。"③这里，"无念"是涉及禅宗境界的一个非常重要的概念，是使心空寂、超越一切分别之心的禅法。对禅宗影响巨大的《大乘起信论》将世间出世间一切现象的最高本体和最后本源归结为"一心"，即"显示正义者，依一心法，有二种门。""唯是一心故名真如。""如是净法无量功德，即是一心更无所念。"并且认为修行不能离开活生生的现实

---

① 参见《古代汉语大词典》，商务印书馆1998年版，第1365页。
② 惟海：《五蕴心理学》，宗教文化出版社2006年版，第557页。
③ 熊开发：《词学散论》，中国社会出版社2010年版，第41至42页。

世界，只要心性无染、心性本净即可："一切世间境界悉于中现，不出不入不失不坏常住一心。"也主张禅不仅仅靠"坐"获得。而这"一心"的最高境界的主要特征是无念："若是观察知心无念，即得随顺入真如门故。"《坛经》所说的"无念者，于念而不念"，就是说面对世俗世界而不受制于世俗世界，认识境界而不对境界产生执著。慧能之后，禅宗的"无念"观念继续被禅门弟子所发挥。中唐净泉寺无相禅师说："我达摩祖师所传，此三句是总持门：念不起是戒门，念不起是定门，念不起是慧门。无念即是戒定慧具足。过去未来现在恒沙诸佛皆从此门入，若是有别门，无有是处。"[①]熊开发在《词学散论》中认为，慧能《坛经》提出"无念""无相"，是为了维护"无住"之本不被损害。于是，他认为"既是作为人之本性，又是禅心之本质性状的'无住'，其实与柏格森所说的意识的'绵延性'是相通的；以无住、无念、无相为本质特征的禅心，在根本意义上说，就是意识的绵延性。"[②]

参禅的目的在于使人摆脱世事的烦恼，求得精神的宁静与灵魂的解脱。惟海《五蕴心理学》认为："禅定能引发基本感受，从而消除不良情绪，依五根而辨，初禅出离忧根，得离生喜乐；二禅出离苦根，得定生喜乐；三禅出离喜根，得离喜妙乐；四禅出离乐根，于无相界出离舍根，得舍念清净。"[③]显然，禅的这种修炼要求，其本质属于非理性主义。禅的思维方式佛家称之为"现量"，它既不是形象思维，又不是抽象思维；既非理性，又非反理性，而是在强调自性的基础上，凭借直觉超越于寻常非此即彼的一种奇妙的心理状态，即"人与宇宙成为一个整体，心与外物不再生硬隔离，灵魂在活泼流转的宇宙生命中徜徉。"[④]禅宗特别强调戒、定、慧一体，着力彰显自性与直觉。这种思想状态，易于形成悠远的禅境。特别是随着禅宗的不断发展，它在肯定人的主观心性方面又不断深化。特别是主张现实的自我就是最终的真实，自己的本性就是佛性，禅不再是需要以特别的方式和环境进行修炼的东

---

① 马奔腾：《禅境与诗境》，中华书局2010年版，第18页。
② 熊开发：《词学散论》，中国社会出版社2010年版，第41至43页。
③ 惟海：《五蕴心理学》，宗教文化出版社2006年版，第157页。
④ 马奔腾：《禅境与诗境》，中华书局2010年版，第20页。

西,人生实践就是禅。特别诸多禅宗公案(所谓公案,是指禅宗认为祖师的言行有判断迷悟是非的权威性,故借用官府"公案"的称谓)故事,更是用奇妙的思路、精炼的技巧与出神入化的境界,启迪人们在普通的日常生活中悟得自性圆满,体味到"禅"的真谛。

例如,著名的"见山见水"公案,就是青原惟信禅师对其弟子的一段非常有味的讲话:"老僧三十年前未参禅时,见山是山,见水是水。及至后来,亲见知识,有个入处,见山不是山,见水不是水。而今得个休歇处,依前见山只是山,见水只是水。大众,这三般见解,是同是别?有人缁素得出,许汝亲见老僧。"(《五灯会元》卷十七《青原惟信禅师》章)青原惟信禅师通过对山水的三段认识,实际上是阐述了他禅修过程的三种境界。其中,在参禅之前,人看自然山水,是作为生活对象来看待的,必然有着相应的执着;而开始参禅之后,因为悟得禅机禅理,所以明白了禅的一切诸法,在无而有,处有而无,无不兼备平等与差别,同其体用,进而"见山不是山,见水不是水"了,开始转变了对世界的看法。不过,这时好像是拿着佛禅之镜来观照世界一样,只是怀揣万法皆空的信条,心灵还没有达到完全的自由。只有当一朝顿悟,参透佛法,忽然如阴云散开,明白当空,万里澄澈,一尘不染,禅境与生活之境和谐地融为一体,山山水水到处都是禅境,自己的心灵也流淌着禅意,一切都是那样的自然亲近,完全超越了凡夫俗子对人间俗务的各种执着。在这个禅定升华的新阶段,虽然见山是山、见水是水,但因观照者已经超越了世间万物看成实体的主客二分的传统认识模式,因此所见山水已经不再沾滞于身、于心,不再是俗意在胸时充满主体利益观念的山水了。显然,从青原惟信禅师的这则公案也可以看出,禅宗追求的最终境界是出世而不离世的,但需要经历从否定到否定之否定的禅定历程。从见山是山、见水是水到见山反不是山、见水反不是水的否定之境,于此体验平等无我,而后进入了依然见山还是山、见水还是水的肯定之境,进而让否定之否定的逻辑法则得以完成。陈耳东《公案百则》更是从对立统一的矛盾视域总结了青原惟信禅师"见山见水"的三个阶段。他认为:"第一阶段,相对境界是山和水,一高一低,眼里所见是矛盾着的姿态;第二段,眼中所见是非山非水,扫除了高低而平等,使两者相互融合,从而脱却了矛盾;第三段,进入依然是山是水(此时之山水已非初见时那山那水),这是从平等绝对的百尺竿头更进一步而踏向相对的立场上去,那是因为经过了否定的相对而成为大肯定的圆融无碍的真如妙境。"① 由此可见,禅定心理是一种与天地同一的忘我境界,其中的关键是要体悟"空"与"无",其间牵涉到无意识的运用,牵涉到直觉。当然,所谓无意识,不是字面上的没有意识,而是饱含着禅宗"无心""无念"那样的彻悟之心。

(二)诗心与禅心的具体表现

1.诗心的具体表现

传统诗词创作与鉴赏是一种积极的审美心理活动,是心与物的双方交流,但传统诗学认为"心"是主导,"心"的活动是一切心理活动的总汇。从现代心理学的角度看,传统诗词创作与鉴赏是一种有明确主题性的思维活动与意识活动,其心理的显著特征是"兴发感动"。就实践层面上讲,根据传统诗词创作与鉴赏实践,诗心或积极审美心理的具体表现大体上可以用"易动、易痴、易纵"等语词来描述。

(1)所谓易动,揭示的是"心"与"物"(指一切外在对象)的关系,而"心"与"物"的关系,说到底本是同类相感、同气相求的关系,亦是审美感应的基础。例如《乐记》云:"凡音之起,由人心生也。人心之动,物使之然也。感于物而动,故形于声。"又如,钟嵘《诗品序》亦云:"气之动物,物之感人。"这就说明,一切存在都源于一气,气动则物动,物动则心动,心动即"应物斯感,感物吟志,莫非自然"(刘勰《文心雕龙·明诗》)。显然,诗心易动的"物感"说,与所谓"气"密切相关。这是因为中国古代的思想家,把宇宙万物看作是一个整体,看作是"气"的不同形式的存在。例如,《管子·内业》云:"凡物之精,此则为生。下生五谷,上为列星;流于天地之间,谓之鬼神;藏于胸中,谓之圣人。是故名气。"可见,万物一气,

---

① 陈耳东:《公案百则》,中华书局2008年版,第115页。

乃是中国文化中的一种传统思想,诗学上的"物感"说,就是建立在这种思想的基础上的。而诗心感物的具体表现,则如陆机《文赋》所说"遵四时以叹逝,瞻万物而思纷。悲落叶于劲秋,喜柔条于芳春",以及刘勰《文心雕龙·物色》中所说:"春秋代序,阴阳惨舒,物色之动,心亦摇焉。"也就是说,因为同气同源的关系,所以凡人心莫不感应时节物候之变。况且,表现为积极审美心理的诗心,相对于平常人的心理必然是更加敏感,故心物之间的审美感应必然会更加动情动魄。然而,与诗心相比,禅心因长期受明心见性的宗教意识的引导,却会有意识地保持对一切外在时事物象变化的"不见不闻",进而造成禅心"不动"的现象。例如,陆游《题庐陵萧彦毓秀才诗卷后》:"法不孤生自古同,痴人乃欲镂虚空。君诗妙处吾能识,尽在山程水驿中。"陆游七十八岁时所作的这首诗,就是引用佛家语来谈创作过程中"心"与"物"的关系,"痴人乃欲镂虚空"一句,蕴涵着"君诗妙处"与"山程水驿"之间的关系,诗意地道明了处于"虚空"状态的诗心,更是易感于"物"、易动于"情"这一诗学心理现象。

(2)所谓易痴,这个"痴"是《古代汉语词典》所谓"爱好而至入迷"之义,"易痴"就是说诗心容易"入迷"。如果说禅道要求"觉而不迷",那么,诗道似乎却要求"觉而入迷"。陆机《文赋》特别重视构思阶段的心理状态,认为"其始也,皆收视反听,耽思傍讯,精骛八极,心游万仞。"他还把此时的心理状态概括为内视与神思的飞驰。所谓内视,来自道家,源于庄子的"心斋"说。《庄子·人间世》云:"无听之以耳而听之以心,无听之以心而听之以气!听止于耳,心止于符。气也者,虚而待物者也。唯道集虚。虚者,心斋也。"这里,所谓心斋就是虚,指的是一种去除一切视听,空明悟道的心境。其实,所谓"心斋",亦犹如一种痴迷状态,它既要排除任何杂念,归于静虚,又要由"虚"入"感"、由"无"入"有",进而"耽思傍讯,精骛八极,心游万仞。"[①]刘勰《文心雕龙·物色》将诗心"感物"分为三个阶段,第一阶段是"物有其容,情以物迁",强调外物变化对诗人情感的触发;

---

① 罗宗强:《魏晋南北朝文学思想史》,中华书局2006年版,第81页。

第二阶段是"诗人感物,联类不穷",强调诗人在受到外物的触发后,而引发丰富的联想;第三阶段是"体物为妙,巧言切状",强调诗人要用巧妙而贴切的语言,把所感之物的外在形状和内在细微之处,不加雕琢地表达出来。诗词创作实践表明,"诗者,志之所之者"的积极审美心理,诸多"积极"的心态让诗人在"感物"的过程中产生酣畅感,进入"痴迷"状态,或是"快吟",或是"苦吟",最终成其为诗作。历代诗人用诗句吟咏的创作体会,可以说是诗心易痴的最好佐证。例如,宋代著名诗人陆游《嘉定己巳立秋得膈上疾近寒露乃小愈十二首(其七)》:"要识放翁真受用,大冠长剑只成痴。"又如,宋代诗人谢翱《识时梅歌》:"吟翁索笑痴更痴,谁似梅花能识时。"再如,明代诗人王世贞《九友斋十歌(其七)》:"吴兴心法归大痴,蒙繁瓒简各有宜。"又再如,当代诗人郭沫若《和老舍原韵并赠三首之一》:"未有诗人不太痴,不痴何独苦为诗?"还再如,现代诗人柳亚子《自题磨剑室诗词后》:"能为顽石方除恨,便作词人亦大痴。"通常,诗心易痴还可堪比易癖。正如唐代诗人杜甫的著名诗句:"为人性癖耽佳句,语不惊人死不休。"可以说,诗心之"痴"或诗心之"癖",乃是积极诗学心理耐人寻味的一种积极审美心理现象。

(3)所谓易纵,可以说是诗心易动的延续。根据《古代汉语词典》的释义,"纵"有"发、放""释放""放纵、听任"等语义。这是因为诗心敏感,总是"感于物而动",即"物色之动,心亦摇焉",所以也就容易摇而益远,动而不息,纵而不拘。诗歌创作理论与实践表明,诗歌构思往往是通过想象,从驰思运想开始的。《庄子·让王》云:"身在江海之上,心存魏阙之下。"甘露年间,郭遐叔《赠嵇康诗》四首中已经提到"驰情运想,神往形留"。其中,"神往形留",就是庄子所说的身存于此,而神驰于彼,但他发展了庄子的思想,进一步提出了"驰情运想"。显然,诗人的思维活动之所以能够"驰情运想,神往形留",当然是放飞诗心的结果。《庄子·人间世》云:"且夫乘物以游心,托不得已以养中,至矣。"这里,"游心",就是心灵的自由活动,亦是诗心易纵的表现。这也可以从《楚辞·离骚》中的诗句"启《九辩》与《九歌》兮,夏康娱以自纵"、宋代诗人林希逸《病中送丘升叔复入广》中的诗句"莫倚能诗心便纵,大须力学眼还明",去深刻体会诗心动而易纵,纵而不拘,任凭性灵自由放飞的心理特征。此外,诗心易纵还可以从"诗仙""诗狂""诗魔""诗鬼""诗豪"等称谓中去体悟其中的深意。例如,著名诗人李白有"诗仙"之称,他的醉态诗学思维方式,则是对诗心易纵的最好诠释。请看杜甫在《饮中八仙歌》中描写的诗仙身影:"李白一斗诗百篇,长安市上酒家眠。天子呼来不上船,自称臣是酒中仙。"显然,李白的诗仙称谓,与他的那一颗易纵的诗心不无关系。正是由于李白怀揣着一颗易纵的诗心,所以他创造了一种以醉态狂幻为基本特征的诗学思维方式,不仅把醉态作为一种酣畅感来体验,而且还是把醉态作为一种生命形态来体验,更把醉态当作一种诗学形态来体验。

2.禅心的具体表现

禅是宗教,禅是思想,禅是艺术,禅也是智慧。因为禅宗明确主张"不立文字",似乎禅本是"不可说"的。但是,从历史上留下的大量"不立文字"的禅文献,我们也可以从不同的角度认识禅心。比如说从现实层面上看,禅心的具体表现大体可以用"不起""不逐""不染"等语词来描述。

(1)所谓"不起",是在"无而生有"层面上说的。唐代诗僧皎然根据《维摩经》中的典故而作诗云:"天女来相试,将花欲染衣。禅心竟不起,还逐旧花归。"(《唐才子传》卷八)这就是说,禅心对物而不起,物是物,心是心,各自独立。禅心不起,与诗心之即物起"兴",恰好形成鲜明的对照。这也与禅宗公案中的所谓"不见不闻"类似。该公案云:"(道树禅师)乃卜(占卜)寿州三峰山,结茅而居。常有野人,服色素朴,言谭(谈)诡异。于言笑外,化作佛形及菩萨(大乘佛教修行到仅次于佛的果位)、罗汉(小乘佛教修行的最高果位)、天仙等形;或放神光,或呈声响。师之学徒睹之,皆不能测。如此涉十年后,寂无形影。师告众曰:'野人作多色伎俩,眩惑于人,只消老僧不见不闻。伊伎俩有穷,吾不见不闻无尽。'"(《景德传灯录》卷四)[①]这则"不见不闻"的公案告诉我们,野人的骚扰是外部因素,

---

[①] 陈耳东:《公案百则》,中华书局2008年版,第119页。

受不受其影响，取决于自身的内功如何。道树禅师坚持十年"不见不闻"，其定心的工夫十分了得。这就说明了一个道理，心定则外界就无法干扰，心乱则自己扰乱自己。所谓"心静自然凉"就是这个道理。禅宗把"心"看成至高无上的东西，安心，明心，净心，静心乃至佛心等等，无不从心修起。禅心的"不起"，就是说要把思虑安静下来，自证三昧，彻见自己的心性。一些禅修者的亲身体验也证明，坐禅真正入静后，会有一种心旷神怡的飘逸感和宠辱皆忘的轻松感。禅心之"不起"对诗心之影响，也可以从"苏门四学士"之一的张耒的《夜坐》诗中看出，该诗云："万籁声久寂，三更霜已寒。老人袖手坐，一气中自存。自得此中趣，不与儿曹论。但有老孟光，相对亦无言。"①诗人之所以能够"自得此中趣"，当是"一气中自存"，"万籁声久寂"中的诗心，就体现了禅心的"不起"之道。

（2）所谓"不逐"，是说禅心不仅不主动地逐物而起，也不被动地应物而生。正如《冷斋夜话》所载一段材料："苏公移守东徐，潜（道潜）访之，馆逍遥堂，士大夫争欲识面，馔客罢，俱来，红妆拥随之，遣一妓前乞诗，援笔立成，曰：'寄语巫山窈窕娘，好将魂梦恼襄王。禅心已作沾泥絮，不逐春风上下狂。'"这也与禅宗公案中的所谓"自观自静"类似。该公案云："崛多三藏，嗣六祖。师天竺（古印度）人也。行至太原定襄县历村，见秀大师弟子结草为庵，独坐观心（坐禅）。师问曰：'作什么？'对曰：'看静（渐修僧人的坐禅形式）。'师曰：'看者何人？静者何物？'僧遂起礼拜，问：'此礼何如？乞师指示。'师曰：'何不自看？何不自静？'僧无对。师见根性（指开悟成佛的基础）迟回，乃曰：'汝师是谁？'对曰：'秀和尚。'师曰：'汝师只教此法，为当别有意旨？'曰：'只教某甲看静。'师曰：'西天（此指印度）下劣外道所习之法，此土以为禅宗也，大误人！'其僧问三藏师是谁，师曰：'六祖。'又曰：'正法难闻，汝何不往彼中？'其僧闻师提训，便去曹溪礼见六祖，具陈上事，六祖曰：'诚如崛多所言，汝何不自看？何不自静？教谁静汝？'其僧言下大悟也。"（《祖堂集》卷三《崛多三藏》章）这则公

---

① 张培锋：《宋诗与禅》，中华书局2009年版，第10页。

案的意义不在于禅修的形式,而在于禅修的目的。神秀要求弟子在坐禅时要"观静",即希望借助外在环境的帮助来达到安心成佛的目的;而慧能则要求弟子通过坐禅"于念念中,自见本性清净,自修自行,自成佛道"(《六祖坛经》)。同样是坐禅,一个向外看,一个向内求,这也许是渐悟与顿悟之别吧![1]禅心之"不逐"对诗心之影响,也可以从宋代江西派诗人谢逸的《潜心堂》诗中得到体悟。该诗云:"潜心便是觅安心,立雪何烦问少林。羽扇纶巾延客晚,蒲团禅板坐更深。要先舟壑藏时悟,莫向风幡动处寻。试抉孤峰云一寸,与民三日作春霖。"该诗从"潜心"二字入手,认为"潜心"就是"安心"的妙法。也正如北宗禅僧净觉《楞伽师记》所云:"拟作佛者,先学安心,心未安时,善尚非善,何况其恶。心得安静时,善恶俱无作。"这就说明,学佛的主要目的就是求得"安心",消除烦恼。这也就是《佛遗教经》所谓"制心一处,无事不办"的真谛。[2]

（3）所谓"不染",或称之不动,是指不随已有对象(包括物象与心象)的变化而变化,即佛教所要求的"净而不染"。依佛教所见,万物皆迁流不息、变化无常,似乎并不存在一个什么独处于象外、不受物化之影响的心。然而,禅心或佛性又是圆融不二的,它与物象存在不即不离,不在其外也不在其内,一旦被执着时,它当下即空,还被执着时却又当下即是。如陈阳极《南屏寺》云:"禅心不动法堂空,日影斜侵半榻红。一卷楞严看未了,篆烟香散竹窗风。"(《元诗选》三集卷八)以及《钦定日下旧闻考》引"(乾隆)皇上御书联曰:'参透声闻,翠竹黄花皆佛性;破除尘妄,青松白石见禅心。'"(卷六十)这里,所谓如石如松,强调的正是不动不染,诸如"禅心不染空为观,至道无名淡是浓。"(冯时可《赠大宗伯陆平泉二十韵》)这也与禅宗公案中的所谓"独超物外"类似。该公案云:"一夕,三士(西堂、怀海、南泉)随侍马祖玩月次。祖曰:'正恁么(当时口语,如此,这么)时如何?'西堂(智藏)云:'正好供养。'(百丈怀海)师云:'正好修行。'南泉(普愿)拂袖便去。祖云:'经入藏,禅归海,唯有普愿,独超物外。'"(《景

---

[1] 陈耳东:《公案百则》,中华书局2008年版,第122至123页。
[2] 张培锋:《宋诗与禅》,中华书局2009年版,第13至14页。

德传灯录》卷六）对马祖道一来说，这次考察，最能体现禅心宗义的当数南泉普愿，因为南泉不执着于外境，只证自性，所以便把"独超物外"这句评语下给了普愿。①禅心之"不染"对诗心的影响，也可从宋代诗人王琪的《梅诗》中见出，该诗云："不受尘埃半点侵，竹篱茅舍自甘心。只因误识林和靖，惹得诗人说到今。"这首诗采用反其意而用之的写作方式，看到了诗人与禅僧对梅花矢志不染的热烈赞扬与高度崇尚。②从这首诗，似乎也可以于细微中体悟到诗心与禅心那不尽相同之处。

（三）诗心与禅心的区别与联系

1.诗心与禅心的区别

比较上述关于诗心与禅心的具体表现，已经可以看到两者之间的区别。唐代学者孔颖达在注释《毛诗序》关于"诗者，志之所之也"这段著名的诗学理念时，从内容与形式两方面作出了更为透辟的阐述。他说："诗者，人志意之所适也。虽有所适，犹未发口，蕴藏在心，谓之为志，发见于言，乃名为诗。言作诗者所以舒心志愤懑，而卒成于歌咏。故《虞书》谓之'诗言志'也。包管万虑，其名曰心。感物而动，乃呼为志。志之所适，外物感焉。言悦豫之志，则和乐兴而颂声作；忧愁之志，则哀伤起而怨刺生。《艺文志》云：'哀乐之情感，歌咏之声发。'此之谓也。"这就说明，所谓诗心，其实是"志"与"情"相通，乃至"藏在心理的一切都称之为'志'"。诗是诗人之志、情活动的抒发及其呈现。从某种意义上说，诗心就是诗人之志，诗人之情。正如清孔尚任《酬渔诗序》云："若夫诗者，心之声也，性情所流露者也。"③宋僧侣绍嵩曾经在其所著《江浙纪行》中引用过永上人这样一句话："永曰：禅心，慧也；诗心，志也。慧之所之，禅之所形，志之所之，诗之所形。"那么，"慧"与"志"的差别又是什么呢？慧是智慧、思考，当主要体现为是理性；志是心志，情志，当主要体现为是感性。正因为如此，所以

---

① 陈耳东：《公案百则》，中华书局2008年版，第63页。
② 张培锋：《宋诗与禅》，中华书局2009年版，第48页。
③ 王文生：《中国文学思想体系》，上海古籍出版社2017年版，第256页。

诗心的感性，其具体表现是"易动、易痴、易纵"；而禅心的理性，其具体表现则是"不起、不逐、不染"。

从积极心理学的角度看，诗心是一种积极的审美心理。在诗词创作与鉴赏过程中，诗人的积极情绪促使自身进入积极的审美体验，并在积极需要与积极动机的驱使下，放飞审美想象与联想，催生神思与灵感，呈现出"积极"的入世性。然而，禅定作为一种修心方法，其目的在于消除烦恼，呈现出"消极"的出世性。按照佛教应用心理学理论，作为修心方法之一的禅定法，"浅者称为止观，深者称为定慧。主要包括两个方面：聚精会神专注于一境，令心不散乱，可由修止而入定；在静定中，按照特定的内容反省思考，就是由修观到禅那。禅那的含义就是思维修，很大程度上可视为内省法训练，但一般作用在于通过专注于认知领域（色界）而超越情感领域（欲界），并开发智慧。禅定修习是一种充分的心理休息，能增强记忆，提高学习和观察分析能力；但对修行人来说，主要目的是用来调伏情感，以智胜情。"①这就说明，禅心作为一种宗教心理，"其本质是一个主体丧失自我意识与独立人格的世界，宗教徒们所要做的是取消自己的思想与灵魂，使其从属于他的偶像或信条所决定。诗人的工作，其本质上恰好与之相反。诗人以高度的主体意识进行自由、自觉的创造，他所营构的诗与美的境界，是一个以他自己心灵的气息作为阳光、空气和雨露的崭新的宇宙，是诗人独特气质、性灵的气息与人格的直观化，是对主体自由的最高度肯定与最充分展示。"②这就说明，诗心与禅心是两个不同范畴的心理状态。

清代叶燮从主体与客体相统一的观点出发，对诗学心理结构做了完整的分析。他在《原诗·内篇》中提出，"在物之三"——即"理、事、情"，蕴涵着无处不在无时不变的自然美，而表现客观事物的自然美，则要求创作主体具备完整的心理结构——即"才、胆、识、力"四个要素，并经过创作主体"心之神明"的陶冶浸染，才能"以在我之四，衡在物之三，合而为作者之文章。大之经纬天地，细而一动一植，咏叹讴吟，俱不能离是而为言者矣。"

---

① 惟海：《五蕴心理学》，宗教出版社2006年版，第15页。
② 李黎：《诗是什么》，中国青年出版社2013年版，第38页。

并认为"此举在我者而为言,而无一不如此心以出之者也。"显然,从叶燮"三言""四言"说也可以看出,诗心具有多维度的心理结构,而禅心的心理结构大概只是少维度乃至是单维度的。然而,为什么千百年来又催生了诗学与禅学的相互渗透的现象呢?这就需要研究分析诗心与禅心的联系了。

2.诗心与禅心的联系

中国是一个诗的国度,禅宗是中国化的佛教,禅与诗完美结合的内在机制就源于诗心与禅心的联系。周裕锴《中国禅宗与诗歌》写道:"佛教的中国化在很大程度上是指佛教的诗化,禅宗发展史的种种事实正鲜明地展现了这一诗化的过程。由'背境观心'的闭目冥想到'对境观心'的凝神观照,由'孤峰顶上'的避世苦行到'十字街头'的随缘适意,由枯燥烦琐的经典教义到活泼隽永的公案机锋,无论是静观顿悟还是说法传教,由于中国诗文化的熏染,禅宗日益抛弃了宗教的戒律而指向诗意的审美。"[①]那么,为什么佛教可以被诗化,又为什么诗学又可以被禅化呢?笔者认为可以从"心源""思维"与"境界"三个方面寻找两者之间的关联。

(1)从心源上看,诗心与禅心都崇尚"无邪"或"不邪"。"心源者,以心为源也,即发乎主体的思想、意念、情感、修养。"[②]《毛诗序》关于"在心为志,发言为诗;情动于中,而形于言"的著名论断,就说明诗主发心声。宋代学者杨简遵循孔子关于"思无邪"的诗学观点,在《慈湖诗传》中写道:"诗三百,一言以蔽之,曰:'思无邪'。此无邪之心,人皆有之而不自知,起不知其所以,用不知其所以,终不知其所归。此思与天地同变化,此思与日月同运行。"显然,杨简作为"心学"鼻祖陆九渊最出色的弟子,是用"无邪之心"来释义"思无邪",也就是用"心"来释义"思","思无邪"即为"心无邪"。"心无邪"也就成为对《诗经》思想的高度概括,进而在"思

---

① 周裕锴:《中国宗教与诗歌》,上海人民出版社1992年版,第1页。
② 侯敏:《现代新儒家美学论衡》,齐鲁书社2010年版,第95页。

（心）无邪"的命题之下，将一部《诗经》纳入了心学的思想体系。①赵玉强认为："从经学阐释学的视角看，杨简的《诗传》，是以'心'说'诗'，以心学阐释经学。在杨简看来，六经一旨，儒家经典皆为明道之书，'其文则六，其道则一'，'吾道一以贯之'，这个'道'，杨简说是'至道在心'，道即'道心'，'是心无形，是心无我，虚明无际，天地之间'，也就是陆九渊说的'吾心便是宇宙，宇宙便是吾心'的意思。'心'无处不在，儒家经典也是'心'的载体，所以《诗经》三百篇，篇篇可以用'心'学来阐释。杨简甚至把儒家解'诗'的第一义'思无邪'也作了心学改造，认为'思无邪'即'心无邪'，这就为杨简用心学全面重新阐释《诗经》三百篇开了方便之门。"②显然，"思无邪"三字经孔子拈出，并经千百年的传承发展，已经成为最能体现中华传统文化精神的主流诗学观。从积极方面看，"诗无邪"要求"发乎情，合乎礼义"，表现为诗，就是正风正雅；从消极方面看，"诗无邪"要求"发乎情，止乎礼义"，表现为诗，就是变风变雅。正是由于"诗言志"与"思无邪"的本质规定，所以对那些早已将"穷则独善其身，达则兼济天下"这种文化基因植根于心的广大诗人来说，当他们因某种原故导致"穷则独善其身"的时候，"思无邪"或"心无邪"的诗学心理，自然又让"诗心"的"无邪"连通"禅心"的"不邪"（即佛教所说的"正而不邪"），其实质就是接受现实，自我安慰，随遇而安。

　　禅宗在心理学领域的核心也就是修心。在佛教里，有所谓"三宝""三皈依"之说，其中，佛、法、僧被尊为"三宝"，分别代表觉、正、净三义；而皈依佛、皈依法、皈依僧则被称为"三皈依"。其中，"皈依"译自梵文，含有救护、趣向之义。《六祖坛经》云："劝善知识，皈依自性三宝。佛者，觉也。法者，正也。僧者，净也。自心皈依觉，邪迷不生，少欲知足，能离财色，名两足尊。自心皈依正，念念无邪见，以无邪见故，即无人我贡高贪爱执著，名离欲尊。自心皈依净，一切尘劳爱欲境界，自性皆不染著，名众

---

① 赵玉强：《〈慈湖诗传〉：心学阐释的〈诗经〉学》，中国社会科学出版社2015年版，第118至119页。

② 同上，第2页（束景南《序》）。

中尊。若修此行，是自皈依。"①从"三皈依"可以看出，它与禅宗六祖慧能《坛经》关于"无念、无相、无住"的禅定心理是一脉相承的，且坚持了《金刚经》中的思想。《金刚经》强调："菩萨应离一切相，发阿耨多罗三藐三菩提心。不应住色生心，不应住声香味触法生心，应生无所住心。"②以"无念、无相、无住"心看待世界，就是般若智慧。为了达到"觉而不迷，正而不邪，静而不染"，就要"无念""无相""无住"，进而出现恕中《热》诗所描述的状态："大地烁金石，禅心只宴如。幽闲无浊虑，郁勃自清虚。坐石频挥尘，临流看跃鱼。优游三界内，寒暑不关渠。"（《宋元诗会》卷一百）所谓"禅心只宴如"，其中的"宴"字，按照《古代汉语词典》中的释义，有"安逸，闲适""快乐"等语义，这就说明禅心禅思，只是"闲想"。若是联想到湛然《漫笔示湘山僧觉静蒋冕》中所云："皎月寒潭参法偈，闲云枯木识禅心。"又可以从"闲云枯木"来领悟"宴如"之思。如果再结合宋荦的诗句"妙相拈花示，禅心即境安"（《过北兰寺》二首之一）、陈寄南的诗句"浮云知世态，澄水见禅心"（《过东林诗》）、许太史的诗句"世念随云薄，禅心共鸟闲"（《访了元师》）等，更让"禅心只宴如"这个抽象概念有了实在的着落。就是说，禅心主张即境而安，随遇而安。这里，遇是动态的，即是在动态的相遇中随动而安。其实，境也是动态的，人的视觉（肉眼）看去似乎是不动的境，就像平静的水面，其实在超视觉辨析下却是总在流转，生生不息的，所以即境而安同样是随动而动，无论是禅心如澄水，或是禅心如闲云，还是"禅心共鸟闲"都同此理。从禅心的"不起""不逐""不染"的出世与否定，到"禅心只宴如""禅心即境安"的再次入世与肯定，进而表现为"照澄水""共鸟闲"的禅定心理，其实质就是保持一颗平常心，放下心中的包袱，学会给自己松绑，懂得必要的忘却，选择相应的放弃。与此相对应，对诗人而言，当遇到挫折时，无论是人生的大起大落，还是生活中的小是小非，都有可能在"无邪"的引领下催生出"只宴如"与"即境安"的心态。

---

① 洪修平、许颖：《佛学问答》，中国人民大学出版社2009年版，第467至468页。

② 马奔腾：《禅境与诗境》，中华书局2010年版，第19页。

例如，一代词宗苏轼，因"乌台诗案"而下狱，后因众人搭救他的兄弟苏辙请求免去自身官职为兄长赎罪，神宗皇帝也出于爱才，不忍把他处死，才把他贬谪黄州。经过这一百多天的牢狱之灾，苏东坡可以说是经历了一次从生到死，又死而复生的生命洗礼，进而深谙禅宗文化，心归于平静自然，催生了精神的升华，无论是在文学成就上，还是人生价值观上都达到了其人生的新境界。对他来说，原先建立起来的那锋芒毕露的人生价值坐标也逐渐模糊、淡化，取而代之是成熟而安于现状的新的人生航图。诗心与禅心的结合，共同的"无邪"心源，让苏轼自拔于现实悲苦之外而不减其乐，处逆境之中仍能保持旷达的情操。请看他写于黄州的词《定风波》："莫听穿林打叶声，何妨吟啸且徐行。竹杖芒鞋轻胜马，谁怕？一蓑烟雨任平生。料峭春风吹酒醒，微冷，山头斜照却相迎。回首向来萧瑟处，归去，也无风雨也无晴。"该词前还有一小序："三月七日，沙湖道中遇雨。雨具先去，同行皆狼狈，余独不觉。已而遂晴，故作此词。"词中那句"也无风雨也无晴"的千古名句，不就是"只宴如"与"即境安"的人生心态吗？

（2）从思维上看，诗心与禅心都崇尚"妙悟"。严羽《沧浪诗话》云："大抵禅道惟在妙悟，诗道亦在妙悟。"所谓妙悟，本为佛教术语，是指一种对佛教真谛之神奇巧妙的体悟，重在刹那与恍然间的直觉，不容逻辑理性过度的推理。妙悟主要指的是"顿悟"，是禅宗思想的核心，本意是指一种心理体验，一种心领神会。禅师马祖道一说过："一切法皆是心法，一切名皆是心名。万法皆从心生，心为万法之根本。"（《江西马祖道一禅师语录》）这就是说，人人都有佛性，佛性就是本性、自性，因此，参禅者只要深入内心体验，摆脱外物对本心的污染，便能"即心即佛"，进入涅槃胜境。禅宗的所谓顿悟，是一种不假外求、不求文字、只可意会、不可言传的整体性的直觉思维。在诗词创作的审美过程中，妙悟是诗人受到审美对象的刺激，一刹那发出强烈的情感，获得审美享受的心理现象。它同样是一种不假思索的、跳跃式的、非逻辑性的感性了悟。

诗学思维是一种以审美意象为特色的积极形象思维，也是中国远古时代所谓"象思维"在诗学心理中的显著表现，其实质是一种审美感悟。孔子论诗云："诗，可以兴，可以观，可以群，可以怨。迩之事父，远之事君；多识于鸟兽草木之名。"（《论语·阳货》）其中，尤其是"多识于鸟兽草木之名"中的那个"识"字，就是"感悟"，在感而悟，核心在"悟"。此"鸟兽草木之名"，乃至其他更多的象征符号，都是"象"的思想内容，谓之"意"。这分明阐释了诗心与自然万象的关系，视天下万物为生命载体，是一种"天人合一"的思维模式。"象"思维的本质是中国的思维论，而不是西方的思维论。西方的文艺传统是推崇模仿说，而中国的"物感说"则强调外在事物是否能成为描绘对象，不仅取决于其外部特征与内在结构，而且也取决于创作主体内在的心理结构，同则相应，异则排斥。外物只有融入诗心，才能入诗，进而"寓情于物""托物抒情"。

由于受禅宗文化的影响，中国士大夫的文艺创作与鉴赏，其思维模式大体表现为以直觉观照而深思冥想为特征的创作构思、以自我感受为主而感悟世情哲理的欣赏方式以及自然、简练、含蓄的表现手法这样三合一的艺术思维习惯。周裕锴也认为："受禅宗影响的诗歌艺术思维大致可分为三种：一、空灵的意境追求；二、机智的语言选择；三、自由的性灵抒发。这三种艺术思维之间在某个环节上或许有交叉重合的地方，但就其各自的构思、欣赏、表现的总体倾向来看，决不是三合一的东西，因而，不同的时代和群体的诗人各有其侧重选择。"[①]尽管不同学者对艺术思维具体方式的看法不尽相同，但注重艺术直觉与追求意境空灵却是大家的共识。尤其是那源于佛教的"妙悟"，其核心就是强调灵感的直觉顿悟。正如朱光潜《诗论》所说："诗的境界的突现都起于灵感，灵感亦并无若何神秘，它就是直觉就是想象，也就是禅家所说的'悟'。"妙悟这种灵感活动，也相当于现代心理学所谓的内视。根据英国美学家夏夫兹博里的看法，诗人可以通过他所说的"内在的眼睛""内在的感官"或"内在的节拍感"（《论特征》），去直觉地进行审美体验。

当然，我们说从思维的角度看，诗心与禅心都崇尚妙悟，只是就"悟"本身的特征形态而言的。但一"悟"之后，各自的发展却大相径庭，完全不

---

① 周裕锴：《中国禅宗与诗歌》，上海人民出版社1992年版，第102页。

同。从本质上讲，禅心之"悟"是为了让生存于俗世的人从精神上获得解脱，达到心灵的超越，其心理特征是见性忘情，突显空寂、清冷、淡薄，禅偈也是倾向于"唱性"而不"唱情"。诗心则着力于抒发性情，以对人生和社会的执著与爱恋，情动于中，发而为诗。正如明代胡应麟《诗薮·内编卷二》所云："禅则一悟之后，万法皆空，棒喝怒呵，无非至理；诗则一悟之后，万象冥会，呻吟咳唾，动触天真。然禅必深造而后能悟；诗虽悟后，仍须深造。"还有明末清初的陈宏绪《尺牍新钞·二集》亦云："诗与禅相类，而亦有合有离。禅以妙悟为主，须从最上乘，具正法眼，悟第一义，而无取于辟支声闻小果。诗亦如之，此其相类而合者也。然诗以道性情，而禅则期于见性而忘情。"从他们的论述中可以看出，尽管古代诗论中频繁出现"妙悟"一词，但古人对禅之妙悟与诗之妙悟的区别却有着清醒的认识。禅宗要求参禅者在红尘中看破红尘，遁入空门，于妙悟中摒弃人的七情六欲，"即心即佛"；而诗人却在妙悟中充满激情，意象纷飞，并通过选择与组合意象，用诗家语生成诗的深邃意境。至于说，历史上出现过许多诗人高僧或居士，前者是诗心兼禅心，后者是禅心兼诗心，而"诗心"与"禅心"的"悟"后走向是不同的。如果运用积极心理学自我决定连续体理论来说的话（参见本书第一章图1.6），我们可以将图上"非自我决定"与"自我决定"这条直线连成一个圆环，从"内在动机"激发出"妙悟"起始，"禅心"之"悟"，仅仅是一种内在的心灵体验，修炼者体悟至此为止，无意于寻求表现的问题，其路径是走向"没有动机"的"非调节"状态，也就是达到"无念、无相、无住"的心性无染、心性本净的状态。而"诗心"之"悟"，则催生诗性物感，进而选择与组合意象，思考与营造意境，并讲究斟字酌句，其路径是进入"外在动机"的不同调节状态，也就是进入诗词创作状态，通过意象的组合与诗境的建构，在积极的审美体验中超越世俗的烦恼，获得心灵的解放，实现感性化的性情放飞。

（3）从境界上看，诗心与禅心都崇尚自然。诗心与禅心之间关系密切，其主要原因还在于二者追求精神超越的思路与方法上存在诸多深层的相通之处。清代王士禛曾经说过："舍筏登岸，禅家以为悟境，诗家以为化境，诗禅一致，等无差别。"①这就是说，诗的境界与禅宗的境界具有许多共同的特点，尤其是体现为贴近自然、超越现实的情感色彩。尽管从本质上讲，禅境与诗境迥异：禅境是大空，见性而忘情；诗境是大有，发愤以抒情。即便是深受佛禅影响的诗人，他们的诗歌也有骨子里执著于表达一种对世界和人生的大爱或大恨。然而，禅境与诗境又都服务于人性的解放，促进有限人生的无限舒展。"禅是了却了生死的自由境界，诗是美化现世的自由追求，都是个体心灵走向内在超越的一种形式，是直觉、妙悟认识方式密切相关的心性舒展的结果，都为历史上的文人士大夫所喜爱。"②纵观唐宋诗词，禅心在很深的层次上影响着诗心，造就了很多诗人的淡泊心态，成就了许多诗作的空灵明净的自然境界。例如，王维的"白云回望合，青霭入看无。分野中峰变，阴晴众壑殊"（《终南山》）、"澄波澹将夕，清月皓方闲"（《泛前陂》）、"江流天地外，山色有无中。郡邑浮前浦，波澜动远空"（《汉江临泛》），又如，孟浩然的"移舟泊烟渚，日暮客愁新。野旷天低树，江清月近人"（《宿建德江》等，境界的自然特色跃于纸上。

《光赞经》明确写道："梦幻水月，芭蕉野马。深山之响，皆悉自然。"可以说，"自然"是佛教涅槃的应有之义。禅宗认为："譬如雁过长空，影沉寒水。雁无遗踪之意，水无留影之心。"③其意境是将皎洁的池塘比着人的心灵，当一只大雁从上面飞过的时候，池塘上就自然映现了大雁的身影，但大雁飞过，池水又回归清澈，自然不再留存大雁的身影。所以说，有无之间，"皆悉自然"。唐代寒山子也有一则"吾心似秋月"的禅偈，形象地彰显着"自然"境界。该偈说："吾心似秋月，碧潭清皎洁。无物堪比伦，教我如何说？"寒山子用明月来比喻人人本具的清净本心：犹如秋天高挂天空的那一轮明月，湛然圆润，光辉朗洁，映照在清澈、宁静的潭水之中，上下辉映，通体光明。这也是禅宗典型的水月相忘的境界，潭无意分月，在这种水月相

---

① （清）王士禛：《带经堂诗话》卷三《微喻类》，人民文学出版社1983年版，第83页。

② 马奔腾：《禅境与诗境》，中华书局2010年版，第39页。

③ 何者明：《佛之说》，当代世界出版社2009年版，第207页。

忘的直觉观照中，主客体之间的界线骤然消失，心月泯然归一，正如宝积禅师所言："心月孤圆，光吞万象。光非照境，境亦非存。光境俱亡，复是何物？"（《五灯会元》卷3）①

古代学者钟嵘在《诗品》中，尤其主张诗歌创作要突显"自然英旨"，并把它作为诗歌艺术的评判标尺。孟庆雷认为，"自然"是《诗品》的本体追寻，是统帅其整部作品的核心观念，影响了它对创作情感、创作方法、审美理想等方面的要求，使诗歌成为其自身的最高规定性。"具体说来，《诗品》以'自然'作为诗歌表现的重要对象，亦成为钟嵘赞赏的对象，构成'自然'的物质基础。而'真'与'清'同一方面维系着诗之本性，诗人之本心；另一方面显现着"自然"的艺术风貌，从而形成以自然山水为依托，向内体悟着诗性之'真'，向外追寻着艺术之'清'的独特'自然'标准。"②钟嵘在《诗品》中所摘录的诸多诗句，亦多是描写自然风物之作，如张翰的"青条若总翠，黄华如散金"（《杂诗》）、陶潜的"日暮天无云，春风扇微和"（《拟古》）等，说明他的诗学主张是基于实证分析作出的。叶梦得《石林诗话》云："'池塘生春草，园柳变鸣禽。'世多不解此语为工，盖欲以奇求之耳。此语之工，正在无所用意，猝然与景相遇，借以成章，不假绳削，故非常情所能到。诗家妙处，当须以此为根本。而思苦言难者，往往不悟。钟嵘《诗品》论之最详。"③实际上，春草青青，秋月娟娟，小鸟啼鸣，大雁飞翔，世上万物皆随着它的本性自由自在地生长、跃动，各种生命状态所蕴含的"自然"本色，都不是为诗心或禅心所预先准备的，而只能是凭借诗心或禅心的感悟能力，去获得刹那间的直觉观感。通过这种直觉观感，诗心与禅心通过特有的审美体验，让内在本真的生命意志与外在自然的生命情态产生共鸣。对禅心而言，则是借此体验而驶向真如佛境，去创造一个朗如明月，六尘不染的心境。正如《顿悟入道要门论》所云："其心不青不黄，不赤不

---

① 洪修平、张勇：《禅偈百则》，中华书局2008年版，第42至43页。

② 孟庆雷：《钟嵘〈诗品〉的概念内涵与文化底蕴》，中国使社会科学出版社2014年版，第1至2页。

③ 同上，第22页。

白,不长不短,不去不来,非垢非净,不生不灭,湛然常寂。此是本心形相也,亦是本身。本身者,即佛身也。"①对诗心而言,则是借此体验,通过诗人的想象力,用看似随意的诗家语描述自身的感受,让景物这"自然"与表达之"自然"完美地结合在一起,从而形成"不假绳削""非常情所能到"的"诗家妙处"。正如朱熹《论陶》中所言:"渊明诗所以为高,正在不待安排,胸中自然淡出。"例如,"郁郁荒山里,猿声闲且哀。悲风爱静夜,林鸟喜晨开"(《丙辰岁八月中于下潠田舍获》)、"平畴交远风,良苗亦怀新"(《癸卯岁始春怀古田舍》)等诗篇,就是陶渊明自然诗境的写照。也就是说,陶渊明用信手拈来看似平淡的诗句,创造出朴实淡泊、虚实相生、物物交融、自然真淳的美好意境。

至于说,诗心与禅心在崇尚境界"自然"同时,各自还有些区别的话,倒是可以通过月庵果禅师的改诗,去体悟两者之中又不尽相同的细微之处。南宋晓莹《云卧纪谈》载,南宋绍兴年间,一位儒士登焦山风月亭,作诗云:"风来松顶清难立,月到波心淡欲沉。会得松风元物外,始知江月是吾心。"月庵果禅师评此曰:"诗好则好,只是无眼目。"遂将后两句各改了一字,即将第三句中"元"字改成"非"字,将第四句中的"是"改成"即"字,于是后两句为:"会得松风非物外,始知江月即吾心。"这一改破除了心与月、物与我之间的对立,即心即佛。这就是说,禅心所崇尚的境界"自然",更强调主体与客体之间的一体性,是"无我之境",而诗心所崇尚的境界"自然",无论是"以我观物",还是"以物观物",实质上还是"有我之境"。因为诗心要是与禅心果真一样的话,那就无情可抒,亦即不存在"诗言志"或"诗缘情"了。

三、诗学思维及其相关问题

美国诗人史蒂文斯在《论现代诗歌》中提出:"诗,是思维在行动中寻找满足。诗,它是行动着的思维。"②显然,史蒂文斯的观点强调的是诗学思

---

① 洪修平、张勇:《禅偈百则》,中华书局2008年版,第43页。
② 金口哨编著:《基础诗学》,天马图书有限公司1991年版,第4页。

维在诗歌创作与鉴赏中的特别作用，从诗人到诗作再到读者的诗学活动全过程都离不开诗学思维。从积极心理诗学的角度看，诗学心理引领下的诗学思维，不是一般意义上的形象思维，而是以审美意象为特色的积极形象思维，是一种独具特色的积极审美思维。

（一）形象思维与逻辑思维

1.形象思维

文艺创作所凭借的思维方式主要是形象思维，而哲理思辨和科学研究所凭借的思维方式则主要是抽象思维。所谓形象思维，用一句直白的话说，就是不脱离形象的思维，它要对社会生活加以概括，但它并不抛弃事物的感性现象，并不粉碎事物的具体性和个别性，而是与具体形象同起伏，共始终，最终创造出从个别中见一般、从现象中显本质的艺术形象。[①]尽管形象思维理念源远流长，但把"形象"与"思维"两个词明确联系起来，则首见于俄罗斯文艺批评家别林斯基（1811-1848）的著作。他在1939年发表的《伊凡·瓦年科讲述的"俄罗斯童话"》中说："诗歌不是什么别的东西，而是寓于形象的思维。"把"形象"作为"思维"的定语而形成"形象思维"这一术语，现在所知的最早例子，见于原苏联作家法捷耶夫（1901-1956）在1930年的题为《争取作一个辩证唯物主义的艺术家》的演说中。他在批评文艺创作的空洞抽象的现象时说过："这已经不是形象思维"，并对形象思维作了极为精彩的解释。他指出："科学家用概念来思考，而艺术家则用形象来思考。这是什么意思呢？这就是说，艺术家传达现象的本质不是通过该具体现象的抽象，而是通过对直接存在的具体展示和描绘，艺术家通过对现象本身的展示来揭示规律，通过对个别的展示来揭示一般，通过对局部的展示来揭示全体，从而在生活的直接现实中仿佛造成了生活的幻影。"公木《毛泽东诗词鉴赏》一书中的文章《学诗启示录——诗要用形象思维》，在引用原苏联作家法捷耶夫的话后指出："尔后一般评论家，特别是苏联和中国的评论家，便往往把科学思维称作逻辑思维，把艺术思维称作形象思维，而把形象思维和逻辑思维相

---

① 姚文放：《文学理论》，高等教育出版社2015年版，第138页。

对立。这固然是有道理的,却并不完全确切;这虽然并不确切,却基本上是有道理的。有的同志把这里所说的逻辑思维置代以抽象思维,似乎更比较恰当些,因为形象思维也不见得是没有逻辑的。"① 姜书阁却认为:"抽象思维是否就等同于逻辑思维,二者是否同义异辞,是否一而二、二而一。我认为二者不是一回事。逻辑思维是抽象思维,但抽象思维并非都能符合于逻辑思维。"② 显然,诗学思维必然是形象思维,但并非与逻辑思维绝对对立,二者也有其一致之处。处于积极审美心理状态下的诗人,其诗词创作或鉴赏过程的积极需要与积极动机,往往会"使自己的想象力和逻辑、直觉、理智的力量平衡起来。"(高尔基《和青年作家的谈话》)

中国传统诗学中的"象思维",其本质蕴含着以"象形为本"的汉字文化基因。中国古代的造字法,最初就是通过"形"来明"意"的,故而与表音性质的文字不同,属于表意性质的文字。这种以"形"来表"意"的思维方式,在先秦西周初年的《周易》中,已有相当清晰的反映。其中关于"观物取象"与"立象以尽意"这样两个命题,与《诗经》《楚辞》中比兴、象征手法的产生,具有十分密切的关系。这里,"象思维"之"象",在传统诗学中属于审美意义上的感悟思维。所谓感悟,尤其是"妙悟"(包括顿悟与渐悟),其核心是避免用概念、判断、推理等理性的方法认识事物和自我,而是用非理性的感知、直觉、图景、情感、意绪来关照与把握世界。"妙悟"本为佛教术语,是指修习者识辨事物后所引起的认识上的瞬间变化,也是感悟主体素质与能力高低的表现。佛教思想对人们思维方式超越性的影响是通过其思维的直观性来实现的。刘艳芬《佛教与六朝诗学》写道:"晋宋之际,鸠摩罗什的弟子竺道生把般若学与涅槃学结合起来,提出了顿悟说。他认为,真如本体,在宇宙曰理,而理不可分,故说顿;真如本体,在众生即佛性,而佛性人人本有,故要悟。于此,般若学与涅槃学结合,得其顿悟说。道生认为,众生皆有佛性,众生的悟就是对真如的自然发现;佛性无法分割,必须整体呈现,所以只能靠顿悟,一悟顿了,与理相契,本性

---

① 公木:《毛泽东诗词鉴赏》,长春出版社1994年版,第338页。
② 姜书阁:《诗学广论》,浙江大学出版社2010年版,第185页。

显现，顿悟成佛。道生还明确提出'忘象息言''彻悟言外'与'象外之谈'的直觉方法。他认为：'夫象以尽意，得意则象忘；言以诠理，入理则言息。……若忘筌取鱼，始可与言道矣。'不能一味执着事象，因为一切事象都是'意''理'的假象；也不能执著语言，因为语言只是佛教教化众生的工具。道生的顿悟说是典型的直觉论，其直觉的对象为同体异名的真理和佛性，其直觉的方式是顿悟，其直觉的方法是忘象息言。可见，道生等为代表的佛教学者把印度佛教的直觉论与中国本土儒、道哲学中的直觉思维融合在一起，创造出了新的直觉思维方式。这种新的直觉思维方式因其重视观空而区别于中国固有的哲学直觉论，又因为其强调把自心与真理、本体结合起来进行观照，展现出直觉思维圆融无碍的特点，而有别于印度佛教直觉论。"该书作者还认为，"正是佛教的直觉思维方式的影响，禅学、空观和顿悟受到了中国士族文人的热烈欢迎和充分重视。……佛教这种思维方式不仅成为化解士族文人心头生死焦虑的麻醉剂，而且引领他们超越中国固有哲学思想的局限而强化了对形而上精神的追求。这种思维方式及其所带来的高远情怀和深永覃思与文学艺术创作思维及其特征相似，从而促进了艺术和诗学的发展和繁荣。"①著名田园诗人陶渊明就是在这种思维模式的引领下，"为中国的士大夫提供了一种崭新的生活模式，一种理想的人格范型"，②并且将之升华为一种平凡而又超越的诗境。

"象思维"植根于中国传统哲学中"天人合一"的宇宙观，它不像逻辑思维"一加一等于二"，或"二加一等于三"那样清晰可见，而是如老子所云："道生一，一生二，二生三，三生万物，"（《老子·四十二章》）那样令人深思冥想。其中，"一"与"万物"的关系，就无法运用逻辑思维去演绎与推理，而全凭自己的直觉与感悟。按照老子的解释，"道生一"之"道"等于"无"；"一生二"之"一"，是阴阳未剖的混沌之气；"二生三"之"二"，是阴阳之气；"三生万物"，即"万物负阴而抱阳，冲气以为和"。"照老子看，'道'是形而上的'大象'，而'大'本身可指称'道'，'大象'实即道之

---

① 刘艳芬：《佛教与六朝诗学》，中国社会科学出版社2009年版，第63至65页。
② 陈洪：《诗化人生：魏晋风度的魅力》，河北大学出版社2001年版，第357页。

象。"①还有学者认为:"在我国,《易》这部较早著作中,就已包含了区分'有形之象''无形之象''忘己之象'等不同的'象'的思想"并说:"这里的'有形之象'显然指具体的物象;'无形之象'是事物的抽象;而'忘己之象'据孔颖达的解释,是'遗忘己象者,乃能制众物之形象也',则是一种既非某一具体事物而又能引人想起许多同类事物的概括化的形象。其中已包括了艺术概括的思想的雏形。"②根据这些论述,可以认为"象思维"的"象",不仅仅是春夏秋冬之四象,而是泛指自然宇宙中的万类万象,这中间还有阴与阳、虚与实、刚与柔等相生相克,两两旋转成生生不息的太极图。汪裕雄《意象探源》认为:"天地之视觉表象可以曰'象',引而申之,一切事物的视觉表象无不可曰'象',万千事物可以'万象'称之。'象'既是'观'的结果,便有'观物取象'之说,'象'于是转为动词,用来指称'取象'的心理过程,获得'模拟'(拟象)、'仿效'(法象)、'象征'等意义。"③

对"象思维"而言,首先要善于识象取象,要有所辨析与象征,"取象比类",抒情、言志、论理,都是象所承担的文化使命。例如,"东"字与"西"字,繁体的"东"字,其大篆形如日出于木,会其意,乃主生发;"西"字,其大篆形如大鸟归巢,取日西山之象,会其意,乃主收敛。又如,白居易在《对酒》中写道:"蜗牛角上争何事,石火光中寄此身。"他以蜗牛角上的"触氏"和"蛮氏"以及石火为"象",说明做人凡事要想得宽看得远,不要斤斤计较蜗牛角上的那些小事。这种"取象比类",首先要识象,全依赖感悟的功能,进而让以"感悟"为审美特质的"象思维",奠定了中国诗学思维、乃至中国传统诗学的基础。

就传统诗学中的"六义"而言,风、雅、颂乃诗之三体,赋、比、兴系诗之三法。而赋、比、兴"三法"就与"象思维"的关系密切。"赋"为直叙其事,按中国自《春秋》以来的史家传统,叙事生事象,掺有情感价值判断

---

① 汪裕雄:《意象探源》,人民出版社2013年版,第6页。
② 郭绍虞、王文生:《我国古代文艺理论中的形象思维问题》,《上海文艺》1978年第2期。
③ 同上,第20页。

因素，而不同于西方之重事实；"比兴"二法，"比"为比物引类，"兴"为托物起情，都直接关乎意象。尤其是"兴"，以意象为情感象征，"先言他物以引起所咏之辞"（朱熹《诗经集传》），为营造诗的境界选择与组合意象，较之直接模拟事象（"赋"）和具体比附的喻象（"比"），更是取得了抒情用象的更大灵活性。传统诗学高度重视"赋比兴"这诗之"三法"，尤其是推崇其中的"兴"义，说明"兴象"与"象思维"在诗学心理与心理诗学中的特别作用。清人章学诚说："《易》之象也，《诗》之兴也，变化而不可以方物矣。"又说："《易》象通于《诗》之比兴"（均见《文史通义·易教下》）。盖"比兴"二义均本于《易传》触类引申、同类相动、心物感于气而通之旨，"兴"尤与《乐记》"感物动情"的命题一脉相承，重在强调外物感动人心的兴发作用，以此为诗乐意象构成的秘密所在。清人汪诗韩有云："可与言《诗》，必也其通于《易》"。①古代学者的这些论述，充分说明"象"与"象思维"对运用诗之赋比兴"三法"，成就诗之风雅颂"三体"的重要意义。

2.逻辑思维

按照《现代汉语词典》的释义，所谓逻辑，是指"思维的规律"与"客观的规律性"，而逻辑思维则是指人在认识过程中借助概念、判断、推理反映现实的思维方式。它以抽象性为特征，撇开具体形象，揭示事物的本质属性，也叫抽象思维。姚文放《文学理论》的定义是：所谓抽象思维，也叫逻辑思维，就是从事物大量的感性现象出发，通过分析、归纳和综合，扬弃其中的具体性和个别性，而得出一般性的概念，再通过判断、推理、演绎，概括出其中的内在本质和普遍规律，最后得出科学性的结论。②马克思主义哲学认为，不是概念的逻辑决定事物的进程，而是事物的客观进程决定概念的逻辑。科学的抽象的概念，以及客观世界的事物与现象的本质和规律性，都还要通过判断和推理的形式，反映到人的思维中。马克思说过："语言是思想的直接现实。"无论是何种思维，都不可能离开语言而存在，只能存在于语言材

---

① 汪裕雄：《意象探源》，人民出版社2013年版，第243页。
② 姚文放：《文学理论》，高等教育出版社2015年版，第138页。

料的自然物质的基础上。对逻辑思维而言，为了概括性地反映现实世界，需要运用词和概念作出判断。当然，词和概念是头脑中抽象活动和概括活动的产物，没有语言表现，判断就不能存在，判断必须是用合乎语法规律的词句表现在语言中。推理也是如此。诗歌作为思维活动的表现形式，既要有真实反映客观世界的形象性，也要有通过判断与推理而得出的逻辑性。

毋庸置疑，科学认识是运用抽象思维从感性材料中进行"科学的抽象"，形成"更深刻、更正确、更完全地反映着自然"的概念，然后再把这些概念运用到判断的推理的形式中，得出自然的普遍法则，并具有更加广泛的新的意义。而艺术认识则不同，在认识过程中，客观的外部物质世界自始至终都是以其生动的形象活动于艺术家的思维之中，或者说艺术家的认识过程中的全部思维都离不开具体的认识对象——外部世界的事物和现象，且表现这一认识过程的结果不是概念，而是事物的形象。对诗词创作而言，就是运用积极形象思维，用艺术形象来感动人、教育人、启发人，而不是用抽象的理论、原则来对人进行说教。这种通过形象结合的方式来反映现实和抒情言志的艺术作品，与同运用逻辑思维，通过概念的逻辑联系来揭示对象和客观世界本质的哲学与科学是根本不同的，但形象思维与逻辑思维并不是二元对立的关系，或者说在形象思维过程中，不可能完全摆脱逻辑思维。相反，形象思维也是认识的提高与深化，其结果也应该具有逻辑性，或者说是自然符合于事物本身的客观逻辑。尽管形象思维总不免要驰骋艺术想象，"精骛八极，心游万仞""笼天地于形内，挫万物于笔端"（陆机《文赋》）、"思接千载，视通万里"（刘勰《文心雕龙》），可以超越时空的限制。但是，艺术想象并非是毫无根据的胡思乱想，作为想象的主体往往自觉或不自觉地遵循着联想的一般规律，从对象中选取足以揭示对象本质的形象，进而把握形象的内在联系，形成具体的审美意象，这既表明形象的结合方式同概念的逻辑联系方式是根本不同的。然而也应看到，为了准确地把握具体的对象，在主要运用形象结合方式的同时，也会涉及到概念逻辑联系和方式，进而让二者之间形成互补关系，古今诗词名篇中所蕴涵的逻辑思维也为这种学术观点提供了实证支持。

公木认为，传统诗词的创作过程是从实践到认识，从认识到实践循环反复过程。从认识方面来讨论，"必然谙合于逻辑，特别在观察、感受、取材、想象、构思阶段，即使到遣词造句、剪裁、推敲、谋篇之际，都不得违背一般生活规律的。正是在这个意义上，整个创作过程是可以看作一个认识过程的，至少是全部认识过程中最后一个阶段，或者可以说是调动起了全部心理活动的一个阶段；全部认识过程自然不能归结为一个创作过程，而整个创作过程则当是认识过程的继续深化和完成。"[①]包括积极审美心理活动在内，人的心理活动可以分为知与意两大范畴。知是认识，意是意向。通常，逻辑思维主要属于知的范畴，意向仅仅起着辅助的作用；而形象思维则是知与意两大范畴的对立统一，是认识与意向的结合。一般说来，情感意志这些心理状态不属于认识的范畴，但却会对人的感觉和认识产生强烈的影响，对人的感觉和认识能力起到强化或弱化的作用，直接影响着思维活动。特别是在形象塑造方面，形象乃是被意志所加强被情感所修饰了的认识，而且情感和意志不能不是由思想引起的，又总是以思想为基础的。在认识或创作过程中，如果不是滤清和排除而是加强和加浓意志力量和感情色彩，使认识以栩栩如生的形象显示出来，便是艺术或诗；反之，如果不是加强和加浓而是滤清和排除意志力量和感情色彩，使认识以抽象概念的形式加以证实，便是科学或散文。二者必然同样都会合乎逻辑，或者说同样都具有逻辑性。

彭漪涟《古诗词中的逻辑》一书就通过实证分析，深入浅出地说明诗人在运用形象思维创作诗词的过程中，往往也包含着运用逻辑思维的过程，因而让传统诗词作品自然包含着某些逻辑性。例如，宋代李清照的惜春之作《如梦令》："昨夜雨疏风骤，浓睡不消残酒。试问卷帘人，却道'海棠依旧'。知否，知否？应是绿肥红瘦。"这首小令，运用对话的口吻，曲折地表现了作者对百花的怜惜，对春光的珍惜，对美好事物的热爱，把自己的思想感情融入具体的形象之中。然而，个中却也自觉或不自觉地包含着作者的逻辑思维，蕴含着作者于生活中认识到的逻辑推理，并正是由于这种逻辑性，

[①] 公木：《毛泽东诗词鉴赏》，长春出版社1994年版，第373至374页。

又增加了该词的形象性。请看:起句"昨夜雨疏风骤",引起多情的词人"情以物迁,辞以情发"(《文心雕龙·物色》),自然联想到对春天盛开的百花无疑是一场灾难,将会大杀风景,这又怎么能不引发词人的痛惜之情呢?"浓睡不消残酒"一句,说明由于酒后"浓睡"的主人是被狂风疏雨所惊醒的。惜春长怕花开早,更何况面对百花又惨遭狂风疏雨的摧残呢?从逻辑上讲,这一句是下句的主观原因,首句是下句的客观原因。"试问卷帘人",指的是"未消残酒"的词人,刚从浓睡中惊醒,由于最为关心百花的命运,来不及起来亲自去看,就急忙问自己的侍女。一个"问"字,尽管未说要问什么?却如诗评家所说"一问极有情",且由于逻辑思维的缘故,让"卷帘人"知道所"问"的内容。"却道'海棠依旧'"。这里,"却"字一转,让词人大为不解,深感错愕,因为这不符合逻辑啊!显然未能与词人的心情共鸣,进而引起词人的叠问:"知否,知否?"两句"知道吗"?既表明词人对百花的深切感念,又表明对"卷帘人"所谓"海棠依旧"的回答深感意外。于是,词人凭借自身的逻辑推理,作出了"应是绿肥红瘦"的判断。从这里不难看出,尽管诗学思维主要是形象思维,但是必须有相应的逻辑性,只有寓逻辑于形象之中,才能让诗词作品的内涵、构思更加巧妙,表达更加精练,意境更加深刻。特别是对言"大我"情志的诗词,更应在注重形象的同时不违背逻辑性。

公木在《学诗启示录——诗要用形象思维》一文中还指出:"真正的艺术诗篇总是艺术与哲理的统一。毛泽东诗词中的任何一首,总是掌握一定的现实题材,通过独具匠心的艺术安排,运用丰富多彩的艺术形象,反映出具有诗人的独特风格的无产阶级的先进世界观,革命导师的共产主义世界观。这就是为什么毛泽东诗词有如日月经天而光景常新。它写的个别事件,具有着特殊内涵,而反映出普遍真理。"他以毛泽东词作《沁园春·长沙》为例说道:"秋深了,枫叶红了,江水碧了,岳麓山上层林如醉;湘水中流千帆竞发,鹰在天空飞,鱼在水里游。这些,原都是各自单独存在着的外在的自然。而'景物无自主,惟情所化'。感情是人强烈追求自己的对象的本质力量,是把景物化为形象的融合剂。"词中写的是眼前景,抒的是心中情,但论其源泉,是当年工人和农民运动掀起的轰轰烈烈的革命风暴，是毛主席和他的年青战友们在长沙度过的激情岁月。这些作为构成诗篇源泉的社会生活，并不附丽于诗中之景，而是结晶为诗中之情志，也是一定的社会生活在诗人头脑中反映的产物。它说明诗人的情感等主观因素，必然有其客观必然的规定性，必须是与生活本质相一致相符合的，否则是不能结晶到诗篇中去的。诗人拥有来自社会生活、来自斗争实践的切身感受，当他面对的时候，这种感受就作用于他对自然的感受。心是主观因素，境是客观因素。心就是心情，就是思想，就是观念；境就是环境，就是时代，就是生活。描写的是心情，反映的是生活；这叫形象反映。然而，艺术形象并不仅仅是把直观表象加工成概念这一过程的产物，而是概括了更丰富的由现实生活现实斗争吸摄来的东西。所谓使在物之形与神，与在我之情与理，整然融合，而构成艺术形象。这里，正确认识"在我之情与理"的关系，对理解诗既"要用形象思维"，又"要有逻辑性"很有必要。为此，可仔细阅读与领悟公木有一段十分精彩的论述。他在《学诗启示录——诗要用形象思维》中的"必然要有逻辑性"这一部分的结束语写道："同是属于主观世界的情与理，二者又互相渗透，互相滋生。情必以理为酵母，理必以情为激素。理充实情又制约情，情强化理又冲击理。理在情的煽扬下飞腾，升华为概念，在达到结论之前，逐渐冲淡以至滤清情的因素，概念的参照系是客体，重在发现。它背向诗歌冉冉离去了。情在理的助力下燃烧，结晶为形象。在整个熔铸过程中，不断增添以至融进理的成份，形象是主客体的统一，重在创造。它就是诗，所谓诗要形象思维。当然，从本质上看，它不会是违背逻辑的。而理之所常无，又安知非情之所必有？有时诡谲、荒诞、变形，似乎是违反自然逻辑，但它正是感情的真实。所谓真情实感，是随着想象的翅膀翱翔。这种非理性表现，岂不恰合感情的'逻辑'吗？"[①]

3.形象思维与逻辑思维的关系

形象思维与逻辑思维是人类最为基本的两种思维方式。它们之间的区

---

① 公木：《毛泽东诗词鉴赏》，长春出版社1994年版，第381页。

别：一是思维工具不同，逻辑思维的思维工具是概念，即抽象的词；形象思维的思维工具是表象。表象是客观事物形象的反映，既有直观性又有一定的概括性，是头脑中最简单的形象。二是思维过程及结果不同。逻辑思维舍弃感性现象和各种非本质的特征，只选取抽象的本质特征，思维的结果是抽象的概念，不带有任何具体可感的现象。形象思维始终不舍弃感性现象，它将同类事物中相同的本质特征连皮带肉地集中概括，形成更富有一般性的形象。这个形象既有较高的概括性，也有具体的可感性。[①]然而，尽管形象思维总是用形象来思维，始终不脱离具体现象，但是，形象思维却不排斥概念与概念的逻辑关系。相反，形象思维往往是在逻辑思维基础上进行的。诗学思维理论与实践表明，形象思维与逻辑思维的关系主要表现为，形象思维不能摆脱逻辑思维对它的制约，而只能在整个认识过程中，让感性材料以事物本身的逻辑来活动、反映、表现，并上升为本质的、规律性的认识。

当然，具体的感性材料既是形象思维的基础，也是逻辑思维的基础。作为形象思维成果的艺术作品，其中亦含有逻辑思维所得出的理性认识；而作为逻辑思维成果的科学著作，亦含有各具特色的形象性。在形象思维过程中，形象不是意识中具体事物的消极反映，而是与概念一样，通过对具体表象的深刻认识与认真改造，一开始就把对现象本质的概括和认识，与对具体感性的特征和细节的选择紧密地联系在一起。所以，现象的本质是通过这些具体感性的特征和细节而最充分、最富感染力地表现出来的。这种选择、集中、概括的过程，也就是艺术创造典型形象的过程。因此，形象思维也可以揭示生活现象中最本质的特征，认识和理解生活中的典型事物。艺术的夸张、突出的刻画和感情的饱满，是与艺术中的典型化分不开的。在逻辑思维过程中，人们是从具体到抽象，即从一切细节的、非本质的东西中抽象出主要的、本质的东西，并把那本质以其最明显的形式直接地表达出来。作为思维对象的具体物，也必须作为前提而经常地浮现在我们的表象之前，绝不能丢开具体事物而只研究抽象出来的概念。至于说是否能将逻辑思维等同于抽

---

① 陆一帆：《文艺心理学》，江苏人民出版社1985年版，第96页。

象思维呢？姜书阁认为："逻辑思维是抽象思维，但抽象思维并非都符合于逻辑思维。抽象思维的基本形式是概念、判断、推理。辩证唯物主义和唯心主义相反，把这些东西看做反映客观世界的真实的本质联系的形式，就是说，思想的联系借逻辑规律反映出事物的联系。"①

这里，为了进一步认识形象思维与逻辑思维的关系，还可以从形象思维有悖于逻辑思维的情况谈起。对于那些有违于逻辑思维的形象思维，其原因用姜书阁《诗学广论》中的话来说，那就是：或者作家闭门臆想，根本脱离外部现实，没有感性材料，这就落到唯心主义的泥坑里；或者不是在逻辑思维的基础上进行的，当然就没有逻辑性了。②当然，讲究逻辑性必须懂得艺术与真实的关系，否则也会出现偏颇之见，甚至落下笑柄。例如，我国宋代杰出的科学家沈括（1031-1095）批评杜甫诗《古柏行》就是一例。他说："杜甫《武侯庙柏诗》云：'霜皮溜雨四十围，黛色参天二千尺。'四十围乃是径七尺，无乃太细长乎？"（《梦溪笔谈》卷二十三）他以精确的数学计算出四十围是七尺，于是认为，粗只是七尺，高二千尺，"无乃太细长"，不合实际，这说明他不懂得艺术上的夸张。作为形象思维的艺术，需要夸饰。刘勰在《文心雕龙·夸饰》中说夸饰"可以发蕴而飞滞，披瞽而骇聋。"就是说夸饰可以创造出生动的艺术形象，起到使人打开眼界和振聋发聩的作用。如同李白《秋浦歌》中的"白发三千丈，缘愁似个长"的名句，把"愁"容附着在"白发"上，并极尽夸张之能事，加上一个"三千丈"的数量描述，使抒情主人公的形象特征更加突出。诚然，夸饰不等于真实，但也不能完全脱离现实生活的基础，丧失基本的逻辑性。鲁迅在《漫谈·漫画》中说得好："'燕山雪花大如席'，是夸张，但燕山究竟有雪花，就含着一点诚实在里面，使我们立刻知道燕山原来有这么冷。如果说'广州雪花大如席'，那可能就变成笑话了。"可见就是夸张也要含有一定的逻辑性，这就是鲁迅所说的要"含着一点诚实在里面"。又如，宋代严有翼《艺苑雌黄》云："吟诗喜作豪句，须不畔（'畔'的意思就是'背'）于理方善。如东坡《观崔白骤雨图》云：'扶

---

① 姜书阁：《诗学广论》，浙江大学出版社2010年版，第185页。
② 同上，第184页。

桑大茧如瓮盎，天女织绡云汉上。往来不遣风衔梭，谁能鼓臂投三丈？'此语豪而甚工。石敏若《咏雪诗》有'燕南雪花大于掌，冰柱悬檐一千丈'之语，豪则豪矣，然安得尔高屋邪？虽豪，觉畔理。"（见胡仔《苕溪渔隐丛话·后集》卷二十六）这就是说，吟诗索豪句须用夸张，但"须不畔于理"，就是要含有一定的逻辑性。而"冰柱悬檐一千丈"却有违背了理，这是因为平常的屋檐是远没有那么高的。试比毛泽东《卜算子·咏梅》中的词句"已是悬崖百丈冰"，就是既夸张得形象鲜明而又完全合于逻辑，"不畔于理"。因为悬崖可说百丈，冰当然也随之而有百丈；悬檐不要说百丈，又何况千丈呢？

此外，传统诗词与梦文化关系密切，其中或出于形式，或出于内容上的需要，可能出现有悖于逻辑的现象，这恰好体现的是思维的逻辑性。梦的基本特征有二：一是朦胧性。正如欧阳修《述梦赋》所云："行求兮不可遇，坐思兮不可处。可见唯梦兮，奈寐少而寤多；或十寐而一见兮，又若有而若无；怎若去而若来，忽若亲而若疏，杳兮倏兮，犹胜于不见兮，愿此梦之须臾。"二是怪诞性。正如俄国捷普洛夫《心理学》所说："梦境的特征在于事件不自然的流动，奇异形象的出现，这些形象好像是真实形象和物体的怪诞的组合。"[①]正是由于梦的这些特征，所以梦境中的有些形象缺乏逻辑性，倒正是梦幻现象的逻辑反映。例如，苏轼词《江城子·乙卯正月二十日夜记梦》："十年生死两茫茫。不思量，自难忘。千里孤坟，无处话凄凉。纵使相逢应不识，尘满面、鬓如霜。夜来幽梦忽还乡。小轩窗，正梳妆。相顾无言，惟有泪千行。料得年年肠断处，明月夜，短松冈。"正由于是"记梦"，所以才让词作者能见到已经逝世的妻子。其实，梦是人类共同的审美话题，在传统诗词文化中，更是一种特别的形象思维空间，让诗人对理想与希望的执着追求，生成一种梦幻化的境界。这里，还可用一个古代诗话中的诗例来佐证。柳宗元诗《别舍弟宗一》："零落残红倍黯然，双垂别泪越江边。一身去国六千里，万死投荒十二年。桂岭瘴来云似墨，洞庭春尽水如天。欲知此

[①] 蔡镇楚、龙宿莽：《唐宋诗词文化解读》，北京图书馆出版社2004年版，第390至391页。

后相思梦,长在荆门郢树烟。"关于此诗的尾联,宋人周紫芝《竹坡诗话》认为:"梦中安能见'郢树烟'?'烟'字只当用'边'字,盖前有'江边'故耳。不然当改云:'欲知此后相思处,望断荆门郢树边。'如此却似稳当。"① 然而,周氏说法颇受后人訾议,清人马位《秋窗随笔》曰:"既云梦中,则梦境迷离,何所不可到?甚言相思之情耳。一改'边'字,肤浅无味。"② 这个例子表明,诗用形象思维,但还是不能违背日常生活中的逻辑,否则,就会遭受异议。当然,梦中见闻当是例外,这也是逻辑使然。

(二)诗学思维的审美观照

传统诗词的创作与鉴赏过程,所运用的以审美意象为特色的积极形象思维,也可以说是一种积极的审美思维。积极心理诗学理论与实践表明,基于积极的审美心理,诗人积极的审美意识激活积极的审美思维,把"在心为志"融入审美意象,通过情景交融的诗家语而外化成"发言为诗",让诗学思维的美感特质蕴涵于诗词作品的字里行间,并通过诗词作品中的审美意象来营造审美意境,进而彰显出传统诗词的本质特征。

1.诗学思维的审美特质

诗学思维属于艺术审美思维范畴。根据艺术美学的论述,"艺术审美思维的基础是审美意识及其与艺术现象的天然联系","艺术审美思维表现为人与艺术对象之间的审美判断或艺术思维"。③意识是存在的反映,审美意识产生于主客体之间"合二为一"的审美感应。苏轼的《琴诗》云:"若言琴上有琴声,放在匣中何不鸣?若言声在指头上,何不于君指上听?"该诗将主客体之感应,比作手指弹琴,说明离开主客体感应的任何一方都不可能产生艺术。正如《管子·五行》所说:"人与天调,然后天地之美生。"显然,在诗人积极的审美思维中,既离不开积极的审美判断,也呈现出不同的运行机制与

---

① 周紫芝:《竹坡诗话》,《历代诗话》上册,中华书局1981年版,第356至357页。

② 陈伯海主编:《唐诗汇评》(中),浙江教育出版社1995年版,第1776页。

③ 雷礼锡:《艺术美学》,武汉大学出版社2020年版,第90页、第94页。

审美方式，据此可以去解读诗学思维的相关特质。

从诗学思维的积极审美判断而言，首先，诗人积极的审美判断是一种直觉判断、直接判断与感性判断，是诗人基于言志抒情，面向审美对象时直接产生的判断与认识。和间接判断与理智判断不同，积极的审美判断不需要借助其他中介事物或认识原则来形成判断与认识。其次，积极的审美判断是诗人在积极审美心理的引领下生成的一种积极情感判断，追求特色鲜明的审美意象。这也就意味着：一是必须具有相应的审美经验，对审美对象有一定的认识与理解，且越是对审美对象有深刻的认知，就越能够发现深藏其中的美妙，进而形成情感与思维上的澄明，获得诗意的积极审美享受。二是必须保持积极的审美心态与情绪，才能学会审美，学会生存与生活，进入积极的审美体验，捕捉与选择审美意象。三是积极的审美判断中情感具有超功利性，尽管它不排斥有的诗词艺术带来一定的实际效用（如"三应"诗），但决不允许这种情感沦为功利心的奴隶。再次，积极的审美判断是一种自由判断，体现了审美主体的自由意志与自我意识。当然，传统诗词"思无邪"的本质特征，作为一种"诗教"意识，亦融入历代诗人的心灵，成为诗人积极审美判断的一种"潜意识"，往往是以"浸润"的方式来实现它的干预作用的。

从诗学思维的运行机制而言，由于积极审美心理的引领作用，诗人审美意识的自由实现过程，往往通过审美需要、审美动机、审美行为、审美体验与审美超越等环节，[①]最终凝结成传统诗词作品的审美意象与审美意境。其一，积极诗学心理的积极需要，其内涵是一种积极的审美需要。这种需要既不同于一般的心理需要，也不同于一般的审美需要，与实际上物质或生理满足无关，而主要是针对主观的情感与精神满足，体现为"无欲之欲"，其核心意蕴是于审美意象与审美意境中实现自我意识与自我精神的升华。例如，从清人刘熙载对杜甫的高度赞许，就可以看出诗圣的积极审美需要："杜诗高、大、深俱不可及。吐弃到人所不能吐弃，为高；涵茹到人所不能涵茹，为大；曲折到人所不能曲折，为深。"[②]其二，积极审美需要会促使诗人去追寻

---

① 雷礼锡：《艺术美学》，武汉大学出版社2020年版，第100–103页。

② 刘熙载：《艺概》卷二《诗概》，上海古籍出版社1978年版，第59页。

审美意象，这种追寻是由积极审美心理的积极动机激发出来的审美行为，亦是为了满足审美主体自身的积极审美需要而从事审美活动的内在原因。遵循积极心理学关于自我决定动机的连续体理论，审美动机是一种特殊的审美情感活动，一头连着内在的审美需要，另一头连着外在的审美对象。根据激起审美行为的审美动机的自主性程度的高低，同样可分为内在动机、外在动机与无动机三种类型。其三，审美动机是决定审美行为的直接动力，审美行为则是一种满足审美需要、源于审美动机的现实审美活动。在特定的时间与空间场景中，审美行为确立了审美主体与审美对象之间的精神联结，并通过审美感应生成审美情感。如果说审美需要与审美动机表现为审美主体的内在心理状态，那么审美行为就是审美主体将内在的审美需要，通过外在的感性活动方式表现为现实的审美过程。其四，具体的审美行为是通过积极审美体验来实现的。这种体验是在具体的审美行为过程中，以审美主体的自我感悟为基础，在审美主体与客体之间形成情景交融与心物感应，从而催生审美感应的精神状态。对诗人积极的审美思维来说，这种状态既是一种过程，也是一种结果。其过程是通过情景交融、心物感应的方式体现出来的；其结果是通过审美感应而选择与组合审美意象来实现的。其五，作为积极审美体验的外显与物化，传统诗词的审美意象组合最终生成审美意境，升华出审美超越。按照艺术美学的论述，审美超越可以指向三个不同的层面：一是超越世象，即超越世俗事务，让人真切地感受到传统诗词意境的精神趣味；二是超越物象，即"超以象外"，超越艺术形式或艺术形象，不受艺术形式与形象的诱惑与干扰；三是超越心象，即超越人的内在欲念，不为人的内在理想欲望所累，达到如庄子所说的"大美"境界。[1]

从诗学思维的审美方式而言，根据艺术美学的论述，它以审美意识为基础，在审美需要的推动下，审美思维往往表现为感性审美、理智审美与超验审美这三种方式。当然，这三种方式并不是前后相续、有序推进的逻辑关系，更不能说它们是由低级到高级的不同审美方式。在实际的审美活动

---

[1] 雷礼锡：《艺术美学》，武汉大学出版社2020年版，第103页。

中，这三种审美思维方式常常是彼此牵连、相互渗透，构成复合性的审美思维。[①]其中，所谓感性审美，就是针对感性形式的审美思维方式，它的最大特点就是关注审美对象的形式美，包括审美对象的形式要素及其组织方式，如传统诗词中的语言单元、意象符号及语言结构等。感性审美最能代表人的情感取向，也最能在艺术领域展开无实际功利需要的主观体验活动。所谓理智审美，是指超越事物的感性形式，超越具体的物象，理解感性形式、具体物象同外在的关系，领悟事物背后的精神意义的审美思维方式。相比感性审美，理智审美不是单纯的情感判断，而是复合审美。产生复合审美的根本原因在于，艺术作品本身就是情感、精神与文化信息的复合载体，而不是孤立的存在现象，也不是孤立的审美对象。可以说，传统诗词中的哲理诗就是运用理智思维的产物。所谓超验审美，是指超越那些可能干扰审美判断、形成美感差异的经验标准、先验原则的审美思维方式。对审美思维而言，经验、先验、超验这三个概念主要用于指称审美思维的不同逻辑基础与进程，表明审美超越的必然性及其特点，超验审美也就是在感性审美或理智审美的基础上实现审美超越。例如，在诗词创作与鉴赏过程中，诗人遵循郑板桥的所谓"三竹"说，即"眼中之竹""心中之竹"与"手中之竹"，自始至终都是围绕着诗词作品的审美意象与审美意境进行的，其实也是在自觉或不自觉地经历经验、先验与超验的审美判断。

2.传统诗词的本质特征及其审美内涵

语言是思维的工具，"诗家语"是诗学思维的物化形态。因此，从末端反观源头，即从传统诗词的本质特征及其审美内涵来深入理解诗学思维，也就是以审美意象为特色的积极形象思维是很有必要的。

（1）传统诗词的本质特征。所谓本质，按照《现代汉语词典》的释义，是指事物本身所固有的、决定事物性质、面貌和发展的根本属性。"特征"是指可以作为事物特点的征象、标志等。显然，事物的本质特征，不能用简单直观的方式去认识，必须透过现象去认为与把握。纵观千百年来的传

[①] 雷礼锡：《艺术美学》，武汉大学出版社2020年版，第103—113页。

统诗学,源远流长的中华诗教传统,可以说已经彰显并决定着传统诗词的本质特征。

"诗言志"或"诗言情志"是历代诗论的"开山纲领",不过这个"开山纲领"只是道出了"诗"不同于"文"的外在特征,而只有"情志"的"根本属性"才是传统诗词的内在特征。这就是孔子所说的:"《诗》三百,一言以蔽之,曰:'思无邪'。"其中,"思"字之义,可以根据《孟子·告子上》关于"心之官则思,思则得之,不思则不得也"来阐释与理解,意味着主体的能动性。"思无邪"不但意味着"心"无邪,更意味着以心灵为对象的反思。它所要求的无邪之"心",不只是"可以是什么样",而且更当是"应该是什么样"。于是,由"无邪"之"心"所统驭的无邪之"思",必然是喷发出无邪之"情志",放飞无邪之"言",说明"无邪"是传统诗词所言"情志"的内在特征。

毋庸置疑,"无邪"是传统诗学的一种"自律",与"文以载道"的要求一脉相承。但是,诗之"无邪",不是空白无邪,而是内涵着"真善美"的大美无邪。《毛诗正义》将诗之"六义"分为"三体三用",即"风、雅、颂"为诗之"三体","赋、比、兴"为诗之"三用"。之所以要通过"三用"来表达"三体",就源于传统诗词本质特征的内在要求,其目标指向就是彰显诗的审美价值。例如,由《乐记》的"物之感人"、陆机的"何物不感"、刘勰的"诗者感物"等论述所代表的"物感说",就开启了运用比兴手法的"心物互感"的积极审美体验。又如,司空图《二十四诗品》关于"思与境偕""象外之象""韵外之致"及"味外之旨"等诗学理念,就注意到诗歌艺术活动中的审美感觉、审美意象与审美效果等审美问题。[①]再如,严羽的"兴趣"说、王士禛的"神韵"说,都是从积极审美体验层面对比兴问题进行更为深入的探讨。还如,王国维的"境界"说,更是强调"境界"既是诗词作品最本质的审美特征,又是诗词作者最高的审美理想。司马光更是从审美高度发展了传统诗学的核心理念,认为"在心为志,发口为言。言之美者为文,文之美

---

① 刘怀荣:《赋比兴与中国诗学研究》,人民出版社2007年版,第381页。

者为诗。"(《赵朝议文稿集序》)有鉴于此,传统诗词的本质特征完全可以用"主言情志,大美无邪"来描述。

(2)传统诗词本质特征的审美内涵。传统诗词所言"情志"的"无邪"与"大美",可以从"形而下"与"形而上"两种视角来理解。所谓"形而下"之美,就是那些可视之美,即孟子所言"目之于色也,有同美焉。"也就是明代学者谢榛所说的"四好":"凡作近体,诵要好,听要好,观要好,讲要好。诵之行云流水,听之金声玉振,观之明霞散绮,讲之独茧抽丝。"①所谓"形而上"之美,则是"天地有大美而不言",或者说"游心于物之初"才能得到的"至乐至美",是审美本体的高级形态,也是王国维所说"词以境界为最上"之境界美的哲学升华。

于是,"真善美"的艺术价值亦需要从这样的两种视角来理解:一方面从"形而下"的视角来理解"真善美"。其中,"真"是诗言"情志"的必然要求,因为只有"写真景物、真感情者",才能"谓之有境界"。真诚是诗词感人最重要的品质,正如《庄子·渔父》所云:"真者,精诚之至也。不精不诚,不能动人。"刘勰《文心雕龙·情采》就称赞"昔人什篇,为情造文""要约而写真。""善"既是诗人做人做诗的价值取向,也是诗人言志抒情的社会责任。"己所不欲,勿施于人",就是最基本的可感之"善"。刘勰《文心雕龙·明诗》认为;"诗者,持也,持人情性;三百之蔽,义归'无邪',持之为训,有符焉耳。"其中,"持"就是要求雅正,作为诗的基本功能,对内是抒发情志,对外是陶冶性灵,必须以"善"为出发点与落脚点,做到"发乎情,止乎礼义。"而"美"则是基于"真善"之基础,诗人用来言志抒情,感发人心的一种艺术手法,犹如将米加工成酒的"酿造工艺"。通常,诗词作品所构筑的可视之美,往往是在诗学心理的驱动下,在积极的审美体验中激起积极的形象思维,引领以"比兴"为主的积极修辞手法来实现的。另一方面从"形而上"的视角来理解"真善美"。这时的"真善美"浑然一体,不可分离,彰显出三者融合的"大美"。方东美《中国人生哲学》提出:"人类以心

---

① 姜书阁:《诗学广论》,浙江大学出版社2010年版,第26页。

的体用为主脑所发泄的生命功能可分两方面观察：一属理，一属情。依理着想，心的历程带动生命，遂起思虑测度，发为系统知识。所谓'正心'，'尽性'，'诚意'，'致知'，乃属于理的一贯生活。就情着想，则心的作用斡旋生命，引发创造冲动，此为高雅的精神人格。所谓'存心'，'养性'，'达情'，'遂欲'，乃属于情的一贯生活。"①这里，方东美将"心"的体用，概括为理与情两个系统。但根据古人的理解，实际包括传统所说的知、理、情三个主要方面，即如《管子》所说"心也者，智之舍也"，是取"知"的一面，其价值是"真"；《左传》所说"情动为志"，是取"情"的一面，其价值是"美"；董仲舒《春秋繁露·循天之道》所说"心之所之谓意"，是取"意"的一面，其价值是"善"。这就是说，在中国传统的诗学心理中，源于诗学思维的真善美向来是不可分割的，这也是"思无邪"对"在心为志，发言为诗"的自律性要求。朱熹关于《论语·为政》"吾十有五而志于学"的注释"心之所之谓之志"，②也就是把志作为一切精神活动的综合，并认为它发自于心，也可以作为是对此的注释。

从"形而上"的视角来感受传统诗词的审美价值，可以将传统诗学中的诸多概念（如"气""神""韵""境""味""真""灵""逸""兴""趣"等）融入其中，并从中体会到诗所言情志"大象无形""大美无邪"的美的极致。其内涵表现为：一是强调这种美是传统诗词所追求的最高境界；二是强调这种美不只是在实体之内，而还在实体之外，即美在象外、意外、言外；三是强调这种美是审美主体的精神创造。这就是说，"主言情志，大美无邪"作为传统诗词的本质特征，既是传统诗词外在特征与内在特征的融合与统一，也是追求真善美永恒价值的必然要求。

3.传统诗词本质特征的审美表达

传统诗词的审美表达既离不开语言符号，又往往超出语言符号本身常规性与实用性的意义。诗中的审美意象并不追求客观的实用价值，它所创造的

---

① 方东美：《中国人生哲学》，台北黎明文化事业公司1970年版，第149页。
② 王文生：《中国文学思想体系》，上海古籍出版社2017年版，第242页。

第三章 积极审美心理引领下的诗学思维

审美价值,是诗人内在情志的一种外化与象征。通常,人们所喜欢的诗,是那些既有情韵又有思想这样情理相融的诗。读完这样的诗,能让人"像闻到玫瑰花的香味一样的感知思想"(艾略特)。古人叶燮早就有言:"惟不可名言之理,不可施见之事,不可径达之情,则幽渺以为理,想象以为事,惝恍以为情,方为理至、事至、情至之语。"(《原诗》)诗当写"理至、情至、事至"之语,说明一首诗如果没有感情就没有肌体,而没有思想就没有灵魂。按照别林斯基的说法,"诗的本质就在于,给不具形的思想以生动的、感性的、美丽的形象。"(《别林斯基论文学》)这些话也可以说是从诗论的视角,对诗"主言情志,大美无邪"这一本质特征的一种诠释,完全可以从中去体悟诗学思维的审美特征。

(1)积极形象思维是传统诗词"主言情志"的审美需要。首先,由于这种思维是由以主言情志为特色的积极审美心理所支配的,所以需要主言情志的审美思维方式,不但与人类的其他活动有着根本区别,亦不同于其他类型的审美活动。这种思维方式是通过以"赋比兴"为特色的积极修辞手法来实现的,是以诗意的情调来体悟自然和人生,并从中反映出体现生命意识的天人合一的思想和以人为中心的体悟特征。积极形象思维的审美特征,决定了审美活动中人对外物的"看"法,是通过虚静的心灵和妙悟的方式使主体的生命进入崭新的境界,与一般认知和功利色彩的感受是截然不同的。在积极形象思维过程中,审美活动不只是主体以身心去观照对象,而且还可能是一种以气合气的生命体验,在心物共感共鸣中去体现宇宙的生命精神。在传统诗词中,那些充满着五彩缤纷的优美意象,都是得益于"江山之助"的自然万象的灵性。王国维《人间词话》提出:"诗人对宇宙人生,须入乎其内,又须出乎其外。入乎其内,故能写之。出乎其外,故能观之。入乎其内,故有生气。出乎其外,故有高致。"[①]从表面上看,诗人是在那里不动声色地悠闲地吟咏山川风月,但诗人无论是入乎其内,还是出乎其外,都在表现人的一种情思,一种心境,一种理想人格,一种人生命运。诗人在审美活动中,既

[①] 王国维:《人间词话》,吉林文史出版社2007年版,第85页。

是用眼、耳等感官的生理节律去体悟自然的生命节律,又是用体现生命情调的心态去体悟物趣,使情景交融,完成虚实相生的意象建构,并努力追求刘勰所谓"神与物游"的诗词妙境。可以说,像"落花人独立,微雨燕双飞"之类的诗句,其意象优美,意境深邃,都是一种独具匠心的积极审美体验。

（2）传统诗词"大美无邪"彰显了积极形象思维的审美价值。传统诗词的创作与鉴赏活动,是一种积极的审美活动。诗人通过积极的审美体验,搜寻审美意象,并运用以赋比兴为特色的积极修辞手法,通过审美意象来创造诗词作品的审美意境。从积极心理诗学的角度看,诗人积极的审美体验是在积极情绪激发下的积极审美体验,"这种体验可能是瞬间产生的、压倒一切的敬畏情绪,也可能是转眼即逝的极度强烈的幸福感,或甚至是欣喜若狂、如醉如痴、欢乐至极的感觉。"（马斯洛《谈谈高峰体验》）与此同时,与其他的审美体验不尽相同,诗词创作与鉴赏过程中的积极审美体验,或体现为"意象——语符"思维,或体现为"语符——意象"思维。按照童庆炳的观点,审美起码具有如下特征:[①]一是具象性,美感总是伴随着历历如绘、栩栩如生的形象；二是情感性,只有情感饱满,才能动人心魄；三是模糊性或朦胧性,因为只有模糊或朦胧才能意味无穷；四是整体性或组织性,这是因为在审美体验中,审美主体具有完形和投射功能,可让不完整的组织完整,让空白填补为充实；五是创造性,这是因为当审美主体的积极体验达到极致之时,其内在的积极需要与积极动机就会放飞心灵,进而催生出无拘无束的自由创造。于是,积极形象思维的审美特征,就可以生成"有情韵又有思想内容的情理相融的诗",让诗既"有肌体"又"有灵魂",进而解决好朱光潜《诗论》中所说的"诗的特殊功能"问题。

朱光潜认为:"我们把情感思想和语言的关系看成全体和部分的关系,这一点须特别着重。……情感中有许多细微的曲折起伏,虽可以隐约地察觉到而不可直接用语言描写。这些语言所不达而意识所可达的意象思致和情调永远是无法可以全盘直接地说出来,好在艺术创造也无须把凡所察觉到的全盘

[①] 童庆炳:《中国古代心理诗学与美学》,中华书局,2013年版,第85页。

直接说出来。诗的特殊功能就在以部分暗示全体，以片段情境唤起整个情境的意象和情趣。"[1]这里，朱光潜所说这个"特殊功能"，可以说是积极形象思维审美特征的具体表现，也就是说要用"寄意于言外"来解决"言不尽意"的难题。正如刘勰《文心雕龙·隐秀》所云："隐也者，文外之重旨也；秀也者，篇中之独拔者也。隐以复意为工，秀以卓绝为巧，斯乃旧章之懿绩，才情之嘉会。"又说："夫隐之为体，义立文外，秘响傍通，伏采潜发，譬爻象之变互体，川渎之韫珠玉也。"不难看出，刘勰像朱光潜一样，亦是在说诗的"特殊功能"，即以"言内"这一"部分"暗示"言外"那个"全体"，以"言内"中的"片段情境"唤起"言外"中的"整个情境"的意象和情趣。

（3）传统诗词"主言情志，大美无邪"，要求感性、理智与超验三种审美思维方式的有机统一。诗学心理活动是一种以主言情志为特色的积极审美心理活动，在审美过程中，审美主体往往不是消极地反映审美对象，而是通过想象力，充分发挥自身情感的能动性作用，创造一种基于现实又超越现实的理想境界。正因为如此，传统诗学还特别注重审美主体问题，要求审美主体"发乎情，止乎礼义。"例如，孔颖达疏《毛诗正义》就有"非君子不能作诗"之说，刘熙载《艺概·诗概》就有"诗品出于人品"之说。明代杜诗评论家王嗣奭《杜臆》写道："当其搦管，境到、情到、兴到、力到；而由后读之，境真、情真、神骨真而皮毛亦真。"[2]诗圣杜甫的诗学理念与经典名篇告诉我们，诗言情志之"真"，需要从内在与外在两个层面加以审视。所谓内在之"真"，即刘勰《文心雕龙·明诗》所言："人禀七情，应物斯感；感物吟志，莫非自然。"所谓外在之"真"，即诗人的情感表现应当与客观实际和人之常情相符，且只有情志内外一致，才能用真情实感来打动人。古往今来，因人品丧失而导致诗品降格的实例，可以说不只是个案。

清初遗民诗人杜濬，其诗学思想特别主张"人即是诗，诗即是人"，强调真正的"真诗"，当是诗品与人品的统一，从诗中能够看出诗人的人格。否则，若只是不拘格套，不守陈法，以表达主观性情为旨归，但诗中语言与

---

[1] 朱光潜：《诗论》，漓江出版社2011年版，第84页。
[2] 常法宽：《诗词曲赋知识手册》，商务印书馆国际有限公司2009年版，第29页。

人的性情是分离的，则只是"佳诗"而非"真诗"。他在《与范仲闇》一文中写道："世所谓真诗，不过篇无格套，语切人情耳，弟以为此佳诗，尚非真诗也。何也？人与诗，犹为二物故也。古来佳诗不少，然其人要不可定于诗中。即诗至少陵，诗中之人，亦仅有六七分可以想见。独陶渊明，片语脱口，便如自写小像，其人之岂弟风流，闲情旷远，千载而上，如在目前。人即是诗，诗即是人，古今真诗，一人而已，可多得乎？"（《变雅堂文集》卷四）[1]周振甫在点评刘勰《文心雕龙·明诗》时指出：《明诗》"注意诗的思想和美刺作用，又不忽略缘情和文采。像'义归无邪'，就是思想要正确；'持人情性'，……就是讲诗的美刺作用。这样论诗，是尊重诗言志和诗用来讽谏的传统说法，跟……陆机《文赋》的'诗缘情而绮靡'，不讲言志无邪的不同。《明诗》并不忽视诗歌要绮丽的一面。这样，比起光讲诗言志或诗赋欲丽来就较全面了。"[2]这就说明，作为审美主体的诗人，应以赤子之心的高度自觉，用与时代同频共振的积极审美体验，去追求真善美的艺术价值。古往今来的诗学理论与实践都表明，"真"与"善"携手同行，没有"真"与"善"，就谈不上"美"。反之，如果没有"美"，再"真"的情感，再"善"的志向，或许只能是干巴巴的说教，产生不了"润物细无声"的感化力量。这也好比再好的"米"，如果不用"酿造工艺"，也只能做成饭，而不能酿成酒。只有全面认识传统诗词的本质特征，坚持"诗言情志"，崇尚"大美无邪"，发展"三体三用"，才能创作出反映中国人审美追求，思想性、艺术性、观赏性有机统一的优秀诗作来。

（三）诗学思维的审美意象及其主要特征

诗学心理活动是一种积极的审美心理活动，由此所引发的积极形象思维，其审美思维路径是在整个艺术构思的基础上选择与组合意象，进而将心中的"情志"物化出诗的审美意境。在中国传统美学看来，意象既是美的本

---

[1] 陈水云：《中国古典诗学的还原与阐释》，中国社会科学出版社2013年版，第114至115页。

[2] 刘勰：《文心雕龙》，周振甫：《文心雕龙译注》，江苏教育出版社2006年版，第129页。

体，也是艺术的本体。所谓意象，通俗的说法就是"情景交融"，即所谓"山苍水秀，水活石润，于天地之外，别构一种灵奇"（方士庶《天慵庵随笔》上），亦所谓"一草一树，一丘一壑，皆灵想之独辟，总非人间所有"（恽南田《题洁庵画》，见《南田画跋》）。袁行霈《中国诗歌艺术研究》则将其定义为："意象是融入了主观情意的客观物象，或者是借助客观物象表现出来的主观情意。"①其中，"象"是客观的，而"意"是主观的，即是诗人的审美经验和人格情趣。比较意象与意境，意境是诗人的主观情意和客观物象互相交融而形成的艺术境界，而意象则是构成诗歌意境的一些具体的、细小的单位。意境好比一座完整的建筑，意象则只是构成这建筑的一些砖石。汪裕雄《审美意象学》认为，审美意象是审美心理的基元。在审美活动过程，审美意象是创造活动与欣赏活动的心理中介，可分为两大类型，即知觉性审美意象与想象性审美意象。②但是，根据朱光潜《诗论》关于"直觉"与"知觉"的论述，鉴于汪裕雄将"知觉性审美意象"诠释为是"产生在物我猝然相遇的刹那之间"，所以笔者认为称之为"直觉性审美意象"更为合适。

1.直觉性审美意象

所谓直觉性审美意象，是审美活动中物我双向交流的心理成果，表现为"心物感应"或"情景交融"。这里，"情"与"景"融合和畅，一气流通。正如王夫之所言："情景名为二，而实不可离。"（《姜斋诗话》）如果"情""景"二分，互相外在，互相隔离，那就不可能产生审美意象。离开主体的"情"，"景"就不能显现，就成了"虚景"；离开客体的"景"，"情"就不能产生，也就成了"虚情"。只有"情""景"的统一，所谓"情不虚情，情皆可景，景非虚景，景总含情"（王夫之《古诗评选》卷五，谢灵运《登上戍石鼓山》评语），才构成审美意象。朱光潜《文艺心理学》也明确指出："'直觉属于我，形象属于物'，原是一种粗浅的说法。严格地说，直觉除形象之外别无所见，形象除直觉之外也别无其他心理活动可见出。有形象

---

① 袁行霈：《中国诗歌艺术研究》，北京大学出版社2009年版，第54至55页。
② 汪裕雄：《审美意象学》，人民出版社2013年版，第10页。

必有直觉，有直觉也必有形象。直觉是突然间心里见到一个形象或意象，其实就是创造，形象便是创造成的艺术。因此，我们说美感经验是形象的直觉，就无异于说它是艺术的创造。"①这就充分表明，直觉对催生审美意象的重要性。

刘勰《文心雕龙》继承与弘扬了主体与客体自然感应的思想，深入论述了"心物感应"或"情景交融"问题。其《物色》篇开端即云："春秋代序，阴阳惨舒；物色之动，心亦摇焉。"又云："岁有其物，物有其容；情以物迁，辞以情发。"《物色》篇还云："诗人感物，联类不穷，流连万象之际，沉吟视听之区。写气图貌，既随物以宛转；属采附声，亦与心而徘徊。"②尤其是结合《诠赋》篇的论述，可以看出刘勰高度重视心物感应作用的双向性。他在《诠赋》篇云："原夫登高之旨，盖睹物兴情。情以物兴，故义必明雅；物以情观，故词必巧丽。丽词雅义，符采相胜。"③按照王元化《文心雕龙创作论》的解释："'随物宛转'是以物为主，以心服从物。换言之，亦即以作为客体的自然对象为主，而以作为主体的作家思想活动服从于客体。相反的，'与心徘徊'却是以心为主，用心去驾驭物。换言之，亦即以作为主体的作家思想活动为主，而用主体去锻炼，去改造，去征服作为客体的自然对象。"④刘勰的精彩论述，清楚地描绘了运用积极形象思维而生成直觉性审美意象的艺术过程。

对"情以物兴"和"随物宛转"而言，则是以客观实在之物引发情兴，倾向于外在感应；而对"物以情观"和"与心徘徊"而言，则倾向于内在感应。通常，感应双方如孔颖达《周易正义》所云："感者动也，应者报也。皆先者为感，后者为应。"这就是说，"情以物兴"和"随物宛转"是物感心应，表现为"景"；而"物以情观"和"与心徘徊"则是心感物应，表现为"情"，且二者是同时并存的双向流程，进而促使"情景交融"。朱光潜《诗论》高

---

① 朱光潜：《文艺心理学》，漓江出版社2012年版，第11页。
② 刘勰：《文心雕龙》，中国社会科学出版社2005年版，第319页。
③ 同上，第49至50页。
④ 王元化：《文心雕龙创作论》，上海古籍出版社1979年版，第74页。

度重视一个"见"字在生成直觉性审美意象中的作用。他认为:"无论是欣赏或是创造,都必须见到一种诗的境界。这里'见'字最要紧。凡所见皆成境界,但不必全是诗的境界。一种境界是否能成为诗的境界,全靠'见'的作用如何。要产生诗的境界,'见'必须具备两个重要条件。"①这两个重要条件:一是诗的"见"必为"直觉",而不是"知觉"。所谓直觉,是对于个别事物的知,所谓知觉,是对于诸事物中关系的知,亦称"名理的知"。诗的境界是用"直觉"见出来的,它是"直觉的知"的内容而不是"名理的知"的内容。二是所见意象必恰能表现一种情趣,"见"为"见者"的主动,不纯粹是被动的接收。所见对象本为生糙零乱的材料,经"见"才具有它的特殊形象,所以"见"都含有创造性,"见"为直觉时尤其是如此。由此可见,由"心物感应"或"情景交融"生成的审美意象,当是"直觉性"审美意象,而不是"知觉性"审美意象。

例如,陶渊明诗《饮酒》其五:"结庐在人境,而无车马喧。问君何能尔?心远地自偏。采菊东篱下,悠然见南山。山气日夕佳,飞鸟相与还。此中有真意,欲辨已忘言。"该诗前四句自叙远避尘嚣,甘于淡泊的闲适心情,而后四句则描述寄心田园,融入自然,悠然自得的惬意心境。结尾两句让人留下"悠然心会,妙处难与君说"的感觉。可以说诗人的"真意",就是他在积极的审美体验中生成审美意象,并通过选择与组合审美意象而形成诗词作品的审美意境。全诗的关键就在那个"见"字。"悠然见南山"中的"见"字,宋代俗本作"望",苏轼以为非是。他在《题渊明饮酒诗后》里说:"因采菊而见山,境与意会,此句最有妙处。近岁俗本皆作'望南山',则此篇神气索然矣。"②这个"见"字,就是朱光潜《诗论》中所说的"直觉",只有这样才生成直觉性审美意象,出现"境与意会"的积极审美体验。若是用魏晋人所说的"应目会心",即"目亦俱会,心亦俱会",既代表心是主动接纳外物,又表示外物亦相向相迎,唯其如此,才是"见"字所饱含的深刻意蕴。

---

① 朱光潜:《诗论》,漓江出版社2011年版,第43—45页。
② (宋)苏轼:《苏轼文集》第67卷,中华书局1986年版,第2092页。

2.想象性审美意象

想象,即艺术想象,朱光潜《文艺心理学》写道:"就字面说,想象(imagination)就是在心眼中见到的一种意象(image)。"在积极的形象思维中,艺术想象的地位相当重要,这是因为"真正的创造就是艺术想象活动"(黑格尔)。朱光潜还提出,艺术想象不是"再现的想象",而是"创造的想象"。所谓"再现的想象",是根据语言的描述或图样的示意,在大脑中再现原有形象的过程;所谓"创造的想象",是不依据现成的描述而独立创造出新形象的过程。"再现的想象"决不能产生艺术,艺术必须有"创造的想象"。"凡是艺术创造都是平常材料的不平常的综合,创造的想象就是这种综合作用所必须的心灵活动。"[①]叶圣陶也说过:"想象不过把许多次数、许多方面观察所得的融和为一,团成一件新事物罢了。假如不以观察所得的为依据,也就无从起想象作用。"[②]关于艺术想象的动力问题,有所谓"快乐"与"愤怒"两种说法:"孔子以快乐为艺术心理的基调,……认为喜悦、快乐的情感才是艺术创作的正当动力,也是艺术欣赏的最好的效果。"[③]屈原则是"发愤以抒情"(屈原《惜诵》)。

中国传统诗学关于"发愤抒情"的命题,为另一种形态的审美意象,即想象性审美意象的构成提供了一种新的视域。汪裕雄《审美意象学》认为,"发愤抒情"提供的是想象性意象,即西方学者融恩所指的幻觉意象。融恩将艺术创作分成心理模式和幻觉模式两类。前者提供的意象,包含着人们熟悉的、意识水平上的心理经验,未超出心理学所能理解的范围;后者提供的,则是幻觉意象,包含着"超越了人类理解力的原始经验",即"集体无意识"。"这种经验深不可测,因此需要借助神话想象来赋予它形式"。融恩显然偏爱后一种类型,并强调两点:一是幻觉意象虽系艺术家创造性想象的产物,却是神话"原型意象"的无意识呈现。因此,一切幻觉意象(包括毕加

---

① 朱光潜:《文艺心理学》,漓江出版社2012年版,第187—188页。
② 叶圣陶:《作文论》,《叶圣陶集》第9卷,江苏教育出版社1990年版,第225页。
③ 王先霈:《中国古代诗学十五讲》,北京大学出版社2007年版,第70页。

索强烈变形的图象)都不可解,却又可以通过神话原型分析发现其深层的神秘含义。二是幻觉意象虽以艺术家个人创造的成果出之,却"超越了个人生活领域而以艺术家的心灵向全人类说话";接受者面对这类意象,可以通过一种"神秘共享"状态,体悟其中的集体无意识。①

唐代孔颖达既坚持"诗言志"传统,客观描述"颂声"与"怨刺"这两种风格,认为"言悦愉之志则和乐兴而颂声作,言忧愁之志则哀伤起而怨刺生",又给予"舒愤懑"以突出地位,认为:"诗者,人志意之所适也……言作诗者,所以舒心志愤懑,而卒成歌咏"。所谓愤怒出诗人,已经是古今中外的诗坛共识。汪裕雄《审美意象学》认为:"'发愤抒情',非独渊源深远,还有着丰厚的'哲学——心理学'内涵,如加梳理,可从中窥见想象意象构成的若干秘密。"②汪裕雄所概括的秘密,其实也是想象意象的生成机制。

(1) 想象性审美意象源于愤懑的郁积。这是因为忧愤的郁结,为想象的开展提供了强大的心理动力,亦即积极心理学所说的积极需要与积极动机。正如利鲍所言,想象的先行条件是一种"情感的动机"——一种需要,一种欲求,一种愿望,一种没有得到满足的冲动,一种这样那样的情结。尽管想象世界难以理喻,浸透其中的情感性灵,却可以意会,可以体验。特别是当人的情感意志,长期遭受来自外部环境的压抑,形成焦虑、烦闷、忧郁,蓄积于心而成为"情结"时,更是一种特别的积极心理状态,那些无可名状的情绪冲动,要求释放与宣泄,而又"不得通其道"时,就借积极审美态度之助而诉诸想象和幻想。

(2) 想象性审美意象源于情境的触发。其实,这就是"触景起情"的机制,即由于相关的情境,让郁积的情绪找到了宣泄的契机,与直觉性审美意象的"心物感应"或"物我交流"略有差别。这种机制只是为心中的郁闷找到一种象征性同构形式,而引导心灵,触发想象,不像心物感应那样,局限于身观目接的直接经验。屈原行吟于泽畔,见先王庙堂图画而兴"问天"之奇想,大量怀古诗因凭吊古迹,而引发古今兴亡的无限感慨,眼前景物无非

---

① 汪裕雄:《审美意象学》,人民出版社2013年版,第125至126页。
② 同上,第128至135页。

是派发想象的触媒，诗人由此及彼，"比物取象"，经由想象甚至进入幻境，生成审美意象。

（3）想象性审美意象源于神越而心游。这也是传统诗学所说的"神思"，作为一种积极审美感应的想象活动，大抵是无意想象，不受自觉意识支配，其内容也非概念所能穷尽表达。正如萧子显所云："属文之道，事出神思，感召无象，变化不穷。"这里说的"感召无象"，并不是真的没有"象"，而是说想象之"象"，可以生生不息，变化无穷。李渔《闲情偶寄》亦云："此理甚难，非可言传，止堪意会。想入云霄之际，作者神魂飞越，如在梦中，不至终篇，不能返魂收魄。"①由"神思"所引发的想象，总是放飞心灵于无限的幻觉世界。在那"精骛八极，心游万仞"的心理时空，往往是"观古今于须臾，抚四海于一瞬"（陆机《文赋》），"言在耳目之内，情寄八荒之表"（钟嵘《诗品》），那些来自现实世界的景物情事，都因梦幻般的浓缩、置换、象征作用而强烈变形，进而让这里的一切，都已迥异于人寰，不能用常规常理来解析与辨识。

3. 审美意象的主要特征

由积极审美心理引领的积极形象思维，可以说是用意象来审美的思维，审美意象是积极形象思维的艺术内核。用叶朗《美学原理》中的话说："审美意象不是一种审美的实在，也不是一个抽象的理念世界，而是一个完整的、充满意蕴、充满情趣的感性世界。"②从"直觉"与"想象"两类心理机制而言，它们之间虽有区别，又可互通。例如，物我交流，一旦进入"神合"阶段，那便已从直觉过渡到想象的超验领域；反过来，直觉意象亦可为"神越心游"提供契机，提供触媒，也可视为想象展开的基础环节。刘熙载《艺概·赋概》云："按实肖象易，凭虚构象难。能构象，象乃生生不穷矣。"这就说明，不论是直觉性审美意象，还是想象性审美意象，都要从"实象"脱开一步，不粘不滞，让意象凭借情感的动力，去生生不息地舒展与衍化。当

---

① 李渔：《闲情偶寄》，万卷出版社2008年版，第5页。
② 叶朗：《美学原理》，北京大学出版社2009年版，第59页。

然，审美意象的物化，最终还得凭借以"赋比兴"为特色的积极修辞手法，以汉语词汇的方式呈现于诗篇之中。这里，并不是任何诗词语词中的"意"与"象"的结合，都可以称得上是审美意象，只有那些"使味之者无极，闻之者动心"的意象，才称得上是审美意象，并具有以下几个主要特征。

（1）独特新颖的创造性。诗词艺术的生命力之在于创造。作为诗学思维的载体，也就是构成诗词审美意境的基础元素——审美意象，必须具有独特新颖的创造性，才能自成一家，独出新意，这也是一代词宗苏轼毕生从事艺术创作自由的审美享受与自觉追求。只有意象新鲜的诗，一入眼就可以激发读者的新鲜感和惊奇感，实现一见倾心，很快与读者发生共鸣。反之，陈词滥调堆砌、意象陈旧的作品则使人望而生厌、丝毫不能刺激读者的艺术感受力。在诗词创作过程中，只有那些对生活、对语言文字始终保持敏锐的感觉，又不甘平庸的诗人，才能熔铸出新鲜独到的审美意象。例如，"意之所到，笔力曲折，无不尽意"就是苏轼赋诗填词无不"适吾意"的"得意"宣言。凡有读诗经验的人都知道，有时整首诗词被淡忘了，但其中那独特新颖的意象却记忆犹新。比如说，"沧海月明珠有泪，蓝田日暖玉生烟"（李商隐《无题》）、"无可奈何花落去，似曾相识燕归来"（晏殊《浣溪沙》）、"枯藤老树昏鸦，小桥流水人家，古道西风瘦马"（马致远《天净沙·秋思》）等等，这些诗词曲中的意象，可以说是一字难易啊！

（2）自然至味的丰富性。传统诗词的审美意象，提倡以少总多，与西方意象派强调"全意象""多意象"的"意象叠加"不同，追求自然至味、内涵丰富的审美境界。这里的自然至味，绝不是一览无余的单薄与简陋，而是经过选择与提炼的结果，犹如清代"扬州八怪"之一的郑板桥一副对联所形容的那样"删繁就简三秋树，领异标新二月花"，是经过删汰、提纯、冶炼之后的自然体验与空灵至味。例如，王维《杂诗三首》之一："君自故乡来，应知故乡事。来日绮窗前，寒梅著花未？"明人钟惺《唐诗归》说："寒梅外不问及他事，妙甚。"清人黄叔灿《唐诗笺注》说："写来真挚缠绵，不可思议。著'绮窗前'三字，含情无限。"若是比较唐代诗人王绩二十四行诗《在京思故园见乡人问》，王绩诗问了十一个问题，而王维只寥寥一问，以少少许胜多多许,那"绮窗寒梅"的意象,即代表着自然至味,也就是中国传统诗论所推崇的"象外之意""弦外之音"与"味外之味"的艺术追求。又如,王维的《鹿柴》:"空山不见人,但闻人语响。返景入深林,复照青苔上。"诗人几个白描的景象,似漫不经心地信手拈来,景象自然平淡,几至"无迹",其表现艺术可以说达到了"清水出芙蓉,天然去雕饰"的无技巧"境界"。但是诗中所蕴涵的那种"天人合一"的自然美,却令人神往。这种意象出于积极的审美体验,颇似老子哲学名词"大音希声,大象无形"之意蕴。

(3) 含蓄无垠的外溢性。清代叶燮《原诗》云:"诗之至处,妙在含蓄无垠,思致微渺,其寄托在可言不可言之间,其指归在可解不可解之会。言在此而意在彼。泯端倪而离形象,绝议论而穷思维,引人于冥漠恍惚之境,所以为至也。"① 这就表明,诗人运用积极形象思维生成的审美意象,呈现出含蓄无垠的外溢性特征,具有错觉或幻觉造成的朦胧美,即表现出西方学者所说的"含混"特征,让诗学心理强烈幽深的情感,在表达上造成"象"的变位与"意的错综交叉"。正是由于诗学语言别开生面的多义性,进而导致"诗家语"较之其他文学语言,更彰显出丰富的情感性、联想性和虚构性。古往今来,传统诗学审美意象推崇"言外之意,弦外之响,象外之象",强调不执著于言辞,而宜宜心写妙,言短意长,意余言外,让人在联想与想象中直接进入对审美意象的把握。例如,被当代人称为古代朦胧诗的李商隐的十几首《无题》,就是最好的例证。千百年来,李商隐那些无题有味的诗篇,尽管经过了历代无数评论家的揣摩解读,但时至今日,仍然还是众说纷纭,莫衷一是。为此,充满智慧的诗学语言,则常能用所谓"诗无达诂"或"只可意会,不可言传"等理念来进行诠释。

---

① 郭绍虞主编:《中国历代文论(一卷本)》,上海古籍出版社1979年版,第333页。

第四章　积极审美心理引领下的诗学修辞（一）

众所周知，诗词是语言的艺术，修辞则是运用语言的艺术。诗有情有采，有教有艺，有体有用，且是以辞致用的。王易在《修辞学》中指出："修辞学是研究文辞之修辞，使增美善的学科。"杨树达在《中国修辞学·序》中提出："若夫修辞之事，及欲冀文辞之美。"[①]解正明在《修辞诗学》中认为："文学和修辞的三要素都是想象、语言和审美。想象是它们的内部要素，审美是它们的外部要素，语言是它们的结构要素。想象具有随意性，语言具有逻辑性，审美具有规范性。三者结合，就是语言艺术。"[②]基于积极心理诗学视野，诗言志的文本形态成于积极修辞手法，从积极审美心理出发，经由积极形象思维，通过以赋比兴为特色的积极修辞手法（即诗学修辞），最终将"在心为志"，物化成"主言情志，大美无邪"的诗词作品。所以说，在积极审美心理的引领下，作为积极形象思维工具的诗学修辞，在构建诗词的审美意象和创造诗词的审美意境中具有决定性作用。

一、诗词语言与诗学修辞

语言是思维的工具与外在表现。上一章结合诗学思维，简要地介绍了语言与诗词语言（即诗家语）的概念，而诗词语言又是在诗学思维的引领下，运用诗学修辞而物化为修辞文本的，所以，需要基于诗学心理，结合诗学思维与诗学修辞，来讨论诗词语言与诗学修辞及其特征问题。

---

① 姚仲明、陈书龙：《修辞美学》，长江出版社1991年版，第3页。
② 解正明：《修辞诗学》，光明日报出版社2016年版，第2页。

（一）诗词语言及其主要特征

1.诗词语言与日常语言

诗词语言与散文、小说一样，都属于文学语言，但诗词语言又不同于散文与小说，有其自身独特的"字法""词法""句法"与"语法"。然而，诗词语言并非与日常语言毫不相干。相反，最初的诗词，很多都是先民口头的歌谣，就是《诗经》中的《国风》，好多诗篇也许是不识字的无名氏的作品，因为比较优秀，大家口口相传，才被传承下来。当然，"诗家语"不是诗人的"私家语"，而是比较精粹的语言，用的是能够令人感动的公众语言。例如，《诗经》中的《关雎》："关关雎鸠，在河之洲。窈窕淑女，君子好逑。"短短四句二十个字，通俗易懂，千百年来一直为世代国人所传诵，就在于它既是"诗家语"，又是"家常话"。

显然，日常语言是诗词语言取之不尽、用之不竭的源泉，那些进入"诗家语"的"家常话"，其丰富性、生动性与新颖性，不是一般性的日常语言所能比拟的。这就是说，"诗家语"又不同于"日常语"，需要将日常语言去粗取精，去芜存菁，对它们进行加工和提炼，吸收其中那些鲜活生动、清新刚健和质朴自然的内容，使之更加富于表现力与感染力，也即是活力与张力。明代李开先的《词谑》记叙了这样的"打油诗"，看似贻笑大方，但发人深省，有心人可以从中体悟出"诗家语"与"日常语"的区别。《词谑》写道："汴之行省掾一参知政事，厅后作一粉壁。雪中升厅，见有题诗于壁上者：'六出飘飘降九霄，街前街后尽琼瑶。有朝一日天晴了，使扫帚的使扫帚，使锹的使锹。'参政大怒曰：'何人大胆，敢污吾壁？'左右以张打油对。簇拥至前，答曰：'某虽不才，素颇知诗，岂至如此乱道？如不信，试别命一题如何？'时南阳被围，请禁兵出救，即以为题。打油应声曰：'天兵百万下南阳。'参政曰：'有气概！壁上定非汝作。'急令成下三句，云：'也无援救也无粮。有朝一日城破了，哭爷的哭爷，哭娘的哭娘。'依然前作腔范。参政大笑而舍之。以是远迩闻名；诗词但涉鄙俗者，谓之'张打油语'，用以垂戒。"

再请看孟浩然的《春晓》："春眠不知晓，处处闻啼鸟。夜来风雨声，花落知多少。"看似语句平淡,犹如"家常话",却是"语淡而味终不薄",体现出诗词语言与日常语言的区别。之所以是"终不薄",则是因为这首诗语言很自然,但是构思不简单。它不是平铺直叙,而是采用了倒插叙的手法,由清晨的"啼鸟声"联想到夜晚的"风雨声",再由"风雨声"联想到"花落声"。从时间上的跳跃到意象上的跳跃,表现出从"惜花"到"惜春",从"惜春"到"惜时",进而到"珍惜生命"的可贵的生命意识。

2.诗词语言的主要特征

诗与文都是"语言艺术",但又各有特色,正如古代著名诗人元好问所言:"诗与文,特言语之别称耳。有所记述之谓文,吟咏情性之谓诗,其为言语则一也。"(《元好问诗话·辑录》)又如,明代学者张佳亦曰:"诗依情,情发而葩,约之以韵;文依事,事述而核,衍之成篇。"(《李沧溟诗话》卷三)这就表明,作为"吟咏情性"的传统诗词,其遣词造句,则必须高度凝练而概括,突出诗词语言的表现力(或称活力)与感染力(或称张力)。刘勰《文心雕龙·序志》云:"夫'文心'者,言为文之用心也。昔涓子《琴心》,王孙《巧心》,心哉美矣,故用之焉。古来文章,以雕缛成体,岂取驺奭之群言雕龙也。"[1]这就说明,刘勰之所以要在书名中用"雕龙"——这个出自《史记·孟子荀卿列传》"雕龙奭"的典故,其寓意在于语言文辞于诗文,有如古人雕琢龙纹一般,决定着诗文的质量与水平,其重要性不言而喻。《文心雕龙》的语言观,主要体现在《神思》篇中的有关论述,如"物沿耳目,而辞令管其枢机。枢机方通,则物无隐貌""独照之匠,窥意象而运斤;此盖驭文之首术,谋篇之大端""是以意授于思,言授于意,密则无际,疏则千里"等等。[2]这里,综合理解刘勰笔下的"思""意"与"意象""言"与"辞令"等概念,可深化对诗词语言特色的认识。

从积极心理诗学的视角看,诗词语言是诗学思维的工具,向来崇尚"自然之道",采用"表象"方式,"言不尽意"与"立象以尽意",是诗词语言实

---

[1] 刘勰:《文心雕龙》,中国社会科学出版社2005年版,第350页。
[2] 同上,第175至176页。

现意义表达的根本特性。诗词语言在遵守声律（包括平仄与用韵等）要求的基础上，往往是通过选择与组合意象，强化诗词语言的表现力，进而营造出"此中有真意，欲辨已忘言""悠然心会，妙处难与君说"的诗词意境，以增强诗词语言的感染力。诗词语言的主要特征主要表现为意象描述、情景交融与虚实相生。

（1）意象描述。这是诗词语言最基本、最突出、也是最重要的表达方式。诗词语言是审美意象的外衣，诗词意境往往是通过意象描述（包括意象选择与组合）来营造的。诗词创作时，诗人在积极审美心理的引领下，通过积极的形象思维，让审美意象浮现于诗人的脑海里，由模糊趋向清晰，由飘忽趋向定型，最终借用词藻把意象固定下来。意象多半附着在词组上。一句诗有时只包含一个意象：如"北斗七星高""楼上晴天碧四垂"；有时也有两个或两个以上的意象，如"雨中黄叶树，灯下白头人"（司空曙《喜外弟卢纶见宿》）、"鸡声茅店月，人迹板桥霜"（温庭筠《商山早行》）、"楼船夜雪瓜洲渡，铁马秋风大散关"（陆游《书愤五首（其一）》）。纵观经典诗词可以看出，诗词意象及其与之对应的词藻具有鲜明的个性特征，可以体现出诗人的风格。一个诗人有没有独特的风格，在一定程度上取决于是否建立了他个人的意象群。李白的风格，与他诗中的大鹏、黄河、明月、剑、侠、酒，以及许多想象夸张的意象是分不开的。与此同时，意象和词藻还具有时代特点。同一个时代的诗人，由于共同的生活环境，其诗词中的意象亦会打下时代的烙印，总有那个时代惯用的一些意象与词藻。

（2）情景交融。这是传统诗词语言的又一鲜明特色，西方诗歌理论并未把情景看得那么重要，其原因就在于"天人合一"的宇宙观、人生观始终贯穿于传统诗学思维，并深刻地影响着历代诗人的审美体验。在中国传统文化心理中，认识与把握世界的方式，其总体表现是人与自然或人与社会相统一的，主体与客体相统一的，无所不包的，直接经验的，审美当下的，情感生动的。"在中国传统美学看来，意象是美的本体，意象也是艺术的本体。中国传统美学给予'意象'的最一般的规定，是'情景交融'。中国传统美学认为，'情''景'的统一乃是审美意象的基本结构。但是这里说的'情'与'景'

不能理解为互相外在的两个实体化的东西,而是'情'与'景'的欣合和畅、一气流通。王夫之说:'情景名为二,而实不可离。'如果'情''景'二分,互相外在,互相隔离,那就不可能产生审美意象。离开主体的'情','景'就不能显现,就成了'虚景';离开客体的'景','情'就不能产生,也就成了'虚情'。只有'情''景'的统一,所谓'情不虚情,情皆可景,景非虚景,景总含情',才能构成审美意象。"[1]

纵观历代诗论家关于诗词语言必须"情景交融"的精彩论述,更是可以加深对诗词语言这一特色的理解。例如,明代谢榛《四溟诗话》云:"作诗本乎情景,孤不自成,两不相背。""景乃诗之媒,情乃诗之胚,合而为诗,以数言而统万形,其浩无涯矣。""诗乃模写情景之具,情融乎内而深且长,景耀乎外而远且大。当知神龙变化之妙,小则入乎微罅,大则腾乎天宇。此惟李杜二老知之。"又如,清代王夫之《姜斋诗话》亦云:"不能作景语,又何能作情语耶?""以写景之心理言情,则身心中独喻之微,轻安拈出。""情景虽有在心在物之分,而景生情,情生景,哀乐之触,荣悴之迎,互藏其宅。天情物理,可哀而可乐,用之无穷,流而不滞,穷且滞者不知尔。"还如,近代学者王国维《人间词话》则曰:"境非独谓景物也。喜怒哀乐,亦人心中之境界。故能写真景物、真感情者,谓之有境界。否则谓之无境界。""昔人论诗词,有景语、情语之别。不知一切景语,皆情语也。"这就说明,情境交融的诗词语言,一方面它所表达的方式往往不是"辞典意义"上的"精确表述",而是一种有"活力"的语言,从某种意义上来说又是模糊、朦胧与多义的,进而增强了语言的表现力;另一方面,诗词语言所表达的主要是对"境"的体认,是一种有"张力"的语言,不能单纯从字面上去解读,而必须有感受而被感染,进而通过积极审美体验激发出语言的感染力。

(3)虚实相生。这也是传统诗词形成独特韵味的语言结构方式。所谓"实",犹如书画中的笔墨与色彩,是诗词中所写的内容,是可见的;所谓"虚",犹如书画中的"留白",是诗词中没有写的内容,是不可见的。然而,

---

[1] 叶朗:《美学原理》,北京大学出版社2009年版,第55页。

正如"留白"对一幅书画作品的作用一样，诗人可以通过实写的内容而让人去体认、直觉到没有写的内容，进而让已写出的内容显得更加生动感人，即既让弦上之音富于活力或表现力，又让弦外之音彰显张力或感染力。这里，可以结合古代所谓"以味论诗"来认识诗词语言"虚实相生"的特色。班固的《汉书》中有"诚有味其言也"的说法，这是以味论语言之美。刘勰《文心雕龙·隐秀》关于"隐"与"秀"的精彩论述，可以说"隐"与"虚"相对，"秀"与"实"相对，亦是对"虚实相生"说的赞许。刘勰主张"深文隐蔚，余味曲包"，这就是说含蓄的语言应当蕴涵"余味"，可以使"玩之者无穷，味之者不厌矣"①。关于诗词语言之"味"，与"虚实相生"对应，有"内味"与"外味"之说。南朝梁代钟嵘的《诗品》重视诗的"内味"，要求诗词应"词采葱蒨，音韵铿锵，使人味之，娓娓不倦"。这里所说的诗味，是指诗不能一味说理，而应饱含情感，即诗当有"内味"。唐代司空图在他的《与李生论诗书》中，又把前人对诗"内味"的关注，引导到对"外味"的关注。他关于"辨于味而后可以言诗"的诗学理论，内容丰富，其中重要的一点是诗要有"味外之味"，即司空图以醋盐为喻，醋止于酸，盐止于咸，缺乏酸咸之外的醇美之味，而好诗当有酸咸调和之后的"韵外之致""味外之旨"。一代词宗苏轼也曾提出过"不为空言"的语言观，他在相关的论诗书信中提出："辞至于达，止矣，不可以有加矣。""言止于达意。""意尽言止""不可以有加""止于达意"。所谓"止"，就是对言语的限定，亦即是语言的阈限。在这个阈限之内，言语即是达意的，当行则行，如行云流水；越过这个阈限，则为"空言"，不可不止。②作为诗书画三者兼备的巨匠苏轼，深知诗词语言"虚实相生"之道，他关于"止于达意"的"留白"之"言"，一直为历代诗人称道与玩味。

---

① 刘勰：《文心雕龙》，中国社会科学出版社2005年版，第271页、第275页。

② 孟宪浦：《诗意地筑造——苏轼诗学思想的生存论阐释》，学林出版社2013年版，第188至189页。

（二）诗学修辞及其主要特征

1.关于诗学修辞的几个概念

何谓修辞？陈望道明确指出："修辞原是达意传情的手段。主要为着意和情，修辞不过是调整语辞使达意传情能够适切的一种努力。"①何谓诗学修辞？是指诗学活动中的修辞，既包括诗词创作过程运用这种修辞手法将审美意象转化为诗词语言；也包括诗词鉴赏过程运用这种修辞手法，将诗词语言还原成审美意象。其中，修辞之"辞"，不能用"词"代之。这是因为"辞"乃辞章文辞，其内涵既包括字、词的修饰，还包括句、篇的安排。对诗文而言，其修辞总是以"意与言会，言随意遣"为旨归。"在'言随意遣'的时候，有的就是运用语辞，使同所欲传达的情意充分切当一件事，与其说是语辞的修饰，毋宁说是语辞的调整或适用。即使偶有斟酌修改，如往昔所常道的所谓推敲，实际也还是针对情意调整适用语辞的事，而不是仅仅的修饰。"②诗与文同为文学，无论是说语辞的修饰，还是说语辞的调整或适用，修辞的重要性是不言而喻的。尤其是对诗词而言，毕竟与文的体裁不同，所以诗学修辞更有其特殊性。借鉴吴礼权《修辞心理学》中的概念，③深入认识诗学修辞，还当认识诗学修辞主体、诗学修辞文本与诗学修辞文体建构的心理机制。

（1）诗学修辞主体。所谓修辞主体，亦即修辞者，对诗学修辞而言，也就是诗词创作者，即诗人。这里，需要辨别的是，"修辞者"与"说写者"严格说来是有区别的。因为并不是所有的"说写者"都是或都能成为"修辞者"的。这是因为修辞是一种有意识的语言活动，它的目的是要使达意传情尽可能圆满。而要达到这一目标，则需要说写者作出一番语言调配的努力，并不是任何人不作任何努力都能使达意传情得以圆满的。因此，只有那些有使自己的达意传情朝着尽可能圆满目标努力的人，才能算是"修辞者"，也称

---

① 陈望道：《修辞学发凡》，复旦大学出版社2011年版，第2页。
② 同上。
③ 吴礼权：《修辞心理学》，云南人民出版社2002年版，第24页、第34页。

之为"修辞主体"。可以说，当下诗坛所批评的诗词"概念体"（也就是社会上所说的"老干体"，但笔者不赞成"老干体"这种说法，而主张用"概念体"比较合适，这是因为诸多诗词"概念体"的作者，不但其年龄称不上"老"，而且其履历又称不上"干"，所以与"老干"二字不相称。相反，历代著名诗人，其巅峰之作时的身份倒多是"老干部"，且诗词作品中的审美意境还往往与他们的"干部"经历有关），其没有或缺乏诗味的原因，就在于未能为实现达意传情目标而作出一番语言调配的努力。正因为修辞的目的是为了达意传情尽可能圆满，而所"达"之意或所"传"之情是否圆满，都是相对于修辞接受者（或称修辞受体，即读者）而言的。所以说，诗学修辞主体如何适应诗词接受者是非常重要的，它是诗学修辞成功与否的关键，这也是接受诗学的重要理念。

众所周知，诗主达性情，文主发议论。自古以来的诗话，就诗文之别有许多精辟的论述。如清代邹衹谟曰："作诗之法，情胜于理；作文之法，理胜于情。乃诗未尝不本理以纬夫情，文未尝不因情以宣乎理，情理并至，此盖诗与文所不能外也。"（《与陆莛思》）[①]这就说明，为了达意传情的尽可能圆满，诗学修辞主体"以情动人"的策略，必须考虑到接受者的感受。例如，孟浩然的《望洞庭湖赠张丞相》："八月湖水平，涵虚混太清。气蒸云梦泽，波撼岳阳城。欲济无舟楫，端居耻圣明。坐观垂钓者，徒有羡鱼情。"这首诗看似吟咏洞庭湖的景色，先写洞庭湖浩渺无际，气蒸荆楚，波撼岳阳的壮观，其雄伟气势与鲜明形象，表现了诗人开阔的胸襟。但由眼前的景物触发而转向个体的抒情时，诗人则是运用"诗学修辞"，用"欲济无舟楫，端居耻圣明。坐观垂钓者，徒有羡鱼情"这样的诗句，委婉含蓄地向"修辞受体"，即张丞相表达了自己希望"出仕"，期待他的推荐的愿望。

（2）诗学修辞文本。所谓修辞文本，是指那些运用某种特定表达手段而形成的具有某种特殊表达效果的言语作品。当然，言语作品是有大小之别的，最小的言语作品可以是由一两个词或几个词构成的一句话，稍大些的言

---

① 陈一琴选辑，孙绍振评说：《聚讼诗话词话》，上海三联书店2012年版，第7页。

第四章　积极审美心理引领下的诗学修辞（一）

语作品可以是由两句或两句以上的几个句子构成的语句群，最大的言语作品可以是完整的一个篇什。对诗学修辞文本而言，最小的言语作品可以是一个或几个字（如诗眼或词眼等），稍大一些的言语作品可以是一句或几句诗词，最大的言语作品当然就是一首诗词了。鉴于诗词创作的特殊性，诗学修辞较之其他文体的修辞更为重要。明代费经虞《雅伦·琐语》关于诗词创作的一段话，说明对诗学修辞来说，其修辞文本无论是小至一字，还是多至一句，乃或大至一篇，都必须高度重视"达意传情"的贴切圆满。他说："炼句要骨中有肉，若无肉者是谓之枯。属对要律中有力，若无力是谓之松。立篇要格中有致，若无致是谓之板。下字要锤炼中有自然，若无自然是谓之雕。倘肉不从骨中出，是谓痴肥。有力不从律中出，是谓莽荡。致不从格中出，是谓柔靡。自然不从锤炼中出，是谓率易。"①

对不同大小的诗学修辞文本而言，作为"立篇"的基础，尤其要注重炼字与炼句，古人就有所谓"百炼为字，千炼为句"之说（《诗人玉屑》卷八《锻炼·皮日休》）。就炼字来说，元代杨载《诗法家数》云："诗要炼字，字者，眼也。如老杜诗：'飞星过水白，落月动沙虚。'炼中间一字。'地坼江帆隐，天清木叶闻。'炼末后一字。'红入桃花嫩，青归柳叶新。'炼第二字。非炼归入字，则是儿童诗。又曰'暝色赴春愁'，又曰'无因觉来往。'非炼赴觉字便是俗诗。如刘沧诗云：'残柳宫前空露叶，夕阳川上浩烟波。'是炼空浩二字，最是妙处。"又如，《苕溪渔隐丛语》亦云："诗句以一字为工，自然颖异不凡，如灵丹一粒，点石成金也。孟浩然云：'微云淡河汉，疏雨滴梧桐。'上句之工，在一'淡'字，下句之工，在一'滴'字。若非此二字，亦焉得而为佳句哉？"就炼句来说，《竹林答问》云："炼字在字上用力。若炼句，当以浑成自然为尚，着一毫斧凿痕不得，不能以字法论也。"《攸园诗话》又云："律诗炼句，以情景交融为上，情景相对次之，一联皆情，一联皆景又次之。"清代王又华《古今词话》还云："诗不可不造句。江中日早，残冬立春，亦寻常意思，而王湾云：'海日生残夜，江春入旧年。'一经锤炼，便

---

① 万事慎、万士志编著：《古体诗苑》，黄山书社2009年版，第784页。

成警绝。"这也说明，在炼字的基础上，注意修辞文本中的炼句问题，还需要遵循"意象组合""情景交融"与"虚实相生"等诗词语言特征。至于说"立篇"问题，由于格律诗词曲对"篇"的"形"与"则"都有明确的要求，做到"有形"与"有则"是可见的"立篇"问题，也相对容易做到。所以说，以一首诗词作为修辞文本时，其"立篇"的重点在"炼意"，也就是创造诗词的意境。正如《诗评》所云："夫缘情蓄意，诗之要旨也。一曰高不言高，意中含其高。二曰远不言远，意中含其远。三曰闲不言闲，意中含其闲。四曰静不言静，意中含其静。"又如，《竹林答问》载：问："渔洋谓'炼意或谓安顿章法，惨淡经营处耳。'此语渔洋亦自觉未妥，究何如为炼意？"答："渔洋之言，乃炼局之法。炼意则同是一意，或高出一层，或翻进一层，或加以含蓄，或出以委婉，有与人不同处。即如登岘山者，胸中谁不有羊公数语，而孟浩然'人事有代谢'四句，更有人再能着笔否？此可隅反（喻因此以识彼）。"当然，一首诗词是积字为句，积句为篇，不同大小的诗学修辞文本，其修辞最终都要服从创造诗词意境的需要。这也正如《竹林问答》中所言：问："炼意，炼句，炼字三项工夫，一诗中能并到否耶？"答："炼句，炼字，皆以炼意为主，句、字，须从意中出也。"①

（3）诗学修辞文本的建构。吴礼权《修辞心理学》还提出了修辞文本建构及其基本原则的概念。其中，修辞文本的建构，是指为了适应特定的言语交际情境，以实现言语交际的特定目标，并追求尽可能好的效果。为此，吴礼权提出修辞文本的建构，必须遵守两大基本原则，这就是"恰切性原则"与"有效性原则"。所谓恰切性原则，就是修辞主体所建构的修辞文本要对修辞受体有较强的针对性，即与修辞接受者所能接受或理解的知识层面、心理状态、情感情结等方面的情况大致相符合。所谓有效性原则，就是修辞者所建构的修辞文本要使修辞受体能够理解且乐于接受，不可使接受者有晦涩不可理解之感或有情感抵触而不愿接受的情况发生。也就是说，前者是要求修辞主体所建构的修辞文本具有一定的艺术性，后者则要求修辞主体所建

---

① 万事慎、万士志编著：《古体诗苑》，黄山书社2009年版。上述多处引用，依次分别参见第785页，第1170页，第784页，第1128至1129页，第781页，第783页。

第四章　积极审美心理引领下的诗学修辞（一）

构的修辞文本具有可解读性、可接受性。两者是互为因果的，只有有了"恰切性"，才会有"有效性"；凡是"有效"的，总是"恰切的"。①这里所说的"可接受性"，与接受诗学理论是相通的。根据接受诗学的观点，进入诗词鉴赏过程的读者，客观存在着所谓"审美经验的期待视野"问题，并认为有所谓"隐匿的读者"时时萦绕在诗人心中，且有意或无意干预和参与诗词创作过程。当然，鉴于诗学修辞的特殊性，即"诗主自适，文主喻人"（明庄元臣《庄元臣诗话》），所以，从诗学修辞文本的建构而言，其"恰切性"与"有效性"，其基础必须是"自适"性，即如明林鬻《王祎诗话》所云："诗本人情，情真则语真。故虽不假雕琢，而自得温柔敦厚之意。"否则，"若诗不能适己，文不能喻人，而徒以人藻绘饰其游言，是所谓朽粪土而刻朽木也。"（《庄元臣诗话》）只有像古诗十九首那样，努力做到"情真，景真，事真，意真。澄至清，发至情"（元陈绎曾《诗谱》），才有可能在此基础上，"恰切""有效"地符合"隐匿读者""审美经验的期待视野"。

例如，唐代诗人朱庆馀的诗作《闺意上张水部》②："洞房昨夜停红烛，待晓堂前拜舅姑。妆罢低声问夫婿：画眉深浅入时无？"《唐诗纪事》和《全唐诗话》都有关于这首诗的记载："庆馀遇水部郎中张籍，知音，索庆馀新旧篇二十六章，置之怀袖而推赞之。时人以籍名重，皆缮录讽咏，遂登科。庆馀作《闺意》一篇以献。籍酬之曰：'越女新妆出镜心，自知明艳更沉吟。齐纨未足时人贵，一曲菱歌值万金。'由是朱之诗名流于海内矣。"朱庆馀的这首诗，把自己比作一个新娘，洞房花烛夜之后，新娘梳妆打扮，准备早晨到堂前拜见公婆。当她梳妆完毕，低声问新郎：我的眉毛画得怎么样？深浅合适吗？白居易词《长相思》云："深画眉，浅画眉，蝉鬓鬅鬙云满衣。阳台行雨回。"可以证明朱庆馀的诗句所反映的是一种社会现实，而不是随

---

① 吴礼权：《修辞心理学》，云南人民出版社2002年版，第42页。
② 施蛰存：《唐诗百话》（华东师范大学出版社2011年版，第500页）认为：这首诗的题目，《全唐诗》和《唐诗三百首》都作《近试上张水部》，都是错的，应依《唐诗品汇》作《闺意上张水部》。唐人制诗题有一个惯例：先表明诗的题材，其次表明诗的作用。

意设想。这也说明何谓"情真则语真"。从文本修辞的角度讲，这首诗的题目如果仅有"闺意"二字，可以说它是描写新娘闺情的诗，最多也只能解释为新娘要试探翁姑的好恶。但是，诗题在"闺意"之后还有"上张水部"四字，这就是彰显了修辞的"恰切性"与"有效性"了。可以想见，"画眉深浅入时无"只是一个比喻，其真实含义是："请你指教，我的诗合不合时行的风格？"于是，这首诗就成为一首以"比兴"为修辞手法的寓意诗。当然，张籍一看就懂。他的回赠诗，运用象征的修辞手法，其修辞文本的建构也特别"恰切"与"有效"。也许是因为朱庆馀是越州人，故用"越女"代指。末句"一曲菱歌值万金"，已经明确地表达了对朱庆馀的赏识。

2.诗学修辞的主要特征

如上所述，"恰切性"与"有效性"是修辞文本建构的两大基本原则。但是，鉴于诗与文的不同，"恰切"与"有效"原则的基础又不尽相同。遵循"诗主自适"理念，"诗"的修辞是基于"自适"基础上的"恰切性"与"有效性"，而遵循"文主喻人"理念，"文"的修辞则是基于"喻人"基础上的"恰切性"与"有效性"。从积极心理诗学的角度看，诗学修辞是积极形象思维引领下的修辞手法。诗学心理是一种以主言情志为特色的积极审美心理，处于积极审美体验中的修辞主体，其身心呈现出诸多"积极"状态，与修辞过程形影不离的则是一种特别的积极审美感应。正如清人吴乔《答万季野诗问》所云：问曰："诗文之界如何？"答曰："意岂有二？意同而所以用之者不同，是以诗文体制有异耳。文之词达，诗之词婉。书以道政事，故宜词达；诗以道性情，故宜词婉。意喻之米，饭与酒所同出。文喻之炊而为饭，诗喻之酿而为酒。文之措词必副乎意，犹饭之不变形，啖之同饱也。诗之措词不必副乎意，犹酒之变尽米形，饮之则醉也。文为人事之实用，诏敕、书疏、案牍、记载、辩解，皆实用也。实则安可措词不达，如饭之实用以养生尽年，不可矫揉而为糟也。诗为人事之虚用，永言、播乐，皆虚用也。"[1] 吴乔的诗学思想表明，"文"的内涵是"道政事"，而"诗"的内涵则是"道

---

[1] 陈一琴选辑，孙绍振评说：《聚讼诗话词话》，上海三联书店2012年版，第7页。

第四章 积极审美心理引领下的诗学修辞（一）

性情"，也就是说一个说理，一个抒情。正是由于诗与文两者的内涵不同，进而导致形式上的巨大差异，即把诗与文的关系比着饭与酒的关系。两者的原料都是用"米"，但说理的"文"是把米煮成饭，并"不变米形"；而抒情的"诗"，则是把米酿成酒，且"形质尽变"（吴乔《答万季野诗问》）。

吴乔用生动形象的比喻，说明诗与文在形式与内容两个方面的区别，并用"实用"与"虚用"两词界定了各自的价值内涵。他明确强调读文如吃饭，可以果腹，因为"文为人事之实用"，也就是"实用"价值；而读诗如饮酒，则可醉人，但不能解决饥饿之困，旨在追求一种审美体验，享受精神上的愉悦，因为"诗为人事之虚用"。显然，对"诗"而言，这种积极审美体验不追求实用性，而对"文"而言，"叙事说理是实用的，这也就决定了诗与文各自的修辞特征。还是用吴乔《答万季野诗问》中的话说，诗与文"唯是体制辞语不同耳"，"实用"之"文"犹如"饭"，"噉之则饱，可以养生，可以尽年，为人事之正道"；"虚用"之"诗"犹如"酒"，"饮酒则醉，忧者以乐，喜者以悲，有不知其所以然者。如《凯风》《小弁》之意，断不可以文章之道平直出之，诗其可已于世乎？"①这里，吴乔将写"诗"比着"饮酒"，将作"文"比着"吃饭"，也就表明"饮酒"更是一种别具一格的积极审美活动。根据审美理论的说法，审美活动"是主体关乎心灵自身建设的一种活动，是触及人的整个生命的全身心活动，是人给自己以精神享受的活动。"②对于诗词创作而言，其审美活动还不同于一般的其他审美活动，更是一种积极的审美活动，其关键在于诗人在审美活动中，总是以情景交融为中心的积极形象思维方式，并通过以"比兴"为主的积极修辞手法来捕捉审美意象，创造审美意境，用诗意的情调和语言来体悟和描绘自然与人生。朱光潜《谈美》一书也指出："诗和散文不同。散文叙事说理，事理是直截了当、一往无余的，所以它忌讳纡回往复，贵能直率流畅。诗遣兴表情，兴与情都是低徊往复、缠绵不尽的，所以它忌讳直率，贵有一唱三叹之音，使情溢于

---

① 陈一琴选辑，孙绍振评说：《聚讼诗话词话》，上海三联书店2012年版，第7页。
② 朱志荣：《中国审美理论》，上海人民出版社2013年版，第64页。

辞。"①这里,借用朱光潜的话说,诗学修辞的审美特征就是"使情溢于辞"。立足于诗词创作实践,在炼字、琢句、立篇的过程中,诗学修辞应力求彰显如下特征:

(1)新颖自然。新颖,谓之新而别致;自然,谓之不勉强、不局促、不呆板。这里所说的"自然",不能简单地等同于西语的"自然界",其诗学蕴涵源于钟嵘的《诗品》。就整个《诗品》来说,"自然"是最高的诗学本体,是诗之本性所在,也是最为重要的美学特质。在钟嵘看来,"观古今胜语,多非补假,皆由直寻",创作出体现诗之本性的作品无关乎用典、声律这些形式性的东西,而是将作者之真性情自由地转换成语言文字。刘勰《文心雕龙·原道》云:"龙凤以藻绘呈瑞,虎豹以炳蔚凝姿;云霞雕色,有逾画工之妙;草木贲华,无待锦匠之奇。夫岂外饰,盖自然耳。"②刘勰认为这四者虽然都新而别致,但都不是人工的装扮修饰,而是一种自然而然之美。诗学修辞追求新颖自然,其文本建构需要从字句开始。以"字"为修辞文本,其实也是最普遍、最基本的综合性修辞过程。锤炼一字,可使物色带情,或化虚为实,化静为动,或使对比鲜明,或双关、或渲染、或化直为曲,以少总多;使"平字见奇,常字见险,陈字见新,朴字见色。"(沈德潜《说诗晬语》)例如,杜甫用"自"字的诗句:"映阶碧草自春色,隔叶黄鹂空好音。"(《蜀相》)金圣叹说:"碧草春色,黄鹂好音,入一'自'字、'空'字,便凄清之极。二语,是但见祠堂而无丞相也。"(《金圣叹选批杜诗》)

又如,秦观的词《望海潮》:"梅英疏淡,冰澌溶泄,东风暗换年华。金谷俊游,铜驼巷陌,新晴细履平沙。长记误随车。正絮翻蝶舞,芳思交加。柳下桃蹊,乱分春色到人家。西园夜饮鸣笳。有华灯碍月,飞盖妨花。兰苑未空,行人渐老,重来是事堪嗟。烟暝酒旗斜。但倚楼极目,时见栖鸦。无奈归心,暗随流水到天涯。"该词由今感昔,又由昔慨今,错综交织,总的是以怀旧为主。上下两阕的结句"乱分春色到人家"与"暗随流水到天涯",都有一个"到"字。粗看起来是很不经意的重复,然细细玩味,却是词人颇具

---

① 朱光潜:《谈美》,中国青年出版社2014年版,第125页。
② 刘勰:《文心雕龙》,中国社会科学出版社2005年版,第2页。

匠心之举。上阕"东风暗换年华"中的"换"字，是全篇的关键用字之一，既表明时序之"换"，又暗含人事之"换"。上阕末句的第一个"到"字，是说"柳下桃蹊"，将不谙人事世故的春色，胡乱地送到千家万户。而触景生情的词人，更是抚今追昔，催生漂泊天涯的凄凉情感，进而通过下阕结句的第二个"到"字，让"无奈归心"，暗自乘随着流水"到"了遥远的天涯。所以，清人周济《宋四家词选》评此两个"到"字云："两两相形，以整见劲，以两'到'字作眼，点了'换'字精神。"[①]还如，宋人于济编撰的《唐宋千家联珠诗格校证》载秋崖七绝《次韵徐宰集珠溪》："瀑煮春风山意长，梅花吹雪入诗香。夜寒记得僧房梦，修竹半窗云一床。"[②]本书编者评说：前两句"句意、字面皆清绝。"第三句"僧房之梦，别是一般清兴。"而末句用写景作结，让自然春色融入僧房春梦，个中意味更加幽远深长。

（2）凝练含蓄。凝练，谓之紧凑简练；含蓄，谓之含而不露，耐人寻味。凝练含蓄作为诗学修辞的审美特征，其实就是一种从"言不尽意"到"意外之意"的美感经验。诗词创作实践表明，诗学修辞文本的建构，需要重视通过一字或一句的推敲，来警策、振拔或统揽全句乃至全篇，进而产生言简意赅，凝练含蓄的艺术效果，让诗词意境具有"味外之旨"，甚至是"不着一字，尽得风流。"（唐司空图《二十四诗品》）从某种意义上讲，表现为凝练含蓄的诗学修辞审美特征，既是一种技巧，也是一种风格，更是一种艺术规律与美学原则。唐代皎然《诗式》云："但见情性，不睹文字，盖诗道之极也。"宋代苏东坡曰："言有尽而意无穷者，天下之至言也。"（姜夔《白石道人诗说》）清代刘熙载又重申："杜诗只有二字足以评之。有者，但见性情气骨也；无者，不见语言文字也。"这是因为诗学修辞，追求情景交融，以语言文字写景，景中含有丰厚之情与无限之意，读者在阅读吟诵时，完全陶醉于诗词的审美意象与意境之中，仿佛看不见语言文字了。这种"有血痕无墨痕"的境界，正是诗学修辞凝练含蓄的一种极致。

---

① （清）周济：《宋四家词选》，中华书局1985年版，第30页。
② （宋）于济、蔡正孙编集：《唐宋千家联珠诗格校证》，凤凰出版社2007年版，第798页。

中国现代学者也纷纷认为，传统诗词的民族特色，除中国传统诗学理论中有过许多的形象表述之外，梁启超曾用"含蓄蕴藉"、闻一多曾用"蕴藉"来概括。钱钟书在《中国诗与中国画》一文里，也曾指出西方一些批评家同样持下述看法："有人说，中国古诗'空灵''轻淡''意在言外'……中国古诗含蓄简约……抒情从不明说，全凭暗示，不激动，不狂热。"①李元洛在《诗美学》中更是明确指出："含蓄，以富于启示力的形象刺激读者的时空联想，确是医治一眼望穿绝无余蕴的诗病的有效药方，因为它将读者的想象作为诗的形象与意境的外部构成因素纳入创作过程，在读者的审美再创造的过程中，扩大作品的美学容量，加强作品的艺术感染力。"②为此，李元洛还专门列举了两首宋诗来说明。其一是陆游的《马上作》："平桥小陌雨初收，淡日穿云翠霭浮。杨柳不遮春色断，一枝红杏出墙头。"其二是叶绍翁的《游园不值》："应怜屐齿印苍苔，小叩柴扉久不开。春色满园关不住，一枝红杏出墙来。"叶绍翁的这首千古传唱的绝句，其实是脱胎于在他之前的陆游的诗。应该说陆游的名气远在叶绍翁之上，但他的这首诗却远不如叶诗有名，究其原因就是叶诗设置了一个特意寻春的情境，写得蕴藉空灵，含蓄别致。叶诗的第一句写空间，第二句写时间，点出叩门之久，心情之殷，为下文作了有力的铺垫和蓄势，第三句是绝句创作中极为重要的一环，"春色满园关不住"这一句，写得意象饱满而字句新奇，进而让读者生成很多的审美联想与审美期待，紧接着再将陆游的诗句嫁接过来，在满园春色中放飞出"一枝红杏"，又进一步让人产生新的审美联想与审美期待。

（3）出色传神。所谓出色，谓之格外好，超出一般；所谓传神，谓之给人生动逼真的印象。明人朱承爵《存余堂诗话》云："作诗之妙，全在意境融彻，出音声之外，乃得真味。"清代潘德舆《养一斋诗话》云："《三百篇》之体制音节，不必学，不能学；《三百篇》之神理意境，不可不学也。"近代王国维《人间词话》更是大力标举意境（王国维称之为"境界"）。他认为："词以境界为最上。""言气质，言神韵，不如言境界。有境界，本也；

---

① 钱钟书：《旧文四篇》，上海古籍出版社1979年版，第12至13页。
② 李元洛：《诗美学（修订版）》，人民文学出版社2016年版，第372页。

气质、神韵,末也。有境界而二者随之矣。"①对诗学修辞而言,相对于诗学修辞文本的大小,有所谓炼字、炼句、炼意之说。炼意就是意境的深化与开拓。积字成句,积句成篇,炼字、炼句都离不开炼意。刘熙载《艺概·词曲概》有一段精彩的议论:"余谓眼乃神光所聚,故有通体之眼,有数句之眼,前前后后无不待眼光照映。若舍章法而专求字句,纵争奇竞巧,岂能开合变化,一动万随耶?"刘氏数语,在诗学修辞文本建构时,尤其值得深思。

诗圣杜甫深谙诗学修辞的重要价值。他在知天命之年写下这样的惊人之言:"为人性僻耽佳句,语不惊人死不休。"(《江上值水如海势聊短述》)就是在夔州的晚年,他仍然写下这样的诗句:"陶冶性灵存底物,新诗改罢自长吟。熟知二谢将能事,颇学阴何苦用心。"(《解闷》,阴何:即诗人阴铿与何逊)杜甫将苦吟与性灵联系起来,充分表现了他对佳句的审美追求,乃至与为人本性、生死价值联系在一起。可以说,在中国诗史上,无论是对语言现象和本质的深刻理解,还是对斟字酌句的千锤百炼,都堪称是呕心沥血的践行者。据《苕溪渔隐丛话(前集卷八)》记载,杜甫《曲江对酒》中的诗句"桃花细逐杨花落,黄鸟时兼白鸟飞。"其出句原稿是"桃花欲共杨花语"。联系杜甫作此诗时的心情,原句偏于想象,意境活泼,与诗人此时此地的心境不合;而改后的诗句,偏于写实,意境清寂,正好表现了诗人久坐江头那无奈的心情。杜甫的诗学理论与创作实践表明,在诗学修辞文本的建构过程中,炼字与炼句始终是炼意的基础。所谓诗眼或词眼,往往是一首诗词的点睛之笔,也就是那些出奇传神之处,更是诗词意境审美中引人入胜的亮点。

诗学修辞讲究"诗眼""词眼",是传统诗学的一大特色。它揭示了诗学修辞文本建构中的一种焦点结构,即注重传神之"眼"。中国人关注"眼神"的审美心理源远流长。《孟子·离娄上》云:"存乎人者,莫良于眸子。眸子不能掩其恶。胸中正,则眸子瞭焉。胸中不正,则眸子眊焉。听其言也,观其眸子,人焉廋哉?"陆机《文赋》关于"立片言而居要,乃一篇之警策"的观点,则从诗文自身强调了焦点设置的艺术价值。严羽《沧浪诗话·诗

---

① 袁行霈:《中国诗歌艺术研究》,北京大学出版社2009年版,第25至26页。

辨》在论述诗法时提出:"其用工有三:曰起结,曰句法,曰字眼。"传统诗词的创作实践表明,诸多篇幅短小的作品,其中那一两处出色传神之"眼",往往会激发出强烈的美感,给人带来"象外之象"的积极审美体验,让诗词的审美意境因蕴涵灵动而出色传神。例如,杜甫的诗句:"细雨鱼儿出,微风燕子斜。"(《遣兴》)句中的"出"与"斜"的姿态描写,一旦与"细雨鱼儿"与"微风燕子"的具体情景结合起来,就如同在一幅画卷中着上了十分出色传神的一笔,使全句灵动而增色。又如,王维的诗句:"雨中草色绿堪染,水上桃花红欲燃。"(《辋川别业》),两个颜色字"绿"与"红"相对,色彩鲜明,再配上两个动词"染"与"燃",更是生成富有生命力的动感,激起出色传神的积极审美体验。历代词家填词同样看重"词眼"。元人陆辅之从张炎学词,作《词旨》,继承张炎的词学主张:"句法中有字面……字面亦词中之起眼处,不可不留意也"(张炎《词源·字面》)、"却须用功着一字,如诗眼亦同"(张炎《杂论》),专列"词眼"一门,举例二十余句,如李清照《如梦令》中的"绿肥红瘦"、《念奴娇》中的"宠柳娇花",史达祖《双双燕·咏燕》中的"柳昏花暝"等。诸例中的"肥"与"瘦""宠"与"娇""昏"与"暝"诸字,就是所谓词眼,其妙处就在于运用拟人手法,把树与花写得颇具人情味。这也说明,无论是诗眼或词眼,既是诗学修辞的成果,更是具备积极审美心理的诗人,其积极审美体验的诗意表达。

二、诗学修辞与"赋比兴"法

诗有道,道在"诗言志"。但是,这个在"心"之"志"又如何"言"呢?显然,"诗言志"之"言",只能是用文字语言来"言",而不能像舞蹈那样用肢体语言来"言"。也就是说,诗是语言艺术,是最绚丽的语言之花。尽管"语言本身就是根本意义上的诗"(海德格尔),然而,诗中的"语言"决不是一般意义上的日常语言,而必须是"诗家语",是由诗学修辞所生成的诗词文本。以"赋比兴"为特色的诗学修辞,是修辞学中最具特色的修辞手法。可以说,只有经由"赋比兴"修辞手法所生成的"诗家语",才是积极形象思维即审美意象思维的工具。

第四章　积极审美心理引领下的诗学修辞（一）

（一）修辞的两大分野

一般而言，修辞是指恰当地调用各种语言因素，以求得最佳表达效果的方式方法、规律规则。它是建立在语音、词汇、语法基础之上的语用现象。它不仅要求正确地运用语言，而且讲究艺术性，追求正确性和艺术性的统一。①陈望道《修辞学发凡》对"修辞"二字更是作了独具匠心的阐释。他认为，从狭义上讲，"修"作"修饰"解，"辞"作"文辞"解，修辞就是修饰文辞；从广义上讲，"修"作"调整或适用"解，"辞"作"语辞"解，修辞就是调整或适用语辞。其中，就"是修饰还是调整"的问题，陈氏认为："这在过去，也往往会回答你说：既然说修辞，当然说的是修饰。如武叔卿所谓'说理之辞不可不修；若修之而理之反以隐，则宁质毋华可也。达意之辞不可不修；若修之而意反以蔽，则宁拙毋巧可也'（见唐彪《读书作文谱》六），便是指修饰而说的一个例。这也只是偏重文辞，而且偏重文辞的某一局部现象的一种偏见。修辞原是达意传情的手段。主要为着意和情，修辞不过是调整语辞使达意传情能够适切的一种努力。既不一定是修饰，更一定不是离了意和情的修饰。……无论作文或说话，又无论华巧或质拙，总以'意与言会，言随意遣'为极致。在'言随意遣'的时候，有的就是运用语辞，使同所欲传达的情意充分切当一件事，与其说是语辞的修饰，毋宁说是语辞的调整或适用。即使偶有斟酌修改，如往昔所常称道的所谓推敲，实际也还是针对情意调整适用语辞的事，而不是仅仅文字的修饰。"②显然，对诗学修辞而言，从积极心理诗学的角度看，它是在积极形象思维引领下，酝酿审美意象的一种积极审美体验，"更一定不是离了意和情的修饰"，所以说深入领悟陈氏的论述，不但有利于熟练运用各种诗学修辞模式，还有利于正确认识积极诗学的心理机制。陈氏从修辞的观点来观察语辞的实际情形，认为无论是口头或书面，尽可将语辞使用分为三个境界：③一是记述的境界——以记述事物的

---

① 赵世举、李运富主编：《古代汉语》，北京大学出版社2013年版，第343页。
② 陈望道：《修辞学发凡》，复旦大学出版社2011年版，第1页至第2页。
③ 同上，第3页。

条理为目的，在书面如一切法令的文字，科学的记载，在口头如一切实务的说明谈商，便是这一境界的典型。二是表现的境界——以表现生活的体验为目的，在书面如诗歌，在口头如歌谣，便是这一境界的典型。三是糅合的境界——这是以上两界糅合所形成的一种语辞，在书面如一切的杂文，在口头如一切的闲谈，便是这一境界的常例。对于语辞运用的法式而言，记述境界与表现境界的修辞方法截然不同，代表着修辞的两大分野，即消极修辞与积极修辞。

1.消极修辞

消极修辞手法主要用于记述的境界，如科学论文、法令文字及其他诠释性文字等，其目的都是让人理会事物的条理、概况，进而就须把对象分明地分析，明白地记述。消极修辞基本上是抽象的、概念的。这种修辞手法所调整的语辞是抽象思维的工具。议论说理多用消极修辞，说事实必须合乎事情的实际，讲道理又必须合乎理论的联系。消极修辞活动都有一定的常轨，即说事实常以自然的、社会的关系为常轨；讲理论常以因明、逻辑关系为常轨。消极修辞以明白为总目标，"要'明白'，大抵应当：（1）使它没有闲事杂物来乱意；（2）没有奇言怪语来分心。所用语言就要求概念的、抽象的、普通的，而非感性的、具体的、特殊的。因为概念的、抽象的、普通的语言，才能使它的意义限于所说，而不含蓄或者混杂有别的意思；若用感性的、具体的、特殊的语言，那就无论如何简单，也总有多方面可以下观察、下解释，而且免不了有各自经验所得的感想附杂在内，要它纯粹传达一个意思，实际非常困难。又所用的语言，也须是质实的、平凡的，不是华丽的、奇特的。因为假如用了华丽奇特的语言，又将使读者分心于语言的外表，而于内里反不留心了。"[①]据此，陈氏认为消极修辞的总纲是明白，而分条可以有精确和平妥两条，依照普通说法，即为内容和形式两个方面。从内容方面讲，消极修辞需要将自己的意思明白地表达出来，进而要求明确、通顺。所谓明确，就是要求把意思清清楚楚地显现在语言文字上，毫不含混，绝无

---

① 陈望道：《修辞学发凡》，复旦大学出版社2011年版，第42页。

歧解；所谓通顺，就是要求语有伦次，不紊乱、不脱节、不龃龉，能够依顺序，相衔接，有照应。从形式方面讲，消极修辞需要将自己的思想平稳地传达出去，进而要求平匀、稳密。所谓平匀，也就是选词造句要平易匀称，即平易而没有怪词僻句，匀称而没有夹杂或驳杂的弊病，进而让读者听者不至于多分心于形式，可以把整个心思聚集于内容上面。所谓稳密，也就是应注意词句的安排，契合内容的需要。就内容需要而言，词句安排要求有切境切机的"稳"和不盈不缩的"密"。也就是说，词句的安排要有利于实现写说者的目的，内容的情状如何，便是决定所用词句是否贴切的关键。对诗学修辞而言，尽管总的来说是"表现的境界"，侧重的是情境，运用的是积极修辞。但是，所谓"赋"笔手法（见后述），亦包含着"记述的境界"，某种程度上也要用到消极修辞。然而，由于诗中的"记述"不同于"文"中的"记述"，如何体现"稳密"，就必须遵循诗词记述的情状，而不能照搬其他文体记述的情状。

2.积极修辞

积极修辞是具体的、体验的，这种体验也就是积极动机与积极需要状态下的审美体验。正如有的学者所言："艺术的审美体验既是艺术创作的动力，也是艺术欣赏、批评和传达的枢纽。没有体验，艺术的创作是无法想象的。"[①]诗学修辞价值的高下，取决于诗词意境的高下。"只要能够体现生活的真理，反映生活的趋向，便是现实界所不曾经见的现象也可以出现，逻辑律所未能推定的意境也可以存在。其轨道是意趣的连贯。它同事实虽然不无关系，却不一定有直接的关系。"[②]例如，李白的《秋浦歌》："白发三千丈，缘愁似个长。不知明镜里，何处得秋霜。"所谓"白发三千丈"便是事实上所不会有的事。它是情趣的文，自然没有什么可议，假如放在"记述的境界"，便会引起讥笑了。积极修辞与消极修辞一样，可分为内容和形式两个方面。就内容方面而言，大体是基于经验的融合，尤其以适应情境为主要目标，对

---

① 万书元：《论审美体验》，《江苏社会科学》2006年第4期。
② 陈望道：《修辞学发凡》，复旦大学出版社2011年版，第39页。

题旨、情趣、情境、遗产等诸要素的综合运用。就形式方面而言，简单说就是语感的利用，即对于语言文字的一切感性因素的利用。根据积极修辞的特点，还有所谓辞格与辞趣之分。所谓辞格，也称辞藻，或通俗地称之修辞手法，其特点既侧重内容的贴切，也兼顾形式的利用，涉及语辞和意旨，进而可彰显出情感动人的张力；所谓辞趣，其特点是同内容相对疏远，大体只单纯利用语感形式，体现语言文字本身的情趣，进而也显示出趣味悦人的活力。对辞格与辞趣而言，辞格或辞藻尤为修辞界所注重，在诗学修辞中用得最多。当然，诗学修辞也时而运用辞趣，即运用语言文字本身的情趣来提升创造诗词的审美意象与意境。大体对应语言文字的意义、声音与形体，辞趣可分为三个方面，即辞的意味、辞的音调和辞的形貌。

　　关于积极修辞的内容，主要体现为"辞格"的论述。然而，对辞格的分类、命名、统计历来是百花齐放。吴礼权《修辞心理学》将"辞格"称之为"修辞文本模式"，这就是说"辞格"就是修辞手法或修辞格式。显然，心理机制与修辞格式的关系紧密，但它们之间又不是一对一的关系，往往是一种心理机制对应着若干种辞格，一种辞格又关乎多种心理机制。例如，吴礼权《修辞心理学》就将相关辞格与心理机制联系起来，分为基于联想想象的修辞文本模式（包括比喻、列锦、映衬、借代、拈连、示意等格式）、基于注意强化的修辞文本模式（包括夸张、设问、复叠、转类、反复、倒装、旁逸、别解、同异、歧疑、错综、精细、异语、仿拟等格式）、基于移情作用的修辞文本模式（包括比拟、移就等格式）、基于平衡原则的修辞文本模式（包括对偶、回环、排比等格式）、基于心理距离的修辞文本模式（包括用典、讳饰、藏词、析字、双关、讽喻、留白、倒反、推避、折绕等格式）、基于通感联觉的修辞文本模式（包括通感或称联觉、称觉等格式）。[1]古远清、孙光萱《诗歌修辞学》则是本着"少而精"的原则，经过反复的比较和筛选，将比喻、象征、对偶、夸张、拟人、用典等六种辞格，作为专门的章节进行阐述。[2]陈望道《修辞学发凡》将积极修辞的三十八个辞格，分为四大

---

[1] 吴礼权：《修辞心理学》，云南人民出版社2002年版。

[2] 古远清、孙光萱：《诗歌修辞学》，湖北教育出版社1995年版。

类，即材料上的辞格、意境上的辞格、词语上的辞格和章句上的辞格。

（1）材料上的辞格，包括譬喻（含明喻或直喻、隐喻、借喻）、借代（含旁借、对代）、映衬（含反映、对衬）、摹状、双关、引用（含明引、暗用）、仿拟（含拟句、仿调）、拈连、移就等九格。

（2）意境上的辞格，包括比拟（含拟人、拟物）、讽喻、示现、呼告、夸张、倒反、婉转、避讳、设问（含提问、激问）、感叹等十格。

（3）词语上的辞格，包括析字（含化形析字、谐音析字、衍底析字）、藏词、飞白、镶嵌、复叠（含复辞、叠字）、节缩（含缩合、节短）、省略、警策、折绕、转品、回文等十一格。

（4）章句上的辞格，包括反复、对偶、排比、层递、错综、顶真、倒装、跳脱等八格。

段曹林《唐诗修辞论》则是将唐诗修辞分为"语音修辞""语义修辞""语法修辞""篇章修辞""风格修辞"五个方面，这也是从不同视角来论述传统诗学中的积极修辞手法。根据该书相关章节的阐述，所谓语音修辞方法，是指利用言语单位的语音特征和语音关系所构成的修辞策略和技巧；所谓语义修辞方法，是指利用特定言语单位在意义方面的特点以及不同言语单位之间的关系所构成的修辞手段和技巧；所谓语法修辞手法，是指利用语言单位的结构特点或不同言语单位之间的结构关系构成的一类修辞策略和技巧；所谓篇章修辞，是指在篇章层面的修辞方法及其修辞效应；所谓风格修辞，是指"从言语风格角度研究唐诗修辞，主要关注两大问题，一是唐诗言语风格的表现及其形成根源，二是唐诗艺术风格（一般笼统命之为风格或作家作品风格）与修辞（语言运用）的关系。"[①]

3.消极修辞与积极修辞的比较

陈望道《修辞学发凡》就消极修辞与积极修辞，从不同的角度进行了对比性阐述，这里择其要而述之[②]：从思维工具的视角看，消极修辞是抽象

---

① 段曹林：《唐诗修辞论》，中国社会科学出版社2014年版，第1页、第41页、第79页、第130页、第174页。

② 陈望道：《修辞学发凡》，复旦大学出版社2011年版，第3至4页。

的、概念的;而积极修辞则是具体的、体验的。从语言的视角看,消极修辞是利用语言的概念因素;而积极修辞则是利用语言的体验因素。从情境的视角看,消极修辞是利用概念的关系;而积极修辞则是利用经验所及的体验关系。或者说,一是只怕对方不明白,一是还想对方会感动、会感染自己所怀抱的感念。从修辞与题境和题旨关系的视角看,消极修辞是侧重于应合题旨,重在理解;而积极修辞则是侧重于应合情境,重在情感。

为了进行比较说明,陈望道《修辞学发凡》举了"绝好比照"的两个例子:一是《论语》卫灵公篇中的"君子疾没世而名不称焉。"其意思是说:君子引以为恨的事情是,一生到死,名声都不能为他人所称道。一是《古诗十九首》中的"回车驾言迈,悠悠涉长道。四顾何茫茫,东风摇百草。所遇无故物,焉得不速老。盛衰各有时,立身苦不早。人生非金石,岂能长寿考?奄忽随物化,荣名以为宝。"其意思是说人世无常,生命短暂,人的一生应当建功立业,以"荣名"为宝。显然,这两个例子的意思可以说是完全相同。但是,《论语》中的话,却是犹如家常谈话,直抒胸臆,只求概念明了地表达出来;而《古诗》中的"诗家语",却是托物起兴,触景生情,以感慨的口吻来表述。后者除了表现概念之外,还用了积极修辞手法。主要包括两种要素:一是内容是富有体验性的、具体性的;二是形式是在利用字义之外,还利用字音、字形的。如这首古诗整整齐齐的五言句,便是利用字形所成的现象。这种形式方面字义、字音、字形的利用,同那内容方面的体验性、具体性相结合,把语辞运用的可能性发扬光大了,往往可以造成超脱寻常文字、寻常文法以至寻常逻辑的新形式,而使语辞呈现出一种动人的魅力。

陈望道将与"表现境界"所对应的修辞命名为"积极修辞",可以说是创造性的全新之举。显然,修辞活动是一种特别的心理活动。对积极修辞的心理过程而言,可以说是一种名副其实的审美体验,是在积极动机与积极需要引领下的心理过程。但积极心理学的出现还只是二十世纪末的事情,从这个新的发现再一次看出,陈望道的《修辞学发凡》,不但无愧为"千古不朽的巨著",而且还具有不同凡响的前瞻性。在该书中,他有一段将积极修辞与消极修辞进行两两对比的论述，对我们深刻领会"消极"与"积极"两词的内涵是很有意义的。他明确指出："积极的修辞和消极的修辞不同。消极的修辞只在使人'理会'。使人理会只须将意思的轮廓，平实装成语言的定形，便可了事。积极的修辞，却要使人'感受'。使人感受，却不是这样便可了事，必须使看读者经过了语言文字而有种种的感触。语言文字的固有意义，原是概念的、抽象的，倘若只要传达概念的抽象意义，此外全任情境来补衬，那大抵只要平实地运用它就是，偶然有概念上不大分明的，也只要消极地加以限定或说明，便可以奏效。故那努力，完全是消极的。只是零度对于零度以下的努力。而要使人感受，却必须积极地利用中介上一切所有的感性因素，如语言的声音，语言的形体等等，同时又使语言的意义，带有体验性、具体性。每个说及的事物，都像写说者经历过似地，带有写说者的体验性，而能在看读者的心里唤起了一定的具体的影象。"①这里，陈望道有一个十分形象的比喻，那就是"消极"的目标只在使人"理会"，"只是零度对于零度以下的努力"。也就是说，在"冰"点的情况下，"零度对零度以下的努力"并未能改变"冰"的形态。而"积极"的目标则是要使人"感受"，"必须积极地利用中介上一切所有的感性因素"，犹如对"零度"与"零度以下"的"冰"加热，将"冰"变成"水"，乃至变成"汽"。这就是积极心理激发出来的诸多"积极"状态的魅力，也是积极修辞的活力与张力。需要说明的是，陈望道用"积极"与"消极"两词来界定两种不同的修辞手法，是一种远超前于积极心理学的先见之明。处于积极心理状态中的诗学修辞主体，其体验既是一种审美体验，更是有别于一般审美体验的积极审美体验。这是因为"积极"二字的内涵，其立足点不只是心理"体验"，而更是意象"描述"，要求修辞主体在积极形象思维的引领下，运用注重情感，讲究含蓄，情景交融，力求让人感动的修辞手法，即陈氏所说的积极修辞手法来描述审美意象。而与之对应的侧重于理解，讲究直白，力求让人清楚的修辞手法，即陈氏称之为"消极修辞"，其中的"消极"一词与"积极"一词对应，但"消极"一词，却不再

---

① 陈望道：《修辞学发凡》，复旦大学出版社2011年版，第57页。

有"否定""反面""消沉"等负面的意思。

(二)"赋比兴"的由来与发展

在传统诗学中,"赋比兴"是一个有着丰富内涵的重要概念,为历代诗论者所关注,不同时代的论者不断以自己所处时代的文化经验和创作实践"反观"这个问题。叶桂桐在《中国诗律学》中指出:"赋比兴的概念,其本身在中国文学批评史上就是不断演变的。这种演变至少可以朱熹为界碑分为前后两大时期,每一个时期又可再分为几个阶段。朱熹以后的时期,我们姑且不论,单就朱熹之前的时期而言,至少又可以大体上分为三个阶段。《周礼》及其以前为第一阶段,这一阶段实在是将赋比兴与风雅颂并列,是作为三种与音乐密切关联的诗体而被称说的。""第二阶段从《诗大序》之'六义'开始,到后郑的笺说。这可说是一个过渡时期。这一阶段中赋比兴已开始被作为文学再现手法来看待,但《诗大序》且不论,即使在郑玄手中,赋比兴作为诗体的含义,仍未完全排除。""第三个阶段,即完全将赋比兴中诗体之义排除的时期,即完全将赋比兴视作表现手法的时期。这种观念虽可以云萌芽于先郑,但先郑之释过简,比兴为诗体,为手法,难以明瞭。明确地将赋比兴视为表现手法的实始于钟嵘之'三义'说。"[①]朱熹的《诗集传》在钟嵘"三义"说的基础上,将赋比兴首先视为表现手法,但又包含了明显的将赋比兴作为修辞方法的涵义。自此赋比兴的概念就有三个层次,或为诗体,或为表现方法,或为修辞手法。

1.从"六诗""六义"到"三体""三用"

最早言及赋比兴内容者为《周礼》:"教六诗:曰风,曰赋,曰比,曰兴,曰雅,曰颂。以六德为之本,以六律为之音。"[②]这里,将"风雅颂"与"赋比兴"合称之为"六诗"。汉代郑玄在给《周礼》中的"六诗"作注时说:"风,言贤圣治道之遗化也;赋之言铺,直铺陈今之政教善恶;比,

---

[①] 叶桂桐:《中国诗律学》,文津出版社有限公司1998年版,第289至290页。

[②] (汉)郑玄注,(唐)贾公彦疏:《周礼注疏》,(清)阮元校刻《十三经注疏》,中华书局1980年版,第796页。

见今之失,不敢斥言,取比类以言之;兴,见今之美,嫌于媚谀,取善事以喻劝之;雅,正也,言今之正者以为后世法;颂之,言诵也,容也,诵今之德,广以美之。"①这里,郑玄将"赋、比、兴"与"风、雅、颂"一样,看成是由一定方法表现特定内容所形成的诗体。东汉末年的训诂家刘熙在《释名·释典艺》中也把"赋、比、兴"解释为体用合一的概念:"诗,之也,志之所之也。兴物而作谓之兴,敷布其义谓之赋,事类相似谓之比,言王政事谓之雅,称颂成功谓之颂,随作者之志而别名之也。"郑玄、刘熙的观点,大抵代表了汉代"赋比兴"说的特点,这就是说"赋比兴"既是"体(体裁)",也是"用(方法)"。

唐代孔颖达疏《毛诗正义》在对《周礼》"六诗"郑玄注疏的基础上,提出自己的"六义"观,即"三体三用"说。该书明确提出:"然则风、雅、颂者,诗篇之异体;赋、比、兴者,诗文之异辞耳,大小不同,而得并为六义者,赋、比、兴是《诗》之所用,风、雅、颂是《诗》之成形,用彼三事,成此三事,是故同称为义,非别有篇卷也。"②这就是"三体三用"说的具体内容。意思是说:风、雅、颂就是就《诗》的篇体而言的,赋、比、兴是就《诗》的文辞而言的。用赋、比、兴三义作诗,按风、雅、颂三义成篇,所以就把这六种同称为义,并列为《诗》的六个要点。

2.从"六义"到"三义"

由于"风、雅、颂"与"赋、比、兴"六者不是一类而是两类的问题,所以梁钟嵘《诗品序》就把它们分开了,而变前人的"六义"之说为单列的"三义"说:"五言居文词之要,是众作之有滋味者也,故云会于流俗。岂不以指事造形,穷情写物,最为详切者邪!诗有三义焉:一曰兴、二曰比、三曰赋。文已尽而意有余,兴也;因物喻志,比也;直书其事,寓言写物,

---

① 《周礼注疏》卷二三,《十三经注疏》,上海古籍出版社1997年版。
② (汉)毛亨传、郑玄笺,(唐)孔颖达疏:《毛诗正义》,(清)阮元校刻《十三经注疏》,中华书局1980年版,第271页。

赋也。"①这里，钟嵘的见解不但前无古人，而且他的真知灼见，不是用来讲《诗》三百篇，而是用来讲汉代以来的五言诗，主张"弘斯三义，酌而用之，干之以风力，润之以丹彩，使味之者无极，闻之者动心，是诗之至也。"②可见，他是明确地认为作诗必须酌而用此三义，才能使诗味浓厚，足以感人，达到很高的境界。从此以后，就主导倾向来看，传统诗坛都是普遍把"赋比兴"视为是与"风雅颂"不同的"诗之用"。如孔颖达《毛诗序正义》云："赋比兴是《诗》之所用，风雅颂是《诗》之成形。"宋代林景熙说："风雅颂，经也；赋比兴，纬也。以三经行三纬之中，六义备焉。"元代杨载《诗法家数》说："诗之六义，而实三体。风雅颂者，诗之体；赋比兴者，诗之法。故赋比兴者，又所以制作乎风雅颂者也。"自此，主导"六义"的释义，则是风雅颂为诗之三体，赋比兴为诗之三用。诗之用即为诗之法，也就是最为传统的诗词创作方法论。于是，"赋比兴者，诗之法"的诗学观点，已成为近现代诗学界的共识，也就是诗学修辞最基本的格式或方法。

3.物象视角下的"赋比兴"

历史上论述赋比兴，大多是以解读《诗经》为基础的。因此，可以换个视角来认识与理解"赋比兴"，尤其是基于"象思维"，从物象视角下来洞察赋比兴。叶桂桐认为，从远古洪荒到战国后期，人们的认识水平以及民族心理意识，大致经历了由"自然物象"（包括社会生活现象）求意，到用"人为物象"（通过"中介物象"）占卜求意，再到对占卜之否定这样三个阶段。这种认识过程，也充分表现了当时中国人心理意识上的突出特点。赋比兴充分体现了思维方面的突出特点，亦大体形成于"人为物象"或"中介物象"时期。如前所述，诗学思维的显著特点是"象思维"，即是以审美意象为特色的积极形象思维。由"自然物象"以求意也好，由"人为物象"经由"中介物象"以求意也好，都是所谓"取象"，都离不开想象或联想。"赋比兴实际上正是中国人对联想方式的最早的三种分类方式。赋近于直接联想，比兴近于类

---

① 陈丽虹：《赋比兴的现代阐释》，中国美术学院出版社2002年版，第149页。

② 同上。

第四章　积极审美心理引领下的诗学修辞（一）

比联想和对比联想。赋主要是通过'自然物象'以求意，反过来在诗歌中则是通过'自然物象'以求意，而比兴则通过'中介物象'以求意，反过来在诗歌中则是通过'中介物象'以表意。赋与比兴的区别正在于'中介物象'的是否运用。"①《诗经》中的"自然物象"与"中介物象"比比皆是。据胡朴安统计，《诗经》中不重复的字只有两千多个，而用于赋比兴的事物就有："草名106种，木名74种，鸟名39种，兽名67种，昆虫名29种，鱼名20种，器皿名300余种，食物性植物有44种。"②《诗经》中的比兴，一般是"自然物象"与"中介物象"，即比与所比之物，兴与所兴之物同时出现，但有时则省掉了"自然物象"而只存"中介物象"。这时，不仅比兴难别，而且又易与赋相混。因为用"赋"法"即物"，往往是由"自然物象"直接求意或表意，但"自然物象"与"中介物象"之间又没有绝对界限，后者正源于前者，所以赋有时可由"中介物象"以求意或表意。有鉴于此，传统诗学亦有所谓"赋而比"或"赋而兴"之说。

从中华民族传统的文化心理与思维出发，郑众、郑玄、虞挚、刘勰、钟嵘、孔颖达、朱熹等历史上有影响的"赋比兴"论者之言，均可通过"自然物象"或"中介物象"建立起相应的联系。如郑众云："比者，比方于物。兴者，托事于物。"其中之"物"，即为"中介物象"。郑玄云："赋之言铺，直陈今之政教善恶。比，见今之失，不敢斥言，取比类以言之。兴，见今之美，嫌于媚谀，取善事以喻劝之。"其中，"赋"不用"中介物象"直言"所论之事"；"比兴"则皆取"中介物象"以言之，不过"比"求"中介物象"与所论之事相同，而"兴"则为对比。虞挚《文章流别论》云："赋者，敷陈之称也。比者，喻类之言也。兴者，有感之辞也。"其中，"赋"之"敷陈"，则不用"中介物象"；"比"之喻类，则正用"中介物象"，"兴"之有感，则起于"自然物象"，但其描述还须借助"中介物象"。刘勰《文心雕龙·比兴》云："故比者，附也；兴也，起也。附理者切类以指事，起情者依微以拟议。起情，故兴体以立；附理，故比例以生。比则蓄愤以斥言，兴则环譬以托讽。"

---

① 陈丽虹：《赋比兴的现代阐释》，中国美术学院出版社2002年版，第294页。
② 张祖新：《通用诗学》，中国言实出版社2012年版，第6页。

其中,"比"之所"附",即为"中介物象","兴"之所"起",亦为"中介物象"。钟嵘《诗品》云:"直书其事,尽言写物,赋也。因物喻志,比也。文已尽而义有余,兴也。"其中,"赋"中之"事",其"物"则为"自然物象",但似亦不排除"中介物象";"比"中之"物",则为"中介物象";"兴"之"文已尽而义有余",正是让"中介物象"去联想"自然物象"。孔颖达《毛诗正义》疏云:"《诗》文直陈其事,不譬喻者,皆赋辞也。郑司农云:'比者比方于物',诸言'如者',皆比辞也。司农又云:'兴者,托事于物',则兴者起也,取譬引类,起发己心,《诗》文诸举草木鸟兽以见意者,皆兴辞也。"其中,"赋"中之"事"不譬喻,其"物"则为"自然物象";"比"方于"物",则是用"中介物象";"兴"之托事于物,亦是"中介物象",只不过孔氏似只认为"自然物象"与"中介物象"之间用"如"一类关联词者为"比",否则即视为"兴"。朱熹《诗集传》云:"赋者,敷陈其事而直言之也。""比者,以彼物比此物也。""兴者,先言他物以引起所咏之辞也。"其中,"赋"直言之"事",则不用"中介物象",直言"自然物象";而"比"则是用"中介物象"比"自然物象";"兴"则是先言"中介物象",而引起"自然物象",但有可能省掉"自然物象"。上述脉络告诉我们,从文化心理与思维的视角认识赋比兴,既有利于全面认知赋比兴的由来与发展,还有利于理解传统诗学中意境理论的源头,正是中华文化这种源远流长的"象思维"。

第五章 积极审美心理引领下的诗学修辞（二）

一、诗学修辞是以"比兴"为主的"赋比兴"法

祁志祥《中国古代文学理论》将"赋比兴"说列入"中国古代文学的创作方法论"，作为专门章节予以论述。①当代著名诗人叶嘉莹更是明确地说："赋、比、兴最简单的理解就是作诗的三种方法。赋，就是'直陈其事'，直接把事情说出来了；比，就是'以此例彼'，用这件事来比喻那一件事，'例'就是比；兴，就是见物起兴，就是一种感发。你看到一个东西，引起你内心之中的一种感动，这就是见物起兴。"②姜书阁《诗学广论》就理解"赋比兴"指出："'赋'尚简单，较易理解，一般也没有异议；'比'也好懂，只是就比的方法来说，不限于单纯的一种，运用就难些；至于'兴'，则说者不一，迄今没有彻底解决，尤其自唐以后，诗人常把'比、兴'连在一起，作为一种而不是两种方法，而且有时又不说'兴'或'比兴'，却说'兴寄''兴会''兴讽'等等，则益滋纠纷。"③其实，钟嵘的《诗品序》不但在"赋比兴"的诠释上很有见解，而且他的"赋比兴"三义并用，不可偏废说也是极有见地："若专用比兴，则患在意深；意深则词踬。若但用赋体，则患在意

---

① 祁志祥主编：《中国古代文学理论》，华东师范大学出版社2018年版。本书"赋比兴"这一部分的引文，若未特别标注，系该书"'赋比兴'说"这一节（第103至112页）。

② 叶嘉莹：《风景旧曾谙——叶嘉莹谈诗论词》，广西师范大学出版社2008年版，第14页。

③ 姜书阁：《诗学广论》，浙江大学出版社2010年版，第141页。

浮；意浮则文散。"①这里，钟嵘指出专用比兴或专用赋的毛病，可谓中肯，所以我们主张将"赋比兴"法作为一个整体概念来界定诗学修辞。当然，在"赋比兴"法中，"比兴"占据主导地位。

（一）作为诗之法的"赋比兴"

传统诗学告诉我们，从论述的角度经常将"赋比兴"分列而论，但立足于诗学修辞方法来理解"赋比兴"，却都是"表现的境界"，故把"赋比兴"三义进行总体上的理解。而运用某些具体辞格时，更多的可能是以"三义"中的某一义为主，但又兼顾其他一义或两义。

1.关于"赋"法

"赋"法是直接"即物""即心""陈事""布义"之法。严格地说，赋属于写作，"比兴"属于修辞。运用"赋"法，无论是写物，还是写心，都是直奔对象，不绕弯子。"赋"作为诗词创作方法之一，古人以同声相训的方式，解作"铺""敷""布"。因"陈"的词义与之相通，故又叫"陈"。用作双音词，则叫"铺陈""敷布"。"赋"的对象可以是"物"，也可以是"心"。从"赋物"而言，钟嵘《诗品序》云："直书其事，寓言写物，赋也。"朱熹《诗集传》云："赋者，敷陈其事，而直言之也。"从"赋心"而言，挚虞《文章流别论》云："赋"是"敷陈其志"，贾岛《二南密旨》云"布义曰赋"，刘熙载《艺概·赋概》更是特别强调："赋与谱录不同，谱录惟取志物，而无情可言"，"赋必有关着自己痛痒处"。所以，现代诗人叶嘉莹则相对于"比是由心及物""兴是由物及心"，认为"赋是即物即心"的方法。②诗学修辞若是单独用"赋"来"即心"，这时的"赋心"之法，则表现为直接的表情达意，也就是常讲的"议论""说理""抒情"，即所谓"以议论为诗"，自必丧失"形象性"。但是，若是单独用"赋"来"即物"，这时的"赋物"之法，也就是常说的"描写""叙述"，它恰恰可以产生"形象性"。古代诗论家在论"赋"法创

---

① 陈丽虹：《赋比兴的现代阐释》，中国美术学院出版社2002年版，第151页。

② 叶嘉莹：《风景旧曾谙——叶嘉莹谈诗论词》，广西师范大学出版社2008年版，第22页。

作时所举的诸多诗例，就表明"赋物"可以具有生动鲜明的形象性。例如，唐齐己《风骚旨格》："二曰赋：'风和日暖方开眼，雨润烟浓不举头。'"宋吴沆《环溪诗话》："秦少游诗云：'此客念家浑不睡，荒山一夜雨吹风。'此直说客中而有思家之情，乃赋法。"当然，在诗词创作中，"即心"与"即物"则经常被结合起来使用，通过"赋物"来"赋心"。古代诗论在诠释"赋"法时，也屡有关于"赋物"与"赋心"相即的论述。从创作实践的角度看，诸如杜甫《曲江二首》中的"穿花蛱蝶深深见，点水蜻蜓款款飞"、李白《菩萨蛮》中的"平林漠漠烟如织，寒山一带伤心碧。暝色入高楼，有人楼上愁"、刘秉忠《南吕·干荷叶》中的"干荷叶，色苍苍，老柄风摇荡。减了清香，越添黄"等诗词曲语，咏物就是抒情，景语就是情语。正如明谢榛所云："景乃诗之媒，情乃诗之胚，合而为诗，以数言而统万形，元气浑成，其浩无涯矣。"（《四溟诗话》卷一）又如，哲理诗中的"赋物"，就可以让诗富于理性。例如，唐代储光羲的《江南曲（四首之一）》："绿江深见底，高浪直翻空。惯是湖边住，舟轻不畏风。"其妙处既不在抒情，也不在写景，而在于通过"赋物"，于日常生活中揭示深刻的哲理：说明环境能磨炼意志，实践能增长才干。对于这类"赋物"，明谢榛《四溟诗话（卷一）》写道："写景述事，宜实而不泥乎实。有实用而害于诗者，有虚用而无害于诗者，此诗之权衡也。""贯休曰：'庭花蒙蒙水泠泠，小儿啼索树上莺。'景实而无趣。太白曰：'燕山雪花大如席，片片吹落轩辕台。'景虚而有味。"[1]这里，谢氏提出"写景述事"的"实用"与"虚用"说很有见地，值得诗学修辞者玩味。祁志祥《中国古代文学理论》在论述"赋"法的同时，提出了需要辨明的几个问题，对我们全面认知"赋"法的"即物即心"很有现实意义。下面，将参照该书的论述，并结合修辞的两大分野简要叙述如下：[2]

（1）如何看待"赋"的直露特点？相对"比兴"而言，运用"赋"法表情达意、写物叙事不绕弯子，不顾及委婉含蓄，相对直接明白，所以在崇尚

---

[1] 丁福保辑：《历代诗话续编（下）》，中华书局2006年版，第1148-1149页。
[2] 祁志祥主编：《中国古代文学理论》，华东师范大学出版社2018年版，第106至107页。

"诗贵含蓄"的诗学殿堂里,自古以来就有扬"比兴"而抑"赋"的倾向。其实,对于"赋"的直露特点,需要放在一个合适的位置上来理解。一方面由于"赋"的"直铺陈",让其状物达意相当直白,进而有别于蕴藏含蓄的"比兴"方法;另一方面,又要看到这种区别是相对的,当"体物写志"相结合,通过"赋物"来"赋心"时,"赋"就同时是比了,其心灵的表现也就不不那么直接了。这就是说,"赋"法的"记述",未必不是"表现的境界",至少是"糅合的境界"。那种一律用"直露"贬"赋",乃是以偏概全之见。例如,朱熹那脍炙人口的《观书有感二首(其一)》:"半亩方塘一鉴开,天光云影共徘徊。问渠那得清如许?为有源头活水来。"采用的修辞方法就是"赋而兼比",相对于全诗所喻之理即"本体"而言,该诗用的是"比";相对于隐喻"本体"的"喻体",即诗中所描写之物而言,该诗在方法上又是"赋"。

(2)如何看待"赋"的形象创造?曾经流行一种观点,即认为在古代"赋比兴"理论中,只有"比兴"论是形象思维理论,"赋"论则与形象思维理论无缘。古代所谓"以兴比为高而赋为下"者,亦与以"赋"为不假物象"正言直说"有关,如清吴乔《围炉诗话》卷一云:"……宋诗亦有意,惟赋而少比兴,其词径以直,如人而赤体。"其实,这是一种片面认识,"赋"只有在单纯地"即心"时才表现为抽象的议论、说理,而当用它"即物"时,对事物的直接描写与叙述,恰恰可以创造出形象来。特别是按照现代文学对形象的定义,即艺术形象是对现实的直接反映,那么"赋"较之"比兴"的修辞方法,当同样是产生形象的修辞手法,同样是"表现的境界",或者是"糅合的境界"。钟嵘的《诗品序》不但在"赋比兴"的解释上有所谓"三义"的独到见解,而且他主张"三义"不可偏废之说可谓中肯。同时,刘勰论"兴",亦认为"明而未融,故发注而后见。"(《文心雕龙·比兴》)可见当时对"赋、比、兴"并无偏颇,至于重"比兴"而轻"赋",则是唐代以后诗学理念的变化。其实,传统诗词的创作实践表明,在积极的形象思维引领下运用"赋"法,完全不同于抽象思维引领下运用"赋"法,其语辞的境界不会是一般的"记述的境界",而也能是"表现的境界",至少是"记述"而"表现"的"糅合的境界"。

第五章 积极审美心理引领下的诗学修辞（二）

（3）如何看待"赋"的"即心"？长期以来，由于朱熹的地位，他对"赋"的解释一直被当作最权威、最完备的解释。但他仅仅是从"即物"这一面来界说"赋"。如《诗集传》卷一云："赋者，敷陈其事而直言之者也。"《楚辞集注》卷一："赋则直陈其事。"于是，就容易招致赋重"事实"而乏"意味"的误解。特别是在"贵情思而轻事实"的诗歌国度，"赋"法受到人们的轻视也就顺理成章了。如果说上面的那种误解错在只看到赋可"即心"，而未看到赋可"即物"，那么这种误解恰恰错在只看到赋可"即物"，而未看到赋可"即心"，更为重要的是还在于未看到"赋物"与"赋心"是可以交融在一起的，"赋物"即是"赋心"。古人说"赋"："礼义之旨，须事以明之……所以假象尽辞，敷陈其志。"在对"事""象"的铺叙中，"志""义"也就包涵其中了。这里，若是再来回味钟嵘关于"三义"的论述，其"三义"说既紧承"指事造形，穷情写物，最为详切"而来，下文又说"弘斯三义，酌而用之"，则兴与赋、比皆就表现手法而言，但以"因物喻志"为"比"，以"直书其事，寓言写物"为"赋"，皆不离"写物"。只不过"比"的"写物"之"写"，推崇的是曲写，而"赋"的"写物"之"写"，却讲求的是直写，但两者都关乎"写物"，都是积极审美体验下的"表现的境界"。清王夫之《姜斋诗话》卷下更是明确地写道："情、景名为二，而实不可离。神于诗者，妙合无垠。巧者则有情中景，景中情。景中情者，如'长安一片月'，自然是孤栖忆远之情；'影静千官里'，自然是喜达行在之情。情中景尤难曲写，如'诗成珠玉在挥毫'，写出才人翰墨淋漓、自心欣赏之景。凡此类，知者遇之；非然，亦鹘突看过，作等闲语耳。"[①]当然，运用"赋"法，融合"即物"与"即心"，这也就是"赋兼比兴"，其修辞境界自必是"表现的境界"，而不是"记述的境界"。

2.关于"比"法

"比"法是委婉含蓄的比喻方法。何谓"比"？李仲蒙云："索物以托情谓之比，情附物者也。"他把"比"界说为表情达意的方法，即认为"比"的

[①] 陈一琴选辑，孙绍振评说：《聚讼诗话词话》，上海三联书店2012年版，第42页。

本体仅仅是"情（意）"，"比"的喻体仅仅是"物（象）"。朱熹《诗集传》卷一云："比者，以彼物比此物也。"其中的"物"包括形而下和形而上、主体与客体在内的一切事物，即"比"的"本体"与"喻体"可以是一切事物，"比"即用各种事物作喻体来状物达意。显然，朱熹的观点比较全面，稳妥，符合传统诗词的创作实际。其实，"比"犹如"比拟"或"譬喻"，既可用来讽刺，也可用来赞美。正如古人所云："比者，类也；妍媸相类相显之理，或君臣昏佞则物象比而刺之，或君臣贤明亦取物比而象之。"这说明"以彼物比此物"之"比"，即是用已知的、具体的事物来说明未知的、抽象的事物。这种修辞或表现手法，从人类文化发展的一般规律来看，它首先是一种以类比联想为特征的认知方式和思维模式。刘勰《文心雕龙·比兴》云："何谓为'比'？盖写物以附意，飏言以切事者也。故金锡以喻明德，珪璋以譬秀民，螟蛉以类教诲，蜩螗以写号呼，浣衣以拟心忧，席卷以方志固：凡斯切象，皆'比'义也。至如'麻衣如雪'，'两骖如舞'，若斯之类，皆'比'类者也。"①其意思是说，"比"就是借叙写物象来比附情理，用明白的言辞来确切地说明事物的用意。他所举的物象均出自"三百篇"。刘勰又在《比兴》篇中说："夫比之为义，取类不常：或喻于声，或方于貌，或拟于心，或譬如事。"但无论是从哪个方面来比喻，总的要求是"以切至为贵"，要比得确切，比得生动形象。

从修辞学的角度看，《诗》中所用的比拟就有明喻、隐喻、类喻、博喻、对喻、详喻等方法。在《诗》以后，继起的诗体是以屈原《离骚》为代表的《楚辞》，朱熹在他的《楚辞集注·离骚序》附注中说："然《诗》之兴多而比、赋少，《骚》则兴少而比、赋多。"王逸《楚辞章句·离骚经章句》说："《离骚》之文，依《诗》取兴，引类譬喻。故善鸟香草以配忠贞，恶禽臭物以比谗佞，'灵修''美人'以媲于君，'宓妃''佚女'以譬贤臣，虬龙鸾凤以托君子，飘风云霓以为小人。其词温而雅，其义皎而朗。"这就把"兴"与"比"都说成是"引类譬喻"了。刘勰也说屈原"依《诗》制《骚》，讽兼比

---

① 刘勰：《文心雕龙》，中国社会科学出版社2005年版，第242至243页。

第五章　积极审美心理引领下的诗学修辞（二）

兴"。近代黄侃《文心雕龙札记》解释其义道："案《离骚》诸言草木，比物托事，二者兼而有之，故曰，讽兼比兴也。"正因为"讽兼比兴"，所以古往今来的诗论中，将"比兴"连用者甚多。

但是，自从刘勰《文心雕龙·比兴》将"比"定义为"写物以附意，飏言以切事"，即运用各种喻体"附意""切事""达意状物"以后，修辞学中的"比喻"理论与实践就日趋成熟。如宋代陈骙的《文则》对"取喻之法"就作了精细的划分。他指出"取喻之法，大概有十"：一曰直喻，即明喻。"或言犹，或言若，或言如，或言似，灼然可见"。二曰隐喻，即暗喻。"其文是晦，义则可寻"。三曰类喻。即取一类，以次喻之。如贾谊《新书》曰："天子如堂，群臣如陛，众庶如地。"堂、陛、地，一类也。四曰诘喻。即虽为喻文，似成诘难。如《论语》曰："虎兕出于柙，龟玉毁于椟中，是谁之过与？"五曰对喻。即先比后证，上下相符。如《庄子》曰："鱼相忘于江湖，人相忘于道术。"六曰博喻。即取以为喻，不以为足。这也就是诗文中"用譬喻处重复联贯，至有七八转者"情形。如《书》曰："若金，用汝作砺；若济巨川，用汝作舟楫；若岁大旱，用汝作霖雨。"七曰简喻。即其文虽略，其间甚明。如《左氏传》曰："名，德之舆也。"《扬子》曰："仁，宅也。"此类是也。八曰详喻。即须假多辞，然后义显。如《荀子》曰："夫耀蝉者，务在乎明其火，振其树而已，火不明，虽振其树无益也；今人主有能明其德，则天下归之，若蝉之归明火也。"此类是也。九曰引喻。即援取前言，以证其事，亦即与"用事"中的"用语典"相通。十曰虚喻。即既不指物，亦不指事，亦即指比喻中的喻体是形而上的抽象之物的情形。如《论语》曰："其言似不足者。"《老子》曰："飂兮似无所止。"此类是也。又如白乐天《女道士》诗云："姑山半峰雪，瑶水一枝莲。"此以花比美妇人。苏东坡《海棠》诗云："朱唇得酒晕生脸，翠袖卷纱红映肉。"此以美妇人比花。吴沆《环溪诗话》卷下也评论过比喻中的这种情形："咏月便说如雪如冰，若咏雪诗反说他如月之白；咏人便比物，咏物便比人。"他还说："且如咏物诗，多是要……颠倒方好。"这种比喻方式，实际上表现为"诗诉诸想象"。

需要说明的是，"比"法既是"比喻"，又是"象征"。从广义上讲，象征

257

也是一种比喻，不过比起一般的比喻来说，象征要深广一些，宽泛一些。从具体（喻体）到具体（本体）的"比喻"，发展为从具体（象征物）到抽象（所象征的思想、意识、观念等）的"象征"，是积极审美心理引领下的积极形象思维不断充实与发展的结果。纵观中国诗史，楚辞中的"香草美人"早已是象征，后来历代的"咏怀"诗、"感遇"诗、"咏物"诗等更是普遍地运用了象征手法。传统诗之"三义"中的"比"，由单纯的"以彼物比此物"发展为"因物喻志"（钟嵘《诗品序》），即包含了"象征"的艺术手法，这是一个深刻的变化。正因为如此，"比"既是一种修辞手法，也是一种创作方法。从创作的层面讲，一方面是作为"比喻"之"比"，是一种积极修辞手法，如刘勰所列举的"麻衣如雪""两骖如舞"之类；另一方面是作为"象征"之"比"，则是结构篇章的方法。如唐人崔国辅的《怨词》："妾有罗衣裳，秦王在时作。为舞春风多，秋来不堪着。"这首诗用的方法是"比"，但不是对一词一句而言的，而是对全篇而言的，全诗以"罗衣的经历"为喻体，来象征宫女昔日得宠、今日失宠的遭遇和感慨，所以这个"比"即是今天所说的"象征"。"比"蕴涵的"比喻"与"象征"的区别在于：首先，"比"作为"比喻"的修辞手法时，喻体仅仅是出现在一个句子中，由词或词组来表示，而作为"象征"的创作方法时，喻体则是出现在整个作品之中，是由全篇来描写的；其次，"比"作为"比喻"时，本体多半出现（如在明喻、暗喻中），即使省略了（如在暗喻中），也能够方便地补充出来，而"比"作为"象征"时，本体一般不出现，并且不太明显、不容易确定，读者很难准确地把它说出来（如朱熹的"半亩方塘"诗），因而留给人广阔的想象回味空间；再次，"比"作为"比喻"修辞手法时，它所产生的形象往往是局限于句中，而且不是构成文学特征的形象（如"知识是食粮"中的"食粮"）；而只有通篇将"象征"作为谋篇布局的方法，它所产生的形象才是贯串全篇的文学形象（如崔诗中罗衣的经历），且在对充当喻体的事物进行描写时，还可以运用"比喻"的修辞手法。此外，"比"与"赋"的区别也并不是绝对的。在"比"中，通过对喻体的描写来表现、象征本体，这描写喻体的方法就是"赋"。如崔国辅的《怨词》，尽管就全诗所隐喻、象征的感情（本体）而言，通篇用的是"比",但就诗所用的喻体——罗衣的兴衰经历而言,表现方法则是"赋",这种现象古人叫做"比而赋"。①

3.关于"兴"法

"兴"法是委婉地开头、起兴的方法。作为修辞方法之"兴",对其涵义的解释,迄今仍然是聚讼纷纭。大抵而言,汉代学者多半把"兴"理解为"比喻",后世学者多半理解为"起兴"。从《毛诗》释"兴"为"起"来看,可能出于孔子的诗"兴"论。孔子《论语·泰伯》云:"兴于诗,立于礼,成于乐。"《论语·阳货》云:"小子何莫学夫诗,诗可以兴,可以观,可以群,可以怨。"何晏《论语集解》引包咸释前一句话为"兴,起也,言修身当先学诗。"又引孔安国释后一句话为:"兴,引譬连类。"将两者结合起来,经过一系列的譬况,启发人向善,有益于修身,当是孔子诗"兴"论的要义。②上述释义也许未必完全符合孔子的原意,倒却更符合"赋、比、兴"之"兴"的意思。孔安国或许把"赋比兴"中的"兴"与"诗可以兴"的"兴"视为同一概念,而以前者解释后者了。孔安国的解释,开汉人以"兴"为"譬喻"的先声。郑玄早年注《周礼》时把"六诗"中的"兴"解释为与"比"(委婉的讽刺,即用比喻讽刺)相对的委婉的赞美(即用比喻赞美):"兴,见今之美,嫌于媚谀,取善事以喻劝之。"唐代成伯瑜把"兴"定义为"以美类美",正本此。但后来,郑玄在笺《诗》时则改变了以前的看法。他"注诗宗毛",以"喻"释"兴",在同一首诗中对相同的譬喻常是"兴""喻"交替使用,有时径以"兴"代"喻",如《郑笺》解释"东方之月"时说:"月以兴臣。""兴臣"便是"喻臣"。孔颖达在详细分析了郑玄笺"兴"的各种情况后认为:"'兴''喻'名异而实同。"汉人对"兴"的这种认识,一直影响到刘勰在《文心雕龙·比兴》中还保留着"兴则环譬以托讽"这样的观点。例如,张九龄《感遇》:"兰叶春葳蕤,桂华秋皎洁""江南有丹橘,经冬犹绿林",

---

① 祁志祥主编:《中国古代文学理论》,华东师范大学出版社2018年版,第109页。

② 陈丽虹:《赋比兴的现代阐释》,中国美术出版社2002年版,第143页。

是以兰桂、丹橘比喻自己的坚贞品德，自然是用比。但比中有兴，因为它引起了下文。诗人借物起兴，目的不是在咏兰桂、丹橘，而是借以写人。

那么，既然如此，又何必要在"比"法之外而另立"兴"法呢？刘勰虽以"比显而兴隐"区别比、兴，但为何同是比喻，而"比"这种比喻明显，"兴"这种比喻隐晦呢？连刘勰在自己所举的例子中也没有说明白。正是因为遇到这个难以解决的矛盾，"兴"是"比喻"的观点逐渐为人放弃，而"兴"的另一种意思"起兴"则占了上风，这也许是孔子诗"兴"论的深刻影响。例如，汉代郑众一方面把"兴"解释为"托事于物"，同时又以"起发己心"补充之。他认为："兴者，托事于物，则兴者，起也，取譬引类，起发己心。"又如，汉末刘熙正式把"赋、比、兴"的"兴"解释为兴起发端："兴物而作谓之兴。"这种用某种事物来寄托诗人思想感情的"兴"，古人常称为"比兴""托兴""兴喻""讽兴"等。例如，苏轼《卜算子·黄州定慧院寓居作》云："缺月挂疏桐，漏断人初静。惟见幽人独往来，缥缈孤鸿影。惊起却回头，有恨无人省。拣尽寒枝不肯栖，寂寞沙洲冷。"开头两句写景，紧接着的两句是兴起，引起了下面的事情，但也是托事于"孤鸿"，把人的思想情感蕴涵在"孤鸿"之中，进而把人的那种空虚、寂寞、缥缈、无所依从的境况，生动形象地跃然于纸上。

刘勰《文心雕龙·比兴》云："《诗》文弘奥，包韫六义；毛公述《传》，独标'兴'体，岂不以'风'通而'赋'同，'比'显而'兴'隐哉？故'比'者，附也；'兴'者，起也。附理者切类以指事，起情者依微以拟议。起情故'兴'体以立，附理故'比'例以生。'比'则蓄愤以斥言，'兴'则环譬以托讽。盖随时之义不一，故《诗》人之志有二也。"①从中可以看出，刘勰所说的"兴"虽然还残留着前人体用合一概念的痕迹，但已经明显地由"体"的概念向"用"的概念转化。"兴"作为"用"，"起也"就是"起情"或"起兴"的方法，借物发端的方法。后人在刘勰论述的基础上，又有不断的发展。如宋代李仲蒙云："触物以起情谓之兴，物动情者也。"（《斐然

---

① 刘勰：《文心雕龙》，中国社会科学出版社2005年版，第241页。

集》卷十八）朱熹云："兴则托物兴词。"（朱熹《离骚序》注）"兴者，先言他物以引起所咏之词也。"（朱熹《诗集传》卷一）明代梁寅云："凡兴者，先托于物而后言所咏之事也。"（《诗演义》卷一）他在《诗赋》中还认为："感事触情，缘情生境……谓之兴。"清代吴乔《答万季野诗问》："'月子弯弯照九州'，兴也。"这些论述表明，"兴"就是为了表现某个事物、传达某种情思而用与该事物、该情思在形象上、声音上有某种联系的事物开头的方法。当然，用"兴"法开头，用某种物象起兴后，接着作者既可以明白地道出自己的本意，也可以相对委婉地言事达意。例如，杜甫《新婚别》在用"菟丝附蓬麻，引蔓故不长"起兴后，接着就道出主题："嫁女与征夫，不如弃路旁。"这种情况下，兴体与本体的联系明显，表意是相当明白的。又如，吴乔论"兴"时所举的例子："月子弯弯照九州，几家欢乐几家愁"，在这种情况下，"兴"不包含比喻，兴体与本体之间的关联相当隐晦，因而又有委婉的特点。此外，"兴"不只是与"比"相交叉，与"赋"也存有交叉现象。例如，"孔雀东南飞，五里一徘徊"，相对于所要表现的本体，即下文所写刘兰芝与焦仲卿缠绵悱恻的爱情故事来说是"兴"，但就其自身来说，则是用"赋"法所写。

此外，自十九世纪末以来，随着西方象征主义诗歌及其理论传入中国，"象征"一词就在近现代中国诗坛上火爆起来了。由于"象征主义"的核心观念，是威尔逊在《阿克尔的城堡》一书中所说的："去暗示事物而不是清楚地陈述它们乃是象征主义最重要的目标之一。"所以，许多学者就将"象征"与"兴"等同起来，并纳入中国传统诗歌美学的范畴中来认识。例如，周作人就认为中国传统诗中的"兴体"就是"象征"。他说："象征是诗的最新的写法，但也是最旧的写法。"在象征主义的诗论中，有一个核心概念"correspondances"，则是波德莱尔在诗中最初提出来的，它的涵义之一就是认为，"在自然事物、人的心灵和宇宙的神秘精神之间存在着某种对应，作家通过这种对应关系，亦即象征的寻求可以找到沟通二者的桥梁，使个人和最深邃的宇宙精神契合，由于'correspondances'与中国审美艺术思维方式有共通之处，所以也成为现代理论家们最经常引述的一个象征主义的概念。"①古远清、孙光萱《诗歌修辞学》指出："象征是一种重要的修辞手法，在诗歌创作中运用得极为广泛，古今中外不少诗歌作品的题目就含有丰富的象征意味，如屈原《桔颂》、杜甫《佳人》、陆游《卜算子·咏梅》、雪莱《西风颂》、莱蒙托夫《帆》、郭沫若《天狗》、闻一多《红烛》、艾青《煤的对话》等等。"他还认为："象征和比喻的关系极其密切，两者有不少相似之处。比喻是由本体（被比喻的事物）和喻体（比喻的事物）这样两部分构成的。与此相仿，象征也是由本体（被象征的内容）和象征体（象征物）两部分构成。"②这就是说，"象征"手法属于"比兴"的范畴，它经常运用暗示、对比、烘托等手段来表现新体验，创造新语言。纵观我国诗史，《楚辞》中的"香草美人"以及历代的"咏怀"诗、"感遇"诗、"咏物"诗等，其中就不乏象征手法的运用。

（二）"赋比兴"的多维观照

伟人诗人毛泽东在《致陈毅》这封论诗信中明确指出："诗要用形象思维，不能如散文那样直说，所以比、兴两法是不能不用的。赋也可以用，如杜甫之《北征》，可谓'敷陈其事而直言也'，然其中亦有比、兴。"③这就说明，以"比兴"为核心的"赋比兴"法就是名副其实的诗学修辞手法，它既深深地植根于中华民族的传统文化心理，又蕴涵着现代积极心理学中的相关理念。然而，"赋比兴"远不只是一种简单的艺术表现方法，而是一个内涵相当丰富的、且具"特殊性"的诗学理念。这种特殊性，从表面上看往往难以直接与现代文论沟通，或者说找不到可以与它完全对等的用现代汉语表述的概念，甚至也无法找到比较恰当的外文术语来翻译。现代学者叶嘉莹就曾撰文将"兴"与西方文论术语进行比较后认为：西方诗学对于营造形象之技巧多有区分，如明喻、隐喻、转喻、象征、拟人、举隅、寓托、外应物象等，

---

① 陈丽虹：《赋比兴的现代阐释》，中国美术学出版社2002年版，第68页。
② 古远清、孙光萱：《诗歌修辞学》，湖北教育出版社1995年版，第209至210页。
③ 付建舟编：《毛泽东诗词全集详注》，山西高校联合出版社1996年版，第413页。

但"如果以之与中国诗说中的赋、比、兴相比,则所有这些技巧与模式的选用,可以说仅是属于比的范畴,而未曾及于赋与兴的范畴……至于兴之一词,则在英文的批评术语中,根本就找不到一个相当的字可以翻译。"①这些论述告诉我们,本书在探究积极心理诗学的过程中,立足于古今诗坛对"赋比兴"的共识,强调从方法论层面将"赋比兴"作为诗学修辞予以发扬光大。鉴于修辞学、心理学与美学三者之间关系密切,所以,认识"赋比兴"还可从多维视角予以观照,也许还会有一斑窥豹之效。

1.从心理视角看"赋比兴"

从心理视角来看,自《诗经》以来,基于"在心为志,发言为诗"的诗学理念,在"诗言志"这一开山纲领的引领下,通过"献诗陈志""赋诗言志""教诗明志""作诗言志"等方式,中华民族逐步形成了广泛的用诗传统,孕育了"引譬连类"的诗学思维,亦即是一种"比兴"思维。孔安国《论语注疏》早就说过:"引譬连类,兴也。"最早将"比""兴"说成是表现方法的是汉代学者,如汉代刘安《淮南子·泰族训》就认为:"《关雎》兴于鸟,而君子美之,为其雌雄之不乖也;《鹿鸣》兴于兽,君子大之,取其见食而相呼也。"其中,"兴于鸟""兴于兽"即"喻于鸟""喻于兽"之意。又王符《潜夫论·务本》云:"诗赋者,所以颂善丑之德,泄哀乐之情也,故温雅以广文,兴喻以尽意。"在这里"兴"与"喻"也并列同义。颜师古注班固《汉书·楚元王传》云:"兴,谓比喻也。"王逸《离骚经序》云:"《离骚》之文,依《诗》取兴,引类譬喻,故善鸟香草,以配忠贞……"这里所说的"引类譬喻"就是对"兴"的解释,也可以说是人类神话思维的类比方式发展到文明社会时期的自然遗留物。"比兴"在传统诗词创作中的使用,最初并非出于修辞学上的动机,而是由"比兴"所代表的诗学思维方式所决定的,它是神话思维的产物,是神话思维时代随着理性的崛起而告终以后传承下来

---

① 叶嘉莹:《中国古典诗歌中形象与情意之关系例说》,《古代文学理论研究丛刊》第6辑,上海古籍出版社1982年版,第40至43页。

的一种类比联想的宝贵遗产。①杨子怡在《中国古典诗歌的文化解读》一书中认为:"这种'引譬连类'的诗学思维在诗歌原创者那里是一种潜在的形态,呈弱表现;而在用诗者手中,经过无限的广泛的'引譬'和'连类'使用,这种弱表现的诗学思维得到了强化。这种思维的特征是:不追求物象本质的相同,只追求思维方式上的某一点近似。因而,人们可以从外在特征的某一点相似而类比同类现象,不追求其是否本质相同。"②这种以"比兴"为特征的引譬连类思维在汉以后继续得到发展,如唐代孔颖达《毛诗正义》云:"兴者,起也,取譬引类,起发己心。"这显然是对"引譬连类"说的继承和发展。

与此同时,蕴涵在诸多用诗活动中的"比兴"思维,其心理效应又是滋生于中国传统文化的"象思维"。通常,这种思维方式不追求抽象思辨,而推崇"立象尽意",以具体直观的形象来譬喻、暗示、论证某种理念与情感,亦即"引譬连类",通过"引"象来"类"意、"譬象"以"尽意"。从此而后,这种源于《诗》中的"比兴"思维和诸多用诗活动中的"引譬连类"思维,立象以尽意,取象以类意的"象思维"就成为中国传统诗论的主要特征,亦理所当然地成为我们认识诗学修辞,即以"比兴"为核心的"赋比兴"法的文化心理。对诗学活动而言,积极审美心理引领下的积极形象思维,其核心要义就是催生"诗家语",即是运用"赋比兴"法,让审美主体与客体实现情景交融而物化为诗词作品。基于积极的诗学心理,诗人的积极情感既可以被视为一种状态,又可以被视为一种特质,它反映了个体参与环境的愉悦水平。高水平的积极情感包括热情、有活力、精力充沛、兴趣、快乐和决心。③对处于诸多"积极"状态的诗人来说,与"诗"连接的"感性"特质具有"强旺的感觉力和生动的想象力",进而催生出诗的"原型"。西方学者荣格认为:"与集体无意识的思想不可分割的原型概念指心理中的明确的形式的

---

① 俞建章、叶舒宪:《符号:语言与艺术》,上海人民出版社1988年版,第154至155页。

② 杨子怡:《中国古典诗歌的文化解读》,人民出版社2013年版,第41页。

③ 郑雪主编:《积极心理学》,北京师范大学出版社2014年版,第5页。

存在，它们总是到处寻求表现。神话学研究称之为'母题'，在原始人心理学中，原型与列维·布留尔所说的'集体表象'概念相符。"①他还说："原始意象或原型是一种形象，或为妖魔，或为人，或为某种活动，它们在历史过程中不断重现，凡是创造性幻想得以自由表现的地方，就有它们的踪影，（它们）给我们的祖先们的无数典型经验以形式。可以说，它们是无数同类经验的心理凝结物。"②西方学者弗莱在荣格"原型"概念的基础上，更注意"原型"的形式要素。他认为："象征是可交际的单位，我给它起名叫原型：即一种典型的、反复出现的意象。我用原型来表示那种把一首诗同其它诗联系起来并因此而有助于整合统一我们的文学经验的象征。"③他还说："原型是一些联想群，与符号不同，它们是复杂可变化的。在既定的语境中，它们常常有大量特别的已知联想物，这些联想物都是可交际的，因为特定文化中的大多数人很熟悉它们。"④荣格与弗莱等西方学者的观点说明，西方心理学理论中的"集体表象""集体无意识""原始意象""原型""想象""意象""联想"等关联诗学的概念，更加可以看出"赋比兴"法的丰富内涵与重要意义。

2. 从审美视角看"赋比兴"

张玉能《深层审美心理学》认为："中国传统美学是以儒家美学思想为主体，儒、道、佛三种主要思想相互矛盾、相互补充、相互融合的有机整体。在这个矛盾、互补、融合的漫长过程中，中国美学的伦理型模式就逐渐铸成了。从来源于周代的'诗言志'说，到确立于唐代的'文以载道'说，再到清代末年的'诗界革命'和'小说革命'，乃至'五四'时期的白话文运动及'为人生的文学'观念的流变，直至新中国成立以后的干预生活和现实主义主张的不断深化，都反映了中国传统美学的政治伦理模式的巨大规范

---

① ［瑞士］荣格：《集体无意识的概念》，引自叶舒宪编选：《神话—原型批评》，陕西师范大学出版社1987年版，第104页。

② 同上。

③ ［加］弗莱：《作为原型的象征》，引自叶舒宪编选：《神话—原型批评》，陕西师范大学出版社1987年版，第151页。

④ 同上，第155页。

力量。"①正是在这种审美观念的引领下，就孕育了所谓"智者乐水，仁者乐山"的审美"比德"说，它不但成为儒家的审美观念和审美理想，而且也成为千百年来诗家文人的审美观念和审美理想，像陶渊明、李白、杜甫、王维、苏东坡等著名诗人，无论是在儒家入世思想支配作用时，还是在道家、禅家思想支使下遁世隐居之时，他们都是把山水田园当成自己情怀的寄托或人格的象征，以致于在传统诗词中形成了所谓"四君子"（梅、兰、竹、菊）与"岁寒三友"（松、竹、梅）等永恒的标志。其中，松，雄峻挺拔；梅，冰肌玉骨；兰，秀质清芬；菊，傲霜斗寒；竹，虚心有节。这也正体现了中华民族的精神气质及其所崇尚的精神美，而所运用的审美表达方式，则正是代表着中华民族审美意识与审美情趣的"赋比兴"法。

　　需要指出的是，基于中国的诗学传统，我们将积极形象思维引领的诗学修辞，定义为是以"比兴"为核心的"赋比兴"法，其侧重点在于表现，尤其是从审美视角来看，"赋比兴"法决定着中国传统诗学的积极审美追求，涵盖了中国传统诗学在艺术表现、伦理功能和审美特征，以及创作与鉴赏等不同层面的诸多问题，因而它们远不只是诗歌的表现手法，同时又是一种积极的审美表达，且以其独特的方式彰显了中国传统诗学的积极审美特质。在传统诗学理论中，诸如物感说、意象说、韵味说、兴趣说、意境说、神韵说、言意说等一批重要的诗学概念，它们的理论内核都与"赋比兴"不无关联。

　　万书元《论审美体验》认为："艺术的审美体验既是艺术创作的动力，也是艺术欣赏、批评和传达的枢纽。没有体验，艺术的创作是无法想象的；同样，没有体验，艺术的欣赏和批评也是无法想象的。审美体验是贯穿于创作、欣赏、消费及传播之始终的精神活动。"②王一川《审美体验论》也认为："诗语言是一种不同于日常消息性语言、理智性语言的极高程度的表现性语言。如果我们把《诗大序》和钟嵘关于'志'的震撼心神的强烈魅力的说法，同柏拉图的'酒神的迷狂'、尼采的'沉醉感'、荣格的原始的神秘、海德格尔的敞开的心灵空间、维柯的'兴会酣畅'等联系起来，可以见出这

---

① 张玉能：《深层审美心理学》，华中师范大学出版社2018年版，第7页。
② 万书元：《论审美体验》，《江苏社会科学》2006年第4期。

样一种共同流向：诗是一种与人的最高审美追求、神圣的生命活动、原始而隐秘的深层经验、极度的心神震荡以及身体的飞舞等具有密切关联的语言形式。这种语言形式是如此淋漓酣畅，以至于钟嵘（'灵祇''鬼神''幽微'）、柏拉图、维柯、尼采、荣格等都不得不把它归结为某种与非理性的原始的、巫术的、神秘的、魔幻的经验相关的东西。"①运用美学理论来观照传统诗词的创作实践，无论是"诗缘情"，还是"诗缘政"，乃至"诗缘事"，都是诗人通过积极形象思维充分调动自身的感知、想象、情感、理解等积极审美心理要素，进而对特定的审美对象进行审视、体味与理解，并运用"赋比兴"法来言志抒情，并致力于"表现的境界"，通过审美意象来创造诗词的审美意境。

3.从修辞视角看"赋比兴"

修辞，语出《周易·乾卦·文言》："君子终日乾乾，夕惕若，厉无咎，何谓也。子曰：'君子进德修业。忠信，所以进德也；修辞立其诚，所以居业也。'"这里所说的修辞，指出了人的修养、道德和辞令的关系，也涉及到了文与质的关系。陈望道认为，狭义上的修辞，就是修饰文辞；广义上的修辞，就是调整或适用语辞。两相绮互，则有修饰文辞、调整和适用语辞、调整和适用文辞与修饰语辞四种用法。②陈望道还提出："修辞是研究文章上美地发表思想感情的学问。"（《修辞学在中国之使命》）这就是说，所谓修辞，就是艺术地、创造性地运用语言。而作为诗学修辞的"赋比兴"，则不是一般意义上的文学创作之修辞，而是通过积极的审美体验，旨在通过审美意象来创造诗词审美意境的积极修辞手法。从古老的"六诗"或"六义"说，到后来的"三体三用"说，再到西方现代的"原型"说，都说明"赋比兴"法既是诗歌的表现手法或修辞手法，又是中华民族的文化心理与思维方式。西方学者荣格和弗莱的"原型"说，因为"总是到处寻求表现"，所以亦可以理解为是"表现"说。而作为诗学修辞的"赋比兴"法，则几乎具备了"原

---

① 王一川：《审美体验论》，百花文艺出版社1992年版，第221至222页。
② 陈望道：《修辞学发凡》，复旦大学出版社2011年版，第1页。

型"的各种特征,这种特别的表现手法都是借助各种"已知联想物"来实现其表现功能的,且这些"联想物"都是我们所熟知的,并突出表现在"托事于物",乃至"先言他物以引起所咏之词也"的各种特征上。与此同时,"赋比兴"具备"集体表象"的某些特征,"是某些不断发生的心理体验的沉积并因而是它们的典型的基本形式。"也许正是在这种"基本形式"的支配下,包括诗词鉴赏在内的"用诗"过程,其主体的思维模式,同样是"赋比兴"思维。

自上世纪初,国人开始引进国外的修辞学说来探讨中国的修辞学,大都以《诗经》为例来研究所谓的"显比格"(simile)与"隐比格"(metaphor),然而"实际上不论是'simile'还是'metaphor'都不能准确地传达出《诗经》中由'物'及'心'的感发作用,所以这种从现代修辞学角度认识'赋、比、兴'的论说,并没有从《诗经》作为'诗'的角度去把握'赋、比、兴'的艺术特质,而是将诗作割裂成一些例句,来说明修辞学上比喻的方法,在我们最古的《诗经》中也是可以找到的。"正如西方学者所言:"这些分类主要是为了帮助写作而设计的标准程式,而无助于文学批评反馈。一旦修辞转换当中那种刻板的、语言学的基本原则被看成是行文生动的手段或者被看成它们所描绘的对象本身,大部分的玄妙便似乎烟消云散了。"[①]这种研究分析方法,以《诗经》中优美的词句为样本来研究修辞现象,尽管有利于以形式的、归纳的方法来分析汉语中的修辞现象,但也不免会有所偏失,导致人们忽略"赋比兴"作为"诗"的艺术特质。从一定意义上讲,"赋比兴"既是诗学修辞,也是诗学心理与诗学思维的外在表现,所以有人说:"诗是形象化的修辞学,是魔幻的修辞学,它以令人感到娱乐的方式提出许多典范来促使人趋善离恶。"[②]

二、诗学修辞的主要辞格

从上述可知,诗学上的"赋比兴"概念上通远古,近贯中西,三者相互

---

① [英]泰伦斯·霍克斯:《隐喻》,北岳文艺出版社1990年版,第8页。
② 姚仲明、陈书龙:《修辞美学》,长江文艺出版社1991年版,第6页。

配合，内涵非常丰富。从宏观上理解，"赋比兴"是一个有机联系的整体，源于诗学心理，彰显诗学思维；从微观上理解，以"比兴"为主的"赋比兴"是诗学修辞手法，旨在通过描绘审美意象来创造诗词的审美意境。根据有关学者的研究，自钟嵘提出"赋比兴"三义并用且不可偏废以来，尽管唐代由于陈子昂、白居易等诗人的力倡，重"比兴"而轻"赋"逐渐成为论诗的风尚，但经过历代诗风的洗礼，清代对"赋比兴"的理解，呈现为三者相兼、不可强分的新理念。例如，清初黄宗羲《汪扶晨诗序》云："自毛公之六义，以风、雅、颂为经，以赋、比、兴为纬，后儒因之。比、兴强分，赋有专属。及其说之不通也，则又相兼。是使性情之所融结，有鸿沟南北之分裂矣。"又如，乾嘉学派的戴震在《诗比义述序》中提出："立言之体有三者。非直赋其事，则或比方，或托物。赋直而比曲，比迩而兴远。兴，既会其意，则何异于比；比，如见其事矣，则何异于赋……赋者，比之实也；兴者，比之推也。得此义，于兴不待言，即赋之中复有此比义。"而自称"循文按义""推原诗人始意"的方玉润在《诗经原始》中更是认为："赋、比、兴三者，作诗之法，断不可少。然非执定某章为兴，某章为比，某章为赋。更可笑者，'赋而兴''赋而比'之类，如同小儿学语，句句强为分解也。夫作诗必有兴会，或因物以起兴，或因时而感兴，比兴也。其中有不能明言者，则不得不借物以喻之，所谓比也。或一二句比，或通章比，皆相题及文势为之。亦行乎其不得不行已耳，非判然三体，可以分晰言之也。学者不知古诗，但观汉、魏诸作，其法自见。"①当然，这些学者的见解是否全面准确，可由诗学界进行深入探讨，但从方法论的角度看，若是立足于"用"，笔者认为将"赋比兴"作为一个整体而不强分更为适宜。有鉴于此，下面将要介绍的"赋比兴"法的主要辞格，就不再人为地把相关辞格"对号入座"了。

（一）比喻

比喻又称譬喻、设喻，是审美意识的物化形式，是传情达意的重要手段，是最富于美感表现力的辞格。比喻在一般修辞学著作中常分为明喻（或

---

① 陈丽红：《赋比兴的现代阐释》，中国美术出版社2002年版，第172至174页。

称直喻)、隐喻(或称暗喻)、借喻三种。此外,还有所谓博喻、曲喻之说。黑格尔认为:"美是理念的感性显现","只有心灵才是真实的,只有心灵才涵盖一切,所以一切美只有在涉及这较高境界,而且由这高境界产生出来时,才真正是美。"①显然,比喻就是为实现这种心灵创造服务的,它是以相似点为轴心展开联想和想象的美的创造,而构成比喻的关键则在于本体与喻体之间的类似关系,且不同类型的比喻,又取决于本体与喻体之间不同的类似关系。

1.明喻

所谓明喻,即是明显直接的比喻。其特点是本体与喻体之间分明并列,常用"犹""如""若""似""比"等表示比喻关系的词(即喻词)来连结本体与喻体。例如,李益《夜上受降城闻笛》中的诗句"回乐峰前沙似雪,受降城外月如霜",就是以"雪"大比喻"沙"之浩瀚,以"霜"白比喻"月"之明亮;又如,秦观《八六子》中的词句"倚危亭,恨如芳草,萋萋刬地还生",就是以"芳草"萋萋比喻"离恨"绵绵。明喻有时亦不用比喻词,而使本体和喻体以并列的形式出现,比喻的关系也很明显。例如,王禹偁《村行》中的诗句"棠梨叶落胭脂色,荞麦花开白雪香",就是以"胭脂"之色比喻"棠梨"落叶之色,以"白雪"之色比喻"荞麦"开花之色。又如,王维《使至塞上》中的诗句"征蓬出汉塞,归雁入胡天",就是以"征蓬""归雁"比喻诗人自己出汉塞、入胡天。

2.隐喻

所谓隐喻,即是比明喻更进一层的比喻。与明喻相比,本体与喻体的关系更为密切,明喻的形式是"甲如同乙",隐喻的形式是"甲就是乙";明喻在形式上只是相类的关系,隐喻在形式上却是相合的关系。例如,杜甫《衡州送李大夫七丈勉赴广州》中的诗句"日月笼中鸟,乾坤水上萍",就是以"日月"比喻"笼中(困)鸟","乾坤"比喻"水上(浮)萍",表达出作者用一种博大的胸襟去看待宇宙万物。又如,柳永《浪淘沙》中的词句"有个人

---

① 姚仲明、陈书龙:《修辞美学》,长江文艺出版社1991年版,第15页。

人，飞燕精神。急锵环佩上华裀。促拍尽随红袖举，风柳腰身。"其中，"飞燕精神"就是说她的美貌神韵犹如赵飞燕；"风柳腰身"，就是说她的腰身犹如风中细柳。有的著作认为，隐喻一般用"为""是""等"等表示比喻关系的词来连结和喻体。例如，李白《望庐山瀑布》中的诗句"飞流直下三千尺，疑是银河落九天"，就是以"银河落九天"比喻庐山瀑布之"飞流"。

3.借喻

所谓借喻，即是比隐喻更进一层比喻。借喻之中，本体与喻体的关系更为密切，所以本体不出现，也不用喻词，而是让喻体来代表本体。相对于明喻是"甲像乙"，隐喻是"甲是乙"，借喻就是"乙代甲"。可以说，借喻是比喻中的高级形式，可使所表达的意念简洁含蓄，蕴涵丰富。例如，王安石《木末》中的诗句"缫成白雪桑重绿，割尽黄云稻正青"，就是以"白雪"借喻丝，"黄云"借喻麦。又如，苏轼的《花影》："重重叠叠上高台，几度呼童扫不开。刚被太阳收拾去，却教明月送将来。"其中，本体见于诗题，名义上是"花影"，其言外之意是指那些沆瀣一气的小人连绵不绝之状。

4.博喻与曲喻

所谓博喻，即用多个比喻来说明一个事理的比喻，在词曲中比较常见。例如，贺铸词《青玉案》中的句子："试问闲愁都几许？一川烟草，满城风絮，梅子黄时雨。"就是用"一川芳草，满城风絮，梅子黄时雨"三种形象来比喻忧愁之多，正如罗大经《鹤林玉露》卷七评曰："盖以三者比愁之多也，尤为新奇。兼兴中有比，意味深长。"又如，乔吉《双调·水仙子》中的句子："冰丝带雨悬霄汉，几千年晒未干。露华凉人怯衣单。似白虹饮涧，玉龙下山，晴雪飞滩。"就是以"白虹饮涧，玉龙下山，晴雪飞滩"三种形象来比喻"瀑布"壮丽奇妙之性状。所谓曲喻（连比），即需要有一层意思转换的比喻，也就是以一端相似，推而及于不相似的另一端。例如，李贺《天上谣》中的"银浦流云学水声"，云既似水，因而亦似有声。又如，五代牛希济《生查子》中的词句："语已多，情未了，回首犹重道：记得绿罗裙，处处怜芳草。"这里借"芳草"来比喻所怜之人身着"绿罗裙"。也许两者颜色相同的缘故,所以爱屋及乌,耐人寻味。

(二)比拟

比拟是故意把物当作人或把人当作物,把此物做彼物来描写。其特点是作者凭借客观事物,充分展开想象,使笔下的人与物,此物与彼物,在习性、特征上,相互拟用,具有思想上的跳跃性,它的作用是促使读者产生联想,获得异乎寻常的形象感和生动性。刘勰说得好:"物虽胡越,合则肝胆。"(《文心雕龙·比兴》)说明比拟作为一种比兴辞格,可以将来自"北胡南越"的两种事物联系起来,生成"合则肝胆"的艺术效果。黑格尔也说过:"意义与形象之间的联系……取决于诗人的主体性,取决于他的精神渗透到一种外在事物里的情况,以及他的聪明和创造才能。"说明只有在积极形象思维的引领下,诗人才能进入自由的境界,犹如"精骛八极,心游万仞"(陆机《文赋》),充分展现出诗人积极审美体验的主体性。比拟一般分为拟人与拟物两种。

1.拟人

所谓拟人,即是将物人格化,赋予物以人的思想行为,创造出一种不寻常的审美境界。诗词中的拟人,主要是用写人的词语来写物。例如,王之涣《出塞》中的诗句"羌笛何须怨杨柳,春风不度玉门关",就是说"羌笛"似人能"怨"。又如,苏轼《水龙吟·次韵章质夫杨花词》:"似花还似非花,也无人惜从教坠。抛家傍路,思量却是,无情有思。萦损柔肠,困酣娇眼,欲开还闭。梦随风万里,寻郎去处,又还被、莺呼起。不恨此花飞尽。恨西园、落红难缀。晓来雨过,遗踪何在?一池萍碎。春色三分,二分尘土,一分流水。细看来,不是杨花,点点是、离人泪。"通篇都是将"杨花"比拟为人,并以此为审美对象,描绘相关的审美意象,进而让该词作彰显出深邃的审美意境。

2.拟物

所谓拟物,与"拟人"相反,是把人当做物来写,但不像拟人那样常用，就是用，也是在某一部分采用。例如，白居易《女道士》中的诗句"姑山半峰雪，瑶水一枝莲"，就是把"女道士"当成"雪"和"莲"来描写的。

此外，婉转（或称委婉、婉曲）这种辞格，亦具有比拟色彩。所谓婉转，即是不直白本意，只用委婉含蓄的话来烘托暗示，追求意在言外。在这里，比拟的色彩是以不言而喻的内容与柔和间接的方式来表现事物。例如，"醉卧沙场君莫笑，古来征战几人回？"（王翰《凉州词二首》其一）这里用"醉卧"表示战死。又如，李清照《凤凰台上忆吹箫》中的词句："新来瘦，非关病酒，不是悲秋。"本意是说"瘦"的原因是相思之苦，却又不直接说出来。正如司马光《迂叟诗话》所云："古人为诗，贵于意在言外，使人思而得之。近世诗人，惟杜子美最得诗人之体。如《春望》：'国破山河在，城春草木深。感时花溅泪，恨别鸟惊心。''山河在'，明无余物矣。'草木深'，明无人矣。花鸟，平时可娱之物；见之而泣，闻之而恐，则时可知矣。他皆类比，不可遍举。"这就是论述含有比拟色彩的婉转这种辞格。

（三）象征

所谓象征，是用具体的事物来表现某种特殊意义。关于象征，有人认为是写作手法，也有人将其归入修辞手法。本书则将"象征"纳入以"比兴"为核心的"赋比兴"体系，既可看作是一种辞格，也可看作是一种写作方法，乃至是一种思维方式。象征的源头来自于《楚辞》。王逸《楚辞章句》在对司马迁"称文小而其指极大，举类迩而见义远"之"寄托说"具体化的同时，更进一步提出了"象征说"，乃至"香草美人"就成为诗歌运用象征手法的通称。可以说，象征手法是独具民族特色的诗歌表现艺术，它不仅使后来的诗歌表达含蓄蕴藏、色彩斑斓，而且为诗词创作提供了特有的审美意象与创作方法。

从广义上讲，象征也是一种比喻，不过比起一般的比喻来要深广一些，宽泛一些。如果说比喻是由本体（被比喻的事物）和喻体（比喻的事物）这样两部分构成的，那么与此相仿，象征则是由本体（被象征的事物）和象征体（象征物）两部分构成的。在艺术表现领域，从具体（喻体）到具体（本体）的比喻，发展为从具体（象征物）到抽象（所象征的思想、意识、观念等）的"象征"，可以说是人类想象能力不断充实、发展的结果。从我国诗歌发展的历史来看，楚辞中的"美人香草"早已是象征，后来历代的"咏怀"诗词、"感遇"诗词、"咏物"诗词等更是普遍运用了象征手法。作为"赋比兴"之"比"，由单纯的"以此物比彼物"发展为"因物喻志"（钟嵘《诗品序》），其范畴也就涵盖了"象征"。象征的特点就是不直接描述，而根据事物间的相互联系，借助于联想来表现事物，即看似在说甲，但使人联想到是在说乙。象征与比喻的区别在于，比喻是具体的，象征是整体的。如前述暗喻中的举例，"风柳腰身"只是具体取风中细柳柔弱摆动的情态以喻女子舞动的腰身。而屈原作《橘颂》赞美橘树，将整个橘树人格化，实是象征自我。在传统诗词中，有些事物象征什么，在人们的心目中已经形成习惯，如松树象征坚韧，竹子象征气节，梅花象征高洁，菊花象征隐逸等等。例如，陆游《卜算子·咏梅》："驿外断桥边，寂寞开无主。已是黄昏独自愁，更著风和雨。无意苦争春，一任群芳妒。零落成泥碾作尘，只有香如故。"此词借咏梅以述志，即用梅花象征自己的孤傲与劲节，既刻画了物，也把作者的人格、思想感情写了进去。

（四）用典

所谓用典，可以说是"引用"的一种，即引用过去的故事内容或典籍中的语句加以点化，融入自己的诗词作品，从而让诗词的语言更加精练，内容更加充实，表达更加含蓄，言辞更加典雅，意象更加丰富，意境更加升华。范况《中国诗学通论》指出："世人呼比为用事，呼用事为比，二而一之，不必尽然也。陆机《齐讴行》云：'鄙哉牛山叹，未及至人情。爽鸠苟已徂，吾子安得停。'此规谏之意，是隶事，非比也。若谢灵运《还旧园作》云：'偶与张邴合，久欲还东山。'此叙志之意，是比也，非用事也。此比与用事之区别也。"[①]也许从个别诗例而言，可能会有这样或那样的解释，但基于"赋比兴"三得相兼，不可强分的诗学理念，从诗词创作方法论而言，笔者

---

① 范况：《中国诗学通论》，台湾商务印书馆1965年版，第205页。

还是主张"用典犹如用比兴"。正如朱自清所言:"广义的比喻连典故在内,是诗的主要的生命素;诗的含蓄,诗的多义,诗的暗示力,主要是建筑在广义的比喻上。"(《〈唐诗三百首〉指导大概》)

1.用典的作用

用典(或称用事)可谓是中国文论的专利,有着深刻的传统文化成因,需要从古代宗法社会流行的"贵古"价值取向和"征古"思维取向去理解。然而,对于用典,自古以来就有不同的见解。早期的五言诗注重白描,很少用典。但随着历史的发展,文化"存量"的不断扩大,诗词创作中的用典传统,从无到有,从少到多,且从来就没有中断过。由于典故总是在书籍中流传,所以有批评者就戏称爱用典的人是"掉书袋"。钟嵘就曾反对在抒情诗中用典,他在《诗品序》中提出:"至于吟咏情性,亦何贵于用事?""观古今胜语,多非补假,皆由直寻。"但对崇尚"诗贵含蓄"而言,那些"不好说"甚至"不能说"的话,又难于用"直寻"的方式来言说,所以唐诗中的用典就比较多了。到了宋代,江西派代表人物黄庭坚倡导"脱胎换骨""点石成金""无一字无来处",用典之风由是大盛。李白的著名诗篇《行路难》云:"金樽清酒斗十千,玉盘珍馐直万钱。停杯投箸不能食,拔剑四顾心茫然。欲渡黄河冰塞川,将登太行雪满山。闲来垂钓碧溪上,忽复乘舟梦日边。行路难,行路难,多歧路,今安在?长风破浪会有时,直挂云帆济沧海。"该诗避直就曲,三处"用事不使人觉,若胸臆语"(《颜氏家训·文章》),提高了作品的形象感、含蓄性与表现力,扩充了容量,增强了张力。就是"闲来垂钓碧溪上,忽复乘舟梦日边"这两句,看似写实,实则用了二典,即姜尚钓鱼与伊尹梦乘舟过日月之边的传说。李白把这两个典故合用,表示人生际遇,变幻莫测。结尾两句,则是化用南朝名将宗悫小时的典故。《宋书·宗悫传》云:"悫少年时,炳(悫的叔父)问其所志,悫曰:'愿乘长风,破万里浪。'"李白化用此典以作结语,让全诗"自有天马行空,不可羁勒之势。"(赵翼《瓯北诗话》卷一)辛弃疾亦好用典,王国维曾赞美他用了不少典故的《贺新郎》词"'别茂嘉十二弟',章法绝妙,且语语有境界,此能品而几于神者。然非有意为之,故后人不能学也。"(《人间词话》)唐圭璋《宋词三百首笺》评辛词曰:"然非有意为之,即要切情切境,妙手偶得,不可为用典而用典。要做得到'驱使《庄》《骚》经史,无一点凿痕。'"

纵观近现代诗史,五四运动的文化先驱们无一例外地把传统诗词喜好用典这种习气提到了一个史无前例的高度,引起了人们更加广泛的注意。胡适在他那篇带有纲领性的论文《文学改良刍议》中提出"八不主义",其中之一就是"不用典"。后来,他在另一篇论文《建设的文学革命论》中再次重申了自己的主张,并作了淋漓尽致的发挥:"那些用死文字的人,有了意思,却须把这意思翻成几千年前的典故;有了感情,却须把这感情译为几千年前的文言。明明是客子思家,他们须说'王粲登楼''仲宣作赋',明明是送别,他们却须说'阳关三叠''一曲渭城'。"胡适的主张在新文化运动阵营中赢得了热烈的响应。然而,中华民族历史悠久,文化遗产极其丰富,自古以来的诗词歌赋,无论是哪一种文体,用典都是不可或缺的艺术手法。连素称"老妪俱解"的白居易诗也都有用典。从艺术视角看,诗词的语言力求精练,恰当地运用典故,通过暗示唤起读者的联想,正可省掉许多不必要的叙述和说明,使诗词的内容更加丰富多彩。尤其是对诗词而言,有字数、声调、对仗、结构等种种限制,有时还不得不借助典故来适应之。古代诗论家挚虞亦有以"情义为主",以"事类为佐"的诗学主张。诗词创作实践表明,用典有利于"援古证今"(《文心雕龙》),有利于比况寄意,有利于语辞精练,有利于丰富内容,有利于增加韵味。一言以蔽之,用典有利于传统诗词营造意象与创造意境,提高审美效果。也许关于用典的争论永远不会消歇,但可以说,用典永远是"赋比兴"不可或缺的重要修辞手法。特别是在大力弘扬优秀传统文化的新形势下,用典不但有利于促进传统诗词的传承发展,而且学习与运用典故本身也是传承发展优秀传统文化的应有之义。当然,用典是为表情达意服务的,当以"恰好",即不妨碍性情的传达接受为原则。一般而言,用典应注意两点:一是不可多(即忌繁、忌堆积),太多则反客为主,"使读者迷于使事用典之繁",而转忘其"所欲譬喻之原意",且使事过繁,则必然累赘。二是不可僻。因为用典过僻,就会在作品与读者之间设置一道隔膜，影响语言的明白晓畅，使作者"嗫不能读"。①当然，何谓冷僻？也是相对而言的，实践中很难有一个标准，可由作者根据"潜在读者"的接受水平酌情而定。对于非用不可的相对冷僻的典故，可按照"僻事实用"、"隐事明使"的原则办理，并加以阐释。

2.用典的形式

"典"即典故，是指古人的故事、成语，或古代的事物，有事典与语典之分。所谓事典，是指古人故事或古代事物；所谓语典，是指古人成语或经史典籍中的语辞。于是，用典可分为用事与用语，但无论是用事还是用语，这个"用"字是"活用"，而不是"死用"，即必须是内涵点化、融化与变化之"用"。其中，用事就是把历史故事或古代事物浓缩为诗词语句，借以抒情言志。用语就是把前人诗文中的语句，引入适应自身题旨的情境，以更好地抒发自己的情感。根据用典的不同形式，又有明用与暗用、正用与反用、借用与化用等类型。

（1）明用与暗用。所谓明用，即直截了当地引用典故。从作者的角度看，明用典故是诗人的一种联想，用历史故事委婉地表情达意；从读者的角度看，对熟知典故者来说，明用典故最为鲜明直接，一看就知道是作者的一种特殊之"比兴"。例如，杜牧之《赤壁怀古》："折戟沉沙铁未销，自将磨洗认前朝。东风不与周郎便，铜雀春深锁二乔。"诗中"东风"二字，乃引自《三国志·吴志》之史实。盖云："赤壁之役，周瑜用部将黄盖之计，火攻曹操大军。时东风大作，故得成功。"意周郎之胜魏，实乘东风之便也。这首诗的词语，令人一看便知用典。又如，杜牧《台城曲》诗中有"门外韩擒虎，楼头张丽华"一联，用典亦十分明显，说的是隋朝开国大将韩擒虎破金陵国都时，南朝亡国之君陈后主还在与他的宠妃张丽华寻欢作乐、醉生梦死的典故。后人多用"门外楼头"咏怀古迹，抒发对帝王昏庸荒淫的慨叹。王安石《桂枝香·金陵怀古》："念往昔，豪华竞逐，叹门外楼头，悲恨相续。"就用了"门外楼头"这个典故。不过，所谓明用中的"明白"，是相对而言的，

---

① 陈绎曾：《文说》，文学津梁本。

若是完全不知典故者，就很难读懂诗词中深意妙趣。再如，李商隐《寄令狐郎中》诗云："嵩云秦树久离居，双鲤迢迢一纸书。休问梁园旧宾客，茂陵风雨病相如。"这是作者接令狐绹来书后，写的寄意之作，前两句说彼此分隔久远，忽然接到一纸来书的喜悦心情。诗中"梁园旧宾客"一词，即是明用典故，以事喻人，乃指相如。据《史记·司马相如列传》云："客游梁，梁孝王令与诸生同舍，相如得与诸生、游士居数岁，乃著子虚之赋……相如既病免，家居茂陵。"末句则是闲居贫病情境的咏叹，情韵深远，低回不尽。

所谓暗用，即"故事之语意，而不显其名迹。"①是指用隐蔽含蓄的方法，将作者的情感暗含于典故当中，曲折地表达。古人讲"虽用经史，而离书生"，用事要如"水中著盐，不著形迹"，亦是此意。就是对于不知典故者，也能从字面上知晓诗之大意。自古以来，大概是由于"诗贵含蓄"的影响，不少诗话也较为推崇暗用典故。周紫芝《竹坡诗话》云："凡诗人作语，要令事在语中而人不知。余读太史公《天官书》：'天一、枪、棓、矛、盾动摇，角大，兵起。'杜少陵诗云：'五更鼓角声悲壮，三峡星河影动摇。'盖暗用迁语，而语中乃有用兵之意。诗至此，可以为工也。"②周振甫《文章例话·引用》也指出："明暗就是读者看得出在用典故和看不出在用典故。暗用典故更为可贵，把典故融化在文章里，不知道其中在用典的读者，也可以理解；知道它有用典故的，更觉得意味深长。"③巧妙地暗用典故，可以让典故与诗词语言融为一体，无斧凿之痕。如元遗山《壬辰十二月车驾东狩后即事》中的尾联"秋风不用吹华发，沧海横流要此身"，表面上看不出用典，其实该故事出自范宁《穀梁传·序》："孔子观沧海之横流，乃喟然而叹曰：'文王既没，文不在兹乎？'"作者化用成自己的诗句，尽管不直接用其词句，却是通过"暗用"此典，进而表达以文王之任为己任的胸臆，也就是《文心雕龙》所谓"虽引古事，莫取旧辞"。

---

① 陈绎曾：《文说》，文学津梁本。
② （清）何文焕辑：《历代诗话》上册，中华书局1981年版，第346页。
③ 周振甫：《文章例话》，中国青年出版社1983年版，第326页。

（2）正用与反用。所谓正用，即"故事与题事正用者也。"①也就是指作品用典故的本来意义来表达诗人的情感。这种用事方法，典故本身所含的思想与诗人欲表达的思想是一致的。例如，杜甫《江汉》中的诗句："古来存老马，不必取长途。"就是用了韩非子老马识途的故事，以表明作者老当益壮的思想感情。又如，苏轼《荔枝歌》中的诗句："宫中美人一破颜，惊尘溅血流千载。"前一句就是正面运用了杨贵妃的典故。据《新唐书·杨贵妃传》中载："妃嗜荔枝，必欲生致之。乃置骑传送，走数千里，味未变，已至京师。"这是反映美人误国的经典故事。所谓反用，即"故事与题事反用者也。"②也就是按照反其意而用之的原则来运用典故，进而克服正用典故缺少变化与曲折的弱点，增强典故正反比较后的艺术感染力。当然，较之正用典故，反用的难度也增加了。例如，李商隐的《贾生》："宣室求贤访逐臣，贾生才调更无伦。可怜夜半虚前席，不问苍生问鬼神。"林和靖的《自做寿堂》："湖上青山对结庐，坟前修竹亦萧疏。茂陵他日求遗稿，犹喜曾无封禅书。"这两首诗都是反用典故的诗例。严有翼《艺苑雌黄》对之评曰："文人用故事，有直用其事者，有反其意而用之者。李义山诗（即李商隐诗《贾生》）：'可怜夜半虚前席，不问苍生问鬼神。'虽说贾谊，然反其意而用之矣。林和靖诗（即《自做寿堂》）：'茂陵他日求遗稿，犹喜曾无封禅书。'虽说相如，亦反其意而用之矣。直用其事，人皆能之；反其意而用之者，非学业高人，超越寻常拘挛之见，不规规然蹈袭前人陈迹者，何以臻此。"又如，秦观《鹊桥仙》词："纤云弄巧，飞星传恨，银汉迢迢暗度。金风玉露一相逢，便胜却人间无数。柔情似水，佳期如梦，忍顾鹊桥归路。两情若是久长时，又岂在朝朝暮暮。"该词全篇引用了牛郎织女七夕相会的故事，描述了爱情主题，似可看作是"正用"。但是，秦词又一反传统的悲切情调，以一种超凡脱俗的姿态，赋予这一传统题材以新的意涵，从这个角度看，该词又是在反用典故。正如明人沈际飞评曰："七夕以双星会少别多为恨，独谓情长不在朝暮，化臭腐为神奇。"

---

① 陈绎曾《文说》，文学津梁本。
② 同上。

(《草堂诗馀四集·正集》卷二)①

（3）借用与化用。所谓借用，即"故事与题事绝不相类，以一端相近而借用之者也。"②也就是指借用某一典故的某一相近点来表达与此典本身并无直接关系的思想感情。正如明代高琦《文章一贯》中谓"事与本说不相干，取其一端近似者而借之。"③借用典故，既可借事，又可借境。就借事而言，是指仅借典故某一近似处而引申之，常多是借助古代故事中的某一词语，且点到为止，进而为诗意的自由发挥留下了空间。如苏轼从海南遇赦北归之时所写的《次韵郭功甫》："早知臭腐即神奇，海北天南总是归。九万里风安税驾，云鹏今悔不卑飞。"诗中的第一句和第三、四句，分别运用了《庄子》中《知北游》与《逍遥游》的典故，但都是点到为止。就借境而言，是指借用典故中的某种境界。如辛弃疾《贺新郎·别茂嘉十二弟》："绿树听鹈鴂。更那堪、鹧鸪声住，杜鹃声切。啼到春归无寻处，苦恨芳菲都歇。算未抵、人间离别。马上琵琶关塞黑，更长门、翠辇辞金阙。看燕燕，送归妾。将军百战身名裂。向河梁、回头万里，故人长绝。易水萧萧西风冷，满座衣冠似雪。正壮士、悲歌未彻。啼鸟还知如许恨，料不啼、清泪长啼血。谁共我，醉明月。"该词为作者送别族弟茂嘉远调桂林的词作，一共借用了六个不同时代、不同场景、但均含"离别"情景的典故，借此来抒发自己与亲人离别时的千感万慨。陈廷焯《白雨斋词话》对该词特别欣赏，评曰："稼轩词，自《贺新郎·别茂嘉十二弟》一篇为冠。沉郁苍凉，跳跃动荡，古今无此笔力。"④可以说，如此高的评价，自然同其中借用众多的典故是分不开的。对于熟知诸多典故的读者，若是联想到各个典故的"离别"情景，通过身临其境来欣赏该词，也许会更加体会到历史的沉郁与苍凉。所谓化用，多用于语典当中，指作者通过点化前人的语典，融入自己的思想感情，重新整合成新

---

① 吴熊和主编：《唐宋词汇评》，浙江教育出版社2004年版，第704页。

② 陈绎曾《文说》，文学津梁本。

③ （明）高琦《文章一贯》，《古汉语修辞学资料汇编》，郑莫，谭全基编，商务印书馆1980年版，第390页。

④ 陈廷焯：《白雨斋词话》，人民文学出版社1983年版，第21页。

的诗句，赋予其新的内容。诗史上的宋代江西诗派，更是化用典故的行家。杨万里《诚斋诗话》云："庾信《月》诗云：'渡河光不湿。'杜云：'入河蟾不没。'唐人云：'因过竹院逢僧话，又得浮生半日闲。'坡云：'殷勤昨夜三更雨，又得浮生尽日凉。'杜《梦李白》云：'落月满屋梁，犹疑照颜色。'山谷《簟诗》云：'落日映江波，依稀比颜色。'退之云：'如何连晓语，只是说家乡。'吕居仁云：'如何今夜雨，只是滴芭蕉。'此皆用古人句律，而不用其句意，以故为新，夺胎换骨。"①这里所举之例，都是化用语典的诗作。

就语典的运用而言，除"化用"之外，还有"直用"，即直接引用前人诗文中的语句。例如，毛泽东《七律·人民解放军占领南京》中的"天若有情天亦老，人间正道是沧桑"，其出句就是直接引自李贺《金铜仙人辞汉歌》中的"衰兰送客咸阳道，天若有情天亦老。"李贺的本意是说铜人辞汉，清泪潸然，汉宫花木，莫不依依，青天如若有情，见此亦当魂销。毛泽东则将此句活用，给予了完全崭新的意义。又如，辛弃疾《贺新郎》云："甚矣吾衰矣。怅平生、交游零落，只今馀几！白发空垂三千丈，一笑人间万事。问何物、能令公喜？我见青山多妩媚，料青山、见我应如是。情与貌，略相似。一尊搔首东窗里。想渊明、《停云》诗就，此时风味。江左沉酣求名者，岂识浊醪妙理。回首叫、云飞风起。不恨古人吾不见，恨古人、不见吾狂耳。知我者，二三子。"此词多用词典，既有直用，又有化用。"甚矣吾衰矣"，语出《论语·述而》："子曰：'甚矣吾衰也，久矣吾不复梦见周公。'""白发空垂三千丈"，语出李白《秋浦歌》："白发三千丈，缘愁似个长。""我见青山多妩媚"两句，本《新唐书·魏征传》载唐太宗赞赏魏征语："人言征举止疏慢，我但觉其妩媚耳。""一尊搔首东窗里"，系化用陶渊明《停云》诗："静寄东轩，春醪独抚。良朋悠邈，搔首延伫。""江左沉酣求名者"两句，是讥笑南朝人只知求名，不懂得饮酒的妙趣，而陶渊明则例外，常饮酒以自娱。苏轼《和陶潜饮酒诗》："江左风流人，醉中亦求名。"结句"二三子"，语出《论语》，是孔子称其学生的称谓。

---

① 丁福保：《历代诗话续编》上，中华书局2006年版，第148页。

此外，诗词创作中的"集句"，亦可看成是一种特别的直用语典。例如，杨冠卿《卜算子·秋晚集杜句吊贾傅》云："苍生喘未苏，贾笔论孤愤。文采风流今尚存，毫发无遗恨。凄恻近长沙，地僻秋收尽。长使英雄泪满襟，天意高难问。"全词八句，均为杜甫诗句。依次出自《行次昭陵》《寄岳州贾司马六丈巴州严八使君两阁老五十韵》《丹青引赠曹将军霸》《敬赠郑谏议十韵》《入乔口》《春州杂诗》《蜀相》《暮春江陵送马大卿公恩命追赴阙下》。该词集杜甫成句，浑然已出，表面上看是吊贾谊，其内在蕴涵却是自伤怀才不遇。

3.用典的要领

鉴于用典的普遍性与重要性，所以历代诗论多有论及，我们也可以从中提炼出一些关键的用典要领，进而为诗词创作实践提供指导。其中，最为重要的是三点：

（1）用典要浑如己出，不露痕迹。这就是说，对于知典者，能知其深意；但对于不知典者，也能大体明白言辞之意。例如，《西清诗话》引杜少陵云："作诗用事，要如禅家语'水中著盐，饮水乃知盐味。'此说诗家之秘藏也。如'五更鼓角声悲壮，三峡星河影动摇。'（杜甫《阁夜》）人徒见壮志凌轹造化之功，不知乃用事也。《汉书·祢衡传》：'挝《渔阳操》，声悲壮。'《汉武故事》：'星辰动摇，东方朔谓民劳之应，'则善用事者，如系风捕影，岂有迹耶！"又如，清顾嗣立《寒厅诗话》云："作诗用故实，以不露痕迹为高，昔人所谓使事如不使也。盛庶常如梓谓杜诗'荒庭垂橘柚，古壁画龙蛇。'皆寓禹事，于题禹庙最切。'青青竹笋迎船出，白白江鱼入馔来。'皆养亲事，于题中扶侍字最切。余谓刘宾客诗'楼中饮兴同明月，江上诗情为晚霞。'一用庾亮，一用谢朓，读之使人不觉，亦是此法。阮亭云：往年董御使玉虬外迁垄右道，留别余辈诗云：'逐臣西北去，河水东南流。'初谓常语，后读《北史》中魏孝武帝奔宇文泰，循河西行，流涕谓梁御曰：'此水东流，而朕西上。'乃悟董语本此，深叹其用古之妙。"再如，清徐增《而庵诗话》云；"诗言志，古人善诗者，皆不喜以故实填塞。若填塞则词重，而体不灵,气不逸,必俗物也。本地风光,用之不尽。或有故事赴于笔下,即用之亦不见痕迹,方是作者。"还如,清朱庭珍《筱园诗话》云:"大抵用典之法,在融化剪裁,运古语若己出,毫无费力之痕,斯不受古人束缚矣。正用不如反用,明用不如暗用。或借宾以定主,或托虚以衬实。死事则用之使活,熟事则用之使生。渲染则波澜叠翻,熔铸则炉锤在握。驱之以笔力,驭之以才情,行之以气韵,俾自在流出,如鬼斧神工,不可思议,而一归于天然,斯大方家手笔矣。"以上论述,都不外乎是强调用典切莫填塞,而要浑如己出,自在天然,不露痕迹。

（2）用典要注意围绕题旨,用相对易识之事。请看刘禹锡《蜀先主庙》中的诗句"势分三足鼎,业复五铢钱","三足鼎"与"五铢钱"就是两则典故,前者是指诸葛亮隐居隆中,刘备三顾茅庐,诸葛亮分析当时形势,提出"蜀、魏、吴三足鼎立"之事;后者是指汉武帝所铸的钱币,即寓有"复汉"之意。这样用典既紧紧围绕诗之题旨,又用的是相对易识之事。当然,因为读者学识水平的不同,"易识"与"难识"又是相对而言的,所以用接受诗学的话说,诗词作品"隐匿读者"的平均学识水平,应当作为识别用典难易程度的依据。例如,《随园诗话》云:"用僻典如请生客入座,必须问名探姓,令人生厌。宋乔子旷好用僻书,人称孤穴,诗人当以为戒。"又如,清方南堂《辍锻录》云:"作诗不能不用故实,眼前情事,有必须古事衬托而始出者。然用事之法最难,或侧见,或反引,或暗用,吸精取液,于本事恰合,令读者一见了然,是为食古而化。若本无用意处,徒取经史字面,铺张满纸,是侏儒自丑其短,而固高冠巍屐,绿衣红裳,其恶状愈可憎也。"这些论述告诫用典者,一定要"食古而化",注意切合题旨,"吸精取液,于本事恰合,令读者一见了然"。

（3）用典要细心恰当,不失温柔敦厚。用典有利于比兴寄意,让那些不便直述之意,可借典故暗示,进而含蓄地道出作者的心声,即所谓"据事以类义"。然而,如何恰当地"据事",而让"类义"不失温柔敦厚,则是用典者必须注意的问题。《礼记·经解》有"其为人也温柔敦厚,诗教也"之说,后人亦多以"温柔敦厚"为诗教精神。《毛诗序》"主文而谲谏"所强调的风化观,是对温柔敦厚之诗教精神的独特阐发,也为历代用典者所遵循。例如,杜甫的《敬赠郑谏议十韵》,诗中就只称赞郑的诗义而不涉及其诤谏,其首联与尾联分别为:"谏官非不达,诗义早知名。……君见穷途哭,宜忧阮步兵。"也许这样做就是出于恰当的考虑,不至于恭维不当而失之公允。古代诗话关于用典的论述,亦有类似的见解。例如,清陈僅《竹林答问》云:"作诗用事之法何如?答:用事之法,实事虚用,死字活用,常事翻用,旧事新用,两事合用,旁事借用。事过烦则裁之以简约,事过苦则出之以和平,事近亵则持之以矜庄,事近怪则寄之以淡雅。写神仙事除铅汞语,写僧佛事除蔬笋味,写儒先事除头巾气,写仕宦事除冠带样。本余事也,或用之作正面;本正事也,或用之作余波。甚且名作在前,人避我犯,目中且无千古,何至人云亦云邪?"又如,清朱庭珍《筱园诗话》云:"使事运典,最宜细心。第一须有取义,或反或正,用来贵与题旨浃洽,则文生于情,非强为比附,味同嚼蜡也。次则贵有剪裁融化,使旧者翻新,平者出奇,板重化为空灵,陈闷裁为巧妙。如是则笔势玲珑,兴象活泼。用典征书,悉具天工,有神无迹,如镜花水月矣。所以多多逾善,虽用书卷,而不觉为才情役使故也。不善用者,则以词累意,其病百出。非好学深思之士,心细如发者,断不能树极清之诗骨,提极灵之诗笔,驱役典籍,从心所欲,无不入妙也。"这里关于诸多用事之法,其中心意思就是内容上要剪裁恰当,不失温柔敦厚之诗教传统,形式上要细心安排,从心所欲而入妙。

(五)对偶

所谓对偶,是语言活动中表达者有意以字数相等、句法相同或相似的两个语言单位成双作对地排列在一起,通过齐整和谐的视听觉美感形式实现表情达意的最佳效果的修辞文本模式。①通俗地讲,就是用对称的字句来加强语言效果,在诗学修辞中用得相当普遍,并常称之为对仗。

---

① 吴礼权:《修辞心理学》,云南人民出版社2002年版,第198页。

1.诗词注重对仗的三大因素

自《诗经》以来，之所以对偶之花在诗词之树上开得这样茂盛灿烂，决非是某种孤立、偶然的原因所致。它实质上是诗学心理、思维和语言三位一体的共同结晶。

（1）从心理上看，诗学心理是一种审美心理，平衡匀称向来是美学与文艺心理学都特别重视的问题。一般说来，以对称和谐为美是人类的一种普遍心理。这种心理的产生，一方面是源于自然现象的启示和人类的心理定势，因为对称现象在自然、植物、动物界随处可见；另一方面也是源于自身生理的作用。近代学者朱光潜《近代实验美学》指出："美的形体无论如何复杂，大概都含有一个基本原则，就是平衡或匀称，这在自然中已可见出。"[1]尽管对于所谓平衡或匀称，是"一般意义上的"，还是"代替的"，学术界有不同的见解，但平衡或匀称能够引起人们的快感，是一种美，却是学术界都公认的事实。这是因为，从心理学上看，一般的平衡匀称的事物因为构成有一定的规律，比较容易了解，欣赏者"所耗费的注意力较少，所以比较能够引起快感"，[2]就像有规律的线一般总比杂乱无章的线容易了解、易于引起美感一样。朱光潜《近代实验美学》还指出："有规律的线是首尾一致的。看到它的首部如此，我们便预期它的尾部也是如此；后来看到它的尾部果然如此，恰中了我们的预期，注意力不须改变方向，所以不知不觉地感到快感。丑陋的线没有规律，我们看到某一部分时，不能预期其他部分应该如何，各部分无意义地凑合在一起，彼此并没有必然的关联，我们预期如此，而结果却如彼。注意力常须改变方向，所以不免失望。"[3]也就是说，平衡匀称的事物因为结构规律，欣赏者了解到某一部分就可以预期到另一部分，预期与预期的结果能够相一致，这样欣赏者在其欣赏中的注意力不须改变方向的情况下便可轻松地使其预期感得到满足，自然于不知不觉中产生一种美感与快感，进

---

[1] 朱光潜：《近代实验美学》（载《朱光潜美学文集》），上海文艺出版社1982年版，第301页。

[2] 同上，第298页。

[3] 同上，第298至299页。

而得到一种特别的审美享受。

（2）从思维方式来看，自古以来，中国人的传统思维方式常常具有一种相互的辩证法，喜欢从事物的对应关系中展开思考。例如，人们经常所说："祸兮福之所倚，福兮祸之所伏。"就内容而言，说的是祸福之间相互转化的辩证关系；就形式而言，不失为匀称的"宽对"。又如，《岳阳楼记》云："居庙堂之高，则忧其民；处江湖之远，则忧其君。"其内涵是中华民族历代仁人志士的理想追求，其形式可以说又是绝妙的"丽辞"。西方学者浦安迪也承认，讲求对偶"这一特色自然绝非中国文艺所独有，在西方文学中，对偶的概念和古典修辞学尤其相关。希腊和拉丁古典作品中，不乏或多或少运用对偶的例子，但都不如中国文学那样频繁和严谨。"[1]这是因为"中国传统阴阳互补的'二元'思维方式的原型，渗透到文学创作的原理中，很早就形成了源远流长的'对偶美学'。中国文学最明显的特色之一，是迟早总不免表现出对偶结构的趋势；它不仅是阅读和诠释古典诗文的关键，更是作者架构作品的中心原则。对偶美学虽然以'诗'为中心，但在结构比较松散的小说和戏曲里，也有某种对偶倾向。"[2]实际上，千百年来中国人在这种思维方式的浸润与影响下，无论是谈论家国情怀、人生哲理，还是日常生活中的家长里短，都会自觉或不自觉地彰显出这种宽泛的"二元"思维方式。

（3）从语言上看，可以说，汉语言文字的特殊性，则为诗的对偶构造提供了坚实的特质基础。正如缪钺《诗词散论》中写道："吾国文字，一字一音，宜于对偶，殆出自然。"[3]汉语中的不少词语、成语就是这样构成的。例如，单音节可以构成两两相对的双音节词，如"天"与"地"，"日"与"月"，"花"与"草"，"虫"与"鱼"等，进而又可以构成整齐的四音节的短语："天地日月""花草虫鱼"等。还有，大量成语就是有意无意地按照前后对仗的形式构成的，如"高瞻远瞩""刻舟求剑""惊心动魄""花容月貌""沅芷澧兰""东张西望"等等，这些看似司空见惯的语言现象，其实均

---

[1] ［美］浦安迪：《中国叙事学》，北京大学出版社1996年版，第48至49页。

[2] 同上，第48页。

[3] 缪钺：《论宋诗》，见《诗词散论》，上海古籍出版社1982年版，第40页。

源于中华民族的文化心理与思维方式。朱光潜《诗论》在探讨"赋对于诗的影响"时指出："赋源于隐,隐是一种谐,含有若干文字游戏的成分。在作赋猜谜时,人类已多少意识到文字本身的美妙,于是尽量地用它。如果艺术是精力富裕的流露,赋可以说是文字富裕的流露。律诗和骈文也是如此。"但是,朱光潜又提出："西方艺术也素重对称,何以他们的诗没有走上排偶的路呢?这是由于文字的性质不同。""第一,中文字尽单音,词句易于整齐划一。'我去君来','桃红柳绿',稍有比较,即成排偶。西文单音字与复音字相错杂,意象尽管对称而词句却参差不齐,不易对称。""第二,西文的文法严密,不如中文字句构造可自由伸缩颠倒,使两句对得很工整。比如'红豆啄残鹦鹉粒,碧梧栖老凤凰枝'两句诗,若依原文构造直译为英文或法文,即漫无意义,而中文却不失其为精练,就由于中文文法构造比较疏简有弹性。再如'疏影横斜水清浅,暗香浮动月黄昏'两句诗没有一个虚字,每个字都实指一种景象,若译为西文,就要加上许多虚字,如冠词前置词之类。中文不但冠词和前置词可以不用,即主词动词亦可略去。单就文法论,中文比西文较宜于诗,因为它比较容易做得工整简练。"[①]正是由于如此,所以中国人说话作文自然而然地养成了一种崇尚对偶的心理习惯。朱光潜亦云:"文字的构造和习惯往往能影响思想,用排偶既久,心中就于无形中养成一种求排偶的习惯,以至于观察事物都处处求对称,说到'青山'便不由你不想到'绿水',说到'才子'便不由你不想到'佳人'。中国诗文的骈偶起初是自然现象和文字特性所酿成的,到后来加上文人求排偶的心理习惯,于是就'变本加厉'了。"[②]钱钟书《管锥篇》有言:"骈体文不必是,而骈偶语未可非。"[③]这就是说,作为一种文体,骈体文已经失去了生命力,但骈语、对偶却仍然鲜活地见诸现代社会生活,其活力丝毫不亚于古代的任何时期。其原因正如范文澜《文心雕龙·丽辞》注中所言:"古人传学,多凭口耳,事理同异,

---

[①] 朱光潜:《诗论》,载《朱光潜美学文学论文选集》,湖南人民出版社1982年版,第244至245页。

[②] 同上。

[③] 钱钟书:《管锥篇》,中华书局1979年版,第4册1474页。

取类相从，记忆匪艰，讽诵易熟，此经典之文，所以多用丽语也。""人之发言，如趋均平，短长悬殊，不便唇舌，故求字句之齐整，非必待于耦对，而耦对之成，常是以齐整字句。"其中，"耦"同"偶"，"耦对"即今所谓对偶，"丽语"即是两两相对的词语。范文澜从心理角度分析了多用"丽语"的原因，即这种对偶的词语便于记忆与交流，同时也是语言审美的必然要求。

2.诗词对仗的审美价值

在传统诗词的创作中，作为对仗（即对偶）修辞文本的建构，其主要目的不在以齐整和谐的视听觉形式来表情达意，而是通过这种形式在表情达意的同时，为修辞文本营造或增添一种均衡和谐的视听觉美感效应，以提高诗学修辞文体的审美价值。

（1）对仗有利于增强诗词语言的表现力。西方学者亚里士多德在他的名著《修辞学》中，把生动、对比和比喻作为修辞的三大原则，他说："文字必须将景物置诸读者眼前"，并认为荷马的史诗《伊利亚特》与《奥德赛》，"其出色之处，就在具体生动之效果"，这与我国古代诗论家梅圣俞关于"状难写之景，如在目前，含不尽之意，见于言外"（欧阳修《六一诗话》）的诗学主张，可以说是异曲同工。诗词语言的"具象美"，其核心是要追逐那生动形象的具体呈现法，将审美观照所激发的积极审美体验化为新颖独特的审美意象，而对仗手法有利于增强诗词语言的表现力。例如，古代三位诗人的如下诗句，一是韦应物的《淮上遇洛阳李主簿》"窗里人将老，门前树已秋"，二是白居易《途中感秋》的"树初黄叶日，人欲白头时"，三是司空曙《喜外弟卢纶见宿》的"雨中黄叶树，灯下白头人"，他们各自用十个字，写下了大致相同的情境。应该说，三位诗人运用写景又兼比兴的语言，再加上对仗的形式，各自的诗句都比较生动。但是，明代谢榛却充当了他们异代不同时的裁判："三诗同一机杼，司空为优：善状目前之景，无限凄感，见乎言表。"（《四溟诗话》）所谓"见乎言表"，指的是司空曙诗出色的语言表现。与白诗相比，尽管都是"树"对"人""黄叶"对"白头"，但是，司空曙的诗不仅有白居易诗的优点，还有室外之"雨"与室内之"灯"的内外环境的点染，

第五章　积极审美心理引领下的诗学修辞（二）

而且"雨中"对"灯下"，更是"比"中有"兴"，有色彩而且有音响，环境与气氛的渲染更胜一筹，与此相应的修辞文体结构，由于语辞与对仗的新奇结合，进而让诗句的活力大增，其审美价值自在三者之中独占鳌头。

又如，运用对仗手法还可以增加诗词语言的信息容量，进而增强诗词语言的表现力。如南宋吴沆在《环溪诗话》中，就曾引用张右丞对杜甫的评论："杜甫妙处，人罕能知。凡人作诗，一句只说得一件事，多说得两件；杜诗一句能说得三件、四件、五件事。常人作诗，但说得眼前，远不过数十里内，杜诗一句能说数百里，能说两军州，能说满天下。此其所以为妙。且如'重露成涓滴，稀星乍有无，'也是好句，然'露'与'星'只是一件事。如'孤城返照红将敛，近市浮烟翠且重'，也是好句，然有'孤城'，也有'返照'，即是两件事。又如，'鼍吼风奔浪，鱼跳日映山'，有'鼍'也、'风'也、'浪'也，即是一句说三件事。如'绝壁过云开锦绣，疏松夹水奏笙簧'，即是一句说了四件事。至于'旌旗日暖龙蛇动，宫殿风微燕雀高'，即是一句说五件事。"[①]还有杜甫写于夔州的《登高》一诗，明代胡应麟《诗薮》认为此诗"精光万丈"，是"古今七言律第一"。其中的颈联"万里悲秋常作客，百年多病独登台"，吴沆之后的罗大经，提倡"字少意多，尤可涵咏"的诗学主张，他在《鹤林玉露》中赞扬杜甫《登高》诗时说："盖'万里'，地之远也；'悲秋'，时之凄惨也；'作客'，羁旅也；'常作客'，久旅也；'百年'，齿暮也；'多病'，衰疾也；'台'，高迥处也；'独登台'，无亲朋友。十四字之间含八意，而对偶又精确。"上述诗论家所举的诸多诗例，绝大多数都是讲求对仗的诗句。这也就是说明，对仗手法的运用，不但让诗词的内容更加丰富，更重要的是通过审美意象来增强诗词语言的表现力，不断升华诗词审美意境创造的艺术水平。

缪钺在总结宋诗时说过："善学唐者莫过于宋"，宋诗学习唐代律绝对偶的一个显著特点就是讲究"工切"，但又存在带来"求工太过，失于尖巧"的缺点。倒是宋词则不然，它不囿于在"工对"的束缚中苦心经营，而是多半采

---

① 《历代诗话论作家》，湖南人民出版社1984年版，第267页。

用自由度较大，回旋余地较多的"宽对"，既不避重字，也不限于平仄相对，进而为进一步增强了词文体对仗的表现力，让词文体对仗在审美效果中发挥了更大的作用。例如，王观《卜算子》的上阕："水是眼波横，山是眉峰聚。欲问行人去哪边？眉眼盈盈处。"词人一反传统的"眼波"与"眉山"之说，竟然反过来设喻造句，用"眼波横"与"眉峰聚"来形容水和山，就显得格外新颖别致，又是何等奇妙，其中重了一个"是"字又有何要紧？又如，词中还有一个特殊的现象，即用领字统率以下的对句，这既强化了感情色彩，又可使对仗增添错综变化之美。如柳永《望海潮》下阕："重湖叠巘清嘉。有三秋桂子，十里荷花。"辛弃疾《贺新郎》上阕："绿树听鹈鴃，更那堪、鹧鸪声住，杜鹃声切。"显然，若是将相同词牌但不用对仗的同类词作进行比较，在提升词语表现力方面的对仗作用更是一目了然。

（2）对仗有利于提高诗词语言的感染力。在诗学修辞文本中，对仗可以加强语言的色彩感，生成饶有兴味的审美情趣，尤其是醒目对称地用于句首或句尾的形容词，更是较之一般的色彩感更胜一筹。例如，杜甫诗歌中的诗句："青惜峰峦过，黄知橘柚来。"（《放船》）"远岸秋沙白，连山晚照红。"（《秋野》）"紫崖奔处黑，白鸟去边明。"（《雨》）"碧知湖外草，红见海东云。"（《晴》）"波漂菰米沉云黑，露冷莲房坠粉红。"（《秋兴》）王维的诗句："日落江湖白，潮来天地青。"（《送邢桂州》）李商隐的诗句："绿筠遗粉箨，红药绽香苞。"（《自喜》）杜甫等诗人的这些讲求对仗的诗句，其共同的特点是对称地将颜色字或置于句首，或置于句末，让色彩的感觉特别明显，格外锐敏，增强了诗词的美感。同时，诗词中的所谓诗眼或词眼，往往经常出现在对仗句。这是因为对仗句的多重需要，让诗人特别注重炼字炼句，其结果不但调适了句子的平仄，更重要的是增强了语言的感染力。例如，杜甫《蜀相》中的颔联："映阶碧草自春色，隔叶黄鹂空好音。"此联中的两个虚字"自"与"空"十分重要，正如《鹤林玉露》所云："作诗要健字撑住，要活字斡旋。"如果没有这两个"活字"，这两句诗只不过是一幅赏心悦目的春景图，但有了它们，诗人那番"庭草自春，无补于事，黄鹂空啭，越发伤情"的深沉感慨才会跃然纸上。又如，孟浩然《过故人庄》中的颔联:"绿树村边合,青山郭外斜。"此联出句与对句分别以动词"合"与"斜"收尾,就立刻化静为动,让绿树与青山显得生意盎然,进而诗意语言的感染力就大大提高了。

钱钟书论诗有言:"律诗之有对仗,乃撮合语言,配成眷属。愈能使不类为类,愈见诗人心手之妙。"①华裔学者刘若愚索性直截了当地称之为"奇妙的姻亲"。正是因为诗词对仗的这些功能,所以让诗词语言的感染力不断升华。例如,杜甫的《咏怀古迹五首·其三》,诗人借咏昭君村来怀念王昭君,以抒写自己的怀抱。其颔联为:"一去紫台连朔漠,独留青冢向黄昏。"诗人只用这样简短而雄浑有力的语言,就写尽了昭君一生的悲剧。其实这是一联用典对,出自南朝梁江淹《恨赋》云:"明妃去时,仰天太息。紫台稍远,关山无极。……望君王兮何期,终芜绝兮异域。"但杜甫的诗句,其丰富与深刻的思想内容大大超过了江淹。清人朱瀚《杜诗解意》曰:"'连'字写出塞之景,'向'字写思汉之心,笔下有神。"其实,这一联诗句之"神"还不止这两字。出句从"紫台"到"朔漠",极言其大;下句突出"青冢"与"黄昏",更是给人一种天地无情,青冢有恨的无比广大而沉重之感。

特别是在散曲对仗中,由于可以多句相对,进而让容量倍增,且又较之诗词的对仗更为宽松,所以让散曲对仗的活力与张力大增,也进一步提高了散曲语言的感染力。例如,无名氏的〔正宫·塞鸿秋〕《山行警》中的前三句:"东边路西边路南边路,五里铺七里铺十里铺,行一步盼一步懒一步。"使用这种更加宽泛的对仗,巧用重叠与数目字修辞手法,让这支情人送别曲更加缠绵悱恻,感人肺腑。又如,周文质的〔正宫·叨叨令〕《自叹》:"筑墙的曾入高宗梦,钓鱼的也应飞熊梦。受贫的是个凄凉梦,做官的是个荣华梦。笑煞人也末哥,笑煞人也末哥。梦中又说人间梦。""高宗梦"与"飞熊梦"两句用典,前四句采用这种别具一格的对仗方式,让这首"独木桥体"的灰色幽默得到极大的升华。

---

① 钱钟书:《谈艺录》,中华书局1984年版,第185页。

3.诗词对仗方法

对仗方法或称对仗形式，古今研究者都有过多种不同的分类。下面的介绍主要立足于诗词创作，主要有如下多种：

（1）同类对与异类对。所谓同类对，是指用同一类的字或词来对应。例如，白居易《香炉峰下新卜山居草堂初成偶题东壁》："南檐纳日冬天暖，北户迎风夏月凉。"在同类对中，有一些很典型的对仗值得借鉴与参考。其中，"数目对""颜色对"与"方位对"，就是三种很有特色的对仗。所谓异类对，是相对"同类对"而言的。它是让不同类型的字或词来对应。例如，杜甫《咏怀古迹》（其四）："古庙松杉巢水鹤，岁时伏腊走村翁。"阅读古人的格律诗词可以发现，一是用异类对的要比用同类对的实例更多。二是虽然纯粹用同类对的很少，但对偶用字，兼同类和异类的却极为普遍。

（2）正对与反对。在同类对中，按照对仗中相应字或词的意义，还可分为正对与反对。所谓正对，是指在同类对中，相对应的字或词，其意义不具有"正"与"反"的概念。例如，崔颢《黄鹤楼》"晴川历历汉阳树，芳草萋萋鹦鹉洲。"所谓反对，是由于有些同类词具有正反两种意义，如"寒"与"暖"、"多"与"少"、"肥"与"瘦"、"高"与"低"、"黑"与"白"、"难"与"易"等，若用它们作为同类对，则是与正对相对应的反对。正对的优点是可以写得很工整，缺点是容易流于形式，甚至稍加不慎，还有可能出现"合掌"或同义相对的毛病。所以反对则更是被人称道的一种对仗格式。所谓反对，是指用同类，但意义相反的字或词互为对仗。古人有"反对为优，正对为劣"的说法，可见反对是一种比较好的对仗方法。例如，祖咏《七夕》："向月穿针易，临风整线难。"

（3）不用典对与用典对。诗词中不用典故的对仗比比皆是，用典的对仗也时而可见。例如，孟浩然《宴梅道士山房》中的对仗联："忽逢青鸟使，邀入赤松家。"诗句中就用了"青鸟"一典。该典出自《山海经·西山经》，"青鸟"喻指仙使或信使。下句"赤松（子）也是用典。又如，洪适《浣溪沙·寿方稚川》中的对仗联："健笔已凌枚叟赋，高怀欲著祖生鞭。"诗句中就用了"祖生鞭"一典。该典出自《世说新语·赏誉》：晋人刘琨给亲友的信

第五章 积极审美心理引领下的诗学修辞（二）

中有"常恐祖生（祖逖）先吾著鞭"语，后被用为典故。上句"枚叟赋"也是用典。

（4）工对、宽对与邻对。这主要是从遣词的工拙和构思的平奇来分类的，且主要是名词范围的宽严取舍。所谓工对，是指在同类相对的基础上，还要求对得"工整"。按照古汉语的说法，同类相对也就是名词对名词，代词对代词，形容词对形容词，动词对动词[①]，副词对副词，数词对数词，虚词对虚词，颜色词对颜色词，方位词对方位词。然而，诗人们对于动词、副词、代词、代名词等，都没有过细地分类。颜色词、数目词、方位词等也各自独成一类。而真正细分的是名词，可以说工对的讲究也主要体现在名词上。名词常细分为天文、时令、地理、宫室、器物、服饰、饮食、文具、文学、草木花果、鸟兽虫鱼、形体、人事、人伦等类型。严格地说，按细分后的名词种类（即小类）对仗，才叫做工对。特别是，名词中的专名只能跟专名对，最好是人名对人名，地名对地名。例如，李白《送友人》"青山横北郭，白水绕东城。"又如辛弃疾《西江月·夜行黄沙道中》："七八个星天外，两三点雨山前。"反义词相对也是工对，而诗词界更崇尚反义相对。一般来说，在一联对仗句中，只要多数字对得工整，就是工对。有些名词虽然不属同一小类，但是在语言中经常一列，如天地、诗酒、花鸟等，也算工对。人们常说的"天对地"，"雨对风"，"大陆对长空"，"雷隐隐，雾蒙蒙"，就是典型的工对。例如，白居易《香炉峰下新卜山居》"南檐纳日冬天暖，北户迎风夏月凉。"这就是一组对仗工整的联句，其中"暖"与"凉"就是反义词相对。然而，工对虽好，却不要因此束缚创作思维，而应始终坚持内容与形式的统一。实际上，按照王力教授的说法[②]，凡五字句有四个字对得工整，也就算是工对。例如杜甫《旅夜书怀》的颔联："星垂平野阔，月涌大江来。"虽然"阔"是形容词，"流"是动词，也算工对。七字句有四、五个字对得工整，也就算是工整。例如杜甫《登高》的颔联："无边落木萧萧下，不尽长江滚滚

[①] 有时候，动词（特别是不及物动词）可以对形容词。

[②] 王力：《诗词格律概要 诗词格律十讲（修订第三版）》，世界图书出版社2006年版，第110页。

来。"这里，"边"是名词，"尽"是动词，似乎不对，但是"无"对"不"被认为工整，而"无"字后面必须跟名词，"不"字后面必须跟动词或形容词，只能做到这样了。所谓宽对，是一种较为宽松的对仗方法，它不像工对那样严格。按照现代汉语的说法，大体上是名词对名词、动词对动词、形容词对形容词等，而不再细分为若干小类。宽对比工对要宽泛得多。例如，韦应物《淮上喜会梁故人》中的对仗联："浮云一别后，流水十年间。"与"欢笑情如旧，萧疏鬓已斑。"秦观《鹊桥仙》中的对仗句："柔情似水，佳期如梦。"所谓邻对，是指用邻近的一类词相对。王力教授《汉语诗律学》将它们大体分为二十类①，即天文与时令、天文与地理、地理与宫室、宫室与器物、器物与服饰、器物与文具、服饰与饮食、文具与文学、草木花果与鸟兽虫鱼、形体与人事、人伦与代名、疑问代词与"自""相"等字和副词、方位与数目、数目与颜色、人名与地名、同义与反义、同义与连绵、反义与连绵、副词与连词或介词、连词或介词与助词。

（5）并肩对、流水对与倒挽对。所谓并肩对，又称平对。这种对仗法，两句各有一种意思，并不相隶属。其作法是把相似或相对的两种意思，分成两句写，两句的词性、平仄、字面力求平均即可。此种对仗方法最容易作，又最常见。例如，王维《送邢桂州》："日落江湖白，潮来天地青。"该对仗出句是写太阳下山之后，湖面一片白茫茫的景象；对句是写江潮涌来的时候，碧水蓝天连成一片的景色。两句分别写日落与潮来时的自然景象，各自意思并立，互不关联。又如，王维《积雨辋川庄作》："漠漠水田飞白鹭，阴阴夏木啭黄鹂。"出句写白鹭正在水田上展翅飞翔，对句写黄鹂正在密林里婉转歌唱，也是各写一景，不相隶属。

所谓流水对，又称顺接对，实质上是将一句话分成两句说，好像是状如流水的一个整体，而不可分割。就流水对而言，由两句话组成的出句与对句只是一个整体，出句独立起来没有意义，至少是意义不全，只有加上对句意思才完整。一般而言，流水对的出句是因，对句是果，或是把出句的意思充

---

① 王力：《汉语诗律学》，上海世纪出版集团，2005年版，第177页。

实,或是补充说明出句的意思。例如,李白《听蜀僧濬弹琴》:"为我一挥手,如听万壑松。"李商隐《隋宫》:"玉玺不缘归日角,锦帆应是到天涯。"王维《送梓州李使君》:"山中一夜雨,树杪百重泉。"又如,岳飞《满江红》:"靖康耻,犹未雪;臣子恨,何时灭。"这些对仗都是流水对。所谓倒挽对①,又称逆挽对,这种对仗正好与流水对相反,虽也是将两句共写一个意思,却是先后颠倒,或先果后因。例如,杜甫《奉济驿重送严公四韵》:"几时杯重把?昨夜月同行。"此对是利用时间先后倒挽,来写诗人此时此刻的复杂情感。若把"昨夜"句放在前面,便会直而少致,现在时序一倒,就奇妙多趣了。又如,杜甫《送路六侍御入朝》:"更为后会知何地?忽漫相逢是别筵!"该对仗也是两句写一种意思,利用倒挽来掀起感情波澜。如果没有现在的"忽漫相逢",是不可能想到将来的"更为后会"的,诗人不先写现在的相逢和送别,而突然先说"更为后会知何地?"恍如一句奇笔,的确是化呆板为灵动,变直白为含蓄。

（6）隔句对与当句对。对仗一般是在同一联的两句中,即出句与对句之间的相应字或词相对。但有些情况下,也有隔句或当句相对的情况,即隔句对与当句对。所谓隔句对,是指诗词中的四句话,第一句与第三句对,第二句与第四句对。如果将这四句诗词写在扇面的两边,而左右两面就两两相对,所以又称之为扇面对。例如,苏轼《用前韵再和许朝奉》中的诗句:"邂逅陪车马,寻芳谢朓洲。凄凉望乡国,得句仲宣楼。"其中,"邂逅"对"凄凉","车马"对"乡国";"寻芳"对"得句","谢朓洲"对"仲宣楼"。又如,白居易《夜闻筝中弹潇湘送神曲感旧》中的诗句:"缥缈巫山女,归来七八年。殷勤湘水曲,留在十三弦。"其中,"缥缈"对"殷勤","巫山"对"湘水","七八"对"十三"。所谓当句对,又称句中对,是指对仗的两句。都是当句之中的一词与当句之中的另一词相对。例如,元稹《褒城驿》:"四年三月半,新笋晚花时。"其中,"四年"对"三月","新笋"对"晚花"。又如褚亮《和御史韦大夫喜霁之作》:"沙平寒水落,叶脆晚枝空。"其中,"沙

---

① 许清云:《近体诗创作理论》,洪叶文化印行,2008年版,第181页。

平"对"水落","叶脆"对"枝空"。

（7）假借对。最常见的假借对，包括"借义对"与"借音对"两种。此外，还有其他一些形式的假借对。所谓借义对，是指对那些有两个意义的词，在诗词中用的是甲义，但同时借用的乙义来与另一词成为对仗。对于借义对而言，一些字按句中的意义对起来本不甚工，但该字的另外一个意义却和并行句中相当的字成为颇工或极工的对仗。如杜甫《曲江二首》（其二）中诗句："酒债寻常行处有，人生七十古来稀。""寻常"与"七十"就属于借对。本来在诗中"寻常"是平常的意思，而另一含义是长度名（古代八尺为寻，两寻为常），诗人借这个意思与数目字"七十"相对仗。又如，王维《黎拾遗昕裴秀才迪见过秋夜对雨之作》中诗句："白法调狂象，玄言问老龙。"本来"玄言"之"玄"，其义为"玄妙"之"玄"，却借"玄黑"之"玄"义，让"玄言"与"白法"相对。再如，温庭筠《苏武庙》中诗句："回日楼台非甲帐，去时冠剑是丁年。"本来"丁年"之"丁"，其义为"丁壮"之"丁"，却借"丙丁"之"丁"义，让"丁年"与"甲帐"相对。所谓借音对，即不是借"义"来对仗，而是借"音"来对仗。通常，借"音"对多见于颜色对。像借"清"为"青"，借"皇"为"黄"，借"篮"为"蓝"，借"沧"为"苍"，借"珠"为"朱"等。例如，杜甫《野望》的首联："西山白雪三城戍，南浦清江万里桥。""白"与"清"就是借对，因为"清"与"青"同音。又如，借音于数字者："白首为迁客，青山绕万州。"其中，"迁"与"万"相对，就是用"迁"的谐音"千"与"万"相对。再如，借音于字义者：如孟浩然《裴司士见访》中的"厨人具鸡黍，稚子摘杨梅"，因"杨"与"羊"谐音，故可对"鸡"字。除借义与借音外，王翼奇则发现[①]，就双音词或多音词而言，古人还有"借式"与"借类"两种对法。借式之对，如杜甫"逐客虽皆万里去，悲君已是十年流。""逐客"本指被放逐之人，与动宾词组"悲君"对仗，是借以表示"驱逐客卿"之式。又如陈恭尹"海水有门分上下，江山无地限华夷"，则以并列词组"江山"（江和山），借

[①] 徐晋如：《禅心剑气相思骨——中国诗词的道与法》，广西师范大学出版社2009年版，第66页。

式偏正词组"江山"(江上之山)与"海水"相对。借类之对,如杜甫"竹叶于人既无分,菊花从此不须开",此处"竹叶"是名酒"竹叶青"之省略辞,用以对"菊花",是借植物之类而对。又如当代诗人聂绀弩赠张友鸾句"友鸾和绀弩,画虎皆白痴","鸾"和"绀"是以人名专词借禽兽例、颜色类来相对的。

(8)错综对,也称"跌对"或"蹉对",是指出于平仄等考虑,把句中相互对应的两组词的位置转换一下,然后交叉起来的一种对仗。这种对仗,不是常用的方法。如李商隐《隋宫》中的颈联:"于今腐草无萤火,终古垂杨有暮鸦。"其中,"萤火"对"暮鸦",就是交叉起来的一种对仗,即"萤"对"鸦","火"对"暮"。又如,李群玉《杜丞相悰筵中赠美人》:"裙拖六幅湘江水,鬓耸巫山一段云。"其中,"六幅"对"一段","湘江"对"巫山",它们都是交叉相对,而不是平行相对。再如,王安石有"春残叶密花枝少,睡起茶多酒盏疏"之联句,其中,以"密"对"疏",以"多"对"少",也是一种交叉式的对仗。再如,陆游《钗头凤》:"桃花落,闲池阁。"其中,就是"桃花"对"池阁","落"对"闲"。

(9)情景对与问答对。所谓情景对,是指对仗的两句。一句抒情、一句写景,且又成对。例如,孟浩然《早寒江上有怀》:"乡泪客中尽,孤帆天际看。"该对仗出句抒情,对句写景。又如,高翥《清明日对酒》:"日落狐狸眠冢上,夜归儿女笑灯前。"该对仗,却是出句写景,对句抒情。所谓问答对,是指一问一答,而又自然成对。例如,杜甫《天末怀李白》:"鸿雁几时到?江湖秋水多。"又如,刘长卿《送宇文迁明府赴洪州张观察追摄丰城令》:"路逐山光何处尽?春随草色向南深。"

(10)倒装对与互文对。所谓倒装对,是指在语序上颠倒,以避免意平音滑,或增强语势,深化意境。例如,王维《汉江临泛》:"楚塞三湘接,荆门九派通。"若按正常的语序,则应为"楚塞接三湘,荆门通九派。"又如,王维《积雨辋川庄作》:"漠漠水田飞白鹭,阴阴夏木啭黄鹂。"若按正常的语序,则应为"白鹭飞(于)漠漠水田(上),黄鹂啭(于)阴阴夏木(中)。"所谓互文对,是指两句意思交互通用而又成对。例如,韦应物

《赋得暮雨送李冑》:"楚江微雨里,建业暮钟时。"该联既指楚江在"微雨里""暮钟时";也包括建业(今日的南京)同样也在"微雨里""暮钟时"。又如,杜甫《客至》:"花径不曾缘客扫,蓬门今始为君开。"该联所说的花径不曾为君扫,而今特地为君扫;而蓬门今始为君开,却不曾为客开。

(11)叠字对与双拟对。所谓叠字对,又称重字对,是指一次在句中用了两个字组成的叠词。叠词不但用在句头,也可用在中间或结尾。例如,王绩《野望》:"树树皆秋色,山山唯落晖。"杜甫《田舍》:"榉柳枝枝弱,枇杷树树香。"所谓双拟对,是指对仗的两句。每句都有相同的一个字在相对应的位置同时出现。它与叠字对不同,后者是同一个字组成一个叠词。例如,李商隐《杜工部蜀中离席》:"座中醉客延醒客,江上晴云杂雨云。"出句的第四字与第七字都用了"客"字,同样,对句的第四字与第七字也都用了"云"字。

(12)鼎足对与连璧对。鉴于词曲格式的需要,除上述对仗方法外,还有三句对与四句对等特别对仗方法。所谓鼎足对,即为三句对,如同鼎之三足,故俗称"三枪"。在散曲中,当用于某一调之末尾时,称之为"鼎尾对"。例如,秦观词《行香子·树绕村庄》的末尾三句,上阕为:"有桃花红,李花白,菜花黄。"下阕为:"正莺儿啼,燕儿舞,蝶儿忙。"又如马致远曲《越调·天净沙》的起首三句:"枯藤老树昏鸦,小桥流水人家,古道西风瘦马。"还如张鸣善曲《双调·水仙子》的末尾三句:"五眼鸡岐山鸣凤,两头蛇南阳卧龙,三脚猫渭水飞熊。"所谓连璧对,即为四句对。例如无名氏曲《中吕·十二月》的前四句:"静惨惨烟霞岭外,响潺潺涧水桥西。光灿灿银河倒泻,高耸耸碧玉盘堆。满山树幽微景致,锦模糊一带屏围。"

需要补充说明的是,三句或三句以上的对仗,也属于排比的范畴。所谓排比,是指把同范围、同性质的事物用结构相同或相似的句式逐一表述的修辞方法。排比,有似对偶的扩大,必须是三句或三句以上,不但不避重字,而且还往往有相同的"提挈语词"。但三句或四句的排比,却不一定是鼎足对或连璧对,这是因为排比相对于对偶来说,各个句子的格式允许松散,而无须统一。请看赵岩的带过曲《喜春来过普天乐》:"夕阳芳草小亭西,间纳履,见十二个粉蝶儿飞。一个恋花心,一个搀春意;一个翩翩粉翅,一个乱点罗衣;一个掠草飞,一个穿帘戏;一个赶过杨花西园里睡,一个与游人步步相随;一个拍散晚烟,一个贪欢嫩蕊;那一个与祝英台梦里为期。"此曲就是典型的多句排比,其中的十一个"一个"(还有"一个",系隐指那园中赏蝶的女子),即为"提挈语词"。此外,有些辞格与对偶还有些交叉,如对比或映衬中的对衬等。所谓对比,就是把两个对立的事物或一个事物的两个对立的方面放在一起,加以比较的修辞手法。通过对比,能使语言色彩鲜明突出,更加容易鉴别是非、好坏、善恶、美丑,进而增加语言的表现力与感染力。例如,李绅的《悯农》"春种一粒粟,秋收万颗子。四海无闲田,农夫犹饿死。"刘时中套曲《端正好·上高监司》中的《叨叨令》:"有钱的贩米谷置田庄添生放,无钱的少过活分骨肉无承望。有钱的纳宠妾买人口偏兴旺,无钱的受饥馁填沟壑遭灾障。小民好苦么哥,小民好苦么哥,便秋收鬻妻卖子家私丧。"上述作品,运用对比的手法直抒胸臆,通篇语言直白,但却呈现出形象鲜明的张力。又如,晏几道的《鹧鸪天》:"彩袖殷勤捧玉钟,当年拚却醉颜红。舞低杨柳楼心月,歌尽桃花扇底风。从别后,忆相逢。几回魂梦与君同。今宵剩把银釭照,犹恐相逢是梦中。"全词是巧用对比以谋篇的名作,从当年与别后、聚会与离别、相爱与相思、欢乐与悲伤、现实与梦幻等多个方面,形成多重对比。当然,对比又不同于对偶,它在乎将相反的两件事互相对照,而不在乎句法是否对偶;而对偶则在乎将相类的两个句子互相对照,却不在乎事物的相类相反。另外,对偶至少需要两句,而对比则可以在一句中进行,如曹松《己亥二首》中的诗句:"一将功成万骨枯。"

(六)夸张与其他辞格

在传统诗词的创作中,积极形象思维引领下的"赋比兴"法,除上述比喻、象征、比拟、用典、对偶等重要辞格外,还有夸张等诸多辞格,从心理上都与诸多"积极"状态下的积极审美注意相关,下面将择其要而述之。所谓注意,是一种十分重要的心理现象,它是"意识对一定客体的集中,以保证对它获得特别清晰的反映。"一般说来,心理学界认为:"在心理现象中,注意占着特殊的地位：它不是独立的心理过程，也不属于个性特点。同时，注意始终被包含在实践活动和认识过程中，表现出兴趣和个性的倾向性。在生活中，注意是心理活动的一个方面，是人顺利地获得知识和取得劳动活动的质量和效果的必要前提。"[①]一般来说，根据注意时人的积极性，注意可分为"不随意注意""随意注意"和"随意后注意"三种。所谓"不随意注意"，又被称之为"消极的注意"与"情绪的注意"。"不随意注意"之所以被称作"消极注意"，是因为"缺乏为了集中于注意客体的人为的努力"；"不随意注意"之所以被称作"情绪的注意"，是因为"不随意注意"发生时与"注意的客体同该客体所引起的情绪、兴趣和需要之间的关系"相联系。所谓"随意注意"，又被称之为"积极的注意"和"运用意志的注意"。这是因为"随意注意"的发生是"在对客体集中注意的时候，主动权是属于主体的。"所谓"随意后注意"，是指"意识对于个人认为有意义、有价值的客体的集中"，且这种注意"是在随意注意引起之后产生的"，其心理特征"同不随意注意和随意注意的特点既有联系，又有区别。它在兴趣的基础上产生，但这又不是来自对象的吸引，而是个性倾向性的表现。在随意后注意的情形下，活动本身被体验为一种需要，而其结果对他个人又是有意义的。"文艺心理学研究表明，传统诗词的创作离不开"审美注意"，可能由于不同类型的"心""物"效应，注意的类型不尽相同，但无论是何种类型的"注意"，都是审美注意，具有选择性与指向性，以及无直接功利性的特征。尤其是在积极审美心理的引领下，处于积极审美体验中的诗人，为了表达思想情感而运用积极修辞手法时，必然会自觉或不自觉地通过积极的形象思维，强化审美注意，可通过夸张、借代、映衬、设问、摹状、示现等辞格的运用，进而提高这些诗学修辞手法的审美效应。

1.夸张

所谓夸张，又称夸饰，可以说是艺术的真实与审美的需要，是艺术美的

[①] 此处及后面关于"注意"的引文，均吴礼权：《修辞心理学》，云南人民出版社2002年版，第97至103页。

表达方式。刘勰《文心雕龙·夸饰》认为："自天地以降，豫入声貌，文辞所被，夸饰恒存"说明夸张手法源远流长。又云："夸饰在用，文岂循检。言必鹏运，气靡鸿渐。倒海探珠，倾昆取琰，旷而不溢，奢而不玷。"①这就是说，夸张手法在于实际运用，诗词创作不应因循固定模式。语言的气势一定要像鲲鹏那样展翅高飞，而不要像鸿雁那样缓慢。修辞主体可以翻转大海，去探寻语言的珍珠；亦可以推倒昆仑，去觅求辞句之美玉。但是，夸张之辞，其含义要宏大，而不要过分；语言要夸张，但不要失当。用今天的话说，一是主观方面必须是情感自然流露的需要；二是客观方面必须不至于误认为是事实，否则就成浮夸了。

夸张可分为普通夸张与超前夸张两类。所谓普通夸张，即寻常意义理解的夸张，包括刘勰所说的"夸饰"、《渔隐丛话》所说的"激昂之言"等。所谓超前夸张，"则是常有将实际上后起的现象说成在先呈象之前出现（至少说成同先呈的现象同时并现）的倾向的，就是常有落后者反而超越在前的特点的，因此我们便称它为超前夸张辞。"②就普通夸张而言，又可分为两种情况：一是夸大、夸多、夸重、夸高、夸久、夸快等等；二是夸小、夸少、夸轻、夸矮、夸暂、夸慢等等。如"白发三千丈，缘愁似个长。"（李白《秋浦歌》）"锦江春色来天地，玉垒浮云变古今。"（杜甫《登楼》）"吴楚东南坼，乾坤日夜浮。"（杜甫《登岳阳楼》）"千呼万唤始出来，犹抱琵琶半遮面。"（白居易《琵琶行》）"遥望齐州九点烟，一泓海水杯中泻。"（李贺《梦天》）"怒发冲冠，凭栏处、潇潇雨歇。"（岳飞《满江红》）"文章太守，挥毫万字，一饮千钟。行乐直须年少，樽前看取衰翁。"（欧阳修《朝中措》）就超前夸张而言，有的修辞学著作也称之为"抢前扩大夸张""窜前夸张"，实际上是把后发生的事提到先发生的事之前或同时来表述。如"愁肠已断无由醉，酒未到，先成泪"（范仲淹《御街行·秋日怀旧》）、"未把酒、愁心先醉"（汪元量《莺啼序·重过金陵》）。

---

① 刘勰：《文心雕龙》，中国社会科学出版社2005年版，第247页、第251页。
② 陈望道：《修辞学发凡》，复旦大学出版社2011年版，第105页。

2.借代与双关、转品

所谓借代，或称之为"代名""换名"，是指不用本名，而用与之有某种关联的另一事物来代替的修辞方法。借代可以把话说得丰富多彩，新颖别致。根据所借事物与所说事物的关系，借代可分为旁借、对代两类。

（1）旁借的关系，是随伴事物和主干事物的关系，大多是用随伴事物代替主干事物。其方式有四组：一是事物和事物的特征或标记相代。例如，"纨袴不饿死，儒冠多误身。"（杜甫《奉赠韦左丞丈二十二韵》）这里"纨袴"是富贵子弟的标记，"儒冠"是文人学者的标记，诗中各借标记代人。又如，"梧桐更兼细雨，到黄昏点点滴滴。这次第，怎一个愁字了得！"（李清照《声声慢》）这里的"愁"字，即是用来代替所标记的情感。二是事物和事物的所在或所属相代。例如，"焦遂五斗方卓然，高谈雄辩惊四筵。"（杜甫《饮中八仙歌》）即是用"筵"来代替筵上的人们。又如，"大江东去，浪淘尽千古风流人物。"（苏轼《念奴娇·赤壁怀古》）这里的"大江"，是代指大江中的流水。三是事物和事物的作家或产地相代。例如，"常恐夜寒花索寞，锦茵银烛按凉州。"（陆游《花时遍游诸家园》十首之八）这里的"凉州"，系代指《凉州曲》。又如，"何以解忧，惟有杜康。"（曹操《短歌行》）这里的"杜康"，系借指在杜康生产的酒。四是事物和事物的资料或工具相代。例如，"田园寥落干戈后，骨肉流离道路中。"（白居易《望月有感》）这里的"干戈"，系借指战争。又如，"陆生昼卧腹便便，叹息何时食万钱。"（陆游《蔬园杂咏》五首之五《咏芋》）这里的"万钱"，系代指用万钱所换得的食品。

（2）对代的关系，是借来代替本名的，尽是同文中所说事物相对待的事物的名称，也可以分作四组。一是部分和全体相代。例如，"最是令人凄绝处，孤檠长夜雨来时。"（鲁迅《别诸弟三首》）这里的"檠"，即放灯的架子，代灯。二是特定和普通相代，诗词中最常见的是以定数代不定数。清人汪中曾考明中国古书中，常用定数"三"代多于一二的不定数，又常用"九"代"三"还不能充分表明的极大的不定数。例如，"有情潮落西陵浦，无情人向西陵去。去也不教知，怕人留恋伊。忆了千千万，恨了千千万。毕竟忆时多，恨时无奈何。"（萧淑兰《菩萨蛮》）这里的"千千万"，也只是极多的意思。三是具体和抽象相代。例如，"无穷江水与天接，不断海风吹月来。"（陆游《泊公安县》）这里的"月"，系代指月光，即代具体代抽象。又如，"白鸥没浩荡，万里谁能驯？"（杜甫《奉赠韦左丞丈二十二韵》）这里的"浩荡"，系代指烟波，即借抽象代具体。四是原因和结果相代。例如，"故乡江吴多好山，笋舆篦舫相穷年。"（范成大《题金牛洞》）这里的"笋舆"即为竹舆，用原因的"笋"代结果的"竹"。又如，"汉皇重色思倾国，御宇多年求不得。"（白居易《长恨歌》）这里的"倾国"代指"佳人"，即所谓"倾国"是果，"佳人"是因。

（3）其他两种有"借"有"代"的修辞手法：一是"双关"，是指用一个词语或同一语句同时关涉到两事物的修辞方法，即借音或借义来代替，以使作品增添含蓄意蕴。例如，刘禹锡的《竹枝词》："杨柳青青江水平，闻郎江上唱歌声。东边日出西边雨，道是无晴却有晴。"其中的"晴"就是一种双关辞。一面是晴雨的"晴"，一面是情感的"情"，诗人想要表达的意思是以"晴"为辅，以"情"为主，即关键是要表达"道是无情却有情"。又如，毛泽东《蝶恋花·答李淑一》中的词句："我失骄杨君失柳，杨柳轻飏，直上重霄九。"其中，"杨柳"本指"杨花柳絮"，这里另指"杨（开慧）柳（直荀）"二位烈士的忠魂。二是"转品"，即"把某一类品词移转作别一类的品词来用"，也就是在一定的语境下，有意变更某个词的性质，借词的此性代彼性，以遵循"陈字见新"（沈德潜）、"活字斡旋"（罗大经）的古训。在传统诗词中，常见的转品有名词活用为动词、形容词，动词活用为形容词，形容词活用为动词等。例如，刘禹锡《酬乐天扬州初逢席上见赠》中的诗句："沉舟侧畔千帆过，病树前头万木春。"其中，"春"是名词，这里转品为动词，用作谓语，意为呈现出春色。又如，常建《题破山寺后禅院》中的诗句："山光悦鸟性，潭影空人心。"其中，"悦"与"空"都是形容词，后面跟有宾语，则是使动用法，二句的意思是说山光使飞鸟感到怡悦，潭影让人心感到空灵沉寂。

3.映衬

所谓映衬，或称衬托、烘托，是指用和所描述的事物相类或相反的另一事物，从旁陪衬烘托描写事物的修辞方法。通常，映衬着眼于内容的对照与烘托，使相类的事物相得益彰，使相反的事物对衬鲜明突出。传统诗词中的映衬，往往是渲染景物、气象、氛围，以烘托情事人物。正如钱钟书《管锥篇·楚辞补注·九辩》云："吴文英《声声慢》'腻粉阑干，犹闻凭袖香留。'以'闻'衬'香'，仍属直陈。《风入松》：'黄蜂频扑秋千索，有当时纤手香凝。'不道'犹闻'，而以寻花之蜂'频扑'示手香之'凝''留'。"这就是说通过运用衬托这种修辞手法，绕过一个乃至几个弯来表现所欲表现的事物或情感，如不说"犹闻"，而说"黄蜂频扑"，还只说"频扑秋千索"，这样的修辞就更加耐人寻味了。通常，映衬有正衬与反衬两种。

所谓正衬，是指用来衬托的事物与被衬托的事物是类似的、一致的。也就是从侧面着意描写、刻画，通过景物衬托情感，使主题更加突出。传统诗词语言的最大特色就是情景交融。"情与景合而有诗。廊庙有廊庙之情景，江湖有江湖之情景，缁衣黄冠有缁衣黄冠之情景。情真景真，从而形之咏歌，其词必工；如舍现在之情景，而别取目之所未尝接，意之所不相关者，以为能脱本色，是相率而为伪也。"（清归庄《眉照上人诗序》）这既说明用景衬情的重要性，"不能作景语，又何能作情语耶？"（清王夫之《姜斋诗话》卷下）同时，也告诫人们要用"现在之情景"，用"景真"来映衬"情真"。例如，元稹《闻乐天授江州司马》云："残灯无焰影幢幢，此夕闻君谪九江。垂死病中惊坐起，暗风吹雨入寒窗。"该诗首尾两句，以"残灯无焰""暗风吹雨"等凄惨物象，来烘托悲愤忧伤之情。由于设境尤极凄切，所以倍觉情深意挚。又如，柳永《雨霖铃》云："寒蝉凄切，对长亭晚，骤雨初歇。都门帐饮无绪，留恋处，兰舟催发。执手相看泪眼，竟无语凝噎。念去去千里烟波，暮霭沉沉楚天阔。多情自古伤离别，更那堪、冷落清秋节。今宵酒醒何处？杨柳岸晓风残月。此去经年，应是良辰好景虚设。便纵有、千种风情，更与何人说。"该词上阕写离别的难分难舍，下阕写分手后的伤感。词人通篇用语都是通过环境的渲染，衬托出心中那千万种辛酸与痛楚。

所谓反衬，是指从一个事物的反面来衬托所描述的事物，使之相反相成，形象更加鲜明突出。王夫之《姜斋诗话》云："以乐景写哀，以哀景写乐，一倍增其哀乐。"他很称道《诗经·小雅·采薇》中的四句："昔我往矣，杨柳依依；今我来思，雨雪霏霏。"认为是用反衬的典范。前面所说的柳永词，其中的"良辰好景"与"千种风情"等语，看似好景喜情，却是用来衬托"更与何人说"的孤寂凄苦之情，其艺术效果当然会因之倍增。又如，王维《送沈子福归江东》云："杨柳渡头行客稀，罟师荡桨向临圻。唯有相思似春色，江南江北送君归。"该诗首句不仅写现成之景，更是烘托送别气氛。渡头是送客之地，杨柳又是渡头的现成之景，而行客已稀，可见境地凄清，亦即衬出送别友人的依依不舍之情。但是，第三句"唯有相思似春色"，却让本该悦人的"春色"，更加衬托了期盼"送君归"的思念之深。

顺便指出，有的诗词著作还列有"点染"之法，其实也属于"映衬"的范畴。例如，岑参《碛中作》云："走马西来欲到天，辞家见月两回圆。今夜不知何处宿，平沙万里绝人烟。"第三句点明无处投宿，第四句再用平沙万里来渲染衬托，让大漠荒凉、行边辛苦俱浮现于眼前。

4.设问

所谓设问，是指"胸中早有定见，话中故意问话"的修辞方法，[①]可以提醒注意，启发思考，增强表现力。按照不同的问答方式，大致可分为三种：一是发问式，即发出疑问，不作回答，也不必解答，任凭驰骋想象，深意自见，即达目的。例如，杜甫《望岳》的开头："岱宗夫如何？齐鲁青未了。"又如，柳永《蝶恋花》的上阕："伫倚危楼风细细，望极春愁，黯黯生天际。草色烟光残照里，无言谁会凭阑意？"二是设问式，即先提出问题，接着或实或虚作出解答。例如，韦应物《长安遇冯著》："问客何为来？采山因买斧。"又如，王湾《次北固山下》："乡书何处达？归雁洛阳边。"再如，徐再思《折桂令·春情》："（相思）证候来时，正是何时？灯半昏时，月半明时。"三是

---

① 陈望道：《修辞学发凡》，复旦大学出版社2011年版，第114页。

反问式,又称之为"反诘"或"激问",即只问不答,寓答案于问句之中,思想内容恰好与字面的意义相反。例如,古乐府《长歌行》中的诗句:"百川东到海,何时复西归?少壮不努力,老大徒伤悲。"又如,张养浩《清江引·咏秋日海棠》:"往事惟心知,新恨凭谁说?"

5.摹状

所谓摹状,或称摹绘、摹写,即用语言手段来描摹客观事物的声音、色彩、形状、情态等,可以让诗词语言有声有色,生动形象。摹声的例子如,"无边落木萧萧下,不尽长江滚滚来"(杜甫《登高》),就是利用拟声词"萧萧""滚滚"来摹拟落木、长江的声音,使人联想到落木之声,长江之状,无形中又传达出韶光易逝,壮志难酬的悲怆感。又如,"痛恨杀仡情鹧鸪啼:'行不得'。"(曾瑞《山坡羊带过青哥儿·过分水关》)"行不得"就是摹拟鹧鸪的叫声。摹色的例子如,"红红白白花临水,碧碧黄黄麦际天。"(杨万里《过杨村》)摹形的例子如,"金丹拟驻千年貌,宝镜休匀八字眉。"(韦应物《送宫人入道》)诗中的"八字眉"就是摹拟愁眉像"八"字的形状。摹态则是用某些词语来摹绘人对人物或事物情态的感觉,例如,"风尘荏苒音书绝,关塞萧条行路难。"(杜甫《宿府》)就是以"荏苒"来形容时间之易逝,以"萧条"来形容空间之萧飒。此外,散曲中还有一种特别的运用摹状手法的形式,其特点是每一句都用一个字(或动词,或名词,或形容词)下带双叠字,来描摹某种事物的形态与情态。如程景初的《正宫·醉太平》:"恨绵绵深宫怨女,情默默梦断羊车,冷清清长门寂寞长青芜。日迟迟春风院宇,泪漫漫介破琅玕玉。闷淹淹散心出户闲凝伫,昏惨惨晚烟妆点雪模糊,渐零零洒梨花暮雨。"

6.示现

所谓示现,是把实际上不见不闻的事物,说得如见如闻的辞格。"所谓不见不闻,或者原本早已过去,或者还在未来,或者不过是说者想象里的景象,而说者因为当时的意象极强,并不计较这等实际间隔,也许虽然计及仍然不愿受它拘束,于是实际上并非身经亲历的,也就说得好像身经亲历的一般,而说话里,便有我们称为示现这一种超绝时地超绝实在的非常辞格。"①这种方法在传统诗词的创作中占有重要地位,可以借助过去、未来或悬想的事物作为外化自我情感的一种表现形式,其好处在于能打破时空界限,使未见未闻的事物,全然成为可见可闻,进而召唤读者进入这一艺术领地并产生共鸣。示现可以分为追述的、预言的、悬想的三类。所谓追述的示现,即写过去之事如在目前。例如,李白《越中览古》云:"越王勾践破吴归,战士还家尽锦衣。宫女如花满春殿,只今惟有鹧鸪飞。"前三句再现了历史景象,使读者仿佛目睹了当时的豪华奢靡;末句则笔锋一转,以只今惟有鹧鸪飞出草丛作结,一荣一枯,对比鲜明,揭示了历史的无情,充满了极大的沧桑感。所谓预言的示现,即写未来之呈如在目前。例如,毛泽东《水调歌头·游泳》的下阕:"风樯动,龟蛇静,起宏图。一桥飞架南北,天堑变通途。更立西江石壁,截断巫山云雨,高峡出平湖。神女应无恙,当惊世界殊。"词中"起宏图"以下的画面,全是当时作者心中想象的事,迄今已全部成为现实了。所谓悬想的示现,即写虚拟之事如在目前。例如,王维《九月九日忆山东兄弟》:"独在异乡为异客,每逢佳节倍思亲。遥知兄弟登高处,遍插茱萸少一人。"末句"遍插茱萸少一人",就是作者心中想象之事,而非事实,于上句"知"字点明。又如,柳永《八声甘州》中的词句:"想佳人,妆楼颙望,误几回、天际识归舟。"词人本写自己怀人,却把想象中佳人呆望盼归的景象写得如在眼前。

---

① 陈望道:《修辞学发凡》,复旦大学出版社2011年版,第101页。

第六章　积极审美心理引领下的诗词创作（一）

自《诗经》以来，历代诗人或有意识或无意识，怀揣着一颗追求真善美的诗学心理，在积极的审美体验中催生情志，进而让传统诗学与心理学、美学始终结伴而行。然而，自古以来，"诗"属于"文"的范畴。中国古代文学的创作发生论是由中国古代的文源论和作家对现实的艺术观照方式论体现的。古代文源论大抵有四种观点：一曰肇于道；二曰源于物；三曰本于心，四曰渊于经，而"物"是"道"派生的，"道"究其实是心造的幻影，至于"经"则是圣人明心见性的记录。所以这四种文源论实质上可归结到一点，即"文本心性"。而作为现实的艺术观照，则是由物及我与由我及物的双向"物我交流"或"心物交融"活动。①刘勰《文心雕龙·物色》云："物色之动，心亦摇焉。""目既往还，心亦吐纳。""写气图貌，既随物以宛转；属采附声，亦与心而徘徊。"②王元化《文心雕龙创作论》认为，"所谓'随物宛转，与心徘徊'，正是对于这种交织在一起的物我对峙情况的有力说明。刘勰认为，作家的创作活动就在于把这两方面的矛盾统一起来，以物我对峙为起点，以物我交融为结束。"③上述论述表明，包括诗词创作在内的所有文艺创作，其实都是离不开自身的"心性"，是"心物交融"的产物。这也充分表明传统诗词的创作活动是在积极审美心理支配下进行的。

---

① 祁志祥主编：《中国古代文学理论》，华东师范大学出版社2018年版，第38至44页。
② 刘勰：《文心雕龙》，中国社会科学出版社2005年版，第319至323页。
③ 王元化：《文心雕龙创作论》，上海古籍出版社1979年版，第74至75页。

第六章　积极审美心理引领下的诗词创作（一）

一、诗学"三命题"与叶燮的"理事情"

在积极审美心理引领下的诗词创作，诗人积极的审美体验与审美需要，将激活积极的形象思维，并运用"赋比兴"法，把"在心为志"外化成"发言为诗"。作为积极的心理诗学活动，自始至终都涉及"诗是什么""诗写什么"与"为什么写诗"等诗学问题，可以从历代诗论中的诸多诗学命题中去寻找有益的诗学启示。

（一）关于诗学"三命题"

在传统诗学中，"诗言志"（《尧典》）、"诗缘情"（陆机《文赋》）与"诗缘政"（孔颖达疏《毛诗正义》）这三个命题，关乎到"诗是什么"及"为什么写诗"。其中，"诗言志"中的"言"字，一"言"中"的"，表明诗不同于文，后者主发议论，前者主言情志，说明诗是用来话志向，抒怀抱的一种特别文体。早在春秋时期，《左传·襄公二十七年》就记载了赵父子"诗以言志"的说法。战国时期，作为道家大师的庄子说过"《诗》以道志"《庄子·天下》，这里的"道"等同于"言"，也就是"诗以言志"，即《荀子·儒效》中的所谓"《诗》言，是其志也"。

1.关于"志"与"情"

从广义上讲，"在己为情，情动为志，情、志一也。"（孔颖达《正义》）"从狭义上讲，"志"与"情"亦有细微差别。在《古代汉语字典》（商务印书馆2007年版，下同）的"字源"与"释义"中，"志"的"字源"为："在小篆中志是形声字，心为形，之为声，一说，之兼表义，表示去、往、与心合起来为心意所向的意思。后来讹写作士，这个字遂写作志。志的本义是意念。""志"的"释义"为"志愿、志向。"曹植《杂诗》："闲居非吾志，甘心赴国忧。"彭端淑《为学》："人之立志。"此外，还有"记忆""记录"等意义。"但是到了'诗言志'和'诗以言志'这两句话，'志'已经指'怀抱'了。"①"情"的"字源"为："情是形声字，'忄'为形，青为声。

---

① 朱自清：《诗言志辨》，安徽师范大学出版社2016年版，第3页。

情的本义指'人的阴气有欲者',即指人的喜怒哀乐等心理状态。""情"的"释义"为:一是"感情,情绪。"如《荀子·正论》:"性之好恶喜怒哀乐之情。"又如白居易《琵琶行》:"转轴拨弦三两声,未成曲调先有情。"二是"爱情。"如白居易《长恨歌》:"惟将旧物表深情。"三是"实情,情况,情态。"如《论语·子张》:"如得其情,则哀矜而勿喜。"四是"志向,意志。"如《古诗为焦仲卿妻作》:"君既为府吏,守节情不移。"显然,"志"与"情"两字的"字源"与"释义"告诉我们,一是立足于"诗言志","情"亦有"志向、意志"之义,所以说,"诗言志"亦是"诗言情"。二是从"志向"释义上理解"志"与"情",两者都体现为追求"理性"目标,诗的题材无不与"大我",即时代、国家、民族、社稷等方面有关,诗的价值取向直接关乎政治。"志"与"情"两字"释义"中的举例,就充分说明了这一点。三是"情"字的"含义"比"志"更宽泛,除"志向"以外,还有"感情、情绪"与"爱情"等含义,这些方面直接表现为个人的好恶喜怒哀乐"六情",更体现为"个性"与"感性"特征。四是从《古代汉语字典》在"志""情"两字"释义"的举例"闲居非吾志,甘心赴国忧"与"君既为府吏,守节情不移"可以看出,哪怕两者都有"志向"义,但在"理性"与"感性"方面,仍有程度高低之别。朱自清认为,两处见于《论语》的"言志"这个词组,"非关修身,即关治国,可正是发抒怀抱。"[①]联系上述例句,言"志"情系"大我",多关乎"治国";言"情",哪怕是言"志向"义,却多关"修身",牵涉"小我"的内容相对更多一些。也就是说"志"的"理性"常高于"感性","情"的"感性"常高于"理性"。

王文生在《中国文学思想体系》一书中,专门地针对"诗言志"而"释'志'"。他认为,东西方文学史有一条重要经验,那就是内容决定形式,文学与非文学作品的特定内容,分别要求以具有不同特点的语言来表现它们。这给我们提供了理解"诗言志,歌永言,声依永,律和声"一个有力的根据,并可以从孔颖达疏《毛诗正义》的有关论述中,认识到"诗言志"中的

[①] 朱自清:《诗言志辨》,安徽师范大学出版社2016年版,第4页。

"志""情"关系。其中，孔氏将"志之所之"解释为"情动于中"，并认为诗、乐、舞一连贯的活动都是出自情感的推动。孔颖达在对这段话进行注释时则从内容与形式两方面把这个意思阐述得更为透彻。"一方面他把前面一段话总称为'解作诗之由'，从内容上说明'诗从志出'。他引《汉书·艺文志》说'志'就是'哀乐之情'，它是诗歌创作的动力。他把后面一段话总称为'序诗必长歌之意'，从形式上说明诗的语言必须具备音乐性的特点也是出自情感的需要。无论从诗的创作的动因，或是从诗的内容与形式来分析，'情'都是诗的本质的属性。'诗言志'实质上就是'诗言情'。"①综合上述诠释，诗学"三命题"中"志"与"情"的关系，即孔颖达关于"在己为情，情动为志，情、志一也"的释义，就更加清楚明白了。

同时，"情、志，一也"的理念，也可以从历代学者的诗论诗话中得到证实。如孔颖达之前的刘勰，他在《文心雕龙》就高度重视情感在创作中的重要性，故常常提到"志"，如"情""志"并举的："志足而言文，情信而辞巧。""情""志"互文同义的："率志以防竭情"。"情""志"作为同一词语的："情志为神明"等等。又如唐及唐以后，关于"情、志，一也"的论述也有不少，如很富有个性特色的诗人李商隐，一方面强调诗言志，所谓"属辞之工，言志之最。……虽古今异制，而律吕同归"，同时又十分强调情感的作用："人禀五行之秀，备七情之动，必有咏叹，以通性灵。"再这以后，汤显祖说："志也者，情也。"②还如著名爱国主义诗人屈原所说的"发愤以抒情"，其实是在强烈地抒发他追求"美政"理想的"大我"之志。清代学者刘熙载就以"志士"论之，认为"屈子《离骚》，一往皆特立独行之意。""风雨如晦，鸡鸣不已，屈子言志之指。"

2.关于"诗缘情"与"诗缘政"

从字面上讲，两者中的"缘"字，亦是一字举"要"，表明两者都有别于"诗言志"中的"言"字。按照《古代汉语字典》的"释义"，"缘"的字

---

① 王文生：《中国文学思想体系》，上海古籍出版社2017年版，第245至247页。
② 敏泽：《形象·意象·情感》，河北教育出版社1987年版，第4页。

义，除本义为"边缘"外，还引申为其他字义：一是"沿着、顺着。"如陶渊明《桃花源记》："缘溪行，忘路之远近。"二是"攀援。"如《孟子·梁惠王上》："以若所为，求若所欲，犹缘木而求鱼也。"三是"因缘，缘分，机会。"如《古诗为焦仲卿妻作》："下官奉使命，言谈大有缘。"四是"因为，由于。"如苏轼《题西林壁》："不识庐山真面目，只缘身在此山中。"根据"缘"字之义，说明"诗缘情"与"诗缘政"的内涵是讲写诗的动因问题。人们常说"在心为志，发言为诗"，这个"缘"字就回答了为什么要"发言"这个问题。对"诗缘情"来说，说明诗因情而造，循情而发，沿情而上，其题材主要涉及"小我"，表达了诗人好恶喜怒哀乐之"六情"。对"诗缘政"来说，说明诗关政而作，循政而言，因政而兴，其题材直接关乎"大我"，是"小我"的"大我"追求，是"理性"的"感性"显现。需要说明的是，与"缘"字相关，还有所谓"感于哀乐，缘事而发"（班固《汉书》卷三十《艺文志》）这样一个"诗缘事"的诗学命题。这就是说，"事"也是传统诗词创作的缘由之一。古往今来，很多具有中国特色的叙事诗——即抒情叙事诗，正是"缘事而发"。然而，"事"同样有"大我"之"事"与"小我"之"事"。言"大我"之"事"中的"情志"，就是"诗言志"；言"小我"之"事"中的"情志"，就是"诗言情"。所以说，从"诗言志"的视角看传统诗词的题材，"诗缘事"的题材，均可分属于"诗缘情"或"诗缘政"了。

纵观中华诗论，对于"诗言志""诗缘情""诗缘政"这三个诗学命题，只有前两个命题常被人言及，而"诗缘政"这一命题却长期被人遗忘。就是一些论及"诗言志"与"诗缘情"的研究者，却是将它们对立起来。例如，裴斐《诗缘情辨》就认为："大率而言，言志论是政治家和经史家的诗论，缘情论是诗家的诗论。"[①] 笔者认为，若是用辩证的观点看待诗学"三命题"，则完全可以将三者统一起来进行新的诠释。首先，言志论代表了儒家的诗学思想，一直是中华诗学的主轴，但"言志"并不排除"言情"。"'志'（理性观念）必须表现为'情'；反过来说，'情'的抒发也必然具有某种'志'

---

① 裴斐：《诗缘情辨》，四川文艺出版社1986年版，第22页。

的含义（虽然往往说不清楚），'志'与'情'在诗里原是一个东西。"①其次，从语境的角度看，随着魏晋南北朝诗歌创作的繁荣以及个体意识的觉醒，"诗由对社会成员进行教化的工具一跃成为展现个体精神风貌，体现自我风采的行为方式，甚至是个体本真生存的展示。"②陆机《文赋》"诗缘情而绮靡"就是在这样一种语境中提出的。尽管裴斐《诗缘情辨》认为："缘情论既是脱胎于言志论，又是对它的否定"，③但是，鉴于"情"与"志"的关联性以及"言"与"缘"字义上的区别，可以说"诗言志"与"诗缘情"两者之间不存在"否定"的问题。这是因为若是考虑到"情"亦有"志向"之义，所以"言志"亦不否定"言情"，同样"缘情"亦不否定"缘志"。再次，若是结合"诗缘政"一同来解读"诗言志"与"诗缘情"，三者之间的联系便更加清晰明了。从诗的题材来讲，自必有"小我"与"大我"之分，如果是"小我"题材，就是言"小我"之"情志"；如果是"大我"题材，就是言"大我"之"情志"。结合陆机与孔颖达分别提出"诗缘情"与"诗缘政"的历史背景，可以说言"小我"之志，自必"缘情"，言"大我"之志，必然"缘政"。《说苑·贵德》云："夫诗，思，然后积；积，然后满；满，然后发。"这里，"思""积""满""发"四字，恰好体现了"诗缘情"与"诗缘政"中"缘"字的深刻内涵。这是因为，无论是"诗缘情"，还是"诗缘政"，其中的一个"缘"字，都说明无论是"小我"题材，还是"大我"题材，"诗"都是"沿着""思""积""满""发"四字路径，将蕴藏在心中之"志"，最终"发言为诗"。

3.诗词题材与"缘情""缘政"

对传统诗词而言，无论是诗，还是词或曲，其题材无非是两大类，即"大我"或"小我"。所谓"大我"题材，是指关乎时代、国家、民族、社会、集体等内容的人和事。与这种题材相应的"情志"，主要体现为理性之

---

① 裴斐：《诗缘情辨》，四川文艺出版社1986年版，第22页。
② 孟庆雷：《钟嵘〈诗品〉的概念内涵与文化底蕴》，中国社会文献出版社2014年版，第39页。
③ 裴斐：《诗缘情辨》，四川文艺出版社1986年版，第21页。

"志",即所谓理想、抱负、胸襟、意志等。而所谓"小我"题材,则是指个体的性灵,主要体现为感性之"情",即所谓喜、怒、哀、乐等不同的情绪反映。当然,由于诗词创作的"自我性"特征及诗人个人的"社会人"属性,"大我"题材的诗词作品亦有"小我"的身影,"小我"题材的诗词作品也会打下时代的烙印。遵循积极的诗学心理,关乎创作动机的那个"缘"字,却与题材紧密相关。对"大我"题材而言,诗所言之"情志",必然是偏重理性之"志",其创作动机当是"诗缘政";对"小我"题材而言,诗所言之"情志",必定是偏重感性之"情",其创作动机当是"诗缘情"。

(1)"大我"题材与"诗缘政"。古今中外的诗学史表明,文化是诗歌的土壤,诗歌是文化的产儿,诗歌永远离不开它的时代,离不开它的民族文化。美国著名诗人惠特曼的那句名言"看来好像很奇怪,每一个民族的最高凭证,就是它自己产生的诗歌",就是对此最好的印证。对传统诗词而言,其题材大多关乎"大我",即诗所言之"情志",首先是"大我"之"情志",也就是与"政"密切相关的"情志"。这是因为中华民族深层的文化心理是儒家思想,其核心可以说是"君子文化"。孔颖达围绕"诗缘政",还明确提出了"非君子不能作诗"的概念。这就是《毛诗正义》疏所云:"作者自言君子,以非君子不能作诗故也。"[1]自古以来,《周易》中的名言"天行健,君子以自强不息;地势坤,君子以厚德载物",就始终是包括诗人在内的历代有识之士的座右铭。可以说,君子文化孕育了"诗缘政",而"诗缘政"又让爱国主义精神始终是"大我"题材诗词审美意境的价值取向。例如,从屈原的"身既死兮神以灵,魂魄毅兮为鬼雄"(《国殇》),到曹植的"捐躯赴国难,视死忽如归"、鲍照的"捐躯报明主,身死为国殇"、陈子龙的"国殇毅魄今何在,十载招魂竟不知"、柳亚子的"飘零锦瑟无家别,慷慨欧刀有国殇",我国第一位伟大的爱国主义诗人屈原所讴歌的捐躯报国精神,千百年来,一直强烈地激励着一代又一代的中华志士奋不顾身、勇往直前,并始终鲜活地反映在历代诗人的诗作中。这也是"诵先人之清芬""游文章之林府"(陆机

---

[1] (汉)毛亨传、郑玄笺,(唐)孔颖达疏:《毛诗正义》,(清)阮元校刻《十三经注疏》,中华书局1980年版,第463页。

第六章 积极审美心理引领下的诗词创作（一）

《文赋》），进而彰显诗教功能的真实写照。尽管各位诗人所处的时代不尽相同，但各自诗作的审美意境却彰显了诗人积极的审美体验，这也是君子人格的诗意表达。

又如，从王昌龄诗《出塞》与《从军行》，到祖咏诗《望蓟门》、王维诗《少年行》与《使至塞上》、李白诗《永王东巡歌》与《塞下曲》、高适诗《燕歌行》、杜甫诗《前出塞》与《闻官军收河南河北》、岑参诗《轮台歌奉送封大夫出师西征》、刘禹锡诗《西塞山怀古》、李贺诗《雁门太守行》、杜牧诗《河湟》、温庭筠诗《苏武庙》、李商隐诗《随师东》、范仲淹词《渔家傲》（塞下秋来风景异）、欧阳修诗《边户》、王安石词《桂枝香》（登临送目）、苏轼词《念奴娇·赤壁怀古》、岳飞词《满江红》（怒发冲冠）、陆游诗《书愤》与《示儿》、张孝祥词《水调歌头》（雪洗虏尘静）、辛弃疾词《菩萨蛮》（郁孤台下清江水）与《永遇乐》（千古江山）、文天祥诗《过零丁洋》与《正气歌》、元好问诗《壬辰十二月车驾东狩后即事》、于谦诗《石灰吟》与《出塞》、戚继光诗《望阙台》与《登盘山绝顶》、郑成功诗《复台》、丘逢甲诗《春愁》、孙中山诗《挽刘道一》、秋瑾诗《感愤》、鲁迅诗《自题小像》与《无题》、毛泽东诗《长征》……这些不朽的诗篇雄辩地表明，在漫长的岁月长河中，那些耀眼夺目、奔腾不息的流韵，其题材无不涉及"大我"，所言之"情志"无不彰显家国情怀。

古人张载的经典名言"为天地立心，为生民立命，为往圣继绝学，为万世开太平"，可以说早已融化于历代诗人的血液之中与灵魂深处。他们的许多佳作，也经常是"道己一人之心"，"言一国之事"，"总天下之心"。（《毛诗序》）即使诗人之诗意可能是萌发于一时一事、一草一木，但他们的诗心却是"文章合为时而著，歌诗合为事而作。"（白居易《与元九书》）那些以"大我"为题材的历代经典诗词，字里行间所蕴涵的"大我"情怀，植入了中华民族赖以生存与发展的文化基因，也成为"诗言志"的永恒主题。"诗缘政"中的"政"，其首要之义是"政治"与"政事"；"诗缘政"中的"缘"，或解为"通"，即诗与"政"贯通；或解为"因"，即诗因"政"而作，因

"政"而兴。

当然,"中国古代的'政治',其含义远比现代意义上的'政治'要丰富得多。政治在古人眼里,不仅是指国家权力、制度、秩序和法令的贯彻,社会安定状态的实现,而且它更富含道德评价意义。"①这就是说,"缘政"之诗,其题材将更加宽泛。然而,对于与"政"相关的言"大我"之"情志",也是仁者见仁,智者见智。郭国昌《回归审美:旧体诗词创作的困境与出路》就认为:"'诗言志'的主张明确地指出了古典诗词的专注内心、感物兴怀、寄情山水的独特审美功能。面对当代中国文学媒介多样化的背景,在小说、诗歌、散文、戏曲、报告文学等不同文类所承担的文学功能相对明确的前提下,过于放大旧体诗词功能发挥的文学功能,不但无助于旧体诗词创作水平的提高,反而有损于旧体诗词作品的自身完美。如果说当下的旧体诗词创作能够在展现知识分子的精神嬗变和反思人类共同的精神困境方面更展现其独特性的话,那么旧体诗词创作者就不应当过于注重对重大社会事件、新闻热点问题的表现。"②这里,郭氏关于"诗言志"有其独特的审美功能当然是对的,但"不应当过于注重对重大社会事件、新闻热点问题的表现"的提法却值得商榷。毛泽东的七律《长征》与《人民解放军占领南京》描写的就是重大社会事件,但其独特的艺术效果,却是其他文学体裁所不可替代的。当代诗坛的问题不是"不应当过于注重对重大社会事件、新闻热点问题的表现",而是如何遵循"诗缘政"的理念,更好地用"诗家语"来表现"重大社会事件"与"新闻热点问题"。

(2)"小我"题材与"诗缘情"。裴斐《诗缘情辩》认为:"大率而言,言志论是政治家和经史家的诗论,缘情论是诗家的诗论。"并断言:"我国古代诗论的主流不是言志论,而是缘情论。"③显然,该书作者的观点与传统诗

---

① 李世忠:《北宋词政治抒情研究》,中国社会科学出版社,2014年版,第3页。

② 郭昌国:《回归审美:旧体诗词创作的困境与出路》,载《中国社会科学报》2015年5月15日版。

③ 裴斐:《诗缘情辩》,四川文艺出版社,1986年版,第22页。

第六章　积极审美心理引领下的诗词创作（一）

学中的观点一样，是基于"诗言志"与"诗缘情"的历史文化语境来说的。但是，若是借助诗之"大我"与"小我"理念，又可将两者统一起来解读。如前所述，对于以"小我"为题材的诗作，"诗缘情"即为刘勰所说的"为情而造文"（《文心雕龙·情采》），其感发动因就是个人的情感。正如孟庆雷《钟嵘〈诗品〉的概念内涵与文化底蕴》所说："对于魏晋六朝诗学理论来说，诗歌与创作主体的个体性情之关系也随即成为理论关注的重心，'诗缘情'即是这样一种文化语境中得以孕育、诞生。"[①]中国历代许多论述"诗"与"情"的名言，亦是在论述同样的诗学观点。例如，"发乎情，止乎礼义"（《诗大序》）、"诗本人情，情真则语真"（林弼《林弼诗话》）、"情者，心之精也。情无定位，触感而兴，既动于中，必形于声。故喜则为笑哑，忧则为吁戏，怒则为叱咤。然引而成音，气实为佐；引音成词，文实与功。盖因情以发气，因气以成声，因声而绘词，因词而定韵，此诗之源也"（徐祯卿《谈艺录》）、"词家先要辩得'情'字。《诗序》言'发乎情'，《文赋》言'诗缘情'，所贵于情者，为得其正也。忠臣孝子，义夫节妇，皆世间极有情之人。流俗误以欲为情。欲长情消，患在世道。"（刘熙载《艺概·词曲概》卷四）……这些名言中的"诗"与"情"成为"缘"的两端，一端是"因"，即诗人源于"小我情志"，在积极审美心理的引领下，激活积极形象思维；一端是"果"，即诗人在积极形象思维的支配下，运用以"赋比兴"为特色的积极修辞手法，以书面发"言"的方式，吟成抒发"小我情志"的诗篇。

孟庆雷还认为："随着陆机'诗缘情而绮靡'这一理论的提出，即与此前一直盛行的'诗言志'观念在理论上有着不同的旨趣，把诗歌由外在的事功价值转向内在的个体感受。"[②]该书作者的系统研究表明，一是遵循传统的文化语境，从"诗言志"到"诗缘情"，说明"诗由对社会成员进行教化的工具一跃成为展现个体精神风貌，体现自我风采的行为方式，甚至是个体本真生

---

① 孟庆雷：《钟嵘〈诗品〉的概念内涵与文化底蕴》，中国社会科学出版社2014年版，第39页。

② 同上，第65页。

存的展示。"① 二是从字义解读出发,学界似未注意到"诗言志"中的"言"与"诗缘情"或"诗缘政"中的"缘"两者之间的区别。若是基于"文之理法通于诗,诗之情志通于文"(《游艺约言》)的理念,"通于文"的"诗之情志",自然包括关乎"大我"与关联"小我"之"情志","诗言志"就是"诗言情志"。这样解读"诗言志"与"诗缘情",一个说诗写什么,一个说为什么写诗,两者就可以不再对立了。

需要说明的是,以"小我"为题材的诗作,"发乎情",但必须"止乎礼义",即不能背离"大我"的主流价值观。清人叶燮《原诗》云:"我谓作诗者,亦必先有诗之基焉。诗之基,其人之胸襟也。"这就是说,"诗缘情"之"情",其"源"表现为"诗之基",其"流"表现为"乐而不淫""哀而不伤""怨而不怒"。黄庭坚就说过:"诗者,人之情性也,非强谏争于庭,怨忿诟于道,怒邻骂座之为也。"(《书王知载朐山杂咏后》)钱钟书也说过:"夫'长歌当哭',而歌非哭也,哭者情感之天然发泄,而歌者情感之艺术表现也。'发'而能'止','之'而能'持',一纵一敛,一送一控,相反而亦相成……"② 这就是说,诗人作为"诗缘情"的主体,尽管抒发的是"小我"之情,似乎不涉及"大我",但亦应懂得接受诗学的道理,重视诗作"生产"与"消费"的关系,始终坚守社会责任,讲求社会效果,对自我情感进行必要的节制与调节,远离庸俗、低俗与媚俗。

实际上,传统诗词中的"喜怒哀乐",自然会体现君子文化所推崇的艺术风格。无论是"喜而得之其辞丽""怒而得之其辞愤""哀而得之其辞伤""乐而得之其辞逸",还是"失之大喜其辞放""失之大怒其辞躁""失之大哀其辞丧""失之大乐其辞荡"(《金针诗格》),传统诗词所"缘"之"情"都是源于"思无邪"而"止乎礼义"之"情"。从诗祖屈原到诗仙李白、诗圣杜甫、词宗苏轼,再到当代的许多著名诗人,他们的赤子之心与诗学文化心理,一直影响着一代又一代诗人词家与广大诗词爱好者,并不断得到发扬光大。当然,

---

① 孟庆雷:《钟嵘〈诗品〉的概念内涵与文化底蕴》,中国社会科学出版社2014年版,第39页。

② 钱钟书:《管锥编》,中华书局1986年版,第57页。

"诗缘情"既要求"道"之"善""情"之真，同样要求"辞"之美。《礼记·乐记》云："情欲信，辞欲巧"，就是主张情辞并重。辞中有情而巧，情中有辞而信。只有用"诗家语"来描述真情实感，才称得上是真正的诗作。余恕诚《诗家三李论集》认为："中国诗歌的传统是'言志'。魏晋以后有'缘情'说出现，但士大夫仍一致认为情必须是高尚的情。因为缘情在很大程度上只能看作言志的补充，即所言之志必须是情感的真实流露。情志合一，它的最高层次必然与政治相通。这样，对中国诗歌而言，政治之渗入与否，跟诗歌是否达到高层次常相联系。"[①]该书还说："《论语·泰伯》云：'士不可以不弘毅，任重而道远，仁以为己任，不亦重乎？'当士大夫自觉地承担起某种社会责任的时候，他的精神往往也相应地崇高起来。中国古代诗人可以不是政治家，但对政治必须有一种向心力，必须在政治方面有必要的体验和适度的介入。"[②]今天，尽管时代不同了，但千百年来传统诗词中的诗情画意君子心，却是一以贯之地蕴涵在经典佳作中，并不断闪耀出新的时代光芒。

（二）关于叶燮的"理事情"

叶燮《原诗·内篇》还提出"在物之三"，即"以在我之四"（即曰才，曰胆，曰识，曰力），"衡在物之三"（即曰理，曰事，曰情）。不过，这些诗学概念，基本上作为独立概念来阐释的。我们可以在理解各自原意的基础上，加上新的理解与认识，寻求"诗言志""诗缘情""诗缘政""诗缘事"等诗学命题与叶燮"理事情""三语"之间的关联性，进而为深入理解传统诗词的创作提供了新的视角。

1. "诗言志"与叶燮的"理事情"

叶燮《原诗·内篇》在论述"理事情""穷尽万有之变态"后，紧接着又提出："曰才，曰胆，曰识，曰力，此四言者，所以穷尽此心之神明。凡形形色色，音声状貌，无不待于此而为之发宣昭著。此举在我者而为言，而无一不如此心以出之者也。以在我之四，衡在物之三，合而为作者之文章。大

---

① 余恕诚：《诗家三李论集》，中华书局2014年版，第58页。

② 同上。

之经纬天地，细而一动一植，咏叹讴吟，俱不能离是而为言者矣。"① 从中可以看出，叶燮是在用三言"理事情"作为诗学表现对象的同时，又认为它们仅仅是客体存在，而要成为诗词作品还必须主体参与，即"以在我之四"（即"才胆识力"），充分发挥人的聪明才智，"穷尽此心之神明"，才能"衡在物之三"，让形形色色的客观事物以及事物的声音形貌，在诗词作品中得到鲜明生动的表现。当然，这个过程亦蕴涵着"诗法"，且叶燮在谈"法"时，又是通过"理事情"三语来进行系统论述的。

（1）叶燮的"理事情"涉及"诗言志"的基本问题。叶燮《原诗·内篇》云："曰理、曰事、曰情。三语大而乾坤以之定位，日月以之运行，以至一草一木一飞一走，三者缺一则不成物。文章者，所以表天地万物之情状也。然具是三者，又有总而持之，条而贯之者曰气。理事情之所为用，气为之用也。譬之一木一草，其能发生者，理也；其既发生，则事也；既发生之后，夭矫滋植，情状万千，咸有自得之趣，则情也。苟无气以行之，能若是乎？"② 这里，叶燮既将"理事情"作为"大而乾坤以之定位"，又将"理事情"作为"自然之法立"。其中，"理"是事物发生发展的自身规律，是"其能发生"的依据；"事"是事物的客观存在，是"既发生"之后的客观实体；"情"是事物千姿百态的具体形貌，体现为"夭矫滋植，情状万千，咸有自得之趣"。同时，叶燮还认为，诗之"法"不能离开具体事物而存在。对传统诗词创作中的"理事情"而言，既是"被表现的客观事物"，又与叶燮所提倡的"活法"紧密相关；既是作为一个整体而相互依存，又在具体的诗词作品中，其内容自会侧重于叶燮"理事情"的某个方面。这里，叶燮用"理事情"三语来描述诗人独特的心理活动与艺术构思，内涵特别丰富，其实质关乎"诗言志"的基本问题。尤其耐人寻味的是，叶燮特别强调"理事情"三者不是孤立存在，而有所谓"气"在引领，体现为"总而持之，条而贯之"。

所谓"气"，就是《诗品序》所说的"气之动物"之"气"。正如有学者所

---

① 郭绍虞主编：《中国历代文论选（一卷本）》，上海古籍出版社1979年版，第328页。

② 同上，第326页。

第六章　积极审美心理引领下的诗词创作（一）

说；"诗者，纯乎气息"（黄子云）。更有甚者，有学者在研究古代诗学心理时认为，"气"并不是诗文艺术中的一个元素，而是笼盖整体的东西。它既在象中、意中、言中，又在象外、意外、言外。①正如叶燮所说，"理事情之为用，气为之用也"。"这就是说，'气'在诗文中不是那些具体感性的'事'与'情'，也不是有着逻辑结构的'理'，而是形而上的，却又是浩瀚蓬勃、出而不穷的精灵，它根植于宇宙的元气和作家的生命本体。"②显然，这种"气"，在传统诗词的创作过程中，是蕴涵在诗人积极的审美心理之中；而在诗词成文之后，又蕴涵在诗词的字里行间，体现为诗词的审美意境。在古代美学中，就有"'气'这个范畴，既属本体论，又属创作论；既属作品论，又属作家论，又属批评、鉴赏论。"且"气"这个主干范畴，还能繁育滋生出一个庞大的范畴群或范畴系列，"如'气'，不仅构成了'气韵''气象''气势''气格''气味''气脉''气骨'，还演化成'元气''神气''逸气''奇气''清气''静气''老气''客气''孱气''伧气''山林气''官场气'，等等，当然这些衍生的名称未必都算得上范畴，但确有一部分上升到了范畴的地位。"③高觉敷在《中国心理学史》中，将"志意"作为中国古代心理学思想的基本范畴之一，认为"志意"是指"志与意即目的与动机的性质以及二者的关系"，并引用了历代学者的相关论述：如孟子将"志"与"气"对应，这志可作意志解（"气"为情绪）；董仲舒则说："气从神而成，神从意而出，心之所之谓意。"④显然，不同历史时期或不同学者，对于"气"这个心理学和美学中的基本范畴，各自的理解是不尽相同的。但是，叶燮所谓统领"理事情"之"气"，当属于"形而上"审美意识上的"范畴"，是所谓"志者，心之所之"（《朱子语类》卷五）所蕴涵之"气"。

作为传统诗论开山纲领的"诗言志"，它涉及到诗的起源这个根本问题。

---

① 童庆炳：《中国古代心理诗学与美学》，中华书局2013年版，第14页。
② 同上，第14至15页。
③ 蔡钟翔、邓光东主编，《中国美学范畴丛书》，蔡钟翔、陈良运《总序》，百花洲文艺出版社2017年版，第6—7页。
④ 高觉敷主编：《中国心理学史》，人民教育出版社2009年版，第15页。

朱光潜《诗论》认为，诗的起源实在不是一个历史问题，而是一个心理学的问题。用心理学的观点来解释诗的起源，诗或是"表现"内在的情感，或是"再现"外来的印象，或是纯以艺术形象产生快感，它的起源都是以人类天性为基础。①《虞书》说："诗言志，歌永言。"《史记·滑稽列传》引孔子语；"书以载道，诗以达意。"所谓"志"与"意"就含有现代语所谓"情感"（就心理学观点看，意志与情感原来不易分开），所谓"言"与"达"就是近代语所谓"表现"。不过，从朱光潜的这段话也可以看出，《诗大序》关于"诗者，志之所之也。在心为志，发言为诗"的论述，彰显了"诗"与"心""志"的关系。诗所言之"志"，无论是"'表现'情感"，还是"'再现'印象"，乃至是"产生快感"，都是从诗人心中喷发出来的"物感"（即审美体验），也就是叶燮所说的"气"。

王文生《中国文学思想体系》指出："当'诗言志'这个纲领出现的时候，人们对于作为人类精神活动的'志'的认识还停留在粗略而一般的水平上。古人把'知''情''意'的一切精神活动都称之为'志'了。"闻一多从字源上解释"志"的含义，亦表明"'志'的本义可说是藏在心里"。"既然把藏在心里的一切都称之为'志'，可证最初对于志的认识是广泛而不确切、笼统而不具体的了，当然也不可能从志中析出情来。"②这也让我们可以从心理学的视域来看，传统诗词意境所贯之"气"，其源头当是"在心为志"，直通诗人积极的审美心理。从一定意义上讲，"诗"就是"心声"，"诗言志"就是"诗发心声"。在传统诗词中，其审美意境所蕴涵的气韵、气象、气势、情理、情趣、事理、情致等，都关乎"诗之基，其人之胸襟"（叶燮《原诗·内篇》），即创作主体的志气、意志、情感等心理特质有关。这也就是说，叶燮所说的"理事情之所为用，气为之用"，就可理解为"气"的初始状态体现为"在心为志"，"气"的物化状态便体现为"发言为诗"，"气"的升华状态则体现为诗的审美意境，进而实现由"形而下"向"形而上"的飞跃。有鉴于此，体现在诗词作品中的"理事情"，便可以看成是"诗言志"所表现出来的

---

① 朱自清：《诗论》，漓江出版社2011年版，第5至7页。
② 王文生：《中国文学思想体系》，上海古籍出版社2017年版，第247页。

不同形态，而不是与"言志"相对应的其他形态。比如粗略地说，"表现情感"的诗，大体与叶燮三言中的"情"对应；"再现印象"的诗，大体与叶燮三言中的"事"对应；而"产生快感"的诗，大体与叶燮三言中的"理"对应（如充满理趣的哲理诗）。

然而，当下的诗学理论，大多是将言志、抒情、叙事、说理等内容割裂开来，各自单列。例如，徐有富《诗学原理》既将诗定义为：①"诗是一种文艺体裁，它除借形象集中地反映生活外，还要有饱满的感情与鲜明的节奏。饱满的感情是诗歌内容的基本特征，具备鲜明的节奏则是诗区别于其他文艺体裁，在形式上最根本的特征。"又将诗的主题分成抒情、言志、说理三种类型。其实，"情、志、理"三者往往是相互交织、而很难截然分开的。对于具体的诗歌作品而言，只不过是各自的侧重面有所不同而已。例如，创作一首以"大我"为主题的传统诗词，其特色或者是传统诗教意义上的"言志"诗，诗中之"情"必然是弘扬家国情怀；诗中之"理"必然是彰显社会伦理；或者是阐释自然或人生理趣的"哲理"诗。对于以"小我"为主题的传统诗词，其特色也就离不开是抒发个体七情六欲等"私"情的诗词了。若是谈及这一类诗歌的"志"与"理"，则主要体现为"思无邪"的约束，即任何饱满的"私"情，都不能跨越不丧志、不悖理这条底线。此外，在传统诗词中，体现为叙事特色的叙事诗，也是很有代表性的一类诗歌。从题材上分，以"大我"为主题的叙事诗，必然会饱含家国情怀与社会伦理，弘扬时代主旋律，彰显主流价值观；而以"小我"为主题的叙事诗，也必定会结合叙事，融入个体的真情实感及其对具体事理的表达。

（2）"诗言志"中的理性与议论。在叶燮的诗学理论中，耐人寻味的是，也许是由于他将"理事情"作为传统诗歌的表现对象，所以他反对排斥理性、排斥议论，反对把理或情作简单化的理解。这可以从叶燮针对设问所作的回答来说明。叶燮《原诗·内篇》云："子曰：子之言诚是也。子所以称诗者，深有得乎诗之旨者也。然子但知可言可执之理之为理，而抑知名言

---

① 徐有富：《诗学原理（第二版）》，北京大学出版社2017年版，第1页。

所绝之理之为至理乎？子但知有是事之为事，而抑知无是事之为凡事之所出乎？可言之理，人人能言之，又安在诗人之言之！可征之事，人人能述之，又安在诗人之述之！必有不可言之理，不可述之事，遇之于默会意象之表，而理与事无不灿然于前者也。"这就是说，诗中所言之理，不是抽象议论可以解说之理；诗中所述之事，也不是尽人皆知的实有之事，而是通过"默会意象"表现出来的"不可言之理，不可述之事"。叶燮在借用具体诗例来揭示"神与物游"的主客体关系之后，其结论是："要之作诗者，实写理事情，可以言言，可以解解，即为俗儒之作。惟不可名言之理，不可施见之事，不可径达之情，则幽渺以为理，想象以为事，惝恍以为情，方为理至、事至、情至之语。"①这里，以"理至""事至""情至"为目标，对诗中如何"言理""述事"与"抒情"之"法"指出了感悟途径，即需要从"幽渺""想象"与"惝恍"等语辞去领悟那些"不可名言之理，不可施见之事，不可径达之情"。据此，我们也可以从这种感悟出发，去扬弃所谓"以议论为诗"的传统理念。

当然，叶燮所论之"法"，是基于"理事情"三者而发挥效用的。他认为"法"（即规律性）不能脱离具体事物，因为"离一切以为法"，"法"就无所依托，不能存在。正如叶燮《原诗·内篇（上）》云："作诗者果有法乎哉？……余得以三语蔽之：曰理，曰事，曰情，不出乎此而已。然则诗文之道，其有定法哉？先揆乎其理，揆之于理不谬，则理得；次征诸事，征之于事而不悖，则事得；终絜诸情，絜之于情而可通，则情得。三者得而不可易，则自然之法也。"②与此同时，叶燮反对"定法""死法""统提法"，而提倡"活法""感通之法"。然而，叶燮的"活法"是不可一一着实言明的，这也给我们灵活理解叶燮的诗学理论提供了畅想的空间。基于叶燮的"理事情"理念，需要从"活法"来认识"诗言志"中的理性与议论。在叶燮看来，所谓"理事情三语，无处不然"，"理"就是事物发生发展的依据和规律，

---

① 郭绍虞主编：《中国历代文论选（一卷本）》，上海古籍出版社1979年版，第336页。

② 同上，第325页。

第六章 积极审美心理引领下的诗词创作（一）

"事"就是事物的客观存在，"情"就是客观事物千姿万态的情状。"此三言者，足以穷尽万有之变态。凡形形色色，音声状貌，举不能越乎此。此举在物者而言，而无一物之或能去此者也。"弘扬叶燮的"活法"，实现"抒情以入理"（《文镜秘府论》），说明"诗言志"所蕴涵之"理"，必然是浸透着诗人情感的"理"。"情不至则亦理之郭廓尔"，只有情理水乳交融，才可以"移人之性"，不至于"刿然无物"。强调寓情于理，这就是沈德潜在《清诗别裁·凡例》中所说的："诗不能离理。然贵有理趣，不贵下理语。"同样也是潘德舆在《养一斋诗话》中所说的："理语不可入诗中，诗境不可出理外。"①

王夫之在《古诗评选》卷二中评点陆机的《赠潘尼》时指出："诗人理语，惟西晋人为剧。理亦非能为西晋人累，彼自累耳。诗源情，理源性。斯二者岂分辕反驾者哉？不因自得，则花鸟禽鱼累情尤甚，不徒理也。取之广远，会之情至，出之修洁，理顾不在花鸟禽鱼上耶？平原兹制，讵可云有注疏帖括气哉？"②这也就说明，尽管诗词艺术主"情"，但从来就不排斥"理"。在传统诗词发展的不同历史时期，其审美观念甚至还出现过"尚理"的现象。宋代末年的严羽曾说过："诗有词理意兴。南朝人尚词而病于理，本朝人尚理而病于意兴；唐人尚意兴而理在其中；汉魏之诗，词理意兴，无迹可求。"（《沧浪诗话·诗评》）这里，所谓"尚词而病于理"，是指形式妍丽而内容贫弱；所谓"尚理而病于意兴"，是指内容过于质实而言语直露。事实上，自《诗经》以来，传统诗词中就播下了"理"的种子，当代学者李泽厚甚至认为"艺术的意境是形神情理的统一"（《意境杂谈》）。清代沈德潜是叶燮的学生，他就强调传统诗词要用艺术形象表现事物的理事情，做到情景交融，主张诗中可以发议论，只是诗中的议论与文中的议论不同，诗中的议论要有"情韵"，即有形象，有耐人咀嚼的诗味。正如他在《说诗晬语》中所云："人谓诗主性情，不主议论，似也，而亦不尽然。试思《雅》中。何处无议论？杜老古诗中，《奉先咏怀》《北征》《八哀》诸作，近体中《蜀

---

① 敏泽：《形象·意象·情感》，河北教育出版社1987年版，第25页。

② （明）王夫之著，李中华、李利民校点：《古诗评选》，上海古籍出版社2011年版，第89页。

相》《咏怀》《诸葛》诸作,纯乎议论。但议论须带情韵以行,勿近伧父面目耳。"①纵观千百年来传统诗词的发展史,需要扬弃"以议论为诗"的诗学理念,遵照钱钟书所言:"唐诗、宋诗,亦非仅朝代之别,乃体格性分之殊。天下有两种人,斯分两种诗。唐诗以丰神情韵擅长,宋诗多以筋骨思理见胜。……高明者近唐,沉潜者近宋,有不期而然者。"②在传统诗词的创作实践中,注重运用积极形象思维,根据不同的诗词体裁与题材,以"形神情理的统一"为目标,在积极的审美体验中,努力创造出各具特色的诗词意境来。

2.诗学"三缘"与叶燮的"理事情"

所谓诗学"三缘",即如前所述的"诗缘情""诗缘政"与"诗缘事"这三个诗学命题。其中,由于有一个"缘"字将它们连在一起,即代表着传统诗词创作的三种动因,故如此称之。人们常说"在心为志,发言为诗",那么,为什么要"发言"呢?也就是说写诗的动因是什么呢?诗学"三缘"告诉我们,不外乎是"缘情""缘政"与"缘事"。众所周知,从诗的内容来说,有所谓"叙事"与"抒情"之分;从诗的题材来说,有所谓"大我"(或以"大我"为主,"小我"为辅,下同)与"小我"(或以"小我"为主,"大我"为辅,下同)之分。而作为叙事诗中的"事",其题材也是"大我"或者"小我"。所以,从"诗言志"的角度看,鉴于"情"与"志"的同一性,就可以表达为"诗以言志抒情";从"诗缘事""诗缘情""诗缘政"的角度看,所谓"诗缘事",既包括"感于哀乐","缘""大我"之事,并兼言彰显"大我"的情志;又包括"感于哀乐","缘""小我"之事,并兼言代表"小我"的情志。所谓"诗缘情",则是基于陆机《文赋》语境的个体"体物"情感,这样的"缘情"诗所言之"情志"自然偏重感性,主要是言所谓个体喜、怒、忧、思、悲、恐、惊之"小我""情志"。所谓"诗缘政",则是基于传统

---

① 张葆全、周满江选注:《历代诗话选注》,广西师范大学出版社2020年版,第253页。

② 钱钟书:《谈艺录》,中华书局1984年版,第2—3页。

第六章 积极审美心理引领下的诗词创作（一）

诗教的"言志抒情"，由于"政是众人之事"（孙中山），故"缘政"诗所言之"情志"必然偏重理性，彰显"大我"的社会伦理。从这个意义上讲，"缘政"诗，必然会"缘理"，特别是"缘"社会伦理，所以说"诗缘政"也可以说是"诗缘理"。遵循《诗经》的"比兴"传统，无论是"上以风化下"，还是"下以风刺上"，其中的不少诗篇就蕴含着丰富的社会伦理，具有深刻的教化功能。

清代叶燮《原诗·内篇》还云："曰理、曰事、曰情，此三言者，足以穷尽万有之变态。凡形形式式、音声状貌，举不能越乎此，此举在物者而言，而无一物能去者也。"①叶燮以独特的诗学视角，用"理事情"三者来概括传统诗歌表现对象的总体是很有见地的。在叶燮看来，自然和人事现象必然会在无限的时空中流动、伸展与变化，而传统诗歌中则可以得到"其道万千"。在叶燮看来，"理事情"三言，既在宏观上概括了诗的内容，又在微观上规定了诗的"活法"。从宏观上讲，诗人面对五彩缤纷的自然世界与纷繁复杂的社会生活，为什么要"发言"呢？如前所述，诗人创作的动因不外乎是"三缘"，即"缘政""缘事"与"缘情"，似乎可以与之相对应，将传统诗歌的主题从"政"（即"大我"题材）、"事"（即以叙事为主）、"情"（即"小我"题材）三个方面来理解，这也正好与叶燮的"理事情"三言相对应。其中，对于"理"与"政"的理解，则可以用毛诗的"情志"说将两者联系起来。毛诗所谓的"志"与"情"，其内涵是什么，两者有什么关系，比较通行的看法是，"志"一般指符合伦理道德的思想志向，而"情"则是指自然人情。②正因为如此，毛诗的诗教观，被放在了以肯定人个体情感为宗旨的"缘情"说的对立面，"言志"与"缘情"成为传统文学观念重理与重情的两极。③这里，所谓"两极"说，是如前所述将"志"与"情"对立起来的原因。然而，以"大我"主题的"缘政"诗，所言的"大我"之志，其"重理"的特色，正好说明"缘政"诗的主题与"理"的对应关系。著名诗人白居易论

---

① 郭绍虞主编：《中国历代文论选》一卷本，上海古籍出版社1979年版，第328页。
② 顾易生、蒋凡：《先秦两汉文学批评史》，上海古籍出版社1990年版，第402页。
③ 刘宁：《唐宋诗学与诗教》，中国社会科学出版社2012版，第6页。

及传统诗学,就一方面强调诗词艺术的情感作用,另一方面又强调诗词艺术"上可裨教化,舒之济万民;下可理性情,卷之善一身。"(《读张籍古乐府》)白居易的诗学主张,正好说明诗词艺术与情感的关系,亦即普列汉诺夫曾经所言:"说艺术只是表现人们的感情,不,艺术表现他们的感情,也表现他们的思想,但是并非抽象地表现,而是用生动的形象来表现。"[①]用叶燮的"活法"来"诗缘政",自会是"表现思想",且必然是要求"用生动的形象来表现"。这样一来,"诗缘政""诗缘事""诗缘情"所代表的"三缘",就可以与叶燮的"理事情"三者对应起来了。于是,诗人"发言为诗"的问题,也就可以"穷尽万有之变态","无一物之或能去此者也"。

二、创作心态与诗词题材

如前所述,"诗言志"即为"诗言情志"。然而,作为诗本体的"情志",并不是原生态状态,即不是一般意义上的情感,而是于积极审美体验中产生出的一种积极审美情感,也就是古人所谓"情兴"或"感兴""兴会""兴趣""意兴""兴寄"等诗意情感。我们说传统诗词的本质特征是"主言情志,大美无邪",从创作论的角度看,这"情志"或"情兴"等,也就是诗词所要表现的主要对象。传统诗学理论与实践表明,传统诗词的创作动机不外乎有内部需要与外部刺激两种途径。其中,内部需要也就是积极心理学中的自主需要或自我决定的需要,是处于积极情绪与积极体验中的诗人,由于"感物"的作用,直接由心理场进入审美场,不由自主地倾诉情感的建构过程,具有较高的自我决定程度。而外部刺激则是通过"物理场"作为"中介物象"的"感物"过程,即是一个由物理场进入心理场,再由心理场到审美场的建构过程。而联结传统诗词创作与诗人积极人格特质的则是诗人的创作心态。积极心理诗学告诉我们,诗词创作过程的积极心理状态,是一种包含积极情绪与积极体验、积极人格与积极特质、积极需要与积极动机等诸多"积极"要素相互作用下的积极审美心理状态。在传统诗词的创作过程中,诗人的积极人格与积极特质,经由积极审美心态催生出灵感与妙悟、联想与

---

① [苏]普列汉诺夫:《没有地址的信》,人民文学出版社1962年版,第3页。

神思、移情与通感等，通过诗家语而物化为诗词作品。传统诗词的创作实践表明，诗词题材多种多样，创作心态也多种多样，诗体的特点也不尽相同。不同诗人之间，其创作心态往往因个体的人格特质、生活经历、创作习惯的不同而不同；就是同一位诗人，创作不同的诗体，亦表现出不尽相同的创作心态。

吴国敬《心理诗学》认为："创作心态与创作心理过程、诗人的个性特质均有密切的联系，因而才有资格充当创作心理过程和诗人个性特质的中介。一方面创作心态伴随创作心理过程的始终，不能脱离创作心理过程而存在；而一定的心理活动的进行则要受特定心理状态的影响，心理状态实质是心理活动的背景，同一个人在不同的心态下从事同一种活动，其结果可能完全不同。另一方面创作心态渗透着诗人的个性特质，诗人的个性特质对创作心理过程的影响要通过创作心态而实现；而在创作实践中诗人的创作个性的丰富与更新也决不能脱离创作心态。"① 这里，拟将参照古今诗论的相关论述及历代诗人的创作经历，来讨论诗词创作心态与诗词题材之间的对应关系。

（一）诗词创作心态

就传统诗词的创作而言，"在心为志，发言为诗"的传统诗学理论，说明积极的审美心理是诗词创作的起点与基础，其核心是以主言情志为特色的积极的审美心理，引领以审美意象为特色的积极的形象思维，并通过以"赋比兴"为特色的积极修辞手法，将积极的审美情感融入鲜活的审美意象，进而着力创造出深邃的诗词审美意境。显然，只有浸润着真情实感的诗词作品，才是真正的诗词艺术，而真情实感源于积极的审美体验，其生成机制离不开积极的审美心态。

1.内觉体验与虚静心态

（1）关于内觉体验。文艺心理学关于审美情感生成机制的三个环节表明，从"原始唤起"的"应物斯感"，到"内觉体验"的"直觉"与"灵感"，

---

① 吴思敬：《心理诗学》，首都师范大学出版社1996年版，第292页。

再到"情感外化"的"托物寄情"或直接"移情"。所谓"内觉",用美国当代心理学家S.阿瑞提的话说就是:发生在个人内心之中的一种"无定形认识、一种非表现性的认识——也就是不能用形象、语词、思维或任何运作表达出来的一种认识"①。其中,"内觉体验"是催生审美意象的关键。这个"内觉体验"的心理状态,也就是诗词创作心态。针对内觉体验,童庆炳在《艺术创作与审美心理》中有一段非常形象生动的语言:"内觉体验超越了感知、思维、概念阶段,它为人的意象、情感记忆提供了一个迂回、盘旋的机会。原始情感就像那从险滩上奔流而下的、带着大量流沙的混浊的水,流到内觉这个深潭,正是深潭表面的平静掩盖了巨大的洞流与漩涡,在这里,情感不但沉淀了它原有的泥沙,而且又积蓄了一种新的力量,获得了新的深度,再向高级的河床流去。"②这里,童氏将"内觉"形象地比喻成是"表面平静的深潭",而"原始情感"这个"从险滩上奔流而下、带着大量流沙的混浊的水",需要在这个"深潭"来进行"沉淀",进而积蓄"一种新的力量",获得一种"新的深度",再向"高级河床"流去。可以说,经历"内觉体验"这个关键环节,让一般意义上的审美情感"获得了新的深度",而孕育出可以催生审美意象的积极审美情感,且那个"表面平静的深潭",也就是诗词创作对宁静或平静心态的一种积极审美需要。

关于"热情"与"宁静"或"平静",中外学者都有过许多精彩论述。别林斯基说过:"在真正诗的作品里,思想不是以教条方式表现出来的抽象概念,而是构成充溢在作品灵魂,像光充溢在水晶里一般。诗的作品里的思想,——这是作品的热情。热情是什么?——就是对某种思想的热情的体会和迷恋。"③这就说明,诗词创作需要热情,需要"热情的体会和迷恋"。就"热情"而言,美国学者诺曼·文森特·皮尔在他的著作《积极心态2活出活力》中写道:"真正的热情,并非人为的或是虚伪的热情。热情是从内心深处源泉中升起的,实际上是心灵的力量。……一旦热情下降,活力、能量和力

---

① [美]S.阿瑞提:《创造的秘密》,辽宁人民出版社,第70页。
② 童庆炳:《艺术创作与审美心理》,百花文艺出版社1992年版,第153页。
③ [俄]别林斯基《别林斯基论文学》,新文艺出版社,第51页。

量也会随之下降。"①与此同时,皮尔还说:"内心宁静并不意味着懒散,恰恰相反,它是充沛精力的源泉。内心宁静并不意味着逃避进一个梦想的世界,而是对真实世界更为有效的参与。它并不意味着善意哄骗,而是对创造性活动的一种动态激发。""内心宁静的巨大价值之一在于它能够增长智慧。只有当大脑冷静下来的时候它才能有效工作——而不是发热的时候。神经质般激动的大脑不可能产生理性的想法或有条不紊的思维过程。大脑处于发热状态时,感情会控制你的判断力,这样做已被证明会造成损失。力量来自平静。马可·奥勒留曾说过:'我所说宁静的大脑,意指有条理的大脑'。卡莱尔这样写道:'寂静是伟大事物得以成形的要素。'也许更为形象的叙述是埃德温·马克翰的独到诗句:'撕裂天空的飓风中心……一片平静。'飓风的力量源自其平静的中心地带,人亦如此。"②这些表述表明,"内觉体验"的"宁静的心态"是诗词创作不可或缺的一环,"是化原始情感为审美情感的必要机制,一旦原始情感进入了内觉体验,就像那种子找到了适宜的土壤和空气,其生根、发芽、开花就变成极其自然的事,或者用柴可夫斯基的话说,'其余的一切就会迎刃而解'。"③这里,外国学者所说的"宁静"或"平静"心态,其实就是我国传统诗学所说的"虚静心态"。严羽在《沧浪诗话》中提出了"论诗如论禅"的诗学主张,这里,"'禅'在梵语中是沉思,译为思维修或静虑,它的意思是将散乱的心念集中,进行冥思,止息意念,得到无我无念的境界。"④根据积极心理学理论,积极审美心理引领下的积极审美体验,即沉浸体验,让诗人的潜意识十分活跃,往往使诗人下意识地产生许多奇思幻想,有利于进入诗词创作与鉴赏状态。

(2) 关于虚静心态。所谓虚静心态,在我国古代的文论术语中,是作为审美想象的必要条件提出来的,要求在诗词创作过程中,诗人应排除外部事

---

① [美]诺曼·文森特·皮尔著,邱晓亮译:《积极心态2活出活力》,东方出版社2010年版,第25页。
② 同上,第145-146页。
③ 童庆炳:《艺术创作与审美心理》,百花文艺出版社1992年版,第152页。
④ 周裕锴:《中国禅宗与诗歌》,上海人民出版社1992年版,第3页。

物的干扰与内心杂念的纠缠，而专心致志地投入创作的虚静、宁静或寂静的心理状态。就审美主体的虚静心态来说，古代诗论家的论述主要是两点：一是主体心理活动的专一性；二是审美体验的超功利性。《老子》提出："致虚极，守静笃。"他认为，"致虚"和"守静"要做到极致笃行，那就是没有任何别的什么能够打扰自己的心灵。《管子》认为："心之在体，君之位也；九窍之有职，官之分也。"（《管子·心术》）"夫心有欲者，物过而目不见，声至而耳不闻也。"他将心比作宫室，将耳喻为门户。若是内心充满了情欲，就堵塞了通往内外的门户，也就无法感物了。所以《管子》主张"洁其宫，开其门"，只有"虚其欲，神将入舍；扫除不洁，神乃留处"，以"无藏"之虚静心态感物，才能"影之象形，响之应声也，故物至则应"。①南宋葛立方《韵语阳秋》卷二转载了这么一则趣事：谢无逸问潘大临云："近日曾作诗否？"潘云："秋来日日是诗思。昨日提笔得'满城风雨近重阳'之句，忽催租人至，令人意败，辄以此一句奉寄。"这个例子形象地说明，"诗思多生于杳冥寂寞之境"，②由此可见，"无我无物"之"虚"与"杳冥寂寞"之"静"是诗词构思达到出神入化境地时必然出现的心理状态，也是诗词构思得以顺利进行的心理基础。正如刘勰《文心雕龙·神思》所云："陶钧文思，贵在虚静"。③也就是说酝酿文思的最佳处，当是处于恬适而清静的"虚静"心态及其与之相应的环境之中。当然，作为诗词创造的必要条件，除虚静心态外，还需要"积学以储宝，酌理以富才，研阅以穷照，驯致以绎辞；然后使玄解之宰，寻声律而定墨；独照之匠，窥意象而运斤。"（刘勰《文心雕龙·神思》）也就是说，还需要诗人主观的"才、胆、识、力"，"以在我之四，衡在物之三，合而为作者之文章。"（叶燮《原诗》）

此外，也有学者认为创作心态很多，诸如虚静心态、迷狂心态、焦虑心

---

① 古风：《意境探微》，百花洲文艺出版社2017年版，第34—35页。
② 葛立方：《韵语阳秋》卷二，《历代诗话》下册，中华书局1981年版，第500至501页。
③ 刘勰：《文心雕龙》，中国社会科学出版社2005年版，第175页。

态、快乐心态等。①但笔者认为，其中的有些心态还是诗词构思阶段之前的心态，而不是进入诗词构思阶段、即进入"内觉体验"阶段的心态。凡有诗词创作实践的人都懂得，作为"原始唤起"的心态可能有多种多样，但真正进入创作过程的内觉体验，都会趋向虚静心态。唐代著名诗人刘禹锡曾经夸赞一位和尚的诗，认为这与僧人的禅定而虚静的心态有着密切的关系，即所谓"因定而得境"，"能离欲，则方寸地虚，虚而万景入"（《秋日过鸿举法师院便送归江陵引》）。苏轼更是在《送参寥师》中明确提出了"欲令诗语妙，无厌空且静：静故了群动，空故纳万境"的诗学观点。其中的"空、静"，也就是"虚、静"。

艺术创作理论与实践表明，生活情感不等于审美情感。自然万物与不同的社会生活，引起人们喜、怒、哀、乐、爱、恨、惧等不同的生活情感，并不能产生艺术作品，诗词作品所体现的是由生活情感转化而来的审美情感。一位诗人若是受某种生活情感所控制，比如极度愤怒或极度悲伤之时，是不能写出诗词作品来的。法国的思想家狄德罗说过："你是否趁你的朋友或爱人刚死的时候就做诗哀悼呢？不，谁趁这种时候发挥诗才，谁就会倒霉！只有等到激烈的哀痛已过去，……当事人才想到幸福折损，才能估计损失，记忆才和想象结合起来，去回味和放大已经感到的悲痛。……如果眼睛还在流泪，笔就会从手中落下，当事人就会受情感驱遣，写不去了。"鲁迅也说过："我以为感情正烈的时候，不宜做诗，否则锋芒太露，能将'诗美'杀掉。"②这就说明，激动心态所催生的情感往往是生活情感，而审美情感的生成，则往往需要虚静心态。

2.虚静心态的生成机制

现代心理学表明，人的行为是由动机引起的，并都指向一定目标。动机是比目标更为内在、更为隐蔽、更为直接推动人去行为的因素。积极心理学中的自我决定理论认为，人的所有行为的动机类型处在一个自主性程度

---

① 吴思敬：《心理诗学》，首都师范大学出版社1996年版，第310页。
② 郁沅：《心物感应与情景交融》，百花洲文艺出版社2017年版，第122-123页。

的连续体上（参见第一章中的图1.6），由高到低分别为内在动机、外在动机与无动机。内在动机与个体的内部因素如兴趣、满足感等密切相关，是高度自主的动机类型，代表了自我决定的原型；外在动机是指人们不是出于对活动本身的兴趣，而是为了获得某种可分离的结果而去从事活动的倾向；无动机是最缺少自我决定的动机类型，个体没有任何外在或内在的调节行为以确保活动的进行。就传统诗词的创作而言，诗人审美情感的生成机制，从不同心态的"原始唤起"阶段出发，进入"内觉体验"阶段，其心理即达到虚静状态。

传统诗学中的"虚静"，亦即是积极心理学中的"宁静"。芭芭拉·弗雷德里克森教授就认为"宁静"是积极情绪的十大概念之一。他认为："宁静让你想要坐下来，沉浸到里面。这是一种聚精会神的状态，带着这样的一种冲动，去品味当前的感觉，并设法将它更彻底、更频繁地融入你的生活。"[①]这也说明，处于"沉浸"或"聚精会神"状态下的"宁静"，同样"带着这样的一种冲动"。这种状态，或许就是积极心理学所说的"沉浸体验"。所谓"沉浸体验"，是指"完全沉浸在活动中，暂时忘掉了自我，也忘掉了周围其他一切东西。"[②]"人们从事一种可以控制且富有挑战性的活动，并且这种活动需要一定的技能并受内在动机所驱使，就会产生沉浸体验。为了产生沉浸体验，人们必须把握好合适的机会来完成这些任务，必须有明确的目的和即时的反馈。这些活动要求全神贯注，人们全身心投入其中的时候不会想起日常生活中的忧虑、挫折等。投入工作时完全忘我，而在完成此项任务后，重新出现的自我仿佛更强大了，并且由于成功完成此任务而使其自我意识得到增强。在沉浸体验中，人们的时间知觉也不同寻常，有时1小时过去了就像才过去1分钟，而有时几分钟又像几个小时那样漫长。"[③]当然，由于诗人的"原始唤

---

① [美]芭芭拉·弗雷德里克森著，王珺译：《积极情绪的力量》，中国人民大学出版社2010年版，第44页。

② [爱尔兰]Alan Carr：《积极心理学》，中国轻工业出版社2013年版，第122页。

③ 郑雪主编：《积极心理学》，北京师范大学出版社2014年版，第47页。

起"各有不同,所以,达到"虚静"状态,进入沉浸体验,亦有不同的心理机制。有时是逐渐"虚静"(可简称为"渐静"心态),有时是顿然"虚静"(可简称为"顿静"心态)。这里,无论是何种生成机制,虚静心态的核心是"静",特别是心灵之"静"。当然,"静"有消极心理之"静"与积极心理之"静"。消极心理之"静",会让人心灰意懒,使人的注意力不集中,进而令人的思维处于睡眠状态,这样的状态是无法进入审美体验状态的。而积极审美心理之"静"则正好相反,它让人心领神会,促使诗人的审美体验进入"沉浸"状态,也就是一种积极的审美体验状态,可促使诗人放飞积极的审美心理,并通过审美感应催生出丰富多彩的审美意象。

(1)渐静心态。这种虚静心态的生成机制,犹如禅宗中的所谓"渐悟"或"渐修"。佛教的基本宗旨是解脱人世间的烦恼,证悟所达到的最高境界(涅槃境界)是寂然界。所以佛家称离烦恼曰寂,绝苦患曰静,说什么"观寂静法,灭诸痴闻"(《华严经》卷一),"一切诸法皆是寂静门"(《宝箧经》)。禅宗的所谓坐禅、禅定,就是以心法相传,以心的寂静为旨归。"心与境寂"(刘禹锡《袁州萍乡县杨岐山故广禅师碑》)或"境因心寂"(李华《润州鹤林寺故径山大师碑铭》),古代诗人的心声,用实践体会诗心与禅心的互通性。所谓渐悟或渐修,是说修禅必须通过长期的修习才能逐步领悟佛理而成佛,禅定工夫必须持之以恒,莫使心灵受外界尘埃的污染。主张渐修的五祖弘忍的弟子神秀,其偈云:"身是菩提树,心如明镜台。时时勤拂试,莫使有尘埃。"他的偈语,完整地浓缩了佛教"——戒(防非止恶)——定(息虑静缘)——慧(破惑证真)"三阶段的修禅方式,形象而又通俗地表明了佛教对于超凡脱俗的理解。借鉴"渐悟"或"渐修"理念,运用积极心理学中的"自我决定动机连续体"理论,渐静心态是在外在动机逐步减弱的情况下渐渐转换成内在动机,进而进入沉浸体验状态的。例如,"诗穷而后工",其原因就在于诗人常常因"穷"而渐离喧闹,渐至"虚静",从而进入沉浸体验而引发沉思,激发出积极审美情感而生成"诗家语"。

(2)顿静心态。这种虚静心态的生成机制,犹如禅宗中的所谓"顿悟",运用积极心理学中的"自我决定动机连续体"理论,顿静心态是在外在动机强烈的情况下迅速转换成内在动机，进而进入沉浸体验状态的。关于顿悟，是五祖弘忍的弟子慧能提出的修禅理念。他认为众生都有佛性，佛即在自性中，又何必向外去求，成佛只在一念之悟，刹那之间，顿悟自性，便可成佛，"一念愚即般若绝，一念智即般若生。"（《坛经》）慧能的弟子神会曾对"顿悟"有过一段详尽的解释："自心从本已来空寂者，是顿悟；即心无所得者，为顿悟；即心是道，为顿悟；即心无所住，为顿悟；存法悟心，心无所得，是顿悟；知一切法是一切法，为顿悟；闻说空，不著空，即不取不空，是顿悟；闻说我不著，即不取无我，是顿悟；不舍生死入涅槃，是顿悟。"（《荷泽神会禅师语录》）这里所说的"即心是道"等，都悟到诸法"如实"的存在，具有肯定现实的方面，说明顿悟的结果，不是指向彼岸世界，而是指向现实人生，说明禅道与诗道相通，正如北宋吴可所言："凡作诗如参禅，须有悟门。"（《藏海诗话》）但要"不舍生死而入涅槃"，则说明"迷狂"的另一面则是"虚静"。传统诗词的创作实践表明，积极的审美心理让积极的审美情感从"原始唤起"进入"内觉体验"，离不开虚静心态。正如太史公所云："夫诗书隐约者，欲遂其志之思也。""此人皆意有所郁结，不得通其道也，故述往事，思来者。"鲁迅也说过："长歌当哭，是必须在痛定之后的。"这就是说，尽管是"愤怒出诗人"，但只有"痛定思痛"才能出诗篇，且"以哭泣为哭泣者，其力尚弱；不以哭泣为哭泣者，其力甚劲，其行乃弥远也。"（清人刘鹗《老残游记》）

古希腊哲学家德谟克利特认为：诗人只有处在一种感情极度狂热激动的特殊精神状态下才会有成功的作品。这种情绪上昂然自得的特殊的精神状态被认为就是一种疯狂，并且在习惯上总是把它看作是与一个人在控制着他的全部机能时那种正常状态相对立的。[1]后来，柏拉图接受并发展了这种观点，认为"迷狂"是诗人创作时普遍存在的一种心理状态。作为创作心态之一的"迷狂"，不同于精神病患者由于大脑机能紊乱而发生的病态的"迷狂"，而是诗人在创作进入高峰阶段而呈现的一种创造性"迷狂"，也就是进入积极心理

---

[1] ［英］H.奥斯本：《论灵感》，见《外国文艺思潮》第一集，陕西人民出版社1982年版，第84页。

第六章　积极审美心理引领下的诗词创作（一）

学所说的沉浸体验状态，此时作为主体的"顿静"心态，让他暂时中断了与所处的外部世界的联系，混淆了现实与幻想的界线，通过审美想象让心灵遨游在梦幻般的多维时空之中。比较禅悟中的"渐悟"与"顿悟"，与"渐静心态"类似，由"迷狂"顿然进入"虚静"的顿静心态，其主要标志有二：一是自我意识的暂时失落，即我国古代文论中的所谓"忘境"。从心理学的角度说，当人进入高度兴奋与集中的创作状态后，往往很难分身出一个冷静的、理性的"自我"来观照正在紧张地进行创造活动的自我。因而不仅当时意识不到自身的存在，就是在事后也说不清创造活动到底是怎样展开的，这就是艺术思维的所谓"忘境"。[1]二是写作行为的自动化，即是在诗人的自我意识失落以后潜思维成果的直接涌现，因而它往往与灵感爆发紧紧相伴。郭沫若曾在《我的作诗经过》一文中，回顾过在迷狂心态下的自动写作，把它称之为"神经性的发作"。他说道："那种发作时时来袭击我，一来袭击，我便和扶着乱笔的人一样，写起诗来，有时连写也写不赢。"[2]

与此同时，无论是渐静心态还是顿静心态，在"静"的一面之外，也还有"动"的一面，特别是心灵之"动"。同样，"动"有消极心理之"动"与积极心理之"动"。消极心理之"动"，是杂乱无章的躁"动"，既无思想，又无目标，永远与审美体验无缘。而积极心理之"动"，则是将全部身心沉浸于审美对象之中，在人的大脑皮层产生相关的优势兴奋中心，其"动"就是在这个优势兴奋中心引领下的"忘境"而"激动"。也许在局外人看来，诗人积极审美心理之"动"，有时未免有些"迷狂"，不可言喻，但一旦进入"顿静"心态，"灵感"却"自动"引发，奇字妙语亦可能"自动"喷出。需要说明的是，尽管虚静心态有渐静与顿静两种生成机制，但在实践中并非泾渭分明，有时往往相互交织。尤其是针对不同的诗词题材，让诗人进入"内觉体验"的虚静心态，更会出现不同的表现形态。

---

[1]　吴思敬：《心理诗学》，首都师范大学出版社1996年版，第302页。
[2]　同上，第300至305页。

（二）创作心态与诗词题材

传统诗词的创作实践表明，不同的创作心态与不同的诗词题材的结合，进而有多种不同的诗词创作类型。如前所述，创作心态虽然有渐静与顿静之分，但它们不是二元对立，非此即彼，而多是相互交融，乃至两者兼备，各有侧重而已。另外，诗词题材有"大我"与"小我"之分。"诗缘政"者，必定是"大我"题材，所言的"情志"是偏重于理性的"大我"之"志"；"诗缘情"者，必然是"小我"题材，所言的"情志"是偏重于感性的"小我"之"情"。当然，在"大我"与"小我"之间，更多情况下，诗词题材体现为两者兼备，或者是在吟咏"大我"中抒情"小我"的性情，或者是在抒发"小我"性情中彰显"大我"风貌。于是，可以将诗词创作心态与诗词题材的对应关系想象成一张九宫格，位于四角的方格，便是渐静心态写"大我"题材、顿静心态写"大我"题材、渐静心态写"小我"题材与顿静心态写"小我"题材等四种典型的创作类型，其他方格则是渐静心态或顿静心态兼备、"大我"题材或"小我"题材交融的创作类型。

1.渐静心态写"小我"题材

所谓渐静心态写"小我"题材，是指诗人在逐渐养成的虚静心态下，以"小我"为题材赋诗填词，抒发情感的一种创作类型。例如，杜甫《江村》："清江一曲抱村流，长夏江村事事幽。自去自来梁上燕，相亲相近水中鸥。老妻画纸为棋局，稚子敲针作钓钩。但有故人供禄米，微躯此外更何求？"这是诗人饱经离乡背井的苦楚，备尝颠沛流离的生活之后，终于在亲朋故友的资助下，获得了一个暂时的安居之所。可以设想，当时时值初夏，江流曲折，水木清华，诗人以虚清的心态，拈来《江村》诗题，放笔咏怀，其"小我"性情跃于纸上。尽管该诗的主要色彩是愉悦之情，但结句却突然转向凄凉，又彰显杜甫咏怀的"沉郁"特色。这也印证了杜甫自道做诗甘苦的诗句，说是"愁极本凭诗遣兴，诗成吟咏转凄凉"（《至后》）。

2.渐静心态写"大我"题材

所谓渐静心态写"大我"题材,是指诗人在逐渐养成的"渐静"的心态下,以"大我"为题材赋诗填词,抒发情感的一种创作类型。有"史诗"之称的杜甫诗歌,其中有不少诗篇都是诗人在"渐静"心态下写成的。杨义《李杜诗学》认为:"'诗史'思维,是一种异质同构的综合思维。诗重抒情性,它进入的是一个心理时空;史重叙事性,它展示的是一个自然时空。这两种时空是存在着虚玄和质实的差异的。"与西方史诗相比,"中国古典诗歌讲究言志和缘情,诗人往往不是虚构可然性或必然性的情节来蕴含哲学意味,而是通过意象的筛选和组合来建构心理时空,超越可然性或必然性而讲求直觉性,并且通过直觉来体验着、透露着、或暗示着人情与天道。也就是说,中国诗是一种重直觉、重意象的精神体验方式;而历史则是在重实录、重因果联系之中展示一种民族的生存形态。杜诗的一大本事,就是把敏锐深刻的诗性直觉,投入历史事件和社会情境之中,把事件和情境点化为审美意象,从中体验着民族的生存境遇和天道运行的法则。"[①]而杜诗的这种"本事",则往往是在"渐静"心态中表现出来的。例如,杜甫担任左拾遗期间,在唐肃宗至德二载(757)闰八月写的《北征》,全诗共一百四十句,犹如是用诗歌体裁写就的陈情表,向肃宗皇帝汇报自己探亲路上及到家后的所见所闻所思。"缅思桃源内,益叹身世拙"等诗句,说明诗人在"渐静"心态下的深沉思考。该诗既反映了当时的社会现实,表达了人民的愿望,又蕴涵着诗人忧国忧民的深切情思。

3.顿静心态写"小我"题材

所谓顿静心态写"小我"题材,是指诗人经历激动或"迷狂"而顿然安静的心态下,以"小我"为题材赋诗填词,抒发情感的一种创作类型。例如,苏轼《江城子·乙卯正月二十日记梦》词:"十年生死两茫茫。不思量,自难忘。千里孤坟,无处话凄凉,纵使相逢应不识,尘满面,鬓如霜。夜来幽梦忽还乡。小轩窗,正梳妆。相顾无言,惟有泪千行。料得年年肠断处,

---

① 杨义:《李杜诗学》,北京出版社2001年版,第478至479页。

明月夜，短松冈。"该词写于妻王氏去世十年的时点，苏轼时知密州（今山东诸城县），通过记梦的方式与虚实结合的白描手法，来表达怀念亡妻的情感。词人在梦中都在思念亡妻，不可谓不迷狂。但让这种极其痛楚之情跃然纸上，必定要"痛定思痛"，在"顿静"心态中进入审美体验。唐圭璋《唐宋词简释》认为："该词为悼亡之作，真情郁勃，句句沉痛，而音响凄厉，诚后山所谓'有声当彻天，有泪当彻泉'也。"① 可以说这首词的创作心态及其艺术效果，正好印证了苏轼自己的话："欲令诗语妙，无厌空且静。"②

4.顿静心态写"大我"题材

所谓顿静心态写"大我"题材，是指诗人经历激动或"迷狂"而顿然安静的心态下，以"大我"为题材赋诗填词，抒发情感的一种创作类型。例如，苏轼《念奴娇·赤壁怀古》："大江东去，浪淘尽、千古风流人物。故垒西边，人道是、三国周郎赤壁。乱石穿空，惊涛拍岸，卷起千堆雪。江山如画，一时多少豪杰。遥想公瑾当年，小乔初嫁了，雄姿英发，羽扇纶巾，谈笑间、樯橹灰飞烟灭。故国神游，多情应笑我，早生华发。人生如梦，一樽还酹江月。"该词以赤壁怀古为主题，将奔腾浩荡的大江波涛、波澜壮阔的历史风云和久负盛名的风流人物，融会贯通于椽笔之下，抒发了作者宏伟的政治抱负和豪迈的英雄气概。所谓"学士词，须关西大汉，抱铜琵琶，执铁绰板，唱'大江东去'"，就是这首词的特征，故被誉为是苏词豪放风格的代表作。创作这样的杰作，其心理状态必定是激动而疏狂，每当品味这种作品时，似乎总可感受到作者当时那酣畅淋漓的积极审美体验。

当然，更多的情况是属于混合型状态。例如，李白《山中问答》云："问余何意栖碧山，笑而不答心自闲。桃花流水窅然去，别有天地非人间。"该诗虽然只有四句，但是有问有答，有虚有实，语言活泼，转接流利，蕴涵幽邃。诗人自说"心自闲"，说明是处于虚静心态。至于说"虚静"的生成机制，或是"渐静"，或是"顿静"，则需要知晓诗人当时的更多境况方能作出判

---

① 谭新红等编著：《苏轼词全集》，湖北长江出版集团崇文书局2011年版，第64页。
② 苏轼《送参寥师》，《苏东坡集》前集卷十，商务印书馆1958年版。

断。单纯从诗的语言来看,似乎诗人的虚静心态,既有"沉寂"而"渐静"的一面,又有"迷狂"而"顿静"的一面。明人李东阳曾说:"诗贵意,意贵远不贵近、贵淡不贵浓;浓而近者易识,淡而远者难知。如……'桃花流水窅然去,别有天地非人间'……皆淡而愈浓,近而愈远。"(《麓堂诗话》)这段话对于我们理解李白当时的创作心态颇有启发,因为该诗诗意之"淡而愈浓""近而愈远",与诗人孕育诗意的心态是分不开的。又如,"李后主在围城中,可谓危矣,犹作长短句,所谓'樱桃落尽春归去,蝶翻金粉双飞,子规啼月小楼西',文未就而城破,蔡约之尝见其遗稿。东坡在狱中作诗《赠子由》云:'是处青山可埋骨,他年夜雨独伤神。'犹有所托而作。"[①]可以说,无论是李后主,还是苏东坡,在这种逆境或失意之中的创作心态,无论是在无奈中的渐静,还是在迷狂中的顿静,但都主要是在虚静心态进入诗词创作活动的。同样,在得意或顺境中创作诗词时,诗人创作不同题材的诗词,其创作心态亦会对应于诗词题材与创作心态九宫格中的某一位置。

(三)创作心态与诗词意境

传统诗词的创作心态是一种积极的审美心理状态,其表达方式则是通过诗词作品的审美意象凝结成诗词意境。审美需要引发审美动机、决定审美行为,不同的创作心态必须会自觉或不自觉地影响诗词的审美意境。近代学者梁启超在《惟心》一文中论述了"心"对于"境"的能动作用,他指出:"境者,心造也。一切物境皆虚幻,惟心所造之境为真实。"[②]这也说明创作心态对诗词意境的能动作用。如前所述,诗词创作心态有渐静与顿静之分,而诗词意境(或称境界),遵照王国维的"境界"说,亦有"有我之境"与"无我之境"或"写境"与"造境"之分,其中也大体蕴涵着创作心态与诗词意境之间的对应关系。

[①] (宋)葛立方:《韵语阳秋》卷三(载《历代诗话》下),中华书局2004年版,第504页。

[②] 古风:《意境探微》,百花洲文艺出版社2017年版,第104页。

1. 渐静心态多写无我之境

王国维《人间词话》认为:"无我之境,人惟于静中得之。""'采菊东篱下,悠然见南山。''寒波澹澹起,白鸟悠悠下。'无我之境也。""无我之境,以物观物,故不知何者为我,何者为物。"其中,"以物观物"出自宋人邵雍《皇极经世》:"圣人之所以能一万物之情者,谓其圣人之能反观也。所以谓之反观者,不以我观物也。不以我观物者,以物观物之谓也。既能以物观物,又安有(我)于其间哉。""以物观物,性也;以我观物,情也。性公而明,情偏而暗。"①结合王国维与邵雍的观点,"以物观物"催生"无我之境",是诗人"于静中得之",可以排除主观情感,以性观物,以理观物,从而达到物我一体,交融难分的境界。与之相对应的创作心态,当然是审美主体历经修为之后,处于专心致志、百虑俱静的渐静心态。正如《庄子·天道》所云"圣人心静乎,天地之鉴也,万物之镜也。"即是说经过时光的打磨,进入渐静心态的诗人,代表着积极审美心理的那一颗诗心,就是审美客体的一面镜子。对此邵雍还作了很好的发挥:"鉴之能不隐万物之形,未若水之能一万物之形也。虽然,水之能一万物之形,又未若圣人能一万物之情也。"这是因为圣人"不以我观物",而"以物观物也"。其中的要义有二:一是以"理"观物,即以"理之我"观物,"非观之以目,而观之以心也;非观之以心,而观之以理也";二是以超越"小我"观物,即以"群之我"观物,"是知我亦人也,人亦我也,我与人皆物也。此所以能用天下之目为己之目,其目无所不观矣"。这也就是所谓"以一心观万心,一身观万身,一物观万物"(《观物》)。②

从心理诗学的角度看,刘勰关于"心物交融"的思想,为"情景交融"的意境论奠定了理论基础。"诗人感物,联类不穷,流连万象之际,沉吟视听之区。"(《文心雕龙·物色》)这里的"感物",就是《乐记》所说的"人心之感于物也"。对于感物主体而言,感物时既可能是带着"情"而"物以情观",

---

① 王国维著,滕咸惠译评:《人间词话》,吉林文史出版社2007年版,第5-6页。
② 古风:《意境探微》,百花洲文艺出版社2017年版,第116页。

第六章 积极审美心理引领下的诗词创作（一）

也可能是不带着"情"而"情以物兴"，其关键取决于自身的心态。由于渐静心态之"静"是长期修心的结果，可以说是"本心"的还原。与之对应的自我，自必是超越个体之"我"，超越功利之"我"，而成为"哲学家之我""美学家之我"。以如此之"我"观物，便"公"而无"私"，"性公而明"，"因物则性，性则神，神则明矣。"若是用著名美学家叔本华的话来说，处于渐静心态的"我"，是"无意志的、无痛苦的、无时间的主体"。这时，主体的"全部意识为宁静地观审恰在眼前的自然对象所充满，不管这对象是风景，是树木，是岩石，是建筑物或其他什么。人在这时，按一句有意味的德国成语来说，就是人们自失于对象之中了，也即是说人们忘记了他的个体，忘记了他的意志；他已仅仅只是作为纯粹的主体，作为客体的镜子而存在；好像仅仅只有对象的存在而没有觉知这对象的人了，所以人们也不能再把直观者（其人）和直观（本身）分开来了，而是两者已经合一了；这同时即是整个意识完全为一个单一的直观景象所充满，所占据。"[①]例如陶渊明的《饮酒》其五："结庐在人境，而无车马喧。问君何能尔？心远地自偏。采菊东篱下，悠然见南山。山气日夕佳，飞鸟相与还。此中有真意，欲辨已忘言。"诗人以逐渐练就的虚静心态，让瞬时的心灵感受，吟咏出永恒的诗句，凝结成永恒的意境。"诗人尝云：'形骸久已化，心在复何言'（《连雨独饮》）。诗人急流勇退，安居园田，心通天地，身随物化，故其多能人化于自然，物我同一，以物观物。宋人魏了翁在其《费元甫注陶靖节诗序》中曾高度评价陶渊明诗歌的这种特点，他说：'诗人之词，乐而不淫，哀而不伤，以物观物而不牵于物，吟咏情性而不累于情，孰有能如公者乎？'"[②]显然，以渐静心态创作"无我之境"的诗词，大多是"写境"而不是"造境"。这是因为"以物观物"，诗人带着宁静澹泊的情感观照自然景物，主体消融于对象之中，"诗人就是自然"，进而通过审美意象，让诗词作品创造出物我两忘而合一的"无我之境"。以渐静心态"以物观物"，写"无我之境"，正是刘永济所说的"写吾情域所包之物"，属于"物来动情"，故曰"随物宛转"，并认为"文家谓之无我

[①] 古风：《意境探微》，百花洲文艺出版社2017年版，第116—117页。
[②] 杨松冀：《精神家园的诗学探寻》，人民出版社2012年版，第125页。

之境，或曰写境"，是"我为被动"，"被动者，一心澄然，因物而动，故但写物之妙境，而吾心闲静之趣，亦在其中，虽曰无我，实亦有我。"①

2.顿静心态多造有我之境

"有我之境"与"无我之境"相对应。"泪眼问花花不语，乱红飞过秋千去。""可堪孤馆闭春寒，杜鹃声里斜阳暮。"有我之境也。显然，"有我之境，以我观物，故物皆著我之色彩，即是在表达诗人强烈激动的情感世界。宋人邵雍在《观物外篇》中说："以我观物，情也。"说明主体之"我"是带着情感的态度去观物，必然是"情偏""任我"，让客体之"物"蒙上主体之"我"的情感色彩，从而使物"昏暗"不清，失去其本来的面目，故说"情偏而暗"，"任我则情，情则蔽，蔽则昏矣"。叔本华认为，所谓"以我观物"，就是以"欲之我"观物，所以"主体的心境，意志的感受，把自己的色彩反映在直观看到的环境上"，从而使"物"主观化，"完整无遗地皆备于我"。②显然，"以我观物"者，主体是带着"情"去观物的，即是所谓主体移情过程。我国古人早就发现，由于人的心情不同，感物的结果就会产生不同的音乐。正如《乐记》所云："是故其哀心感者，其声噍以杀；其乐心感者，其声啴以缓；其喜心感者，其声发以散；其怒心感者，其声粗以厉；其敬心感者，其声直以廉；其爱心感者，其声和以柔。六者非性也，感于物而后动。"③

王国维《人间词话》指出："有我之境，于由动之静时得之。"也就是说，"有我之境"的创作心态是一种顿然虚静的积极审美心态。以顿静心态"以我观物"，多是造"有我之境"，正是刘永济所说的"状吾情识所变之物"，属于"情往感物"，故曰"与心徘徊"，并认为"文家谓之有我之境，或曰造境"，是"我为主动"，"主动者，万物自如，缘情而异，故虽抒人之幽情，而

---

① 古风：《意境探微》，百花洲文艺出版社2017年版，第37页。
② 同上，第115页。
③ 同上，第34页。

外物声采之美，亦由以见，虽曰造境，实同写境。"①王国维《人间词话》还认为："古人为词，写有我之境者为多，然未始不能写无我之境，此在豪杰之士能自树立耳。"这里，基于诗人观照外物的不同心态，区分了境界的不同构成方式，并揭示了"有我之境"为多的客观现象。不过究其原因，除去王氏所说"此在豪杰之士能自树立耳"外，那似乎还有一个不可忽视的心理因素，即是诗词创作心态大多是顿然虚静的心态，而难得陶渊明式的渐静心态。或者说"以物观物"，此在非豪杰之士而不能自树立耳。若是基于心理观照来认识陶渊明"采菊东篱下，悠然见南山"的审美感应，则可以去玩味诗人何在？我又何在？此中真意，以至"欲辨已忘言"。此处不是得鱼而忘筌，而是"天山共色，从流（时光之流）飘荡，任意东西"，是身心俱化，神交天地，我即宇宙，宇宙即我的天地境界。在学者罗宗强看来，"物我一体、心与道冥的人生境界"，金谷宴集名士们与兰亭修禊的名士们，均未达到，只有陶渊明达到了："陶渊明与他们不同的地方，便是他与大自然之间没有距离。在中国文化史上，他是第一位心境与物境冥一的人。他成了自然界的一员，不是旁观者，不是欣赏者，更不是占有者。自然是如此亲近，他完全生活在大自然之中。他没有专门去描写山川的美，也没有专门叙述他从山川的美中得到的感受。山川田园，就在他的生活之中，自然而然地存在于他的喜怒哀乐里。"②这段话启示我们，真正树立起"以物观物"的渐静心态，还真的不是一件简单的事。不过，现实生活中的诗词创作及其意境创造，在大多数情况下，诗人的虚静心态，则很难说是"渐静"或是"顿静"，往往是两者兼备，不同时期或不同状态下，某一种心态相对突出一些罢了。用刘永济的话说就是："是以纯境固不足以谓文，纯情亦不足以称美，善为文者，必在情境交融，物我双会之际矣。"（《文心雕龙校释》）

---

① 古风：《意境探微》，百花洲文艺出版社2017年版，第37页。
② 杨松冀：《精神家园的诗学探寻》，人民出版社2012年版。第124页。

第七章 积极审美心理引领下的诗词创作（二）

一、积极审美心理引领下的诗词构思

从积极心理学的角度看，积极需要与积极动机是诗词创作的心理基础。所谓需要，可以说是有机体内部的一种不平衡状态，是其动机产生的心理动力。这一点正好与通常所说的"不平则鸣"相呼应。当然，诗词构思是在积极审美心理的引领下进行的，诗人的创作思维是积极的形象思维，诗词构思总是以审美意象来反映客观事物，即始终表现为"即景会心"。无论是"随物以宛转"，还是"与心而徘徊"，总离不开诗人的审美意识。根据张玉能《深层审美心理学》的论述，关于审美意识，有狭义与广义之说，狭义上的审美意识，是指可以意识到的那一部分审美意识，即所谓"审美显意识"；而广义上的审美意识，则是指人类审美意识的整体，这个整体还可以分别从存在形态、审美机制构成和人类心理能力三个层次来进行划分。从存在形态来看，分为审美显意识、审美潜意识和审美无意识三个层次；从审美机制来看，分为审美需要、审美能力和审美人格三个层次；从人类心理能力构成来看，分为科学审美意识、艺术审美意识和道德审美意识三个层次。[1]毋庸置疑，无论是广义还是狭义的审美意识，都牵涉积极的审美心理，与诗人诸多"积极"的审美状态紧密相关，并直接或间接在诗词创作的构思阶段发挥作用。

（一）诗词构思阶段的审美知觉与审美体验

传统诗词作为一种独具特色的文学艺术，是诗人审美意识的对象化、

---

[1] 张玉能：《深层审美心理学》华中师范大学出版社2018年版，第65页。

物态化与外在化，用张玉能的话说，"在一定意义上就是审美意识的显现，而且，这种审美意识是一种形象化的、超越功利性的、饱含着情感的意识形式。"①在传统诗词创作的构思阶段，诗人的审美意识往往表现为审美知觉与审美体验，直接参与诗词审美意象的选择与组合，并最终决定着诗词审美意境的生成与升华。

1.诗词构思阶段的审美知觉

文艺心理学表明，包括诗词创作在内的一切文艺创作，都离不开知觉与审美知觉。知觉是"反映客观事物的整体形象和表面联系的心理过程"，"是在感觉的基础上形成的，比感觉复杂、完整。"（《现代汉语词典》）而感觉，则是人脑对直接作用于感觉器官的客观事物的个别属性的反应，是最简单的心理过程，是形成各种复杂心理过程的基础。按照受作用的感觉器官的不同，感觉可以分为视觉、听觉、味觉、色觉、嗅觉、痛觉、冷觉、热觉、平衡觉等等。一般而言，人作为主体对客观事物的反映，不是以某一感官的孤立活动来进行的，而是各感官协同活动的结果。也就是说人所反映的往往不是客观事物某一方面的感觉属性，而是所有感觉属性的整体反映——知觉。在知觉映象中，不仅包含着感觉的个别属性，而且更包含着各种个别属性之间的关系。在艺术创作过程中，艺术形象来源于对头脑中表象的加工改造，表象的鲜明、深刻、完整、丰富与否对于艺术形象的创造具有重大意义。而形成有质量的表象，又来源于艺术家对客观事物准确而深入的感知，且这种感知不是一般意义上的感知，而是一种审美感知，即是在审美心理引领下的审美知觉。在审美知觉中，艺术家不仅不能将客观事物的感性因素抽象掉，而且还要发挥创造精神去努力丰富它，尽可能赋予其韵味与灵性。例如，宋代罗大经在《鹤林玉露》中，记载了我国古代著名画家李公麟（字伯时）学习画马的生动体会："李伯时工画马。曹辅为太仆卿，太仆廨舍，御马皆在焉。伯时每过之，必终日纵观，至不暇与客语。大概画马者必先有全马在胸中，苦能积精储神，赏其神骏，久久则胸中有全马矣。信意落笔，自然超

---

① 张玉能：《深层审美心理学》华中师范大学出版社2018年版，第77—78页。

妙，所谓用意不分乃凝于神者也。"①

同样，作为艺术创作的诗词创作，对审美知觉往往有更高的要求，"咏"马不但犹如"画"马，而且还当"胜"于画马，只有通过对马的艺术感知，付诸"终日纵观"的努力，才能"积精储神"，不断在头脑中丰富马的表象，做到"全马在胸"。与此同时，还要结合自己的情意形成意象，付诸语言，才能"信意落笔"，创造出"自然超妙"的境界。例如，苏轼《戏书李伯时画御马好头赤》："山西战马饥无肉，夜嚼长稭如嚼竹。蹄间三丈是徐行，不信天山有坑谷。岂如厩马好头赤，立仗归来卧斜日。莫教优孟卜葬地，厚衣薪樆入铜历。"该诗起颔两联四句，写山西战马曾经驰骋沙场，穿越天山坑谷，如今却因吃不饱而饿瘦无肉。颈联写御马好头赤，常在皇帝身边，充当仪仗，为皇帝装潢门面而已。尾联两句为用典，更是耐人寻味。据《史记·滑稽列传》记载："优孟者，故楚之乐人也，长八尺，多辩，常以谈笑讽谏。楚庄王之时，有所爱马，……马病肥死，使群臣丧之，欲以棺椁大夫礼葬之。左右争之，以为不可。王下令曰：'有敢以马谏者，罪至死。'"后经优孟巧妙的讽谏，楚王才认识到自己的错误。至于如何葬马为好，优孟最后说："请为大王六畜葬之，以垅灶为椁，铜历为棺，赍以姜枣，荐以木兰，祭以粳稻，衣以火光，葬之于人腹肠。"②该诗看似"戏书"，其实是明写马，暗写人，以马自喻，可见诗家的知觉较之画家的知觉，更是有过之而无不及。从中亦可体悟到，诗人的审美知觉较之其他艺术的审美知觉，更有其意蕴深刻，涵义丰富的特别之处。

传统诗词的创作实践表明，诗人的知觉既不是普通人都具有的普通知觉，也不是一般的审美知觉，而是一种积极的审美知觉，只有积极审美知觉才是诗词创作的基础。这是因为诗词创作关心的不是客体的物理属性，而是它的审美属性，并且最终要通过审美意象来言志抒情。就以月亮为例，作为

---

① 张化本编著：《艺文散论文艺心理学拾遗及其他》，学苑出版社2015年版，第14至15页。

② 石理俊主编：《题画诗词全璧》，商务印书馆国际有限公司2007年版，第623页。

科学的对象，它的物理属性很多，诸如月亮是地球的卫星，它环绕地球一周要花二十七天又三分之一天的时间等等，认识与掌握这些属性所运用的是普通知觉，但没有任何吟咏月亮的诗词会对月亮的这些物理属性感兴趣。古往今来，数不胜数的以月亮为题材的诗词名句，如"床前明月光，疑是地上霜"（李白《静夜思》）、"星垂平野阔，月涌大江流"（杜甫《旅夜书怀》）、"高星灿金粟，落月沾玉环"（白居易《和栉沐寄道友》）、"青女素娥俱耐冷，月中霜里斗婵娟"（李商隐《霜月》）、"可惜一溪风月，莫教踏碎琼瑶"（苏轼《西江月》）、"碧海年年，试问取、冰轮为谁圆缺"（纳兰性德《琵琶仙·中秋》）等等，这些咏月的诗词佳句，无一不是表现月亮的审美属性。对作为艺术大师的诗人来说，"他们用自己的眼睛去看别人见过的东西，在别人司空见惯的东西上能够发现出美来。"[①]艺术家的这种不同于普通人的、能够发现事物审美属性的眼睛，即艺术家所具有的审美知觉的基本特征，就在于他们不仅仅"观看"，而且在"解悟"，不仅仅用感官，而且用心灵，正如维柯所说：哲学家把心从感官那里抽开来，而诗的功能却把整个的心沉浸在感官里。[②]这里所谓"诗的功能却把整个的心沉浸在感官里"，说明诗人的审美感知，不同于一般意义上的理性认知，更是积极审美体验意义上的感性认知。

2.诗词构思阶段的审美体验

传统诗学理念与实践表明，诗词构思阶段的主要工作是围绕诗人心中之"意"，去搜寻、选择与组合审美意象。遵循美学理论，"美感不是认识，而是体验。""'体验'是一种跟生命、生存、生活密切关联的经历，'生命就是在体验中所表现的东西'，'生命就是我们所要返归的本源'。"[③]对诗人而言，诗词构思阶段的积极心理活动不是一种认识活动，而是一种体验活动，是一种始终围绕诗词意象而展开审美体验活动，堪称为积极的审美体验。关于体验，文艺心理学认为，"就一般心理活动而言，可以界说为人对自己情感

---

① 罗丹：《罗丹艺术论》，人民美术出版社1978年版，第5页。
② 童庆炳：《艺术创作与审美心理》，百花文艺出版社1992年版，第85页。
③ 叶朗：《美学原理》，北京大学出版社2009年版，第89页。

的产生、发展与变化的心理过程的自我感觉；就文艺创作心理而言，还要扩大一点，可以界说为艺术家对自身心理过程（包括情感以及感觉、知觉、想象等）的内省。"[1]这就说明，审美体验对审美知觉的重要意义。在普通知觉中，感知者只需要观察客观的外部世界，而不必审视自己的内心世界。例如，植物学家在研究花草树木的成长时，他们不会也不必注意自身内心的感觉。但是，在诗词创作的审美知觉中却不是这样，诗人对客观事物的精心观察，总是伴随着对自身心理的细心审视。其内心瞬息万变的心理活动，又反过来影响对客观事物的观察与理解。在审美知觉生成审美意象的过程中，艺术家不仅要自觉地认识客观事物本身，而且还要自觉地认识审美对象引发自身内心的反应，可以说积极的审美知觉就是沉浸于积极体验中的审美知觉。

现代美学理论认为，"审美活动是人的一种以意象世界为对象的人生体验活动。这个意象世界照亮了一个本然的生活世界。在这个意象世界为对象的体验活动中，人获得心灵的自由。在这个以意象为对象的体验活动中，'真''善''美'得到了统一。"[2]这也就表明，传统诗词的意象经营活动，其本质就是一种积极的审美活动。从审美视角解读诗词创作中的意象经营活动，一方面可以进一步深化对积极心理诗学的认识，另一方面又可以不断升华意象经营过程中的审美意识。例如，杜甫《登岳阳楼》诗云："昔闻洞庭水，今上岳阳楼。吴楚东南坼，乾坤日夜浮。亲朋无一字，老病有孤舟。戎马关山北，凭轩涕泗流。"这首诗描述了作者登临岳阳楼时的积极审美体验。晚年的杜甫，已经是"漂泊西南天地间"，没有一个安居之所，只好"以舟为家"，并艺术地用颈联十字来体现。诗人不仅抓住了洞庭湖雄伟壮阔的形象特征，而且通过颔联十字进行逼真的描绘。与此同时，诗人还细致地窥视了自己内心深处波澜起伏的心潮，并在诗中给予了艺术的再现。诗人由昔日的向往，到今日的登临，此间几十年的坎坷身世，让自己已是垂暮之年，多病之身，既无亲无故，惟孤舟相伴，漂泊栖身。更有甚者，时下仍然是战火

---

[1] 张化本编著：《艺文散论文艺心理学拾遗及其他》，学苑出版社2015年版，第19页。

[2] 叶朗：《美学原理》，北京大学出版社2009年版，第14页。

第七章 积极审美心理引领下的诗词创作(二)

不断,还不知何时国家能安定太平,百姓能安居乐业?想到这里,作者让尾联十字从心底喷出。眼望万里关山,随处兵荒马乱,诗人倚定栏杆,北望京城长安,不禁涕泗滂沱,声泪俱下了。清初黄生《杜诗说》对这一首诗有一段议论,大意是说:该诗的前四句写景,写得那么宽阔广大,五、六两句叙述自己的身世,又是写得这么凄凉落寞,诗的意境由广阔到狭窄,忽然来了一个极大的转变;这样,七、八两句就很难安排了。哪想到诗人忽然把笔力一转,写出"戎马关山北"五字这样的胸襟,和颔联"吴楚东南坼,乾坤日夜浮"十字写宏伟的自然气象,就能够很好地上下衬托起来,斤两相称。这样创造的天才,当然就压倒了后人,谁也不敢再写岳阳楼的诗了。当然,黄生的诗评话语是从方法论的角度来论述杜诗的。除此之外,从积极审美心理的角度看,还主要是诗人积极审美体验的特别之处,即诗人在感知景物的同时,往往会深入辨识自己内心丰富复杂的深层思虑,并在"虚静心态"的构思中,用审美意象生动地表现了当时的审美体验,可谓是积极的审美体验。

此外,在积极审美体验过程中,主体不仅应具有审视自身内心世界的能力,而且还要求诗人具有设身处地进入他人的心理状态、审视并感受他人心理活动的能力。李白的代言体诗,就为上述要求提供了有力的印证。这也说明,"诗言志"不只是言诗人自身的心中之志,还可以言他人心中之志,其关键就在于要通过积极的审美体验,真正进入被言者的内心世界。例如,在代言体诗的审美心理学领域,李白同样堪称世代楷模。无论在拓展其深度与广度方面,还是在推进其形式的多样性方面,李白都取得了引人注目的建树。他把角色性的审美体验艺术运用得炉火纯青,既可以如同一般为世间商人妇、征人妇代言,又可以不同一般为家中妻子代言,还可以超越一般为世外神女代言。其间即景生情,设喻明心,慷慨陈词,反讽成趣,无不在角度设置与手法运用上独具匠心。在传统诗词的创作实践中,所谓审美体验其实就是深入社会,体验生活,全方位深刻认识拟将描写的对象。在这个方面,国外一些著名的现代作家的讲话,就很值得当代诗家认真思考。例如,高尔基说过:"科学工作者研究公羊时,用不着想象自己也是一头公羊,但是文学家则不然,他虽慷慨,却必须想象自己是个吝啬鬼;他虽毫无私心,却必须觉得自己是个贪婪的守财奴；他虽意志薄弱，但却必须令人信服地描写出一个意志坚强的人。"巴尔扎克更是深有体会地说过："当我观察一个人的时候，我能够使自己处于他的地位，过着他的生活……他们的欲望，他们的需求，这一切都深入我的心灵，我的心灵和他们的心灵已经溶而为一了。"优秀诗词所描写的那栩栩如生、鲜活感人的生动形象，往往与诗人注意观察与体验审美对象的心灵是分不开的。

显然，代言体诗的核心要义是代人言心，它既是诗的艺术，更是心的艺术，需要用心灵的眼睛去透视一个隐忍难言的内心世界，那么在诗人与代言对象之间就存在着一个心灵联通的"内摹仿"过程。既需要从积极的审美角度，去揣摩和体验代言对象的心理，更需要以角色转换的形式，把积极的审美体验加以对象化或间接化的表达。请看李白的《闺情》："流水去绝国，浮云辞故关。水或恋前浦，云犹归旧山。恨君流沙去，弃妾渔阳间。玉箸夜垂流，双双落朱颜。黄鸟坐相悲，绿杨谁更攀。织锦心草草，挑灯泪斑斑。窥镜不自识，况乃狂夫还。"诗中诸多意象所融入的情感，完全出于一位渔阳少妇。如果不注明作者李白，又有谁会想到竟出自诗仙太白之手呢？

（二）诗词意象的审美价值及其审美特征

朱光潜《谈美》一书的"开场白"就明白指出："美感的世界纯粹是意象世界。"作为审美活动，"既具有与形式特征相对应和契合的一面，更具有与主观的生理因素、心理因素和社会历史因素三个层面相对应和契合的一面。两者是缺一不可的。平常所说的'美'，实际上是对象的形式潜质，与审美活动中主体以情感为中心的心理功能在想象力的作用下所创构的审美意象。"[①]从审美意义上讲，诗词意象是诗人在积极心理的引领下，于积极审美体验中产生的愉悦（包括痛苦的宣泄）、感动、联想、想象和回味等审美知觉的意象化，据此可通过多维度来认识诗词意象的审美价值及其审美特征。

[①] 朱志荣：《中国审美理论》，上海人民出版社2013年版，第43页。

第七章　积极审美心理引领下的诗词创作（二）

1.诗词意象的审美价值

审美理论认为，审美价值是审美主体与审美对象之间所构成的审美关系的价值。它不仅包括审美对象感性形态潜在的精神价值，而且还包括审美主体心灵及其活动的相关价值。在传统诗词创作的构思阶段，在积极审美心理引领下的审美活动，让诗人的审美情趣在领悟中升华，让诗人的审美境界在体验中拓展，让诗人的审美灵性在自由中放飞。具体而言，一首诗词的审美意象是诗词构思阶段的审美成果，其审美价值体现为：

（1）诗词意象是诗人积极审美体验的一种外在表现。传统诗学与现代美学的结合，让诗词意象呈现出更多、更深的审美价值。从本质上讲，传统诗词的创作活动，是一种以主言情志为特色的积极审美活动，是物我之间表现为豁然贯通的心灵感应，其核心是情景交融，且从中体现了诗人的生命意识。情与景是一种异质同构的关系，景物化为情思，情思又寓于景物之中。范晞文所谓"景无情不发，情无景不生"（《对床夜语》），说明两者相辅相成；王夫之所谓"景中生情，情中含景，故曰景者情之景，情者景之情"，又说明两者之间是相互渗透，相生共存的关系。诗人对于自然世界与社会生活的积极审美体验，是感觉、思维等各种心理活动的反映，并逐步酿成自身的积极审美意识。于是，诗词作品中那些情景交融的审美意象，是外在物象通过感官对诗人心理的感发，是诗人积极审美体验的外在表现。

例如，"明月"意象，自古以来就是诗词中的屡用不厌的审美意象之一。尤其是李白笔下的明月意象更是别具一格，彰显出宽广壮阔的审美意识。请看李白诗《关山月》："明月出天山，苍茫云海间。长风几万里，吹度玉门关。汉下白登道，胡窥青海湾。由来征战地，不见有人还。戍客望边邑，思归多苦颜。高楼当此夜，叹息未应闲。"诗人运用赋笔手法，围绕"关山月"，用明白通畅的语言驰骋于天下地上万里关山之间，一开头就用四句二十字，展现了一幅以明月为中心、涵盖天山、玉门关、长风、云海的边塞风光图。其间充满汉唐风骨，足以使山川壮色。接下来诗人援明月作证，从容不迫地让积极的审美意识融入历史与现实，在天山、玉门关、白登、青海湾等边陲之地，思考着一个民族的生存环境和征戍士兵不见生还的命运。正是由于诗人在积极审美心理的引领下,运用了明月这个壮阔的意象,才表达了内心如此悲天悯人的壮丽情怀。又如,张孝祥词《念奴娇·过洞庭》:"洞庭青草,近中秋、更无一点风色。玉鉴琼田三万顷,着我扁舟一叶。素月分辉,明河共影,表里俱澄澈。悠然心会,妙处难与君说。应念岭海经年,孤光自照,肝胆皆冰雪。短发萧骚襟袖冷,稳泛沧浪空阔。尽挹西江,细斟北斗,万象为宾客。扣舷独啸,不知今夕何夕!"该词意象反映了词人积极的审美意识,以星月皎洁的夜空和辽阔浩荡的湖面为背景,创造了一个光风霁月、坦荡无涯的审美意境与精神风貌。该词中的许多审美意象,"皆神来之句,非思议所及也。"(《铜鼓书堂词话》)王闿运更是颇具褒奖地评曰:"飘飘有凌云之气,觉东坡《水调》犹有尘心。"(《湘绮楼词评》)

（2）诗词意象是诗人积极审美情趣的一种物化形态。现代学者宗白华在他的著作中一再强调审美活动是人的心灵与世界的沟通,美乃是一种情景交融的"艺术境界"。他说:"美与美术的源泉是人类最深心灵与他的环境世界接触相感动时的波动。""以宇宙人生的具体为对象,赏玩它的色相、秩序、节奏、和谐,借以窥见自我的最深心灵的反映;化实景而为虚景,创形象以为象征,使人类最高的心灵具体化、肉身化,这就是'艺术境界'。艺术境界主于美。所以一切的美的光是来自心灵的源泉;没有心灵的映射,是无所谓美的。"[1]传统诗词创作过程中的审美经验表明,诗词意象可以突破语言表达的束缚,超越形象自身,通过意象的选择、组合与点化,让那些不可用、不好用、甚至不能用语言说明的"理、事、情",灿然呈现在读者面前,达到意余象外,咫尺万里的审美境界,进而表现乃至升华了诗人的审美情趣。诗词意象之所以能这样,一是因为生活中的许多情绪,可以附着在特定的表象之上,使得一定表象成为唤起一定情绪的诱因。当人在想象中玩味那表象时,同时也会体验那特定的情绪,并通过想象中的意象活动使之得以舒泄。二是作为在积极审美感应中孕育的诗词意象,不但是可以突破语言的内涵,进而迭出新的意蕴,而且还可以通过"虚拟情境"或"象外之象",创造出无限

---

[1] 宗白华:《介绍两本关于中国画学的书并论中国的绘画》与《中国艺术意境之诞生》,分别见《艺境》,北京大学出版社1987年版,第81页,第15页。

的想象空间,生成超越性的审美特征,让传统诗学尚感悟、重内求的审美心态,不断升华以意象为中心的审美情趣。例如,载于《千家诗》的高蟾七绝《上高侍郎》:"天上碧桃和露种,日边红杏倚云栽。芙蓉生在秋江上,不向东风怨未开。"这首诗的原题为《下第后上永崇高侍郎》,说明是诗人应试不中后,给住在长安永崇坊里的高侍郎所写的自荐诗。从该诗中所用的意象可以看出,诗人笔下气势雄伟,倜傥不凡,为人豪放。诗中意象"天上碧桃"与"日边红杏",意指阿谀奉承之徒,沾得"天恩雨露"才能发迹。而用意象"秋江""芙蓉"自喻,当春天百花齐放时,清闲自守,悄然无闻,从不埋怨东风对自己的无情。单纯从这诗中的"弦上之音",就可以体悟到诗人不凡的审美情趣了。然而,诗人积极的审美情趣,更是让诗作中那"弦外之音"与"象外之象",极大地提升与拓展了诗作的审美空间。可以想象:一旦春去香断,夏消秋长的时候,芙蓉才会出水怒放。那时,"碧桃"与"红杏"之类又何在呢?显然,诗人在感叹科场落第的同时,又通过形象比喻与拟人手法,巧妙地运用审美意象,反映了内心那不怒自怒与不怨自怨的思想情绪。

(3)诗词意象是诗人积极审美经验的一种艺术结晶。诗词意象是诗人在积极的审美活动中,以非认知无功利的态度对审美对象的感性形态作出动情的反应,并借助于积极的形象思维与审美经验,以情景交融的方式对审美对象进行建构,从而生成诗词意象。诗词作品中的审美意象,是诗人积极审美经验的艺术结晶,既体现了审美对象的感染力,更反映了审美主体的创造精神,其核心意蕴是意象组合之中所饱含的诗人心中的情和志。钟嵘《诗品序》云:"凡斯种种,感荡心灵,非陈诗何以展其义?非长歌何以骋其情?……使穷贱易安,幽居靡闷,莫尚于诗矣。故词人作者,罔不爱好。"古往今来,诗人在诗词创作中体现出来的审美情感,往往源于日积月累的审美经验,并在诗词意象的经营过程中发挥着决定性的作用。诗人在审美意象的建构过程中,可以充分获得心灵的调适与陶冶,并还可以从中反观自我,实现自我的价值。正如唐代诗人郑谷《静吟》诗云:"《骚》《雅》荒凉我未安,月和馀雪夜吟寒。相门相客应相笑,得句胜于得好官。"该诗字里行间所饱含的那种韵致,尤其可见运用诗词意象来言志抒情的审美价值。通常,诗词构思不外乎三类,用唐代著名诗人王昌龄的话说就是"诗思有三":即取思、生思与感思,其中也凝聚着诗人自身积极的审美经验。

所谓取思,是指以主观精神积极搜求客观物象,以达到心入于境。积极情绪下的诗词创作心态,包括兴奋型与悲愤型,大多属于这种情形。对于兴奋型,苏轼《江城子·密州出猎》词就是典型的例子。该词云;"老夫聊发少年狂。左牵黄,右擎苍。锦帽貂裘,千骑卷平冈。为报倾城随太守,亲射虎,看孙郎。酒酣胸胆尚开张。鬓微霜,又何妨!持节云中,何日遣冯唐?会挽雕弓如满月,西北望,射天狼。"这首词以"出猎"为主题,搜求意象,运用典故,倾诉心声,发出了壮志难酬的感叹,感情起伏,寓意深刻,作者的审美情感油然而生。对于悲愤型,也就是"少陵非好吟,悲愤无所诉"式的"发愤抒情"型。古人认为,情感有七类,就是喜、怒、哀、惧、爱、恶、欲。这七类又可以归纳为两端:喜、爱,属于欲(需要);怒、哀、惧,属于恶(厌恶)。前者对于主体是积极的,是肯定性的情感;后者对于主体是消极的,是否定的情感。不同的情感都可以驱动诗人积极的审美心理。从审美心理而言,愤怒与悲哀是诗词创作更常见、更正当也更能发生审美效应的心理动力。陆游《澹斋居士诗序》云:"盖人之情,悲愤积于中而无言,始发为诗。不然,无诗矣。苏武、李陵、陶潜、谢灵运、杜甫、李白,激于不能自已,故其诗为百代法。"① 例如,骆宾王的《在狱咏蝉》:"西陆蝉声唱,南冠客思侵。那堪玄鬓影,来对白头吟。露重飞难进,风多响易沉。无人信高洁,谁为表予心。"该诗以蝉为象征意象,咏物与抒怀交迭。古人认为,蝉,"饮露而不食",是高洁的象征,汉代正是取其"居高不食",将蝉的形象作为贵官的帽徽。作者着意咏蝉,还是在狱中咏之,作为审美意象之"蝉",就足以让读者同情诗人的无辜遭遇,也就自然成为诗人积极的审美象征。

所谓生思,是指主观上并非积极搜求,却不期而然地达到心与境的照会。这也就是平常所说的兴之所致,随感而发的"有所寄托"型,山水诗词、田园诗词、怀古咏怀之作等,大抵都属于这种创作过程。例如,杜甫的

---

① 王先霈:《中国古代诗学十五讲》,北京大学出版社2007年版,第71页。

第七章　积极审美心理引领下的诗词创作（二）

《狂夫》："万里桥西一草堂，百花潭水即沧浪。风含翠篠娟娟净，雨裛红蕖冉冉香。厚禄故人书断绝，恒饥稚子色凄凉。欲填沟壑唯疏放，自笑狂夫老更狂。"该诗围绕"狂夫"这个主题来搜求与组合意象，首联"即沧浪"三字，就化用"原型意象"，即心理时空意象，暗寓《孟子》"沧浪之水清兮，可以濯我缨"句意，逗起下文疏狂之意。杜甫将两种看似无法调和的意象成功地融合起来，形成一个完整的意境。一面是"风含翠篠""雨裛红蕖"的赏心悦目之景，一面是"凄凉""恒饥""欲填沟壑"的可悲可叹之事，全都由"狂夫"这个象征性意象统一起来，进而表现出作者高超的审美艺术。又如，晏殊词《浣溪沙》："一曲新词酒一杯，去年天气旧亭台。夕阳西下几时回？无可奈何花落去，似曾相识燕归来。小园香径独徘徊。"该词是抒写词人游园惜春及相思怀人之情，其审美意象的经营艺术，既反映了作者的惆怅心境，又营造了该词深广的审美意境，给人以一种哲理性启迪。

所谓感思，是指受前人作品的启发，再因"感而生思"，进而产生的诗思。自古以来，颇有争议的应制、应景、应酬"三应"型，也许可能是为了某种功利目的而作，但只要能够"感而生思"，大抵可归于这种类型。徐复观认为：对于这种"由思维而来的文学"，"因为作者并无主动的创作动机，只是因为外面有种要求、压力，不能不创作，于是只好凭思维之力去建立观点，寻觅主题，有如试帖诗、应酬文。……这一类型的作品，因为作者的感情、生命无法注入进去，便常特别在技巧上用心，亦即是在艺术上用心，想以艺术性的形式，掩蔽空洞无物的内容。……假定批评这一类型作品的艺术性的格调不够高，这不是来自作者对艺术性不曾'加倍'的留意，而是内容自然限制了艺术性的成就。"[①]实事求是地说，徐复观的话还是有一定道理的。但是，对于"可以群"的诗词创作而言，"应酬诗有时亦不得不作，虽是客料生活，然须见是我去应酬他，不是人人可将去应酬他者，如此便于客中见主，不失自家体段，自然有性有情，非幕下客及捉刀人所得代为也。"

---

① 徐复观：《中国文学讨论中的迷失》，《中国文学精神》，上海书店出版社2006年版，第99页。

(《原诗》）①这就是说，一方面"三应"诗相对于其他题材的诗词创作，其诗思生成必须格外"用心"，经由"感而生思"这个环节，否则，就难免会限制其艺术性。另一方面，若是"应"者能够"感而生思"，做到"情真，景真，事真，意真。澄至清，发至情。"（元陈绎曾《诗谱》）就必定会用相应的审美意象来言志抒情，进而可以"于客中见主，不失自家体段，自然有性有情"。这样的"三应诗"，尽管所占比例不一定很高，但古往今来亦不乏其例。在《千家诗》所载的七律中，就既有杜甫、王维与岑参的《和贾舍人早朝》，又有蔡襄与王珪的《上元应制》、还有欧阳修的《答丁元珍》。尽管这些作品，并非是作者本人的巅峰之作，但各自诗作中的审美意象还是值得称道的。还有苏轼的《水龙吟·次韵章质夫杨花词》："似花还似非花，也无人惜从教坠。抛家傍路，思量却是，无情有思。萦损柔肠，困酣娇眼，欲开还闭。梦随风万里，寻郎去处，又还被莺呼起。不恨此花飞尽，恨西园、落红难缀。晓来雨过，遗踪何在？一池萍碎。春色三分，二分尘土，一分流水。细看来，不是杨花，点点是离人泪。"该词用的是次韵，可以说最受约束，但词中的审美意象却能如此完美浑成，次韵胜似原唱。作者通过富有匠心的构思和丰富的想象"感而生思"，运用象征性拟人手法经营意象，把自身的情感与所咏之物融合在一起，实际上刻画了一个思妇的伤感和幽怨。该词中的审美意象，情调缠绵，飘逸蕴藏，既是苏轼婉约词的代表作，又堪称是"三应"诗中的典范。

（4）诗词意象是诗人积极审美心理的基础之元。汪裕雄在《审美意象学》中提出："审美意象可以看做审美心理的基元。"可以说，作为一种审美过程，在诗词构思阶段，"心"与"物"、主体与客体之间的感应关系，使得"具体表象，由于不断渗入主体的情感和思想因素，成为既保留事物鲜明的具体面貌，又含有理解因素，浸染着情绪色彩的具有审美性质的新表象，即审美意象"。②于是，诗词意象就成为了诗人积极审美心理的基础之元。"意象"在古典美学中，实际上是一个复合名词。所谓"意"，是诗人对现实审

---

① 万事慎、万士志编：《古体诗苑》，黄山书社2009年版，第1275页。
② 汪裕雄：《审美意象学》，人民出版社2013年版，第47页。

第七章 积极审美心理引领下的诗词创作（二）

美感受的提炼与升华，体现了诗人的审美意识与审美情感。所谓"象"，即是物象，是诗人在审美体验中的审美对象。"意"与"象"的结合，即为"意象"，就是诗人的主观情意与客观物象相熔化、相融合的产物，亦即通常所说的"心物感应"与"情景交融"。其中，"心物感应"是实现"情景交融"的基础。"情景交融"的低级层次是情景组合，高级层次是情景互融，而情感在艺术中具有本体的地位。在诗词构思阶段，诗人在积极审美心理的引领下，满怀激情，富有诗意，高扬个性，在审美想象中可以"内视"的观念形态，是潜藏于诗人头脑中的具象幻影，是诗人审美情感与具体表象所构成的一种积极的审美契合，是诗词创作不可或缺的中间环节。"具体来说，意象是诗歌形象构成的基本元素，是诗人的内在情思与生活的外在物象的统一，是诗人通过想象，用各种艺术方法，将意与象融合以后，所创造出来的单一的或片段的、具体可感的艺术复合体，既包括主观的意与情，也包括客观的物与景，是意、情、物、景相互交融，互为其宅的艺术体。"①

传统诗学理论与诗词创作实践表明，诗词意象是由"心物感应"与"情景交融"，所彰显出来的一种积极的审美感应。认识诗词意象的审美价值，首先需要深刻理解"情景交融"中"景"的多重含义。参照中国古典美学的论述，作为"情景交融"概念中的"景"，其美学含义有三：②一是诗词作品中的山水景物，即对自然景色的描写。如皎然《诗式》云："彼清景当中，天地秋色，诗之量也；庆云从风，舒卷万状，诗之变也。"有的诗论家将诗作中直接描写山水景物称之为"景语"，如王夫之云："不能作景语，又何能作情语耶？古人绝唱多景语，如'高台多悲风''蝴蝶飞南园''池塘生春草''亭皋木叶下''芙蓉露下落'，皆景也，而情寓其中矣。"③二是诗词作品中的艺术图景或形象，包括对自然景物和一切社会人事的具体描绘，即是指广义的"景象"。如《文镜秘府论·十七势》中说："凡作语皆须令意出，一览其文，

---

① 康锦屏、张盛如：《旧体诗词曲创作》，学苑出版社2012年版，第62页。
② 郁沅：《心物感应与情景交融》，百花洲出版社2017年版，第1页。
③ 王夫之：《姜斋诗话》卷二，《四溟诗话·姜斋诗话》，人民文学出版社1961年版，第154页。

至于景象,恍然有如目击。"王夫之在评点曹植《当来日大难》诗时云:"于景得景易,于事得景难,于情得景尤难。'游马后来,辕车解轮',事之景也。'今日同堂,出门异乡',情之景也。子建而长如此,即许之天才流丽可矣。"① 这里,第一句中的前一个"景",是指外界的自然景物,后一个"景"是指对自然景物的形象描写。而第二句和第三句中的"景",都是指艺术形象。这三句话是说,形象地描写自然景物容易,形象地表现社会人事难,把情感化为艺术形象更难。三是客观存在的自然影响,进而泛指一切社会和自然的客观存在物。如皮日休云:"(孟浩然)之作,遇景入咏,不钩奇抉异。"(《全唐诗话》卷一),其中之景是指狭义的自然景物。而王夫之所说的"情、景有在心在物之分"(《姜斋诗话》卷一),其中的"景"则泛指存在于心之外的"物"了。于是,相应"情景交融"的三种含义,也就有了诗词意境三种不同的审美感应:②一是当"景"是作为诗作中的自然景色描写时,其审美感应表现为情感抒发与景物描写,与之对应的审美意象与审美意境,则体现为"景乃诗之媒,情乃诗之胚,合而为诗"(谢榛《四溟诗话》卷三);二是当"景"作为诗作中的艺术图景或形象描写时,其审美感应表现为是用具体生动的艺术形象来表达抽象的思想感情,这也是最为积极的审美意象与审美意境;三是当"景"是指包括自然景物在内的一切社会和自然的客观存在物之时,其审美感应表现为是审美创造过程中主体之"情"与客体之"物"之间的相互作用与渗透融合,也就是主体与客体合二为一,升华为"意境两忘、物我一体"的积极审美感应。

2.诗词意象的审美特征

蔡钟翔与陈良运在《中国美学范畴丛书》的"总序"中,将中国传统美学范畴的特点归结为"多义性和模糊性""传承性和变易性""通贯性和互渗

---

① (明)王夫之著,李中华、李利民校点:《古诗评选》,上海古籍出版社2011年版,第25页。

② 郁沅:《心物感应与情景交融》,百花洲出版社2017年版,第3页。

第七章 积极审美心理引领下的诗词创作（二）

性""直觉性和整体性""灵活性和随意性"等方面，①这些特性当然也决定着诗词意象与意境的审美特征。遵循积极心理诗学的理念，诗词意象作为"心物感应"与"情景交融"的积极审美产物，源于诗学心理与诗学思维。而诗学心理是一种以主言情志为特质的积极审美心理，诗学思维是一种以审美意象为特质的积极形象思维。在论述诗学思维这一章，我们简要地描述了审美意象的主要特征，如独特新颖的创造性、自然至味的丰富性、含蓄无垠的外溢性等，当然也都属于诗词意象的审美特征。这里，我们主要是着眼于诗词创作，立足于审美感应，服务于审美意境，再扼要介绍一下诗词意象审美特征较为突出的几个方面，如具体而形象、简约而概括、间接而义广等。

（1）具体而形象。关于诗词意象，有所谓"具象"之说，即或是"具体表象"，或是"具体形象"，它源于积极的审美心理，出于积极的形象思维，成于以"赋比兴"为特色的积极修辞手法。艾青说过："愈是具体的，愈是形象的。"②反过来，当然亦是，即愈是形象的，愈是具体的，愈是感性的。正如，汪裕雄所说："美感的对象是富于感染力的感性形象。当欣赏者感知它的时候，不但会产生相应的表象，而且会有相应的情绪反应，诱发联想和想象活力，将表象改造为饱和着欣赏者主观情绪色彩的、朦胧多义的审美意象。"③例如，古往今来，许多诗人都写过月亮的诗，每首诗中的月亮都是具体的表象。如杜甫的名句"月是故乡明"，说明不是一个物理的实在，而是一个情景交融、具体而形象的意象世界，故乡月亮的美就在于这个充满意蕴的感性世界。又如李白的名句"床前明月光"，同样是具体而表象，"床前"这个特定的场景，与"明月"一同融入诗人之情，让"情不虚情，情皆可景，景非虚景，景总含情"（王人之《古诗评选》卷五），进而构成审美意象。显然，一般存在于个别之中，越是具体的也就越是个别的。就诗词创作而言，人类所普遍具有的思想感情，往往是通过诗人具有个性化的具体形象来反映的，进而让诗词意象也既符合潜在读者的审美期待，也饱含着诗人独具特色

---

① 蔡钟翔、邓光东主编：《中国美学范畴丛书》总序，百花洲文艺出版社2017年版。
② 艾青：《诗论》，人民文学出版社1995年版，第28页。
③ 汪裕雄：《审美意象学》，人民出版社2013年版，第47页。

的个性色彩。如白居易的《寒闺怨》："寒月沉沉洞房静,真珠帘外梧桐影。秋霜欲下手先知,灯底裁缝剪刀冷。"这里,诗的意象服务于诗的意境,诗中的月亮就特别突出了一个"寒"字,并通过"霜""手""灯""剪刀"等意象,让秋夜"寒月",冷透寒闺之心。

（2）简约而概括。传统诗词的本质特征为主言情志,又受到体裁与韵律的限制,因此它往往是选取最富有色彩的一斑来窥全豹,截取最富有意蕴的片段来反映整体,可以说简约而概括,是诗词艺术有别于其他艺术的审美特征之一。刘勰在《文心雕龙·物色》中就指出《诗经》中的许多诗"并以少总多,情貌无疑矣"。宋代也曾流行"浓绿万枝红一点,动人春色不须多"这么两句诗,据说"荆公作内相时,翰苑中有石榴一丛,枝叶甚茂,但只发一花,故荆公题此诗"。①充分表明以一斑反映全豹,往往是诗词构思的基本原则。例如,宋末明初词人蒋捷,号竹山,宋亡后隐居太湖竹山,一生饱经风雨,经历坎坷,足可写成一部长篇小说或一部电视连续剧,但他却用一首《虞美人》,仅仅八句五十六字,更是淋漓尽致地道出了自己的一生。该词云："少年听雨歌楼上,红烛昏罗帐。壮年听雨客舟中,江阔云低,断雁叫西风。而今听雨僧庐下,鬓已星星也。悲欢离合总无情,一任阶前点滴到天明。"词中的意象三个"听雨",贯穿了"少年""中年"和"而今"（老年）三个时段,对应着"歌楼上""客舟中""僧庐下",其中的三个方位词"上""中""下",更是蕴含着各自不同的内涵,简约而概括地表达了人生老、中、少三个阶段的生存境况,真可谓"以少总多,情貌无疑"。正如艾青所说："全诗都是叙述,没有一个比喻。选择了三个环境,跳跃得非常快,把一辈子都写完了。这种叙述不同于散文的叙述。它抓住最典型的场面,概括力极高——少年的时候玩儿,壮年的时候流浪,老年的时候孤独。收到了诗的感动人的效果。"②又如,辛弃疾的《丑奴儿》："少年不识愁滋味,爱上层楼。爱上层楼,为赋新词强说愁。而今识尽愁滋味,欲说还休。欲说还休,却道'天凉好个秋'！"也是用八句四十四个字,采用今昔对比的方式,以

---

① （宋）胡仔：《苕溪渔隐丛话》前集,人民文学出版社1981年版,第229页。
② 艾青：《谈诗》,人民文学出版社1995年版,第137页。

第七章 积极审美心理引领下的诗词创作（二）

"愁"字贯穿始终，形象地描述了词人一生对"愁"字内涵的切身感受。上阕"爱上层楼"四字，下阕"欲说还休"四字及其尾句七字，其意象简约而概括，但具有强烈的艺术震撼力。象内象外的无限感慨，应当只有饱经仕途忧患、又诗思敏捷者才能言之。

（3）间接而义广。诗要用形象思维，但诗学思维又不同于其他艺术的形象思维，是以审美意象为特质、以"意象——语符"为形式的积极形象思维。诗人从"在心为志"到"发言为诗"，往往不是用概念来直接言说，而是用意象来间接表达，所以"诗无达诂"，由诗词文本来认知与理解"诗人之意境"与"诗歌之意境"，其形式只能是间接的，而其内容总是多义的。宗白华说过："诗的形式的凭借是文字，而文字能具有两种作用：（1）音乐的作用，文字中可以听出音乐式的节奏与协和；（2）绘画的作用，文字中可以表写出空间的形相与彩色。所以优美的诗中都含有音乐、含有图画。他是借着极简单的特质材料——纸上的字迹——表现出空间、时间中极复杂繁富的'美'。"[1]朱光潜在《诗论》中亦写道："艺术最大的成功往往在征服媒介的困难。画家用形色而能产生语言声音的效果，诗人用语言声音能产生形色的效果，都是常有的事。我们只略读杜工部、苏东坡诸人题画的诗，就可以知道画家对于他们仿佛是在讲故事。我们只略读陶、谢、王、韦诸工于写景的诗人的诗集，就可以知道诗里比画里更精致的图画。"[2]苏东坡所说的"味摩诘之诗，诗中有画；观摩诘之画，画中有诗"，其实也是他对自身诗词创作与绘画经验的间接概括。

此外，与"间接而义广"的审美特征类似，还有"以小见大"与"以侧言正"等诗学方法。例如，清人刘熙载《艺概·诗概》云："以鸟鸣春，以虫鸣秋，此造物之借端托寓也。绝句之小中见大似之。"又如，清人吴乔云："诗意大抵出侧面。郑仲贤《送别》云：'亭亭画舸系春潭，只待行人酒半酣。不管烟波与风雨，载将离恨过江南。'文出正面，诗出侧面，其道果然。"[3]正

---

[1] 宗白华：《新诗略谈》，《艺境》，北京大学出版社1999年版，第19页。
[2] 朱光潜：《诗论》，漓江出版社2011年版，第139页。
[3] 徐有富：《诗学原理》，北京大学出版社2017年版，第407-408页。

因为如此,所以诗词鉴赏的经典接受方式才会有所谓"以意逆志"与"诗无达诂"等经典论述。关于义广,即常说的多义问题,《诗词修养大师谈》一书,就专列"诗多义举例"一章,介绍了朱自清的研究成果,包括"古诗一首(行行重行行)""陶渊明饮酒一首(结庐在人境)""杜甫秋兴一首(昆明池水汉时功)"与"黄鲁直登快阁一首(痴儿了却公家事)",一共是解读了诗四首。①从中可以看出,鉴于诗词意象与诗词意境审美特征,一首内涵丰富的诗,永远是难能一致的诗之三境,即"诗歌之意境"永远与"诗人之意境"或"读者之意境"是难于绝对统一的,特别是在难能知人论诗的情况下更是如此。

二、诗词意象的生成途径与基本类型

在传统诗词的创作中,关于"意—象—言"三者之间的关系,清代诗人兼诗论家袁枚根据自身的作诗与论诗实践,用《遣兴》一诗说得生动明白:"但肯寻诗便有诗,灵犀一点是吾师。夕阳芳草寻常物,解用都为绝妙词。"其中,袁枚化用李商隐诗《无题》中的诗句"心有灵犀一点通",说"心有灵犀是吾师","心有灵犀"代表诗人积极的审美心理,也就是心中之"意","夕阳芳草"则指具体的"象",在"心物感应"中实现"意"与"象"的情景交融,也就是有了"绝妙词"。这也就说明,营造诗词意象是诗词创作的关键。

(一)诗词意象的基本涵义与生成途径

纵观古今诗论,诗词创作讲求意象,"意象"一词也是传统诗词中用得最为频繁的诗学术语之一。曾几何时,"意象"一词曾被认为是一个舶来品,是英语"image"的译名。其实,关于"意象"的理念,在我国的美学与诗学史上有着源远流长的历史。古往今来的诗词创作,都尤其注重意象经营与意境创造。立足于积极诗学心理,将更加有利于深刻理解诗词意象的基本涵义及其生成途径。

---

① 参见《诗词修辞大师谈》第二章,时代出版传媒股份有限公司、安徽人民出版社2012年版,第12-27页。

1.诗词意象的基本涵义

诗词意象这一术语在我国由来已久，历代多有发展变化，含义不尽一致，但大体上有一点是共同的，即"意象"是"意"与"象"的有机融合，是渗透着诗人主观情意的客观物象。然而，中西美学中的"意象"内涵还是有区别的。汪裕雄认为，"在西方，image（意象的英文）指心理学上的表象、心象、映象，或语言学上的喻象、象征，主要是想象的产物。由其衍生的动名词imagination，就是指想象或想象力。""中国意象论以传统的气论为基础。意象起于'观物取象'。这个'取'，不是单纯模仿，而起于物我之间因生命之气的交流共鸣而感应互通，是基于同态对应的深切认同。""中国意象论的着眼点，不是单纯的外部空间，如里普斯所谓'空间意象'，而是一个'时空统一体'，就是说中国人面对的是四维空间。""最重要的一点，中国意象论强调，意象之形成，不但有赖于外物的'物象'，同时又是一种'内心视象'，它在静穆的冥思中，悬于心目，既观赏又体验，意象既不断发展、变形、体验也不断延伸、加深，直至从中领悟出人与自然的和谐，领悟出人生的价值意义。这种审美意象，成为人们重新体认自己的人生体验、寄寓人生感慨、解悟人生真义的重要手段。"[①]显然，上述关于"意象"的这些论述，都主张"意象"是主体之"心"与客体之"物"的关系。尤其是对诗词意象而言，它所内含的"心物"关系，无论是从外在的"物象"看，还是从内在的"心象"看，都不能脱离另外的"一半"而独立存在，是审美主客体之间的一种审美感应。事实上，从有形的角度看，即从"心"看"物"："意象是具体化了的情感"（艾青《诗论》），或是"诗人内在之意诉之于外在之象"（余光中《掌上雨》）；从无形的角度看，即从"物"看"心"："意象是所知觉的事物在心中所印的影子"（朱光潜《文艺心理学》）。

同时，深刻理解诗词意象的基本涵义，还需要从诗学思维与诗学修辞层面来理解。一首诗词中的意象都是一些具体的个别事物，而非抽象的概念。正如朱光潜所言："意象是个别事物在心中印下的图影，概念是同类许多事物

---

① 汪裕雄：《意象探源》，人民出版社，2013年版，第234页。

在理解中所见出的共同性。"①这就说明，意象是出自积极修辞手法，而概念则是出自消极修辞手法。在传统诗词的创作过程中，"意象"是诗人在以主言情志为特色的积极审美心理的引领下，运用以审美意象为特色的积极形象思维，让心中之"意"（亦即"情志"）依托于某个物体成"象"，且通过以"赋比兴"为特色积极修辞手法物化为"诗家语"；而"概念"则是科学工作者运用逻辑思维，从很多个体中抽象出来的共性特征。意象与概念两者之间泾渭分明，区别明显，不可混为一谈。

2.诗词意象的生成途径

审美知觉与审美体验源于审美心理与审美思维。汪裕雄的《审美意象学》从审美心理的源头出发，将审美意象分为知觉意象与想象意象，认为知觉型审美意象是审美活动中物我双向交流的心理成果；想象型审美意象具有"发愤抒情"的心理特征。并指出："知觉意象与想象意象，机制有别而实为可通。物我交流，一旦进入'神合'阶段，进入'物我同一'的境界，那便从知觉过渡到想象；反过来，知觉想象为'神游'提供一种触媒，一种契机，也可理解为想象展开的基础环节。由此看来，审美意象的两大类型，在心理构成上，并不能折为两橛。"②正因为如此，立足于诗词创作，倒是可以将复杂问题简单化，无论是知觉型诗词意象，还是想象型诗词意象，都是在积极审美心理的引领下，让处于积极审美体验中的诗人，将蕴藏心中的主观情意与客观存在的审美物象相熔化、相融合的过程。物象本来是客观的，它不依赖人的存在而存在，也不因人的喜怒哀乐而发生变化。但是，客观存在的物象一旦与诗人心中之"情志"相碰撞，便会让诗人进入积极的审美体验，生成积极的审美知觉，让审美主体的情意与审美客体之物象彼此融入而生成审美意象。这个双向融合的过程包含两方面的内容：一是经过审美主体积极体验的淘汰与筛选，让诗人心中之"情志"所蕴涵的美学理想与美学趣

---

① 朱光潜：《诗的意象与情趣》，见《朱光潜全集》第9卷，1993年版，第369页。

② 汪裕雄：《审美意象学》，人民出版社2013年版，第10页。

第七章 积极审美心理引领下的诗词创作（二）

味，通过审美意象而表现出来；二是经过审美主体积极情绪的化合与点染，又让诗人的积极人格与积极特质渗入审美意象之中。

从"意象"概念可知，"意象"是由主体之"心"与客体之"物"通过相互作用、相互融合而生成的。于是，可以根据两者的"先"与"后"，或"主动"与"被动"，去寻觅"意象"的生成途径。所谓"情以物兴"或"随物宛转"，突出的是客体的外"物"在先、是"主动的"，而主体的内"心"在后，是"被动的"。按照这种途径，作为创作主体，一开始并没有什么不吐不快的显性情感，只是在偶然之中见到客体之"物"后，而迸发出诗人的情感。刘勰在《文心雕龙·物色》所言："一叶且或迎意，虫声有足引心，况清风与明月同夜，白日与春林共朝哉！"说的就是这个道理。古代诗人的"游历"，当代诗人的"采风"，其理论依据恐怕就是"情以物兴"或"随物宛转"。这也是当今经常强调创作主体为什么需要深入实际、深入生活、深入社会的诗学解释。当然，按照这种意象生成途径，尽管客体之外"物"在先，主体之内"心"在后，但毕竟外"物"无法与内"心"直接交流，不同的内"心"在同一外"物"上的成"象"自然是不同的，也就是说"情以物兴"或"随物宛转"的结果，即同样的外"物"所产生的情感，必然会随着主体内"心"的不同而不同。例如，一样的外"物"——风雪，在谢灵运的心中，生成的是"明月照积雪，朔风劲且哀"的审美意象。而在陶渊明的心中，生成的则是"倾耳无希声，在目皓已洁"的审美意象。

所谓"物以情观"或"与心徘徊"，突出的是主体的内"心"在先，是"主动的"，而客体的外"物"在后，是"被动的"。这也正如《礼记·乐记》写道："凡音之起，由人心生也。人心之动，物使之然。"通常，以积极审美心理去拥抱世界的诗人，往往使外在之"物"服从于内在之"心"，即创作主体先就具有某种特定的积极情绪，进而会主动去寻找客观之"物"，让其寄托这种情感，收到"登山则情满于山，观海则意溢于海"（刘勰《文心雕龙·神思》），"物皆着我之色彩"（王国维《人间词话》）的审美感应。例如，同样的"春水"，在白居易的心中，生成的是"日出江花红胜火，春来江水绿如蓝"的审美意象；而在李煜的心中，生成的是"问君能有几多愁？恰似一江春水向东流"的审美意象。于是，诗词意象的两种生成途径可描述为：一是以客体之"物"为起点，诗人被客观之景象、物象所吸引，"情以物兴"或"随物宛转"的积极审美心理作用，让诗人借外在之物来表现自己内心深处勃发的情思，并使内在情思与外在物象相熔化、相融合、相转换，重新集结而生成意象。二是以主体之"心"为起点，诗人心灵深处情意翻滚，情思绵绵，不吐不快。在"物以情观"或"与心徘徊"的积极审美心理作用下，诗人从外在之物中寻觅足以表达内在情思的对象，进而让心入于境，意融于象，让两者在结合中熔化、融合，进而转化焕发成全新的、一体的审美意象。这里，无论是经由哪种途径，都是经由积极的形象思维而生成的审美意象，此时之"意"，而非原来之"意"，而是更深了，更阔了，更远了，更高了，更浓了；此时之"象"也非原来之"象"，而是更激动了，更鲜活了，更含蓄了，更神奇了，更美好了。

需要说明的是，上述关于诗词意象生成的两种途径，尽管理论上有"先"与"后"之分，但在实际情况下，并不是相互独立，非此即彼，而是相互糅合，难以分开，且往往同时穿梭往来于诗人的积极审美心理。又是正如王夫之所言："情景名为二，而实不可离，神于诗者，妙合无垠。""夫景以情合，情以景生，初不相离，唯意所从。"（王夫之《姜斋诗话》）例如，南唐后主李煜最后一首感怀故国的名作《虞美人》词云："春花秋月何时了？往事知多少！小楼昨夜又东风，故国不堪回首月明中。雕栏玉砌应犹在，只是朱颜改。问君能有几多愁，恰似一江春水向东流。"该词开头如俞平伯所云"奇语劈空而下"，"春花秋月"，景物何其美好！正是这美好之"物"，通过"情以物兴"，催生了该词的开篇意象。当然，词中的"春花秋月"并非专指某时某刻的"春花"或"秋月"，而囊括了诗人心中一切恋念中的故国往事。紧接着"何时了"与"知多少"一连两个诘问，问得惊心动魄，问出人世间的永恒与无常。词中后面的审美意象，诸如"雕栏玉砌""朱颜""一江春水"等等，又是通过"物以情观"而形成积极的审美知觉。从该词亦可体悟出积极审美知觉形成中的"心""物"关系，还是刘勰《文心雕龙》中的深邃论述，"心""随物以宛转"，"物""亦与心而徘徊"，即"心"与"物"的相互交融。刘熙载《艺概·赋概》云："在外者物色，在我者生意，二者相摩相荡而赋出焉。若与自家生意无相入处，则物色只成闲事，志士遑问及乎。"这就说明，在形成诗词意象的积极审美知觉中，"在外者物色"始终是为"在我者生意"服务的。如在李煜词中，"物色"不仅不是"闲事"，而且还因为有了这些"物色"，让诗人抚今追昔的"生意"更加深沉厚实，尤其是心物交融，"相摩相荡"之后，让该词成为传诵千古的绝唱。

（二）诗词意象的基本类型

审美意象是传统诗词的细胞，也是诗学审美心理的基元。古代学者胡应麟在《诗薮》中写道："古诗之妙，专求意象。"这就说明传统诗词离不开审美意象，而审美意象更是创造诗词意境的特别"材料"。实践表明，用审美意象来表达情感，是诗词不同于散文的最大区别。从多维视角审视诗词意象，需要将诗词意象进行适当的分类，继而深入了解它的形态特征、结构方式和风格意味，以便在诗词创作中，以积极的审美心理经营好诗词意象。

1.依取象时空划分

传统诗词的创作，离不开时间与空间，即时空这两个因素。一般而言，诗词描写的对象都存在于一定的时空，或相对静止，或相对运动；或相对独立，或相对依存；或相对现实，或相对虚拟，进而有所谓现实时空意象与心理时空意象之分。

（1）现实时空意象。所谓现实时空，也就是诗人生活中所面对的真实的时空。其间的物象与诗人的心意相融合，则形成现实时空意象。例如，王安石的《即事十五首》之八："萧萧三月闭柴荆，绿叶阴阴忽满城。自是老来游兴少，春风何处不堪行？"该诗首句写时间，次句写空间，第三句又写时间，末句又写空间。诗人正是通过各种自然时空意象的相互对映，才让全诗意味深长。若是进一步划分，又可分为现实时间意象与现实空间意象。

从现实时间而言，千百年来的经典诗篇表明，诗人有自己的诗意"时钟"，可以任意拨动。诗词中的现实时间意象，代表了诗人在真实生活时间中的审美体验。而时间又似是看不见摸不着的"永恒"。自古以来，人们只有通过一些顺应时节而生的现象，以感受它无限生命的律动。流逝的过去、进行的现在、展望的未来，在这无形的历史长河中，诗人缅怀、礼赞、感叹、诅咒、向往、期待……寄情于那些浮沉、进退、起伏、隐现、兴衰于实际与想象中的人事、景物，生成无数时间性的意象，以表达诗人对于特定时间所发生或将发生的一切事物的情感。从积极审美体验的角度看现实时间中的诸多意象，大体有两个时间性意象，即自然时间意象与人生时间意象。

所谓自然时间意象，是指由一年四季、春夏秋冬、十二个月、二十四节、白天黑夜、十二时辰等自然历法中的概念来描述的时间意象。例如，唐代贺知章《咏柳》诗云："碧玉妆成一树高，万条垂下绿丝绦。不知细叶谁裁出，二月春风似剪刀。"该诗末句就是用自然时间意象造就的新奇比喻。又如，唐代李贺《马》诗云："大漠沙如雪，燕山月似钩。何当金络脑，快走踏清秋。"末句表面上看是自然时间意象，但凡知晓作者的人，"快走踏清秋"一句，似乎还有更加丰富的时间意象和人生感遇。

所谓人生时间意象，是指人从出生到逝世的生命历程，包括幼年、童年、少年、青年、壮年、老年，乃至耆年、耄耋之年，以及与此相关的诸多生理特征，如朱颜、衰颜、华发、霜鬓、皓首等来描述的意象。例如，贺知章《回乡偶书（其一）》："少小离家老大回，乡音无改鬓毛衰。儿童相见不相识，笑问客从何处来。"该诗短短四句二十八字，摄取日常生活中的一个镜头，主要选取人生时间意象，采用白描手法，词句犹若家常话，但却新意迭出，显得轻松活泼，情趣盎然。唐汝询《唐诗解》称其"模写久客之感，最为真切。"宋宗元《网师园唐诗笺》亦云："情景宛然，纯乎天籁。"诗论者的这些评价，与作者巧妙地运用人生时间性意象是分不开的。又如，苏轼《纵笔三首（其一）》："寂寂东坡一病翁，白须萧散满霜风。小儿误喜朱颜在，一笑那知是酒红。"这首诗是作者在儋州写的三首七绝中的第一首，主题是咏老，其他两首分别是咏闲与咏贫。诗中的意象也主要是人生时间意象，是采用赋兼比兴的手法写成的，既即境又即心，其意"精深华妙，不见老人衰惫之气。"第三第四两句，"小儿""朱颜"这些人生时间意象，配合"喜""笑"等情态动词，故作谐语，以喜掩悲，且更具生活情趣。正如纪昀所云："叹老意如此出之,语妙天下。"

从现实空间而言,它既是诗人赖以生活的空间,也是一切物象存在的空间。现实空间意象,实质上是诗人空间审美感的具象化。传统诗词中的空间意象,源于诗人积极的空间形象思维。诗人积极的空间形象思维能力,影响乃至决定着空间审美意象的呈现。从传统诗词的创作实践来说,诗人生活在广袤的空间,可以说任何物象都不能脱离特定的空间,所以处于不同空间的不同物象,总会接连不断地传来各种信息。这些信息中空间形象,一旦融入诗人的创作构思,便会在积极审美心理的引领下,融入自身情感,以审美思维生成空间意象,并进入笔下的诗词作品。例如,杜甫《绝句》:"两个黄鹂鸣翠柳,一行白鹭上青天。窗含西岭千秋雪,门泊东吴万里船。"读完这首诗,犹如一幅色彩鲜明的图画呈现在眼前,诸多鲜活的空间意象跃于纸上。正如张舜民《跋百之诗画》所云:"诗是无形画,画是有形诗。"诗画艺术的相通交融,让时间意象与空间意象总是交织在一起,也就是说什么样的时间必然对映着什么样的空间。请看白居易《燕子楼》诗:"满床明月满帘霜,被冷灯残拂卧床。燕子楼中霜月夜,秋来只为一人长。"该诗前两句写空间,后两句写时间,时空交织,意象鲜明。漫长的秋夜,冰冷的霜月,冰凉的被褥,昏暗的床灯,主人公的审美情感在这些凄凉的时空意象中得到了细腻的表现。

(2)心理时空意象。所谓心理时空意象,是指西方心理学或美学著作中所说的"原型意象"或"原始意象",也就是那超越自然时空,在民族文化审美心理深层结构中凝结而成的所谓"原始"或"原型"意象。所谓原型,用西方学者容格的话说就是:"与集体无意识的思想不可分割的原型概念指的是心理中明确的形式的存在,它们总是到处寻求表现。神话学研究称之为'母题';在原始人心理学中,原型与列维——布留尔所说的'集体表象'概念相符"。弗莱则是说;"原型是一些联想群,与符号不同,它们是复杂可变化的。在既定的语境中,它们常常有大量特别的已知联想物,这些联想物都是可交际的，因为特定文化中的大多数人很熟悉它们。"①从这些论述可以看出，原型并不神秘，其根源既是社会心理的，又是历史文化的，它将文学艺术同现实生活联系起来，进而成为二者相互作用的媒介。有鉴于此，传统诗词中的"原型意象"，大体可理解为是中国人特有的一种文化心理意象。因为任何物象都脱离不了特定的时空，且心理时空又不受逻辑思维的约束，所以"原型意象"似可理解为是历史文化时空（或简称历史时空）或文化心理时空（或简称心理时空）意象，有的还是包含在传统事典、语典乃至习惯用语中的各种"集体表象"。

至于说，如何理解心理时空，美国著名汉学家刘若愚《中国诗学》中的两段话，可为我们理解这个问题提供有益的启示。他在论述"中国人的一些概念和思想感觉的方式"时，针对"时间"的论述是："大部分的中国诗表现出敏锐的时间意识，而且表达了对时间一去不回的哀叹。当然，西洋诗人对时间也很敏感，但似乎他们中很少有人会象中国诗人那样对时间耿耿于怀。而且，中国诗一般比西洋诗更明确地点明季节和早晚的时间。哀悼春去秋来或者忧虑老之将至的中国诗不可胜数。春天的落花、秋天的枯叶、夕阳的余辉——所有这一切无不使敏感的中国诗人联想到'时间的飞逝'，而且引起诗人们对于自己青春逝去，年纪已老和死将来临的无限忧伤。"其中所说的"落花""枯叶""夕阳"等，就是传统诗词中常见的有时间特征的"原型意象"。针对"乡愁"的论述是："中国诗人似乎永远悲叹流浪及希望还乡。这对于西洋读者来说，可能也显得太感伤了。……乡愁成为中国诗中一个常有的、因而是传统的主题，这并不奇怪。乡愁一旦成为传统的主题，有些诗人或劣等诗人，当他们往往离家只不过一百哩且极为舒适的环境中时，虽无正当的理由，却也自然而然地写起乡愁的诗来。"②例如，李益《春夜闻笛》诗云："寒山吹笛唤春归，迁客相看泪满衣。洞庭一夜无穷雁，不待天明尽北飞。"又如，温庭筠《更漏子》词云："背江楼，临海月，城上角声呜咽。堤柳动，

---

① 叶舒宪选编：《神话——原型批评》，陕西师范大学出版社1987年版，第14至16页。

② [美]刘若愚：《中国诗学》，长江文艺出版社1991年版，第61至62页，第70页。

岛烟昏,两行征雁分。京口路,归帆渡,正是芳菲欲度。银烛尽,玉绳低,一声村落鸡。"从中可以看出,在抒写思乡情感的诗词中,"归舟""大雁"或"征雁"等"原型意象",已经融化在中国诗人的血液中,创作中往往是信手拈来。

关于典故里的"原型意象",它往往可以增加诗词的内涵与意蕴,追求诗词的"象外之象"与"味外之味",这也是中国诗人用典的初衷。请看李商隐的《昨夜》诗:"不辞鹈鴂妒年芳,但惜流尘暗烛房。昨夜西池凉露满,桂花吹断月中香。"这是诗人于失意之际写的悼亡诗。诗的第一句典出于《离骚》:"恐鹈鴂之先鸣兮,使百草为之不芳。"鹈鴂即杜鹃,春分鸣则众芳生,秋风鸣则众芳歇。诗的第二句典出于潘岳《悼亡诗》之"床空委清尘"。说明这两句都包含着文化心理时空意象,再加上第三句的"西池凉露冷"、第四句"桂花吹断月中香",进而让现实时空意象与心理时空意象相叠加,使蕴涵在诗作的悲情更加曲折含蓄,尽管月中的桂香"吹断",而人的悲情却永远难断。

2.依用象职能划分

诗词意象是诗学修辞的产物,与语词关系密切。古远清与孙光萱在《诗歌修辞学》中写道:"如果说,语词是一首诗中最小的语言单位的话,意象则是一首诗中最小的艺术单位。"[①] 所以,我们探讨诗词意象的类型,亦可以从诗学修辞手法入手。如前所述,诗学修辞是以"比兴"为主的"赋比兴"。这也正如汪裕雄《意象探源》所言:"《大序》将赋、比、兴三者作为诗之三法,作整体拈出,仍触及了中国诗学的精要处——意象论。'赋'为直叙其事,按中国自《春秋》以来的史家传统,叙事重意象,掺有情感价值判断因素;而不同于西方之重事实(fact,有相义);'比兴'二法,'比'为托物引类,'兴'为托物起情,都直接关乎意象。尤其是'兴',以意象为情感象征,为全诗提供某种情绪氛围,'先言他物以引起所咏之词'(朱熹:《诗经集传》),从直接模拟事象('赋')和具体比附的喻象('比')脱开一步,

---

[①] 古远清、孙光萱:《诗歌修辞学》,湖北教育出版社,1995年10月,第5页。

取得了抒情用象的更大灵活性，更为后世学者所重视。"[①]所以，可以根据"赋、比、兴"三法将诗词意象分为三大类：一类是以"赋"为主要特色的"描述性意象"；另一类是以"比"为主要特色的"引类性意象"；再一类是以"兴"为主要特色的"感发性意象"。

（1）描述性意象。所谓描述性意象，是指借鉴"直陈其事"的方式，通过"直陈其'象'"，让现实中的"物象"直接表达诗人心中之"意"。也就是说，诗人的"在心之志"完全被物象渗透，进而由浸透着诗人情感的审美意象来折射诗人的审美情感。例如，杜甫《绝句》："两个黄鹂鸣翠柳，一行白鹭上青天。窗含西岭千秋雪，门泊东吴万里船。"其中，"两个黄鹂"对"一行白鹭"，"鸣翠柳"对"上青天"，"窗含西岭"对"门泊东吴"，"千秋雪"对"万里船"，四个描述性意象构成了一副有声有色的图画，洋溢着诗人朝气勃勃的乐观情感。又如，柳宗元《江雪》："千山鸟飞绝，万径人踪灭。孤舟蓑笠翁，独钓寒江雪。"这首用仄韵的五绝，也是由四个描述性意象构成的，即"千山"对"万径"，"鸟飞绝"对"人踪灭"，"孤舟"对"独钓"，"蓑笠翁"对"寒江雪"。这四个描述性意象也是一副图画，但个中却渗透着诗人孤独寂寞的情感。

（2）引类性意象。引类性意象，是借"以此例彼"的方式，通过"比喻"或"比拟"，将诗人的审美情感托付于具体的物象，进而增强诗词的可感性或可接受性。当然，象征性意象不像描述性意象那样，心之"意"可直接通过物象呈现出来，而是需要把诗人的审美情感通过比喻或比拟的方式，让它有光、有色、有形、有声、有思、有动作，进而把无形的心之"意"，化为有形的物之"象"。例如，李煜的《清平乐》："别来春半，触目愁肠断。砌下落梅如雪乱，拂了一身还满。雁来音信无凭，路遥归梦难成。离恨恰如春草，更行更远还生。"该词上片，"砌下落梅如雪乱，拂了一身还满。"将飘落的白梅比作雪花，作为意象的"落梅"与"乱雪"，又用来隐喻离情与别绪，心意与物象融为一体，情调与画面协调一致；下片，"离恨恰如春草，

[①] 汪裕雄：《意象探源》，人民出版社，2013年版，第243页。

更行更远还生。"作为意象的"春草",则直接用来明喻"离恨",让"更行更远还生"六字,用三折的方式,让形象地代表"离恨"的春草,渐行渐远,更行更远,绵绵不绝。又如,王安石《泊船瓜洲》中的诗句"春风又绿江南岸",宋祁《玉楼春·春景》中的词句"红杏枝头春意闹",其中的"绿"字与"闹"字,作为"诗眼"或"词眼",就是通过比拟的手法,让"春风""活"起来,能够染绿万物;让"春意""动"起来,用王国维的话说,就是用一字眼,"境界全出矣"。这些诗词运用比拟的手法,构造象征性意象,让诗人心中之"意",在自然界找到成"象"之载体或画面,进而通过审美意象增强了诗词语言的感染力。

需要说明的是,在介绍诗学修辞手法时,我们将"象征"与"比喻"分别单列,而在作为意象类型时仍然合并为一类,其主要考虑是将"赋、比、兴"三法作为一个整体来描述各种意象。例如,虞世南《咏蝉》诗云:"垂緌饮清露,流响出疏桐。居高声自远,非是藉秋风。"从修辞手法来说,该诗表面看是写蝉,实质是通过写蝉生性高洁、栖高饮露的特征来写象征品行高洁的人格。作者以蝉自比,象征手法显而易见。从意象类型上看,仍然可视为"引类性意象"范畴。

(3)感发性意象。感发性意象,是借"见物起兴"的方式,通过先言物象,再引出诗人心中之"意",也就是为诗人的审美情感先准备个载体,然后利用这个载体,进一步以审美的方式将情感发挥得淋漓尽致。例如,辛弃疾《菩萨蛮·书江西造口壁》:"郁孤台下清江水,中间多少行人泪。西北望长安,可怜无数山。青山遮不住,毕竟东流去。江晚正愁余,山深闻鹧鸪。"该词从头到尾,都体现为以"见物起兴"为主要特色的感发性意象。上片,首句推出自然空间中的物象——"清江水",为融入诗人心中之"意"——"行人泪"提供载体;第三句借眺望社会空间中的都城,即"望长安"(借指北宋故都汴京),为抒发诗人"可怜无数山"提供依托。下片,又进一步借上片运用的物象——"山"与"水",最后发出诗人"闻鹧鸪"的无限感慨。

需要说明的是,在诗词创作中,"赋、比、兴"手法有时是难于分开的。特别是比兴两法更是经常结合运用,或兴中有比,或比中兼兴,或比兴连用,象征手法也是一种比兴。赋也是如此,或赋中有比,或赋中兼兴,或赋比连用,或赋兴连用,甚至有时还是赋兼比兴,即三法合于一笔。与此相对应,上面所述的三类意象,有时单独运用,但更多却是体现为意象组合的综合运用。特别是以"兴"为特色的感发性意象,更能彰显"感物动情""情动于中而形于外"的诗学特点,必然会或显或隐体现在描述性意象或引类性意象之中。

3.依成象机制划分

所谓成象机制,是指生成意象的主要感官及其心理作用。诗词意象是诗人积极体验的审美化。审美主体的不同感官及其心理过程,所获得的相应知觉表象各有特点。因此可按照成象机制,将诗词意象分为视觉、听觉、嗅觉、触(肤)觉、动觉、内觉及联觉等多种类型。

(1)视觉意象。眼睛是心灵的窗户,是最为敏感的审美器官。正如王夫之《姜斋诗话》所云:"身之所历,目之所到,是铁门限。"宇宙之大,种类之多,都可以通过"眼窗"这一"广角镜"的仰观俯察摄入视网膜,引起感受器色素的光化反应,转换成神经冲动,并把图像信息导入大脑皮层的视中枢,产生视觉表象;其中深刻的印象便转为长时记忆存入记忆中枢。现代心理学指出:"对于正常人来说,视觉大概是使用最充分的感觉系统。我们关于世界的空间信息几乎都是通过双眼得到的。"[1]据此可知,许多诗词意象也是由视觉表象加工而成的。例如,张若虚的《春江花月夜》,该诗以"月"为意象,以月生、月到中天、月斜、月落为线索,描写了春江花月夜的纯净、激动之美,描写了月光下的爱情,展开了关于宇宙人生的思考。闻一多称这首诗"有的是强烈的宇宙意识",而诗中的意象相当多的都是视觉意象,正是通过"江畔何人初见月?江月何年初照人""不知江月待何人?但见长江送流水""不知乘月几人归?落月摇情满江树"等语句中的视觉意象,才让被宇宙意识升华过的爱情更加纯洁与动人,让诗情画意蕴含更加丰富的哲理。唐宋

---

[1] [美]布恩·埃克斯特兰德:《心理学原理和应用》,韩进之、吴福元等译,知识出版社1985年版,第74页。

第七章　积极审美心理引领下的诗词创作（二）

诗词中的诸多视觉意象，如"黄云万里动风色，白波九道流雪山"（李白《庐山谣寄卢侍御虚舟》）、"大漠孤烟直，长河落日圆"（王维《使至塞上》）、"野旷天低树，江清月近人"（孟浩然《宿建德江》）、"碧云天，黄叶地，秋色连波，波上寒烟翠。山映斜阳天接水，芳草无情，更在斜阳外"（范仲淹《苏幕遮》）、"泪眼问花花不语，乱红飞过秋千去"（欧阳修《蝶恋花》）、"似花还似非花，也无人惜从教坠……晓来雨过，遗踪何在？一池萍碎。春色三分，二分尘土，一分流水。细看来、不是杨花，点点是、离人泪"（苏轼《水龙吟·次韵章质夫杨花词》）等。这些视觉意象，经过诗人积极审美心理的加工，或新鲜隽永，或缱绻迤逦，既外化了诗人积极的审美情感，又传达了世间物色的鲜活神韵。

（2）听觉意象。听觉是仅次于视觉的感觉，是人的"知觉链"中重要的知觉系统。声音是特质运动的重要现象，大至风驰雷轰，小至幼芽破土，都会有大小、强弱不同的声响。没有声音的地方，是缺少生命的一片沉寂。所以，在传统诗词中，除了大量的视觉意象，还有不少听觉意象。它们或者是同一对象的两种特性（如鸟兽、动态景物等），或者是耳朵所感知的现象，或者只是想象中的幻听。如《周南·关雎》中的"关关雎鸠，在河之洲"、《小雅·鹿鸣》中的"呦呦鹿鸣，食野之苹"等，都是既见其形，又闻其声。由于声音在现实中持续的时间很短暂，所以传统诗词中的听觉意象，则是诗人的积极审美心理，感受声音时的一种心灵感应。它所凭借的手段主要有两种：一是直接用象声词来概括特定的声音表象，例如，柳宗元《渔翁》中的诗句："烟销日出不见人，欸乃一声山水绿。"其中，"欸乃"即为象声词，是说听得一声划船的木橹声，忽然看见山青水绿，听觉与视觉意象的结合，让情景特别鲜活。又如，李颀《听董大弹胡笳声兼寄语弄房给事》中的诗句："幽音变调忽飘洒，长风吹林雨堕瓦。迸泉飒飒飞木末，野鹿呦呦走堂下。"其中，"飒飒"用来表示泉水声，"呦呦"用来表示鹿鸣声。该诗是一首描写音乐的著名唐诗，运用生动的比喻，丰富的联想，多方面表现了音乐的美妙和神奇，而不少表现手法则是通过听觉意象来实现的。二是通过诗学修辞手法来呈现听觉意象，即化听为视，或易彼为此。于是不可捉摸的声音意象，就借助积极的审美想象可以生动地呈现出来。例如，李益《夜上受降城闻笛》："回乐峰前沙似雪，受降城外月如霜。不知何处吹芦管，一夜征人尽望乡。"该诗第一、第二与第四句是写视觉意象，而第三句则借用"吹芦管"，让"听觉意象"连通可感的"视觉意象"，进而增强了诗词语言的感染力。该诗还化用了晋人刘琨的故事，表达了征人厌战思乡的深切情感。《晋书·刘琨传》载："（琨）在晋阳，尝为胡骑所围数重，城中窘迫无计，琨乃乘月登楼清啸，贼闻之皆凄然长叹；中夜奏胡笳，贼又流涕歔欷，有怀土之切；向晓复吹之，贼并弃围而走。"可见结合用典，更加让结句尤其是"尽望乡"三字凄切动人。又如，蒋捷的《虞美人·听雨》："少年听雨歌楼上，红烛昏罗帐。壮年听雨客舟中，江阔云低断雁叫西风。而今听雨僧庐下，鬓已星星也。悲欢离合总无情，一任阶前点滴到天明。"该词作者独具匠心，自然挥洒，竟将人生入雨声，用三个"听雨"句，忆及少年、壮年与老年生活。末句未用"听雨"，却实又在"听雨"，"一任"二字，既触当下，又预示未来，赋予"听雨"这一听觉意象极大的语言张力。

（3）嗅觉意象与味觉意象。嗅觉和味觉都是刺激物所引起的生理反应。嗅觉源于挥发性有气味的物质与鼻腔顶端感受器（鼻膜）的相互作用，其感受性很强。味觉则源于味刺激物与口腔内味觉感受器（主要是舌面上的味细胞）的相互作用，而生成味觉感知，包括酸、甜、苦、辣、咸、淡等。嗅觉与味觉比较，嗅觉更为重要。许多被认为是味觉的刺激，实际上是嗅觉的感受：如果伤风感冒鼻子不通，吃东西也无味道就是简单的实例。传统诗词中的嗅觉意象与味觉意象，往往是诗人在积极审美心理的引领下，通过积极的形象思维，用以表达自身某种审美情感的产物。在唐诗宋词中，含有嗅觉或味觉的诗句或词句很多，如"朱门酒肉臭，路有冻死骨"（杜甫《自京赴奉先县咏怀五百字》）、"荷风送香气，竹露滴清响"（孟浩然《夏日南亭怀辛大》）、"麻叶层层荷叶光，谁家煮茧一村香"（苏轼《浣溪沙》）、"腥臊窟穴一洗空，太行北岳元无恙"（陆游《九月十六日夜梦驻军河外遣使招降诸城觉而有作》）、"洙泗上，弦歌地，亦膻腥"（张孝祥《六州歌头》）等。传统诗词的创作实践表明，嗅觉意象与味觉意象同其他意象的组合，往往可以表现诗人丰富的审美想象，升华诗词的审美意境。

（4）体觉或肤觉、触觉意象。在知觉系统中，除了眼、耳、鼻、舌的视、听、嗅、味感觉外，体觉（或肤觉、触觉）亦是身体接受外界刺激的重要官能。中国人常说"眼耳鼻舌身"五种感官，其中"身"觉就是体觉，有的学者亦称之为肤觉或触觉。人体的肤觉，包括一切由温度、湿度和机械性刺激所引起的各种不同类型和层次的感知，如冷热、干湿、触压、麻痒、刺痛等及其复合形态，如柔软、细嫩、润滑、黏腻、粗糙、坚劲、锐利、钝拙等。在传统诗词的创作中，体觉常常以温度、润度、滑度和软度等基本感知及其复合形态进入诗人积极的审美过程，生成肤觉意象或触觉意象，进而表达特定的审美感应。例如，一个涉及体觉的"寒"字，在传统诗词中组成的语词基本上都是体觉意象，诸如"寒天""寒空""寒秋""寒冬""寒宵""寒风""寒云""寒星""寒烟""寒光""寒霜""寒雨""寒潮""寒更""寒气""寒色""寒松""寒竹""寒梅""寒山""寒川""寒流""寒泉""寒沙""寒林""寒枝""寒露""寒潭""寒谷""寒窗""寒蝉""寒雁""寒心"等等。在传统诗词的意象经营与意境创造中，体觉意象有时可以起到意想不到的积极作用。例如，明代于谦《石灰吟》云："千锤万凿出深山，烈火焚烧若等闲。粉身碎骨浑不怕，要留清白在人间。"作者采用拟人手法，将石灰比作自己，从开采石灰石的"千锤万凿"，到烧石灰时的"烈火焚烧"，再到烧成石灰的"粉身碎骨"，自始至终有多少难能忍受的"体觉"，但是，为了"要留清白在人间"，"石灰石"与"石灰"面对这些残酷的"体觉"，却是"只等闲"与"浑不怕"，由此生成的审美意象与审美意境，足以让该诗成为人生箴言，名垂青史。又如李煜《浪淘沙令》的上阕："帘外雨潺潺，春意阑珊，罗衾不耐五更寒。梦里不知身是客，一晌贪欢。"其中，"五更寒"一句，表面的"体觉"是写身体感到寒冷，其实是身陷囹圄的南唐后主内心的寒颤。此外，有些传统诗词还直接采用肤觉意象或与暗喻结合来描写女性。例如，和凝《临江仙（二首）》其二："披袍窣地红宫锦，莺语时转轻音。碧罗冠子稳犀簪，凤凰双飐步摇金。肌骨细匀红玉软，脸波微送春心。娇羞不肯入鸳衾，兰膏光里两情深。"该词下阕的前两句，就是运用"体觉"来描写女子的

娇娆体态。可以说，这种审美意象能让"花间词"更好地"裁花剪叶，夺春艳以争鲜。"（欧阳炯《花间集序》）

（5）内觉意象。内觉意象是指由肌体内部器官的感受器的活动和与之相应的心理功能所产生的意象，既可能直接产生于机体内部器官感受器的反应，也可能来自外部信息的刺激。如所谓眼馋肚子饱，即闻到或看到好的食物，尽管并非真的饿了，却会产生饥饿感。所谓不寒而栗，就是说天气并不寒冷，却因为恐惧时发抖；所谓令人赧颜，就是说天气并不炎热，却因羞愧而红脸等等。作为审美意象的内觉意象，通常包括机体方面的感觉（如饥、渴、疲、累、病、老、衰等）以及精神方面的感觉（如喜、怒、哀、忧、惊、惧、爱、乐、闲、醉、思等）两个方面。在传统诗词的创作中，诗人在积极审美心理的引领下，选择与组合这类意象，可以让自身的内心世界得以生动形象地表达。例如，李清照《声声慢》："寻寻觅觅，冷冷清清，凄凄惨惨戚戚。乍暖还寒时候，最难将息。三杯两盏淡酒，怎敌他、晚来风急？雁过也，正伤心、却是旧时相识。满地黄花堆积，憔悴损，如今有谁堪摘？守着窗儿，独自怎生得黑。梧桐更兼细雨，到黄昏、点点滴滴。这次第，怎一个、愁字了得。"该词开头一连用了十四个叠字，六双声，三叠韵，全是内觉意象，从失落到悲恸，从冷清到孤寂，作者刻意锤炼得来，引领了全词的愁绪。"乍暖还寒"的内觉，不断引来"剪不断，理还乱，是离愁"的内觉意象，直至"梧桐更兼细雨"，"点点滴滴"滴在心坎，这诸多的内觉愁苦，又"怎一个愁字了得！"可以说，词人用娴熟的艺术手法，运用一连串的内觉意象，层层纵深推进，将词人内心的悲愁隐痛，淋漓尽致地呈现出来，成就了这首千古绝唱。

（6）联觉意象。联觉也就是心理学所说的通感，可以说是诗人感觉系统中各种感官的联盟。视、听、嗅、味、触觉互通，感觉或第六感觉互通。传统诗词中的联觉意象，是指诗人在积极审美心理的引领下，借助多种感觉之间相互沟通、联系、挪移、甚至取代的一种立体性、全方位的积极审美体验方式。联觉意象既有简单的两感联觉，即一对一的感觉转移；也有复杂的多感联觉，即三个及三个以上的感觉转移与变奏。例如，两感联觉："野鸟繁弦唪,山花焰火然"(庾信《奉和赵王隐士诗》),即听觉与视觉联通;"绿杨烟外晓寒轻,红杏枝头春意闹"(宋祁《玉楼春·春景》),即体觉与视觉联通。多感联觉:"佳人抚琴瑟,纤手清且闲。芳气随风结,哀响馥若兰"(陆机《拟西北有高楼》),即听觉、体觉与嗅觉联通。

三、诗词意象组合的基本类型及其点"眼"艺术

传统诗词创作绝不只是遵循格律来用字造句,而是基于积极的审美心理,在积极形象思维的统领下捕捉与组合审美意象的过程。对于一首诗词来说,各种意象情景交融,虚实相生、相得益彰,让诗人之"意"既融于象内,又托于象外,进而将自身积极的审美情感意象化。朱光潜说过:"文艺作品都必须具有完整性。它是旧经验的新综合,它的精彩就全在这综合上面见出。在未综合之前,意象是散漫零乱的;在既综合之后,意象是谐和整一的。这种综合的原动力就是情感。"①诗词意象组合的审美效应正是在于把抽象变为具体,把一般变为个别,把理性变为感性。而诗词意象的捕捉与组合又直通诗人积极的审美心理,离不开诗人积极的形象思维,往往是诗人通过丰富的联想,把内在积极的审美情趣变为可感知的意象语言。例如,明人谢榛写道:"韦苏州曰:'窗里人将老,门前树已秋。'白乐天曰:'树初黄叶日,人欲白头时。'司空曙曰:'雨中黄叶树,灯下白头人。'三诗同一机杼,司空曙为优,善状目前之景,无限凄感,见于言表。"(《诗家直说》卷一,《谈艺珠丛》本)这三首诗所运用的意象,可以说都是那些约定俗成的"引类性意象"的意象组合。但是,不同意象组合的效果,却让三者各具特色。韦应物强调了特定的空间,白居易强调了特定的时间,而司空曙却是在"黄叶""白头"等意象中,又加入新的意象——即"雨"与"灯",进而让整个意象组合在特定的空间与时间中更加具有情感色彩。又如,郑谷的《淮上与友人别》:"扬子江头杨柳春,杨花愁杀渡江人。数声风笛离亭晚,君向潇湘我向秦。"全诗一共只有四句,二十八个字。可以说,诗中的各种意象,既体现

---

① 朱光潜:《谈美》,见《朱光潜全集》第二卷,安徽教育出版社,1993年版,第68页。

为"描述性",又体现为"引类性"或"感发性"。而所有这些意象的选择与组合,都是基于表达诗人的审美情感,围绕渲染"惜别"这个意境来进行的。显然,一首诗词的审美意境,既取决于各种意象的选择,更取决于围绕该意境将各种意象整合为一个有机的整体。这就是说,一首诗词的审美意境是由单个意象组合成意象丛(或意象群)而共同创造出来的。意象丛源于单个意象,而又超越单个意象,大于单个意象之和,其关键取决于意象经营的艺术水平,包括意象选择与组合及其点"眼"艺术。

(一)诗词意象组合的基本类型

文艺心理学表明,单个意象是单独的心理结构。在传统诗词的创作中,诗人在积极审美心理的引领下,基于积极的审美需要,以不同的方式将单个意象组合成意象丛或意象群,进而共同创造诗词的审美意境。有人把这种意象组合比作电影中的蒙太奇艺术。纵观经典诗词,各种意象组合的方式,形式上灵活多样,内容上丰富多彩。为叙述方便,诗词意象组合可分为列锦式、对比式、叠加式和缩合式四种类型。

1.列锦式

列锦是一种辞格,即是一种修辞手法。它是以名词或以名词为中心的定名结构组成语句,里面没有形容词谓语,却能写景抒情,没有动词谓语,却能叙事述怀。列锦式意象组合,就是诗人基于积极的审美需要将相关意象平行罗列,以形成鲜活而广阔的审美画面。例如,马致远《天净沙·秋思》:"枯藤老树昏鸦,小桥流水人家,古道西风瘦马。夕阳西下,断肠人在天涯。"前三句就是列锦式意象组合最典型的例子。有学者称这种意象组合是"语不接而意接",如上述小令中的每个意象,都赋予秋天傍晚的凄凉景色,创造出荒僻寂寞的凄凉气氛,使得在"道路辛苦,羁愁旅思"之外,更弥漫着悲秋的审美体验。传统诗词的创作理论与实践表明,列锦式意象丛的内在要求是情景交融的需要,外在要求是诗词格律的产物,所以常见于诗词之中。在传统诗词中,列锦式意象组合既可以是一句,也可以是两句或多句。例如,"千里莺啼绿映红,水村山郭酒旗风。"(杜牧《江南春》)只有后一句是列锦式意象组合，它将三种意象并列在一起，与前一句一同形成一幅色彩鲜明的江南春景图；又如，"故国三千里，深宫二十年。"（张祜《何满子》）两句都是将时间与空间意象并列起来的列锦式意象组合。"试问闲愁都几许？一川烟草，满城风絮，梅子黄时雨。"（贺铸《青玉案》）后三句也都属于列锦式意象组合。

2.对比式

如上一章所述，对比也是一种辞格。对比式意象组合方式，就是诗人基于积极的审美需要，将诗词中不同的意象用对比的方式组合起来，可以有时间、距离、方位、性质、数量、色彩、形状、动静、虚实、心理等不同意象的组合。通过相关意象的对比，这种组合方式让是非、好坏、美丑等情态形成剧烈反差，进而激发出动人心弦的艺术效果。例如，"春种一粒粟，秋收万颗子。四海无闲田，农夫犹饿死。"（李绅《悯农》）又如，"死是征人死，功是将军功"（刘湾《出塞曲》）还如，"〔叨叨令〕有钱的贩米谷置田庄添生放，无钱的少过活分骨肉无承望。有钱的纳宠妾买人口偏兴旺，无钱的受饥馁填沟壑遭灾障。小民好苦也么哥，小民好苦也么哥，便秋收鬻妻卖子家私丧。"（刘时中《端正好·上高监司》）上述实例，都让相关意象对比鲜明，进而让语言的活力与张力得到增强。在传统诗词中，由于对仗的格律要求，所以很多对比式意象丛，又是以对仗的方式出现，于是这类意象组合方式既是列锦式，又是对比式。诸如"渭北春天树，江东日暮云。"（杜甫《春日忆李白》）"鸡声茅店月，人迹板桥霜。"（温庭筠《商山早行》）"三十功名尘与土，八千里路云和月。"（岳飞《满江红》）需要说明的是，对比式意象组合的主要特色是"对比"而不是"列锦"，所以对仗的列锦式意象丛，肯定是对比式意象丛，但对比式意象丛则无须对仗。例如，"陶尽门前土，屋上无片瓦。十指不沾泥，鳞鳞居大厦。"（梅尧臣《陶者》）就是不用对仗的对比式意象丛。

3.叠加式

叠加式意象组合是指基于积极的审美需要，诗人在"相似联想"的基础上，为表情达意的需要，将不同时空或不同性质的相关意象巧妙地组合在一起。在诗词创作中,叠加式意象丛中的意象,大多与双关、比喻等修辞手法相关。所谓双关,是用同一个词语或同一个语句同时关涉到两事物的修辞方法。所谓比喻,通俗地讲就是打比方。例如,李商隐《无题》中的诗句:"春蚕到死丝方尽,蜡炬成灰泪始干。"其中,"丝"与"思"双关,而"泪"则是运用比喻义,表面上是指蜡油,本义却是指人的眼泪。又如,孟浩然《望洞庭湖赠张丞相》中的诗句:"欲济无舟楫,端居耻圣明。坐观垂钓者,徒有羡鱼情。"这些诗句,表面上说的是想渡洞庭湖而没有船,实质上是想表达入仕途却无人举荐。还如,谢朓《晚登三山还望京邑》中的诗句:"余霞散成绮,澄江静如练。"其中,将"余霞"比喻成"绮",将"澄江"比喻成"练",通过意象叠加来描绘长江夕照的壮美画面。

4.绾合式

绾合式意象组合是指诗人基于积极的审美需要,围绕特定的主题或意境,把许多分散的、不同层次或不同类型的意象按照一定规律联结贯通起来。例如,张继《枫桥夜泊》:"月落乌啼霜满天,江枫渔火对愁眠。姑苏城外寒山寺,夜半钟声到客船。"该诗写的是诗人深秋之夜,舟泊枫桥时的所见所闻,将相关的视觉韵、听觉意象与内觉意象绾合起来,以抒发诗人夜不能寐的忧思愁情。又如,朱淑真《蝶恋花·送春》:"楼外垂杨千万缕,欲系青春,少住春还去。犹自风前飘柳絮,随春且看归何处。绿满山川闻杜宇,便做无情,莫也愁人苦。把酒送春春不语,黄昏却下潇潇雨。"该词围绕"送春"主题,绾合了视觉、听觉、体觉等多种类型的意象,营造了黄昏苦雨,凄风飘絮,杜鹃啼声凄恻等悲凉气氛,进而词人"送春"心情之无可奈何,也就不言自明了。

(二)诗词意象组合的点"眼"艺术

所谓点"眼",也就是传统诗学中常说的锤炼诗眼,其本义取之"画龙点睛"。不过,立足于积极的审美心理来看待"诗眼",则不同于传统诗话中的就诗论"眼",而是将点"眼"看成是诗词意象经营的一种审美艺术手法。刘熙载在《艺概》中多次论及"诗眼"或"词眼",其《诗概》云:"炼篇、炼章、炼句、炼字,总之所贵乎炼者,是往活处炼,非往死处炼。夫活,亦在乎认取诗眼而已。诗眼,有全集之眼,有一篇之眼,有数句之眼,有一句之眼;有以数句为眼者,有以一句为眼者,有以一二字为眼者。"其《词曲概》云:"余谓眼乃神光所聚,故有通体之眼,有数句之眼,前前后后,无不待眼光照映。"① 这里,刘氏关于诗眼或词眼的诗学观点是很有见地的:一是把"眼"界定为"神光所聚";二是认为"眼"有不同类型;三是将"炼"的内涵聚焦为"认取诗眼而已"。这也就说明,从意象论的角度来体会《艺概·诗概》中的这些论述,追求"神光所聚"来"认取诗眼",其要义在于:诗词的意象经营必须以聚焦"神光"这一积极的审美需要为出发点与立足点。从某种意义上讲,诗眼是意象经营的艺术结晶。在传统诗词的创作中,诗人主体之"意"不是赤裸裸的概念,而多半是蕴涵于一个或一组审美意象之中。但是,如何赋予这些审美意象以神气与灵性、生气与活性,进而增强诗词语言的表现力与感染力呢?这就要求"认取诗眼"必须讲究"神光所聚","前前后后,眼光照映",这也就是所谓"炼"眼的出发点与立足点。

纵观诗词意象,诗眼的作用通常有二:一种用相应的字词作为纽带,将单个孤立的意象联结为意象丛;二是在特定的语境下,用相应的字词来点化或修饰意象(当诗眼本身就是意象时,可理解为是自我强化型的意象点化,有时还采用拟人化手法来"炼"眼),让相关意象新颖或激动起来,进而提高该诗句的语言张力。梳理"诗眼"概念,古往今来的传统诗学著作,均对此有过许多论述。例如,所谓"位置说":或认为五言诗以第三字为眼,七言诗以第五字为眼,或认为可炼其他位置的字为眼;所谓"词性说":或认为当炼"虚字",或认为亦可炼"实字";所谓"字数说":或认为"一字为工";或认为"两眼为妙"等。从实证分析来看,这些不同论述都有相应的实例依据,无可厚非。但这些论述仍是从形式上论及诗眼,而未能触及诗眼的本质。如果从意象经营层面来理解"炼"眼或"认取诗眼",实践中的这些说法便可相互统一,自圆其说了。

---

① 万事慎、万士志编著:《古体诗苑》,黄山书社2009年版,第1191页。

1. 诗眼的"位置说"

就"位置说"而言，诗眼作为联结与点化意象的艺术手法，从理论上讲，可以在句中的任何位置。但由于五言句多为"上二中一下二"的句式结构，七言句多为"上四中一下二"的句式结构，故有所谓"七言诗第五字要响"与"五言诗第三字要响"的说法。例如五言诗句，"孤灯燃客梦，寒杵捣乡愁。"（岑参《宿关西客舍》）"白沙留月色，绿竹助秋声。"（李白《题苑溪馆》）"夜灯移宿鸟，秋雨禁行人。"（张蠙《经荒驿》）"风枝惊暗鹊，露草覆寒蛩。"（戴叔伦《客夜与故人偶集》）这些五言诗句，其"眼"均在第三字，上述诗句中的"燃""捣""留""助""移""禁""惊""覆"等字，则是作为纽带来联结与点化前后两个意象，进而提高这些诗家语的活力与张力。又如七言诗句，"锦江春色来天地，玉垒浮云变古今。"（杜甫《登楼》）"万里山川分晓梦，四邻歌管送春愁。"（许浑《赠河东虞押衙》）"莺传旧语娇春日，花学严妆妒晓风。"（章孝标《古行宫》）这此七言诗句，其"眼"均在第五字，上述诗句中的"来""变""分""送""娇""妒"等字，同样是作为纽带来联结与点化前后两个意象，进而提升这些诗家语的表现力与感染力。当然，根据句式的不同结构，针对不同的诗词意象，也可以采用不同的"炼"法，进而让诗眼出现在句子的其他位置。

（1）"眼"在句子第一字的例子。例如，"冻泉依细石，晴雪落长松。"（杜甫《谒真谛寺禅师》）仇兆鳌《杜诗详注》引黄生说："此工在'冻''晴'字。"泉本流动之物，着一"冻"字，化流动为静谧；雪本寒，着一"晴"字，化冷色为暖色。只二字，点化出一个庄严、光明、充满动静与冷暖辩证关系的禅意氛围。又如，"穿花蛱蝶深深见，点水蜻蜓款款飞。"（杜甫《曲江二首》之二）句首的"穿"字与"点"字，分别让诗中意象"花"与"水"，给人以丰富的想象力。叶梦得《石林诗话》云："'深深'字若无'穿'字，'款款'字若无'点'字，皆无以见其精微如此。"这是因为，无"穿"，不足以显花之密；无"点"，不足以显水之柔缓，仅此二字，就升华了这两句诗的形象。

（2）"眼"在句子第二字的例子。例如，"红入桃花嫩，青归柳叶新。"

第七章　积极审美心理引领下的诗词创作（二）

（杜甫《奉酬李都督表丈早春作》）桃红柳青，本来是常见的意象，但这里锤炼一个"入"字和一个"归"字，置于颜色"红"与"青"之后，使得"桃""李"属性的视觉意象"红"与"青"化被动为主动，顿时激动起来，再加上一个"嫩"字与一个"新"字，进而让整个句子的意象组合更加新颖生动。又如，"松排山面千重翠，月点波心一颗珠。"（白居易《春题湖上》）一个"排"字与一个"点"字，让本来简单的意象增添了鲜活的形象，因为松林茂密，所以"千重翠"是通过"排"列打理出来的；又因为湖水澄澈，所以一轮明月，犹如"一颗明珠"，能"点"亮波心。于是，上下两句共同组合成新的意象丛，用生动活泼的意象服务于诗境的营造。

（3）"眼"在句子第三字的例子。如前所述，对于"上二中一下二"的五言诗句，由于连接前后两个意象的缘故，五言的诗眼多在第三字。除此以外，还有"糅合"型的"炼"眼方式。例如，"江城孤照日，山谷远含风。"（杜甫《登牛头亭子》）这里的第三字不是简单地联结前后两个意象，而兼有联结与修饰双重效应。"孤"与"远"，分别是"照"与"含"的状语，诗人炼此一字，与该诗下联"兵革身将老，关河信不通"景情照应。浦起龙说："由'孤'字影出'身'字，由'远'字影出'信'字。要是由身孤信远，才于写景处，落得此两字下也。"（《读杜心解》）又如，"林花著雨胭脂湿，水荇牵风翠带长。"（杜甫《曲江对雨》）出句用一"著"字，衬托出"林花"团簇，"雨"可附着沾润，进而为"胭脂湿"作出铺垫；用一个"牵"字，说明"水荇"牵连，翠绿成带，继而为"翠带长"提供支撑。综合起来，"著""牵"两字亦既作为"纽带"联结前后意象，又负有"点化"功能，进而让这一联诗句的意象丛的内涵丰富，情态自然。

（4）"眼"在句子第四字的例子。例如，"塞门风落木，客舍雨连山。"（杜甫《秦州杂诗二十首》之十五）该诗写诗人于"悠悠兵马间"所见之景。用一"落"字与"连"字，形象地展示了当时风扫残叶，雨暗千山的景色。又如，"秋草独寻人去后，寒林空见日斜时。"（刘长卿《长沙过贾谊宅》）诗句运用倒装辞格，分别将宾语"秋草"与"寒林"前置，进而让这个"寻"字与"见"字，分别有了一个主体，好像是拟人化，于是既联结了前后的意象，又点化了意象，进而让该联诗句在全诗审美意境建构中的地位与份量得到加强。

（5）"眼"在句子第五字的例子。例如，"星临万户动，月傍九霄多。"（杜甫《春宿左省》）王嗣奭说："'星临万户'联亦写景象，而尤妙在'动'字、'多'字。"（《杜臆》）在"帝居高迥"的时空下，这个"动"字与"多"字，正是"星临"与"月傍"给诗人的审美感受。因为楼阁高耸，所以闪烁的星光给人以"动"感，甚至感觉得到的月光也比平常多。其妙就妙在，如此组合与点化意象，既情真感实，又语奇意切。又如，"织女机丝虚夜月，石鲸鳞甲动秋风。"（杜甫《秋兴八首》之七）吴瞻泰评曰："练'虚'字、'动'字……则荒烟蔓草，一片荒凉。"（《杜诗提要》）说明用一"虚"字与"动"字，更让二字相映，这样既联结了前后意象，又点染了意象；既包含徒具经纶，世事难知的失落感，又触发了感时伤乱的忧患意识，进而让这一联诗句在营造全诗审美意境中发挥更大作用。

（6）"眼"在句子第六字的例子。例如，"柳丝袅袅风缲出，草缕茸茸雨剪齐。"（白居易《天津桥》）用一"缲"字与"剪"字，让"风"与"雨"拟人化，不但联结了前后意象，还让诗中意象更加生动活泼，引人入胜。"巢边野雀群欺燕，花底山蜂远趁人。"（杜甫《题郑县亭子》）用一"欺"字与"趁"字，既将前后意象联结在一起，又展现了雀"欺"蜂"趁"的自然情景，更深层的涵义则是以自然喻人事，充分彰显了该联意象丛在诗境营造中的审美效应。

（7）"眼"在句子第七字的例子。例如，"匡衡抗疏功名薄，刘向传经心事违。"（杜甫《秋兴八首》其三）该诗抒发了作者"日日江楼坐翠微"的不满情绪。此联为颈联，出句末尾的一个"薄"字，结句末尾的一个"违"字，虽是用典，却坦率地表达了自己的憎恶与不平，让作者文化心理时空中的意象（即"原型意象"）得以呈现，并下接尾联"同学少年多不贱，五陵衣马自轻肥"，又一次让思绪往返于夔州与当时的京城长安之间，个中所蕴涵的深刻含义自又生成相关的"象外之象"。

2.诗眼的"词性说"

就"词性说"而言,诗眼作为联结与点化意象的艺术手法,从理论上讲,自可用任何词性的语辞。当然由于词性的不同,再加上"转品"辞格的运用,诗词中诗眼的词性,又会更加丰富多彩。例如善用动词的例子:"驱烟寻涧户,卷雾出山楹。"(王勃《咏风》)风吹烟散,风卷雾走,这本是一种十分常见的自然现象,但诗人咏风,却巧妙地运用"驱""寻""卷""出"这四个动词,采用拟人手法来写风的动作与作用,顿时就让诗中的意象充满生命意识,从而惟妙惟肖地刻画出初秋益世利人的凉风形象。在唐诗中,锤炼动词为诗眼,联结与点化意象的例子很多,诸如"月下飞天镜,云生结海楼"(李白《渡荆门送别》)、"落花不语空辞树,流水无情自入池"(白居易《过元家履信宅》)等等。又如,词性转品的例子:"山光悦鸟性,潭影空人心。"(常建《题破山寺后禅院》)用一个"悦"字、一个"空"字,不但联结了前后的意象,而且让生动的形象,描绘出清静的禅趣。出句用细腻的笔调写山光鸟语,是为了陪衬对句的潭影响人心空的幽寂环境和淡泊情态。如是让"山光""潭影"这两个意象,给人留下了丰富的想象空间。再如,善用实字(名词)的例子:"残暑蝉催尽,新秋雁带来。"(白居易《宴散》)"朝登剑阁云随马,夜渡巴江雨洗兵。"(岑参《奉和相公发益昌》)其中,"蝉"与"雁""云"与"雨",分别是鸟兽虫鱼类与天文类中的两个名词,其本身就是诗中重要的意象,采用拟人化手法,将它们锤炼成诗眼,是一种自我强化式的意象"点化",突出了作为诗眼的意象在意象丛中的地位与作用。还如,善用虚字的例子:"气凉先动竹,点细未开萍。"(李商隐《细雨》)"映阶碧草自春色,隔叶黄鹂空好音。"(杜甫《蜀相》)其中,两联诗句分别用"先"与"未""自"与"空"两对虚字,同样是既联结、又点化了前后意象,增强了诗意语言的审美韵味。就李商隐诗句而言,用上"先"与"未"二字,真实而又巧妙地描述了细雨绵绵中的自然景色,增强了诗中意象的感染力。就杜甫诗句来说,诗人所用"自""空"二字,其用心不在于祠堂的自然景色,而在于自身的审美情感。通过前后意象的运用,寄托了诗人吊古伤今,感物怀人的无限感慨,其言外之意不绝于耳。

《鹤林玉露》云:"作诗要健字撑住,要活字斡旋。如'红入桃花嫩,青归柳叶新','弟子贫原宪,诸生老伏虔','入'与'归'字,'贫'与'老'字。乃撑柱也。'生理何颜面,忧端且岁时','名岂文章著,官因老病休','何'与'且'字,'岂'与'应'字,乃斡旋也。撑住如屋之柱,斡旋如车之有轴,文亦然。诗以字,文以句。"所谓健字,也称实字,主要是指名词、动词、形容词、数词等;所谓活字,亦称虚字,与实字相对,主要是指助词等这些没有实在意义,但能起方法作用,传达情感态度的字词。宋楼昉明确提出:"助乱虚字,是过接斡旋,千转万化处。"(《过庭录》)从意象经营的角度看,作诗之所以"要健字撑住,要活字斡旋",全在于意象选择、组合与点化的需要。正因为如此,所以"诗以字"与"作诗选字是一番功夫"(《竹林答问》)等说法,说明炼字于审美意象的重要性。《葚原诗说》也有类似的说法:"诗中用字宜雅不宜俗,宜稳不宜险,宜秀不宜笨。一字之工,未足庇其全首;一字之病,便足累其通篇,下笔时最当斟酌。"又言:"用字最宜斟酌,俚字不可用,文字又不可用。用俚字是刘昭禹《郡阁闲谈》所谓'四十个贤人,着一个屠沽儿不得也。'用文字则又学究矣。"[①]这些诗学主张表明,"炼"字是积极的审美需要,对于诗词的意象经营和意境创造有着重要意义。

3.诗眼的"字数说"

就"字数说"而言,诗眼作为联结与点化意象的艺术手法,大多为一字,但为了联结与点化意象的需要,也有用两字为眼者,且《诗法家数·律诗要法》云:"诗句中有字眼,两眼者妙,三眼者非,且二联用联绵字,不可一般。中腰虚活字,亦须回避。"[②]例如,"山虚风落石,楼静月侵门。"(杜甫《西阁夜》)黄生说:"着一'虚'字方见'落'字之妙,着一'静'字方见'侵'字之妙。"(杨伦《镜铨》引)这里,"风落石""月侵门",都是"幽中之喧""静中之动",是在虚静的审美体验中才能体会到、捕捉到的声色动静。

[①] 万事慎、万士志编著:《古代诗苑》,黄山书社2009年版,第1174页。
[②] 同上,第1188页。

一句中用两眼来联结与点化两种意象，它们之间往往暗含因果关系或某种关联性，用好两眼则让两者相辅相成，相得益彰。如本例，出句以山空，故落石之声远传；对句以楼静，故可见月影在门上移动。又如，"飞星过水白，落月动沙虚。"（杜甫《中宵》）出句一"过"一"白"，对句一"动"一"虚"，均是于积极的审美体验中，出句的二"眼"，抓住了一掠即逝的动态和光色；对句的二"眼"，描述了朦胧之中的瞬间视觉。再如，"野凉侵闭户，江满带维舟。"（杜甫《夜雨》）黄生说："诗有正写不出，须用反击始透者，如野凉而户始闭，江满而舟且维，反击出峡之无缘也。人只赏'侵'字、'带'字，不知苦景真情，全在'闭'字、'维'字。"（仇兆鳌《详注》引）这里，一句二"眼"间，将前后两种意象以转折的方式组合在一起，加深了诗句的内涵，提高了诗句的审美效果。

七言诗句用两眼的例子有，第二与第五两字为眼者："家住层城临汉苑，心随明月到胡天。"（皇甫冉《春思》）第二字与第七字为眼者："花迎剑佩星初落，柳拂旌旗露未干。"（岑参《奉和中书舍人贾至早朝大明宫之作》）第三与第五字为眼者："返照入江翻石壁，归云拥树失山村。"（杜甫《返照》）第三字与第七字为眼者："石出倒听枫叶下，橹摇背指菊花开。"（杜甫《送李八秘书赴杜相公幕》）第四字与第七字为眼者："晓镜但愁云鬓改，夜吟应觉月光寒。"（李商隐《无题》）这些诗句的二眼，其作用同样是意象经营的积极审美需要。

积极心理诗学的研究表明，基于诗学心理积极的审美需要，诗词的意境营造特别推崇"锦上添花"型，这就是说诗词的整体画面是由各种意象共同织成的，而经过炼"眼"联结与点化后的意象或意象丛，则成为这个画面耀眼夺目的花朵，进而提升总体艺术形象。其中，那些用来联结与点化意象的字词，让一句意象组合生"花"者，为"一句之眼"；让数句意象组合生"花"者，为数句之眼；让一篇意象组合生"花"者，为一篇之眼。从表现形式上看，"诗眼"是诗词意象经营的艺术结晶，"认取诗眼"在于"锦上添花"，是诗人积极的审美需要；从深层意义上讲，"诗眼"亦是诗人积极审美心理的"心眼"，是为突显传统诗词"主言情志、大美无邪"这一本质特征服务的。

第八章 积极审美心理引领下的诗词创作（三）

一、审美情感与诗词意境

传统诗词的创作活动，实质上是一种积极的审美活动。积极的审美情感，始终是诗人言志抒情的本质力量之一。遵循美学理论，在审美活动中，作为人的本质力量的对象化，情感自始至终是主角。当审美进入酣畅状态时，审美者的情感完全融入审美对象，在精神上实现审美主体与审美对象的融合与统一。正如马克思所说："人作为对象性的、感性的物，是一个受动的存在物，因为它感到自己是受动的，所以是一个有激情的存在物。激情、热情是人强烈追求自己的对象的本质力量。"[①]当然，审美活动也不排除理性，但审美中的理性绝不外在于情感，而是内在于情感之中，即是理在情中，而非理在情外。尤其是作为"主言情志"的诗意审美活动，理性也应有一定的调控作用，但与伦理活动相比，理性的调控作用只能是隐性而非显性的。在积极审美心理的引领下，诗人创造诗词意境的过程，其积极的审美情感总是贯穿于"在心为志"到"发言为诗"的全过程，并始终处于支配性的主导地位。

（一）审美情感及其生成机制

传统诗词的本质特征是主言情志，大美无邪。然而诗词中的情感既不是通常所说的自然情感，也不是一般意义上的理智情感与道德情感，而是审美情感。认识审美情感及其生成机制，对全面把握传统诗词的审美意境，不断

---

① 《马克思恩格斯全集》第42卷，人民出版社1979年版，第169页。

加强诗学修养，提高传统诗词创作的艺术水平是相当有必要的。

1.关于审美情感

所谓审美情感，顾名思义是审美活动中产生的情感。审美活动是美与美感的同一。美寓于审美意象，是从审美对象方面来表述审美活动的；而审美情感则是从审美主体方面来表述审美活动，其内涵是审美主体以社会生活中的喜、怒、哀、乐等自然情感为基础，经过审美心理的艺术加工，而生成"可供享受"或"再度体验"的艺术情感。对"诗言志"而言，"情动于中而形于言"之"情"，当然是典型的审美情感。但是，尽管不同艺术审美情感的强度不尽相同，诸如"言之不足故嗟叹之，嗟叹之不足故永歌之，永歌之不足，不知手之舞之，足之蹈之也"，就说明"言志""嗟叹""永歌""舞蹈"等艺术形式审美情感的强度依次升高。然而，上述多种艺术行为，唯有"言志"需要运用从"意象"到"语符"的积极形象思维与积极修辞手法才能实现。所以，从这个意义上讲，诗人在以主言情志为特色的积极审美心理的引领下创作传统诗词，其情感不是一般意义上的审美情感，而是一种追求审美意象的积极审美情感。

王夫之《古诗评选》中的一段精彩论述，可为诗人积极的审美情感提供实证依据。谢庄的古诗《北宅秘园》云："夕天霁晚气，轻霞澄暮阴。微风清幽幌，余日照青林。收光渐窗歇，穷园自荒深。绿池翻素景，秋槐响寒音。伊人傥同爱，弦酒共栖寻。"王夫之评曰："物无遁情，字无虚设！两者之固有者，自然之华，因流动生变，而成绮丽。心目之所及，文情赴之。貌其本荣，如所存而显之，即以华奕照耀，动人无际矣。"[①]这里所说的是诗对自然山水的反映，其实质就是诗人对自然山水的审美活动。"自然之华"作为审美对象，其本身其实无所谓美或不美，但直面审美主体——诗人，它之所以变得美起来，是因为诗人"心目之所及，文情赴之"。其中，这里说的"心目"，不是一般的感官，而是具有审美功能的特殊感官，可谓西方学者笔下

[①] （明）王夫之著，李中华、李利民校点：《古诗评选》，上海古籍出版社2011年版，第217-218页。

的"内在眼睛"或"第六感官",也是文艺心理学所说的"审美体验过程中主体一方特有的内化投影、感性反馈、内心投影的具体情形",其核心意蕴就是"兴象"(即"兴"中之象,包括兴举、兴发、兴托、兴造、兴寄等)所代表的积极审美效应。"兴象"始终饱含着诗人积极的审美情感,它不仅仅是"反映""摹仿""复现"的产物,而是在积极审美体验中的一种艺术创造。正如叶燮云:"当其有所触而兴起也,其意、其辞、其句劈空而起,皆自无而有,随在取之于心,出自为情、为景、为事,人未尝言之,而自我始言之,故言者与闻其言者,诚可悦而永也。"(《原诗·内篇》)这里,"劈空而起"四字,形象地表明诗人在积极的审美体验中,可以有一种"直接熔贯性",可以存在一种"意义的丰满",或如伽达默尔所说:"一种审美体验总是包含着某个无限整体的经验"。[①]显然,与一般审美体验不同,积极的审美体验对"自然之华"的审美,除了"心目"要及之外,"文情"还要赴之,且"文情"的含义相当丰富。它是情感,但不是一般情感,还有"文",是融情于景的积极审美情感。

王夫之还认为:"夫情无所豫而自生,则礼乐不容阕也;文自外起而自成乎情,则忠信不足与存也。故哀乐生其歌哭,歌哭生其哀乐。然而有辨矣。哀乐生歌哭,则歌哭止而哀乐有余;歌哭生哀乐,则歌哭已而哀乐无据。"(《周易外传》)这里,从心理学来看,"哀乐生歌哭",认为情绪在先,反应在后,即先有哀乐的情绪,然后才有哀乐情绪的反应——歌哭;"歌哭生哀乐",认为情绪是对自身变化的知觉,只有知觉产生了,才有情绪。当歌哭带动情绪时,才有了哀乐。实际情况是歌哭与哀乐相生,因哀乐而歌哭,因歌哭而哀乐。积极审美体验的实践表明,王夫之所说的"文情",就是"内情"与"外物"相互作用下生成的,并最终以"诗文"的形式体现出来。这也就是王夫之所说的:"故外有其物,内可有其情矣;内有其情,外必有其物矣。"(《诗广传》)[②]当然,王夫之评点古诗时所说的"文情",是诗文之"情",是蕴涵在诗词审美意境中积极审美情感。当然,诗人积极审美情感的范畴较为

[①] 叶朗:《美学原理》,北京大学出版社2009年版,第93页。

[②] 陈望衡:《美在境界》,武汉大学出版社2014年版,第513页。

第八章 积极审美心理引领下的诗词创作（三）

广泛，具有多极性特征。例如，有狂热的美感，也有静谧的美感；有明快的美感，也有繁复的美感；有温馨的美感，也有忧郁的美感。更多的情况则是各种各样的美感交织在一起，给人带来一种复杂的难于言说的美感。

童庆炳综合文艺创作中的"自我情感"说与"人类情感"说，论及了审美情感的深层特征。[①]所谓"自我情感"说，是指文艺创作是艺术家情感的"自我表现"。如华兹华斯在其著名的《〈抒情歌谣〉序言》中强调指出："诗是强烈情感的自然流露"，并以此为基础建立起他整个的诗歌理论。郭沫若则说："我想我们的诗只要是我们心中的诗意诗境之纯真的表现，生命源泉中流出来的Strain，心琴上弹出来的Melody，生之颤动，灵的喊叫，那便是真诗，好诗，便是我们人类欢乐的源泉，陶醉的美酿，慰安的天国。"当然，所谓"生之颤动，灵的喊叫"，是诗人以情景交融的方式表现自我情感，而决非以喊叫"我爱""我恨"的方式来描述情感，也就是华兹华斯所说："是情感给予运作和情节以重要性，而不是动作和情节给予情感以重要性。"王夫之关于"不能作景语，又何能作情语邪"、王国维关于"一切景语皆情语"等诗学论述，更是突出地表明传统诗词的积极审美情感都是蕴涵在审美意象之中。所谓"人类情感"说，即苏珊·朗格所说："艺术家表现的绝不是他自己的真实的情感，而是他认识到的人类情感。"这是因为艺术所表现的情感的确不是艺术家即时的自我情感，而是经过再度体验的具有典型性、普遍性的情感，正是这种情感使艺术成为了沟通人类心灵的精神力量。童庆炳在分析上述两种观点的弱点后提出："艺术创作的审美情感既是附着于对象（人物、景物）上的人类的情感概念（如附着于高老头身上的父爱，附着于老葛朗台身上的吝啬，附着于薛宝钗身上的世故圆滑等等），又是艺术家的自我情感，是对象情感与自我情感的神秘统一。"并认为两者之间的"神秘结合"，是"通过两种情感的相互冲突、相互搏斗、相互征服、相互突进而实现的"，且"许多艺术难题，特别是艺术家与对象的情感交涉、搏斗只有在无意识中才能得到完美的解决。"传统诗学理论与实践表明，"对象情感"与"自我情感"的"神秘结

[①] 童庆炳：《从审美诗学到文化诗学》，首都师范大学出版社2014年版，第185-208页。

合",犹如"妙悟"或"灵感",往往是积极审美体验的艺术结晶,既涉及"诗有别材"与"诗有别趣"之"神秘",又涉及"然非多读书、多穷理,则不能极其至"之"明理"。

2.审美情感的生成机制

童庆炳在《艺术创作与审美心理》中认为,审美情感的生成机制主要有三个环节,即原始唤起、内觉体验与情感外化。①

(1)原始唤起。关于诗人情感的"唤起",其"原始"之源,就是传统诗学所说的"物感"。其要点:一是客观的自然景物是创作的源泉;二是诗人的情感是自然景物的反映;三是诗人的创作过程是一种饱含情感的思维活动;四是诗词创作中物、情、辞三位一体,关系密切,其关系是情依存于物,辞依存于情,情是物的主观反映,辞是情的表现形式。中国古代文论有清晰的论述。《礼记·乐记》云:"凡音之起,由人心生也。人心之动,物使之然也。感于物而动,故形于声。"后来,刘勰在《文心雕龙》中又作了进一步的阐述。《明诗》篇曰:"人禀七情,应物斯感,感物吟志,莫非自然。"《物色》篇则说得更加具体:"春秋代序,阴阳惨舒,物色之动,心亦摇焉……岁有其物,物有其容;情以物迁,辞以情发。一叶且或迎意,虫声有足引心,况清风与明月同夜,白日与春林共朝哉!"明代徐祯卿《谈艺录》说:"情者,心之精也。情无定位,触感而兴,既动于中必形于声。故喜则为笑哑,忧则为吁戏,怒则为叱咤。然引而成音,气实为佐,引音成词,文实与功,盖因情以发气,因气以成声,因声而绘词,因词而定韵,此诗之源也。"(《历代诗话》)也许是借鉴传统诗学理念,文艺心理学立足于主体与客体的相互结合,将审美情感的"原始唤起"解释为主体客体关系论,"即认为情感的唤起,既不是根源于客体(就像客体决定论者所假定的那样,主体的情感反应是受制于他以外的客体的缘故);同时又不是根深于主体(就像主体决定论者所假定的那样,主体一开始就具有先验的内部生成的结构,并把这些结构强加于客体)。""情感的唤起是主客体的真正统一所致,正是情感

---

① 童庆炳:《艺术创作与审美心理》,百花文艺出版社1992年版,第143页。

把主客体两方面熔于一炉，使得这两方面不再互相对立与外在。从主体角度看，情感的唤起是艺术家最亲切的内心生活的表露；从客体方面看，它又是对象提供的，它似乎是对象的特征，或者说客体是引起情感反应的第一推动力。刘勰一方面讲'情以物兴'，另一方面又讲'物以情观'，实际上情感的发生是这两方面的有机结合。"大画家石涛曾有这样的体会："山川使予代山川而言也，山川脱胎于予也，予脱胎于山川也，搜尽奇峰打草稿。山川与予神遇而迹化也，所以终归之于大涤子也。"这就表明，"在艺术家那里，情感的唤起是极不简单的事，客体虽是情感唤起的本源，但主体与客体犹如你和我，我脱胎于你，你又脱胎于我，我是你的投射，你又是我的投射，我与你终于神遇、迹化、审美情感于是才被唤起。"①

（2）内觉体验。这是一种非语言、无意识或潜意识的体验。美国心理学家S.阿瑞提将"内觉"看成是一种与概念相区别的特殊机能，界定为是一种"无定形认识、一种非表现性的认识——也就是不能用形象、语词、思维或任何动作表达出来的一种认识。"②这就是说，内觉体验超越了感知、思维、概念阶段，为人的意象、情感记忆提供了一个迂回、盘旋的机会。原始情感经过内觉的反复体验，把原始的不确定的情感梳理成有序的、确定的情感，把不具有艺术特征的情感，化为新颖的具有艺术特征的情感，把肤浅的、不能启迪人的情感，升华为深刻的、具有张力的审美情感。情感的内觉体验与直觉与灵感关系密切。从某种意义上讲，内觉体验是直觉和灵感的基础与前提。没有内觉体验，就没有直觉，也就没有灵感。

（3）情感外化。传统诗学有"诗主性情"之说，这里所说的"性情"，当是审美情感，是可以"再度体验"的积极审美情感。然而，经过内觉体验的情感，只有通过外化机制将"在心为志"通过审美意象呈现出来，将积极的审美情感从无形转化为有形，进而"发言为诗"，变成"可供享受"的"再度体验"。通常，情感外化的途径大致有三：一是托物寄情，即情随境生。这就是说诗人先并没有自觉的情思意念，生活中遇到某种物境，忽有所悟，

---

① 童庆炳：《艺术创作与审美心理》，百花文艺出版社1992年版，第149至151页。
② [美]S.阿瑞提：《创造的秘密》，辽宁人民出版社，第70页。

思绪满怀,于是借着对景物或境况的描写,把自己的情意表达出来,达到意与象或意与境的交融。例如,王昌龄的《闺怨》:"闺中少妇不知愁,春日凝妆上翠楼。忽见陌头杨柳色,悔教夫婿觅封侯。"这就是说,闺中少妇不但无愁,还打扮一番,登楼观景。然而杨柳的新绿,使她想到自己与夫婿的离别,感叹这孤苦伶仃的生活不但辜负了自己的青春韶华,而且还辜负了美好的清和春光,进而后悔真不该让夫婿远去追求功名。这时少妇的忧愁是由陌头柳色触发的,又还与陌头柳色交织在一起。这也是诗人设身处地、身临其境地为闺中少妇代言,且还是以托物寄情的方式来发声。二是移情入境,即诗人带着强烈的主观情感接触外界景物,进而把自己的情感注入其中,使情感与对象合而为一。正如葛立方《韵语阳秋》所云:"竹未尝香也,而杜子美诗云:'雨洗娟娟静,风吹细细香。'雪未尝香也,而李太白诗云:'瑶台雪花数千点,片片吹落春风香。'"显然,诗中的竹香、雪香,显然不是"实象",不是客观存在,而是"虚象",是诗人把积极的审美情感移注其中,进而让它们带上强烈的主观色彩。三是异质同构,这是西方心理学的用语,其意思是通过人的情感与外部景物的同形对应关系,进行艺术的类比与对照,把内在的东西与外在的东西联系起来,借以实现情感的对象化。所谓异质同构,用传统诗学中的话说,就是体贴物情,物我情融。如同山川草木,日月星辰,它们在形态色调上的差异,使人产生某种共同的印象,仿佛它们本身也具有性格与情感一样。这固然出自诗人的想象,但又是长期以来诗人逐步形成的共识,不同于诗人临时注入的情感。于是,可以把它们当成景物本身固有的性格与情感来看待。正如宋郭熙《林泉高致》所说:"身即山水而取之,则山水之意度见矣。春山淡冶而如笑,夏山苍翠而如滴,秋山明净而如妆,冬山惨淡而如睡。"明沈颢《画麈》:"山于春如庆,于夏如竞,于秋如病,于冬如定。"他们分别指出四时山水各自不同的性情,要求作画既画出它们不同的形态,又画出它们不同的神情,以达到形神兼备的艺术效果。作画如此,作诗堪当是有过之而无不及。例如,杜甫的《三绝句》之二:"门外鸬鹚去不来,沙头忽见眼相猜。自今已后知人意,一日须来一百回。"诗人体贴鸬鹚那种与人亲近之情,向它表示亲近,欢迎它常来作客。鸬鹚也与诗人达成了谅解,建立了互信，进而往来密切，情深谊长。

（二）诗词意境的审美特质

诗词意境与诗词意象紧密相关。关于诗词意象，第七章已经作了讨论。袁行霈的定义是："意象是融入了主观情意的客观物象。"而意境呢？袁行霈的定义是："意境是指作者的主观情意与客观物境互相交融而形成的艺术境界。"又说，"如果把读者即审美主体这个因素也考虑进去"，也即是"足以使读者沉浸其中的想象世界"。①古风的《意境探微》一书，在结合意境的内涵与外延定义的基础上认为："'意境'是艺术活动中情景交融、意溢象外"和人与自然审美统一的意象结构和美感形态。②上述定义尽管表述上有所区别，但都明确地指出了"意境"所包含的两大因素，即主观情意与客观境象。可以说，诗词意境作为一种积极的审美形态，既是主客体心物感应的产物，也是积极审美体验的艺术结晶，可以从不同视角来审视其审美特质。

1.诗词意境概念的"变"与"不变"

在传统诗学中，"意境"的概念历史悠久，并随着诗学理论与实践的发展而不断深化。这里，仅从"诗有三境"到"词以境界为最上"，来谈一下诗词意境概念历史演变的一孔之见。纵观传统诗学的发展进程，随着"意象"说内涵与外延的不断发展，唐代诞生了"意境"说。作为审美范畴的"意境"，最早由唐代著名诗人王昌龄提出："诗有三境：一曰物境。欲为山水诗，则张泉石云峰之境，极丽绝秀者，神之于心，处身于境，视境于心，莹然掌中，然后用思，了然境象，故得形似。二曰情境。娱乐愁怨，皆张于意而处于身，然后驰思，深得其情。三曰意境。亦张之于意而思之于心，则得其真矣。"（《诗格》）显然，王昌龄的"三境"说，将"意境"与"物境""情境"并列，与近现代诗学所说的"意境"不是一个概念。他的所谓"物境"，是指偏重于描写景物（如山水诗）的诗词。如韦应物的《滁州西涧》："独怜幽草涧边生，上有黄鹂深树鸣。春潮带雨晚来急，野渡无人舟自横。"全诗以客

---

① 袁行霈：《中国诗歌艺术研究》，北京大学出版社2009年版，第23页。
② 古风：《意境探微》，百花洲文艺出版社2017年版，第137页。

观的描绘景物见长,直抵物境。清人黄叔灿的《唐诗笺注》评此诗:"闲谈心胸,方能领略此野趣。所难尤在此种笔墨,分明是一幅画图。"所谓"情境",是指偏重于抒写情怀的诗词。如杜甫的《闻官军收河南河北》:"剑外忽传收蓟北,初闻涕泪满衣裳。却看妻子愁何在?漫卷诗书喜欲狂。白日放歌须纵酒,青春作伴好还乡。即从巴峡穿巫峡,便下襄阳向洛阳。"清人浦起龙《读杜心解》称此诗为老杜"生平第一快诗",所谓"意境",是指偏重于说理言志的诗词。如李清照的绝句《读史》:"生当作人杰,死亦为鬼雄。至今思项羽,不肯过江东。"这一类的诗作,看似形象不足,但其审美价值正在于意气凛然。

清末民初的著名学者王国维,在充分汲取前人研究成果的基础上,将中西诗学与美学理论融会贯通,条理而系统地阐述了意境(或称境界)的审美特质,成为举世公认的诗学意境理论的集大成者。他的诗学著作《人间词话》认为:"词以境界为最上。有境界则自成高格,自有名句。五代北宋之词所以独绝者在此。""沧浪所谓兴趣,阮亭所谓神韵,犹不过道其面目,不若鄙人拈出境界二字为探其本也。""言气质,言神韵,不如言境界。有境界,本也;气质、神韵,末也。有境界而二随之矣。"在王国维看来,严羽的兴趣说、王士禛的神韵说、袁枚的性灵说,虽然各有其独到之处,但都只强调诗人主观情意的一面。而王国维的境界说,则不仅注意到诗人的主观情意,同时又注意到客观物境,主张二者交融才能产生意境。王国维认为:"文学之事,其内足以摅己而外足以感人者,意与境二者而已。上焉者,意与境浑,其次或以境胜,或以意胜。苟缺其一,不足以言文学。"(《人间词乙稿序》)他还提出:"有造境,有写境,此理想与写实二派之所由分。然二者颇难分别,因大诗人所造之境必合乎自然,所写之境亦必邻于理想故也。"(《人间词话》)这些论述表明,王国维认为意境是由情景两者融合而生的,理想中有现实,现实中有理想,造境与写境都是主观与客观相统一的结果。与此同时,王国维还融贯中西,提出了"有我之境"与"无我之境"的诗学观点。他认为"有有我之境,有无我之境","有我之境,以我观物,故物我皆著我之色彩。无我之境,以物观物。故不知何者为我,何者为物"(《人间词

第八章 积极审美心理引领下的诗词创作（三）

话》）。朱光潜认为这段话所用的名词似待商榷，"王氏所谓'有我之境'其实是'无我之境'（即忘我之境），他的'无我之境'的实例……实是'有我之境'。与其说'有我之境'与'无我之境'，似不如说'超物之境'和'同物之境'，因为严格地说，诗在任何境界中都必须有我，都必须为自我性格情趣和经验的返照。"（《诗论》）然而，王国维与朱光潜两位大师的观点，其实并无本质上的分歧。

比较"二王"关于"意境"论述中的"变"与"不变"，从形式上看，"变"的是王昌龄的"三境"被王国维统一成"一境"了，于是王国维的"一境"就包括"有我之境"与"无我之境"。其中，王国维的"无我之境"，大体上与王昌龄的"物境"对应，以描写客体为主；而王国维的"有我之境"，则大体与王昌龄的"情境"与"意境"对应，以表现主体为主。从内容上看，"不变"的是"意境"本身共同的审美特质，即诗词意境所追求的是情景交融、意溢于象外以及人与自然的审美统一。可以说，在积极审美心理的引领下言志抒情，像《诗经》那样，让诗人之"志"与"鸟兽草木"的审美统一，即是诗词意境。这是因为"在心为志，发言为诗"，只有将心中之"情志"具象化，才能成为审美对象，彰显审美价值。正如刘永济《词论》所言："盖神居胸臆之中，苟无外物以资之，则喜怒哀乐之情，无由见焉。"在积极的审美体验过程中，从审美主体来看，是"情以物兴"，从审美客体来看，是"物以情观"，进而构成审美关系，实现主客体之间的心灵沟通。刘永济《词论》对此则有一段颇为精湛的论述："物在耳目之前，苟无神思以观之，则声音容色之美，无由发焉。是故神、物交接之际，有以神感物者焉，有以物动神者焉。以神感物者，物固与神而徘徊；以物动神者，神亦随物而宛转。迨神、物交会，情、景融合，即神即物，两不可分，文家得之，自成妙境。知此，则情在景中之论，有我、无我之说，写实、理想之旨，词境、意境之义，皆明矣。"[①]可见，古往今来关于诗词意境的诸多论述，尽管各自的说法有变，但审美特质却一脉相承，都是由中国特色的自然美、艺术美与审美心

---

① 刘永济：《词论》，上海古籍出版社1981年版，第71页。

理学规律所决定的。

2.诗词意境内涵的"虚"与"实"

诗词意境有"虚"有"实",更是二者的有机统一,这可以从"三竹说"与"三思说"得到启示与体悟。意象是构成诗词意境的基本艺术元素。胡应麟在《诗数》中写道:"古诗之妙,专求意象。"那么,又如何"专求意象"呢?清代郑板桥说过:"江馆清秋,晨起看竹。烟光、日影、露气,皆浮动于疏枝密叶之间。胸中勃勃,遂有画意。其实胸中之竹,并不是眼中之竹也。因而磨墨展纸,落笔倏作变相,手中之竹又不是胸中之竹也。"(《郑板桥集·题画》)这里,郑板桥高屋建瓴地提出了"三竹说":即"眼中之竹""胸中之竹"与"手中之竹"。唐代著名诗人王昌龄在《诗格》中又提出了"三思"说,即所谓取思、生思与感思。这里,王昌龄是以"思"为中心,描述了从"生"到"感"、再到"取"这一连贯过程。立足于审美心理,似可以建立起"三竹说"与"三思说"之间的对应关系:即"生思"源于"眼中之竹";"感思"系于"胸中之竹";"取思"成于"手中之竹"。这也与积极心理诗学所主张以主言情志为特色的积极审美心理——诗学心理、以审美意象为特色的积极形象思维——诗学思维和以"赋比兴"为特色的积极修辞手法——诗学修辞相对应。

刘勰在《文心雕龙·物色》中提出了"诗人感物"与"睹物兴情"的命题,即诗人的诗兴,是通过观察外界事物而迸发出内心的情感。也就是诗词创作中主体与客体,即"心"与"物"的关系,即心理学中"心理场"与"物理场"的关系问题。著名心理学家考夫卡认为,世界是心物的,经验世界与物理世界不一样。观察者知觉现实的观念称为"心理场",被知觉的现实称为"物理场"。"心理场"与"物理场"之间并不存在一一对应关系,但是人类的心理活动却是两者结合而成的"心物场"。显然,由于不同人的"心理场"是不同的,所以,在相同的"物理场"面前,必定产生不同的"心物场"。这就是说,即使是同样的"眼中之竹",因为观者不同,必然会出现不同的"胸中之竹"与"手中之竹",即萌发不同的"生思""感思"与"取思";

甚至是同一观者，由于不同时间自身的心态不同，也有可能产生前后不一样的"竹"与"思"。司空图在《与王驾评诗书》中提出："长于思与境偕，乃诗家之所尚者。"这里，"思"与"境"并列，"思"属主体，"境"属客体。与之对应，"三竹"是主体"三思"结果的形象表达。例如，南唐刘孝先经过从"眼"入"心"再到"手"这三个步骤吟出的五律《咏竹》，首联"竹生荒野外，梢云耸百寻"，说竹子尽管生于荒郊僻野，但其气势却高耸入云；颔联"无人赏高节，徒自抱贞心"，是诗人对"胸中之竹"的深情感慨；颈联"耻染湘妃泪，羞入上宫琴"，则是对颔联的具体化；尾联"谁能制长笛，当为吐龙吟"，则抒发了诗人的情感。全诗运用丰富的联想与想象，以虚实结合的手法，通过"荒野""梢云""百寻""高节""贞心""湘妃泪""上宫琴""长笛""龙吟"等，实现了形神兼备的意象组合，生成了诗人的"手中之竹"。

这里，"三竹"之间又蕴涵着审美意象与审美意境的关系。皎然在《诗议》中提出："夫境象非一，虚实难明。"那么，这个"虚实"在何处呢？刘禹锡说："境生于象外。"[1]司空图亦提出"象外之象"与"景外之景"的概念，并认为"诗家之景"，"可望而不可置于眉睫之前。"这就说明，"虚境"即"生于象外"之"境"，即"象外之境，景外之景"，是无限之境；"实境"即"象外之象，景外之景"所赖以生存、依附的那部分有限之境。与此同时，"意境"之"意"也有虚实。司空图在《与李生论诗书》中指出："近而不浮，远而不尽，然后可以言韵外之致耳。""今足下之诗，时辈固有难色，倘复以全美为工，即知味外之旨矣。"这"韵外之致""味外之旨"即是虚，而"韵内之致""味内之旨"则是实。通常，诗词意境之"实"，是通过作为艺术媒介的审美意象而具形、所创造的审美意境。如果缺乏体现为"意象——语符"的积极形象思维，不运用以"比兴"为主的积极修辞手法，没有"诗家语"这一文字工具，传统诗词的任何意境也无法实实在在地呈现在读者的视听之前，亦可以说诗词意境之"实"，往往是从文字之"静"中观得；诗词意境之"虚"，犹似鱼脱离了水就不能生存，说明诗词意境也不能脱离读者（诗人往往是第一读者）积极的审美想象而全息呈现，亦可以说诗词意境之"虚"，

---

[1] 刘禹锡：《刘梦得文集》卷二三《董氏武陵集记》，上海古籍出版社1994年版。

往往是从想象之"动"中思得。当然,诗词的"意境",虽为二字,实为一体,不可分离。无论是"意"的虚实,还是"境""虚实",实质上就是"意境"的虚实,诗人积极的审美情感都是以"实"托"虚",以"有限"通向"无限"。

3.诗词意境审美意识的"形而下"与"形而上"

王国维对诗词意境理论的贡献,还在于他明确地界定了诗词"意境"概念的美学内涵。他明确指出:"何以谓之有意境?曰:写情则沁人心脾,写景则在人耳目,述事则如其口出也。"[①]"能写真景物、真感情者,谓之有境界,否则谓之无境界。"这样就可以将自古以来对意境概念的诸多理解,一同融进审美大熔炉。正如童庆炳在《中国古代心理诗学与美学》中所说:"中国传统的美意识,从其发端可以分为形而下和形而上两种。当孟子说'目之于色也,有同美焉'的时候,其美意识是形而下的,即以人的感觉器官可以感觉到的、具体感性的、有限的事物为美。当庄子说'天地有大美而不言',或者说'游心于物之初',才能得到那种'莫见其形''莫见其功''莫知乎其所穷'的'至乐至美'的时候,其美意识是形而上的,即不以感觉器官可以感觉到的、具体感性的、有限的事物为美,而是以人的灵性所体验到的那种终极的、本原的、悠远无限的生命感为美。"[②]在诗词意境的营造过程中,尽管"形而下"的审美意识一直贯穿于诗词意象经营的创作过程,但"形而上"的审美意识却始终是诗词意境所追求的艺术境界。

正是因此如此,所以诗词意境崇尚"境生于象外",并通过经营意象来实现,追求"言外之意""象外之象""味外之旨""韵外之致",追求"作者得于心,览者会以意,殆难指陈以言也。"基于审美心理,所谓象外之象,是从视觉角度而言的;所谓味外之旨,是从味觉角度而言的;所谓韵外之致,是从听觉角度而言的。这些诸多之"外"的审美体验,也就是"言外之意"与"境外之境"。自古以来,有眼光的诗家,从来就不认为意境就是"情"与

---

① 王国维:《宋元戏曲考》第十二章《元剧之文章》,《海宁王静遗书》,商务印书馆1940年版。

② 童庆炳:《中国古代心理诗学与美学》,中华书局,2013年版,第12页。

第八章 积极审美心理引领下的诗词创作（三）

"景"的简单结合，而是情与景、物与我相互交融所产生的、有形与无形相统一的艺术世界。唐代皎然《诗艺》云："夫景象不一，虚实难明，有可睹而不可取，景也；可闻而不可见，风也；虽系乎我形，而妙用无体，心也；义贯众象，而无定质，色也。凡此等，可以对虚，也可以对实。"①《诗艺》提出的由虚实相间的"景、风、心、色"四者共同组成"意境"理论很有见地，与近现代不断发展的心理学与美学理论也相得益彰。

积极心理诗学关于积极审美心理、积极形象思维与积极修辞手法相互联系又相互促进的理念，有助于透视传统诗学"形而下"与"形而上"相辅相成的审美观。唐代王昌龄在《诗格》所说的"诗有三境"，似可从积极审美心理的视角来理解。其中，以"物境"为主的诗作，"心物"关系可称之为"情以物兴"，"心物场"的特点是"物"为主，"心"为次，诗人的积极审美情感特点属于"写景"式，即诗词之"境"源于自然之"景"。诗词作品以景为主，景中寓情。以"情境"为主的诗作，"心物"关系可称之为"物以情观"，"心物场"的特点是"心"为主，"物"为次，诗人积极审美情感的特点属于"移情"式，即诗词之"境"不是源于自然之"景"，而是移植于心中之"情"。诗词作品以情为主，景为情设，情中带景。以"意境"为主的诗作（这里的"意境"与今天的概念不同，可理解为是以意气、意趣为特色的境界），"心物"关系可称之为"处境立意"，"心物场"的特点无所谓谁"主"谁"次"，而是"意"从"境"出，其中之"物"体现为某种特定之"境"，"心"之"意"则被某种有形或无形之"象"激发出来，"意"既在"境"中，又在"境"外，进而给人以超越具体形象感知的积极审美情感。诗人积极审美情感的特点属于"立意"式，即诗词之"境"既不完全来源于自然之"景"，也不完全来源于作者心中之"境"，而是在特定之"境"中由"心物场"共同催生的"虚实"融合的审美境界。

当然，从审美的角度理解王昌龄的"三境说"，为论述方便起见，可以把积极审美心理引领下的诗词创作分为"写景""移情"与"立意"三种形态，对于不同作者而言，可能各自的审美偏好不尽相同，但它们之间并没有"优

---

① 皎然《诗议》，李壮鹰《诗式校注》，第266页。

劣"或"高下"之分，且这三种形态的积极审美情感亦并非各自独立，往往是相互糅合，只不过是在某一首诗词中，可能体现为以其中的一种为主、其他为次的问题。清代词学家周济就主张："夫词非寄托不入，专寄托不出。"（《宋四家词选目录序论》）周氏的"出入说"，对理解诗词意境的创造、传递、接受与再造很有启发性。也正如沈祥龙所说："词贵意藏于内，而迷离其言以出之，令读者郁伊怆怏，于言外有所感触。"（《论词随笔》，《词话丛编》第五册）这就是说，尽管诗词语言的构成风格是由若干外在的、可感的、"形而下"的意象组合来体现的，但其审美追求却不在"实"，而在"似实而虚"的审美超越，即美在言外、意外、象外，美在"形而上"的"大象无形"。所以，一首诗词的意境，无论是体现为哪一种审美情感为主，只要是让诗词中"形而下"的"意象"升华为"形而上"的意境，就会体现王国维所说的"词之雅郑，在神不在貌"，才能成就诸多之"外"的审美境界。

二、诗词意境的审美传统及其多维观照

意境，或称境界，是中国传统诗学中一个十分重要的美学范畴，也是积极心理诗学中的美学命题，在西方文论中还难以找到一个与之相当的概念和术语，倒是从佛学禅宗中可以寻觅到部分渊源。"诗者，志之所之也。在心为志，发言为诗。"（《诗大序》）这两句耳熟能详的经典诗学话语，说明由"诗"所代表的传统诗词，既是心学，又是文学，还是艺术。"艺术境界主于美。"（宗白华《中国艺术意境之诞生》）从诗学、心理学与美学三位一体的高度与广度来认知诗词意境，需要从诗人积极的审美心理出发，遵循积极情绪等诸多"积极"的心态，基于积极的审美体验与审美需要，围绕传统诗词"主言情志，大美无邪"的本质特征，不断传承与发展传统诗学的意境理论。

（一）诗词意境的审美传统

自《诗经》以来，诗词意境的审美传统并非因为诗人的主观偏好，而是源于传统诗学积极的审美心理，取决于"在心为志，发言为诗"这一特定文

体积极的审美追求。可以说,中国古代的审美思想、审美经验与审美意识,都彰显了诗词意境的审美传统。

1.从古代审美思想看诗词意境

从古代审美思想方面来说,当代有学者将其概括为:"道孕其胎,玄促其生,禅助其成"。[①]所谓"道孕其胎",是指道家的基本学说,奠定了"意境"说的思想和理论基础。《老子》"道可道,非常道""有无相生""大音希声,大象无形""忽兮恍兮,其中有象""窈兮冥兮,其中有真;其精甚真,其中有信";《庄子》"唯道集虚""虚室生白"(真道集于虚心,心室虚静纯白乃生),"乘物以游心""道隐无名""得意而忘言""听之以气"(清净虚怀,自然悟道)等。老庄的自然宇宙之道,艺术意象境界之道,都为诗词意境说提供了丰富的思想营养。所谓"玄促其生",是指魏晋玄学促进了诗词意境说的产生。如王弼根据《庄子》"意之所随者不可以言传也"和"得意忘言"等理念,阐释《周易》中的言意关系,提出著名的"言不尽意"论;同时,由玄谈悟道又催生了超越具体形式而追求精神妙旨等美学思想。特别是刘勰《文心雕龙》提出的"隐秀"说和稍后钟嵘《诗品序》提出的"滋味"说,可以说"意境"说已经萌芽。所谓"禅助其成",是说唐代以后,佛学禅宗思想促使诗词意境说的正式形成。"意境"一词,盖出于佛经。佛经中的"六根"——眼、耳、鼻、舌、身和意,产生了所谓"六境"。《门经》第九卷就有"眼根色境""耳根声境""鼻要香境""舌根味境""身根触境"和"意根法境"等论述。《阿毗达摩俱舍论》第一卷中又有:"于六根中,眼等前五唯取现境,是故先说。意境不定,三世无为。"佛经以为人体与外界事物的联系,当以人的感官最为直接,与视觉、听觉、嗅觉、味觉和触觉对应的便是色、声、香、味、触之"五境",乃"意念之境"。禅宗六祖慧能的《坛经》说:"若识自性,一悟即至佛。"这与萧统所谓"智来冥境,得玄即真",跟老子"涤除玄鉴"有一种历史的因缘。这种非理性的直觉思维,既是观道悟禅的手段,也是审美体验的途径。它使人挣脱理性逻辑的束缚,六根相通,联

[①] 徐于:《古典诗艺举概》,知识产权出版社2016年版,第293页。

想活跃,在无意识中达到一种自由的审美境界。于是,著名诗家王昌龄、皎然、刘禹锡、司空图等,先后正式将"境"或"境界""意境"这一流行于禅宗的概念运用于诗论,并出现了许多与诗词意境相关的诗学命题或观点。

2.从古代审美经验看诗词意境

从古代审美经验来看,当代有学者认为:"比兴育其苗,情景壮其茎,神韵发其荣"。①所谓"比兴育其苗",是说自《诗经》以来的诗歌创作实践,形成了以"比兴"为主的"赋比兴"法,为"诗言志"艺术提供了修辞工具,进而为创造不可直言的、耐人寻味的言外之意与象外之境提供了肥沃的艺术土壤,培育了"意境"的艺术之苗。所谓"情景壮其茎",是指魏晋以后情景交融的诗篇,创造了内容丰富、气势恢弘的意境,进而促进了"意境"幼苗的茁壮成长。所谓"神韵发其荣",是指入唐以后并经历宋代,诸多彰显"神韵天然"的诗词作品不断问世,使崇尚意境创造成为诗学审美心理的自觉追求。李泽厚、刘纲纪在《中国美学史》中提出:"在魏晋以后发生了重要影响的一些美学概念,如形神、风骨、气韵、骨法等的形成,都和魏晋人物的品藻的发展分不开,可以说是在当时人物品藻的风气中自然而然地出现和被广泛接受的。"②例如,画家顾恺之根据自身的艺术实践,就在《论画》中提出的"以形写神论",主张画人物应特别注重传神妙处,即关键是要画好眼睛。又如,宗炳的"形神论",就是把魏晋以来的人物品藻推广到对自然美的品藻了。鉴于当时山水画与山水诗都重达"理",所以他在《山水画序》写道:"夫以应目会心为理者,类之成巧,则目亦同应,心亦俱会。应会感神,神超理得,虽复虚求幽岩,何以加焉?又神本亡端,栖形感类,理入影迹,诚能妙写,亦诚尽矣。"比宗炳稍晚的谢灵运是山水诗的代表,他的山水诗"舒情缀景,畅达理旨,三者兼长,洵堪睥睨一世也。"(黄子云《野鸿诗的》)"山水闲适,时遇理趣,匠心独运,少规往则。"(沈德潜《古诗源》)其后,又有所谓"以神写形论"(如宋《宣和画谱》云:"不专主形似,而独得于象外。")

---

① 徐于:《古典诗艺举概》,知识产权出版社2016年版,第293页。
② 熊万钧、王章文:《意境论溯源》,作家出版社2006年版,第38页。

第八章　积极审美心理引领下的诗词创作（三）

与"不似似之论"（如石涛《题画诗跋》："天地浑镕一气，再分风雨四时，明暗高低远近，不似之似似之。"）等，古代的这些审美经验，迄今依然影响着当代的诗词创作与诗学研究。

3.从古代审美意识看诗词意境

从古代的审美意识来看，《诗经》以来的诗歌创作实践表明，历代诗人自觉或不自觉的审美意识，均体现为通过意象选择与组合来创造诗词意境。古代不同形式的文论著作，尤其是刘勰的《文心雕龙》、王昌龄的《诗格》、皎然的《诗式》和王夫之的《姜斋诗话》与"三诗评选"，更是集中体现了古代的审美意识，促进了诗词意境理论的培育与发展。首先，刘勰的《文心雕龙》为"'意境'范畴的出现起了'理论奠基'的重要作用"。古风《意境探微》认为刘勰的贡献主要体现为：[①]一是对人与自然的审美关系在文艺创作中的作用进行了专门而系统的论述，进而让史前宗教性的图腾审美和上古伦理性的"比德审美"，进入到中古艺术性的"畅神审美"，即纯粹的自然审美，论述了自然景物对于文学起源和"意境"取象的重要意义。刘勰认为大自然是文学发生的原始本源，是文学"意境"创造时取象的现实土壤。"意境"中的"境"（或"景"）来源于现实的"物"，即所谓"物色之动，心亦摇焉"，"岁有其物，物有其容；情以物迁，辞以情发"。（《文心雕龙·物色》）外在之"物"内化为心中之"物"——"意象"，再外化为诗文中之"物"，即情化和辞化之"物"——"意境"。二是从文艺心理学角度，对感物取象、意境内构、艺术表达和虚境追求等文学意境的艺术创造问题进行了全面而系统的论述，提出了"心物交融"的思想，为"情景交融"的"意境"论奠定了理论基础。其主要论点包括："感物吟志"，即到大自然中去寻找意象和激发情感；"神与物游"，即通过"或物来动情，或情往感物"，实现"即物即情，融合无间"；"窥意象而运斤"，即运用"比兴"手法实现审美意象的艺术表达。三是"意境"术语的创构和运用，虽然其始也简，但却垂泽久远。

其次，"王昌龄的诗歌'意境'理论是刘勰的'意象'说到唐代诗境说的

[①] 古风：《意境探微》，百花洲文艺出版2017年版，第29-45页。

中间环节。"①其诗学论著《诗格》，对"意境"理论的主要贡献：②一是借鉴佛教理念，首次提出了"意境"范畴；二是首次提出了意境的三种形态，即所谓"物境""情境""意境"；三是首次论述了"意境"的创造问题，即由"取境"——"眼中之境"到"构境"——"心中之境"，再到"创境"——"手中之境"的意境创造过程；四是首次论述了"意境"的审美特征，认为诗歌"意境"的审美特征，在作品中表现为"意象"层、"象外"层与"语境"层。再次，唐代诗僧皎然的诗学论著《诗式》，对中国古代意境理论的形成也有重要贡献。尤其他基于自身的诗歌创作实践，关于取什么"境"及如何"取境"的诸多论述，对指导诗歌创作很有针对性。他认为："取境之时，须至难至险，始见奇句。成篇之后，观其气貌，有似等闲，不思而得，此高手也。"（《取境》）③ "取境偏高，则一首举体便高，取境偏逸，则一首举体偏逸。才性等亦然。" "缘境不尽曰情。"（《辩体有一十九字》）④这里的"境"说的就是诗词意境营造的问题，其审美思维驰骋艺术想象，包含主客观统一。皎然还在《秋日遥和卢使君游何山寺宿敡上人房论涅槃经义》诗中写道："诗情缘境发，法性寄筌空。"也说明诗人的情思蕴涵在作品的意境之中，并不局限于字面意义，追求的是言外之意与象外之境。皎然是将诗人、僧人与诗论家三者集于一身的重要人物，他的《诗式》及其他诸多诗学论述，内涵丰富，其理论渊源有四：⑤一是刘勰《文心雕龙》的影响，包括重情性与兼文质，识通变与反闭塞等；二是钟嵘《诗品》的影响，包括贵自然与反声病、主直寻与反用典等；三是王昌龄《诗格》的影响，包括重立意与主苦思，尚体势与贵比兴等；四是禅门哲理的影响，包括主顿悟与尚传神，重直观与崇自然等。其中，皎然的很多诗学主张就不乏传统诗学中的审美意识，单就诗词意境而言，亦有不少独到见解。此外，司空图的诗学论著《二十四诗品》，

---

① 吴红英：《王昌龄的诗歌意境理论初探》，《重庆师院学报》1993年第1期。
② 古风：《意境探微》，百花洲出版社2017年版，第47—49页。
③ 李壮鹰：《诗式校注》，齐鲁书社1986年版，第30页。
④ 同上，第53页。
⑤ 许清云：《皎然〈诗式〉辑章学》，海风出版社2005年版，第23至35页。

其贡献就是他的"意境形态论",①包括"意境"结构形态论(实境、虚境)、"意境"风格形态论(即如有的学者所说:"二十四种诗境,同时也就是诗的二十四种风格。")、"意境"韵味形态论("韵外之致""味外之味"的韵味,或者"趣味澄夐"的趣味)。司空图认为,"味""格""境"三位一体,关系密切:"境"是"味"和"格"的载体,是质;"味"和"格"为"境"所载,是性。前者实,后者虚,司空图轻实尚虚,故以"味"为审美标准。

还有,在王夫之的《姜斋诗话》与"三诗评选"(即《古诗评选》《唐诗评选》《明诗评选》)中,有人做过统计,"情"与"景"这对范畴共出现过105次。②王夫之认为,"情景""有在心在物之分",即在物者为景,在心者为情。在观察阶段,"心目之所及","文情赴之","夫景以情合,情以景生,初不相离"。于是,"景生情,情生景",两者互生互融而不分,"故外有其物,内可有其情矣;内有其情,外必有其物矣"(《诗广传》卷一)在创作阶段,诗人"胸中有丘壑,眼底有性情",于"心目相取处得景得句"。王夫之认为情景交融表现为"景语"(即"景中情")、"情语"(即"情皆可景")与"理语"(即"诗源情、理源性")三种形式。在鉴赏阶段,主张"以诗解诗",实现"情景双收",即用诗人的心态、眼光来读诗。在王夫之看来,"情景交融"并不限于诗歌创作阶段,在诗人的观察阶段和读者的鉴赏阶段也同样存在,即是说意境不只是存在于诗歌文本,还存在于诗人的构思与读者的鉴赏过程之中。诗歌意境不只是一种书面化了的凝固状态,而是不断在诗人心中呈现与读者心中活化的动态的"意象流"。王夫之还有一句很经典的诗学语言,即"不薄象内爱象外",可以说是他关于"深层意境"说最简明的表达,说明他不轻看"象内"意境(即弦上之音),但更爱"象外"意境(即弦外之音)。王人之在《古诗评选》中评陆云诗《失题》时有所谓"三形"之说,即"足知文句之用,有形发未形,无形君有形"。这里,"文句"当然指的是诗的语言,而对"未形""无形""有形"的理解,熊万钧、王章文在《意境论溯源》中认为,"'有形'者,是有形也有象的;'未形'者,是有象而无形

---

① 古风:《意境探微》,百花洲出版社2017年版,第72—76页。
② 肖驰:《中国诗歌美学》,北京大学出版社1986年版,第65页。

的。如果将这种'有形''未形'用之于诗,则'有形',显然是指诗人用语言所描绘出的具象,因为这种'具象'即目可见,是有形也有象的;'未形',则显然是指诗人未有用语言描绘于人心目中的'心象',这种'心象'虽有象而无形。前者显然是深层意境的第一境层,后者显然是深层意境的第二境层。深层意境之所以为'深层'意境,就在于它是'有形'与'未形'的有机统一。""至于'无形'呢?应该说指的是'神'或'神韵'。""神韵有两种:一是生气之神,一是生气远出之神;深层意境的'神韵',是生气远出之神。"[①]王夫之从哲学、心理学与诗学相结合的学术视野论述"情景交融",这是他关于"意境"美学思想的精义所在,对当代的诗词创作与诗学研究仍然有指导意义。

(二)诗词意境的多维观照

在传统诗学中,"意境"是一个极为引人瞩目的诗学概念。从不同的维度或视角来理解诗词意境,可以看出,它不但巧妙地把握了传统诗词的本质特征及其审美特质,还融合了中国古代心理诗学与古典美学思想,更是为形成独具中华民族特色的诗学理论发挥了重要作用。

1.从"比较"视角理解诗词意境

(1)从新旧体诗比较的视角理解诗词意境。无庸置疑,旧体诗词(即传统诗词,或简称诗词)追求意境,属于意境诗范畴。在积极审美心理引领下的诗词创作过程中,诗人高度重视通过审美意象的选择与组合来创造独具个性的审美意境。这里,意象是指融入主体之情的个别物象与事象,它表现为与单个物象相对的语词;而意境则着眼于全篇的构思,是诗人基于积极的审美需要,通过审美意象的选择与组合而营造出来的多维境界。同时,诗词意境又崇尚"境生于象外"(刘禹锡《董氏武陵集纪》),它既说明意境是由意象生成的,没有意象就没有意境;又说明意境不止生于"象内之象",还生于"象外",即超越意象。意象是形成意境的材料,意境因意象的组合与点化

---

① 古风:《意境论探微》,作家出版社2006年版,第173—174页。

而升华。用形象的话说,意象好比是花果,意境则是由这些花果妆点的花果树;意象好比是细微的水珠,意境则是由这些水雾凝成的云朵;意象好比是砖石,意境则是由这些砖石所砌成的构筑物。例如,王昌龄的《长信秋词》其一云:"奉帚平明金殿开,暂将团扇共徘徊。玉颜不及寒鸦色,犹带昭阳日影来。"该诗包含平明、金殿、团扇、玉颜、寒鸦、昭阳、日影等具体意象,通过这些意象的组合与点染,共同营造出诗的意境,展现出冷宫的凄清,被遗弃宫女的幽怨,并借以暗喻士子的怀才不遇,进而将作者积极的审美情感赋予这样一个诱人想象与联想的深邃意境。实际上,古往今来的许多经典诗例,都充分印证了诗词之"象小境大"与"境生于象而超乎象"的传统诗学理念。

然而,新诗界就有不少人公开亮出"反意境"的旗号,向传统的"意境"论挑战。如吕家乡就在《从旧体诗到新诗》一书中写道:"我在多年的诗歌教研中渐渐形成了一个看法:新诗的诞生标志着意境诗的解体,以预示着意象诗的建构,新诗在整体上已经不是意境诗了,因此在新诗美学研究和评论中不宜用'意境'作为一个基本范畴。"吕氏认为现代意象诗与古典意境诗的区别主要表现为:[①]一是古典意境诗追求的是玄远的"象外之象",或幽深的"情景浑融之境",而现代意象诗的核心却是诗人的自我意识、心灵世界,它的总体形象实质上是诗人自我心灵的活的雕塑。二是古典意境诗里总有情、景两种因素,而且常以景物显得突出,体现着诗人的我融于物、主从于客的心态;其中景物的呈现是符合原样性或公共性原则的。现代意象诗则把诗人自我的内心活动(情)当作下面把握、观照的对象,致力于挖掘、探寻、再现丰富幽深的心灵世界,外在的景物退居次要的背景地位,或者仅只是内心活动的对应物,因此诗歌中景物的变形、变性未必符合公共心理,而是体现着诗人的独特情绪。三是古典意境诗体现着以静为美,以单纯和谐为美的习惯观念,适应于古代平缓的生活节奏,适于运用外在律(以声韵为基础)。现代意象诗体现为以动为美、以错综复杂为美的新观念,适应于现

[①] 吕家乡:《从旧体诗到新诗》,山东人民出版社2014年版,第68页,第84—86页。

代生活、尤其是现代都市生活的急速多变节奏，适于应用内在律（以情绪抑扬为基础）。四是古典意境诗中的意象附属于意境，多是以实际物象为基础的、隐含着情意的"象"，而现代诗中的意象是诗人思想感悟的具象化身，是诗人心灵的一次性的创造，以独特、新颖、不可重复为上；五是新旧体诗都追求言外之意，不过古典意境诗偏重于指向外部世界，现代意象诗偏重于指向自我内心世界。吕氏的这些观点在新诗界具有代表性，尽管其科学性仍然值得商榷，但从他的新旧体诗的比较视角，更是可以看出传统诗词追求审美意境的艺术价值。

（2）从学科比较的视角理解诗词意境。古风的《意境探微》一书从符号学、诗学、美学与文化学等学科视野，对"意境"内涵进行了多层阐释，比较不同学科的论述，将有助于我们深刻理解诗词意境的核心蕴涵。这里，主要从诗学与美学两个方面，摘其要而述之。在诗学中，"意境"是一个由语象符号构成的内涵丰富的审美世界。朱光潜将"意境"放到诗词"创造和欣赏"的层面来定位，他认为诗词"创造和欣赏都是要见出一种意境，造出一种形象，都要根据想象与情感"。[①]于是，就自然有袁行霈所说的三个意境，即"有诗人之意境，有诗歌之意境，有读者之意境"了。[②] "诗人之意境"，产生于诗人与自然之间的审美体验，是"心"与"物"之间的沟通与对话。"心在人之内，物亦照焉。……心在人之内，而智又在其内，神亦照焉。"（《文心雕龙·心隐》）这就说明，"心"是内境，"物"是外境；"物"由外向内照"心"，"心"由内向外照"物"。即"物"作为一种客观存在，沿着人的目、耳、鼻、口、体这个"神经走廊"，进入人脑这个"黑箱结构"，以"感"这种内化方式进行心物交流，并通过积极的形象思维而形成各种意象与意象组合，直至构成内在的"意境"。"诗歌之意境"，是诗人运用诗学修辞手法，用"言"的形式，将心中的意境外化出来的艺术成果，是诗人意境的摄影与定型。"读者之意境"，产生于读者与诗歌文本之间的审美关系，是诗人意境的活化与创化（但不一定是"还原"）。其中，诗歌之意境是一个恒量，而

---

① 朱光潜：《谈美》，中国青年出版社2014年版，第98页。

② 袁行霈：《中国诗歌艺术研究》，北京大学出版社2009年版，第42-43页。

第八章 积极审美心理引领下的诗词创作（三）

读者之意境却是一个变量。正如朱光潜在《谈美》中所云，一首诗好比一片自然风景，"观赏者要拿自己的想象和情趣来交接它，才能有所得，他所得的深浅和他自己的想象与情趣成比例。读诗就是再做诗，一首诗的生命不是作者一个人所能维持住，也要读者帮忙才行。读者的想象和情感是生生不息的，一首诗的生命也就是生生不息的，它并非是一成不变的。"显然，诗歌意境的三种形态，两头是"人"，中间是"物"（即诗），其核心是诗歌意境，一头连着诗人意境，一头连着读者意境。诗人意境与读者意境是虚的，动的、鲜活的，诗歌意境是实的、静的、凝固的。但又正如朱光潜在《谈美》中所说，"创造之中都寓有欣赏，但是创造却不全是欣赏。欣赏只要能见出一种意境，而创造却须再进一步，把这种意境外射出来，成为具体的作品"。[①]这也说明，诗词创作与诗词鉴赏中的积极审美情感，尽管都关注审美意境，但是，诗词创作中的积极形象思维是"意象——语符"思维，诗词鉴赏中的积极形象思维是"语符——意象"思维，所以两者之间的审美效应还是有区别的。按照朱光潜的说法，诗词创作是把心中的意境"外射"出来，成为作品的意境，"这种外射也不是易事，它要有相当的天才和人力"，这也是我们反复强调诗学心理与诗学思维是积极审美心理与积极形象思维的原因。尽管诗学心理与诗学思维都属于审美范畴，但它们与一般的审美心理与审美思维相比，其审美情感必须借助以"赋比兴"为特色的积极修辞手法，用"诗家语"通过审美意象来表达，所以积极心理诗学特别为之加上"积极"二字，以彰显它们共有的特色。

在美学中，人与自然的审美统一，既是"意境"的审美本质，也是"意境"的美学内涵之一。由于众所周知的原因，汉代经学家们以政治的伦理的眼光看待诗歌，这也"温柔"，那也"敦厚"；此有所托，彼有所讽，诗的美刺、教化作用一直成为两汉诗论的主流，他们所论及的《诗经·关雎》等，也主要是伦理的意境和政治的意境，而不是审美的意境。随着魏晋六朝诗歌创作的繁荣以及个体意识的觉醒，诗歌作为一种重要的精神文化活动在士人

[①] 朱光潜：《谈美》，中国青年出版社2014年版，第98页。

个体生活中日益占据中心地位，在这一文化转向过程中，个体的生命情怀成为关注的对象。随着"人"的觉醒和"文"的自觉，诗由对社会成员进行教化的工具，一跃而成为展现个体精神风貌，体现自我风采的行为方式，进而迎来了一个审美的全新时代。《世说新语》云：王右军"濯濯如春月柳"，嵇康"肃肃如松下风"。又云："顾长康从会稽还。人问山川之美，顾云：'千岩竞秀，万壑争流，草木蒙笼其上，若云兴霞蔚。'"说明他们对"人"和"自然"都采取了"纯审美"的态度。①钟嵘的《诗品》亦将"自然"作为统帅其整部著作的核心观念，充分彰显了他的审美思想，及其对创作情感、创作方法的要求。于是，人与自然的审美统一，便表现为"情"与"物""意"与"境"的统一。从唐代开始，人与自然的审美统一，又进一步成为情与景的统一。"情者，心之精也。"（徐祯《谈艺录》）"景"者，物之精也。"情"与"景"都不是一般意义上的情感与自然景物，而是经过审美主体的"心炉"的熔炼，审美化了的艺术情感与自然景物。正如宗白华所说："在一个艺术表现里，情和景交融互渗，因而发掘出最深的情，一层比一层更深的情，同时也渗透了最深的景，一层比一层更晶莹的景；景中全是情，情具象而为景，因而涌现了一个独特的宇宙，崭新的意象，为人类增加了丰富的想象，替世界开辟了新境。……这是我的所谓'意境'。"②自《诗经》以来，诗人心中之"志"与"鸟兽草木"的审美统一，便成为诗的意境。古往今来，中国诗人之所以喜欢通过自然景象来言志抒情，当然是最具中华民族特色的"象思维"使然。从自然美、艺术美的本源和审美心理学的角度看，"情"与"景"（物）一开始就有着密切的关系。正如叶燮所云："凡物之美者，盈天地间皆是也，然必待人之神明才慧而见。"说明只有审美主体与客体之间互相沟通与对话，才能构成审美关系，才能将内在的"情"具象化，并外化出来，实现情景交融，彰显审美价值。以"比兴"为主的"赋比兴"法——一种颇具传统诗学特色的积极修辞方法，也是与以主言情志为特色的积极审美心理、以审美意象为特色的积极形象思维相适应的，共同的目标都在于创造诗

---

① 古风：《意境探微》，百花洲出版社2017年版，第217页。
② 宗白华：《艺境》，第153页。

词的审美意境。

（3）从中西比较视角理解诗词意境。在西方文艺美学中，有所谓艺术形象与艺术典型两个范畴。中国意境论研究者，有的把"意境"等同于艺术形象，如叶秀山在《也谈王国维的境界说》一文中说："那么我们对于'意境'应当怎么看呢？我觉得它的确是艺术形象，而这种形象的实质也是主客观统一，但它们都是统一于客观，统一于现实，统一于自然。"有的把"意境"等同于艺术典型，如朱光潜在《西方美学史》的一条注文中写道："我国诗话家所说的'意境'，亦即典型形象或理想。"[①]曹顺庆在《中西比较诗学：意境与典型》一文中，立足于比较，对"意境""形象""典型"等概念作了阐述，他认为："典型论偏重于客观再现，意境说偏重于主观表现；典型论偏重于描绘人物形象，意境说偏重于境物形象；典型论是寓共性于个性，寓必然于偶然，意境说则主张虚实相生，以形求神；典型论求真，意境说求美；典型化的方法是分析综合，意境的诞生是酝酿感悟。"[②]显然，意境说与典型论是根植于中西文化各自的沃土之上，且独具特色的文艺审美理论，从其相同之处，可以去探索文艺发展的某些共同规律，从其相异之处，可以准确地把握各自的本质特征，进而相互借鉴，促进传统诗词创造性转化和创新性发展。但是，一些牵强附会地用西方的典型形象来生硬地解读传统诗词意境的说法，甚至完全否定当代新体诗意境的诗学主张，是不符合中国诗学发展方向的。

2.从"系统"视角理解诗词意境

意象与意境的关系密切，正如罗庸教授所说，"境界就是意象构成的一组联系"（《诗的境界》）。所以，理解意境与意境，还不能仅局限于所谓"象小境大"与"境生于象外"等诗学说法，而应将意象与意境理解为是一个不可分离的有机整体。根据系统论原理，系统内各要素之间的关系并不是平列的，依主次关系分为不同层次；不同层次的一定结构，使一个特定的系统产

---

① 熊万君、王章文：《意境论溯源》，2006年版，第200页。
② 杨乃乔主编：《比较诗学读本（中国卷）》，首都师范大学出版社2014年版，第363页。

生特殊功能。可以说，诗词的意境就是那些蕴涵着诗人积极审美情感的意象结构，所产生出来的积极审美效应，进而让作者与读者神游其中，感到感染和陶冶。意象作为诗词中的艺术元素，它不但与声律体裁形式及议论、叙事等非意象内容共同创造的审美意境，更是发挥着主导诗词意境的支撑作用。

传统诗词的创作理论与实践表明，意象的选取、熔铸和经营，事关谋篇布局，是营造诗词意境的关键。第一个提出"意象"这个范畴的古代学者刘勰就说过："使玄解之宰，寻声律而定墨；独照之匠，窥意象而运斤。此盖驭文之首术，谋篇之大端。"（《文心雕龙·神思》）从中可以看出，刘勰心目中的"神思"，既重视"使玄解之宰"以匠心独运，又强调要从"驭文之首术"与"谋篇之大端"的高度与广度来"窥意象而运斤"。唐代司空图提出"思与境偕"（《与王驾评诗书》）的观点，把刘禹锡"境生于象外"说又向前推进一步。他还在《与极浦书》中引用戴叔伦的话描绘诗词意境："戴容州（叔伦）云：'诗家之景，如蓝田日暖，良玉生烟，可望而不可置于眉睫之前也。'象外之象，景外之景，岂容易可谭哉！"这就表明，司空图不仅认为诗词有"象外之象"；还有"景外之景"。这里，"象外之象"的前一个"象"是"实象"，即诗中实在、具体、有限的意象组合，而后一个"象"则是"虚象"，是由这些饱含诗人审美情感的那些"实象"，所激起读者审美想象中的那些无形无限之"象"。"景外之景"的前一个"景"，是由"实象"组合催生的审美效应，而后一个"景"，则是由读者审美心理中的"虚象"组合所激发出来的审美效应。这也是刘禹锡所说的"境生于象外"，且象外不仅有"意"，而且也还有"境"。

司空图在《二十四品·雄浑》中提出"超以象外，得其环中"，孙联奎《诗品臆说》对此解说道："人画山水亭屋，未画山水主人，然知亭屋中之必有主人也。是谓超以象外，得其环中。"今人张国庆对这段话进一步阐释为："这里出现了两种'象'：'山水亭屋'——已画出的直接可见的'实象'；'山水主人'——虽未画出但由于作者精心构思安排而的确包含于'实象'之中的'虚象'。"陶文鹏在《唐宋诗美学与艺术论》中又进一步说道："唐代的诗论家们已经认识到了意象有小有大，有显有隐，有实有虚，它是多层

第八章　积极审美心理引领下的诗词创作（三）

次、多样化、立体型的。正是由于他们已经强烈地感觉到了在唐诗和前代的优秀诗歌中早已大量存在着实象与虚象明暗相生的事实，才有可能在理论上作出如此精辟的概括。"①古今学者的研究表明，诗词意象的性质、特征、范围、内涵、品类丰富多彩、奇妙深邃、千变万化，"象内之象"往往多于"象外之象"，应该能够而且应当表现那些"不可名言之理，不可施见之事，不可径达之情"（叶燮《原诗》），须要"幽渺以为理，想象以为事，惝恍以为情，方为理至、事至、情至之语"，进而可以"呈于象，感于目，会于心"而又"虚实相生，有无互立"的独特意象，诗词作品才能臻于"至处"（叶燮《原诗》），即叶燮《原诗》所云："妙在含蓄无垠，思致微渺，其寄托在可言不可言之间，其指归在可解不可解之会，言在此而意在彼，泯端倪而离形象，绝议论而穷思维，引人于冥漠恍惚之境，所以为至也。"从这些精辟的诗学论述可知，从系统论的视角解读诗词意象与诗词意境，更可以认知它们之间不可分离的审美功能与审美效应。

祁志祥《中国古代文学理论》根据"意境"说的历史发展，梳理了作为美学范畴的若干规定性，②这些"规定性"的系统性，恰好说明诗词意境问题需要从系统论层面拓展研究。该书认为：一是"意境"是"意"与"象"的对应、契合，而不是"意"与"象"的乖离、凑合。有"意"无"象"或有"象"无"意"固然不成"意境"，"象"不称"意"或"意"不契"象"，也不能构成成功、感人的"意境"。二是"意境"是主观与客观的统一。"意"属主观，"境"属客观，"意"与"境"的结合也就是主观与客观的统一。三是"意境"是目的与手段的统一。其中，"意"是"境"的目的，"境"是"意"的手段，目的需要手段实现，手段总依附于一定的目的，于是二者结合到一块了。四是"意境"是无形与有形、抽象与具象的统一。"意"是看不见的、听不到、摸不着的，因而是抽象的、无形的。"境"则是具象的、有形可感的。意寓境中，才能形象可感。境中含意，才能生动有味。五是"有限"

---

① 陶文鹏：《唐宋诗美学与艺术论》，南开大学出版社2015年版，第291页。
② 祁志祥主编：《中国古代文学理论》，华东师范大学出版社2018年版，第165至166页。

与"无限"、个别与整体的统一。其中,诉诸文字等物质媒介的"意境"是个别的、有限的,而它所吸附、容纳的,能普遍有效地在读者想象中唤起的超出其自身的"意境"则是圆通的、具有整体性的、通向无限的。六是"意境"是虚与实、真与幻的统一。这有不同的划分法。意是目的,境是手段,故写意是实、是真,写境是虚、是假。意有言内意、言外意,境有言内境、言外境,故写言内意、言内境是实是真,写言外意、言外境是虚是幻。然而这只是就表面而言的。从实质看,写有限不过是为了通向无限,故写言内意、言内境又是虚是假,写言外意、言外境才是实是真。此外,境有"写境"与"造境"之别,"写境"是写实、写真,"造境"是写虚、写幻。而"写境"邻于"造境","造境"离不开"写境",故无论"写境"抑还"造境",皆是虚实相生、真幻相即。

3.从"有无"视角理解诗词意境

关于诗词意象与诗词意境问题,有的诗论著作还从"有无"的视角进行了论述。比较分析这些理念,自可深化对诗词意境的理解。一是关于"有无"意境的问题:袁行霈《中国诗歌艺术研究》强调指出:"意境虽然很重要,但不能把有无意境当成衡量艺术高低的唯一标尺。中国古典诗歌有以意境胜者,有不以意境胜者。有意境者固然高,无意境者未必低。"接着,他列举了包括杜甫《北征》在内的一些经典名作,认为"这些脍炙人口的名篇,很难说它们的意境如何,但谁也不能否认它们是第一流的佳构。仅用意境这一根标尺去衡量丰富多彩的古典诗歌,显然是不妥的。"他还指出:"不仅有无意境不是衡量诗歌艺术高下的唯一标尺,而且意境本身也有高下之别。不辨意境之高下,是难与谈诗的。意境包涵着诗人主观的思想、感情和个性,不是一个纯艺术的概念;意境的高下,不仅仅是艺术水平的表现。正如风格取决于人格;艺术境界的高下在很大程度上取决于诗人的思想境界。……把意境仅仅局限于艺术的范围,既不考察诗人的思想境界,又不区别意境的高下,唯以意境为上,这无助于诗歌的理解、评论和欣赏。"[①]二是关于"有

---

① 袁行霈:《中国诗歌艺术研究》,北京大学出版社2009年版,第40至42页。

第八章 积极审美心理引领下的诗词创作（三）

无"意象的问题：陶文鹏《意象与意境关系之我见》一文认为："中国古代抒情诗远比叙事诗、哲理诗发达，写景抒情的短制数量尤为繁富。这些小诗又多数是'纯意象'诗，通篇确是由玲珑剔透的意象组合成意境，诗人并不直面抒情，而是把自己的感情情绪全部或大部分隐藏到具体可感的意象中去。"接着，他列举了包括李白《静夜思》在内的一些经典名作后又指出："依据这类诗由意象组合而成意境，从而概括出境生于象，没有意象就没有意境，以及意境超乎意象等观点，具有较大的概括性，能够反映出中国古典诗歌的一些主要艺术特征，这是不可否认的。但我们也必须看到，中国古典诗歌决非全部是意象诗。"他认为长篇叙事诗，"由于夹带着大量的叙事、抒情和议论，便不能说这些作品是按照意象组合而成意境的艺术方法来创造的。"同时他结合实例予以说明：认为陈子昂的《登幽州台歌》"前不见古人，后不见来者。念天地之悠悠，独怆然而涕下"，"这首诗并没有刻画出任何具体鲜明的山水景物形象，字面上也没有描写诗人的自我形象。""可以说，《登幽州台歌》没有意象，却有意境；或者说，它的虚象，即'象外之象'，也就是它的意境。"亦认为李清照的《读史》："生当为人杰，死亦为鬼雄。至今思项羽，不肯过江东"，"虽有深意，却既无意象，也无意境。""但这两首诗仍然是运用形象思维写成的，诗中的抒情主人公一个登台流泪歌吟，一个读史叹息深思，都怀着一腔强烈、深沉的悲愤之情，形象是十分鲜明突出的。"[①]

从上述引文可以看出，两位学者的诗学观点有论有据，若只是围绕传统的意象与意境概念兜圈子，也许总是见仁见智，很难取得共识。这里，笔者倒是建议应当回归诗的"本源"，从积极心理诗学的视角来认识与理解这个问题。在积极审美心理引领下的诗词创作与鉴赏，无论是"象内之象"还是"象外之象""境内之境"还是"境外之境""实象"还是"虚象""实境"还是"虚境"，其实质都关乎积极审美心理支配下，基于积极审美需要的审美体验、审美知觉、审美情感与审美想象等方面的内容。"中国源远流长的传统审美学思想，非但不曾将审美主体心理功能的知、情、意分解为三，而且不曾

---

① 陶文鹏：《唐宋诗美学与艺术论》，南开大学出版社2015年版，第284至286页。

将审美过程的对象形式和主体能力化分为二,它往往着眼于两者浑融一体所呈现出来的'象'。这个'象',既不单是对象的结构与形式,也不单是主体的情和意,而是这两者的和谐统一,是'意中之象'或'象中之意',是完整而鲜活的'审美意象'。"[1]尤其是对诗词意象而言,更须将它理解为是诗人在积极的审美体验中形成的"审美意象",即是在审美过程中将对象形式和主体能力"浑融一体所呈现出来的'象'"。对诗词意境而言,尽管诗词作品是"以诗的形式凝固下来"的"客观存在",但遵循接受诗学理念,"诗学是作为一种活动而存在的,存在于从创作活动到阅读活动的全过程,存在于从诗人——作品——读者这个动态流程之中。这三个环节构成的全部活动过程,就是诗歌的存在方式。"[2]作为审美对象的诗词作品,其审美功能必须是"感觉者与被感觉者的共同行为",也就是作者与读者的共同行为。所以,完全脱离"被感觉者"或读者(那些只准备写给自己看的诗词,作者也是第一读者),空谈诗词意境也就没有实际意义。有鉴于此,"读者的意境"还不仅是"作者的主观情意与客观物境互相交融而形成的艺术境界",而是审美主体的精神创造,更是诗词诸要素的特定结构所产生的审美效应。"境者心造也。"(梁启超《自由书·惟心》)在诗词的创作过程中,诗人的"精神创造",也就是其审美体验与审美知觉的创造性作用,是将自身普通形态的自然情感,转换为"可供享受"的积极审美情感。传统诗论在重视客观景象的同时,尤其强调发挥主体性作用。《诗格》就明确指出:"娱乐愁怨,皆张于意而处于身,然后驰思,深得其情。""亦张之于意,而思之于心,则得其真矣。""欲为山水诗,则张泉石云峰之境,极丽绝秀者,神之于心。处身于境,视境于心,莹然掌中,然后用思,了然境象,故得形似。"这就表明,认知诗词意境必须立足于积极审美心理,将"实象"与"虚象""实境"与"虚境"结合起来理解。也就是说,意境是诗词作品中虚实交融的审美意象,引起审美主体感发而生的积极心理效应。据此,我们再来看有关学者论述意象或意境"有无"时的相关实例。

---

[1] 汪裕雄:《审美意象学》,人民出版社2013年版,第31页。
[2] 周圣弘:《接受诗学》,中国传媒大学出版社2011年版,第26页。

第八章 积极审美心理引领下的诗词创作（三）

先看杜甫的《北征》：这首长篇叙事诗，实则是政治抒情诗，共一百四十句，像是用诗歌体裁写的陈情表，是向皇帝汇报自己回家探亲路上及到家以后的所见所感。其诗的主题思想是："乾坤含疮痍，忧虞何时毕！"痛心山河破碎，深忧心民生涂炭。"缅思桃源内，益叹身世拙。"遥想桃源中人避乱世外，深叹自己身世遭遇艰难。这是全诗伴随着忧国忧民主题思想而交织起伏的个人感慨，也是诗人自我形象的主要特征。"煌煌太宗业，树立甚宏达。"坚信大唐国家的基础坚实，期望唐肃宗能够中兴国家，这既体现了诗人"奉儒守官"的思想修养，也彰显了诗人的政治立场与思想观念。诗人以赋兼比兴手法，运用指事语言，使情含景中、理隐事中，两者相辅相成。与抒情诗相比，叙事诗尤其是其中的长篇，往往采用的是以赋笔为主、赋兼比兴的手法，其"审美意象"亦有自身的特色。如杜甫的《北征》，仍然是在字里行间不乏"象中之意"与"意中之象"（如"猛虎立我前，苍崖吼时裂""恸哭松声回，悲泉共幽咽""昊天积霜露，正气有肃杀"等）在语辞之外又蕴涵有"象外之意"与"意外之象"（如"挥涕恋行在，道途犹恍惚""都人望翠华，佳气向金阙"等）。正因为如此，才表现了这样宏大的历史内容，成就了如此"博大精深，沉郁顿挫"的政治抒情诗。那么，又如何看待《北征》的意境，能否将该诗作为实例说明"有不以意境胜者"呢？根据上述关于意境的定义，《北征》中"虚实交融的审美意象"，又怎么能不引起"审美主体感发而生的心理效应"呢？或者说如此"博大精深，沉郁顿挫"的政治抒情诗，又怎么能不催生"心理效应"呢？尤其是在理解诗词意境的"心理效应"中，诗人形象永远是一个不可缺位的"虚象"。"有第一等襟袍，第一等学识，斯有第一等真诗。"（《说诗晬语》）"诗如其人"的古训以及"诗又未必如其人"的现实，总会让读者自觉或不自觉地将作者的思想境界与诗词的艺术境界一同出现在积极审美心理之中。尽管由于时代的局限，诗人的理想不过是忠君爱国，且对唐明皇有所美化，对唐肃宗有所不言，然而该诗意境所彰显的爱国主义精神却达到了时代的高度。

值得注意的是，积极审美情感的"可供享受性"与诗词意境的关系问题，并非诗词意境高，其"可供享受"的特性就一定高。这是因为审美主体的"心理效应",既与诗作中实在具体的审美意象有关,也与诗作外的相关审美意象有关;既与诗作的艺术境界有关,也与诗人的思想境界有关。而诗词作品"可供享受"的特性,则主要取决于诗作中的审美意象。在一般情况下,抒情诗与叙事诗或言理诗相比,以"小我"为主题、言感性情志为主的诗作与以"大我"为主题、言理性情志为主的诗作相比,前者审美意象的感染力往往相对强烈一些,进而"可供享受"的特性也就表现得更多一些,但这决不意味着前者的意境就一定高于后者。古风在《意境探微》一书中,基于传统"意境"向现代"意境"的转换,认为现代"意境"包括"情境"(抒情作品)、"事境"(叙事作品)、"物境"(咏物作品)、"理境"(哲理作品)四种形态结构。"因此,现代'意境'是一个内涵丰富的多元化的美学范畴。它从传统'意境'只适用于抒情作品批评的小圈子中走了出来,而转换为一种涵盖抒情、叙事、咏物、哲理等一切文艺作品的大范畴,真正将'意境'提升到哲学美学的最高层面上来了。"[1]于是,对于袁行霈关于"不能把有无意境当成衡量艺术高低的唯一标尺"的论述也好理解了。这是因为,对于那些以"事境""物境"或"理境"为主的诗词作品,其审美意境,就很难与以"情境"为主的诗词作品,用同一把艺术标尺来进行审美意境的相比了。

请看陈子昂的《登幽州台歌》,单从诗句的字面上看,的确没有任何具体的物象,也没有描写诗人的自我形象。但是,诗句中没有具象、实象,却有虚象、"象外之象"。更何况诗题中的"幽州台"就是活生生的物象。对作者而言,他两次从军边塞,一次在张掖,一次就在幽州。他登幽州台时,除了那现实时空中的意象外,必定还有历史时空、心理时空中的意象(即所谓"原型意象"),这些都应成为这首诗的"象外之象"。再说,陈子昂有一首《感遇》诗云:"玄感非象识,谁能测沉冥?世人拘目见,酣酒笑丹经。"他认为"玄感"作为不言而通之感应,是无形象可言的,并讥笑世人的想象力平庸短浅,仅拘限于目之所见。这首诗也体现了诗人本身的一种独特的积极审美

---

[1] 古风:《意境探微》,百花洲文艺出版社2017年版,第297页。

心理与积极审美情感,说明"象外之象"同样具有"可供享受"的特性,能够融入诗词意境。当然,对于《登幽州台歌》的历代读者而言,"幽州台"及其与之相关的现实时空与历史时空意象、"登台者"的人生经历与思想境界,都会成为理解该诗的"象内之象"与"象外之象",进而彰显出这首诗的两层意义;一是表层意义:有感于往昔乐毅、燕昭之事,写怀才不遇之感;二是深层意义:由宇宙的无限想到人生之渺小,充满了孤独和无奈之感。同样,李清照的《读史》,从诗句字面上看,似乎也没有寻常意义的那些意象。但"项羽"与"江东"两词,则既是实在具体的"象内之象",又还包含着许多"象外之象"。正是由于有了这些具体的意象,再加上"读史"想象中的诸多心理时空意象,才营造了这首诗浓烈而沉郁的意境。

三、诗词意境的审美特征与审美风格

众所周知,崇尚"意境"是传统诗词创作的鲜明特色,也是传统诗词"主言情志,大美无邪"本质特征的必然要求。所以说,立足于积极的审美需要,融合诗学、美学与心理学相关理念,探求传统诗词意境的审美特征与审美风格,对指导传统诗词的创作很有实践意义。

(一)诗词意境的审美特征

积极心理诗学表明,在积极的审美心理引领下,诗词意境是诗人基于积极的审美需要,在心物交融中呈现出来的、蕴涵着积极审美情感的艺术空间。作为生活在特定社会环境中的诗人,无论是源于何种创作动机或创作心态,其积极审美心理所逐渐形成的审美思维定势,总会让自己的诗词意境呈现出相应的特征。鉴于诗词创作不可避免地要受到时代特性、诗人个性、诗词体性及审美本性等因素的影响,所以,从主要方面讲,诗词意境的审美导向必定会呈现出时代性、指向性、自个性与超越性等显著特征。

1.时代性

这是自《诗经》以来,以"风、雅、颂"为代表的中华诗词文化的优秀传统所决定的。传统诗词是某一时代的产物,当然要受到某一时代的政治、经济、文化,以及诗歌本身发展状况的影响,因此传统诗词的意境不可避免地要打上时代的烙印。如严羽的《沧浪诗话》就提出"以时而论"的分类方法,将唐代三百年的诗歌发展史,分为"初唐体""盛唐体""大历体""元和体"和"晚唐体"五个阶段。对于"盛唐体"而言,诗境的时代性总体上可用"盛唐气象"与"盛唐气质"这两个人性化的概念来表达。所谓"盛唐气象",主要表现为自由奔放、刚健浩大的青春活力。如"大漠孤烟直,长河落日圆""飞流直下三千尺,疑是银河落九天"等诗句,特定的时空意象组合给我们强烈的情感冲击。特别是与当时的政治经济军事文化意识相互辉映,就彰显出一种朝气蓬勃的积极审美心理。所谓"盛唐气质",主要表现为自强不息的人生理想与百折不回的人格魅力。如"宁为百夫长,胜作一书生"(杨炯《从军行》)、"安能摧眉折腰事权贵,使我不得开心颜"(李白《梦游天姥吟留别》)、"致君尧舜上,再使风俗淳"(杜甫《奉赠韦左丞丈二十二韵》)等诗句所呈现出来的意境,就充满着热烈的政治理想与浓烈的报国热情。刘勰《文心雕龙·时序》一开头便云:"时运交移,质文代变。"接着他在评述历代诗文之后又曰:"故知文变染乎世情,兴废系乎时序,原始以要终,虽百世可知也。"刘勰的相关论述表明,蕴涵"世情"与"时序"的"时代性"是历代诗词意境永远不变的特色。钱钟书《谈艺录》在"诗分唐宋"的标题下写道:"唐诗多以丰神情韵擅长,宋诗多以筋骨思想见胜。"这也彰显了唐诗与宋诗意境特色的时代性,并可从比较中看得更加分明。例如,唐代社会风气比较开放,封建礼教的束缚相对来说比较少,女性也获得了较大的人身自由与个性解放。所以,唐代诗人周濆才写下这样的《逢邻女》:"日高邻女笑相逢,慢束罗裙半露胸。莫向秋池照绿水,参差羞杀白芙蓉。"诗中女主人开朗大方、清真纯美的艺术形象,就是唐代社会的缩影。然而,宋代的封建礼教比唐代严格多了,所以,宋代诗人笔下的少女形象就与唐诗迥然不同。请看宋代诗人陈郁笔下的《东园书所见》:"娉婷游女步东园,曲径相逢一少年。不肯比肩花下过,含羞却立海棠边。"在宋代的社会氛围中,该诗中的那位少女,在与一位少男"曲径相逢"之后,却只好在海棠树边"含羞"而立。这里,从上述两首诗中的少女形象,就可以看出各自意境的差别,进而可体会

第八章 积极审美心理引领下的诗词创作（三）

到两个时代社会风气的异同。

毋庸置疑，传统诗词意境的时代性与诗词题材的关系密切。众所周知，自古以来的诗词题材就有"大我"与"小我"之分。所谓"大我"题材，是指诗人所"言"之情志涉及政治社会方面的内容；所谓"小我"题材，是指诗人所"言"之情志只涉及个人的喜怒哀乐。当然，由于诗词创作永远是诗人个性的创造性发挥，就是写"大我"题材的诗词，也必定蕴含着"小我"的性情。同时，由于"诗情缘境发"（皎然），所以生活在特定社会环境中的诗人，就是写"小我"题材的诗词，也不可能是在真空中创作，而会自觉或不自觉地受到"大我"的影响。纵观《诗经》以来的诗词创作，传统诗学告诉我们，其缘由不外乎是两类：一类是言"大我"情志的"诗缘政"（孔颖达疏《毛诗正义》），其"情志"特点以理性为主；一类是言"小我"情志的"诗缘情"（陆机《文赋》），其"情志"特点以感性为主。当然，更多的诗词题材则是"大我"与"小我"题材兼备，或是在"大我"中包含"小我"，或是在"小我"中彰显"大我"。但是，无论诗词题材属于哪一类型，其审美意境的时代性都不会缺席。

显然，传统诗词意境的时代性，说明社会不断发展，人的思想感情也不断变化，所以诗的意境不但不会被前人写尽，而且还必须与时俱进，不断创新。诗学史上的拟古派之所以失败，就在于囿于旧时传统，蹈袭前人老路，未能从变化了的社会生活出发，大胆创新诗词意境。明代李梦阳倡导"文必秦汉，诗必盛唐"，虽有反对台阁体的积极意义，但也带来"刻意古范，铸形宿镆（模）"的弊端。清代诗论家袁枚《答沈大宗伯论诗书》云："尝谓诗有工拙，而无古今。……未必古人皆工，今人皆拙。……至于性情遭遇，人人有我在焉，不可貌古人而袭之，畏古人而拘之也。"谢榛《四溟诗话》亦云："赋诗要有英雄气象，人不敢道，我则道之；人不肯为，我则为之。厉鬼不能夺其正，利剑不能折其刚。"这就说明彰显时代性，"我手写我心"，"知古"不"泥古"，"通变"敢创新，永远是营造诗词意境的基本要求。就是依照清人袁枚的说法，"使韩、杜生于今日，亦必别有一番境界，而断不肯为从前韩、杜之诗。"(《与洪稚存论诗书》)①唐代诗僧皎然提出："凡诗者，虽以敌古为上，不以写古为能。立意于众人之先，放词于群才之表，独创虽取，使耳目不接，终患倚傍之手。"又云："凡作文，必须看古人及当时高手用意处，有新奇调学之。"可以看出，皎然特别强调诗人"须知复、变之道"的理念，要求"作者须知复、变之道。反古曰复，不滞曰变。若惟复不变，则陷于相似之格，其状如驽骥同厩，非造父不能辨。能知复变之手，亦诗人之造父也。"皎然所提出的"复古通变"，其重点是放在"变"即创新一面，只有"通变"才是"高手"，才能不断提高诗词语言的艺术张力。

与此同时，传统诗词意境的时代性还表明，生活永远是诗人创作的鲜活源泉，现实主义与浪漫主义永远是不朽的创作原则。北宋有《九僧诗集》，却不被人知，欧阳修为之叹息曰："当时有进士许洞者，善为辞章，俊逸之士也。因会诸诗僧分题，出一纸约曰：'不得犯此一字。'其字乃山、水、风、云、竹、石、花、草、雪、霜、星、月、禽、鸟之类，于是诸诗僧皆阁笔。"②这段话也说明，九僧平常赋诗，可能严重脱离社会生活，只会在一些司空见惯的意象中兜圈子，一旦这些意象被限制，便束手无策了。清人王夫之将社会生活比喻成"铁门限"，主张只有投身到火热的社会生活，才能获得诗词创作的素材。他说："身之所历，目之所见，是铁门限。即极写大景，如'阴晴众壑殊，乾坤日夜浮'，亦必不逾此限。非按舆地图便可云'平野入青徐'也，抑'登楼所得见'者耳。隔垣听演杂剧，可闻其歌，不见其舞；更远则但闻鼓声，而可云所演何出乎？"③凡有采风实践的诗人，也许对王氏的这段话的理解更加亲切。有些于采风过程写下的诗稿，若是一旦遗失，往往很难回忆出来就是一个活生生的例子。著名诗人陆游就曾对江西诗派所谓"点铁成金""无一字无来处"等说法不以为然。他自觉地投入社会实践，既

---

① 袁行霈：《中国诗歌艺术研究》，北京大学出版社2009年版，第39页。

② （宋）欧阳修、司马光撰：《六一诗话温公续诗话》，中华书局2014年版，第32页。

③ （清）王夫之：《姜斋诗话》，丁福保《清诗话》，上海古籍出版社1978年版，第9页。

丰富了他的诗歌创作内容，又孕育了他的"工夫在诗外"的诗学理论，更使他成为我国历史上著名的爱国主义诗人。

2.指向性

所谓指向性，是指在积极审美心理的引领下，诗人积极的审美情感，体现为"意"犹帅也，意与境会，自是"境"随"意"而生气象，往往会自觉或不自觉地遵循特定的审美取向，从自然和社会景物中取景摄象，熔入情意，铸造成境，定型为诗，进而提供出诱发人们想象和联想的一种艺术境界。中唐文学家权德舆云："凡所赋诗，皆意与境会，疏导情性，含写飞动，得之于静，故所趣皆远。"（《左武卫胄曹许君集序》）这就说明，传统诗词意境之"意"，首先是诗人之"意"与其所描绘之"境"的一种审美融合。例如，"采菊东篱下，悠然见南山"（《饮酒》），就源于陶渊明于山野黄昏之时，所怀揣的那种恬淡幽静的意态。苏轼对此句的评价就是："境与意会，此句最有妙处，近岁俗本皆作"望南山"，则此一篇神气都索然矣。"（《东坡诗话》）宋叶梦得亦云："诗人以一字为工，世固知之，惟老杜变化开阖，出奇无穷，殆不可以形迹捕，……今人多取其已用字模仿用之，偃蹇狭陋，尽成死法。不知意与境会，言中有节，凡字皆可用也。"（《石林诗话》）这就是说，"意与境会"的指向性，促使"疏导情性，含写飞动"，进而实现传神，即"不可以形迹捕"的艺术效果。也正如西方学者席勒所说，"任何一种伟大的构图都需要使其各个部分受到限制而发挥整体的效果。"（《美育书简》）

传统诗词意境的指向性，还有其心理学依据，即所谓心理活动的指向性与集中性。现代心理学理论与实践表明，人的心理活动是由客观外界的刺激引起的，人在同一时间内不能感知周围的一切对象，而只能感知其中的少数对象。当然，诗词体性与诗学家心理对审美导向的影响，还包含着文艺心理学所说的"整合性"与"变调性"。从诗词体性而言，是因为诗词的篇幅短小，营造出意境的艺术元素主要是意象，所以意象的选择、点化与组合必须遵循意境的指向意义，进而让诗人从客观现实中摄取的"象"，能够与诗学心理中的"意"，按照"指向性"通道相互融合，熔铸为意象，定型为作品，升华为意境。皎然认为:"夫诗工创心,以情为地,以兴为经,然后清音韵其风律,丽句增其文采。如杨林积翠之下,翘楚幽花,时时开发。乃知斯文,味益深矣。"(《诗议》)这里所说的"以情为地,以兴为经",就有指向性意义。传统诗学主张"意与境会"(权德舆)、"境与意会"(苏轼)、"神与境合"(王世贞)与"思与境偕"(司空图)等等,都说明传统诗词的意境总是按照"意""神"与"思"的"指向",进行"整合"或"变调"的。

对于一首作品来说,传统诗词的意境总是一个"完整统一、独立的艺术存在",[①]是一个主与客、意与境、形与神共同形成的审美心理场。审美导向对诗词意境的"指向性"要求,实质上也就包含着心理学"格式塔"理论关于"整合性"与"变调性"的要求。该理论认为:"只有心理上的'完形',才能唤起美感,而这'完形'就是格式塔。格式塔这个术语的创用人厄棱费尔认为,'格式塔'有两个最显著的特点:首先是它的'整体性'。一个格式塔虽然是由各种要素组成的,但它决不等于这些要素和成分的简单相加,而是一个完全独立于这些成分的全新的整体(形——质)。……其次是它的'变调性'。……格式塔的这一特征能使我们认识已经变调的曲子,它在事物的结构中起整合完形的作用。它不属于具体的部分,却又统摄、制约着各个部分。它生存在'关系'中,是看不见的存在,缺席的在场。"[②]这也就说明,心理活动具有指向性与集中性特征。心理学认为,人的心理活动是由客观外界的刺激引起的。人在同一时间内不能感知周围的一切对象,而只能感知其中的少数对象。遵循心理学负诱导规律,当一个人对某一事物发生注意时,他的大脑就会形成优势兴奋中心,周围其他神经部位就会受到抑制。当他注意到某一对象时,他便离开了其他对象。集中注意的对象是注意的中心,其余的对象则或处于注意的边缘,或处于注意的范围之外。人的心理活动的这种指向性恰恰从根本上揭橥出意境生成过程中何以有规导、控制作用的迷奥。[③]例如,柳宗元的《江雪》:"千山鸟飞绝,万径人踪灭。孤舟蓑笠翁,独钓寒江

---

① 李泽厚:《美学论集·意境杂谈》,上海文艺出版社1960年版,第326页。
② 童庆炳等著:《中国古代诗学心理透视》,百花文艺出版社1993年版,第298页。
③ 同上,第299页。

雪。"全诗短小精悍，四句二十字，但诸多意象的指向性明确，相互整合交融成一个意蕴深刻的画面，其审美意境显示出诗人内心的孤独与高洁。

3.独特性

这是由包括传统诗词在内的一切文艺创作的固有特性所决定的。所谓独特性，是指无论是"有我之境"，还是"无我之境"，传统诗词的意境总会有诗人"自我"的影子，呈现出独特的个性化特征。如曹丕的《典论·论文》提出了"文气说"，或"清"或"浊"的两分法，说明诗人的个性对作品风格形成的内在作用；刘勰《文心雕龙·体性》云："夫情动而言形，理发而文见，盖沿隐以至显，因内而符外者也。然才有庸俊，气有刚柔，学有浅深，习有雅郑，并情性所铄，陶染所凝，是以笔区云谲，文苑波诡者矣。故辞理庸俊，莫能翻其才；风趣刚柔，宁或改其气；事义浅深，未闻乖其学；体式雅郑，鲜有反其习；各师成心，其异如面。"①这里，所谓"体性"之"体"，即为诗作的外在风貌、风格；"性"即为诗人的才性与习性。"体"与"性"的关系是"体"由"性"生，"性"因"体"现。也就是说，诗人之间才、气、学、习（识）四个方面的个性差异，进而导致诗作"其异如面"的个性化。

严羽在《沧浪诗话》中提出了"以人而论"的分类方法，也主要是根据不同诗人的"自个性"，胪列了包括陶（渊明）体、少陵（杜甫）体、太白（李白）体、孟浩然体、李商隐体、东坡体在内的36种。其中，陶渊明笔下的菊，简直就是诗人自个的化身，以至一提起陶就想起菊，一提起菊就想起陶，陶和菊已融为一体；李白笔下的月也莫不如此。古往今来，凡优秀的诗词作品通常都具有鲜明的自个性，正如严羽《沧浪诗话》所云："子美不能为太白之飘逸，太白不能为子美之沉郁。"这是因为"诗主自适，文主喻人。诗言忧愁谕侈，以舒己拂郁之怀；文言是非得失，以觉人迷惑之志。故有贵于文，诗也。"（明《庄元臣诗话》）正如宋严羽《沧浪诗话·诗评》所言："子美不能为太白之飘逸，太白不能为子美之沉郁。"②当然，诗人不同，其诗词意

---

① 童庆炳等著：《中国古代诗学心理透视》，百花文艺出版社1993年版，第182页。
② 严羽撰：《沧浪诗话》，中华书局2014年版，第119页。

境的差别,还与诗人的职业、经历及其个人命运的变化密切相关。如柳永与苏轼同为北宋著名词人,但是各自的词作意境却迥然不同。就是同一词人,不同时期的作品,其意境亦有差别,甚至是天壤之别。例如南唐后主李煜被俘前后的词作、著名女词人李清照早年与晚年的词作,其中意境的差别可谓都是最为鲜活的实例。

从诗学心理来看,传统诗词意境"自我性"的心理源头,则是清代学者叶燮所提出的"才识胆力四者交相为济"的心理结构。他在其诗学著作《原诗·内篇》中写道:"曰理,曰事,曰情,此三言者,足以穷尽万有之变态,凡形形色色,音声状貌,举不能越乎此。此举在物者而为言,而无一物之或能去此者也。曰才,曰胆,曰识,曰力,此四言者,所以穷尽此心之神明。凡形形色色,音声状貌,无不待于此而为之发宣昭著;此举在我者而为言,而无一不如此心以出之者也。以在我之四,衡在物之三,合而为作者之文章。大之经纬天地,细而一动一植,咏叹讴吟,俱不能离是而为言者也。"① 这里,从叶燮的诗学观点可知,诗词创作的主题不外乎是"在物之三"的"理、事、情",或曰"诗缘政",即"言"以理性为主的"大我"情志;或曰"诗缘事",包括"大我"与"小我"之"事";或曰"诗缘情",即"言"以感性为主的"小我"情志。但要实现创作目标,就必须经由主体"在我之四"的审美效应,充分发挥"才胆识力"的作用,才能将"在心为志",最终"发言为诗"。否则,缺乏"在我之四",就不能吟咏"在物之三"。用叶燮的话说就是:"大凡人无才则心思不出,无胆则笔墨畏缩,无识则不能取舍,无力则不能自成一家。"(《原诗·内篇》)可以说,叶燮在《原诗》中的诸多论述,较为成熟地构建了传统诗学心理的结构构架。特别是叶燮关于诗人的心理结构必定是非智能因素与智能因素的"交相为济"的诗学观点更具理论与实践意义。尽管后世有的学者提出诗词创作主要靠天赋的观点,如清代学者袁枚在《随园诗话》中提出:"用笔构思,全凭天分","诗有音节清脆,如雪竹冰丝,非人间凡响,皆由天性使然,非关学问。"这里所说的"天分"或

---

① 郭绍虞主编:《中国历代文论选(一卷本)》,上海古籍出版社1979年版,第328页。

"天性"等天赋因素，也只有与后天因素相结合才能得到升华。也正因为如此，所以诗词意境的独特性，既包含先天性因素，也包含后天性因素，即是先天与后天因素让"才胆识力四者交相为济"。

传统诗学理论与诗词创作实践表明，诗词意境尤其推崇人品与诗品的统一。尤其是诗词语言的多义性，更使得在不了解诗人及其创作背景的情况下，往往很难准确完整地理解诗人的真情实意及其诗作的本意原境。正如任中敏所言，确定一首传统诗词意境当有三个准则，一是作者的身世；二是诗作的措辞；三是诗词外的本事。①例如，如何理解李商隐的《锦瑟》诗境，迄今仍然还是仁者见仁，智者见智，也许就是缺乏这样的三个准则。北宋初年，以杨亿、刘筠等人为首的一群诗人，掀起了一个学习李商隐诗的高潮。他们编撰了一部《西昆酬唱集》，后世就把李商隐风格的诗称之为"西昆体"。金代诗人元遗山的《论诗绝句》云："望帝春心托杜鹃，佳人锦瑟怨年华。诗家总爱西昆好，独恨无人作郑笺。"就说诗家都喜欢李商隐的诗，但苦于不解诗意，最好有人把它们笺注明白，像汉代郑玄笺注《诗经》一样，这也是历代以来读李商隐诗的人共同的愿望。这也就说明，鉴于诗词作品的特殊性，纵然诗人与诗作可以分离，但诗作中的意境却永远不可能与诗人分离。经济学中的一个术语，叫做"信息不对称"，若是借用来描述诗词意境的话，由于读者与诗人及其诗作之间，大多数情况下是处于"信息不对称"的状态，特别是诗作中的那些"言外之意""象外之象"与"境外之境"，对于不了解诗人及其创作背景的人来说，永远只能让诗词意境处于袁行霈所说的"三种意境"的状态。至于说"作者之用心未必然，而读者之用心何必不然"，②则已由意境理解层面转化为意境再造层面的问题了。

4.超越性

所谓超越性，是指传统诗词意境追求"化实景而为虚境，创形象以为象

---

① 任中敏著，金溪辑校：《散曲研究》，凤凰出版社2013年版，第98页。
② 谭献：《复堂词话》，人民文学出版社1959年版，第19页。

征，使人类最高的心灵具体化，肉身化"，①进而以有形表现无形，以有限表现无限，从而实现"象外之象""景外之景""味外之味""言外之旨"的艺术境界。这里的后一个"象""景""味""旨"，就是对具体的、有限的诗词作品中实体形象的超越，是诗人"灵想之所独辟"（浑南田）的创造，这也是由中华传统文化基因蕴涵在"意境"中的特殊规定性所决定的。叶朗在《美学原理》中指出：认识"意境"的特殊规定性，"必须联系老子的哲学和美学才能得到比较准确的理解。"他认为："老子哲学中有两个基本思想对中国古典美学后来的发展影响很大：第一，'道'是宇宙万物的本体和生命，对于一切具体事物的观照最后都应该进到对'道'的观照；第二，'道'是'无'和'有''虚'和'实'的统一，'道'包含'象'，产生'象'，但是单有'象'并不能充分体现'道'，因为'象'是有限的，而'道'不仅是'有'，而且是'无'（无名，无限性，无规定性）。"②正因为如此，诗词中最具中国特色的"意境"概念，其内涵与外延相当丰富，它源于"意象"，但又既不同于西方现代文艺理论中的形象与典型，也不同于康德的审美意象与黑格尔的理念的感性显现，而是既有"意象"概念的一般规定性（如情与境、形与神、意与境等主观与客观因素的有机统一），还有自身的特殊的规定性，再加上声律、体裁等形式因素以及议论、说理等非形象的内容因素，将它们全部整合起来，熔铸成一个的有机的整体，进而以有形表现无形，以有限表现无限，从而催生出"象外之象""景外之景""味外之味""言外之旨"等诸多之"外"的审美情感。刘禹锡关于"境生于象外"可谓一言九鼎，正好道出传统诗词意境的特殊规定性，也就是它的超越性。这也就说明，源于庄子哲学之"道"的传统诗词意境，又体现出那个作为宇宙本体和生命的"道"（"气"），其超越性是因为它"创形象为象征"，为想象提供了广阔的空间，其中所包含的朦胧时空感与不确定性，最能刺激积极的审美需要，浸透积极的审美情感，促进积极的审美"玩味"与"体悟"，进而获得"目中恍然

---

① 宗白华：《中国艺术意境之诞生》，《美学与意境》，人民出版社1987年版，第210页。

② 叶朗：《美学原理》，北京大学出版社2009年版，第267至268页。

别有一境界"(《诗法正宗》)的审美意境。

从审美活动的角度看,传统诗词的意境是作者与读者(作者往往是第一个读者)共同营造的审美时空或心理场,犹如海市蜃楼,可感而缥缈。海市蜃楼既非云霞又非日光,更非海水或沙漠;而是光线经过不同密度空气层折射或反射,将远处的景物在大海或沙漠上空显映出来的幻象。它既不是某处真实景观的再现,又不能简单地说成是"无中生有",而只能说是"似非而是"。也就是说,"意境就是超越具体的、有限的物象、事件、场景,进入无限的时间和空间,即所谓'胸罗宇宙,思接千古',从而对整个人生、历史、宇宙获得一种哲理性的感受和领悟。一方面超越有限的'象'('取之象外''象外之象'),另一方面'意',也就从对于某个具体事物、场景的感受上升为对于整个人生的感受。这种带有哲理性的人生感、历史感、宇宙感,就是'意境'的意蕴。"[1]在传统诗词的意境中,由诸多"形而下"的审美"意象",而生成的"形而上"的审美意境,往往让读者在积极的审美体验中感受到一种关乎人生、历史与宇宙的特殊美感。严羽《沧浪诗话·诗辨》云:"诗之极致有一:曰入神。诗而入神,至矣,尽矣,蔑以加矣!唯李、杜得之。他人得之盖寡也。"[2]这里严氏所说的"诗而入神",其内涵当是意境的"超越性"。例如,李商隐的抒情名作《夜雨寄北》:"君问归期未有期,巴山夜雨涨秋池。何当共剪西窗烛,却话巴山夜雨时。"该诗虽然篇幅短小,也不知诗人到底是寄给何人,但该诗那超乎文本表层结构的审美意境,却一直被人称道。该诗开头一问——"君问……",从对方写起,将诗意味推进一层,而第二句,字面上是用"涨"满"秋池"的"巴山夜雨"作答"归期",其中,又有多少"象外之象"发人深省。雨声、秋声与心声,雨丝、乡思与愁思,雨愈落,秋愈寒,池愈涨;雨愈落,思愈深,愁愈涨……其意境那"形而上"的意蕴从诗中字里行间,犹如那"海市蜃楼",横跨在读者的眼前,激荡在读者的心头。该诗第三与第四两句更是被历代诗论家所推崇。清代纪昀认为:"探过一步作结,不言当下如何,而当下意境可想。"徐德泓亦曰:"翻

---

[1] 叶朗:《美学原理》,北京大学出版社2009年版,第270页。
[2] (南宋)严羽撰:《沧浪诗话》,中华书局2014年版,第8页。

过他日而话今宵,则此际羁情不写而自深矣。"该诗四句二十八字,"象内之象"不外乎是那"巴山夜雨""秋池涨水""剪烛西窗"等有限几处,而那诸多之"外"的韵味与境况,却是仕途的辛酸、命运的坎坷与前途的迷茫。这种积极的审美情感,犹如西方学者康德所言,"接触美好事物,辄惆怅类羁旅之思家乡"。①可以说,认真品尝李商隐的《夜雨寄北》,油然而生的审美情感就是这种"惆怅类羁旅"之情思。

其实,传统诗词意境推崇"超越性"的审美特征,在历代诗话中就多有记载。例如,宋代大文豪欧阳修在《六一诗话》中记载了宋初著名诗人梅尧臣(梅圣俞)与他之间的对话,梅对欧曰:"诗家虽率意,而造语亦难。若意新语工,得前人所未道者,斯为善也。必能状难写之景,如在目前,含不尽之意,见于言外,然后为至矣。贾岛云'竹笼拾山果,瓦瓶担石泉'、姚合云'马随山鹿放,人逐野禽栖'等是山邑荒僻,官况萧条,不如'县古槐根出,官清马骨高'为工也。"欧曰:"语之工者固如是,状难写之景,含不尽之意,何诗为然?"圣俞曰:"作者得于心,览者会以意,殆难指陈以言也。虽然,亦可略道其仿佛:若严维'柳塘春水漫,花坞夕阳迟',则天容时态,融和骀荡,岂不如在目前乎?又若温庭筠'鸡声茅店月,人迹板桥霜',贾岛'怪禽啼旷野,落日恐行人',则道路辛苦,羁愁旅思,岂不见于言外乎?"②这里所说的"含不尽之意,见于言外",指的就是诗词意境的"超越性",其中"融和骀荡""道路辛苦,羁愁旅思"所蕴涵的审美情感,就源于诗家"形而下"的可见意象,而又"超越"这些意象,生成"形而上"的审美意境。又如,杨慎的《升庵诗话》曾引述过一个很精彩的材料,说有一篇作文写道:"父战死于前,子斗伤于后,女子乘亭鄣,孤儿号于道,老母寡妇饮泣巷哭,遥设虚祭,想魂乎万里之外。"唐李华《吊古战场文》全用其语义。然而,陈陶诗云:"誓扫匈奴不顾身,五千貂锦丧胡尘。可怜无定河边骨,犹是春闺梦里人。"(《陇西行四首》其二)杨慎对这一文一诗进行比较后,评曰:

---

① 钱钟书:《管锥编》第三册,中华书局1979年版,第982页。
② (宋)欧阳修、司马光撰:《六一诗话温公续诗话》,中华书局2014年版,第42至43页。

"一变而妙，真夺胎换骨矣。"显然，这正是"文"与"诗"的区别。明代学者许学夷《诗源辩体》卷一云："诗与文章不同，文显而直，诗曲而隐。风人之诗，不落言筌，意在言外，曲而隐也。"①陈陶诗遵循"诗言志"的审美传统，其意象组合与意境营造，不是拘泥于临摹场面，而是化实景为虚境，以虚境来实现对实景的变异与超越，从而显现出诗作意境"夺胎换骨"之"妙"。这也与清人吴乔所谓"诗喻之酿而为酒，文喻之炊而为饭"之说、西方学者所谓"诗是舞蹈，散文是步行"之说有异曲同工之妙。②

（二）诗词意境的审美风格

所谓审美风格，是审美对象所彰显出来的独特个性与总体风貌，是审美主体（包括作者与读者）对作品的总体印象。显然，一首诗词作品必然蕴涵着诗人自我的志趣与气质。就主观成因而言，诗词作品是诗人个性的外显与物化结果，诗词意境的审美风格总是诗人整个心灵的艺术升华。作为生活在特定时空的审美主体，其自身的志趣与气质，必然离不开时代、地域、职业、经历等相关因素的影响。从皎然《诗式》关于"取境"的论述可以看出，诗词风格是由意境决定的，意境高，则风格高；意境逸，则风格逸，其他亦然。意境是"内蕴"，"风格"是"外影"，前者决定后者。但是，无论是何种审美风格，传统诗词"取境"的审美意识都推崇"'意境'是'意象'中最富有形而上意味的一种类型。"③

1.诗词意境审美风格的历史回顾

在传统诗学中，与诗词意境审美风格相关的问题（如格调、品格、兴趣、格力、气象等），早就进入历代诗论家们的视野。早在汉代就有所谓"诗有六义"之说，孔颖达疏《毛诗正义》又在"六义"的基础上提出"三体三用"说。这里，将诗分为"风、雅、颂"三体，其本身就包含了"风格"的意蕴。唐代著名诗人王昌龄的"三境"说，"物境"指的是自然景物，

---

① 陈一琴选辑，孙绍振评说：《聚讼诗话词话》，上海三联书店2012年版，第6页。
② 童庆炳等著：《中国古代诗学心理透视》，百花文艺出版社1993年版，第300页。
③ 叶朗：《美学原理》，北京大学出版社2009年版，第270页。

"情境"指的是人生经验的情感状态,"意境"指的是思想意识,也都是审美对象。刘勰在《文心雕龙》中的《体性》与《定势》篇,从诗作的外在风貌来探讨诗人的内在禀赋,从作者的气质不同来评述诗作的风格之异。

唐代诗僧皎然在《诗式·辩体有一十九字》云:"夫诗人之思初发,取境偏高,则一首举体便高;取境偏逸,则一首举体便逸。才性等字亦然。体有所长,故各功归一字。偏高偏逸之例,直于诗体篇目风貌。不妨一字之下,风律外彰,体德内蕴,如车之有毂,众辐归焉。其一十九字,括文章德体风味尽矣,如《易》之有《象辞》焉。"皎然所说的"一十九字"分别是:"高——风韵切畅曰高;逸——体格闲放曰逸;贞——放词正直曰贞;忠——临危不变曰忠;节——持操不改曰节;志——立性不改曰志;气——风情耿介曰气;情——缘境不尽曰情;思——气多含蓄曰思;德——词温而正曰德;诚——检束防闲曰诚;闲——情性疏野曰闲;达——心迹旷诞曰达;悲——伤甚曰悲;怨——词调悽切曰怨;意——立言曰意;力——体裁劲健曰力;静——非如松风不动,林狄未鸣,乃谓意中之静;远——非如渺渺望水,杳杳看山,乃谓意中之远。"[①]从中可以看出,皎然以此"一十九字"来代表十九种"文章德体风貌",希望藉此"使无天机者坐致天机",真可谓用心良苦。

晚唐司空图的《二十四诗品》,不仅区分了诗歌意境的不同类型,还论述了传统诗歌意境共同的审美特质。该书"取训于老氏",认为传统诗歌意境必须表现宇宙的本体与生命,进而把传统诗歌分为二十四品:即雄浑、冲淡、纤秾、沉着、高古、典雅、洗练、劲健、绮丽、自然、含蓄、豪放、精神、缜密、疏野、清奇、委曲、实境、悲慨、形容、超诣、飘逸、旷达和流动。该书提出"超以象外,得其环中"的观点,认为传统诗歌意境的本质不是表现孤立的物象,而是表现虚实结合的"境",也就是通过情的空灵与景的超妙的完美结合,从而形成气韵生动、神韵自然的艺术境界。宋代严羽的《沧浪诗话》,提出"以识为主"是辨体的前提,而所谓"世之技艺,犹各有家数"

---

① 郭绍虞主编:《中国历代文论选(一卷本)》,上海古籍出版社1979年版,第130页。

（严羽《答出继叔临安吴景仙书》），则重在识辨各家各派之"体制"，并认为"辨家数如辨苍白，方可言诗。"（《沧浪诗话·诗法》）他在《诗体》中提出有"以时而论"之体，有"以人而论"之体；在《诗辩》中又提出"诗之品有九：曰高，曰古，曰远，曰长，曰雄浑，曰飘逸，曰悲壮，曰凄婉"；这些论述都涉及各家各派的诗学特色与风格。①

　　清人刘熙载的《艺概》，主张"词要有家数，尤要得未经人道语……工是家数，不工亦是家数也"，他根据传统诗歌的不同体裁及相应内容，同时还注意到不同作者的个性特征，将传统诗歌意境分为"花鸟缠绵，云雷奋发，弦泉幽咽，雪月空明"四境。同时，又将赋分为"屈子之缠绵，枚叔长卿之巨丽，渊明之高逸"三种；还将曲分为"清深、豪旷、婉丽"三品。对于不同的传统诗歌体裁，他"参用陆机《文赋》曰：绝'博约而温润'，律'顿挫而清壮'，五古'平彻而闲雅'，七古'炜煜而谲诳'"。作为"境界"说的集大成者王国维，他用西方的相关理论来解读传统诗词意境，并不曾重视"意境"与"形象"（意象）之间的区别。他根据"意"与"境"（景）组合的状况，把"意境"（意象）分为三种："上焉者意与境浑，其次或以景胜，或以意胜"。他在《人间词乙稿序》中写道："夫古今人词之以意胜者，莫若欧阳公；以境胜者，莫若秦少游；至意境两浑，则惟太白、后主、正中数人足以当之。静安之词，大抵意深于欧，而境次于秦。"②王氏又遵循意境（意象）与生活的关系，分为"写境"与"造境"，即写实与理想两类；还根据主体与客体的关系以及审美观照状况，提出"有我之境"与"无我之境"之分。前者"以我观物"，充满"我"的主观色彩；后者"以物观物"，物我交融，自然淡泊。

2.诗词意境审美风格的异同

　　一代有一代之文学，唐诗、宋词、元曲堪称是中国文学史上的三座高峰。词为诗之一体，常称诗余或曲子词；曲又为词之一体，亦称为词余。尽

---

① （南宋）严羽撰：《沧浪诗话》，中华书局2014年版，第7页，第98至99页。
② 彭玉平：《王国维词学与学缘研究（上）》，中华书局2015年版，第359页。

管继诗之后诞生的词与曲,各自的意象与意境与诗相比各具特色。但三者都是广义诗学的有机组成部分,都具有相同的审美对象、相通的理论思想与理论形态、相似的表达手法。诗人在积极的审美心理引领下,包括诗词曲三体在内的传统诗词(亦或简称诗词)都是心物之间积极审美感应的艺术结晶。作品中的诗情画意,往往凝聚着审美主体真实的人生情感与生活经验。正如日本学者吉川次郎在《中国诗史》中所言:中国传统诗歌是"以诗人自身的个人性质的经验(特别是日常生活里的经验,或许也包括围绕在人们日常生活四周的自然界中的经验)为素材的抒情诗为其主流",也就是说以唐诗、宋词、元曲为代表的中国传统诗歌,看似有朝代之别,起初的审美风格也有差别,但那些共同的积极审美情感,都是从人生的悲欢离合中感受出来的生命真谛与历史意味。

(1)就诗而言,"诗分唐宋"之说,也并非仅仅是局限于朝代之别,乃"体格性分之殊"。正如钱钟书《谈艺录》所云:"唐诗、宋诗亦非仅朝代之别,乃体格性分之殊。天下有两种人,斯分两种诗。唐诗多以丰神情韵擅长,宋诗多以筋骨思理见胜。严仪卿首倡断代言诗,《沧浪诗话》即谓'本朝人尚理,唐人尚意兴'云云。曰唐曰宋,特举大概而言,为称谓之便。非曰唐诗必出唐人,宋诗必出宋人也。故唐之少陵、昌黎、香山、东野,实唐人之开宋调者;宋之柯山、白石、九僧、四灵,则宋人之有唐音者。"[①]可以说,钱钟书打破朝代界限来论述传统诗歌风格是很有见地的,在某种"共性"中出现与之相异的"个性",这本身也是一种规律。

(2)就词而言,自始就有所谓"诗庄词媚"之说,即"簸弄风月,陶写性情,词婉于诗。"(南宋张炎《词源》下卷)历来论词有所谓"婉约"与"豪放"之分,代表了词作意境的两种典型的审美风格。明人张綖《诗余图谱》就"词体"云:"词体大略有二:一体婉约,一体豪放。婉约者欲其词情蕴藉,豪放者欲其气象恢宏。然亦存乎其人,如秦少游之作,多是婉约,苏子瞻之作,多是豪放。大抵词体以婉约为正。"清代王士禛《花草蒙拾》就"词派"云:"张南湖论词派有二,一曰婉约,一曰豪放。仆谓婉约以易

---

① 钱钟书:《谈艺录》,中华书局1986年版,第2页。

安（注：即李清照）为宗。豪放唯幼安（注：即辛弃疾）称首。"这里，用所谓"婉约豪放"来论词，与我国古典文论的"阳刚阴柔"，以及西方美学中的"壮美优美"一样，既是区别其相异，又是归并其相同，更是两者之间辩证统一。实际上，在大量的词作中，往往是或婉约中含豪放，或豪放中含婉约，两者交互缠绕，难舍难分。从审美风格的视角看，婉约词的主要特点是以情动人，道尽人间悲欢离合，喜怒哀乐。盖"情有文不能达，诗不能道者，而独于长短句中可以委婉形容之。"（查礼《铜鼓堂词话》）①例如，秦观的《江城子》："西城杨柳弄春柔。动离忧，泪难收。犹记多情、曾为系归舟。碧野朱桥当日事，人不见，水空流。韶华不为少年留。恨悠悠，几时休？飞絮落花时候、一登楼。便做春江都是泪，流不尽，许多愁。"这是一首怀人伤别的佳作，全词于清丽淡雅中，含蕴着凄婉哀伤的情绪。而豪放词的主要特点，则是突破词是"艳科"的束缚，其气势恢宏、韵致沉郁，多为"有我之境"。例如，苏轼的《念奴娇·赤壁怀古》、辛弃疾的《水龙吟·登建康赏心亭》等脍炙人口的长调，就是典型的以豪放为审美风格的佳作。创作如此风格的豪放词，还须要词人拥有一腔炽热的爱国热情和矢志不渝的博大胸襟。

（3）就曲而言，有北曲与南曲之分，系为词的变体，故有"词余"之称。魏良辅《曲律》云："北曲以遒劲为主，南曲以婉转为主，各有不同。"王世贞《曲藻》云："凡曲，北字多而调促，促处见筋；南字少而调缓，缓处见眼。北则辞情多而声情少，南则辞情少而声情多。北力在弦，南力在板。北宜和歌，南宜独奏。北气易粗，南气易弱。"②散曲"以模写物情，体贴人理"为特色，其语言与诗词相比，有所谓诗庄词媚曲俗之分，即诗之语端庄、词之语婉媚、曲之语通俗，"其体贴人情，委曲必尽；描写物态，仿佛如生；问答之际，了不见扭造：所以佳耳。"（王世贞《曲藻》）③魏伯子论南北

---

① 惠淇源编注：《婉约词》，安徽文艺出版社1989年版，第2页。
② 赵义山：《元散曲通论》，上海古籍出版社2004年版，第4页。
③ 参见（明）王骥德著，陈多、叶长海注释：《曲律注释》，上海古籍出版社2012年版，第154—156页。

曲性质之异：略谓"南曲如抽丝，北曲如轮枪；南曲如南风，北曲如北风；南曲如酒，北曲如水；南曲自然者如美人淡妆素服，文士羽扇纶巾，北曲自然者如老僧世情物价，老农晴雨桑麻；南曲柳颤花摇，北曲水落石出；南曲如珠落玉盘，北曲如金戈铁马。"①上述学者各自用生动形象的语言对南曲与北曲进行了比较，但最为简单明了的说法，还是任中敏的话："若将南曲易为词，则亦异常贴切，夫然后词曲间性质之别，乃益为明著，而词与南曲之关系，亦可以想见矣。"②所以，当下诗坛所讲的元曲或散曲，主要是指北曲。北曲的审美特征，亦即其文学风貌，则为浓郁的民间风味与鲜明的地方特色，用传统以"味"论文的方式说，也就是所谓"蛤蜊"与"蒜酪"之味。

任讷（任中敏）《散曲概论·作法第七》云："曲以说得急切透辟，极情尽致为尚，不但不宽驰，不含蓄，且多冲口而出，若不能待者，用意则全然暴露于辞面。……此其态度为迫切，为坦率，可谓恰与诗余相反也……总之，词静而曲动；词敛而曲放；词纵而曲横；词深而曲广；词内旋而曲外旋；词阴柔而曲阳刚；词以婉约为主，别体则为豪放；曲以豪放为主，别体则为婉约；词尚意内言外，曲则为言外而意亦外。"③任中敏在《散曲研究》中的"意境"篇曰："词之意隐，曲之意显。隐者必需揣摩，一经揣摩，容易误会；显者可免思索，但不假思索，又容易忽略。误会者失之太过，是厚诬作者；忽略者失之不及，是深负作者。看他人所为词曲，若不能得其适当之度，真实之境，则自己之作，必亦难于入彀，故意境一层，不可以不省焉。""曲中意境明显，虽不成问题，但亦有两层，必须注意：第一，元曲中每有读去觉其平庸无味者，或过于真率，嫌其浅陋者，或因有方言俚语，不知其用意何在者，若放开主观，或略加细心以后，则所感便自不同，此等处不可深负古人也。第二，曲既尽情直述者多，而不尚比、兴，故有嘲骂，而无讽刺。"有鉴于此，任氏又从四个方面对词曲进行了对比式论述："第一，

---

① 任中敏著，金溪辑校：《散曲研究》，凤凰出版社2013年版，第101页。
② 同上。
③ 任中敏：《散曲概论》卷二，中华书局（古旧线装本）。

词仅宜抒情写景，而不宜记事，曲则记叙、抒写皆可。第二，词仅宜于悲，而不宜于喜，曲则悲喜兼至，情致极放。第三，词仅可以雅而不可以俗，可以纯而不可以杂，曲则雅俗俱可，无所不容，意志极阔也。第四，词仅宜于庄，而不宜于谐，曲则庄谐杂出，态度较活也。"总之，北曲意境以豪放为主，婉约为辅。"豪放之在曲，盖有二义：一乃意境超脱，一乃遣辞驰骋，均是放也。""曲中婉约，比较为然耳，只见于所谓清丽一派中之一部分，于曲之大体无甚关系，不若豪放之在词者为足重矣。"[①]

3.诗词意境的典型审美风格

传统诗词意境的审美风格是传统诗学、美学与文艺心理学共同关注的范畴。这里，基于积极心理诗学，主要介绍最为典型的阳刚之美与阴柔之美、自然质朴之美与自然雕饰之美。

（1）阳刚之美与阴柔之美，亦即西方美学理论中的壮美与优美。据有关文献记述，它是由清代桐城派代表人物姚鼐率先提出的，他在《复鲁絜非书》中写道："其得于阳与刚之美者，则其文如霆，如电，如长风之出谷，如崇山峻崖，如决大川，如奔骐骥；其光也，如杲日，如火，如金、镠、铁；其于人也，如凭高视远，如君而朝万众，如鼓万勇士而战之。"这段话把壮美之阳刚之气表达得淋漓尽致，说明阳刚之美，是审美对象以其粗犷博大的感性形态，苍劲挺拔的雄伟气势，给人以心灵的震撼，使人惊心动魄、心潮澎湃，进而受到强烈的鼓舞和激越，催生出令人敬仰与赞叹之情，从而提升和扩大人的精神境界。他又曰："其得于阴与柔之美者，则其文如升初日，如清风，如云，如霞，如烟，如幽林曲涧，如沦，如漾，如珠玉之辉，如鸿鹄之鸣而入寥廓；其于人也，漻乎其如叹，邈乎其如有思，暖乎其如喜，愀乎其如悲。观其文，审其音，则为文者之性情形状，举以殊焉。"这也说明阴柔之优美，其审美对象，诸如清风明月、炊烟袅袅、清溪浅涧、明媚春光等的审美特征，让人在淡泊悠闲或清愁幽怨的审美体验中，得到一种自我适宜的感觉。刘勰则在《文心雕龙》中提出"才有庸俊，气有刚柔"；"势有刚柔，不

[①] 任中敏著，金溪辑校：《散曲研究》，凤凰出版社2013年版，第97至102页。

必壮言慷慨"。严羽《沧浪诗话》更是明确地把传统诗歌风格分为二类，一曰"优游不迫"，即为阳刚；一曰"沉着痛快"，即为阴柔。宋人论词，亦是二分法：即代表阴柔之美的"婉约"词，与代表阳刚之美的"豪放"词。近代学者任中敏论词曲意境，同样是二分法：即"词阴柔而曲阳刚；词以婉约为主，别体则为豪放；曲以豪放为主，别体则为婉约"。其实，历代诗论家（如前述的皎然、司空图等）围绕传统诗词意境的风格，都有过不同的分类，尽管各自的着眼点及划分标准不尽相同，但大抵都可以用阳刚与阴柔或壮美与优美来归并与综合。例如司空图的二十四诗品，其中的雄浑、劲健、豪放、悲慨、旷达等形态可归入阳刚之美这一大类；而冲淡、纤秾、超诣、委曲、疏野等形态则可归入阴柔之美这一大类。但就总体而言，司空图的审美偏好还是偏重于阴柔之美，即使是在表现阳刚之美的一些形态中，仍然有柔和飘渺的意蕴。

关于阳刚之美与阴柔之美的关系，中国古代诗论也有许多精彩的论述，众论一致的旨归就是"分阴分阳，迭用柔刚"（《易经·说卦传》）。如《乐记》云："阳而不散，阴而不密，刚气不怒，柔气不慑"；刘熙载《艺概·书概》云："书，阴阳刚柔不可偏废"；《〈海愚诗钞〉序》云："阴阳刚柔，并行而不容偏废，有其一端而绝亡其一，刚者至于愤强而拂戾，柔者至于颓废而暗幽，则必无与于文者矣"。可见，阴柔阳刚并非相互抵触，有此无彼，而是相辅相成，相得益彰。正如现代学者童庆炳所言："在诗歌领域，所谓刚柔阴阳，其实是就其基本倾向和主导特点而言的。世上原本就不存在绝对刚和绝对柔的的诗篇，而常常是刚中寓柔，柔中有刚，阳刚、阴柔对举成文，无阳刚即无阴柔，反之亦然。两者相反相成，对立统一。"[①]一般而言，对于某一位诗人而言，可能源于人格特质的原因，其诗或以阳刚为主，或以阴柔为主，但文章之道向来就是"刚柔相济"的。千百年的中华诗史，从来就没有哪一位诗人，是尽一色的阳刚到底或阴柔到底的。如著名的浪漫主义诗人李白，就既有《望庐山瀑布（其二）》这样的壮美诗篇："日照香炉生紫烟，

---

① 童庆炳等著：《中国古代诗学心理透视》，百花文艺出版社1993年版，第319页。

第八章 积极审美心理引领下的诗词创作（三）

遥看瀑布挂前川。飞流直下三千尺，疑是银河落九天。"又有《静夜思》这样的优美诗篇："床前明月光，疑是地上霜。举头望明月，低头思故乡。"历来被称为是一代词宗的豪放派词人苏轼，也有悼念亡妻的婉约词作——《江城子·乙卯正月二十日夜记梦》。就是著名的婉约派女词人李清照，她还有"生当作人杰，死亦为鬼雄。至今思项羽，不肯过江东"这样的壮美诗篇。实际上，许多大诗人都是豪放与柔媚、慷慨与凄婉、雄浑与纤秾集于一身的，正如雨果所言，"诗人是唯一既有雷鸣，也赋有细雨的人"。

就传统诗词意境的审美偏好而言，纵观历代的诗词曲创作，对于意境的审美风格，尽管有学者认为："诗中不乏阴柔美的作品，但主要的审美形态还是阳刚美。《诗经》如此，《楚辞》如此，汉魏乐府如此，唐诗也是如此。只是南朝乐府和梁陈宫体算是例外。所以有人讲到唐宋词的源头时，要把它追溯至南朝乐府中的'吴歌''西曲'和梁陈的宫体诗。"①但从历代诗人的气质特征、历代诗作的审美风格及历代诗话关于这方面的论述来看，笔者还是觉得对于诗境的审美偏好，似乎还是刚柔相济，无所谓谁主谁次的问题。而词境的审美风格，则是"以婉约为宗"，主要还是阴柔之美。究其原因，当代学者曾大兴认为："'词之为体，要眇宜修'，就是指它的阴柔美。阴柔美的形成，一是由于词的演唱多用女声；二是唱词的环境多在歌筵舞席；三是词的作者多是南方人，或是在南方生活体验的人；四是词的情感多是男女恋情；五是词的形象多纤细秀美；六是词的风格多香艳绮丽；七是词的风格多委婉含蓄；等等。"②尽管后来出现了豪放词，在审美风格上偏于阳刚之美，但只能算是"为辅"之"别体"。曲境的审美风格，正好与词相反，即是以阳刚之美为主，以阴柔之美为辅。究其原因，似乎可从曾氏论词的阴柔美成因的对立面来思考。

至于说如何体会阳刚与阴柔之美及其与诗词题材的关系，倒可以从柳永与苏轼的比较中得到启示。当年，苏轼坚持诗词同源、词为诗余的本体论，决心在风行海内的柳永词派之外另创新体，并在《与鲜于子骏书》中明

---

① 曾大兴：《唐宋词十八讲》，中山大学出版社2012年版，第11至12页。

② 同上，第11至12页。

确说道:"……所索拙诗,岂可措手,然不可不作,特未暇耳。近却颇作小词,虽无柳七郎风味,亦自是一家。呵呵,数日前猎于效外,所获颇多,作得一阕,令东州壮士抵掌顿足而歌之,吹笛击鼓以为节,颇壮观也。写呈取笑。"其中,书信中提到的"猎于(密州)郊外"的"作得一阕",就是《江城子·密州出猎》。对比苏轼此词与柳永词,现代学者刘扬忠认为:"相对于柳永的多写市井艳情与凡夫俗子哀乐之情,此词写的是士大夫的逸怀浩气和报国立功之志;相对于柳永词中愁苦低吟和放浪形骸的失意秀才形象,此词塑造的是士林精英、'衣冠伟人'(清人谭献评苏词语)的自我形象;相对于柳词的'昵昵儿女语'和伤春悲秋、羁旅天涯的低沉悲叹语,此词全是豪言壮语和直抒胸臆的快言快语;相对于柳词的须十七八女郎执红牙拍板曼声娇唱的阴柔之调,此词则是适合于东州壮士吹笛击鼓、抵掌顿足而高唱的阳刚之调。"[①]这里,尽管刘氏是用苏轼词《江城子·密州出猎》作对比,实际上也是与苏轼的豪放词作比较。但是,从这种比较可以看出,阳刚者,气势雄浑、粗犷;阴柔者,气势冲淡、清雅。同时,那些彰显阳刚之美的"豪放"类诗作,大多是在吟咏以"大我"为主题、偏重于理性的"情志",是"诗缘政"的产物;而那些体现阴柔之美的"婉约"类诗作,大多是在吟咏以"小我"为主题,偏重于感性的"情志",是"诗缘情"的产物。

基于积极心理诗学,阳刚与阴柔"两美"亦有其积极心理学特征。从积极特质而言,审美偏好体现为阳刚之壮美者,其心理活动更多地体现为外倾型,即热情直率,活泼开朗,性格外向,情绪易于冲动;而审美偏好体现为阴柔之优美者,其心理活动更多地体现为内倾型,即含而不露,善于忍耐,追求清静,情绪稳定而不外露。从情绪而论,尽管"两美"都是源于积极情绪(或积极情感),需要诗人经由积极的审美体验来创造,但从诗词创作心态上讲,却是一主"动",一主"静"。根据积极心理学的自我决定理论,创作阳刚之美的传统诗词,其心理状态多是"由动之静时得之"的顿静型创作心态。正如童庆炳所言:"现代心理学认为,激情是一种强有力的、激烈的、笼罩诗人整个身心的情绪。它能最终决定诗人的思想行动的动机及基本方

---

① 刘扬忠:《宋词十讲》,江苏凤凰文艺出版社2015年版,第127页。

第八章 积极审美心理引领下的诗词创作（三）

向，对创造活动的各个环节具有巨大的推动作用。处于激情状态的诗人，感到心潮汹涌，情感激荡，如烈火腾空，似骨梗在喉，不燃不快，不吐不快，构成作品磅礴宏广的豪放格调和恣肆汪洋的感染性。"①与之相对应的心理状态，用积极心理学的概念就是所谓"酣畅感"。②这种心理状态并不是感官的愉悦，而是一种非情绪和非意识的状态。在特定的环境中，酣畅感代表人与环境的统一，往往使人感觉本身作为社会因素的一面消失了，随之而来的是精力充沛的流动体验。例如，李白的"醉态"诗学，其起点就是在"外在调节"的刺激下，使情绪达到"酣畅感"的激动状态，进而引来神思、遐想与灵感，对宇宙与历史、社会与人生进行不同寻常的审美体验，让蓬勃奔放的生命激情获得奇异精美的具象性载体。请看他的《将进酒》，诗篇发端就是两组排比长句："君不见黄河之水天上来，奔流到海不复回。君不见高堂明镜悲白发，朝如青丝暮成雪。"犹如挟天风海雨，迎面扑来，扣人心弦。该诗语极豪放而沉郁，情极悲愤而疏狂，全篇大起大落，诗情忽翕忽张，最后一句"五花马，千金裘，呼儿将出换美酒，与尔同销万古愁"，其势如大河奔流，一泻千里。正如清沈德潜《唐诗别裁集》所言："读李诗者于雄快之中，得其深远宕逸之神，才是谪仙人面目。"

而彰显阴柔之美的传统诗词作品，则是源于与"内在动机"相联系的"渐静"型创作心态。积极心理学中的自我决定理论认为，内在动机具有指向性与自主性等特征，相应的积极审美体验是一种沉浸体验。根据积极心理学的说法，"沉浸是指对某一活动或事物表现出来深厚兴趣并能失去自我，个体完全投入某项活动或事务的一种情绪体验。这是一种包含愉快、兴趣等多种情绪成分的综合情绪，而且这种情绪体验是由活动本身而不是任何外在其他目的引起的。"③在这种综合情绪状态下的积极审美体验，其心境是一种持久而清静的情绪状态，它的弥散性特点使所有物象在审美心理中染上一层

---

① 童庆炳等著：《中国古代诗学心理透视》，百花文艺出版社1993年版，第322页。
② ［美］克里斯托弗·彼得森著，徐红译：《积极心理学》，群言出版社2010年版，第46至49页。
③ 郑雪主编：《积极心理学》，北京师范大学出版社2014年版，第47页。

自然清淡的色彩。司空图《二十四诗品》所列"冲淡"等多项诗品,大多数都表现出"阴柔"型审美偏好。单就"冲淡"一品就写道:"素处以默,妙机其微。饮之太和,独鹤与飞。犹之惠风,荏苒在衣。阅音修篁,美曰载归。遇之匪深,即之愈希。脱有形似,握手已违。"周紫芝《竹坡诗话》云:"东坡尝有书与其侄曰:'大凡为文,当使气象峥嵘,五色绚烂,渐老渐熟,乃造平淡。'余以不但为文,作诗者尤当取法于此。"实际上,"冲淡"之诗犹如平湖明月,澄清无波,它不取浓彩,而用淡墨,即冲而不薄,淡而有味。"冲淡"类型的诗词作品,其意象多是小丘、小溪、垂杨、绿柳、青草、平湖、澄波、白云、晚霞、小鸡、小猫等等,其形体小巧,力量柔弱,使人产生一种优美恬静的感觉。例如,王维的《鹿柴》:"空山不见人,但闻人语响。返景入深林,复照青苔上。"该诗四句二十字,均是来自宁静中的视觉与听觉意象,其意境也是禅宗的境界。

（2）自然质朴之美与自然雕饰之美。朱志荣在《中国审美理论》中论述审美风格时,将"自然与雕饰"看成是两种风格:"一是自然的,独立自在的;一是雕饰的,经过人的精心加工的,或看上去像是经过加工的。"[①]然而,包括诗词在内的任何艺术,在本质上都是基于创作主体在审美体验基础上的能动创造。从这个意义上讲,传统诗词意境反映的是诗人的审美理想,其审美风格不可能毫无"雕饰",总会自觉或不自觉地留下诗人的"影子"。审美理论与实践表明,对于自然对象还是艺术作品,都有所谓自然倾向与雕饰倾向。基于传统诗学积极的审美心理,崇尚自然是古往今来不变的审美主轴,进而其审美偏好必然是自然倾向。对自然对象而言,审美主体总是希望它们符合主体的审美理想,其中有不少奇妙的景致,虽然是自然而然的,但在审美主体的心目中,却如同出自人工的精心构思与安排;对艺术品而言,审美主体又总是希望它们符合自然界独立自在的形态,显得天衣无缝,没有人工雕琢的痕迹。从这个角度讲,似乎不应将雕饰概念与自然概念对立起来,而应在自然之美的基础上,再区分为质朴与雕饰为宜。

所谓自然之美,是指以妙肖自然为审美追求,推崇在师法自然的基础上

---

① 朱志荣:《中国审美理论》,上海人民出版社2013年版,第256页。

第八章 积极审美心理引领下的诗词创作（三）

又有笔补造化之功，即既是出于人工，却又宛若天成，进而使诗词作品自然而然，给人以直率真切、本性流露的审美知觉。魏晋南北朝钟嵘的《诗品》，遵循《老子》关于"道法自然"的最高准则，以"自然"作为诗歌本性的存在方式。他在《诗品序》中说："近任昉、王元长等，词不贵奇，竞须新事，迩来作者，浸以成俗。遂乃句无虚语，语无虚字，拘挛补衲，蠹文已甚——但自然英旨，罕值其人；词既失高，则宜加事义，虽谢天才，且表学问，亦一理呼！"①现代学者孟庆雷认为："从《诗品》全文来看，'自然'已经超出了纯形式的范围，它不仅指形式上的流畅优美，更多的乃是指诗歌本性上的自足天成。形式与诗歌本性所构成的乃是形与神、器与道的关系，形式上的'自然'是自然诗性的体现。诗歌本性真美乃是其评判诗歌品质的最高标准。"②从《诗品》所摘名句多是写景之作可以看出，说明他特别推崇自然山水作为审美对象，以其自由自在的天性为诗人提供了丰富的审美体验。如《诗品》评颜延之条载："汤惠休曰：'谢诗如芙蓉出水，颜诗如错彩镂金。'颜终身病之。"可见当时人皆谓"芙蓉出水"胜于"错彩镂金"，其原因在于出水芙蓉自然可爱，其上蕴含着"道"的形而上的审美特质。

传统诗词意境的自然之美，是诗人师法造化之自然，以对待自然生命的眼光看待诗词艺术的结果。刘勰《文心雕龙·明诗》云："人禀七情，应物斯感，感物吟志，莫非自然。"③传统诗学根植传统文化，基于"道法自然""天人合一"的观点，主张诗人的感物动情，应当与自然生机共鸣的结果，是审美情感的自然流露。《朱子语类》称陶渊明的诗"不待安排，胸中自然流出。"④明代冯梦龙《太霞曲语》云："三百篇可以兴人者，唯其发于中

---

① 郭绍虞主编：《中国历代文论（一卷本）》，上海古籍出版社1979年版，第108页。
② 孟庆雷：《钟嵘〈诗品〉的概念内涵与文化底蕴》，中国社会科学出版社2014年版，第19页。
③ 刘勰：《文心雕龙》，中国社会科学出版社2005年版，第32页。
④ 北京大学、北京师范大学中文系等编：《陶渊明资料汇编》上册，中华书局1982年版，第76页。

情，自然而然故也。"①明代赵士哲《石室谈诗》云："《十九首》以及建安皆清空一气，而高下抑扬自然合拍。"②这些论述表明，彰显自然之美的诗词作品，当是"情景适会，与造物同其妙。"（谢榛《四溟诗话》）诗人的感物之情是出于自得，即是由自我觉悟而导致出真情实感的自然流露。犹如李贽所言："性格清彻者音调自然壮烈，沉郁者自然悲酸，古怪者自然奇绝。有是格，便有是调，皆情性自然之谓也。"③这也就说明，基于传统文化基因，自古以来，传统诗学都力主自然之美。

然而，由于自然景物也是五颜六色、婀娜多姿的，有的清淡，有的华丽；有的寂静，有的喧闹；有的雄壮，有的纤巧。所以，自然之美亦有质朴与文采之分，可谓"一体两翼"，在实践中不可偏废。曹丕提出"诗赋欲丽"（《典论·论文》），陆机提出"诗缘情而绮靡，赋体物而浏亮"（《文赋》），《文心雕龙·序志》提出"古来文章，以雕缛成体"，这些论述都认为自古以来的文章都是靠修饰和文采精心雕饰而成的。一部《文心雕龙》也主要是讲到两个方面，即作文的用心与言辞的雕饰。《论语·雍也》亦论述了文采与质朴的关系："质胜文则野，文胜质则史。文质彬彬，然后君子。"④这说明孔子认为，过于追求质朴，则未免粗野；过于强调文采，又未免浮华。只有文采与质朴，即内质与外饰的有机统一，才是理想的君子人格。也许是受孔子思想的影响，刘勰《文心雕龙·情采》提出了"文附质"与"质待文"，即内质朴实与外饰华彩要相协调的思想。该篇还进一步提出："故立文之道，其理有三：一曰形文，五色是也；二曰声文，五音是也；三曰情文，五性是也。五色杂而成黼黻，五音比而成韶夏，五性发而为辞章，神理之数也。"这就说明，"立文之道"表现为形文、声文与情文三者的统一；而"神理之数"，即神妙的自然规律，当使五色错杂调配，才能成为美丽的花纹；让五音互相配

---

① （明）冯梦龙：《太霞新奏序》，《太霞新奏》，明天启刻本。

② （明）赵士哲：《石室谈诗》，《东莱赵氏楹书丛刊》，1935年东莱赵氏永厚排印本。

③ （明）李贽：《焚书续焚书》，中华书局1975年版，第132至133页。

④ 李泽厚：《论语今译》，生活·读书·新知三联书店2004年版，第174页。

合,才能产生优美的乐曲;将五情抒发出来,才能成为感人的诗篇。这里所说的"道"与"数",其实质就是质朴与文采的协调与统一。这种审美心理犹如中国古典心理诗学所说的"不即不离"。据《辞海》所释,"不即不离"本佛教用语,其义多用来指称人际关系的不亲不疏。引入诗学后,则用来描述诗词创作的审美特征。明代理论家王骥德《曲律·论咏物》云:"咏物毋得骂题,却要开口便见是何物,不贵说体,只贵说用。佛家所谓不即不离,是相非相,只于牝牡骊黄之外,约略写其风韵,令人仿佛中如灯镜传影,了然目中,却捉摸不得,方是妙手。"朱庭珍《筱园诗话》亦云:"谓诗之妙谛,在不即不离,若远若近,似乎可解不可解之间。"[①]若是把"不即不离",置于"质朴"与"文采"这对美学范畴中,"不即"要求自然之美需要适当的"文采";而"不离"则要求自然之美必须保持原本的"质朴"。当然,在传统诗词的创作过程中,不同的审美心理会引领不同的审美偏好与创作心态,进而让诗词的审美风格或彰显为"自然之质朴",或彰显为"自然之雕饰"。显然,诗词语言是诗词意象的外壳。在传统诗词的创作过程中,审美意象浮现于诗人的脑海里,由模糊逐渐趋向清晰,由飘忽逐渐趋向定型,往往是借助词藻来实现的。这就是说,词藻与意象一表一里,共同担负着孕育审美意象与审美意境的功能。而"词藻"又成为代表诗词作品审美风格的艺术符号,是自然之质朴与自然之雕饰的外在表现。

1)关于"自然之质朴"。纵观中华诗史,基于儒道释三家传统文化的深远影响,审美偏好倾向于"自然之质朴"的诗人很多,"古今隐逸诗人之宗"(钟嵘《诗品》)的陶渊明,可谓是其中的代表性人物。他生性恬淡,崇尚自然,对山水田园的热爱是发自内心的,也是我国最早的山水田园诗人。其思想更多地受到道家的浸染,对山水自然抱着类似于庄子的"山林欤,皋壤欤,使我欣欣然而乐欤"的态度。陈寅恪认为"渊明之为人实外儒而内道,舍释迦而宗天师也。""惟求融合精神于运化之中,即与大自然为一体。"所以,其诗歌的意境,追求通过与山水田园的交流而生成优雅的心境,达到与

[①] 童庆炳等著:《中国古代诗学心理透视》,百花文艺出版社1993年版,第301页,第305页。

造化同游的审美境界。他的诗令人体悟最多的是一种因化入自然之中而怡然自得的审美体验。请看陶渊明的《饮酒》其五:"结庐在人境,而无车马喧。问君何能尔?心远地自偏。采菊东篱下,悠然见南山。山气日夕佳,飞鸟相与还。"其境静谧恬美,情景自然融洽,既不刻意以内在之心去统御外在之物,也不单纯是把内在性情融入外在之物,而是表达在天道运行中与大自然和谐相处的宁静与愉悦。

根据积极心理学的自我决定理论,传统诗词意境崇尚"自然之质朴"的审美心理,是内在动机与无动机的有机融合,其创作心态常常稳定在"不期然而然"的"虚静"状态。正如明代徐增《而庵诗话》所云:"诗贵自然。云因行而生变,水因动而生文,有不期然而然之妙。"[①]清代朱庭珍亦曰:"盖自然者,自然而然,本不期然而适然得之,非有心求其必然也。"[②]这种"不期然而然之妙"或"不期然而适然得之",既不需要自我决定理论中"外在动机下的行为调节方式",也不完全是内在动机的"三种类型",而是处于"自我决定连续体"的内在动机与无动机的融合状态,属于"不期而然"的"体验刺激型",因为审美主体的创作心态已经完全接纳为自我的一部分。在这种情况下的诗词创作,是在灵感激活状态下的水到渠成,常常是长期思索的偶然得之。那种浑然天成的审美境界,包含了诗人对造化生命之道的妙悟。可以说是"元气浑沦,天然入妙,似非可以人力及者"。[③]

2)关于"自然之雕饰"。自然对象虽然在本质上体现了自然而然,不假人为的风格,但在积极的审美观照中,依然可以分为侧重于自然的质朴风格与侧重于自然的雕饰风格。所谓雕饰,是指审美对象在自然原质的基础上,经过人为的精心构思与修饰,进而呈现出绚丽多彩的印象,既让人的审美知

---

① (明)徐增:《而庵诗话》,《清诗话》上册,上海古籍出版社1978年版,第432页。

② (清)朱庭珍:《筱园诗话》,郭绍虞编选,富寿荪校点:《清诗话续编(四)》,上海古籍出版社1983年版,第2341页。

③ (清)朱庭珍:《筱园诗话》,郭绍虞编选,富寿荪校点:《清诗话续编(四)》,上海古籍出版社1983年版,第2340页。

第八章　积极审美心理引领下的诗词创作（三）

觉为之一新，又不失自然本色。唐代司空图所谓"妙造自然"①，"妙造"二字，其中的这个"造"字，说明并不否认人工"雕饰"，但对于人工之"造"，却有一个"妙"的要求，即必须有不着痕迹的效果。正如宋代释惠洪的《冷斋夜话》载苏轼称陶渊明诗那样："似大匠运斤，不见斧凿之痕。"②刘禹锡诗句"郢人斤斫无痕迹，仙人衣裳弃刀尺"（《翰林白二十二学士见寄诗一百篇因以答贶》）、陆游诗句"天机云锦用在我，剪裁妙处非刀尺"（《九月一日夜读诗稿有感走笔作歌》），都切身体会到吟诗之"妙处"，就在于既要"剪裁"，又要"弃刀尺"或"非刀尺"。

清代彭孙遹《金粟词话》云："词以自然为宗，但自然不从追琢中来，便率易无味。如所云绚烂之极，乃造平澹耳。"③王圻《稗史》亦称陶诗"不是无绳削，但绳削到自然处，故见其淡之妙，不见其削之迹。"④这就是说，营造诗词意境的自然之美，"似非琢磨可到，要在专习凝领之久，神与境会，忽然而来，浑然而就，无岐级可寻，无色声可指"（明王世贞《艺苑卮言》），正如明代况周颐《蕙风词话》以曾鸥江《点绛唇》为例评曰："自然从追琢中出也。"⑤至于说，如何让"自然从追琢中出"，似可从诗僧皎然的《诗式》中找到感悟，他曰："诗不要苦思，苦思则丧于天真。此甚不然。固须绎虑于险中，采奇于象外，状飞动之句，写冥奥之思。夫希世之珠，必出骊龙之颔，况通幽含变之文哉？但贵成章以后，有其易貌，若不思而得也。"又曰："诗有四不"：即"气高而不怒，怒则失于风流；力劲而不露，露则伤于斤斧；情多而不暗，暗则蹶于拙钝；才赡而不疏，疏则损于筋脉。"这就说明诗词"取境"，既要"气高""力劲""情多""才赡"，但都不能过度，否则，就可能流

---

① （唐）司空图：《二十四诗品》，（清）何文焕辑：《历代诗话》，中华书局1981年版，第41页。

② （宋）释惠洪撰：《冷斋夜话》，中华书局1985年版，第3至4页。

③ （清）彭孙遹：《金粟词话》，唐圭璋编：《词话丛编》，中华书局1986年版，第721页。

④ 北京大学、北京师范大学中文系等编：《陶渊明资料汇编》上册，中华书局1982年版，第168页。

⑤ （明）况周颐：《蕙风词话》，人民文学出版社1960年版，第79页。

于"怒""露""暗""疏",进而失去自然之美。

根据积极心理学的自我决定理论,诗词意境讲究"自然之雕饰"的审美心理,是内在动机与外在动机的某种融合,其中该理论所强调的"感知到的因果点",则主要是"内部的",即审美主体的"内在指向性",在积极的审美体验中起决定性作用。但与追求"自然之质朴"的创作心态不尽相同,因为后者是内在动机与无动机的结合,所以其创作心态基本上是"虚静"状态,而前者则是内在动机与外在动机的结合,所以其创作心态则是在审美偏好的引领下,由"虚静"趋向"激动"。刘勰《文心雕龙·情采》云:"夫铅黛所以饰容,而盼倩生于淑姿;文采所以饰言,而辩丽本于情性。"[1]这就是说,铅黛可以修饰容颜,但必须依仗天生的淑姿;文采可以修饰素朴的言语,但其言必须依于情性之本。讲究"自然之雕饰",其"雕饰"艺术必须恰如其分,当"不以文害辞,不以辞害志"。[2]

(3)关于"清空"风格的自然之美。"清空"是宋代词学中的一个概念,它是宋词创作在追求自然之美的同时,又注重才学在积极审美心理中的艺术展现。皎然《诗式》的"真于情性,尚于作用",姜夔《白石诗说》的"自然高妙""清潭见底",赵汝回《瓜庐集序》的"神悟意到,自然清空",都关乎一个于自然之美中融合才学的问题。郭锋《清空:宋代词学的创作风格》认为,根据张炎《词源》的描述,"宋代词学实际存在着两种清空:一种是苏轼的清空,另一种是姜夔的清空。二者共同之处在于以才学入词,'清空中有意趣',并都具有'野云孤飞,去留无迹'的特点;区别仅在于运用才学心态上,一个是有意的,就像苏轼与黄庭坚的诗歌创作一样。两种清空代表了两种不同的词学途径,苏轼开启了一种个性化、天才化的清空,姜夔则把这种尽兴率意的创作方法纳入一定的法度之中,使它变成一种可以通过法度来实现的创作风格。"[3]这些论述表明,从积极的审美需要看"清空",其风格是当之无愧为自然之美。然而,又如何协调"清空"风格中的"苏轼风格"

---

[1] 刘勰:《文心雕龙》,中国社会科学出版社2005年版,第210页。
[2] 杨伯峻译注:《孟子译注》,中华书局1960年版,第215页。
[3] 郭锋:《清空:宋代词学的创作风格》,高等教育出版社2015年版,第13页。

第八章 积极审美心理引领下的诗词创作（三）

与"姜夔风格"呢？

根据自然之美的"一体两翼"之分，即"自然"之体，有"自然之质朴"与"自然之雕饰"两翼，则可以让上述概念之间的关系自圆其说。作为"清空"风格中的"苏轼风格"与"姜夔风格"，可分别与自然之美"一体两翼"中的"自然之质朴"与"自然之雕饰"相对应。就"苏轼风格"而言，总体上看，苏轼与李白性情相近，性情旷达乐观，且深受儒释道传统文化影响。他曾对弟弟子由说过："吾上可陪玉皇大帝，下可以陪卑田院乞儿。眼前见天下无一个不好人。"[①]苏轼认为诗词一体，词是"诗之苗裔"（朱弁《风月堂诗话》卷上），且"无意不可入，无事不可言"（刘熙载《艺概》卷四），举凡咏史怀古、伤别悼亡、谈玄说理、赠答酬和、山水田园等惯用诗歌题材，无一不被他写进词里，极大地扩大了词的表现功能，开拓了词的艺术境界。苏轼填词融合了唐诗善于抒情与宋诗善于写意的创作方法，常常根据写景状物的需要，用真情驾驭才学，对词中所用典故进行裁剪，使其脱离本意的束缚，适应词中的情景，突出其中的意趣。正如郭锋《清空：宋代词学的创作风格》所说："苏轼用才学作词，多了一个化实为虚，概括提炼的过程。作者有意清空掉了一些因素，如词的本事、典故出处、词体结构、词的情感，但也剩下了一些着重突出的内容——一种空灵模糊的意趣。这种意趣是由一种情感组成的情感趋向，它无所定指而又无所不指，可以全方位、多角度、立体化、深层次地作用于读者的内心世界，它比一种情感更能触发读者的无邪之思。读者可以结合自身生活阅历，产生丰富的联想。这就是儒家诗教中的'思无邪'，而这正是苏轼词的用力之处。"[②]请看他的《水龙吟·次韵章质夫杨花词》："似花还似非花，也无人惜从教坠。抛家傍路，思量却是，无情有思。萦损柔肠，困酣娇眼，欲开还闭。梦随风万里，寻郎去处，又还被、莺呼起。不恨此花飞尽，恨西园、落红难缀。晓来雨过，遗踪何在？一池萍碎。春色三分，二分尘土，一分流水。细看来、不是杨花，点点是离人泪。"该词形神兼备，"不即不离，不粘不脱"。词人特定的审美心理，

---

① 桃花流水：《苏轼：一蓑烟雨任平生》"序言"，哈尔滨出版社2012年版。
② 郭锋：《清空：宋代词学的创作风格》，高等教育出版社2015年版，第169页。

造就了其词"不即不离"的审美风格，于自然之美中又显质朴风格。

就"姜夔风格"而言，他一生布衣，为人清高，有品格。姜夔对诗歌本质的认识是："大凡诗自有气象、体面、血脉、韵度。气象欲其浑厚，其失也俗；体面欲其宏大，其失也狂；血脉欲其贯穿，其失也露。韵度欲其飘逸，其失也轻。"对"雕饰"的认识是："雕刻伤气，敷衍露骨。"对"活法"的认识是："学有余而约以用之，善用事者也；意有余而约以尽之，善措辞者也；乍叙事而间以理言，得活法者也。"对"妙悟"的认识是："诗有四种高妙：一曰理高妙，二曰意高妙，三曰想高妙，四曰自然高妙。碍而实通，曰理高妙；出自意外，曰意高妙；写出幽微，如清潭见底，曰想高妙；非奇非怪，剥落文采，知其妙而不知其所以妙，曰自然高妙。"[1]这些论述表明，姜夔所说的理高妙、意高妙、想高妙，都与诗歌创作的构思有关，诸如适当限制诗歌材料、情感等因素，从而达到游刃有余的境界；适当限制用事的数量，直到不可不用然后才用；着力避免平铺直叙，让诗歌意境含蓄蕴藉；于叙事中适当议论，进而增加诗意的广度与深度等。综合运用这些艺术方法，一旦开悟，就能够让"理、意、想"三者之"高妙"，综合体现为"自然高妙"。这种"高妙"，犹如吴可《藏海诗话》所云："凡文章先华丽而后平淡，如四时之序，方春则华丽，夏则茂实，秋冬则收敛，若外枯中膏者是也，盖华丽茂实已在其中矣。"[2]显然，姜夔的诗学理论与创作实践，为了实现"理高妙，意高妙、想高妙"，不可能不用"雕饰"，但"理、意、想"的三个"高妙"，最终又必须统一于"自然高妙"，这就说明春之"华丽"与夏之"茂实"，最终又都要回归秋冬之"收敛"，体现为"外枯中膏"。从审美风格而论，这也就是"自然之雕饰"。

例如，姜夔的《点绛唇·丁未冬过吴淞作》："燕雁无心，太湖西畔随云去。数峰清苦，商略黄昏雨。第四桥边，拟共天随住。今何许？凭阑怀古，残柳参差舞。"上阕末尾两句写景文字，向来为人称道。词人用拟人手法，写出山峰的清瘦之容，以及雨意垂垂欲下的神态，尽管不乏"雕饰"之力，但

---

[1] 姜夔：《白石诗说》，人民文学出版社1962年版，第28至29页，第32至33页。
[2] 吴可：《藏海诗话》，丁福保：《历代诗话续编》，中华书局1983年版，第331页。

又独到而不伤自然。陈廷焯《白雨斋词话》卷二云："白石长调之妙，冠绝南宋，短章亦有不可及者。如《点绛唇·丁未冬过吴淞作》，通首只写眼前景物，至结处云：'今何许？凭阑怀古，残柳参差舞。'感时伤事，只用'今何许'三字提唱。'凭阑怀古'以下，仅以'残柳'五字咏叹了之。无穷哀感，都在虚处，令读者吊古伤今，不能自止，洵推绝调。"词中"拟共天随住"句，"天随"即唐代诗人陆龟蒙，系词人自比，尽管是用典，但知典之后亦不生癖。

第九章 积极审美心理引领下的诗词鉴赏

积极审美心理引领下的传统诗词（或简称诗词）鉴赏活动，是一种积极的接受诗学活动，在积极心理诗学中具有不可或缺的地位。自诗经以来，中国传统诗学关于诗词鉴赏的诸多理念，对发展当代接受诗学，建构积极心理诗学都有很重要的理论价值与实践意义。

一、与诗词鉴赏相关的几个问题

周圣弘《接受诗学》认为，诗人——作品——读者这三个环节构成诗学活动的全过程，是传统诗词的存在方式。该书写道："缺少任何一环，诗歌都不能存在。没有创作，诗歌就无从产生；没有作品，诗歌就失去物质载体；没有阅读，诗歌的潜在可能性就永远只是一种可能性而成不了现实性。就诗歌存在方式而论，诗歌活动三环节中最重要的是读者。因为作者活动完成后，作品就脱离作者而独立了；但独立并不是诗歌作品的真实存在，唯有通过读者的阅读活动，并在阅读的时间流程中，诗歌作品方获得现实的生命。"[1]显然，基于接受诗学的观点，"读者"或"阅读"是诗学三环节中最为重要的一环。在积极心理诗学中，结合心理学、美学与诗学来认识与理解诗词鉴赏方面的相关问题，对提高传统诗词鉴赏的审美水平是必要的。

（一）不同心理下的诗词阅读方式

凡有读诗习惯者都知道，不同的阅读心理，催生不同的阅读方式。根据不同的阅读心理，诗词阅读可分为消遣性阅读与审美性阅读。只有审美性阅

---

[1] 周圣弘：《接受诗学》，中国传媒大学出版社，2011年版，第27页。

读,才是一种积极的接受诗学活动,才称得上是"鉴赏"。

1.休闲心理与消遣性阅读

休闲是什么?早在古希腊时期,亚里士多德就认为这是一种"不需要考虑生存问题的心无羁绊"。[①]美国学者托马斯·古德尔和杰弗瑞·戈比的《人类思想史中的休闲》提出:"休闲被定义为空闲时间,即除了工作和其他责任之外的时间。"又说:"休闲是从文化环境和物质环境的外在压力中解脱出来的一种相对自由的生活,它使个体能够以自己所喜爱的、本能地感到有价值的方式,在内心之爱的驱动下行为,并为信仰提供一个基础。"还说:"休闲也是非常个体的,并试图把我们的知识、经验和理念都吸引过去,因而,休闲是和谐与完整统一的。显然,休闲也是一种理想。"[②]从西方学者对休闲的诠释可以看出,休闲就是一种自由自在的空闲,既包括闲散式的体能休息,也包括闲适式的精神慰藉,可归结为身与心的协调、舒适与快乐。《说文》释"休"为"人依木而歇",又说:"闲,阑也。从门中有木。"其中,"木"表示木作遮拦之物。这就说明,休闲是人在树下休息,且还有木作遮拦。显然,这是一个极富形象之感与惬意之情的描述,说明休闲心理是心之所慰,情之所快。这样的休闲心理往往会以乐观豁达的态度去对待生活,不苛求、不伪饰、不雕琢;去对待人生,不消沉、不萎缩、不堕落,并遵循中国古代所谓"休而有节"与"休而有礼"的休闲思想。

在休闲心理引领下的诗词阅读,即为消遣性阅读。在这种阅读过程中,读者大多只停留在喜、怒、哀、乐、恶等基本情感的一般水平上,有选择性地阅读那些与自身基本情感相应的诗作。具有这种阅读心理与阅读习惯的读者,尽管有时也能从单纯的消遣性阅读进入鉴赏性阅读,但更多的是单纯追求一种心灵的慰藉,而无法自觉地进入一种审美境界,也就是说,消遣性阅读是一种非审美性阅读,充其量也只是一般审美性阅读。唐代李涉《题鹤林寺僧舍》云:"终日昏昏醉梦间,忽闻春尽强登山。因过竹院逢僧话,又得浮

---

① 谢珊珊:《休闲文化与唐宋词》序二,暨南大学出版社2011年版。

② 李立:《看似逍遥的生命情怀——诗歌与休闲》,云南人民出版社2004年版,第1—2页。

生半日闲。"这就说明，休闲是人生的一种自觉，也是生活的一种自觉。"寂寥天地暮，心与广川闲。"（唐王维《登河北城楼作》）在休闲性阅读过程中，幽静的心灵可以与寂静的天地、广阔的河川同流，而达到物我同一的境界。有人提出："休闲的获得需要一种游戏精神。而游戏精神终极地说，是一种'游'的心态。游有三义：达观、闲适、忘我。"西方学者席勒也说过："只有当人充分是人的时候，他才游戏；只有当人游戏的时候，他才完全是人。"[①]中外学者的这些观点说明，对有一定阅读能力的人来说，以"游戏精神"进行消遣性阅读或休闲性阅读，将是人生不可分割的组成部分。

尤其是在传统诗词中，有不少通俗易懂、表现闲情逸趣的作品，可能是起于娱宾遣兴之需，主于侑酒佐欢之用，和其他文体相比，其依乐而作，依声而歌，委婉曲折的体性特点，善于表达儿女情长或人生怅惘，故最具抒情特质和休闲娱乐功能，最为适合于消遣性阅读。例如，欧阳修描写颍州西湖的十首组词《采桑子》，其一是描写初春的西湖："轻舟短棹西湖好，绿水逶迤，芳草长堤，隐隐笙歌处处随。无风水面琉璃滑，不觉船移，微动涟漪，惊起沙禽掠岸飞。"其二是描写暮春西湖："群芳过后西湖好，狼藉残红，飞絮濛濛，垂柳阑干尽日风。笙歌散尽游人去，始觉春空。垂下帘栊，双燕归来细雨中。"这组词从不同角度反映了西湖之美，更反映了词人解仕归来后内心深处的宁静与闲适，旷达与超然，特别是诗人将诗意消遣娱乐的愉悦之情融入山水之中，自会动人心弦，别有一番滋味在心头。

此外，还有所谓"诗歌疗法"，也可以说是一种非审美性阅读，或者说是一种有"疗法"意义的消遣性阅读。正如西方学者玛札在《诗歌疗法理论与实践》一书的"导言"中说："'诗'是一种文学体裁，也是表情达意的语言的质素。'诗'的语言必定是极具内蕴又令人回味无穷的。所谓诗歌疗法就是将这种语言艺术运用到治疗过程中。除了临床经常选用的已发表的诗歌之外，诗歌疗法还囊括阅读疗法、叙事心理疗法、隐喻、讲故事、写日记等方

[①] 李立：《看似逍遥的生命情怀——诗歌与休闲》，云南人民出版社2004年版，第18至19页。

法（Mazza，1993）。"①诗人兼心理咨询专家朱美云在《朱氏诗文疗法》中说："诗文能作为心理咨询与治疗的一种方法，其根据是：某些诗文能强烈地影响人的心灵，能有效地改变人的认知、行为及人格，具有心理咨询与治疗的功能。"②他认为某些诗文能揭示某些心理困惑、痛苦、矛盾以及成疾的原因。例如，宋代诗人的《蚕妇》："昨日入城市，归来泪满巾。遍身罗绮者，不是养蚕人。"朱氏认为："该诗能说明这样一个道理：人的痛苦，有时是心理失衡所致，要避免痛苦，就得保持心理平衡，不受外界影响。"于是，对诗疗对象因心理失衡而导致心灵痛苦时，就要推荐阅读《春蚕》这首诗。③

2.审美心理与鉴赏性阅读

根据美学与积极心理学，传统诗词的鉴赏性阅读是一种积极的审美活动，是积极心理状态下的一种高峰体验或沉浸体验。美感不是认识，而是体验。其核心就是使人愉悦，让人快乐。就传统诗学而言，诗国乐土不但具有愉悦的含义，还蕴涵着对美好生活和社会理想的追求。我国明代学者王夫之在《姜斋诗话》中，从印度因明学中引用"现量"概念，认为"'现量'，现者，有现在义，有现成义，有显现真实义。"，并用来说明诗词作品是在直接的审美观照中情景相生、自然灵妙地体现。叶朗的《美学原理》则进一步衍生"现量"的这三层含义，并用来阐述美感活动。他认为："审美体验就是'现在'，'现在'是最真实的，'现在'照亮本真的存在，'现在'有一种'意义的丰满'，用王蒙的话说就是'千金难买'，'永远鲜活，永远不会消逝因而是永恒的'。""'现成'就是指通过直觉而生成一个充满意蕴的完整的世界。""'显现真实'，这一点非常有现代意味。'显现'，就是王阳明说的'一时明白起来'，也就是海德格尔说的'去蔽''澄明''敞亮'。审美体验是'现量'，这意味着审美体验必然要创造一个意象世界，从而超越自我（海德格尔说的'绽出'），照亮一个本然的生活世界。这就是'显现真实'，也就是

---

① ［美］尼古拉斯·玛札著，沈亚丹、帅慧芳译：《诗歌疗法理论与实践》，东南大学出版社2013年版，第1页。

② 朱美云：《朱氏诗文疗法》，西南师范大学出版社2012年版，第3页。

③ 同上，第15页、第19页。

'美'与'真'的统一。"①借此可遵循王夫之的"现量"理论来下定义,即鉴赏性阅读,是经过"现在""现成"与"显现真实"三个环节,在积极的审美体验中进行的阅读方式。

刘勰《文心雕龙·知音》云:"凡操千曲而后晓声,观千剑而后识器;故圆照之象,务先博观。"②对有一定审美经验的读者而言,鉴赏性阅读不是"外行看热闹",而是"内行看门道",往往不会满足于一般意义上的心理愉悦,而期盼审美意义上情感升华,特别是追求对诗词意境的体悟与再造而放飞审美想象。审美是文化心理的外部表征,是创作与鉴赏主体内在心理的外化表现。"一代有一代之文学。"(王国维)以积极的审美心理阅读唐诗宋词元曲,可以从这些诗作文本中,去追寻那个时代士大夫文人的审美文化心理。余恕诚在为赵其钧《中国古典诗歌曲鉴赏》一书所作的《序》中写道:"实际上在人类文学艺术活动中,鉴赏占有极重要的地位。作家的创作与接受者的欣赏是互相依存的,没有创作出来的作品,当然谈不上欣赏,但没有欣赏,作品就是被闲置冷落的,价值就不能实现。此外,文学鉴赏对于作家来说,还能从人民群众和历代有见地的鉴赏中获得启发,总结创作经验,从而在更高层次上的审美理想、审美趣味的指导下,提高自己的创作。创作与鉴赏之间的沟通,是人类文学艺术活动的主渠道,其他训诂、考据、背景阐述和批评,是帮助从事鉴赏,或是给鉴赏进行理论总结和提升,反馈于创作的。"③从积极心理诗学的视域看,传统诗词的创作与鉴赏,都是基于诸多"积极"心态下的审美体验与审美感应,两者之间往往是相互促进,并相得益彰,进而可以在"诗歌之意境"的基础上生成"读者之意境"。

积极心理学家把精神高度投入的活动所伴随的心理状态称之为酣畅感。"酣畅"并不是感官的愉悦,而是一种非情绪和非意识的状态。人们把"酣畅"形容成一种高度的内在固有的乐趣,但这种乐趣并不是在活动的过程中

---

① 叶朗:《美学原理》,北京大学出版社2009年版,第90—97页。
② 刘勰:《文心雕龙》,中国社会科学出版社2005年版,第340页。
③ 赵其钧:《中国古典诗歌曲鉴赏》,黄山书社2006年版,第1页。

立即出现,而是在事后的总结中才体验到的。①传统诗词的鉴赏实践表明,鉴赏性阅读作为一种积极的审美活动,读者往往就处于这样的"酣畅"状态。宋代诗人杨万里诗曰:"船中活计只诗篇,读了唐诗读半山。不是老夫朝不食,半山绝句当朝餐。"说明杨万里读诗入了迷,居然把王安石的绝句当成早餐,这不是一种典型的"酣畅感"吗?朱光潜年轻时喜欢读李白的《经下邳圯桥怀张子房》:"常常高声朗诵。朗诵时心情是振奋的,仿佛满腔热血都沸腾起来了,特别读到最后'惟见碧流水'四句,调子就震颤起来,胸襟也开阔起来,仿佛自己心中也有无限的豪情胜慨,大有低回往复,依依不舍之意。"②这里描述的就是所谓"酣畅感",说明读者一旦进入积极的审美体验后,审美主体与审美对象之间的界线完全消融了。从积极心理学的角度说,在审美过程中,自我与对象融为一体的体验,就是美国心理学家马斯洛所提出的"高峰经验",也是积极心理学所说的"沉浸体验"。根据马斯洛的描述,在高峰经验中,"经验者感到他对于知觉对象正付出全部注意力而且可能达到入迷的地步。我们通常列入认知(就这么说吧)范畴的那些知觉,或者暂时消失,或者成为一种居于从属地位的、不很重要的活动。高峰经验中一种事物的重复知觉导致该事物的知觉越来越丰富,而不是乏味和厌烦,象正常意识状态中对重复刺激的通常反应一样。为一种知觉对象所全盘吸引,有时达到把知觉者和被知觉的事物融为一体的感觉。"他还认为:"高峰经验似乎本身产生价值,可用完整、真实、尽善尽美、自足、圆满、公正、有生气,善和美等词来描写。"③可以说积极心理学所说的"酣畅感",就是马斯洛的所谓"高峰经验"状态,也是一种"无我"或"忘我"的状态。用德国哲学家叔本华的话说,就是"把人的全副精神能力献给直观,浸沉于直观,并使全部意识为宁静地观审在眼前的自然现象所充满,不管这对象是风景,是树木,

---

① [美]克里斯托弗·彼得森著,徐红译:《积极心理学》,群言出版社2010年版,第47页。

② 朱光潜:《读李白诗三百》,见《艺术杂谈》,安徽人民出版社1981年版,第242页。

③ 克雷奇等:《心理学纲要》下册,文化教育出版社1981年版,第472—473页。

是岩石,是建筑或其他什么。人在这时,按一句有意味的德国成语来说,就是人们自失于对象之中了,也即是说人们忘记了他的个体,忘记了他的意志"。①

需要说明的是,休闲性阅读与鉴赏性阅读并没有一条泾渭分明的界线,甚至不少情况下,鉴赏性阅读是在休闲性阅读基础上的一种审美升华。从审美角度看,休闲与审美因其共同的心理特征和超功利模式而发生着必然的联系,平静宁和的休闲心理,不但为审美性阅读提供了必要的时间,而且还为审美活动提供相应的心理空间。休闲与审美这种天然的亲缘关系,不断丰富与拓宽了审美境界,同时也提升了休闲的生活品位。西方著名学者黑格尔就说过,"审美带有令人解放的性质,它让对象保持它的自由和无限,不把它作为有利于有限需要和意图的工具而起占有欲和加以利用。"②审美是"自由的象征"(高尔泰),处于"无我"或"忘我"的境界。正因为如此,潘立勇教授从美学视角将休闲界定为"自在生命的自由体验",将休闲的审美本质描述为"生存境界的审美化",将二者的关系概括为"审美是休闲的最高层次和主要方式",休闲"使审美境界普遍地指向现实生活"。③

例如,读王安石的《元日》:"爆竹声中一岁除,春风送暖入屠苏。千门万户曈曈日,总把新桃换旧符。"或者是读《除夕前一日上中尊汪夫子》:"琐事贫家日万端,破裘虽补不禁寒。瓶中白水供先祀,窗外梅花当早餐。"王安石的《元日》,从字面上看,写意自然,寓意深刻,短短二十八字,把春节期间的热闹气氛和万象更新的盛况一笔画出。特别是后两句,更是既形象生动,又气魄气象宏大,酣畅的笔法表达了坦荡的胸襟。对于休闲性阅读,也许读到此处就会顿生情趣,想起逢年过节的欢快情境。而对于鉴赏性阅读,读者则不会止步于此,而会通过了解王安石创作此诗的背景,即这是他在推行新法期间写下的一首诗,借春节时新桃换旧符的景象,反映了他政治上除

---

① 叔本华:《作为意志和表象的世界》,商务印书馆1982年版,第249—250页。
② 瑜青:《黑格尔经典文存》,上海大学出版社2001年版,第32页。
③ 潘立勇:《休闲与审美:自在生命的自由体验》,《浙江大学学报》(人文社会科学版)2005年第6期。

旧布新的意愿和决心，道出了他当时的喜悦心情。可以说，四句诗中的诸多意象，通过无限的审美想象，可以生成许多"象外之象"与"境外之境"。而郑板桥的《守岁》，从字面上看，诗人是用赋笔手法描写罢官后的清贫生活，在除夕期间都是如此，平常就更可想而知了。若是休闲性阅读，也许就停留在琢磨穷书生过年的"穷趣"与"清趣"上。而对于鉴赏性阅读，也许还会联想到郑板桥的其他诗篇，如《竹石》："咬定青山不放松，立根原在破岩中。千磨万击还坚韧，任尔东西南北风。"进而还会联想到"梅"与"竹"所代表的君子人格，让人品融入诗品，并共同升华诗的审美意境。

（二）诗词鉴赏的不同方式

袁行霈的《中国诗歌艺术研究》提出了诗歌的"三种意境"，即"诗人之意境""诗歌之意境"与"读者之意境"。所谓"诗人之意境"，是"在未诉诸语言之前，除了他本人之外，谁也不能体会"之意境；所谓"诗歌之意境"，是指"诗人一旦将自己头脑中浮现的意境诉诸语言以诗的形式凝固下来，就成为一个客观存在"的意境。它与诗人之意境不一定相同，因为诗人头脑中浮现的意境未必能完美地诉诸语言符号。所谓"读者之意境"，是指"读者接受这些符号，在自己头脑中再现的意境。"显然，读者之意境必定带着自身主观的成分，这是"因为读者必须借助自己的想象、联想和类比，才能把凝固的语言符号还原为生动感人的画面，所以读者之意境也不一定能与诗人之意境相吻合。"若是立足于"论意境"，袁行霈认为："如果是论诗人之意境，那么也就是论意境之形成。如果是论诗歌之意境，那么也就是论意境之表现。如果是论读者之意境，那么也就是论意境之感受。"[①]若是从诗词鉴赏的角度看呢？因为作为积极审美活动的诗词鉴赏，必然离不开审美主体与审美对象，而作为审美对象的诗词作品已经脱离作者而客观存在，所以从审美主体的不同，传统诗词的鉴赏客观上存在两种方式：一种是"自赏"，即诗词作者的自我鉴赏，当然是以诗词作品为基础，以诗人自己为中心的诗词鉴赏；另一种是"他赏"，即以诗词作品为基础，以读者为中心的诗词鉴赏。

---

① 袁行霈：《中国诗歌艺术研究》，北京大学出版社2009年版，第41—43页。

1."自赏"式诗词鉴赏

所谓"自赏",是以诗词作品为基础,以作者为中心的鉴赏方式。这种鉴赏方式的典型,就是诗人自己鉴赏自己的诗作。凡是有传统诗词创作经验的诗人都知道"好诗不厌百回改",说明传统诗词的创作过程,从初稿经过不断地修改到最后定稿,诗人总是自己作品的第一个鉴赏者。在一定意义上说,一首好诗总是在反复"自赏"的过程中完成的。《诗人玉屑》卷八引吕本中《陵阳室中语》说:"赋诗十首,不若改诗一首。少陵有'新诗改罢自长吟'之句,虽少陵之才,亦须改定。"唐庚(字子西)《唐子西语录》曰:"诗,最难事也。吾于他文不至蹇涩,惟作诗甚苦,悲吟累日,仅能成篇。初读时,未见可羞处,姑置之。明日取读,瑕疵百出。辄复悲吟累日,反复改正,比之前时,稍稍有加焉。复数日,取出读之,疵病复出。凡如此数四,方敢示人。然,终不能奇。李贺母责贺曰:'是儿必欲呕出心乃已!'非过论也。今之君子,动辄千百言,略不经意,真可责哉!"①这种经验,对于作诗的人,只要稍加虚心,是都能体会到的。也就是说,从"初读时,未见羞处",到"明日复读,瑕疵百出",这个过程就是在"自赏"中进行的,即基于初步物化的诗作,将"诗歌之意境"与"诗人之意境"进行比较,从而发现"瑕疵"。

宋人何薳《春渚纪闻》云:"薳尝于文忠公(欧阳修)诸孙望之处,得东坡数诗稿,其和欧叔弼诗云:'渊明为小邑',继圈去'为'字,改作'求'字,又连涂'小邑'二字,作'县令'字,凡三改乃成今句。至'胡椒铢两多,安用八百斛',初云:'胡椒亦安用,乃贮八百斛'。若如初语,未免后人疵议。又知虽大手笔,不以一时笔快而定,而惮于屡改也。"宋洪迈《容斋随笔·续笔》卷八"诗歌改字"一条写道:"王荆公(安石)绝句云:'京口瓜洲一水间,钟山只隔数重山。春风又绿江南岸,明月何时照我还。'吴中士人家藏其草。初云'又到江南岸',圈去'到'字,注曰'不好',改为'过',复圈去而为'入',旋改为'满',凡如是十许字,始定为'绿'。黄鲁直诗:

---

① 姜书阁:《诗学广论》,浙江大学出版社2010年版,第23页。

'归燕略无三月事,高蝉正用一枝鸣。''用'字初曰'抱',又改曰'占',曰'在',曰'带',曰'要',至'用'字始定。"①古代诗话所载的那些故事表明,传统诗词的创作过程,也就是在不断自我鉴赏中最后定稿的过程。

在传统诗词的鉴赏过程中,若是能够"知人论世",即了解其人其事,尤其是能够知晓某一具体诗作的创作背景,也就可以诗人为中心来进行诗词鉴赏。《孟子·万章下》云:"颂其诗,读其书,不知其人,可乎?是以论其世也,是尚友也。"历代诗论诗话,亦反复强调"知人论诗"的诗学主张。例如,刘熙概在《艺概》中就明确指出:"颂其诗,贵知其人。"又如,任中敏在《散曲研究》中也明确指出:"确定一词之意境,有三准则焉:(一)乃作者之身世;(二)乃全词之措辞;(三)乃词外之本事。"②鲁迅则更是直截了当地说:"世间有所谓'就事论事'的办法,现在就诗论诗,或者也可以说是无碍的罢。不过我总以为倘要论文,最好是顾及全篇,并且顾及作者的全人,以及他所处的社会状态,这才较为确凿。要不然,是很容易近乎说梦的。"③特别是对论诗而言,只有"顾及作者全人"及其"他所处的社会状态",特别是其诗的创作背景,才能做到"心有灵犀一点通",联通诗人之心,进而宛若"自赏"方式,以诗人为中心来进行诗词鉴赏。例如,著名诗人陆游的《沈园二首》:"城上斜阳画角哀,沈园非复旧池台。伤心桥下春波绿,曾是惊鸿照影来。""梦断香消四十年,沈园柳老不吹绵。此身行作稽山土,犹吊遗踪一泫然。"这两首诗作于庆元五年(1199)的春天,是七十五岁的陆游又去沈园一看的即景生情之作。对于知晓陆游与沈园的读者来说,就完全能够以诗人为中心来鉴赏这两首诗。沈园在浙江绍兴,原属沈氏旧业,为当时绍兴的名园,陆游在一些诗中亦称之为"沈家园"或"沈氏园"。二十岁的陆游与唐琬结成夫妻,而后被迫分离,各自嫁娶,几年之后的一个春天,他们在沈园不期而遇。"山盟虽在,锦书难托"(陆游《钗头凤》),何况还是见

---

① 姜书阁:《诗学广论》,浙江大学出版社2010年版,第24页、第26—27页。
② 任中敏:《散曲研究》,凤凰出版社2013年版,第98页。
③ 鲁迅:《题未定草(七)》,《鲁迅全集》第6卷,人民文学出版社1998年版,第430页。

面呢？必然是一次难能可贵的重逢。沈园的一堵粉墙上便留下了这难见、难别、难忘的永久纪念——陆游的《钗头凤》。而后两人再也无缘相见了，沈园又成了这对恋人的永诀之地。尤其是那脆弱多情的唐琬，由于长期苦闷抑郁，在陆游三十六岁左右的时候就与世长辞了。所以陆游诗云："路近城南已怕行，沈家园里更伤情。"（《十二月二日夜梦游沈氏园亭》）然而，"一杯愁绪，几年离索"（陆游《钗头凤》），魂牵梦绕，旧情难忘，通向往事的"桥梁"，总是让他自觉或不自觉地反复走过沈园；埋藏心中的情愫，也总会让他遵循同一基调不由自主地吟咏沈园。直至八十四岁的他还深情地唱出："沈家园里花如锦，半是当年识放翁。也信美人终作土，不堪幽梦太匆匆。"（《春游》）于是，只要"顾及作者的全人"，了解"沈园"与诗人的不解情结，自然就能够以诗人为中心来鉴赏他的《沈园二首》了。正如王国维《人间词话》所云："有我之境，以我观物，故物物皆着我之色彩。"只要鉴赏者通晓任中敏所说的"三准则"，就能够将自己之心联通诗人之心，也就不难理解诗中的语言符号及其各种意象，都染上了诗人那挥之不去、长恨绵绵的主观色彩。

2."他赏"式诗词鉴赏

所谓"他赏"，是以诗词作品为基础，以读者为中心的诗词鉴赏。欧阳修《六一诗话》云："圣俞曰：'作者得于心，览者会以意，殆难指陈以言也。'"[①]这里，欧阳修转述梅尧臣的诗论名言，既表明对梅氏高见的赞赏，也说明诗的意境不是一成不变的，而是伴随着鉴赏者的情绪"与心而徘徊"。读者这种以意会境，也就是以读者为中心的诗词鉴赏。最有代表性的例子，莫过于王国维的"三种境界"说。王国维《人间词话》云："古今之成大事业、大学问者，必经过三种之境界：'昨夜西风凋碧树，独上高楼，望尽天涯路。'此第一境也。'衣带渐宽终不悔，为伊消得人憔悴。'此第二境也。'众里寻他千百度，蓦然回首，那人却在，灯火阑珊处。'此第三境也。此等语非大

---

① （宋）欧阳修、司马光撰：《六一诗话温公续诗话》，中华书局，2014年版，第42页。

第九章 积极审美心理引领下的诗词鉴赏

词人不能道。然遽以此意解释诸词，恐为晏、欧诸公所不许也。"

这里，王氏引用了三首词中的词句：其一是晏殊《蝶恋花》中的词句。该词本是写离别相思之情，"作者得于心"的可能是迷惘与无奈，即"欲寄彩笺兼尺素，山长水阔知何处？"但是，"览者会以意"，通过登高眺远，见到一条通向遥远的道路，也许王氏想到了"路漫漫其修远兮，吾将上下而求索"这句屈原的名言，在他的眼中似乎穿透了烟雾与迷茫，在他的心底更加唤醒了对创业与治学的期盼与追求。其二是柳永《蝶恋花》中的词句。该词本是写怀念远方恋人的词作。"衣带渐宽"等末尾两句，可能是"作者得于心"的全词之眼，大有"春蚕到死丝方尽，蜡炬成灰泪始干"之殉情气慨，把思念恋人的情感推向高潮。然而，王氏"会以意"，将爱情与事业或学业联系起来，主张目标一经确立，则须要以矢志不渝的顽强意志去为之奋斗。其三是辛弃疾《青玉案·元夕》中的词句。该词写于作者退隐之后，全词上阕与下阕前两句都在着力描写正月十五夜元宵节观灯的热闹景象。只是从"众里"一句开始，才让主人公登场。奇怪的是"那人"赏灯，却远离众人，独立于"灯火阑珊处"。这不正是"作者得于心"吗？也正如梁启超评语："自怜幽独，伤心人别有怀抱。"然而，王氏却"会以意"，或许是将那灯如海、花如潮的壮观场面，看成是创业或治学成功的盛景，而那千番百次苦苦寻觅的主人公，却并不在聚光灯前，而是独居寂寞，仔细体验成功背后的酸甜苦辣。

实际上，诗词"意境"作为"心物场"的一种积极的审美体验，是诗人"情景交融"的艺术结晶，充分说明诗之大美，不在说尽，而在含蓄；不在弦上之音，而在弦外之音。正如况周颐《蕙风词话》所云："读词之法，取前人名句意境绝佳者，将此意境缔构于吾想望中。然后澄思渺虑，以吾身入乎其中而涵泳玩索之。吾性灵与相浃而俱化，乃真实为吾有而外物不能夺。"[①]显然，况氏之言很有见地，也可用积极心理学的理论来阐释。积极心理学认为，具备积极特质的诗家心理更容易放飞心灵，产生灵感，在某种外界事物的刺激下，充分发挥人意识的主观能动性。这也说明，有经验的读者阅读与鉴赏传统诗词，不能像海绵那样，吸进去的是水，挤出来的还是水，甚至混

[①] 况周颐：《蕙风词话》卷一，人民文学出版社1960年版，第9页。

有污垢；而应如同蜜蜂酿蜜那样，遍采奇花之粉，细酿甘甜之蜜。这里，王氏所谓"以此意解释诸词，恐为晏、欧诸公所不许"之说，也就说明这是王国维自己的创造性理解，即是一种典型的以诗词作品为基础，以读者为中心的鉴赏方式。当然，遵循"诗无达诂"的接受方式，"以读者为中心的鉴赏方式"是对"以作者为中心的鉴赏方式"的一种审美超越。

袁行霈在《中国诗歌艺术研究》中，把读者这个审美主体因素融入对诗词意境的表述："意境是指诗人的主观情意与客观物象互相交融而形成的、足以使读者沉浸其中的想象世界。"这就是说，"读者之意境是一种感受"，是以"诗歌之意境"为媒介，"使读者沉浸其中的想象世界"。袁行霈将这种"感受"称之为"沉浸感"，让人"暂时忽略了周围的一切，视而不见，听而不闻，整个心灵沉浸在一个想象的世界之中，得到美的满足。"他还将这种"感受"具体描述为以下三种感觉：[①]一是熟稔感，是指唤起自己过去的审美经验，与"诗歌之意境"产生共鸣的感觉。大体犹如前述所说到的"以读者为中心的诗歌鉴赏"，即读李白之诗则己身为李白，读杜甫之诗则己身为杜甫，或若亲践南亩，或若身居辋川，一切历历在目，宛如身临其境。二是向往感，是由"诗歌之意境"所引起的"一种混合着惊讶、希望与追求的感觉。"这是因为那些蕴涵有独特韵味的诗作，都具有磁石般的力量，让人难忘，令人向往。如"大漠孤烟直，长河落日圆"（王维《使至塞上》）、"潮平两岸阔，风正一帆悬"（王湾《次北固山下》）、"无边落木萧萧下，不尽长江滚滚来"（杜甫《登高》）、"小楼一夜听春雨，深巷明朝卖杏花"（陆游《临安春雨初霁》）等，读者从这些诗句所得到的审美意境，也都会催生向往之情。三是超越感，是以"诗歌之意境"所带来的"熟稔感"与"向往感"为基础，读者进一步放飞审美想象，去创造新的意境。可以说，王国维选取晏殊、柳永与辛弃疾三位著名词家的词句来描述"三种境界"，尽管并非是"诗歌之意境"，却是读者的"超越感"使然。

---

① 袁行霈：《中国诗歌艺术研究》，北京大学出版社2009年版，第43—46页。

3. "观诗"与"赋诗"的启示

邓新华《中国古代接受诗学史》指出:"'观诗'——偏于鉴赏的接受","'用诗'——偏于实际的运用"。① 其中,所谓"观诗",是基于作为接受对象的诗词特点,以及作为接受主体的心理期待,"'观'作为一种文学接受方式,它有着异常明确而稳定的接受指向,这就是通过对作品的仔细观照和品察,来把握作品所反映的社会生活状况和国运盛衰的趋势。季札对乐工所演唱的各国诗歌,无一例外地都是按照这一接受指向来进行理解和评判的。"这也正如民主德国的接受理论家瑙曼所指出的那样:任何一篇作品,其本身"固有的质"作为一种"接受指令",具有"引导接受"的特性。它为"作品在接受过程中被接受的方式、产生的效应以及还有对它的评估预定了特定的方向。"② 有鉴于此,学习与鉴赏《诗三百》,也就能够理解所谓"审音以知政"与"观乐以知风"了。所谓"用诗",顾颉刚将当时的"用诗"方式概括为四种类型:一是典礼,二是讽谏,三是赋诗,四是言语。③ 其中,"赋诗"是最为典型的一种用诗方式。"赋诗"又称"赋诗言志",是西周春秋时期上层社会盛行的一种风气。当时的政治外事活动中,常常有选择地朗诵《诗》中的某些篇、章来委婉地表达自己的思想意愿,或者表示礼节,进行应酬,借以加强相互之间的关系。朱自清在比较"献诗"与"赋诗"的差异时曾指出:"献诗的诗都有定指,全篇意义明白。赋诗却往往断章取义,随心所欲,即景生情,没有定准。"④ 从接受美学的角度看,"赋诗言志"与"言语引诗"的"最大区别就在于赋诗者可以根据特定的处境和语境来选择能够表达自己思想和意愿的诗篇和诗句,而不是像言语引诗那样,一般要严格遵循诗的原义。"通过上述介绍可以看出,"观诗"这种诗歌接受方式,是"以诗者为中心的诗歌接受方式";而"赋诗"这种接受方式,则是"以读者为中心的诗歌接

---

① 邓新华:《中国古代接受诗学史》,上海人民出版社2012年版,第35-43页。
② 瑙曼:《接受理论》,《作品、文学史与读者》,文化艺术出版社1997年版,第19-20页。
③ 顾颉刚:《古史辨》(一),上海古籍出版社1982年版,第54页。
④ 朱自清:《诗言志辨》,安徽师范大学出版社2016年版,第17页。

受方式",是读者借用现成的诗词来表达自己的意愿。这也是翁其斌《中国诗学史》(先秦两汉卷)所说的:"朱自清说:'以现成的诗合自己的意,而以成礼,是这种赋诗的确释。''以诗合意'就是'以诗言意',实质上还是'诗以言志'的意思。"①

(三)诗词鉴赏的经典接受方式

当代学者程千帆说过:"文学之事,作者授之,读者受之,而资之授受者,则作品也。"②这就说明,传统诗词鉴赏的基础必然是诗词作品,是把"诗歌之意境"升华为"读者之意境"的积极审美进程。其特点是读懂与理解"弦上之音"是基础,感悟与玩味"弦外之音"是关键。正因为如此,传统诗学提出了偏于客观的"以意逆志"与偏于主观的"诗无达诂"这两种经典接受方式。

1."以意逆志"

"以意逆志"是一种偏于客观的经典接受方式,最早由孟子提出。《孟子·万章上》云:"说诗者不以文害辞,不以辞害志,以意逆志,是为得之。"赵岐注云:"文,诗之文章所引以兴事也。辞,诗人所歌咏之辞。志,诗人志所欲之事。意,学者之心意也。""人情不远,以己之意逆诗人之志。是为得其实矣。"王国维亦云:"是故由其事以知其人,由其人以逆其志,则古人之诗虽有不能解者,寡矣。"③翁其斌《中国诗学史》(先秦两汉卷)指出:"孟子对诗学贡献最大的是他的'以意逆志'说和'知人论世'说。'以意逆志'和'知人论世'互相结合,成为中国古代诗歌诠释的理论基础。"④从诗歌接受史来看,无论是古代的所谓"说诗",还是今天所说的诗词鉴赏,运用好"以

---

① 朱自清:《诗言志辨》,安徽师范大学出版社2016年版,第79页。
② 程千帆:《文论十笺》,《程千帆全集》第6卷,河北教育出版社2001年版,第201页。
③ 徐有富:《诗学原理》,北京大学出版社2017年版,第444页。
④ 陈伯海、蒋哲伦主编,翁其斌著:《中国诗学史》(先秦两汉卷),鹭江出版社2002年版,第51页。

第九章 积极审美心理引领下的诗词鉴赏

意逆志"这种经典接受方式,需要在全面理解"意""逆""志"三字涵义的基础上,实现从"披文入情"至"得意忘言"的审美超越。

关于"以意逆志"之"意"字,综合起来有三种不同的解释:①一是认为"意"是作者之"意",即作者的思想情感,如清代学者吴淇《六朝选诗定论缘起·以意逆志节》云:"以古人之意求古人之志。"但由于《说文》有云:"志,意也。""志""意"互训,两者往往通用,进而又让吴淇的说法存疑。二是更多的人认为"意"乃是诗人之"意",如前述赵岐注所云。现代学者朱自清《诗言志辨》也说:"以己之意'迎受'诗人之志而加以'钩考',与'诗所以合意'正相反。"②三是近年来王先霈和赖力行两位认为"意"不应该作为名词训释为志意,而应该作为动词理解为意度、揣测和体悟,"以意逆志"就是指接受者和阐释者用推想、推理、玩味、体悟的方法来获得诗人的创作旨意。关于"以意逆志"之"志"字,综合起来有三种不同的解释:一是认为"志"为作者之志,即作者的创作意图与思想怀抱;二是认为"志"为诗作之志,即诗词作品所传达的思想感情;三是认为"志"是"记载"的意思,即对历史事实的记载。当然,这三种意见尽管有细微的差异,却并无本质的不同。也正如邓新华《中国古代接受诗学史》所言:"'以意逆志'作为中国传统的文学释义方法,是十分重视对'志'即作品原意的追寻和探求的。"也正因为如此,该书亦认为"以意逆志"是一种偏于客观的文学释义方法。③关于"以意逆志"之"逆"字,《说文》云:"逆,迎也。"《说文解字注》云:"逆迎二字通用。"《周礼·地官乡师》郑玄注云:"逆,犹钩考也。"这就是说,"逆"大体上有三个义项:即迎受与接纳、钩考与探究、追溯与反求,进而让"以意逆志"的内涵有三:一是以作者的创作意图与作品的原意为旨归进行释义,进而唤起鉴赏者的审美知觉去接受与理解释义对象;二是赋予鉴赏者充分的审美能动性,在"诗歌之意境"的基础上,对释义对象作出创造性的探索;三是沟通读者之"意"与作品之"志",深化对诗词作品

---

① 邓新华:《中国古代接受诗学史》,上海人民出版社2012年版,第44页。
② 朱自清:《诗言志辨》,安徽师范大学2016年版,第73页。
③ 邓新华:《中国古代接受诗学史》,上海人民出版社2012年版,第313页。

"象外之象""味外之旨"与"韵外之致"的积极审美想象，推崇诗词境界的象外之美。

关于"披文入情"与"得意忘言"。这既是审美客体"诗言志"的特质所决定的，也是审美想象的"出入"说所要求的。所谓"披文入情"，出自《文心雕龙·知音》，刘勰云："夫缀文者情动而辞发，观文者披文以入情；沿波讨源，虽幽必显。世远莫见其面，觇文辄见其心。"[①]所谓"得意忘言"，出自《庄子·外物篇》："筌者所以在鱼，得鱼而忘筌；蹄者所以在兔，得兔而忘蹄；言者所以在意，得意而忘言。"魏晋学者王弼在《周易略例·明象章》中，更是重复强调而丰富了这一理念："言者所以明象，得象而忘言；象者所以存意，得意而忘象。犹蹄者所以在兔，得兔而忘蹄；筌者所以在鱼，得鱼而忘筌也。"[②]刘禹锡在《董氏武陵集记》中亦曰："诗者，其文章之蕴邪？义得而言丧，故微而难能；境生于象外，故精而寡和。"[③]所谓"出入"说，出自《扪虱新话》上册卷四，《读书须知出入法》条，南宋陈善论读书之法云："读书须知出入法。始当求所以入，终当求所以出。见得亲切，此是入书法；用得透脱，此是出书法。盖不能入得书，则不知古人用心处；不能出得书，则又死在言下。惟知出知入，乃尽读书之法也。"[④]上述引述表明，运用"以意逆志"这种经典接受方式来鉴赏诗词，犹如读书方法之"入"与"出"，所谓"披文入情"，就表现为"入书法"，让"见得亲切"；而所谓"得意忘言"，则表现为"出书法"，使"用得透脱"。

传统诗学认为，"言"为心声，"心"感于物，"意"寓于象，所以传统诗词创作自然是"心生而言立"与"情动而辞发"，传统诗词作品自然是"言粗意精"与"假象见意"，相应的诗词鉴赏方法自然是"披文入情"与"得意忘

---

① 刘勰：《文心雕龙》，中国社会科学出版社2005年版，第341页。

② 童庆炳等著：《中国古代诗学心理透视》，百花文艺出版社1993年版，第351页。

③ 霍松林主编，漆绪邦等撰著：《中国诗论史》（中册），黄山书社2007年版，第515页。

④ 陆一帆：《文艺心理学》，江苏人民出版社1985年版，第49页。

言"。祁志祥《中国古代文学理论》认为:"'披文入情'有两个要点,即文章妙处'不离文字',亦'不离文字',亦'不在文字'。'文'者'情'之所寓,舍'文'无以入'情',故'入情'必须'披文',体文之妙'不离文字';但'文'者所以在'情',滞'文'无以入'情',故体文之妙又'不在文字',正如苏轼所说:'夫诗者,不可以言语求而得,必将深观其意焉。'"①"披文入情"犹如"入书",而"出书"就是"得意忘言"。其中,也有两个要点:一是"言"者使人"但见性情,不睹文字"(皎然《诗式》),所以"入情"而"得意",自然要"出书"而"忘言"。清代刘熙载《艺概》云:"杜诗只'有''无'二字足以评之。'有'者但见情性气骨也,'无'者不见语言文字也。"这也是"由于古人把'言'作为载'意'之筌,津'意'之'筏',因而在'得意'之后便'得鱼忘筌''过河拆桥',将全部目光集中于'意'的审视而流连忘返,忘其所自。"②二是"言"既有载意的一面,又有悖意的一面。所以在审美活动中,当"言"完成了它的"载意"功能之后,它与"意"的矛盾就上升为主导地位,此时如果还"入"在"载意"而不"出",就会损害对"意象"与"意境"的审美想象。实质上,遵循"出入"法,从"披文入情"到"得意忘言",或从"假象忘言"到"得意忘象",其间必须经过充分的审美体验阶段,表现为"诗全在讽诵之功","须是沉潜讽诵,玩味义理,咀嚼滋味,方有所益。""须是先将诗来吟咏四五十遍,方可看注。看了又吟咏三四十遍,使意思自然融液浃洽,方有见处。"(魏庆之《诗人玉屑》卷三十载"晦庵"(朱熹)论读诗看诗之法)与此同时,从"披文"到"入情"再到"忘言",或从"披象"到"得意"再到"忘象",还必须注意"切忌执实",防止"以辞害意",彰显"不拘形迹"的诗词鉴赏方法,即如章学诚所云:"善论文者,贵求作者之意指,而不可拘于形也。"③

然而,遵循孟子的"以意逆志"说,坚持诗词鉴赏积极的审美需要,还不能忘记他还提出了"知人论世"说(《孟子·万章下》):"以友天下之善士

---

① 祁志祥主编:《中国古代文学理论》,华东师范大学出版社2018年版,第232页。
② 同上,第233页。
③ 章学诚:《文史通义·诗教下》,嘉业堂本《章氏遗书》。

为未足,又尚论古之人。颂其诗,读其书,不知其人可乎?是以论其世也,是尚友也。"这样,加入"知人论世"后,"以意逆志"中的读者——作品——作者的"三位一体",就发展成为"读者——作品——诗人——时代"的"四位一体"了。大凡有诗词鉴赏经验者都会有实践体会,那就是诗文并非定如其人,诗品亦并非定如人品。如金人元好问的《论诗三十首》:"心画心声总失真,文章宁复见为人。高情千古《闲居赋》,争信安仁拜路尘。"这首诗通过评论西晋诗人潘岳,提出论诗不能光看其文,还要看其为人,是不是言行一致,表里如一。如曾名重一时的潘岳,在其作品《闲居赋》中把自己描绘成一个淡于利禄、不计功名的人,真可谓"高情千古"的了。可是他却谄事贾谧,每候其出,望尘而拜,趋炎附势,人格卑下。所以,元好问认为扬雄所提出的"心声""心画"之说并不可靠,即文学作品未必都能全部反映出作者真实的思想感情和人品,所以"知人论世"当是理解和评价作品必不可少的条件。正如孔子所说:"有德者必有言,有言者不必有德"(《论语·宪问》),老子也说过:"信言不美,美言不信"(《老子》)。清代袁枚在《随园诗话》中也说过:"上官仪诗多浮艳,以忠获罪。傅玄善言儿女之情,而刚正嫉恶,台阁生风。扬子云自拟《周易》乃附新莽。"这就说明,诗人的创作个性并非与生活中的个性完全一致,论诗者要防止以言取人,以言废人,必须运用"知人论世"后的"以意逆志"说,才能体现出偏于客观的接受方式,有利于规范读者的主观能动性,进而全面准确地把握诗人的心理结构,让"读者之意境"与"诗歌之意境""不即不离",既有"声源",又有"回响"。这也正如清人顾镇所云:"夫不论其世,欲知其人,不得也。不知其人,欲逆其志,亦不得也。孟子若预忧后世将秕穅一切,而自以其察言也,特著其说以防之。故必论世知人,而后逆志之说可用之。"[1]

2."诗无达诂"

"诗无达诂"是一种相对偏于主观的经典接受方式,最早由董仲舒在《春秋繁露·精华》中提出:"所闻《诗》无达诂,《易》无达占,《春秋》

---

[1] 翁其斌:《中国诗学史·先秦两汉卷》,鹭江出版社2002年版,第108页。

无达辞。从变从义,而一以奉人。"①这里,《诗》指《诗经》;"诂"是用今言释古言,指对《诗经》诗句意义的解释,也兼指对《诗经》题旨的理解与解释;"达"即通达。在董仲舒看来,正像《周易》无法通达占卜的意图,《春秋》的微言大义无法用文辞完全表达出来一样,对《诗经》的题旨和意义也无法作出通达、确定的解释。由于董仲舒的"《诗》无达诂",触及到接受诗学活动的根本规律,所以经过传统诗学的拓展而被普遍接受,从而走向"诗无达诂"。因为"诗"本"言志",而志本在心,发之为诗,"情动于中而形于言",因此很难用鉴赏者自己的语言去准确而透彻地解释诗人特定诗词中的创作意图与思想感情。翁其斌《中国诗学史》(先秦两汉卷)指出:"董仲舒的'诗无达诂'论,从这句话的上下文看,它的意思应该是'诗没有共通的、相同的、不变的解释',所以王应麟认为它就是'不以辞害志'的意思;但仅就这句话看,它的意思似乎又是'诗没有确定的解释',所以沈德潜说'断章取义,原无达诂'。"②

邓新华《中国古代接受诗学史》认为:"'诗无达诂'作为中国古代的一种文学释义方法,其目的与'以意逆志'的释义方法一样,也是为了理解和阐释作品的意义,但二者又有很大的不同:如果说'以意逆志'的文学释义方法是以承认作品有一个既定的确定不变的原意('志')为前提,并以对这种原意的探求和追寻('逆')为理想的目标的话(尽管由于这种'逆'的过程是一种'视阈融合'的过程,故而最后释义者所得到的已不是作品的原意),那么,'诗无达诂'的文学释义方法则恰好相反,它认为文学作品并没有一个确定不变的原意,也没有一种确定不变的理解和解释。"③清代学者方玉润在《诗经原始》中就对"以意逆志"提出过质疑:"诗辞与文辞迥异,文辞多明白显易,故即辞可以得志。诗辞多隐约微婉,不肯明言,或

---

① 董仲舒:《春秋繁露》卷三,《四部丛刊初编缩本》,上海商务印书馆1936年版,第19页。

② 陈伯海、蒋哲伦主编,翁其斌著:《中国诗学史》(先秦两汉卷),鹭江出版社2002年版,第59页。

③ 邓新华:《中国古代接受诗学史》,上海人民出版社2012年版,第317页。

寄托以寓意，或甚言而惊人，皆非其志之所在。若徒泥辞以求，鲜有不害辞者。孟子斯言，可谓善读《诗》矣。然而自古至今，能以己意逆诗人之志者，谁哉？"①实际上，诗词鉴赏实践表明，由于诗词中既有"意中之情"，也有"言外之旨"，所以"诗无定形，读诗者亦无定解"。例如，唐代诗人李商隐的一首七律《锦瑟》，那些五花八门的释义，就是对此最好的佐证。清人薛雪也对作品"原意"说持否定态度："杜少陵诗，止事读，不可解。何也？公诗如溟渤，无流不纳；如日月，无幽不烛；如大圆镜，无物不现，如何可解？……余谓：读之既熟，思之既久，神将通之，不落言诠，自明妙理，何必断断然论今道古耶？"②当然，传统诗词的"不可解"，指的是它的"弦外之音"不可解，这也正好让鉴赏者的能动参与，为"见仁见智"提供了广阔的空间。正如王夫之云："作者用一致之思，读者各以其情而自得。……人情之游也无涯，而各以其情遇，斯所贵于有诗。"③

然而，在传统诗词的鉴赏过程中，读者放飞内心积极的审美想象，还须是在诗词作品的基础上进行，也就是说"读者之意境"是在"诗歌之意境"基础上的升华，而不是脱离"诗歌之意境"的创造。其实，在董仲舒的"诗无达诂"说中，"从变从义"四字已经对此有了明确的规定性。所谓"从变"，是指鉴赏者可以依据自己的理解，对"诗歌之意境"进行创造性的理解与解读；而所谓"从义"，则是指对"诗歌之意境"的理解，又必须顾及诗词文本的内涵和基本旨义。尽管"诗无达诂"这种偏于主观的经典接受方式，其内涵还是要求"从变"与"从义"两者之间的辩证统一。这也就表明，传统诗词鉴赏作为积极的接受诗学活动，读者对作品的感受、理解与创造性的发挥，归根到底还是要受到作品客观内涵的制约与影响，而不是绝对自由的。

---

① 方玉润：《诗经原始》卷首下，中华书局1986年版，第44—45页。
② 薛雪：《一瓢诗话》，丁福保《清诗话》，上海古籍出版社1978年版，第714页。
③ 王夫之：《姜斋诗话·诗绎》，郭绍虞主编：《四溟诗话·姜斋诗话》，人民文学出版社1961年版，第139—140页。

二、诗词鉴赏的审美效应及其基本条件

传统诗论的"开山纲领"——"诗言志",说明以唐诗宋词元曲为代表的传统诗词作为文学的灵魂,总是以其不断的嬗变与更新,始终将自身的触角延伸到人的心灵深处。正如《诗歌鉴赏心理》所言:"诗的世界是真的世界,是善的世界,是美的世界。诗是在爱的琴弦上弹奏出的生命之歌。当人们在诗的世界中徜徉的时候,或感到平和,或感到酣畅,或感到躁动,或感到震惊……在迷离惝恍之中,被一种巨大的艺术魅力所征服,其心理乃至生理都会感到一种微妙的变化,得到一种无以代替的美感享受。"[①]这就是以诗学心理为基础,以积极审美体验为旨归去进行诗词鉴赏,其积极的审美效应就在于催生出诗词中所蕴藏的那种"感发生命的力量"。

(一)诗词鉴赏的审美效应

王夫之《姜斋诗话》云:"'诗可以兴,可以观,可以群,可以怨',尽矣。……'可以'云者,随所以而皆可也。于所兴而可观,其兴也深;于所观而可兴,其观也审;以其群者而怨,怨愈不忘;以其怨者而群,群乃益挚。出于四情之外,以生起四情;游于四情之中,情无所窒。作者用一致之思,读者各以其情而自得。……人情之游也无涯,而各以其情遇,斯所贵于有诗。"[②]这里,王夫之既打破了"兴观群怨"四者割裂开来的传统看法,而以兴、观、群、怨四者之间的联系与转化来论诗,又将读者纳入理论考察的视野,提出了"读者各以其情而自得"的理论命题。该理论命题表明,在儒家传统的"兴观群怨"说那里,读者实际上处于被支配的从属地位,诗学活动的中心仍然还在诗人与诗作方面,而遵循"读者以情自得"理念,读者的审美效应是一种能动性的参与行为。"出于四情之外,以生四情;游于四情之中,情无所窒。"在诗词鉴赏过程中,允许和尊重读者可以根据自己积极的审美体验与审美需要来理解与解读诗作。

---

① 吴思敬:《诗歌鉴赏心理》,辽宁人民出版社1987年版,第1—2页。
② 王夫之:《姜斋诗话·诗译》"二"条,郭绍虞主编:《四溟诗话·姜斋诗话》,人民文学出版社1961年版,第139-140页。

1. 诗词文本的召唤性

传统诗学历来认为，真正有诗味和意境的作品，应该意蕴深厚，含而不露、耐人咀嚼、余味无穷，而不应像一潭清水那样让人一览无余，进而推崇用"象外""景外""意外""味外"等语词来表示诗词作品那隐微精深、含蓄无垠的"意境"。所谓"文已尽而意有余"（钟嵘《诗品序》），"境生于象外"（刘禹锡《董氏武陵集记》），"象外之象，景外之景"（司空图《与极浦书》）等等，都形象地说明，"诗歌之意境"往往不是诗词文本中所描述的那历历在目的"实境"，而是在这"实境"之外的那个"可言不可言""可解不可解"的"虚境"。用接受诗学的话说，"读者之意境"不可能越过"诗歌之意境"所提供的再创造的可能性和限度。而从诗词作品的角度看，"这种可能性和限度实际上是对读者的一种召唤和等待，召唤读者在其可能范围内充分发挥再创造的才能。这就是文学作品的召唤结构，或曰结构的召唤性。"① "诗歌之意境"所包含的"不确定性""空白""空缺""否定性"等有关"召唤性"的概念，为传统诗词鉴赏的积极审美效应提供了广阔的空间，"成为激发、诱导读者进行创造性填补和想象性连接的基本驱动力"。②

在传统诗词作品中，那些深邃的审美意境往往不是直白地说出来的，而是通过以"赋比兴"为特色的积极修辞手法暗示给读者的。对传统诗词鉴赏的积极审美效应而言，"读者之意境"总是处于一种潜在状态，用接受诗学的话说，还是一个有待于读者去完成的"召唤结构"，所以只有通过鉴赏者对诗词作品的咀嚼与玩味，以自身积极的审美经验与审美想象，对"诗歌之意境"加以创造性地丰富与补充，才能将这"象外""言外""意外"的东西化虚为实，变无为有。历代诗话对此都有深刻的认识，如魏泰《临汉隐居诗话》就认为，读者心目中的好诗应当"挹之而源不穷，咀之而味愈长"。③

司马光根据自身鉴赏杜甫诗歌的审美体验认为："古人为诗，贵于意在言外，使人思而得之，故言之者无罪，闻之者足以戒也。近世诗人，惟杜子美

---

① 周圣弘：《接受诗学》，中国传媒大学出版社2011年版，第47页。
② 同上，第48页。
③ 魏泰：《临汉隐居诗话》，何文焕《历代诗话》，中华书局1981年版，第323页。

第九章 积极审美心理引领下的诗词鉴赏

最得诗人之体,如'国破山河在,城春草木深。感时花溅泪,恨别鸟惊心。'山河在,明无余物矣;草木深,明无人矣;花鸟,平时可娱之物,见之而泣,闻之而悲,则时可知矣。他皆类此,不可遍举。"[1]在司马光看来,"诗歌之意境"在语言文字之外,高明的读者不应该把目光仅仅停留在诗词文本的表层结构上,而应该充分发挥积极的审美效应,将审美注意投向诗词作品的召唤结构,通过对"诗人之意境"与"诗歌之意境"的咀嚼与玩味,最终理解和把握传统诗词作品所蕴藏的深沉情感,升华出"读者之意境"。

历代诗话遵循"诗无达诂"这种经典接受方式,主张传统诗词的鉴赏不要拘泥于诗词作品的本义,而可以发挥读者积极的审美想象,创造出"读者之意境"。请看罗大经《鹤林玉露》中的一段论述:"杜少陵绝句云:'迟日江山丽,春风花草香。泥融飞燕子,沙暖睡鸳鸯。'或谓此与儿童之属对何异。余曰:不然。上二句见两间莫非生意,下二句见万物莫不适性。于此而涵咏之,体认之,岂不足以感发吾心之真乐乎!大抵古人好诗,在人如何看,在人把做什么用。如'水流心不竞,云在意俱迟',又'野色更无山隔断,天光直与水相通','乐意相关禽对语,生香不断树交花'等句,只把做景物看亦可,把做道理看,其中亦尽有可玩索处。大抵看诗要胸次玲珑活络。"[2]在罗大经看来,诗词作品的"召唤性",使得"诗歌之意境"是一个开放性的结构,读者完全可以根据自身的审美经验来审视它,"把做景物看""把做道理看"均可。只要读者"胸次玲珑活络",将自身积极的审美情感注入诗词文本,就必然会生成"读者之意境"。我国历代诗话普遍推崇杰出读者在接受诗学过程中的重要作用,这与接受诗学史中的所谓"第一读者"概念完全契合。陈文忠在《中国古典诗歌接受史研究》中提出:"所谓接受史上的'第一读者',是指以其独到的见解和精辟的阐释,为作家作品开创接受史、奠定接受基础、甚至指引接受方向的那位特殊读者。从此,这位'第一读者'的理

---

[1] (宋)欧阳修、司马光撰:《六一诗话温公续诗话》,中华书局2014年版,第137—138页。

[2] 罗大经:《鹤林玉露》,《景印文渊阁四库全书》865册,上海古籍出版社1987年影印本,第324—325页。

解和阐释，便受到一代又一代读者的重视，并在一代又一代的接受之链上被充实和丰富。一部作品的历史意义就在这一接受过程中得以确定，作品的审美价值也就在这一接受过程中得以证实。"①这一定义说明，"第一读者"是传统诗词积极审美效应的杰出代表，他们往往善于在大量诗词中披沙拣金、探赜索隐，发前人所未发、见前人所未见，从而对特定诗人及其诗作做出"开创性"与"奠基性"解释和评判，以至于他们的意见会影响到特定作家、作品接受史的形成和发展。

2.诗词鉴赏"当观其意"

清人吴乔《围炉诗话》云："夫诗者，不可以言语求，必将深观其意。""故善论文者，贵求作者之意指，而不拘于形貌也。"②这就说明，对诗词鉴赏而言，其审美效应的核心意蕴就在于"观""意"二字。朱光潜的《文艺心理学》，在论述"心理距离"时明确指出："'距离'含有消极的和积极的两方面。就消极的方面说，它抛开实际的目的和需要；就积极的方面说，它着重形象的观赏。它把我和物的关系由实用的变为欣赏的。就我说，距离是'超脱'；就物说，距离是'孤立'。从前人称赞诗人往往说他'潇洒出尘'，说他'超然物表'，说他'脱尽人间烟火气'，这都是说他能把事物摆在某种'距离'以外去看。反过来说，'形为物役'，'凝滞于物'，'名缰利锁'，都是说把事物的利害看得太'切身'，不能在我和物中间留出'距离'来。"③从一定意义上讲，传统诗词鉴赏的积极审美效应在于"观""意"，而不是"观""物"，就说明"在我和物中间留出'距离'来"。对于"观"的理解，邓新华《中国古代接受诗学史》认为，所谓"观"不能按其现代意义理解为"视"或"看"，"它强调的是对于作为接受对象的诗歌作品的思想蕴涵和审美特征的仔细观照和品察。"古代接受诗学视角之"观"，有着明确而稳定的接受指向性，即通过对作品的仔细观照和品察，来把握作品所反映的社会生活状况和国运盛衰的趋势。"在先秦接受者的心目中，所谓'观'的过程首先是

---

① 陈文忠：《中国古典诗歌接受史研究》，安徽大学出版社1998年版，第64页。
② 童庆炳等著：《中国古代诗学心理透视》，百花文艺出版社1993年版，第354页。
③ 朱光潜：《文艺心理学》，漓江出版社2012年版，第14页。

一个接受者对接受对象进行直观审美感受的过程。"①对于"意"的理解,"在古代诗论中主要有三种意思:一是指作者之性情、情兴、真心真意,即所谓'意者,志也。'如'诗以达意''作者得于心,览者会以意'。二是指作家主观认识,思想结晶,即'事物之精义',构思之主旨。如'意不称物,文不逮意','篇无定句,句无定字,系于意,不系于文。'三是荀子在《正名》中所说的'辞者,合众名之实以喻一意'的意,即作品的内容、含蕴。如'以意逆志','意常则造语贵新。'"②现代学者童庆炳还针对荀子上述之言说道:"就文学作品而言,其中的意,实际上就是后人所衍化出的'意境','合众名之实'的实,可以理解为'意象群',而'辞者',则是作品的语言系统。"③实际上,在传统诗学中,从司马迁的"诗以达意"到杜牧的"凡文以意为主"、李东阳的"诗贵意",王夫之的"意犹帅也",一直到刘熙载的"意在笔先","意"这条主线始终贯穿于传统诗词创作与鉴赏活动的全过程。"作者得于心,览者会心意","披文入情"与"得意忘言",已经成为千古不变的经典接受方式。尤其是从传统诗词鉴赏的积极审美效应而言,"意"总是与"象"和"境"形影相随,"意"寓于"象"中与"境"中,立"象"与立"境"的目的全在于尽"意"。这就是说,"当观其意"亦为传统诗词鉴赏的积极审美效应提供了理论依据。

(二)诗词鉴赏的客观条件

明清之际的著名学者王夫之曾提出"读者以其情而自得"的理论命题,可以说是对传统诗词鉴赏的一种理论描述,其基本含义是指读者在鉴赏诗词的过程中,可以不必囿于某诗为"兴"或为"观"之成见,而应当根据自己积极的审美知觉来自主地感受与触摸诗词作品,从而对作品的审美蕴涵和美学功能作出自己的领悟与解读。例如,王夫之结合对杜甫《野望》这首诗的鉴赏,表明了他对那种刻意寻求政治隐射的解诗方法的批评:"如此作自

---

① 邓新华:《中国古代接受诗学史》,上海人民出版社2012年版,第36至38页。

② 童庆炳等著:《中国古代诗学心理透视》,百花文艺出版社1993年版,第354至第355页。

③ 同上,第355页。

是《野望》绝佳写景诗,只咏得现量分明,则以之怡神,以之寄怨,无所不可。方是摄兴观群怨于一炉锤,为风雅之合调。俗目不知,见其有'叶落''日沉''独鹤''昏鸦'之语,辄妄臆其有国君危、贤人隐、奸邪盛之意。审尔,则何处更有杜陵邪?"①按照王夫之的诗学理论,读者对传统诗词作品的鉴赏就要像他对杜甫《野望》的解读那样,从"诗歌之意境"入手,然后凭借自身积极的审美体验与审美需要,对作品作出正确的理解和把握。当然,在传统诗词的鉴赏过程中,真正做到"读者以情自得",还是需要具备相应的基础。这也就是徐有富《诗学原理》中所说的"共鸣是诗歌鉴赏的基础",而"引起共鸣必须具有两个要素:一是有能够感动人的作品,一是有一定感受能力的作品接受者。两者在思想感情上又比较一致,于是便产生共鸣现象。"②

显然,"有能够感动人的作品"是从客观条件而言的,而"有一定感受能力的作品接受者"是从主观条件而言的。这里,立足于积极的审美心理,先谈谈客观条件问题。基于经典的诗歌接受方式——"诗无达诂"说,王夫之在评述唐代诗人杨巨源的《长安春游》时还提出"诗无达志"的诗学观点:"只平叙去,可以广通诸情。故曰:诗无达志。"③杨巨源的原诗云:"凤城春报曲江头,上客年年是胜游。日暖云山当广陌,天清丝管在高楼。茏葱树色分仙阁,缥缈花香泛御沟。桂壁朱门新邸第,汉家恩泽问鄘侯。"这首诗是诗人春游长安的即景之作,前三联以写景为主,构成一幅动人的春景图,而尾联采用以汉比唐的对比手法,十分委婉含蓄地发出诗人的感叹。"作者之意境"与"诗歌之意境",到底是欣喜、羡慕、讥讽、诫喻,还是其他的什么态度,只能仁者见仁,智者见智了。也正是由于这首诗的审美蕴涵的朦胧多义,所以王夫之才认为可以"广通诸情",并由于总结出"诗无达志"的诗学主张。其含义大体包括两个方面:一是从表层含义讲,就是诗词语言的"多

---

① 邓新华:《中国古代接受诗学史》,上海人民出版社2012年版,第228页。
② 徐有富:《诗学原理》,北京大学出版社2017年版,第422—423页。
③ 王夫之:《唐诗评选》卷四杨巨源《长安春游》评语,河北大学出版社2008年版,第244页。

义性";一是从深层含义讲,就是诗言情志的"深层意蕴"。这也是传统诗词的本质特征所决定的,因为"诗言志",志本在心,发之为诗,"情动于中而形于言",所以既难于用读者之"意"去"阐释"作者之"情志";也难于用口头之"意"去"表达"心中之"情志"。

1. 多义性

多义性一直是传统诗学关注的问题,很多学者对此都有过论述。所谓"多义性",其涵义如同刘勰《文心雕龙·隐秀》中的"复意"("隐以复意为工。")与"重旨"("隐也者,文外之重旨者也。")袁行霈的《中国诗歌艺术研究》一书,其开篇一章就是"中国古典诗歌的多义性"。他特别指出:"所谓多义并不是暧昧和含糊,而是丰富和含蓄。"诗歌的多义性与词汇学上所谓词的多义性,既有相通之处,又不是一回事。"在诗歌里,恰恰要避免词义的单一化,总是尽可能地使词带上多种意义,以造成广泛的联想,取得多义的效果。中国古典诗歌的耐人寻味,就在于这种复合的作用。'诗无达诂'这句话,如果理解为诗是不能解释的,那么这句话当然是错误的。如果从诗的多义性上理解,这句话倒也不无道理。由于中国古典诗歌具有多义性,读诗的时候仁者见仁,智者见智,人们有不同的体会和理解,这是很自然的。"[①]

为了阐明传统诗词的多义性,袁行霈提出了两个新的概念,即宣示义和启示义。"宣示义是诗歌借助语言明确传达给读者的意义;启示义是诗歌以它的语言和意象启示给读者的意义。宣示义,一是一,二是二,没有半点含糊;启示义,诗人自己未必十分明确,读者的理解未必完全相同,允许有一定范围的差异。宣示义,是一切日常的口语和书面语言共有的;启示义,在文学作品中特别是诗歌作品中更丰富。所谓多义性,就是说诗歌除了宣示义之外,还具有种种启示义。一首诗艺术上的优劣,在一定程度上取决于启示义的有无。一个读者欣赏水平的高低,在一定程度上也取决于对启示义的体会能力。"[②]同样,西方语言学家将语言符号看成是一种两面的心理实体,

---

① 袁行霈:《中国诗歌艺术研究》,北京大学出版社2009年版,第3至第6页。
② 同上,第6页。

由概念和音响形象结合而成。其中，语言符号的概念部分称为"所指"，代表"内涵层次"；语言符号的音响形象部分称为"能指"，代表"指示层次"。鉴于传统诗词语言不同于普通会话语言，"诗人用语言创造出来的东西是一种关于事件、人物、情感反应、经验、地点和生活状况的幻象。"（苏珊·朗格《艺术问题》）一首诗词的"指示层次"，即"能指"是清楚的；但它的"内涵层次"，即"所指"却是不可穷尽的。①比较以上论述可以看出，宣示义对应"能指"或"指示层次"；而启示义，则是对应"所指"或"内涵层次"。袁行霈《中国诗歌艺术研究》认为中国古典诗歌的启示义可分为五类，现将各自的主要内容摘要分述如下：②

（1）双关义，即借助多义词让两个意义并存，让读者无法排斥掉其中任何一个。例如，刘禹锡《竹枝词》："杨柳青青江水平，闻郎江上唱歌声。东边日出西边雨，道是无晴却有晴。"这里的"晴"，又双关爱情的"情"。

（2）情韵义，亦是对宣示义的修饰，指的是诗歌中众多诗意盎然的词语，由于无数诗人的提炼、加工和创造，除了本身原来的意义之处，还带有特定的各种感情和韵味。例如，"绿窗"，意思是绿色的纱窗。但在诗歌中还另有一种温暖的家庭或闺阁气氛。如刘方平的《夜月》："今夜偏知春气暖，虫声新透绿窗纱。"韦庄的《菩萨蛮》："劝我早归家，绿窗人似花。"当然，使用富有情韵义的词语时，也需要不断创新，使它们不至于成为陈词滥调。例如，"丁香结"常用来喻指心中郁结的忧愁，如李商隐《代赠》："芭蕉不展丁香结，同向春风各自愁。"但陆龟蒙的《丁香》："殷勤解却丁香结，纵放繁枝散诞春。"却使丁香花苞开放，让春意更加浓郁。

（3）象征义，是指那些用象征手法派生出来的意义，有的附着在词语的宣示义上，有的并不在词语上，而在整个句子之中或一首诗词之中。象征义和宣示义之间的关系是指代与被指代的关系，宣示义在这时往往只起指代作用，象征义才是主旨之所在。象征义有两个特点：一是用具体的、可感知的事物象征抽象的意义；二是用客观的事物象征主观心理和情绪。例如，以松

---

① 吴思敬：《诗歌鉴赏心理》，辽宁人民出版社1987年版，第134至135页。
② 袁行霈：《中国诗歌艺术研究》，北京大学出版社2009年版，第6至第21页。

菊象征高洁，以美人香草象征理想等等。有些词语由于反复使用，已经有了相对固定的公认象征义。如陶渊明《饮酒》中的名句"采菊东篱下，悠然见南山。"让"菊花"几乎成了陶渊明的化身，"东篱"也有了相应的象征意义。四是深层义，是指隐藏在字句的表面意义之下，有时可以一层一层地剖析出来。如欧阳修《蝶恋花》中的名句："泪眼问花花不语，乱红飞过秋千去。"《古今词论》引毛先舒云："词家意欲层深，语欲浑成。……'泪眼问花花不语，乱红飞过秋千去。'此可谓深而浑成。何也？因花而有泪，此一层意也；因泪而问花，此一层意也；花竟不语，此一层意也；不但不语，且又乱落，飞过秋千，此一层意也。人愈伤心，花愈恼人，语愈浅而意愈入，又绝无刻画费力之迹。谓非层深而浑成耶？"通常，深层义主要表现在如下几类诗歌之中：一是感情深沉迂回、含蓄不露的，如杜甫《江南逢李龟年》中的名句"落花时节又逢君"；二是在自然景物的描写中寄寓了深意的，如柳宗元的著名诗篇《江雪》，与其说是一幅真实景物的素描，不如说是表现了诗人自己对于人生的态度，而后者就是它的深层义。三是富有哲理韵味的诗歌，如杜甫诗《江亭》中的名句："水流心不竞，云在意俱迟。"仇兆鳌说："水流不滞，心亦从此无竞。闲云自在，意亦与之俱迟。二句有淡然物外、优游观化意。"说明这两句诗，不止是一般的情景交融，还包含着深刻的哲理。

（4）言外义，与上述四种启示义所代表的"言内义"不同，而是诗人未尝言传，而读者可以意会之义。言内义在字里，言外义在行间，诗人虽然没有诉诸言辞，但在行间有一种暗示，引导读者往某一个方向去想，以达到诗人意向的所在。正如司马光《续诗话》所云："古人为诗贵于意在言外，使人思而得之，故言之者无罪，闻之者足以戒也。近世诗人惟杜子美最得诗人之体，如：'国破山河在，城春草木深。感时花溅泪，恨别鸟惊心。''山河在'，明无余物矣；'草木深'，明无人矣。花鸟，平时可娱之物，见之而泣，闻之而悲，则时可知矣。他皆类此，不可遍举。"[①]

---

① （宋）欧阳修、司马光撰：《六一诗话温公续诗话》，中华书局2014年版，第137至138页。

2.深层意蕴

《诗歌鉴赏心理》结合西方诗学理论，认为体现传统诗歌"内涵层次"的深层意蕴，是传统诗歌的内在生命与灵魂，是诗人燃烧自我后开放的奇葩，它体现了传统诗歌的最高旨趣与价值。传统诗歌的深层意蕴不同于实用文体中的"中心思想"，具有不可描述性、不确定性、不可穷尽性等特点。认识这些特点，对实现传统诗歌的积极鉴赏是很有意义的。这里，根据该书论述，摘要分述如下：①

（1）不可描述性，是指优秀诗篇的深层意蕴总是在可喻不可喻之间、可言不可言之间，是很难用抽象的概念予以概括并加以传达的。这正是由于诗给人的美感，超越感性而又不离开感性，走向概念却又难于用确切的概念来传达。正如康德在谈审美意象的显现时讲道："在这种形象的显现里面，可以使人想起许多思想，然而，又没有任何明确的思想或概念与之完全相适应。因此，语言就永远找不到恰当的词来表达它，使之变得完全明白易懂。"②我国古代诗话也多有论述，如宋代严羽在《沧浪诗话》中就明确指出："盛唐诸人惟在兴趣，羚羊挂角，无迹可求。故其妙处透彻玲珑，不可凑泊，如空中之音，相中之色，水中之月，镜中之象，言有尽而意无穷。"③清代诗人袁枚也是强调"神悟"，认为"鸟啼花落，皆与神通。人不能悟，付之飘风。惟我诗人，众妙扶智。但见性情，不著文字。"④近代学者钱钟书《谈艺录》也认为，理之在诗，如水中之盐，蜜中花，体匿性存，无痕有味。这就说明，优秀诗作的深层意蕴，往往只能意会而难于言传。

（2）不确定性，传统诗歌深层意蕴的不确定性，既是由传统诗歌的多义性所决定的，又是通过读者积极的审美鉴赏而表现出来的。刘勰在《文心雕

---

① 吴思敬：《诗歌鉴赏心理》，辽宁人民出版社1987年版，第138至151页。
② 康德：《判断力批判》第二卷第四十九节，蒋孔阳译文，见《西方文论选》上册，上海译文出版社1979年版，第563页。
③ （南宋）严羽撰：《沧浪诗话》，中华书局2014年版，第23页。
④ 袁枚：《续诗品·神悟》，见《诗品集解·续诗品注》，人民文学出版社1963年版，第171页。

龙·知音》中早就指出;"夫篇章杂沓,质文交加,知多偏好,人莫圆该。慷慨者逆声而击节,酝藉者见密而高蹈,浮慧者观绮而跃心,爱奇者闻诡而惊听。会己则嗟讽,异我则沮丧,各执一隅之解,欲拟万端之变,所谓'东向而望,不见西墙'也。"①清代诗论家薛雪也以对杜甫诗的欣赏为例说道:"杜少陵诗,止可读,不可解……兵家读之为兵,道家读之为道,治天下国家者读之为政,无往不可。所以解之者不下数百家,总无全璧。"②这是由于对同一首诗来说,它的"能指"虽然是不变的,但它的"所指"却是由不同读者的理解来决定的。例如,李商隐著名诗篇《锦瑟》,对它的理解,可以说是仁者见仁,智者见智。古人有的认为:"此篇乃自伤之词、骚人所谓美人迟暮也。"(何焯)有的则认为:"此悼亡诗也。"(张采田)还有的甚至认为是写艳情:"盖始有所欢,中有所恨,故追忆之而作。"(纪昀)今人则有的认为:"此诗是伤唐室之残破,与恋爱无关。"(《隋唐史》卷下)还有的认为:"实际上是义山一生遭遇踪迹的概括"(《李商隐评传》)等等。这种不确定性,也就是古人所谓"诗无达诂""文无定评"的理论。③

（3）不可穷尽性,与上述不确定性密切相关,二者互为表里,各有侧重。不确定性是以共时语言学的角度谈的,强调的是同时并存的诸种解释;不可穷尽性是从历时语言学的角度谈的,强调的是同一首诗可以经得住不同时代的读者或同一读者不同时期的检验,历久弥新。传统诗歌深层意蕴的不可穷尽性,一方面来源于传统诗歌的"多义性"或称"意义容量";另一方面这种不可穷尽性,也只能在读者积极的审美活动中才能显示出来,不同时代的读者读同一首诗歌,由于文化传统、生活环境、艺术观念、审美心理的不同,会形成不同的审美期待,从而在传统诗歌中会有全然不同的发现。就是同一位诗人在不同时期读同一首诗歌,由于当时的心境不尽相同,所以也可

---

① 刘勰:《文心雕龙》,中国社会科学出版社2005年版,第339页。

② 薛雪:《一瓢诗话》,见《原诗·一瓢诗话·说诗晬语》,人民文学出版社1979年版,第156页。

③ 童庆炳等著:《中国古代诗学心理透视》,百花文艺出版社1993年版,第332页。

能出现不同的审美效应。

(三) 诗词鉴赏的主观条件

传统诗词的鉴赏实践表明,对于同一首诗歌,对它的的理解与评价有时迥然不同。褒之者一唱三叹,赞不绝口;贬之者阅不终篇,弃之而去。至于问及各自的理由,也往往是自出机杼,各不相同。究其原因,从根本上说,是由于读者有着各不相同的审美心理结构。通常,在传统诗词的鉴赏过程中,读者心理并非一片空白,而存在接受美学所谓"审美经验的期待视界"(德国哲学家海德格尔称之为"前结构"),"它是欣赏者全部人生感受与体验的一种沉淀,其中既有纯属接受者个人的志趣、爱好,也有时代与社会、民族与地域传统在欣赏者心理上的一种意识积淀。"[1] 现代心理学表明,审美体验主要取决于作为外来刺激的审美对象与主体的心理结构间能否有某种程度的同形或同构,即格式塔心理学派所说的"异质同构"。按照该心理学派的理论,外界事物与人的心理活动之所以能够和谐,是由于外界事物与人的心理模式之间,有一种结构相同的力的作用模式。外在事物与人的内在心理,本质是不同的,但力的作用模式却可以有某种程度的一致,这样在主体与外物之间就可以产生共鸣,这就叫做"异质同构"。而作为审美主体"审美经验的期待视界",也就是相对稳定的心理结构,有学者将它概括为"世界观和人生观""文化视野""艺术文化修养""文学能力""性别差异"等五个因素。[2] 但从传统诗词的鉴赏实践来看,最为重要的是贯穿于上述诸多因素之中的认知因素与意向因素。其中,认知因素是传统诗词鉴赏的载体,是生成审美"同构"的必经途径;意向因素是传统诗词鉴赏的动力,是影响审美偏好或审美注意的内在原因。

1.审美同构

所谓审美同构,是指在传统诗词的鉴赏过程中,面对诗词文本,需要用心灵去拥抱诗人,全身心地去感受、体验和把握诗人的情感和意绪,进而与

---

[1] 周圣弘:《接受诗学》,中国传媒大学出版社2011年版,第61页。

[2] 同上,第61至62页。

作为审美对象的诗词文本产生共鸣,唤起"共情""同感",实现格式塔心理学所说的"异质同构"。从某种意义上讲,这也是古代诗论家王夫之所说的"以诗解诗",而不是"以学究之陋解诗"。①王夫之还认为:"陶冶性情,别有风旨,不可以典册、简牍、训诂之学与焉。"②他还结合具体诗例来予以阐述:"'欲投人处宿,隔水问樵夫。'则山之辽廓荒远可知,与上六句初无异致,且得宾主分明,非独头意识悬相描摹也。'亲朋无一字,老病有孤舟。'自然是登岳阳楼诗。尝试设身作杜陵,凭轩远望观,则心目中二语,居然出现,此亦情中景也。"③在王夫之看来,所引王维与杜甫的诗句,都是诗人在某种积极情绪的自然感发中产生的,因此,有着积极审美需要的诗词鉴赏者只有化身为诗人,才能进入诗词作品所描绘的艺术情境之中,并感同身受地进行积极的审美体验,通过审美艺术的同感力实现审美同构,让诗词文本中的审美意象、审美意境鲜活地涌现出来,进而在此基础上进一步作出自己的理解与思考。

西方学者阿恩海姆根据格式塔心理学中的完形理论来研究审美知觉与情感的关系和特点,并提出"同构说"来解释在审美经验中外在事物及其表现形式。在阿恩海姆看来,在审美活动中事物具有的表现性质,并不是由于审美主体把自己的某种情感从记忆中唤出并立即移入到这件事物之中,而是由于这件事物的"视觉式样"本身就具有这种表现性。"一棵垂柳之所以看上去是悲哀的,并不是因为它看上去象是一个悲哀的人,而是因为垂柳枝条的形状、方向和柔软性本身就传递了一种被动下垂的表现性;那种将垂柳的结构与一个悲哀的人或悲哀的心理结构所进行的比较,却是在知觉到垂柳的表现性之后才进行的事情。一根神庙中的立柱,之所以看上去耸立上腾,似乎承担着屋顶的压力,并不在于观看者设身处地地站在了立柱的位置上,而是因为那精心设计出来的立柱的位置、比例和形状中就已经包含了这种表现

---

① 王夫之:《诗译》十条,郭绍虞主编:《四溟诗话·姜斋诗话》,人民文学出版社1961年版,第142页。

② 同上,第139页。

③ 同上,第150页。

性。"①当然,阿恩海姆所说的"造成表现性的基础是一种力的结构",还必须要结合审美主体的审美心理,才能最终催生出审美体验。例如,同样是垂柳,既可以表现出"杨柳岸晓风残月"的凄凉情调,也可以表现出"春风杨柳万千条"的喜悦情调。所以说,在传统诗词的鉴赏过程中,包括知觉、体验、想象、理解在内的各种认知因素始终占有特殊地位。这是因为:一是诗词文本的审美功能,主要不在其字面本身,而是蕴涵在字里行间及其言外的审美意象与审美意境;二是诗词文本作为审美对象,不能脱离审美主体而独立存在,只有在读者的阅读中才能构成,是诗词文本的召唤结构与读者审美经验的期待视野相互作用的产物。传统诗词文本只有在读者积极的审美知觉与审美想象的作用下才能成为审美对象,并通过读者积极的审美体验与审美需要而生成"读者之意境"。

与此同时,在传统诗词的鉴赏过程中,对诗词文本的理解还具有综合性与基础性作用。所谓理解,按照认知心理学的观点,就是把离散的信息单元组织起来,而形成大的信息单元的过程。按照西方学者G.米勒的"组块理论",理解过程也就是"组块"过程。②只有通过深入理解,才能实现审美同构,品味出诗词的深厚韵味。当然,理解是多层次的,大体可分为前提性理解、表层理解与深层理解。所谓前提性理解,主要是对诗人及其创作背景的全面理解。"诗品出于人品。"(《艺概·诗概》)只有知其人,知其境,才能真正知其诗。《蕙风词话》云:"予最爱东坡《定风波·沙湖道中遇雨》:'莫听穿林打叶声,何妨吟啸且徐行。竹杖芒鞋轻胜马,谁怕?一蓑烟雨任平生。料峭春风吹酒醒,微冷,山头斜照却相迎。回首向来萧瑟处,归去,也无风雨也无晴。'诵之数过,而祸福不足摇之,精神自然流露。其冲虚之襟袍,至今犹能仿佛见之。此等处,在诗家惟渊明最胜。古人高处在此,其不易学处亦在此。……大凡人之观物,苦不能深静,而不能深静之故,在浮,在闹。浮与闹之根,在不能远俗。能远俗,则胸次湛虚,由虚生明,观物自能入

---

① [美]鲁道夫·阿恩海姆:《艺术与视知觉》,中国社会科学出版社1984年版,第624页。

② 吴思敬:《诗歌鉴赏心理》,辽宁人民出版社1987年版,第119页。

妙。故文家之作，虽纯状景物，而一己之性情学问即在其中。盖无此心即无此目，无此目即不能出诸口而形诸文。然则襟袍、胸次之说，皆作者临文前之事，安能凭学力以得之哉。"①这就说明，做好前提性理解，同样是催生审美同构的前提。关于表层理解，即通常所说的对传统诗词字面的理解，包括对诗词语言、典故以及各种修辞手法的把握，进而为深层理解打下基础。所谓深层理解，主要是指对传统诗词包括象征在内的各种比兴含义的理解，特别是对融化在字里行间的诸多心理因素的理解与追寻。其中，特别是要注意通过审美想象来认识诗歌意象，并最终通过"神思""妙悟""灵感"把握与理解诗歌意境，实现审美同构。

2.审美偏好

所谓审美偏好，是指在意向因素的引导下，审美者注意的目标是有选择的，即审美对象的一部分成为"目标"，另一部分成为"背景"，进而让审美体验产生"偏好"。通常，审美偏好又与审美习惯与审美探究相关。所谓审美习惯，是指对某些审美对象自觉地进行鉴赏的特殊倾向。例如，宋代周敦颐在《爱莲说》中写道："水陆草木之花，可爱者甚蕃。晋陶渊明独爱菊，自李唐来，世人甚爱牡丹，予独爱莲之出于淤泥而不染。"说明周氏对莲花的审美偏好。所谓审美探究，是指在求知心理的驱使下，积极主动地运用审美想象去进行再创造。审美习惯与审美探究相互对立，一个求旧，一个求新，但二者又总是统一于同一主体的审美心理结构之中。审美心理结构中的意向因素，主要包括情感、兴趣、动机等非认知因素。

（1）情感，可以说是审美客体与主体审美心理结构相互碰撞的产物。在传统诗歌的鉴赏过程中，主体从传统诗歌文本中获得信息，读者与诗人的心灵相互交融，便自然而然地产生情感。梁启超在《小说与群治之关系》中，曾形象地用"浸"与"刺"二字来描述文学激发情感的两种状态："浸也者，入而与之俱化也。……刺也者，能入于一刹那顷，忽起异感而不能自制者

---

① 万事慎、万士志编著：《古体诗苑》，黄山书社2009年版，第589至590页。

也。"① 这里，所谓"浸"的接受方式，是在不知不觉间逐渐引起读者的情感变化；所谓"刺"的接受方式，是在有知有觉间迅速引起读者的情感变化。显然，梁启超的"浸""刺"说，在包括诗词鉴赏在内的接受美学中具有普遍意义。读者只有化身进入"诗歌之意境"，并设身处地地进行积极的审美体验，才能将诗词文本所描绘的艺术意象生动鲜活地显现出来，并在此基础上生成"读者之意境"。

（2）兴趣，是指在认知和探究事物的审美过程中，与积极情绪相联系的意识倾向，直接决定着审美想象力的强度与持久性，可分为直接兴趣与间接兴趣。直接兴趣由事物或活动自身引起，主体往往在无意中表现出来。间接兴趣则不是源于某种事物或活动本身，而是由活动的最终目的或结果而引起。审美兴趣既有利于引导读者进入审美体验，保持审美注意，唤起审美知觉与审美想象；又有利于促进读者克服审美障碍，持续不断地保持审美注意，追寻诗歌的"象外之象""味外之旨"。传统诗歌的鉴赏实践表明，审美兴趣既蕴含一定的先天性，又体现出相当的后天培养性。尤其是审美兴趣的深度、广度与持久性，更多地取决于诗学理论修养的不断提高。有高度诗学修养的王夫之，他在评述《诗经·小雅·出车》时就发人所未言。认为"春日迟迟，卉木萋萋。仓庚喈喈，采蘩祁祁。执讯获丑，薄言还归。赫赫南仲，獫狁于夷"这首诗，并没有实写归师凯旋的热烈场面，也没有正面去写戍归的丈夫与妻子相聚时欣喜若狂的情景，而是把征夫渴望团聚的那种期盼之情融化在想象和联想之中。用王夫之的话说就是："故迟迟之日，萋萋之草，鸟鸣之和，皆为助喜。而南仲之功，震于闺阁，室家之欣幸，遥想其然，而征人之意得可知矣。乃以此而称南仲（注：指威严大将），又影中取影，曲尽人情之极至者也。"② 这里，王夫之所为"影中取影"，就蕴涵着通过深厚的审美兴趣去调动自身的想象力，进而打开传统诗歌文本的"召唤结构"，显示出

---

① 梁启超：《小说与群治之关系》，见《中国近代文论选》上，人民文学出版社1959年版，第158至159页。

② 王夫之：《诗经》五条，郭绍虞主编《四溟诗话，姜斋诗话》，人民文学出版社1961年版，第141页。

第九章 积极审美心理引领下的诗词鉴赏

作为审美主体的"读者之意境"。

（3）动机，是推动人进行某项活动的内在原动力，是外在刺激与内在心理结构相互作用而形成的一个心理动力系统。诗歌鉴赏是一种积极的接受诗学活动，其主要表现：一是唤起有意识的鉴赏行为；二是引领鉴赏活动趋向一定的目标；三是为鉴赏活动不断地增添活力。心理学认为动机可分为两大类：即缺乏性动机与丰富性动机。其中，缺乏性动机又称生存与安全动机，是一种以消极防御为特色的动机；而丰富性动机又称满足和寻求刺激的动机，是一种以积极进取为特色的动机。推动传统诗歌积极鉴赏的动机，必然属于丰富性动机范畴，是以积极审美体验与审美需要为特征的积极审美动机。心理学告诉我们，需要决定动机。在积极动机的激励下，传统诗歌的鉴赏活动常常是以"玩味"的接受方式进行的。透视中国古代诗学心理，"玩味"式传统诗歌鉴赏大体包含三个重要的心理阶段。①一是初始阶段，可曰"观"，即鉴赏者积极调动自身的审美知觉与审美想象，使凝固在作品中的"诗歌之意境"，又以形象的形式浮现在自己的脑海之中。二是深化阶段，可曰"味"，即通过不断反复地"咀嚼"来感受与体验传统诗歌作品，将积极的审美触角向传统诗歌作品的深层延伸。这一阶段还应当注意"细嚼慢吞"，即所谓"细视之则气韵生动，寻味无穷"（王昱《东庄论画》）、"精加玩味"（张炎《词源》）、"读《骚》之久，方识真味"（严羽《沧浪诗话·诗评》）、"须反复读，使书与人相乳入，自然有感发处"（朱熹《诗传遗说》）等。于是，鉴赏者就可以进入"诗歌之意境"，去体悟、捕捉和追寻诗歌作品那幽深绵长的情感与韵味，这也是一个审美主体与审美对象反复耦合的积极心理活动过程。三是收获阶段，可曰"悟"，也就是那极富积极审美成果的一刹那。这时，审美主体的心灵深处与审美对象的深层意蕴发生碰撞，进而催生出灵感与悟性，让眼前的天地豁然开朗，进而在"诗歌之意境"的基础上生成了"读者之意境"。与此同时，在传统诗词的鉴赏过程中，有些随机因素的加入，也可能影响审美心理与审美效应。就阅读心境而言，对审美体验的影响

---

① 邓新华：《中国古代接受诗学史》，上海人民出版社2012年版，第247—252页。

是不言而喻的。例如，白居易《琵琶行》中的诗句："座中泣下谁最多，江州司马青衫湿。"其中的悲伤情绪就不只是被商妇自述身世的感动，还是诗人当时被贬江州的心境写照。

三、诗词鉴赏的思维方式及其心理特征

基于积极心理诗学，在积极的审美心理引领下，传统诗词的创作与鉴赏是两种不同的思维方式。就诗词创作而言，诗人积极的形象思维，是把自己积极的审美情感，通过审美意象及其组合而物化成诗词的语言符号，表现为从"意象"到"语符"的积极形象思维。而对传统诗词的鉴赏而言，则需要倒过来，先接触的是诗词文本的语言符号，再凭借这些语言符号去探寻作者的创作意图与思想感情，理解"诗歌之意境"，其思维方式则是从"语符"到"意象"的积极形象思维。对于有诗词创作经验的读者而言，将创作思维转换为鉴赏思维，是进行诗词鉴赏的基础与前提。同时，"诗歌作品的审美对象不是先在预成或客观独立的，而是在读者的阅读中构成的，是诗歌文本的召唤结构同读者审美经验期待视界相互作用的产物。"[①]这也就说明，传统诗词的鉴赏活动，同样是一种心物感应过程，只有运用诗词鉴赏的思维方式，才能根据读者审美经验的"期待视界"，进入诗词文本的"召唤结构"，进而创造性地开展积极的接受诗学活动。

（一）诗词鉴赏的思维方式

传统诗词的鉴赏实践表明，诗词文本本身并不是审美对象，至多是在排列组合的结构上，声调的音乐性上，具有一定的审美特征。传统诗词文本的审美功能，主要在于其语言符号的"字里行间"及其"言外象外"所蕴涵的审美意象与审美意境。周圣弘的《接受诗学》就认为诗歌是一个多层次的语言结构系统，其内在结构至少包含以下五个层次：即语音语调层、意义建构层、修辞格层、意象意境层、思想感情层。[②]根据传统诗词的鉴赏实践，对传

---

① 周圣弘：《接受诗学》，中国传媒大学出版社2011年版，第66页。
② 同上，第39至46页。

统诗词文本的理解可以简化为两个层次：即"弦上之音"与"弦外之音"。从这两个层次出发，运用"语符——意象"思维，把诗词文本中的语符转化为意象、意境和意义，进而转化为审美对象，并深刻理解"弦上之音"及创造地追寻"弦外之音"。在传统诗词文本的语符系统中，一方面提供了物化的能够唤起具体知觉表象的意象及其相互关系，另一方面作为审美对象，又有赖于读者的再造与重构，进而为实现从"弦上之音"到"弦外之音"的跨越提供审美想象的翅膀。这里，可用咏竹诗的鉴赏来作一简要说明。在论述诗词创作时，介绍过郑板桥的"三竹"说：即"眼中之竹"（客观存在之竹）、"胸中之竹"（客观存在之竹与主体印象之竹合二为一之竹）与"手中之竹"（将客观存在之竹染上主体心灵、感情、气质、个性之竹画）。那么，在鉴赏咏竹诗词的过程中，"眼中之竹"还是那自然界中客观存在之竹，或者说是诗词文本所涉题材在读者心中的"记忆"；而"手中之竹"则是那"咏竹诗"，或者说是诗词文本中的语言符号；而读者的"胸中之竹"，则会既涵盖对"眼中之竹"的"记忆"，又饱含对"手中之竹"——即诗词文本中的语言符号所激发起的审美情感，乃至还包括"知人论世"所要求的对作者人品及其创作背景的一番了解，直至诗品与人品的有机融合。也就是说，读者积极的审美体验与审美需要，是主体心灵围绕诗词文本中的具象（对于咏竹诗就是"竹"）而催生出来的创造性审美想象。传统诗词鉴赏遵循从"语符"到"意象"的思维方式，是积极审美心理统领下的积极审美需要使然，有利于深化对诗词语符的指向功能、造象功能与创意功能的积极审美认知。

1.诗词语符的指向功能

通常，语言学家常将语句的意义分为三类，即词汇意义、语法意义和语用意义（或称使用意义）。英国学者瑞恰慈在他的《实际批评》一书中曾提出诗的语言可以区分为四个方面，即"意思""情感""语调"与"用意"。[①] 传统诗词文本的"弦上之音"，虽然主要是词汇意义与语法意义，但也不排除其他意义。就传统诗词而言，既包括如押韵、平仄、对仗、句式、词牌或曲

---

① 吴思敬：《诗歌鉴赏心理》，辽宁人民出版社1987年版，第110页。

牌等所谓格律要求的外在结构，也包括按照诗词曲格律要求，运用诗学修辞的"赋比兴"方法，将相关词汇进行意义建构的内在结构。传统诗词外在结构所体现的格律规定性，让诗词文本具有抑扬顿挫、合辙押韵的音律美；而传统诗词的内在结构，则是以创造审美意境为目标，对富于审美意象的诗词语符所作出的艺术化安排。

就传统诗词文本的语汇意义而言，它是词汇的语音形式所表达的内容，是人们对客观对象的概括反映，基本上对应着瑞恰慈所说的"意思"与"情感"的内容。对于有些词汇，其中还蕴涵着典故的内容，对这些词汇的理解，当还需要知其"用意"。例如，很多诗人喜欢用代字，如把月亮说成"玉兔"，把太阳说成"白驹"，把信使说成"青鸟"等。据冯梦龙《古今谭概》载："元帅李其姓者，杭州庚子之围解，颇著功劳，一士人投之以诗，将有求焉。其诗有'黄金合铸李将军'之句，李大怒曰：'吾劳苦数年，止是将军，今年才得元帅，乃复令我为将军耶？'命帐下策出之。"[①]正是因为这位胸无点墨的武夫，不知句中之"李将军"是引用"汉朝名将飞将军李广"这个典故，乃是对他的高度赞誉，可惜他反而冤枉了那位写诗的文人。就诗词文本的语法意义而言，是指语符结构中的语法成分和结构关系所表示的意义。很多情况下，了解了每个词汇的意义，不一定就能充分了解整个句子的意义，因为诸多词汇是按照一定的语法规则组织起来的，只有弄清句子结构所传达的语法意义，才能对语句有正确的理解。鉴于诗词语言富于高度的情感性、暗示性、多义性，再加上押韵、平仄、对仗、句式等格律规则上的限制，又使诗词语言不完全等同于日常语言及散文语法。钱钟书的《管锥篇》指出："西方古称文为'解放语'，以别于诗之'束缚语'。尝有嘲法国作者谨守韵律云：'诗如必被桎梏而飞行，文却如大自在而步行'；诗家亦惯以足加镣、手戴铐而翩翩佳步、仙仙善舞，自喻惨淡经营。韵语既困羁绊而难放纵，苦绳检而乏回旋，命笔时每恨意溢于句，字出乎韵，即非同狱囚之银铛，亦类族人收拾行縢，物多箧小，安纳孔艰。无已，'上字而抑下，中词而出外'（《文心雕龙·定势》），譬诸置履加冠，削足适屦。曲尚容衬字，李元玉《人天乐》

---

① 冯梦龙：《古今谭概·无术部第六》，文学古籍刊行社1955年版，第272页。

冠以《制曲枝语》，谓'曲有三易'，以'可用衬字、衬语'为'第一易'；诗、词无此方便，必于窘迫中矫揉料理。故歇后、倒装，科以'文字之本'，不通欠顺，而在诗歌中熟见习闻，安焉若素。此无他，笔、舌、韵、散之'语法程度'，各自不同，韵文视散文得以宽限减等尔。"①这也充分表明，诗词创作是戴着"镣铐"跳舞，其语法意义较之其他文体更为重要。只有熟练地掌握诗词语符中的这些规律，才可能通过"语符——意象"思维，有效地将诗词语符转化为审美对象。

王力在《汉语诗律学》中，将传统诗词中的特殊语法归纳为23种：即词的变性、倒装法、省略法、譬喻法、关系语、判断句和描写句、递系式、使成式、处置式、被动式、按断式、申说式、原因式、时间修饰、条件式、容许式（又称让步式）、句子转成名词语、其他的特殊语法、诗中的虚字、十字句和十四字句、凑韵、倒字。②在传统诗词的鉴赏过程中，只有了解和掌握这些特殊的语法现象，才能准确理解诗词文本中诸多语符的特别意义，进而充分理解诗词的"弦上之音"。与此同时，还需要全面掌握代表着诗学修辞的"赋比兴"法，这对于准确理解传统诗词语言的语法意义相当重要。正如周圣弘《接受诗学》所说："在诗歌作品中，意义的偏转、悖谬、逆反、重建等可以通过多种途径实现，这些途径就是指比、兴、象征、夸张、通感等各种修辞手法。""这些修辞手法无一是建立在能指与所指、语符与意义之间稳定的对应统一的基础上的，恰恰相反，它们全都以二者之间的某种程度的分离和偏转为前提，它们的目的全是要达到一种意义重建，一种与语言单位（词、句、段）的本来意义不同的新的意义；它们又全都是连接作者的创作意图与读者的审美阅读之间的通道。"③

西方心理学中的"组块"理论认为，"组块"能力在积极的接受诗学活动中发挥着重要作用，且这种能力又是建立在语法与修辞知识基础上的。读者只有在熟练掌握语法与修辞知识之后，才能"在鉴赏实践中逐步养成善于把

---

① 钱钟书：《管锥篇》第一册，中华书局1979年版，第149至150页。
② 王力：《汉语诗律学》，上海世纪出版集团2005年版，第255至286页。
③ 周圣弘：《接受诗学》，中国传媒大学出版社2011年版，第41页。

繁复的语言符号组成个数较少而信息含量较为丰富的模块的能力,这样在诗句原提供的总信息量不变的情况下,就能因模块数目减少而减轻记忆负担,有助于信息的贮存与提取,从而为审美想象与审美探究打下基础。"①传统诗词的鉴赏实践表明,读懂了诗词文本中的语言符号,还不等于进入积极的审美体验,而只有当这些语言符号在头脑中激发出审美意象,才能说诗词鉴赏真正进入积极的审美阶段。这也是西方著名学者康德在《判断力批判》中所说的:"审美意象,我所指的是由想象力所形成的一种形象显现。"②这种意象的显现也有人称之为意象的再造或意象的重建等。在传统诗词的鉴赏过程中,读者头脑中的审美意象显现是由诗词文本中的语符系统所激起的。如果综合中西意象理论来理解诗词文本中的意象,对作者来说是意与象的契合,是融入了作者主观情意的客观物象;而对读者来说,其第一感觉则更多是具象之意,但又有别于纯客观的形象,因为它还需要读者凭借自身积极的审美经验去理解。"它表示有关过去的感觉上、知觉上的经验在心中的重现或回忆,它不仅是视觉的,也可以是听觉的、味觉的、嗅觉的、触觉的、动觉的,甚至可以是移情的或通感(联觉)的。"这也正如西方意象派诗人庞德所说,意象是"一种在瞬间呈现的理智与感情的复杂经验",是"各种根本不同的观念的联合"。③

2.诗词语符的造象功能

传统诗词中的语言,是诗人经过"意象——语符"思维生成的一种特别语言。尽管诗词语言使用的仍然是普遍性的语词单位,但一经注入诗人积极的审美情感,就成了诗词文本中的语言符号,进而让它们具备了造象性,也就是说传统诗词中的语符代表着某种独特、具体、感性对象(即使是虚构的)所指的意象集合,即所谓"语生象"。当然,这时所说的"象"是广义的,既包括自然之"象",又包括社会之"象"、人文之"象"。正如王国维

---

① 吴思敬:《诗歌鉴赏心理》,辽宁人民出版社1987年版,第122页。
② 康德:《判断力批判》第二卷第四十九节,蒋孔阳译,见《西方文论选》上册,上海译文出版社1979年版,第563页。
③ 周圣弘:《接受诗学》,中国传媒大学出版社2011年版,第43页。

第九章 积极审美心理引领下的诗词鉴赏

《人间词话》所云："境非独谓景物也。喜怒哀乐，亦人心中之一境界。"[①]当然，传统诗词文本中的语言符号并非都具有造象性，但那些非造象的语符却都是为经营意象，创造意境服务的。它们往往成为"意"的因素，起着贯串或锤炼意象与意境的作用。例如，李白的《赠汪伦》："李白乘舟将欲行，忽闻岸上踏歌声。桃花潭水深千尺，不及汪伦送我情！"该诗的前半是叙事，先写离去，继写送行者，展示了一幅离别的画面。诗的后半是抒情，第三句遥接起句，进一步说明上船的地点是在桃花潭，"深千尺"三字既描绘了潭的特点，又为结句预留了伏笔。清人沈德潜《唐诗别裁》特别欣赏这一句，认为："若说汪伦之情比于潭水千尺，便是凡语。妙境只在一转换间。"这也说明，传统诗词语符所代表的"意象"及其那些看似不是"意象"之语词，却犹如"花"与"叶"的关系，都是基于积极的审美感应，共同为烘托诗词的审美意象、创造诗词的审美意境服务的。

当然，传统诗词文本中的语言符号所蕴涵的审美意象，是需要通过积极的审美体验来感受与接受的。如果缺乏"语符——意象"思维，就构不成审美对象，也谈不上诗词鉴赏。当然，理解诗词语符的造象功能，不应拘泥于生活的细节真实。例如，宋蔡绦《西清诗话》记载着这样一个故事，王安石写了一首《残菊诗》，诗曰："黄昏风雨打园林，残菊飘零满地金。獵得一枝犹好在，可怜公子惜花心。"欧阳修读后笑道："百花尽落，独菊枝上枯耳。"于是写了两句诗嘲笑他："秋英不比春花落，为报诗人子细吟。"王安石闻之曰："是岂不知《楚辞》'夕餐秋菊之落英'？欧九不学之过也。"[②]作为大学问家的欧阳修，当然不会没有读过《楚辞》，他的文学鉴赏能力也是很高的。只不过他对这首诗的评论，恐怕是犯了拘泥生活真实的毛病。至于说菊花究竟落与不落？史正志《菊谱后序》说："菊花有落者，有不落者。花瓣结密者不落……花瓣扶疏者多落。"由此看来，王安石也许并没有错。就是退一步说，即使菊花完全不落，写诗也不妨可以写落英，兴之所致不一定要找出植物学的依据。然而，古代大家如此鉴赏诗词的实例说明，在诗词鉴赏过程中，如

---

① 王国维著，滕咸惠译评：《人间词话》，吉林文史出版社2007年版，第11页。
② 参见吴景旭《历代诗话》卷五十七所引。

何处理好"语符——意象"思维与逻辑思维的关系,是需要当代读者认真思考的问题。这就是说,传统诗词鉴赏作为一种积极的接受诗学活动,如果不顾及审美意象给人的艺术感受,而硬性用生活的真实去衡量、用逻辑的方法去推断诗词语符中的审美意象,那就根本谈不上是诗词鉴赏了。

3.诗词语符的创意功能

如前所述,西方接受美学所说的"召唤结构",表现为诗词语符的"召唤"性,其核心就是诗词作品中的含蓄性所蕴涵的创意功能。这些诗词作品往往以自己特有的艺术表现手法,去激发人们的探究热情。这就是用储蓄手法把艺术形象表现得半隐半露,象外有象,景外有景,不是把它完全显露出来,让人们一眼看透。隐藏的那一部分内容犹如镜中之花,水中之月,朦朦胧胧,若隐若现,若即若离,总是让人流连忘返。正如司空图在《与极浦书》中所说:"戴容州云:'诗家之景,如蓝田日暖,良玉生烟,可望而不可置于眉睫之前也。'象外之象,景外之景,岂容易可谭哉?"[1]于是,"诗贵含蓄"造就了诗词语符的"召唤结构",其"基本功能是制造'偏离效应',从而指向言外之象、境、意"。[2]

基于传统诗词语言的艺术特质,尤其是诗词作品中往往存在着意义空白和不确定性,各语义单位之间存在着连续的"空缺",以及对读者习惯视界的否定会引起心理上的"空白",所有这些组成文学作品的否定性结构,成为激发、诱导读者进行创造性填补和想象性连接的基本驱动力。周圣弘《接受诗学》还认为:"诗歌语言的造象虽是具体、独特的,但不是面面俱到、巨细无遗的,而至多只是造出虚构意象的模糊不确定的轮廓草图。诗歌语言的这种充满不确定性的空白,形成了它的召唤功能——唤象托意功能。它能激发读者的想象机制,从这种粗线条象、境轮廓出发,调动原先的感性经验积累,进行创造性的'填空补缺',把诗歌语言提供的意象可能性变为意象现实

---

[1] 陆一帆:《文艺心理学》,江苏人民出版社1985年版,第248页。
[2] 周圣弘:《接受诗学》,中国传媒大学出版社2011年版,第66页。

第九章 积极审美心理引领下的诗词鉴赏

性。"①而把诗词语符变成读者审美对象的积极心理活动,就必须经过从"语符"到"意象",再从"意象"到"意境"的积极形象思维。这种思维方式往往是从理性辨识开始,再转化为感性具象活动,并还包容理性认知因素的感性的具象思维,其显著特点就是在"视点游移"中实现意象集合与再造的创造性思维。例如,李白的《黄鹤楼送孟浩然之广陵》:"故人西辞黄鹤楼,烟花三月下扬州。孤帆远影碧空尽,唯见长江天际流。"读者鉴赏这首送别诗,开始可能并无意象,只是随着"视点游移",才出现一个又一个意象片断,如黄鹤楼、阳春三月之鲜花、孤帆远影、望断碧空、滚滚长江向天际流去……正是由于这些意象组合,让该诗的离别,既不同于王勃《送杜少陵之任蜀川》那种少年刚肠的离别,也不同于王维《渭城曲》那种深情体贴的离别,而彰显出是一种别具一格的诗意离别。尤其是通过该诗末句来综观全诗的意象与意境,似乎还可以感受到在绚丽的阳春三月,诗人胸中那澎湃心潮,犹如一江春水,奔流不息,去拥抱诗与远方。

周圣弘《接受诗学》还认为:"诗歌语言在审美对象形成过程中起着指引和触发读者的想象机制和调动读者感性经验库存的作用。由语言引发的读者这种心理活动才真正地构造出读者自己欣赏的审美对象。"②从某种意义上讲,通过语符——意象思维,诗词鉴赏的审美特征还在于制造"偏离效应",追寻"弦外之音",从而指向言外之意、言外之象与言外之境。因为诗词文本的语境总是具体的、特定的、个别的,而诗词语言所追求的"偏离效应",往往会对语言符号进行创新性运用,以创造特定语境中的特定所指与特定意义。而语境的独特性与具体性,又是理解与转化具体意象与意境的必要条件。例如,李白的《早发白帝城》(或作《下江陵》):"朝辞白帝彩云间,千里江陵一日还。两岸猿声啼不住,轻舟已过万重山。"诗中的诸多意象,只有在了解了该诗特定语境的情况下才能体会出它的"弦外之音"。唐肃宗乾元二年(759)春天,李白因永王李璘案,流放夜郎(今为贵州省正安西北),取道四川赴贬地。行至白帝城,忽闻赦书,惊喜交加,便立即放舟东下江陵

---

① 周圣弘:《接受诗学》,中国传媒大学出版社2011年版,第68页。

② 同上,第66页。

（今为湖北省荆州市），此诗抒写的就是当时那种无比喜悦畅快的心情。全诗洋溢着诗人经过艰难险阻之后，忽然峰回路转的惊喜，故于雄峻疾速之中，又有豪情与欢悦。可以说，快风快水，快舟快意，快人快感，吟啸出"天下第一快诗"。明代杨慎《升庵诗话》称赞曰："惊风雨而泣鬼神矣。"

（二）诗词鉴赏的心理特征

传统诗词鉴赏是一种审美范畴的积极接受活动，是鉴赏者与诗词文本之间的信息、情感、意象与意境的交换与整合过程。凡有诗词鉴赏经验的读者也许都有体会，诗词鉴赏是从心理转换开始，经过心理建构，最终进入心理评价这样一个连续不断、甚至循环往复的心理进程。尽管在诗词鉴赏的心理进程中，必然存在着一个由浅入深的认识阶段，每一阶段也会以某种心理因素（如注意、想象、情感、思维等）为主，但各个阶段的心理活动都不是孤立发生的，而是各种心理因素相互作用的整体性活动。所以说，传统诗词鉴赏的心理特征，是一个复杂的多种心理因素相互交织的动态结构，大体可以概括为直觉性、体验性与整体性三个方面。

1.直觉性

众所周知，包括诗词鉴赏在内的文艺鉴赏都是从形象的感受开始的，那么形象的感受又是何种心理活动呢？心理学与美学都认为，感受仅仅是一种直觉。用朱光潜《文艺心理学》中的话说："美感经验就是形象的直觉。""直觉除形象之外别无所见，形象除直觉之外也别无其他心理活动可见出。有形象必有直觉，有直觉也必有形象。直觉是突然间心里见到一个形象或意象，其实就是创造，形象便是创造成的艺术。因此，我们说美感经验是形象的直觉，就无异于说它是艺术的创造。"[①]实际上，传统诗学关于传统诗词创作与鉴赏的诸多理论，始终重视艺术的直觉性特征。对于传统诗词的鉴赏而言，可以说是艺术直觉催生审美体验，而审美经验又促进艺术直觉。

（1）艺术直觉催生审美体验。传统诗词艺术特殊的存在形态，用严羽《沧浪诗话·诗辨》中的话说，就是叫做"不涉理路，不落言筌"，"羚羊

[①] 朱光潜：《文艺心理学》，漓江出版社2012年版，第11页。

第九章 积极审美心理引领下的诗词鉴赏

挂角，无迹可求","透彻玲珑，不可凑泊"。叶燮《原诗》则进一步概括为"含蓄无垠，思致微渺，其寄托在可言不可言之间，其指归在可解不可解之会，言在此而意在彼，泯端倪而离形象，绝议论而穷思维，引人于冥漠恍惚之境。"传统诗词的鉴赏，"不可以知解求者。"（方东树《昭昧詹言》）张裕钊《答吴至甫书》亦云：鉴赏者"若夫专以沉思力索为事者，固时亦可以得其意，然与夫心凝形释，冥合于言意之表者，则或有间矣"[1]。

传统诗学的上述观点表明，传统诗词鉴赏是不可能用逻辑思维方式去感受与接受其中深邃的意境的。它需要鉴赏者通过"语符——意象"思维，发挥艺术直觉能力去潜心玩味，甚至还要经过"朝夕讽咏""枕藉观之"（《沧浪诗话·诗辨》）的工夫，方能进入积极的审美体验，自然悟入"诗歌之意境"。对此，古代学者也多有独到见解。虞世南《笔髓论》云："书道玄妙，必资神遇，不可以力求也；机巧必须心悟，不可以目取也。"沈括《梦溪笔谈》亦云："书画之妙，当以神会，难可以器求也。"王士禛《古夫于亭杂录》还云："妙在象外"的诗词，"读者当以神会，庶几遇之。"[2]古代学者语录中的"神遇""心悟""神会"，其意蕴正是现代心理学与美学中的"艺术直觉"。所谓直觉，可以说是对个别事物全神贯注的知觉活动，不产生任何联想和推理。通常离开了直觉，就离开了纯粹的感受，也就谈不上审美了。用西方学者克罗齐的话说，直觉是表现，即"见到一个事物，心中只领会那事物的形相与意象，不假思索，不生分别，不审意义，不立名理，这是'知'的最初阶段的活动，叫做直觉"[3]。实际上，我国古代学者早就认识到艺术直觉的内涵：即是既不需要逻辑的分析和推论，如叶梦得《石林诗话》云："苦思言难者，往往不悟"；也用不着特意的解说，如王维《山水诀》云："妙悟者不在多言"，而只需要凭借一种特殊的"感悟"——古人多用"神遇""妙悟""神会"等语词来表述，其实质就是艺术直觉。正如薛雪《一瓢诗话》所云："读之既

---

[1] 邓新华：《中国古代接受诗学史》，上海人民出版社2012年版，第252页。
[2] 同上。
[3] 克罗齐：《美学原理·美学纲要》，外国文学出版社1983年版，第71页。

熟,思之既久,神将通之,不落言筌,自明妙理。"①

（2）审美经验促进艺术直觉。传统诗词主要是篇幅短小的抒情诗,一般不塑造什么典型人物,因此在诗词鉴赏过程中,不仅要透视诗词文本所描写的客观物象,而且还应透过诗词语符的外表,体悟诗人注入其中的意念与情感,通过积极的审美想象去追寻"作者之意境"与"诗歌之意境"两者融合的深度。当然,鉴赏者的审美想象力与自身的审美经验是紧密相关的,这是因为在积极的接受诗学活动中,审美主体的社会阅历和生活经验对艺术直觉的产生有着重要作用。周紫芝在《竹坡诗话》中谈到他的审美体验:"暑中濒溪,与客纳凉,时夕阳在山,蝉声满树,观二人洗马于溪中。曰,此少陵所谓'晚凉看洗马,森木乱鸣蝉'者也。此诗平日诵之,不见其工,惟当所见处,乃始知其妙。"周氏的悟诗经验表明,当鉴赏者的生活经验与艺术作品表现的内容相似或相通时,也许是审美联想,往往能促进鉴赏主体的艺术直觉而顿悟出作品的妙处。

关于联想在传统诗词鉴赏活动中的作用问题,似乎中西学者的观点不尽一致。西方学者认为,艺术直觉"是离理智作用而独立自主"的东西,联想会妨碍审美和鉴赏,因为它使注意力涣散,不能集中于欣赏对象本身。但中国传统诗学理论与实践表明,在传统诗词的鉴赏过程中,由于诗词语符的启示,在"语符——意象"思维的引领下,也就是在审美联想的作用下,诗词语言能够在鉴赏者的头脑中生成栩栩如生的审美形象。这也就说明,艺术直觉的思维方式仍然积淀着理性思维成份,进而让诗词作品的内容和情感激发联想,并在此感受的基础上深化对诗词的理解,无疑会促进诗词鉴赏活动的深入进行。尤其是传统诗词中的不少优秀诗篇,其构思完全是建立在审美联想之上,鉴赏这些诗作,当然更应驰骋联想,由此及彼,由表及里,才能真正鉴赏它的审美情趣。例如,辛弃疾的《菩萨蛮·金陵赏心亭为叶丞相赋》:"青山欲共高人语,联翩万马来无数。烟雨却低回,望来终不来。人言头上发,总向愁中白。拍手笑沙鸥,一身都是愁。"这首词构思巧妙,外示谐趣,内藏悲凉,想象丰富,饶有余味。词中意象"沙鸥",也许就是作者联想起白

---

① 邓新华:《中国古代接受诗学史》,上海人民出版社2012年版,第253页。

居易的《白鹭诗》而为之:"人生四十未全衰,我为愁多白发垂。何故水边双白鹭,无愁头上也垂丝。"对于鉴赏辛弃疾这首词的读者,若是也能够联想到白居易的《白鹭诗》,相信其艺术直觉将会更加丰富。朱光潜在《诗论》中则想调和中西学者关于"直觉"与"联想"的矛盾,他认为:"诗的境界是用'直觉'见出来的,它是'直觉的知'的内容而不是'名理的知'的内容。""作诗和读诗,都必用思考,都必起联想,甚至于思考愈周密,诗的境界愈深刻;联想愈丰富,诗的境界愈美备。"① 也许中西学者关于"直觉"与"联想"的认知差异,其源头还通向各自的研究样本——即中国传统诗词与西方诗歌本身的差异性。但从中国传统诗词的审美心理而言,包括联想在内的各种积极审美感应,无疑会有利于催生诗人的艺术直觉。这也正如何景明《与李空同论诗书》所说:"诗文有不易之法者,辞断而意属,联类而比物也。"② 这就说明传统诗词语言的艺术特点是"辞断意属""联类比物",其跳跃性强,留下的空白大,进而形成所谓"召唤结构",有利于供诗词鉴赏者发挥联想,放飞想象,进而生成"读者之意境"。同时,也可印证古人所云:"以无思无虑而得者,乃所以深思而得之也",③"深思之久,方能于无思无虑忽然撞著。"④

2.体验性

传统诗词鉴赏作为一种积极的审美活动,可以说是一种基于积极审美需要的接受诗学活动,其积极的审美感应在于以"诗歌之意境"为基础,创造出"读者之意境",与之相应的积极审美体验是美与美感的同一。所谓"美",即审美意象,是从审美客体(对象)方面来表述审美活动的;而所谓"美感",则是从审美主体方面来表述审美活动的。"美感不是认识,而是体验。""审美活动是要通过体验来把握'生活世界'的活生生的整体。这个活

---

① 朱光潜:《诗论》,漓江出版社2011年版,第44—45页。
② 《与李空同论诗书》,赐策堂本《何大复全集》卷三十二。
③ 程颐:《宋元学案》,中华书局1986年版,第604页。
④ 黄百家:《宋元学案》,中华书局1986年版,第604页。

生生的整体，最根本的是人与世界的交融。"①对传统诗词的鉴赏来说，其中的意象美与意境美，尽管要以诗词语符系统中所蕴含审美对象——具象的客观审美属性为基础，但更离不开主体的审美活动，审美对象之美只有经过主体的审美活动才能显示出来。正如叶燮就在《集唐诗序》中说过："凡物之美者，盈天地间皆是也，然必侍人之神明才慧而见。"袁枚在《随园后记》中写道："夫物虽佳，不手致者不爱也；味虽美，不亲尝者不甘也。"刘勰则在《文心雕龙·知音》中，则直接从文艺接受的视角提出了意味深长的"书亦国华，玩绎方美"说，说明诗词鉴赏必须反复体味才能感到它的美妙，诗词文本中的审美意象，必须经过审美主体的阅读、感受、体验和玩味，才能显示出它的美感，进而让诗词作品从文本形态提升为审美形态。

传统诗词的发展史表明，诗词之"言"是"情"是"志"是"心声"，所以内在地规定了鉴赏者对诗词艺术的鉴赏不能采用知性分解的方式，而只能选择心灵与情感体验的方式。历代学者深谙此理，并多有精辟论述。如朱熹说过："看诗不须着意去里边分解，但是平平地涵咏自好。"（《诗人玉屑》引）况周颐说过："善读者，约略身入境中，便知其妙。"（《蕙风诗话》）汤显祖也说过："填词皆尚真色，所以入人最深，遂令后世之听者泪，读者颦，无情者心动，有情者肠裂。"（《焚香记总评》）他们的诗学见解一致表明，鉴赏诗词需要"身之所历，目之所见"，"心目之所及"（王夫之），这也是体验最原始的含义，就是鉴赏当下直接的"感兴"。现代学者钱穆则概而言之："中国文学，必求读者反之己身，反之己心，一闻雎鸠之关关，即可心领神会。"②关于"美感"与"体验"的关系，西方学者伽达默尔回答是："审美经验不仅是一种与其他体验相并列的体验，而且代表了一般体验的本质类型。"③

在传统诗学的诸多著述中，以"心领神会"为代表的积极审美体验，不仅是传统诗词鉴赏活动所必须的一种审美思维方式，它本身还是作为积极的接受诗学活动所达到的一种极高的境界。胡应麟《诗薮》就鉴赏王维诗歌写

---

① 叶朗：《美学原理》，北京大学出版社2009年版，第89页、第87页。

② 钱穆：《现代中国学术论衡》，岳麓书社1986年版，第229页。

③ 伽达默尔：《真理与方法》第83—84页。

道：“读之身世两忘，万念俱寂。”张彦远《论画体工用拓写》说道：“遍观众画，唯顾生画古贤，得其妙理，对之令人终日不倦，凝神遐想，妙悟自然，物我两忘，离形去智。身固可使如槁木，心固可使如死灰，不亦臻于妙理哉。”这些关于艺术鉴赏的"忘我"描述，看似令人难以置信，可实际上却无半点夸张。美国著名心理学家马斯洛就曾提出"高峰体验"这个概念，在他看来，所谓"高峰体验"，是一种强烈认同意识的体验，"是对人的最美好的时刻，生活中最幸福的时刻，是对心醉神迷、销魂、狂喜以及极乐的体验的概括"①。高峰体验犹如诗意体验，正如雪莱所说："诗是最愉快最美好的心情的最愉快最美好的记录"，说明高峰体验最容易出现在传统诗词的创作与鉴赏过程。

在积极心理学中，所谓"沉浸体验"就类同于"高峰体验"，是一种积极的情绪体验。沉浸是指对某一活动或事物表现出浓厚兴趣并能失去自我，个体完全投入某项活动的一种情绪体验，这是一种包含愉快、兴趣等多种情绪成分的综合情绪，而且这种情绪体验是由活动本身而不是任何外在其他目的引起的。②心理学研究表明，人们在内在动机的驱使下从事具有挑战性和可控性的活动时，会体验到一种独特的心理状态——沉浸。沉浸体验是我们在内在动机驱使下从事具有挑战性和可控性的需要大量技能的活动（比如帆船比赛、写作或者畅谈）时，体验到的一种主观状态。沉浸体验的定义特征是，完全沉浸在活动中，暂时忘掉了自我，也忘掉了周围其他的一切东西。③根据积极心理学理论，带来沉浸体验的活动，可谓是"自主活动"，这种活动的体验来自活动本身，即本身即是目的。有的学者还提出了"本身即目的性人格"的概念，并认为这种人格特点更倾向于追求活动本身而不是活动结果。"具有这种人格的人，拥有一些元技能，这些元技能让他们相对容易进入并维持沉浸状态。这些元技能包括：好奇、毅力、不以自我为中心。持久特质

---

① 马斯洛：《自我实现的人》，三联书店1987年版，第9页。
② 任俊：《积极心理学》，上海教育出版社2006年版，第153页。
③ ［爱尔兰］Alan Carr著，丁丹等译：《积极心理学》，中国轻工业出版社2013年版，第122页。

（好奇）与暂时状态（兴趣）构成了人们从事新活动直到完全掌握的内在动机。内在动机对人们获得新知识、培养新技能，以及在运用这些知识和技能的过程中体验到沉浸非常关键。"①积极心理学理论表明，引发沉浸体验的活动具有内在激励性，即活动本身就能给人以激励。与内在激励性对应的是内在动机，内在激励性是活动的属性，内在动机是人的属性。这也就说明，沉浸体验与高峰体验一样，是一种具有强烈的自我认同意识的体验。在这种体验到来之时，"自我有可能迷醉于对象，或者完全'倾注到'对象之中，从而消失得无影无踪，"②这也犹如古代学者胡应麟盛赞王维诗歌所云："读之身世两忘，万念俱寂。"（《诗薮》）正是由于传统诗词鉴赏中的这种高峰体验或沉浸体验，才能让他们达到"身世两忘"的境界，以至于全身心地去追寻那倾注于诗词语符中的审美意象与审美意境。

3.整体性

文艺心理学表明，积极审美心理引领下的诗词鉴赏，是一种积极的接受诗学活动。其中，审美心理的整体性，说明审美心理是由多种心理要素组成的一种特殊的复杂心理活动过程。在审美过程中，各个构成要素互相联系，互相作用，形成一个有机的整体。格式塔心理学认为："人们的诸心理能力在任何时候都是作为一个整体活动着，一切知觉中都包含思维，一切推理中都包含着直觉。""知觉本身显示出一种整体性，一种形式，一种格式塔。"③从审美心理的整体性出发，审美经验需要从感性和理性、情感和认识、愉悦与功利三个方面的统一上去把握审美心理的特性。④同时，审美心理的"整体性"，又催生出审美体验的整体性特征。叶朗在《美学原理》中引用西方学者的话说道："'体验'又是一种整体性，'如果某物被称之为体验，或者作为

---

① ［爱尔兰］Alan Carr著，丁丹等译：《积极心理学》，中国轻工业出版社2013年版，第125页。

② 马斯洛：《自我实现的人》，三联书店1987年版，第286页。

③ ［美］鲁道夫·阿恩海姆：《艺术与视知觉》，中国社会科学出版社1984年版，第5页。

④ 彭立勋：《审美经验论》，长江出版社1989年版，第122—126页。

第九章　积极审美心理引领下的诗词鉴赏

一种体验被评价，那么该物通过它的意义而被聚集成一个统一的意义整体'，'这个统一体不再包含陌生性的、对象性的和需要解释的东西'，'这就是体验统一体，这种统一体本身就是意义统一体。'"[①]诗词创作历来注重整体效果，正如严羽《沧浪诗话·诗辨》所曰："盛唐诸人惟在兴趣，羚羊挂角，无迹可求。故其妙处，透彻玲珑，不可凑泊。"说明传统诗词的审美意境应该浑融完整，毫无拼凑痕迹，应该是一种超越单个要素的整体之美。古代学者的很多诗论观点，如严羽《沧浪诗话诗评》云："汉魏古诗，气象混沌，难以句摘"，"建安之作，全在气象，不可寻枝摘叶"。胡应麟《诗薮》亦云："蓄神奇于温厚，寓感怆于和平，意愈浅愈深，词愈近愈远，篇不可句摘，句不可字求。"薛雪《一瓢诗话》还曰："诗有通首贯看者，不可拘泥一偏。"这些诗学论述都说明，传统诗词的鉴赏不应以"寻枝摘叶"的方式去肢解作品，而应该运用整体观照的方式，将一首诗词作为一个生气盎然的有机整体来对待，无论是"象内"还是"象外"，都需要从整体上来理解该首诗词的审美意象与审美意境。

著名诗人元好问在《与张中杰郎中论文》中写道："文须字字作，亦要字字读，咀嚼有余味，百过良未足。"从中可以看出，作为积极的诗学接受活动，传统诗词的鉴赏，既需要从整体上对诗词作品进行审美观照，又需要逐字逐句地反复"咀嚼余味"，才能最终把握好诗词作品的审美意象与审美意境。例如，宋代叶梦得《石林诗话》云："'池塘生春草，园柳变鸣禽。'世多不解此语为工，盖欲以奇求之耳。此语之工，正在无所用意，猝然与景相遇，借以成章，不假绳削，故非常情所能到。诗家妙处，当须以此为根本，而思苦言难者，往往不悟。"[②]这里强调的"诗家妙处"，也似乎还是"不识庐山真面目"。梁章钜在《浪迹丛谈》中，则是围绕谢灵运的诗歌鉴赏写道："谢康乐'池塘生春草，园柳变鸣禽'之句，自谓语有神助。后人誉之者遂以为妙处不可言传；而李元庚又谓，反复此句实未见有过人处。皆肤浅之见也。记得前人有评此诗者，谓此句之根在四句以前。其云'卧疴对空林，衾枕昧

[①] 叶朗：《美学原理》，北京大学出版社2009年版，第89页。
[②] （清）何文焕辑：《历代诗话》，中华书局2004年版，第426页。

节候'乃其根也。'褰开暂窥临'以下历言所见之景,至'池塘生春草',始知为卧病前所未见者,而时节流换可知矣,次句即从上句生出,自是确论。"这就表明,若是孤立地看"池塘生春草,园柳变鸣禽"之句,而忽略与该诗其他句子的相互关系,就难以体悟到谢灵运整个诗作的妙处,而且还会由于某种寻章摘句、分肌擘理的分割,而破坏了诗作整体的审美意象与审美意境。梁章钜正是遵循审美知觉的整体性,所以才能领悟到谢灵运诗作的深邃意蕴,并作出有说服力的评价。梁氏对谢灵运诗作进行整体性的审美把握,也印证了西方学者阿恩海姆的学术观点:"无论在什么情况下,假如不能把握事物的整体或统一结构,就永远也不能创造和欣赏艺术作品。"[1]

4.创造性

文艺心理学理论表明,审美心理的层次性与动态性特征,决定着审美心理的创造性。在积极审美心理的引领下,无论是诗词创作还是诗词鉴赏,审美意象都只能存在于审美活动的过程之中。就审美认识而言,感知、联想、想象、理解,都属于审美认识活动的不同层次,是由浅入深、由低级到高级的这么一个认识层次。例如,苏轼的《饮湖上初晴后雨》:"水光潋滟晴方好,山色空蒙雨亦奇。欲把西湖比西子,淡妆浓抹总相宜。"前两句分别描写晴光雨色下的西湖美景,而后两句则是通过审美联想作用,把对西湖景色的审美情感引向更深的层次。在诗词鉴赏过程中,从"作者之意境"与"诗歌之意境"到"读者之意境",其积极的审美需要与审美体验,是一个在动态过程中形成的总体体验。审美主体、审美客体与审美环境三个方面的因素及其相互作用,造成了审美心理的动态性,进而亦会促使审美认识与审美情感的不断升华,乃至实现审美超越,于"天地之外,别构一种灵奇"的审美意象与审美意境。

王国维在《人间词话》中提出:"山谷云:'天下清景,不择贤愚而与之,然吾特疑端为我辈设。'诚哉斯言!抑岂独清景而已,一切境界,无不为诗人

---

[1] [美]鲁道夫·阿恩海姆:《艺术与视知觉》,中国社会科学出版社1984年版,第5页。

设。世无诗人,即无此种境界。夫境界之呈于吾心而见于外物者,皆须臾之物。惟诗人能以此须臾之物,镌诸不朽之文字,使读者自得之。"①这就说明,"天下清景"所代表的意象世界,作为审美主体的审美对象,并非实在的意象世界,其"境界之生于吾心而见于外物者,皆须臾之物",即是说离不开审美活动。王夫之说过:"天地之际,新故之迹,荣落之观,流止之几,欣厌之色,形于吾身以外者,化也;生于吾身以内者,心也;相值而相取,一俯一仰之际,几与为通,而浡然兴矣。"②这里,"相值"就是相触,"相取"就是意向性生发机制的形式指向功能,正因为如此,鉴赏者才能够发挥自身的主观能动性与创造性,在积极的接受诗学活动中,将审美对象由文本形态升华为审美形态。文艺心理学认为,艺术家对现实的知觉和把握最富于创造性的特点,"视觉形象永远不是对于感性材料的机械的复制,而是对现实的一种创造性的把握,它把握到的形象是含有丰富的想象性、创造性、敏锐性的美的形象。"③这就说明,传统诗词的鉴赏活动,是一种以诗词文本为基础、积极地、能动地接受诗学活动。与之相应的审美知觉,是一种基于积极的审美需要,以读者为中心的"想象性知觉"。

在中国古代学者的心中与眼里,传统诗词文本中的审美意蕴从来就不是一种先天性的凝固物,而需要经过鉴赏者的反复咀嚼,才能不断升华出"读者之意境"来。明末清初学者王夫之曾以对《诗经》的不同解读为例,提出了"读者以情自得"的接受诗学主张;清代学者谭献同样在《复堂词录叙》中提出了"作者之用心未必然,而读者之用心何必不然"的接受诗学主张。谭献还针对有人逐句笺解苏轼词《卜算子·黄州定惠院寓居作》,进而给人以牵强附会的感觉,认为:"皋文《词选》,以《考槃》为比,其言非河汉也。此亦鄙人所谓'作者未必然,读者何必不然'。"④中国古代学者的这些接受诗学观点,它所描述的积极审美心理的创造性,始终是建立在审美主体与审美

---

① 王国维:《人间词话》,吉林文史出版社2007年版,第122—123页。
② 叶朗:《美学原理》,北京大学出版社2009年版,第73页。
③ 鲁道夫·阿恩海姆:《艺术与视知觉》,中国社会科学出版社1984年版,第5页。
④ 谭献:《复堂词话》,人民文学出版社1959年版,第26页。

客体相统一的基础之上的。读者在诗词鉴赏过程中的"再创造",其基础与前提仍然不能脱离作为审美对象的诗词文本,读者对诗词文本的感受与体悟,归根到底还是要受到作品内涵的制约,要符合作品审美内涵及其情感意味的基本指向。如薛雪《一瓢诗话》云:"看诗须知作者所指,才是贾胡辨宝。若一味率执己见,未免有吠日之诮。"王夫之也提出过的"无定文而有定质"的诗学观点。他说:"盖意伏象外,随所至而与俱流,虽令寻行墨者不测其绪,要非如苏子瞻所云'行云流水,初无定质'也。唯有定质,故可无定文。"[①]古代学者的上述观点,用现代审美理论来说,就属于西方学者杜夫海纳所提出的"审美对象只有在知觉中才能完成"的理论范畴。[②]

与此同时,现代心理学也为审美心理的创造性特征提供理论支持。西方学者皮亚杰的发生认识论就重视审美主体在认识过程中的能动作用。他说:"一个刺激要引起某一特定反应,主体及其机体就必需有反应刺激的能力,因此我们首先关心的是这种能力。"[③]根据皮亚杰的认识理论,主体之所以能对客体的刺激作出积极的反应,是由于主体原来就具有能够同化这种刺激的某种图式。图式是指动作的结构或组织,表示为主体的认识功能结构。在认识过程中,主体把客体的刺激纳入原有的图式之内,这就是同化。主体受到客体的刺激或环境的作用而引起原有图式的变化,这就是顺应。主体对客体的认识是主体图式同化客体信息的产物,而主体对客体的顺应又使主体图式获得革新。认识结构就是通过同化和顺应不断地得到发展,以适应新环境。借助皮亚杰的理论,可以看出审美观念是审美主体的认识结构,是审美主体能够直接对审美对象进行积极反应的一种心理能力。鲁迅在谈到诗词鉴赏何以能使人灵魂为之震撼与陶醉时说过:"盖诗人者,撄人心者也。凡人之心,无不有诗,如诗人作诗,诗不为诗人独有,凡一读其诗,心即会解者,即无不自有诗人之诗。无之何以能解?惟有而未能言,诗人为之语,则握拨一

---

① 王夫之:《古诗评选》卷一,曹操《秋胡行》评语,河北大学出版社2008年版,第18页。

② 米盖尔·杜夫海纳:《美学与哲学》,中国社会科学出版社1985年版,第54页。

③ J.皮亚杰:《发生认识论原理》,商务印书馆1981年版,第60页。

弹，心弦立应，其声澈于灵府，令有情皆举其首，如睹晓日……"①这里所说的鉴赏者心中"无不有诗"，就是皮亚杰的所谓"图式"，说明审美观念早已在审美主体心中存在。当鉴赏者阅读诗词文本时，感到"有而未能者，诗人为之语"，也就是发现诗词之美与自己心中已经形成的美的观念恰好相符，所以"握拨一弹，心弦立应"，产生审美共鸣。而"令有情皆举其首，如睹晓日……"则又可通过"顺应"而使主体的"图式"获得革新。这也就是古代学者所云："古人之言包含无尽，后人读之，随其性情浅深高下，各有会心。"（沈德潜《唐诗别裁集·凡例》）"必有所兴，但不知其何所指，读者各以意会可也。"（陈廷焯《白雨斋词话》）

---

① 鲁迅：《坟·摩罗诗力说》。

参考文献

〔1〕[爱尔兰]Alan Carr著，丁丹译，积极心理学，北京：中国轻工业出版社，2013.

〔2〕[美]斯托弗·彼得森著，徐红译，积极心理学，北京：群言出版社，2010.

〔3〕[美]诺曼·文森特·皮尔著，邱晓亮译，积极心态2：活出活力，北京：东方出版社，2010.

〔4〕[美]芭芭拉·弗雷德里克森著，王珺译，积极情绪的力量，北京：中国人民大学出版社，2010.

〔5〕[美]兰迪·拉森、戴维·巴斯著，郭永玉、陈继文译，人格特质，北京：人民邮电出版社，2012.

〔6〕[美]埃伦·兰格著，王佳艺译，专念：积极心理学的力量，杭州：浙江人民出版社，2012.

〔7〕郑雪主编，积极心理学，北京：北京师范大学出版社，2014.〔8〕任俊著，积极心理学，上海：上海教育出版社，2006.

〔9〕许燕主编，人格心理学，北京：北京师范大学出版社，2014.

〔10〕孟昭兰主编，情绪心理学，北京：北京师范大学出版社，2005.

〔11〕陈仲庚、张雨新编著，人格心理学，沈阳：辽宁人民出版社，1986.

〔12〕梁宁建著，当代认知心理学，上海：上海教育出版社，2014.

〔13〕朱光潜著，文艺心理学，桂林：漓江出版社，2012.

〔14〕陆一帆著，文艺心理学，江苏人民出版社，1985.

〔15〕朱恩彬、周波主编，中国古代文艺心理学，济南：山东文艺出版社，

1997.

〔16〕燕君编著，一本书读完心理学名著，北京：电子工业出版社，2013.

〔17〕俞文钊编著，管理心理学，兰州：甘肃人民出版社，1985.

〔18〕吴思敬著，心理诗学，北京：首都师范大学出版社，1996.

〔19〕谭阳刚著，诗创作心理学，北京：中国社会科学出版社，2017.

〔20〕童庆炳著，中国古代心理诗学与美学，北京：中华书局，2013.

〔21〕童庆炳等著，中国古代诗学心理透视，天津：百花文艺出版社，1993.

〔22〕童庆炳著，艺术创作与审美心理，天津：百花文艺出版社，1992.

〔23〕黎山峣著，文艺创作心理学，武汉：长江文艺出版社，1988.

〔24〕高觉敏主编，中国心理学史，北京：人民教育出版社，2009.

〔25〕张化本编著，艺文散论文艺心理学拾遗及其他，北京：学苑出版社，2015.

〔26〕陶水平著，审美态度心理学，天津：百花文艺出版社，1990.

〔27〕叶朗著，美学原理，北京：北京大学出版社，2009.

〔28〕陶东风等著，中国古代心理美学六论，天津：百花文艺出版社，1992.

〔29〕惟海著，五蕴心理学，北京：宗教文化出版社，2006.

〔30〕侯敏著，现代新儒家美学论衡，济南：齐鲁书社，2010.

〔31〕王一川著，审美体验论，天津：百花文艺出版社，1992.

〔32〕朱光潜著，谈美，北京：中国青年出版社，2014.

〔33〕朱光潜著，谈美书简，北京：中国青年出版社，2015.

〔34〕肖学周著，朱光潜诗歌美学引论，北京：中国社会科学出版社，2013.

〔35〕黄卓越著，艺术心理范式，天津：百花文艺出版社，1992.

〔36〕顾祖钊著，艺术至境论，天津：百花文艺出版社，1992.

〔37〕彭立勋著，审美经验论，武汉：长江文艺出版社，1989.

〔38〕李希贤张皓著，潜创作论，武汉：长江出版社，1988.

〔39〕兰茂景著，心诗美理——从认知心理、审美、数论角度剖析唐诗，银川：阳光出版社，2013.

〔40〕李珺平著，创作动力学，天津：百花文艺出版社，1992.

〔41〕汪裕雄著，审美意象学，北京：人民出版社，2013.

〔42〕汪裕雄著，意象探源，北京：人民出版社，2013.

〔43〕汪裕雄著，艺境无涯，北京：人民出版社，2013.

〔44〕杨守森著，艺术想象论，天津：百花文艺出版社，1991.

〔45〕陈植锷著，诗歌意象论，北京：中国社会科学出版社，1990.

〔46〕李春青著，艺术情感论，天津：百花文艺出版社，1991.

〔47〕敏泽，形象意象情感，石家庄：河北教育出版社，1987.

〔48〕王先霈著：中国古代诗学十五讲，北京：北京大学出版社，2007.

〔49〕王长华、易卫华著，《毛诗》与中国文化精神，北京：人民出版社，2014.

〔50〕姜书阁著，诗学广论，杭州：浙江大学出版社，2010.

〔51〕杨义著，李杜诗学，北京：北京出版社，2001.

〔52〕杨义著，中国叙事学，北京：商务印书馆，2019.

〔53〕霍松林主编，漆绪邦等撰著，中国诗论史，合肥：黄山书社，2007.

〔54〕陈伯海蒋哲伦主编，翁其斌著，中国诗学史先秦两汉卷，厦门：鹭江出版社，2002.

〔55〕李世忠著，北宋词政治抒情研究，北京：中国社会科学出版社，2014.

〔56〕孟庆雷著，钟嵘《诗品》的概念内涵与文化底蕴，北京：中国社会科学出版社，2014.

〔57〕叶维谦著，中国诗学，北京：生活·读书·新知三联书店，1992.

〔58〕［美］刘若愚著，韩铁椿等译，中国诗学，武汉：长江文艺出版社，1991.

〔59〕周裕锴著，中国禅宗与诗歌，上海：上海人民出版社，1992.

〔60〕张培锋著，宋诗与禅，北京：中华书局，2009.

〔61〕吴调公著，神韵论，北京：人民文学出版社，1991.

〔62〕熊万钧王章文著，意境论溯源，北京：作家出版社，2006.

〔63〕陈一琴选辑，孙绍振评说，聚讼诗话词话，上海：上海三联书店，2012.

〔64〕中国作家协会创作研究部编,诗歌艺术论,北京:作家出版社,2012.

〔65〕朱光潜著,诗论,桂林:漓江出版社,2011.

〔66〕艾青著,诗论,北京:人民文学出版社,1995.

〔67〕徐有富著,诗学原理,北京:北京大学出版社,2017.

〔68〕陈伯海著,中国诗学之现代观,上海:上海古籍出版社,2019.

〔69〕蒋寅著,古典诗学的现代诠释,北京:中华书局,2009.

〔70〕蒋伯潜、蒋祖怡著,论诗,北京:首都经济贸易大学出版社,2012.

〔71〕李黎著,诗是什么,北京:中国青年出版社,2013.

〔72〕田子馥著,中国诗学思维,北京:人民出版社,2010.

〔73〕赵玉强著,《慈湖诗传》心学阐释的《诗经》学,北京:中国社会科学出版社,2015.

〔74〕熊开发著,词学散论,北京:中国社会出版社,2010.

〔75〕宗白华著,美学与意境,北京:人民出版社,2009.

〔76〕黄志浩、陈平著,诗歌审美论,南京:凤凰出版社,2010.

〔77〕朱志荣著,中国审美理论,上海:上海人民出版社,2013.

〔78〕董学文主编,美学概论(第二版),北京:北京大学出版社,2013.

〔79〕李咏吟著,文艺美学论,杭州:浙江大学出版社,2011.

〔80〕雷礼锡著,艺术美学(第二版),武汉:武汉大学出版社,2020.

〔81〕张玉能著,深层审美心理学,武汉:华中师范大学出版社,2018.

〔82〕李元洛著,诗美学(修订版),北京:人民文学出版社,2016.

〔83〕陈望衡著,美在境界,武汉:武汉大学出版社,2014.

〔84〕陈良运著,美的考索,南昌:百花洲文艺出版社,2017.

〔85〕赵士林著,美学十讲,北京:人民出版社,2013.

〔86〕马奔腾著,禅境与诗境,北京:中华书局,2010.

〔87〕韩经太著,诗学美论与诗词美境,北京:北京语言文化大学出版社,2000.

〔88〕胡家祥著,志情理:艺术的基元,南昌:百花洲文艺出版社,2017.

〔89〕袁济喜著,兴:艺术生命的激活,南昌:百花洲文艺出版社,2017.

〔90〕张晶著,神思:艺术的精灵,南昌:百花洲文艺出版社,2017.

〔91〕郁沅著,心物感应与情景交融,南昌:百花洲文艺出版社,2017.

〔92〕胡雪冈著,意象范畴的流变,南昌:百花洲文艺出版社,2017.

〔93〕古风著,意境探微,南昌:百花洲文艺出版社,2017.

〔94〕蔡锺翔著,美在自然,南昌:百花洲文艺出版社,2017.

〔95〕涂光社著,原创在气,南昌:百花洲文艺出版社,2017.

〔96〕王文生著,中国文学思想体系,上海:上海古籍出版社,2017.

〔97〕罗宗强著,魏晋南北朝文学思想史,北京:中华书局,2006.

〔98〕曾红著,儒道佛理想人格的融合中国文化心理结构,济南:山东教育出版社,2012.

〔99〕刘艳芬著,佛教与六朝诗学,北京:中国社会科学出版社,2009.

〔100〕童庆炳等主编,文化与诗学·2011年第1辑(总第十二辑),北京:北京大学出版社,2011.

〔101〕詹福瑞主编,古代诗歌与文化——中国古典诗词专题解读,保定:河北大学出版社,2012.

〔102〕杨松冀著,精神家园的诗学探寻,北京:人民出版社,2012.

〔103〕袁行霈著,中国诗歌艺术研究,北京:北京大学出版社,2009.

〔104〕朱自清著,诗言志辨,芜湖:安徽师范大学出版社,2016.

〔105〕裴裴诗缘情辨,成都:四川文艺出版社,1986.

〔106〕[美]浦安迪著,中国叙事学,北京:北京大学出版社,1996.

〔107〕陈水云著,中国古典诗学的还原与阐释,北京:中国社会科学出版社,2013.

〔108〕金口哨编著,基础诗学,香港:天马图书有限公司,1991.

〔109〕郭绍虞主编,中国历代文论选(一卷本),上海:上海古籍出版社,1979.

〔110〕姚文放著,文学理论(第四版),北京:高等教育出版社,2015.

〔111〕祁志祥主编,中国古代文学理论,上海:华东师范大学出版社,2018.

〔112〕杨守森、周波主编，文学理论实用教程（第二版），北京：中国人民大学出版社，2017.

〔113〕钱钟书著，管锥篇，北京：中华书局，1979.

〔114〕叶嘉莹著，风景旧曾谙叶嘉莹谈诗论词，桂林：广西师范大学出版社，2008.

〔115〕余恕诚著，诗家三李论集，北京：中华书局，2014.

〔116〕刘杨忠著，宋词十讲，南京：江苏凤凰文艺出版社，2015.

〔117〕刘宁著，唐宋诗学与诗教，北京：中国社会科学出版社，2012.

〔118〕顾易生蒋凡著，先秦两汉文学批评史，上海：上海古籍出版社，1990.

〔119〕赵世举、李运富主编，古代汉语，北京：北京大学出版社，2013.

〔120〕万事慎万士志编著，古体诗苑，合肥：黄山书社，2009.

〔121〕杨乃乔主编，比较诗学读本（中国卷），北京：首都师范大学出版社，2014.

〔122〕范方俊著，中西比较诗学的语言阐释，北京：人民出版社，2013.

〔123〕曹顺庆著，中外比较文论史，济南：山东教育出版社，1998.

〔124〕陈望道著，修辞学发凡，上海：复旦大学出版社，2011.

〔125〕吴礼权著，修辞心理学，昆明：云南人民出版社，2002.

〔126〕古远清孙光萱著，诗歌修辞学，武汉：湖北教育出版社，1995.

〔127〕姚仲明陈书龙著，修辞美学，武汉：长江文艺出版社，1991.

〔128〕解正明著，修辞诗学，北京：光明日报出版社，2016.

〔129〕童山东吴礼权著，阐释修辞论，北京：首都师范大学出版社，1998.

〔130〕吴礼权著，委婉修辞研究，济南：山东文艺出版社，2008.

〔131〕段曹林著，唐诗修辞论，北京：中国社会科学出版社，2014.

〔132〕陈仲义著，现代诗：语言张力，武汉：长江文艺出版社，2012.

〔133〕罗积勇著，词汇与修辞学散论，北京：中国社会科学出版社，2013.

〔134〕俞建章叶舒宪著，符号：语言与艺术，上海：上海人民出版社，1988.

〔135〕叶舒宪选编，神话——原型批评，西安：陕西师范大学出版社，1987.

〔136〕刘怀荣著，赋比兴与中国诗学研究，北京：人民出版社，2007.

〔137〕陈丽虹著,赋比兴的现代阐释,杭州:中国美术学院出版社,2002.

〔138〕(英)泰伦斯·霍克斯著,隐喻,太原:北岳文艺出版社,1990.

〔139〕张祖新著,通用诗学,北京:中国言实出版社,2012.

〔140〕张雨著,诗教之彀与审美之维——当代诗歌中的比兴研究,北京:中国社会科学出版社,2015.

〔141〕彭漪涟著,古诗词中的逻辑,北京:北京大学出版社,2005.

〔142〕王元化,文心雕龙创作论,上海:上海古籍出版社,1979.

〔143〕刘勰著,孔祥丽等译注,文心雕龙,北京:中国社会科学出版社,2005.

〔144〕(宋)欧阳修、司马光撰,六一诗话温公续诗话,北京:中华书局,2014.

〔145〕(宋)严羽撰,普慧等评注,沧浪诗话,北京:中华书局,2014.

〔146〕(明)况周颐著,蕙风词话,北京:人民出版社,1960.

〔147〕(清)袁枚著,随园诗话,沈阳:万卷出版公司,2008.

〔148〕(清)李渔著,闲情偶寄,沈阳:万卷出版公司,2008.

〔149〕(清)王国维著,滕咸惠译评,人间词话,长春:吉林文史出版社,2007.

〔150〕(清)谭献著,复堂词话,北京:人民文学出版社,1959.

〔151〕(清)何文焕辑,历代诗话,北京:中华书局,2004.

〔152〕许清云著,皎然《诗式》辞章学,福州:海风出版社2005.

〔153〕张炎著、夏承焘校注,词源注,沈义父著、蔡嵩云笺释,乐府指迷笺释,北京:人民文学出版社,2018.

〔154〕沈德潜撰,王宏林笺注,说诗晬语笺注,北京:人民文学出版社,2013.

〔155〕丁福保,清诗话,上海:上海古籍出版社,1978.

〔156〕郭绍虞主编,四溟诗话·姜斋诗话,北京:人民文学出版社,1961.

〔157〕唐圭章编,词话丛编,北京:中华书局,1986.

〔158〕彭玉平著,王国维词学与学缘研究(全二册),北京:中华书局,

2015.

〔159〕郭锋著，清空：宋代词学的创作风格，北京：高等教育出版社，2015.

〔160〕王力著，汉语诗律学，上海：上海教育出版社，2005，

〔161〕任中敏著，金溪辑校，散曲研究，南京：凤凰出版社，2013.

〔162〕周振甫著，诗词例话全编，重庆：重庆大学出版社，2011.

〔163〕周振甫著，文章例话，北京：中国青年出版社，1983.

〔164〕康锦屏张盛如著，旧体诗词曲创作，北京：学苑出版社，2012.

〔165〕陈如江著，中国古典诗法举要，北京：人民文学出版社，2016.

〔166〕徐于著，古典诗艺举概，北京：知识产权出版社，2016.

〔167〕侯孝琼著，少陵律法通论，郑州：中州古籍出版社，1996.

〔168〕罗辉编著，诗词格律与创作，武汉：华中师范大学出版社，2014.

〔169〕于海洲著，诗词曲律与写作技巧，沈阳：春风文艺出版社，1999.

〔170〕范况著，中国诗学通论，台北：台湾商务印书馆，1995.

〔171〕叶桂桐著，中国诗律学，台北：文津出版社，1998.

〔172〕许清云著，近体诗创作理论，台北：洪叶文化事业有限公司，2008.

〔173〕吴熊和主编，唐宋词汇评，杭州：浙江教育出版社，2004.

〔174〕吴思敬著，诗歌鉴赏心理，沈阳：辽宁人民出版社，1987.

〔175〕丁宁著，接受之维，天津：百花文艺出版社，1990.

〔176〕周圣弘著，接受诗学，北京：中国传媒大学出版社，2011.

〔177〕邓新华著，中国古代接受诗学史，上海：上海人民出版社，2012.

〔178〕陈文忠著，中国古典诗歌接受史研究，合肥：安徽大学出版社，1998.

〔179〕公木著，毛泽东诗词鉴赏，长春：长春出版社，1994.

〔180〕付建舟编，毛泽东诗词全集详注，太原：山西高校联合出版社，1996.

〔181〕杨子怡著，中国古典诗歌的文化解读，北京：人民出版社，2013.

〔182〕钟一鸣主编，中国古典诗歌欣赏十讲，武汉：华中科技大学出版社，2012.

〔183〕孟宪浦著，诗意地筑造——苏轼诗学思想的生存论阐释，上海：学林出版社，2013.

〔184〕赵其钧著，中国古典诗词曲鉴赏，合肥：黄山书社，2006.

〔185〕施存蛰著，唐诗百话，上海：华东师范大学出版社，2011.

〔186〕周振甫著，古代诗词三十讲，重庆：重庆大学出版社，2010.

〔187〕朱自清等著，诗词修养大师谈，合肥：安徽人民出版社，2012.

〔188〕（宋）于济蔡正孙编集，唐宋千家联珠诗格校证，南京：凤凰出版社，2007.

〔189〕钱钟书著，旧文四篇，上海：上海古籍出版社，1979.

〔190〕李泽厚著，论语今译，北京：生活·读书·新知三联书店，2004.

〔191〕［美］尼古拉斯·玛札著，沈亚丹等译，南京：东南大学出版社，2013.

〔192〕朱美云著，朱氏诗文疗法，重庆：西南师范大学出版社，2012.

〔193〕谢珊珊著，休闲文化与唐宋词，广州：暨南大学出版社，2011.

〔194〕李立著，看似逍遥的生命情怀——诗词与休闲，昆明：云南人民出版社，2004.

〔195〕陈耳东著，公案百则，北京：中华书局，2008.

〔196〕洪修平张勇著，禅偈百则，北京：中华书局，2008.

〔197〕洪修平许颖著，佛学问答，北京：中国人民大学出版社，2009.

〔198〕葛兆光著，禅宗与中国文化，上海：上海人民出版社，1986.

〔199〕张晶著，禅与唐宋诗学，北京：新星出版社，2010.

〔200〕陈洪著，诗化人生：魏晋风度的魅力，保定：河北大学出版社，2001.